情诗集·爱的艺术·爱的疗治

P. OVIDII NASONIS AMORES, ARS AMATORIA, ET REMEDIA AMORIS

[古罗马] 奥维德 —————————— 著

李永毅 —————————— 译注

中国青年出版社

目录

《情诗集》第三部 123-182

《爱的艺术》第一卷　183-224

《爱的疗治》 307-346

AMORVM LIBER TERTIVS
449-500

引 言

PROLEGOMENA

奥维德（Publius Ovidius Naso，公元前 43 —公元 17 ）是古罗马文学黄金时代的最后一位大诗人和集大成者，和维吉尔、贺拉斯、卢克莱修和卡图卢斯同为古罗马诗歌的杰出代表，在中世纪，他在古罗马诗人中的地位仅次于维吉尔，到了文艺复兴之后他甚至有取代维吉尔的趋势。两千年来，奥维德的作品始终是西方文学正典的核心部分，直到今天他在世界文学中仍有广泛的影响力。研究奥维德对于理解古罗马诗歌、文艺复兴诗歌乃至整部欧美诗歌史都具有重要意义。相对于更具纯正古典特征的维吉尔等人，奥维德的诗歌更加复杂，与奥古斯都时期的文化秩序和政治秩序的关系更加微妙，所体现的诗学和文化观念更加丰富，所以尤其值得深入挖掘。

按照古典学者哈尔迪的说法，奥维德堪称"西方整个古典时代最重要的诗人"，虽然论名气和水平，希腊的荷马、品达、埃斯库罗斯、索福克勒斯，罗马的维吉尔、贺拉斯等人都不在他之下，但论对欧美文学实际影响的广度、深度和持久度，奥维德是无与伦比的。在近代的神话研究学兴起之前，他的《变形记》（*Metamorphoses*）几乎是后世了解古希腊罗马神话的唯一权威，《岁时记》（*Fasti*）是古罗马历法文化的指南，他的《情诗集》（*Amores*）和《爱的艺术》（*Ars Amatoria*）代表了古罗马爱情哀歌的最高成就，是文艺复兴以来众多爱情诗人效法的对象。就史诗而言，《变形记》为后世诗人如何摆脱荷马、维吉尔经典史诗的重负展示了结构、技法、策略的多种可能性。《女杰书简》（*Heroides*）对欧美书信体虚构文学影响巨大，《黑海书简》（*Epistulae ex Ponto*）、《哀歌集》（*Tristia*）等作品成了后世流放文学的原型。奥维德的精致措辞受到古典主义者和新古典主义者的推崇，他的游戏性、颠覆性又受到现代主义者、后现代主义者的热捧。在文学之外，他对西方艺术的发展亦有重大影响，为无数绘画作品提供了素材，古希腊罗马神话通过其作品的传播，渗透到西方文化的方方面面，在相当程度上塑造了今日西方的语言样态和思维习惯。

生平与作品

我们从奥维德的自传诗（*Tristia* 4.10）得知，他出生在公元前 43 年 3 月 20 日，比上一代大诗人维吉尔和贺拉斯分别小二十七岁和二十二岁。此前一年，恺撒遇刺身亡，标志着罗马共和国进入了最后的挣扎期。公元前 31 年，屋大维决定性地战胜安东尼之时，奥维德还是十二岁的孩子。因此，他人生的黄金时期基本上与屋大维统治下的"罗马和平"（Pax Romana）时期重合，这也决定了他没有经历过共和国晚期血腥内战的贺拉斯那样的复杂心态，在相当长的时间里不仅过着衣食无忧的生活，也甚少直接关注政治。他的出身和卡图卢斯一样优越，虽非贵族，但也是显赫的骑士阶层。和获释奴隶之子贺拉斯需要力争上游不同，奥维德引以为豪的是，他的骑士身份可以往前追溯很多代，绝非靠钱财换来的"伪骑士"。所以，从他幼年起，父亲就为他设计了骑士阶层的典型人生道路——先向罗马的名师学习雄辩术，然后靠口才从政。虽然奥维德天生的兴趣不在此，而且按照他自己的说法，无论他写什么，不知不觉就变成了诗，他最开始还是听从功利的父亲的意见，朝着进入元老院的目标步步前进。他年纪轻轻就进入了百人团（centumviri，协助司法官处理公民财产纠纷的机构）和监督刑狱的三人团（triumviri capitales），在眼看就能获得财务官（quaestor）职位从而进入元老院（也意味着晋升贵族）的时候，他放弃了政治生涯，专心做一位诗人。

奥维德的家乡是离罗马约 140 公里的苏尔摩（Sulmo），很小父亲就携全家来到罗马，让他和哥哥接受最好的教育。他的青少年时代正是奥古斯都诗歌的全盛期。不必提史诗和田园诗的巨擘维吉尔、抒情诗和讽刺诗的天才贺拉斯，单就他钟情的爱情哀歌而言，就有加卢斯、提布卢斯和普洛佩提乌斯这些足以傲视后世的一流诗人。奥维德在回忆中提到名字的还有史诗作家瓦里乌斯、马凯尔、庞提库，悲剧作家图拉尼乌斯，喜剧作家梅里苏斯，以及马尔苏斯、拉比里乌斯、裴多、加茹斯、塞维鲁斯、蒙塔努斯、卡梅里努斯等一长串名字。虽然作为古罗马诗歌黄金时代的迟到者，奥维德登上诗坛时，罗马文学的几乎每个领域都已有独擅胜场的人，缪斯对他却分外垂青。二十岁左右，他已经成为最负盛名的诗人之一。如同屋大维的权臣麦凯纳斯成就了贺拉斯，集将军、政客和文人于一身的梅萨拉（Messalla Corvinus）也充当了奥维德的文学恩主。

奥维德早期诗作的发表时间无法精确知悉。他最早结集发表的作品可能是五部《情诗集》，大约作于公元前 25 年—公元前 21 年之间，最初分成五部发表，公元前 12 年—公元前 7 年之间重新发表时编辑为三部。这些情爱诗的主角是一位化名科琳娜（Corinna）的女人。在两版《情诗集》之间，他创作了悲剧《美狄亚》（Medea），在古典时代曾获得盛赞，可惜已经失传。接下来的第一部《女杰书简》展现了奥维德惊人的心理洞察力和艺术想象力，一位男诗人以女性的口吻细致入微地表达了古希腊神话中和历史上十五位女主人公复杂的内心世界。该书大约发表于公元前 15 年。公元前 2 年—公元 2 年之间，奥维德发表了第二部《女杰书简》，这次他选择了古希腊传说中的三对情侣，以每对情侣的名义互相写信。虽然此前贺拉斯的书信体诗歌已经取得极高的成就，但与那些应景式、说教式的书信不同，《女杰书简》是高度戏剧化、虚构化的书信，所以奥维德认为自己创造了一种全新的体裁。大约在同一时期，他还发表了《女人面妆》（*Medicamina Faciei Femineae*）、三部《爱的艺术》和《爱的疗治》（*Remedia Amoris*）。这些作品都继承了古希腊罗马的说教诗传统，但却戏仿这种传统，充满了奥维德特有的戏谑与幽默，诗中寻欢作乐的偷情场面无疑让屋大维统治下的罗马既觉刺激，也深感震撼。然而，它们并非奥维德真实生活的反映。虽然在作品中一副轻浮放纵的花花公子形象，奥维德却是古罗马主要诗人中唯一走入婚姻殿堂的诗人，而且并无丑闻缠身。他曾有三段婚姻，前两段都很短暂，第三位妻子与他相伴几十年，同甘共苦，两人有很深的感情。

与此同时，在艺术雄心的驱动下，奥维德已经在创作两部长诗。一部是以古罗马历法文化和宗教传统为题材的《岁时记》，一部是集古希腊罗马神话诗歌之大成的《变形记》。眼看他就要平静地迎来老年，并确保自己不朽的文学地位，灾难却突然降临了。公元 8 年，皇帝屋大维决定，将奥维德放逐到黑海之滨的托密斯（今天罗马尼亚的康斯坦察），在当时托密斯位于罗马帝国的边缘，蛮族和帝国的交界地带，所以放逐托密斯是一个可怕的惩罚。奥维德于当年 12 月被迫离开罗马，次年春夏之交到达放逐地。他原本以为，通过妻子（她与皇族女性成员关系密切）和朋友（其中不乏高官）的游说，自己能够最终返回罗马，至少能改判到离罗马更近的地方，然而希望被一次次击碎，他最终在托密斯度过了生命的最后十年，于公元 17 年（一说 18 年）病逝。但置身异域，他并未搁笔。公元 9—12 年之间，他创作并发表了五部《哀歌集》和长诗《伊比斯》（*Ibis*），公元 13 年发表了《黑海书简》的前三部，第四部在他死后才发表。或许在罗马之时，奥维德从未梦想过自己会写出这样的作品，但这些诗歌却为他塑造了"情爱游戏者"之外的另一个形象——放逐者。他的放逐诗歌影响深远，从古罗马的塞涅卡、中世纪的但丁一直延续到 20 世纪的曼德尔施塔姆、布罗茨基等人。

奥维德为古罗马诗歌乃至世界文学留下了丰厚的遗产。从技巧上说，他将拉丁语与希腊的长短格诗律完美地融合起来，将六音步史诗体（《变形记》的格律）和哀歌双行体（其他所有作品的格律）发展为成熟完美、适应各种题材和体裁的诗歌形式。他的诗句以轻快、流畅和平衡著称，这种行云流水般的优雅风格掩饰了他惨淡经营的艺术。他将感觉真实转化为语言真实的高超才华让 20 世纪的知音、诺贝尔奖得主布罗茨基由衷赞叹，他称奥维德《变形记》中那喀索斯和厄科的场景描绘（3.339-401）几乎实现了画面和声音、意义和语言的彻底合一，差点让此后两千年间的诗人"全都失业"。在古典诗人中，奥维德的创造力也无与伦比，他总能通过逼真传神的细节，将一个想法、一个情境用到极致。虽然他诙谐的修辞不分常给人狡黠甚至轻浮的感觉，似乎缺乏深沉的情感和宗教的虔诚，但他描摹世界尤其是描摹想象的能力恐怕在任何时代都罕有对手。

奥维德最大的优点或许是他对艺术的诚实，一个例子足以说明问题。他在《女杰书简》中的做法与维吉尔形成了鲜明对照。他没有被任何政治考量迷住双眼，而是在忠实于生活经验的基础上充分发挥了艺术想象。在维吉尔版本的迦太基女王狄多和特洛伊王子埃涅阿斯的爱情故事中，埃涅阿斯抛弃狄多是因为"听从他女神母亲的召唤"，听从到意大利重新建国的天命，按照罗马帝国的政治标准，这是完全正确的。相比之下，奥维德的版本远更可信。他笔下的狄多断言，埃涅阿斯如此急于离开她和迦太基是因为狄多怀上了他的孩子。正是出于这个原因她才决定自杀，因为她的名声被败坏了，她毕竟是一位女王。如果说这样的想象只是符合人性常理和当时的社会环境，那么堪称离经叛道的是，奥维德甚至让他的狄多发出疑问，质疑维纳斯是否的确是埃涅阿斯的母亲，因为她是爱情之神，而用离去来表露情感实在是太古怪了。埃涅阿斯是罗马人公认的祖先，屋大维所在的尤利亚家族也声称，他们是埃涅阿斯之子尤卢斯的后代，奥维德公然挑战埃涅阿斯的神族背景，也是对当时罗马皇族的大不敬。但他遵从的不是政治逻辑，而是艺术逻辑，并且他的艺术逻辑的确难以辩驳。

选择哀歌体的意义

《情诗集》《爱的艺术》和《爱的疗治》都是奥维德早期的作品，《情诗集》更是他的处女作。在创作生涯的最开始，奥维德这位初登文坛的诗人其实有很多选择，维吉尔以田园诗试笔，贺拉斯从讽刺诗入手，为何奥维德转向爱情哀歌体？自卡图卢斯将哀歌体引入拉丁语诗歌之后，加卢斯、提布卢斯和普洛佩提乌斯已将其发展成了一种极具罗马特色的体裁，如果奥维德只是为了寻找一种相对有发展空间的领域，哀歌体并不是理想的选择。倘若他只是受到亚历山大诗人卡利马科斯的影响，不愿沿袭史诗的传统，他仍然可以像前辈卡图卢斯、贺拉斯一样，专注于抒情诗的创作。事实上，体裁的问题是纠缠奥维德一生的问题，但在《情诗集》中，这个问题最为突出，也以最富于戏剧性的方式呈现出来。三部《情诗集》的序诗都凸显了体裁的争斗。在第一部的开头，奥维德写道："我欲以庄重的格律咏唱兵戈和暴烈的 / 战争，题材与节奏彼此谐和。 / 双行本来与单行等长，但据说丘比特 / 狡黠地笑了，将一个音步偷窃。"史诗体格律和哀歌体格律的关键差别就在双行行末，史诗体有六个音步，哀歌体只有五个。诗人在这里将体裁的选择归因于神的介入，自然是戏谑的推诿之词。到了第二部开篇，奥维德又将自己放弃史诗的责任推到了女友身上："我握着雨云，朱庇特在身边手执闪电 /（祂正欲抛掷，拯救统治的昊天）——/ 女友却骤然关门，我弃了闪电和神王，/ 朱庇特自己也掉出我的思想。/ 饶恕我，神王，你的武器没有什么用，/ 关门的动作于我是更厉害的雷霆。"女友取代朱庇特成了诗人的主宰，情爱的温言软语也驱逐了雷霆闪电所代表的史诗题材。而在第三部的序诗里，奥维德则安排了"悲剧"和"哀歌"两位女神现身对峙。在西方传统的诗歌等级中，悲剧和史诗都位于顶端，是最高贵的体裁。诗人最后的和解方案是，求"悲剧"女神给自己少许时间继续和"哀歌"在一起。这个结局暗示，按照奥维德最初的生涯规划，哀歌体创作是他的第一阶段，此后将转向悲剧。他的确曾创作过一部获得古人盛赞的悲剧《美狄亚》（已经失传），但似乎那是仅有的一部，发表《情诗集》后，他推出的后续作品《爱的艺术》《爱的疗治》《岁时记》，甚至晚年流放期间的所有作品都是哀歌体（当然就题材和风格而言，已经远远越出了罗马同行的哀歌体的藩篱）。

　　从上面的讨论可知，奥维德始终拒绝写传统的史诗，但并不排斥悲剧，并且始终痴迷哀歌体，其中缘由何在？从维吉尔那一代诗人开始，体裁问题在古罗马就不再是美学趣味问题，而已经成了政治问题。因为哀歌体在古罗马是与私人情爱绑在一起的，创作哀歌体就是摒弃了地位最尊崇的史诗体。如达维斯所说，在共和国晚期，卡图卢斯等"新诗派"作者沉浸于私人诗歌只是自觉远离他们认定已经过时的文学样式，而在奥古斯都时代，摒弃史诗就意味着摒弃官方设定的艺术主题和意识形态。这些主题和意识形态大体分为三个方面：一是以皇室崇拜为核心的神话宗教体系，屋大维借此确立尤利亚家族统治的神圣基础；二是宣扬勇武的军国主义价值观和罗马征服万国的天命，塑造罗马文明的特殊性和屋大维"天下共主"的地位；三是复兴传统道德观，将屋大维宣传成制止淫邪、贪婪、堕落，让罗马回归祖先美德的圣人。可以看出，至少在表面上，维吉尔突出了前两个方面，贺拉斯突出了后两个方面，奥维德的早期作品则以体裁为挡箭牌，回避了第一个方面，调侃了第二个方面，挑衅了第三个方面。

　　奥维德拒绝选择史诗的体裁，就自动拒绝了传统上与该体裁紧密联系的宗教与战争的题材，在屋大维时代，就等于不肯（至少不肯系统地、成规模地）为帝国事业歌功颂德。不仅如此，奥维德在《情诗集》中一以贯之地表达了对奥古斯都意识形态体系的蔑视。众所周知，维纳斯（传说中埃涅阿斯的母亲）和马尔斯（传说中罗慕路斯的父亲）被公认为罗马民族的祖先，奥维德却提醒读者，他们也是一对经典的通奸者。而且，诗人宣称，罗马淫邪成风，正是因为这座城在维纳斯的统治下："如今马尔斯在外战中磨砺兵士的意志，/ 维纳斯统治着埃涅阿斯的城市。/ 貌美者恣情嬉玩，无人眷顾者才贞洁——/ 若非太迂腐，她亦会主动沾惹。"（第一部第八首41—44行）奥维德不但轻慢神，而且对罗马的军国主义宣传也不屑一顾。卡图卢斯笔下"爱如战争"的主题只是一种俏皮，奥维德沿用这个比喻却出于政治上的逆反心理。军队是屋大维控制罗马的资本，也是帝国扩张的工具，奥维德却时常嘲讽军旅生活和所谓的军功。在第一部第十三首谴责黎明女神的诗里，士兵打仗与孩子上学、主妇干家务都被视为奥罗拉带来的悲惨后果，而在第十四首中，罗马镇压叙甘布里亚部落的大捷对于抒情主人公的意义仅仅在于，因为染发而毁掉头发的女友可以买到日耳曼的漂亮假发。诗人反复声言，恋爱者与士兵无异，将前者视为后者的道德和社会功用的等价物，就是在拆军国主义的台。更让屋大维难以容忍的是，在自己通过立法手段和宣传攻势极力"恢复"传统道德尤其是性道德的时候，奥维德不仅在《情诗集》中描绘了一位偷情高手的生活，甚至变本加厉，在《爱的艺术》中公然扮演"情爱导师"的角色，"煽动"更多的罗马人品尝他所谓"未被禁止的"快乐。在奥维德的语汇里，"土气"（rusticus）的意思就是不敢偷情，所谓罗马的"原初美德"根本不存在，先祖罗慕路斯就是一位率领士兵抢夺少女的淫棍（《爱的艺术》第一卷 101—132 行）。

当然，在《情诗集》等作品里，奥维德几乎总是以一种戏谑的口气表达这些态度的，这导致学者们在很长一段时间里认为，他的早期诗歌没有任何政治指涉。直到 20 世纪中叶，弗兰克尔、威尔金森仍然持此观点。巴尔斯比、威廉斯、李特尔等下一代学者虽然相信奥维德是"非政治的"，也无意攻击奥古斯都政体或怀念共和政体，但已经意识到诗人的立场与官方道德之间的紧张关系，并且觉得这种紧张可能有政治上的效果。后来的一些学者的评价则更为明确。麦克声称，"奥维德让我们质疑奥古斯都宣传的根基"，伽墨尔也相信，《情诗集》动摇的不只是当时罗马的情欲观，还包括"社会关系、政治、文学及其相互关系"。肯尼迪则认为，尽管奥维德本人的态度是反讽的，甚至是反叛的，但从效果上看，他仍然陷在奥古斯都的意识形态中，他对后者轻浮的挪用反而强化了其逻辑，让屋大维的宣传更显得正当。

综合考虑奥维德一生的创作倾向，我觉得他选择哀歌体，并以《情诗集》开始自己的创作生涯，只是适应了自己的性情和才华，应当没有刻意与屋大维和官方立场为敌的用意，但官方恐怕未必会相信他的"无辜"。而且，他天性中玩世不恭的特点和戏剧夸张的倾向总是会制造出某种颠覆性的"溢出效应"，当这些溢出效应在读者心中发生共振时，便会形成某种具备整体性的"立场"幻觉。换言之，奥维德诗歌中的"反奥古斯都"姿态是一种艺术效果，而不是主观意图。但强烈的反讽和共情的想象往往具有超出作者控制的杀伤力，可以在读者心中起到与官方意识形态对抗的作用，借助情境浸入和修辞惯性获得的零星的、片断的艺术化洞察力也可能在读者这里凝固成思想上的洞察力。这就造成奥维德早期诗歌的一个悖论：他的戏谑成了批判，他的轻浮成了严肃，他的远离政治成了深度介入政治。

《情诗集》介绍

奥维德是罗马爱情哀歌的最后一位重要诗人，他的《情诗集》自然也继承了许多传统元素，例如第一部第四首中抒情主人公与女友在宴席上瞒着她丈夫暗中调情的细节就呼应着提布卢斯《哀歌集》中的类似描写（*Elegiae* 16.15-42）。事实上，男情人和女子一起欺骗女子的丈夫早已成为爱情哀歌体的固定题材。第一部第六首沿袭了古希腊罗马时代一种流行的情诗体裁（paraclausithyron），吃闭门羹的情人常在门外唱这种歌，可对比贺拉斯《颂诗集》（*Carmina*）第三部第十首、提布卢斯《哀歌集》第一部第二首和普洛佩提乌斯《哀歌集》（*Elegiae*）第一部第十九首。《情诗集》第一部第八首刻画的淫媒也是古罗马爱情哀歌中的常见角色，可对比提布卢斯《哀歌集》（1.5.67ff）和普洛佩提乌斯《哀歌集》（4.5.19-62）。奥维德不仅吸收了哀歌体的传统元素，也从古典诗歌的其他体裁汲取了灵感。例如，第二部第六首哀悼女友鹦鹉的诗明显模仿了卡图卢斯《歌集》（*Carmina*）第三首，在那首诗里，诗人哀悼了情人莱斯比娅宠爱的小雀。第二部第十五首向女友赠送戒指的诗延续了西方古典礼物诗的传统，但具有一个戏剧化的复杂结构，诗中的说话者和听话者发生了多次变化。1—10 行是诗人恋爱者在跟戒指说话，11—24 行是戒指在跟诗人恋爱者的女友说话，25—26 行是诗人恋爱者在跟女友说话，27—28 行是诗人恋爱者在跟戒指说话。奥维德借助巧妙的铺垫和过渡，让这些视角实现了无缝衔接。第三部第五首则属于西方古典文学中源远流长的记梦和释梦诗，《伊利亚特》《奥德赛》《物因》《物性论》中都有记录和阐释梦的段落，在古罗马爱情哀歌体内部，普洛佩提乌斯也写过三首梦诗。

　　然而，哀歌这种体裁在奥维德手里也发生了重要变化。卡图卢斯《歌集》第七十六首从主题、情感、格律和措辞等多方面奠定了古罗马爱情哀歌的基础，已经体现了这类诗歌的一个核心悖论：它们歌咏的情感一定是婚外关系，抒情主人公却会一再强调自己的忠诚。卡图卢斯在这首诗里就用古罗马贵族男子的友谊伦理词汇来描绘它，比如 benefacta（善行）、fidem（忠诚）、foedere（盟约）、pium（虔诚）等等。提布卢斯和普洛佩提乌斯也继承了这个特点，他们的作品中虽然也有轻浮、戏谑的时刻，但总体而言，他们对待恋爱关系的态度是严肃的（至少装作是严肃的）。奥维德则不然，《情诗集》的基调就是反讽。诗人一贯强烈地意识到读者的存在，诗集的反讽效果常常存在于他对女友装出的忠诚假象和他向读者透露的花心真相之间的对照。诗人恋爱者的表白完全不是真诚的，在《爱的艺术》中，奥维德也从未建议过恋爱者要真诚。以《情诗集》第一部第三首为例，抒情主人公向女友表白时列举了自己家世的清白、生活的清贫、爱情的忠诚和诗歌的天才，并承诺"千位姑娘都无法打动我，我的爱不浪游"，然而他用来类比的伊俄、丽达和欧罗巴的三则神话都体现了单方面的欺骗，没有任何爱情可言，因此对前面吹嘘的话有一种拆解的效果。当他以朱庇特自比时，也是在暗示自己是三心二意、没有任何忠诚而言的人。第二部第四首中他更是直接对读者说："因为我没有控制自己的力量和意志，/ 如激流裹挟的小舟，我无法止息。/ 勾起我欲念的并非某种特定的风韵，/ 一百条理由让我不停地动情。"当然，如果他说给女友的话不可信，他说给读者的话同样不可信。在第三部第十二首中，他就抱怨读者轻信自己赞美女友美貌的话，并因此纷纷去追求她，他如此为自己辩解："诗人丰饶的自由可漫游无垠的空际，/ 从不把词语绑缚于历史的真实：/ 我对女友的称赞自然也不该太当真，/ 如今我已成你们轻信的牺牲品。"因此，如贝尔曼所言，奥维德的哀歌体具备了传统爱情哀歌中不曾存在的某种"超然"态度。无论诗人使用了多少传统的主题和意象，他并没有真正陷入情网。

甚至《情诗集》中被众多评论者称为最真挚的一首诗——第三部第九首——也难逃反讽的嫌疑。这首诗是悼念古罗马著名哀歌诗人提布卢斯的挽歌。威尔金森、托马斯、迪克森都认为它与《情诗集》中大部分作品不同，是原创性的，而且是严肃的。如果真是这样，那么它跟《情诗集》整体的戏谑风格就有冲突。杜凯斯奈则觉得，奥维德的语气是诙谐的，诗人以轻松的方式表达了对提布卢斯的尊敬。库里怀疑，作品过分的精致风格表明奥维德的哀悼并不真诚，卡鸿甚至相信，这首诗批评了提布卢斯在自己诗歌中的形象。珀尔金斯也认为，虽然奥维德的确欣赏提布卢斯，但在这首诗里，他通过对其作品的戏仿揶揄了提布卢斯对于死亡想象的执迷。最令人生疑的是提布卢斯两位情人黛丽娅和涅墨西斯"争宠"的片段："离开时，黛丽娅叹道：'我被你爱更幸运：/ 当我做你恋人时，你尚在凡尘。'/ 涅墨西斯反诘道：'你为何替我的损失 / 难过？他是握着我的手离世！'"两位女人的话都影射提布卢斯《哀歌集》里的四行诗（1.59-62），在那里诗人表达了死时能有黛丽娅在身边陪伴和哀悼的愿望。她们在坟前的争执不仅与诗作渲染的肃穆气氛相冲突，而且当提布卢斯生前想象的哀悼画面与现实的哀悼场景（其实也是奥维德的想象）并置在一起，《哀歌集》原诗的悲情（pathos）也变得有些滑稽了。

虽然众多评论家认为，奥维德的轻浮是一种艺术策略，但是女性主义者却不以为然，并针对他的真实性别立场展开了激烈的争论。因为《情诗集》《爱的艺术》等作品在表面上体现了西方古典时代男性视女性为玩物的态度，一些女性主义学者便指控奥维德支持对女人的身体暴力和精神暴力。格林等学者却认为，奥维德在这些作品中采用了非常复杂的文学策略，其真正用意是揭露和谴责古罗马社会爱欲的浪漫表象所隐藏的残酷、非人性的价值观。抒情主人公玩世不恭的商品主义恋爱观（情爱即交换）和男性强权意识与古罗马长期奉行的殖民化话语和父权话语是绑在一起的。《情诗集》第三部集中呈现了女人在罗马性市场和经济市场上的本来面目——商品（丈夫和情夫借以交换利益的手段），男人之间关于女人心照不宣的安排强化了男性的权威，让男人的社会主导权轻易地变成性主导权。奥维德以这样的方式击碎了传统哀歌体塑造的诗人恋爱者的"忠诚"和"深情"形象。即使在风格相对温和的第一部和第二部里，抒情主人公也仍然将女友视为商品，只是方式更隐蔽、更阴险而已。以第一部第七首为例，早期的评论者如弗兰克尔、威尔金森等人都认为诗中的恋爱者是真心为自己殴打女友而忏悔，后来的学者则倾向于强调作品的游戏性消解了所谓的真心。格林指出，奥维德的戏谑化处理表明，这位恋爱者不仅没有后悔，反而从降伏其女友中得到了快乐，将暴力合理化了。但她相信，这不代表奥维德本人的立场，这位恋爱者淡化暴力甚至以此为乐的行为揭示了古罗马情爱关系中男性欺凌女性的惯常心理。在这些作品中，"爱的奴隶"只是一种假象，抒情主人公始终操控着局面。所以，希望在《情诗集》等作品中读到爱情诗的读者注定失望，这里只有情色的现实与幻想，以及或明或暗的交易。学者卡鸿注意到，《情诗集》不仅充满了军事比喻，而且始终将情爱关系视为征服与被征服的关系。这样的处理方式暗示，诗集中的情欲天然是暴力的，并且与罗马的扩张欲密不可分。床如同帝国的战场，情欲与战争的比喻不仅是诙谐的语言游戏，而且揭示了情欲暴力的、竞争性的、毁灭性的特质。二者的相似性表明，罗马无论在公共领域还是私人领域都被一种野蛮的控制欲支配。

也正是由于这种轻浮的语气，奥维德的早期作品受到了众多鉴赏者的忽视。评论者在佩服其技巧的同时，倾向于惋惜他的作品太肤浅，缺乏严肃性，认为它们对于增进人类的理解没有多少帮助。即使我们不考虑前文已经讨论的帝国政治与性政治的内涵，单就爱情哀歌这种体裁本身而言，《情诗集》等作品仍是有价值的。奥维德的确没有维吉尔那样的"庄重"，却有一种冷静的超然，他能敏锐地意识到任何情境中的荒谬性，而在所谓的恋爱关系中，即使贺拉斯也早已发现了荒谬性："谈恋爱就这样，一会儿战争，/ 一会儿和平，像天气一样变化无定，/ 像运气一样不可预测，谁非要弄清 / 它们的究竟，只会自寻烦恼，就像 / 按照理性的指引制定发疯的计划。"（Sermones 2.3.267-271）奥维德从未被情欲的"浪漫"迷住眼，总是能看到恋爱关系中双方盲目的冲动和缜密的算计。至于他诗中常被人诟病的"修辞术"，如厄略特所言它也并非真正的缺点，对论辩性因素的厌恶只是浪漫主义运动以来的审美趣味而已，无所谓对错，不应作为评判诗歌的标准。在奥维德的诗中，正是以论辩为基础的修辞术给了感性的内容一种理性的烛照，它的正面效果在《变形记》中更加明显。

《爱的艺术》和《爱的疗治》介绍

《爱的艺术》虽然也以哀歌体写成，但与《情诗集》有重要的区别。首先，它并非短诗的合集，而是一首分卷的长诗，所以在奥维德的诗人生涯中，起到了为后来的《岁时记》和《变形记》热身的作用。其次，就体裁而言，它是说教诗。在西方古代，这是一种流行极广、内容极丰富的体裁，上至天文地理，下至打猎捕鱼，任何题材都可用诗歌的形式呈现，并以传递知识或技巧为主要目的。我们已经知道，奥维德的"色情诗"触怒了屋大维，但若论色情和偏离主流道德观的程度，《情诗集》远远超过了《爱的艺术》，而且后者为自己（虽然言不由衷）主动划定了边界，限定了读者："细长的束发带，贞节的标志，赶紧走远，/还有你，为女子遮脚的长裙褶边！/我将歌咏安全的欢爱和未被禁止的偷情，/这里面不会有任何罪恶的行径。"为何为奥维德招来灾殃的却是《爱的艺术》，不是《情诗集》？答案在于体裁。无论《情诗集》多么出格，它都可理解为私人生活的记录，古罗马的爱情哀歌本不乏情色的内容，但《爱的艺术》既然以说教诗的形式出现，奥维德也以"情爱导师"自命，这部作品就进入了公共领域，不再是"行淫"，而是"诲淫"，与官方法律与政策直接冲撞了。在这样的框架下，奥维德从《情诗集》沿袭的轻浮调子不仅不能给他脱罪，反而更让屋大维怀疑他隐藏的动机。

　　《爱的艺术》长达两千四百行，远远突破了卡图卢斯和贺拉斯最长作品（不超过五百行）的篇幅，已让人窥见诗人觊觎长诗的野心。它分为三卷：第一卷的重心是如何物色情人并赢得她的爱；第二卷的主题是如何维持恋爱关系；第三卷却换了角度，不再从男子的角度传授技艺，而从女人的角度探讨控制男人的手段。格林指出，从第二卷到第三卷的过渡对应了古希腊史诗从《伊利亚特》到《埃提俄庇斯》（Aethiopis）的过渡，吉布森认为，这种转换也类似赫希俄德的《神谱》（Theogony）结尾和《列女传》（Catalogue of Women）开篇的拼接。这首诗的素材主要有两个来源。许多吸引情人和维系关系的诀窍呼应着《情诗集》的一些段落，例如赛车场勾引女人的建议与《情诗集》第三部第二首相似，酒宴上的伎俩对应于《情诗集》第一部第四首，与侍女关系的探讨与《情诗集》第一部第十一首和第二部第八首相关。更重要的来源则是传统的神话（从这个角度看，《爱的艺术》更接近《岁时记》和《变形记》）。华特森统计了《爱的艺术》中出现的神话人物或情节，发现共有六十六处，其中五十余处都被诗人用来论证自己的观点。这些样例（exempla）又分为两大类，一类是与情爱无关的神话；一类是情爱神话，后一类又可分为两小类——真正与论题相关的神话和只是表面相关的神话。她认为，奥维德对这些神话的使用遵循一个套路：一方面在直截了当的论证中扮演严肃的情爱导师的角色，另一方面却通过对神话样例的反讽式处理消解严肃性，制造诙谐的效果。与《情诗集》相似，谁若想在《爱的艺术》中寻找爱的真谛，是绝无可能的，这是一本寻欢作乐的指南，奥维德将流行于当时罗马的各种猎艳手段汇总到一起，借此观察人情世故，并在文本的编织中获得快乐。至于它的讽刺和批判效果，可以参考前文关于《情诗集》政治意蕴的讨论。

《爱的疗治》的主旨在于为试图摆脱恋爱困局的人提供帮助，但作品的幽默意义大于实用价值。奥维德提及的许多手段其实都难以施行，或者难有效果，比如避免闲逸的生活，逃至乡村或海角天涯，聚焦于情人的缺点，或者以腻在一起的方式激起厌恶……德国古典学者普拉滕曾在日记里写道：《爱的疗治》宣称要教会读者如何摆脱爱，然而它迷人的语调却可能起到相反的作用。学者布鲁奈尔也指出，这首诗的内容和形式是矛盾的，奥维德曾把哀歌体称为维纳斯的"淫媒"，用这种体裁来反对情爱是无效的。诗人在757—758行特别警告容易陷入情网的读者不要碰任何情爱诗（从体裁上说自然也包括《爱的疗治》），就是一种狡黠的自我拆台行为。达维森认为，这首诗的一个核心悖论是：爱的痛苦是无法疗治的，疗治的建议实施起来往往比爱的痛苦更痛苦。

《情诗集》和《爱的疗治》主要依据的是 Kenney（1961 年）的版本，《爱的艺术》主要依据的是 de Verger（2003 年）的版本，并参考了其他多个版本，选择了自己认为最合理的原文。译诗采用以顿代步的原则，单行六顿，双行五顿，以每两行换韵的方式押韵。为了方便读者理解，译者整合了西方学术界的观点，撰写了六万字的注释，着重解释了诗作涉及的神话和历史典故，并概述了学者对作品的阐释。

　　本书是 2018 年国家社科基金重大项目"拉丁语诗歌通史（多卷本）"（项目号：18ZDA288）的阶段性成果，在此向全国哲学社会科学办公室表示感谢。另外，也要感谢杜海燕老师和中国青年出版总社其他老师的大力支持。

李永毅

2022 年 6 月

汉译及注释

《情诗集》

第一部

AMORVM LIBER PRIMVS

作者铭文

我们这些纳索的诗作不久前是五部 [1]，
　　如今是三部，作者更喜欢这新书。
虽然阅读我们并不能带给你乐趣，
　　但去除两部将减掉些许痛苦。

---

[1] "纳索"是奥维德全名的一部分，他常用"纳索"自称。流传到今日的《情诗集》只有三部，从奥维德这里的说法可知，《情诗集》初次发表时有五部。

第一首（序诗）

我欲以庄重的格律咏唱兵戈和暴烈的 [1]
　　战争，题材与节奏彼此谐和。
双行本来与单行等长，但据说丘比特
　　狡黠地笑了，将一个音步偷窃。[2]
5　　"野蛮的男孩，谁给你权力掌管我的诗？
　　我们诗人属于缪斯，不属于你 [3]。
倘若维纳斯抢夺金发密涅瓦的戎装，
　　密涅瓦挥舞维纳斯的火炬，会怎样？ [4]

1　"庄重的格律"（graves numeri）指史诗体（即长短短格六音步）。

2　哀歌体的格律单双行长度不同，单行六音步，双行五音步。丘比特偷走史诗体
　　双行的一个音步，就将史诗体变成了哀歌体，而在古罗马，哀歌体主要用于情
　　爱诗的创作。

3　原文中的复数属格名词 Pieridum（皮埃里亚的诸神）指缪斯，皮埃里亚（Pieria）
　　位于色雷斯，据说是缪斯神最初的居处。

4　密涅瓦是智慧女神，也以善战著称，维纳斯是爱神，奥维德用她们代表不同的
　　领域和权力范围。

谁会允许刻瑞斯在山林建立其统治，

10 以处女猎神的法律耕作土地？[1]

谁又会给长发飘逸的福玻斯配上尖矛，

却让马尔斯弹阿俄尼亚的曲调？[2]

小男孩，你的疆域广大，权力显赫[3]，

为何还不满足，强揽新职责？

15 还是一切都归你？赫利孔的幽谷也归你？

甚至福玻斯的竖琴都朝不保夕？

崭新的页面上第一行原本是很好的开始，

紧邻的那行却削弱了我的气势[4]——

但我并没有与轻柔格律相合的题材，

20 无论男孩或束着长发的女孩。"

我如此抱怨，却见他立刻打开箭囊，

挑了一支箭，决意让我灭亡。

他在膝盖上使劲将弓拉成弯月形，

喊道："接住你的题材，诗人！"[5]

25 可怜的我！谁能躲过那男孩的箭矢？

我患上相思，心被小爱神辖制。

---

1 "处女猎神"对应的原文是 pharetratae Virginis（带箭囊的处女），指狄安娜。上一行的刻瑞斯是谷神。

2 "阿俄尼亚"（Aonia）是缪斯圣山赫利孔（Helicon）所在的地区。上一行的"福玻斯"是日神阿波罗的别称。

3 "小男孩"指丘比特。

4 因为哀歌体比史诗体更"阴柔"。

5 因为丘比特箭无虚发，中箭的诗人必定会忍受爱的折磨，于是就有了哀歌体的题材。

就让我的诗始于六音步，终于五音步：

　　血战，永别了，连同你们的格律！

用海岸摘来的桃金娘装饰你金色的鬓边 [1]，

30　　缪斯，你必须以十一音步咏叹 [2]！

1　桃金娘是维纳斯的圣物，象征爱情。

2　这里单数的缪斯指厄剌托（Erato），她的名字在古希腊语中是"爱欲"的意思。"十一音步"指哀歌体（单行六音步加双行五音步）。这行的原文出现了 emodulanda 这个在拉丁语中仅见于此的词，绝大多数注者和拉丁语词典都认为它与 modulanda 意思完全相同，但 Waterhouse（2008）指出，前缀 e- 或者 ex- 在拉丁语中有强化词根意义的作用，奥维德不是无端杜撰这个词。在这首诗的开头，哀歌体只是被丘比特偷走一个音步的蹩脚史诗体，并非诗人心甘情愿使用的格律，但到了诗末，他已经意识到，哀歌体对于自己的缪斯而言是完全正当、恰当的格律，所以添加 e- 这个前缀表达了他的态度。

第二首（爱的俘虏）[1]

我该说这意味什么：感觉身下的褥垫
　　如此硬，床上的被子一片凌乱，
熬过漫漫无尽的夜晚，不曾睡片刻，
　　骨头累又疼，身体辗转反侧？
5　但我想，若有任何爱侵扰，我当知悉，
　　难道他已潜入，狡猾地以秘术攻击[2]？
确实如此，他的细箭已嵌进我心房，
　　凶猛的小神凌虐我被占的胸膛。
臣服还是在抵抗中催旺这骤燃的火焰？
10　　臣服吧！逆来顺受能减轻负担。

1　Cahoon（1988）指出，军事征服和奴役的意象贯穿《情诗集》的始终，为轻
　　松戏谑的情诗笼罩了一层阴郁甚至血腥的色彩。在这些情爱诗里（包括它们所
　　映射的古罗马欢爱世界里），男女关系充满了权力与控制的争夺，充满了利益
　　交换与算计，没有温情、自由与尊严可言。McKeown（1989）认为这首诗和
　　上一首缺乏"戏剧上的连贯性"，因为在第一首末尾，诗人已经处于丘比特辖
　　制之下，在本诗开头，他却不知道"这意味着什么"。但 Moles（1991）则觉
　　得，这两首诗分别体现了诗人恋爱者的两个侧面——经历者和理性分析者，在
　　本诗的开头，他仍不相信自己已成为丘比特的俘虏，但最终认识到反抗无用。

2　"他"指丘比特。

我曾经见过，火炬越挥舞，焰苗越欢腾，

　　　没人去摇晃，它们却逐渐消隐；

比起喜欢上耕犁的同类，最初极力

　　　躲避轭的公牛会遭到更多鞭笞；

15　烈马的口唇被坚硬的铁衔磨出伤痕，

　　　若甘愿驯顺，反感觉不到缰绳。

谁愈要挣扎，爱逼迫愈狠，伤害愈深，

　　　远胜宣布忍受其奴役的那些人。

丘比特，我已认输，成为你的新猎物，

20　　　正伸出战败的手，任凭你惩处。

你我不需要战争，我请求宽恕与和平，

　　　征服没武器的我，你有何光荣？

头缠桃金娘花冠，让母亲的鸽子负轭[1]，

　　　继父将为你准备合适的战车[2]，

25　你将高踞于车上，听人群欢呼胜利，

　　　以娴熟的技巧驾驭并驰的"坐骑"。

被俘的少男少女将在你身后拖行，

　　　为你举办的仪式将辉煌而隆重[3]。

而我自己，你最近的战利品，将带着新伤，

30　　　接受陌生的锁链，无意反抗。

双手反绑于身后，"良心"也在队列里，

1　　鸽子为维纳斯拉车。

2　　"继父"指马尔斯，这是开玩笑的说法，马尔斯并未与维纳斯成婚，只是暗里
　　有私情。

3　　"仪式"指古罗马为获得重大军事胜利的将领举行的凯旋礼（triumphus）。

还有"体面"和小爱神的全部仇敌。

世间万物都怕你，全向你伸出臂膀，

　　"凯旋！凯旋！"，人群高声诵唱[1]。

35　"引诱""迷误"和"疯狂"都将在你身边，

　　他们从来都殷勤地与你相伴。

率领这样的士兵，你征服凡人与神灵；

　　去掉他们，你就什么都不剩。

快乐的母亲将从奥林匹斯的峰巅

40　祝贺你，抛撒玫瑰装饰你的脸。

宝石缀满你翅翼，缀满你头发，身穿

　　金袍，你将乘金车一路向前。

那时你又会（若我了解你）引燃不少人，

　　经过之时又留下累累的伤痕。

45　即使你自己愿意，你的箭也无法停歇，

　　炽热的火焰烧灼邻近的一切。

平定恒河流域的巴克斯也是如此[2]，

　　只不过鸟被你操控，虎被他驱使[3]。

所以，既然我是你神圣凯旋礼的一部分，

50　胜利者，你的力就不该为我耗损！

1　"凯旋"（Io triumphe）是凯旋游行时观众程式化的欢呼。

2　在古希腊神话中，酒神狄俄尼索斯（即巴克斯）曾远征印度并取得胜利。

3　传说为酒神驾车的是虎豹。

看看你亲戚恺撒的幸运武器——征服 [1]

敌人的手也用来将他们保护 [2]。

1　"恺撒"指屋大维，他之所以被称为丘比特的亲戚，是因为屋大维的养父恺撒
　　据说是尤卢斯（Iulus）的后裔，而尤卢斯的父亲埃涅阿斯（Aeneas）是维纳斯
　　的儿子。

2　奥维德在此称赞屋大维对敌人仁慈。

第三首（诗人的自白）[1]

我祈求公正：或者让最近俘虏我的女孩

　　爱上我，或者让我永远有理由爱！

太贪婪——只要她允许我爱就成，那就算

　　我给维纳斯的无数祷告已应验！

5　接受一位在漫长岁月中侍奉你的人，

　　接受他，他懂得如何付出真心！

如果我无法夸耀古代祖先的大名，

　　如果我骑士的血统难获你垂青，

我的土地也没有无数犁铧在翻耕，

10　　我父母也不喜奢华，习惯俭省——

1　在这首诗里，诗人恋爱者列举了自己的特点：家世的清白、生活的清贫、爱情
的忠诚和诗歌的天才。Stroh（1971）认为，奥维德只是将西方古典诗歌中的
一些传统要素组合起来，没有任何独创性。Olstein（1975）则指出，如果把《情
诗集》第一部第一首和第二首视为序诗，那么这首诗就是整部诗集的第一首作
品，正是在这部作品里，奥维德确立了《情诗集》的反讽和戏谑模式。诗人恋
爱者在这首诗里的表白完全不是真诚的，在《爱的艺术》中，奥维德也从未建
议过恋爱者要真诚。Holleman（1970）相信，在这首早期作品中，奥维德已
经宣告了自己刻意远离奥古斯都意识形态机器的立场。在给情人的自白中，他
声称自己提供的不是骑士（屋大维的主要支持者）的忠诚，也不是元老院议员
（大地主）的忠诚，而是情爱诗人的忠诚（自觉摒弃政治服务）。

但是福玻斯、他的九位侍从和巴克斯 [1]

　　站在我一边，小爱神将我交给你，

还有不输任何人的忠诚，无瑕的品行，

　　毫无掩饰的坦率和敏感的羞耻心 [2]。

15　千位姑娘都无法打动我，我的爱不浪游 [3]：

　　只要信我，你永远都在我心头。

命运的纱线赐给我多少年，就愿我与你

　　共度多少年，我死时你也能悲戚！

来吧，请让你成为我诗歌幸福的主题——

20　我流淌的旋律不会辜负其肇始。 [4]

被牛角惊吓的伊俄在诗中留名，被痴迷 [5]

　　水泊的天鹅欺骗的女孩也如此 [6]，

还有欧罗巴（假扮的公牛驮着她越海，

1　"九位侍从"指诸位缪斯。"巴克斯"对应的原文是 vitis repertor（葡萄藤的发明者）。

2　"敏感的羞耻心"对应的原文是 purpureus pudor，意为"（容易）脸红的羞耻心"。Curran（1966）敏锐地注意到，pu 连续三次重复的喜剧效果透露了诗人自嘲的反讽用意。

3　"我的爱不浪游"对应的原文是 non sum desultor amoris，desultor 的意思是"跃下马的人"。Riley（1852）告诉我们，古罗马炫耀骑术的人常在不同的马或马车之间腾跃，所以 desultor 可比喻脚踏多只船的情人，但 Barsby（1975）指出，在奥维德之前的时代，这种比喻用法很罕见，所以 desultor amoris 的说法体现了诗人的创造性。

4　Keith（1994）认为，奥维德在这里确立了女友与哀歌体的密切关联，这个主题贯穿《情诗集》始终。

5　伊俄（Io）被朱庇特诱奸并变成母牛的故事可参考《变形记》（*Metamorphoses* 1.568-746）。

6　"女孩"指丽达（Leda），丽达被化身为天鹅的朱庇特强暴。

一对弯角被处女的手紧拽）。[1]

25   我俩与她们一样，也将被全世界颂赞，

        我的名也将永远与你的名相连。

---

1   腓尼基公主欧罗巴（Europa）被化身为公牛的朱庇特拐骗到克里特。值得注意的是，奥维德举的三个例子都体现了单方面的欺骗，没有任何爱情可言，因此对前面吹嘘自己美德的话有一种拆解的效果。Olstein（1971）详细分析了这几个例子，也认为诗人恋爱者以朱庇特自比，暗示他在爱情关系中也是以欺骗为手段，而且和朱庇特一样，他也是三心二意、没有任何忠诚可言的人。

第四首（宴席）¹

你丈夫将与我们参加同一场宴席——

　　我祈祷，这是你丈夫的最后一次！

所以我只能做陪吃的宾客，望着心爱的

　　姑娘？他却能惬意地被你抚摸，

5　你也恰到好处地仰面，触碰他胸膛²？

　　他可会恣意伸手搂住你颈项？

别再惊讶，当酒摆上桌，阿特拉克斯

　　明艳的新娘引发半人马的攻击³。

我的家不是森林，我也非杂糅的怪物⁴，

1　男情人和女子一起欺骗女子的丈夫是爱情哀歌体的固定题材，可参考提布卢斯《哀歌集》中的类似描写（*Elegiae* 16.15-42）。

2　古罗马男子进餐，都是躺在长椅上，一张长椅上躺二至三人。女子进餐通常坐着，但不拘小节的女性也时常躺着进餐。

3　阿特拉克斯（Atrax）是古希腊帖撒利亚（Thessalia）地区的一座城市。"明艳的新娘"指拉庇泰国王庇里托俄斯（Pirithous）之妻希波达墨（Hippodame），她因为长得漂亮，在婚礼上被半人马族的宾客觊觎，引发了半人马族和拉庇泰人的武装冲突。参考《变形记》（*Metamorphoses* 12.210-535）。

4　"杂糅的怪物"影射半人马。

₁₀ 染指你的冲动却多么难驯服！

然而，请了解你该做什么，别让东风

或温和的南风卷走我的叮咛！

比丈夫早到——可你若早到，我也不知

能做些什么，但你还是要如此。

₁₅ 当他趴上长餐椅，你也在身边躺好，

表情矜持——但偷碰一下我的脚！

看着我，注意我点头和面部无声的话语，

理解秘密的信号，也给我回复。

无须动嘴唇，我会用眉毛传递情意，

₂₀ 你要读我蘸着美酒勾勒的文字。

当你回忆起我们性爱的无拘戏耍，

且用温软的拇指按绯红的脸颊；

若我有事惹得你在心中默默责备，

就让你那只柔手轻捏耳垂。

₂₅ 我的生命，当我说的话或做的事让你

舒心，请一直转动你的戒指。

握紧餐桌，就像祷告者，当你祈求¹

罪有应得的丈夫多遭祸咎。

让他自己喝为你调的酒，你若明智；

₃₀ 你想饮什么，低声告诉奴隶²。

你刚放下的杯子，我会立刻拿起，

1　古代西方的祷告者祈求神时，手一般会抓着祭坛。

2　在古罗马，这种奴隶叫作 pincerna，专门按照宾客的口味调酒水。

你从哪边饮，我也会与你一致。

如果他碰巧递给你刚被他品尝的东西，

　　既然他的嘴碰过，你定要拒斥。

35　别让他伸出胳膊，紧搂你的颈项，

　　你温柔的头别倚靠他僵硬的胸膛；

也不要凑近他，容许他抚弄你乳房，

　　尤其不要给他甜吻的奖赏！

如果你吻他，我就会公开我们的关系，

40　就会喊"那是我的！"并出手阻止。

这些我仍会看见，但衣物隐藏的部分

　　才是搅动我晦暗恐惧的原因。

别让大腿与大腿亲近，小腿相依偎，

　　别让你的嫩足被糙足轻踩。

45　可怜，我怕许多事，因为我都曾冒险

　　做过，你看我，被自己的先例摧残！

我和钟情的女人常借着衣服的遮盖，

　　快如闪电地品味甜蜜的欢爱 [1]——

你不会与他如此，但为了免去嫌疑，

50　挪去你肩头那件合谋的罩衣。

1　Davis（1979）认为，45—48 行是诗人恋爱者的旁白，并非说给女友听，而是说给读者听。他的理由有四：（1）如果第 47 行"钟情的女人"指诗中这位女友，那么从第二人称到第三人称的切换太突兀；（2）如果真指同一人，奥维德便没必要向女友讲述两人一起经历过的事；（3）如果奥维德是在讲述与另一位女子的亲密行为，就不适合向眼下的女友袒露这样的往事；（4）奥维德在《情诗集》中一贯强烈地意识到读者的存在，诗集的反讽效果常常存在于他对女友装出的忠诚假象和他向读者透露的花心真相之间的对照。

始终给丈夫劝酒，可是别吻他，只请求！

    他喝时，若可能，悄悄添加纯酒。

如果他酩酊大醉，昏昏睡去，情景

    和地点将告诉我们如何行动。

₅₅ 待到你起身回家，大家也起身，牢记

    你要走在人群的中间位置，

那样，你容易找到我，我也容易找到你，

    务必碰我，无论能碰到哪里。

好悲惨！这建议只有几个时辰的效力，

₆₀   夜晚一下令，我就得与情人分离。

丈夫将通宵锁住你，我只能流泪伤心，

    尽力跟随，越不过残忍的大门。

他已经在吻你，他已经不止亲吻而已，

    你秘密给我的，却是他分内的权利。

₆₅ 别痛快地给他——你能做到——仿佛被逼迫，

    不要说情话，对性事尽可能吝啬。

若我的祷告应验，让他寻不到乐趣，

    若不成，至少让你不觉得欢愉。

但无论今夜带来的运气如何，明天

₇₀   你都要坚定地宣告，他没有如愿！

第五首（午后的幽会）[1]

　　那是一个夏日，时间已过了正午，

　　　　我躺在床中间，轻松舒展着身躯。

　　窗户一半开着，另一半关着，光线

　　　　几乎模仿了森林里常见的明暗[2]，

5　就像太阳遁逃时暮色一般的熹微，

　　　　也如夜色已离去，黎明却未归。

　　那样的光应献给矜持的姑娘，她们

　　　　羞涩又害怕，希望有地方藏身。

1　Wilkinson（1955）认为这首诗"直截了当地记述了一次成功的幽会"，但一些评论者认为此诗并没有如此透明。Nicoli（1977）对比了诗中的正午和维吉尔作品中埃涅阿斯四次遭遇超自然场景的时间（都是晚上）。Papanghelis（1989）则相信，奥维德选择让女主人公在"正午"出现，应当是为了赋予这首诗一种超自然甚至显圣的氛围。在《变形记》中正午的密林是性爱情节的典型背景，希腊民间故事也声称仙女在正午会特别活跃。Keith（1994）指出，诗对女主人公的描写明显有神化倾向，而在《情诗集》第三部第一首中"哀歌"会以神的形象出现，这里已经是一种预演。

2　奥维德的这一行狡猾地将室内的环境"风景化""自然化"了，这让Papanghelis的解读更具说服力。

看，科琳娜来了，只披着宽松的睡衣 [1]，

　　　散开的头发覆住皓白的脖子——

就像传说中著名的塞密拉米丝或是 [2]

　　　万人倾慕的拉伊丝走进卧室 [3]。

我扯掉睡衣——轻薄的质地其实无碍，

　　　但她仍竭力不失去它的遮盖。[4]

10

她虽然也在挣扎，却仿佛本来就想输，

　　　背叛了自己，轻易就被我征服。

15

当她衣服抛一边，在我的眼前站立，

　　　全身上下竟没有一丝瑕疵 [5]。

18

< ……………………………………………

……………………………………………… >

23

何必列举每一处？所见无不应赞美，

　　　我搂紧赤裸的身体，与我依偎。[6]

1　奥维德在晚年的《哀歌集》（*Tristia* 4.10.59-60）中不无得意地回忆道："因为我诗中化名科琳娜的那位女人，/ 我的才华轰动了整个京城。"科琳娜（Corinna）在《情诗集》中多次出现，是无可争议的主角。历史上曾经有一位名叫科琳娜的忒拜女诗人，她在一次抒情诗比赛中击败过古希腊著名诗人品达（Pindar）。

2　塞密拉米丝（Semiramis）是传说中公元前 9 世纪的亚述王后，丈夫尼诺斯（Ninus）死后成为女王。

3　拉伊丝（Lais）是古希腊著名的高级妓女，无数富豪和名流为她着迷。

4　Keith（1994）指出，科琳娜的衣着象征着哀歌体的精致诗风。

5　McKeown（1989）提醒我们，menda（瑕疵）用来形容身体的缺陷，在拉丁语中仅此一例，这个词通常都用来讨论文学作品的缺点。因此，科琳娜的身体也是哀歌体诗歌的化身。

6　Stephen（1988）认为，这里的描写非常理想化，科琳娜具备神话中女神的特征。

25   谁不知剩下的情节？我们倦怠地休憩。

        愿以后的正午常有这样的运气！

第六首（看门人）[1]

被残忍锁链套住的看门人（不公的命运！）[2]，

　　请转动合页，打开这顽固的门！

我所求只是举手之劳——你让它漏一条

　　缝隙，允许我侧身挤过窄道。

5　长久的相思已为我瘦身，足以应对，

　　减去重量的肢体正与之相配。

是爱教会我在警觉的守卫中间[3]

　　蹑脚潜行，保护我免遭磕绊。

但往日我曾害怕夜晚和虚幻的幽灵，

10　　任何人摸黑走路，我都会吃惊。

丘比特和他娇柔的母亲一起笑，叫我

1　这首诗沿袭了古希腊罗马时代一种流行的情诗体裁（paraclausithyron），吃
　　闭门羹的情人常在门外唱这种歌，可对比贺拉斯《颂诗集》（Carmina）第三
　　部第十首、提布卢斯《哀歌集》（Elegiae）第一部第二首和普洛佩提乌斯《哀
　　歌集》（Elegiae）第一部第十九首。Watson（1982）分析了这首诗的形式特征，
　　认为它是戏仿神灵颂歌的作品。

2　在古罗马，看门人常被锁链套在门柱上，以免他们溜走。

3　这行原文中的 excubias 严格地说，指军队的岗哨。

听见，轻声说："你也会变成勇者。"

爱立刻袭来——我不惧暗夜飞翔的鬼魂，

　　也不惧抬手企图杀死我的敌人。

15　我只忌惮你太执拗，只对你一人逢迎，

　　你手中握着能够毁灭我的雷霆。

看吧（为了能看见，移除冷酷的门闩），

　　这扇门已被我弄得泪痕斑斑！

不管怎么说，当你脱了衣准备受鞭刑，

20　浑身哆嗦，是我向女主人求情。

所以，我曾经为你付出的善心如今

　　（真过分！）轮到我身上就荡然无存？

回报我的恩！你可以报恩，为何要阻拦？

　　夜晚的时间在流逝，快挪去门闩！¹

25　赶紧！若如此，祝你摆脱身上的长链，

　　奴隶水你也不用喝到永远²！

铁石心肠的看门人，你听我徒然哀乞，

　　结实橡木支撑的门漠然矗立。

城市遭围攻，才需紧闭的大门保护，

30　你身处和平，为何担忧战具？

你会怎样，若敌人将恋爱者关外面？

　　夜晚的时间在流逝，快挪去门闩！

我来并没有士卒簇拥，也未带刀兵——

1　这是一行叠句，从此处开始每隔七行重复一次。

2　古罗马奴隶主要的饮料是水，偶尔能喝酒。

孤身一人，若不算残忍的小爱神。

35　即使我有心，我也无法打发他去别处，

　　　　除非我先撕裂自己的身躯。

　　所以我只有爱和些许绕鬓的酒意相伴，

　　　　以及从抹香头发上掉落的花冠。

　　谁害怕这些武器？迎接它们谁不敢？

40　　　夜晚的时间在流逝，快挪去门闩！

　　你顽固，还是睡眠（愿它毁掉你！）将你

　　　　耳朵拒绝的我的话抛进了风里？

　　可是我记得，最初我想躲过你，你却

　　　　太警觉，半夜的星辰都不放过。

45　或许你自己的女友正与你躺在一起——

　　　　呜呼，你远比我这倒霉鬼有福气！

　　只要我如此，转我身上吧，残忍的锁链！

　　　　夜晚的时间在流逝，快挪去门闩！

　　是错觉，还是合页转动，发出声息，

50　　　晃动的门扇传来沙哑的暗示？

　　不过是一阵大风在拍门，我受了骗，

　　　　唉，风把我的希望吹得老远！

　　北风神，你若记得劫走的俄瑞堤伊娅[1]，

　　　　请到这里来，将这堵聋门冲塌！

55　整座城市静悄悄，晶莹的露水洒遍，

1　北风神玻瑞阿斯（Boreas）向雅典国王厄瑞克透斯（Erechtheus）提亲遭拒，
　　于是劫走了他的女儿俄瑞堤伊娅（Orithyia）。参考《变形记》（*Metamorphoses*
　　6.677-721）。

夜晚的时间在流逝，快挪去门闩！

要不，已有更好装备的我拿着剑，

　　擎着火把，翻进这高傲的宅院。

夜、爱和酒不会建议温和的行动，

60　　　夜不知羞耻，酒和爱不懂得惊恐。

我已然用尽手段，劝说与威胁都不能

　　打动你，你比看守之物还死硬！

你本不该来护卫美丽姑娘的门槛，

　　阴森的牢房才配得上你的尊严[1]。

65　覆着白霜的启明星已经在转动车轮，

　　鸟正催促可怜人继续尝苦辛。

可是你，从我落寞鬓发摘下的花环，

　　只好通宵卧于僵冷的门槛！

当她早晨看见你抛掷在那里，你就能

70　　　做证，我多凄惨地虚耗光阴。

无论你怎样，再见，接受我告别的称赞，

　　执拗拒斥偷情者的忠仆，再见！

还有你们，残忍的门柱、冷酷的门槛、

　　与他同为奴隶的门梁，再见！

1　Riley（1852）指出，这里奥维德影射的是古罗马专门用来惩处不服管教的奴
　　隶的监狱（ergastulum）。这些监狱的牢房往往在地下，只有很窄的窗户。

第七首（为施暴忏悔）[1]

若有朋友在场，铐住我的手——它们

　　活该遭禁锢，直到我不再犯疯。

因为疯癫催动我莽撞地殴打了女友，

　　伤于我发狂的手，她泪水淌流。

5　那时我甚至可以侵犯挚爱的双亲，

　　或者凶狠地攻击尊贵的天神！

奇怪吗？手持七层盾牌的埃阿斯不也曾

　　在旷野上抓捕群羊，屠戮殆尽[2]？

负罪的复仇者，为父杀母的俄瑞斯忒斯

1　早期的评论者如 Fränkel（1945）、Wilkinson（1955）、Luck（1959）都认为
　　诗中的恋爱者是真心忏悔，后来的学者则倾向于强调作品的游戏性。Greene
　　（1999）认为，奥维德的戏谑化处理表明，这位恋爱者不仅没有后悔，反而
　　从降伏其女友中得到了快乐，将暴力合理化了。但她相信，这不代表奥维德本
　　人的立场，这位恋爱者淡化暴力甚至以此为乐的行为揭示了古罗马情爱关系中
　　男性欺凌女性的惯常心理。

2　埃阿斯（Aias）是特拉蒙（Telamon）之子，特洛伊战争中希腊联军中的著名勇士，
　　七层盾牌是他的标志性装备。他在阿喀琉斯（Achilles）死后希望继承其武器，
　　被联军领导人拒绝，愤而发疯，以为羊群是阿伽门农（Agamemnon）、墨涅
　　拉俄斯（Menelaus）和私敌尤利西斯（Ulysses），将它们全部杀死。

10　　　　在隐秘的女神前不也敢索要武器[1]？

难道我因此有权撕扯她雅致的发卷？

　　　　头发虽凌乱，却适合她的容颜。

她仍那样美。我会说，仿佛阿塔兰忒

　　　　以弓箭将迈纳卢斯的野兽追猎[2]，

15　也犹如克里特少女哀泣冲动的南风

　　　　卷走了无信忒修斯的帆船和婚盟[3]，

若不是束着发带，倒在贞洁密涅瓦

　　　　神庙的卡珊德拉同样像她[4]。

谁没对我喊"疯子"？谁没骂我"野蛮人"？

20　　　　她却不说话，舌头因恐惧而噤声。

然而她沉默的表情却在斥责我，眼泪

　　　　和紧闭的双唇已经判决我有罪。

真希望我的胳膊已抢先从肩膀掉落！

1　特洛伊战争结束后，阿伽门农返回故乡，被妻子克吕泰墨斯特拉（Clytemnestra）
　　伙同其情夫埃癸斯托斯（Aegisthus）谋杀。俄瑞斯忒斯为父亲报仇，杀死了
　　母亲和埃癸斯托斯，并因为弑母的行为遭到复仇女神的追逐，但他敢于反抗她
　　们。"隐秘的女神"指复仇三女神。

2　阿塔兰忒（Atalante）是博奥蒂亚国王斯科俄纽斯之女，所以原文用 Schoeneida
　　（斯科俄纽斯之女）称呼她，以善于奔跑著称，但这里奥维德将她与另一位阿
　　塔兰忒弄混了，后者是吕库古之子雅西俄斯（Iasius 或 Iasus）的女儿。她才善
　　于打猎，而且是阿卡迪亚人（迈纳卢斯山所在的地区）。

3　"克里特少女"指被雅典英雄忒修斯（Theseus）诱骗的克里特公主阿里阿涅
　　（Ariadne）。她曾背叛父亲米诺斯（Minos），帮助忒修斯走出迷宫，本以为
　　能与他结婚，却在迪亚岛被他抛弃。

4　卡珊德拉（Cassandra）是特洛伊的女祭司与先知，女祭司都"束着发带"。
　　特洛伊陷落后，她在密涅瓦神庙被另一位埃阿斯强奸，这位埃阿斯是洛克里斯
　　（Locris）国王俄伊琉斯（Oileus）的儿子。

去除身体的一部分，我反而好过。

25　　拥有一位疯人的力量是我的损失，

　　　　这样的勇敢只能伤害我自己。

死亡与罪恶的仆役，我与你们有何干？

　　　　活该！亵渎的双手，快套进锁链！

如果袭击最卑微的罗马人，我都会受罚 [1]，

30　　难道对女友我的特权竟更大？

狄俄墨得斯留下了行凶的最坏先例 [2]，

　　　　第一个击伤女神——我接踵而至！

但他罪更轻。我害的是口中所称的爱人，

　　　　狄俄墨得斯却是对敌人凶狠。

35　　去吧，征服者，准备你的辉煌凯旋礼，

　　　　头缠桂冠，向朱庇特还愿献祭，

让簇拥在你战车周围的人群高呼：

　　　　"这位勇士征服了一位少女！"

让你的俘虏披头散发，为你引路，

40　　脸色惨白，若受伤的双颊允许——

它们更适合被嘴唇吻得发青，脖颈

　　　　也只该印下亲密戏玩的齿痕。

而且，如果我像湍流一样不由自主，

1　任何古罗马自由民都有不受攻击的权利。

2　"狄俄墨得斯"对应的原文是 Tydides（堤丢斯之子）。狄俄墨得斯是特洛伊战争中希腊一方著名的勇士，在《伊利亚特》中，狄俄墨得斯曾受到雅典娜（密涅瓦）的激励和帮助，攻入敌人阵中，并击伤了阿佛洛狄忒（维纳斯）和阿瑞斯（马尔斯）两位神。参考《伊利亚特》（Iliad 5.881-884）。

瞎眼的愤怒迫使我做它的猎物，

45 难道朝惊颤的姑娘大嚷不已经足够

（不用太狠地威胁，不用猛吼），

或者从领口向下扯烂衣裳，让她

感觉到屈辱——但在腰带处止步？

可如今，刚硬的我却忍心揪住她头发，

50 用指甲划破女友高贵的脸颊[1]。

她失魂地站在那里，面庞毫无血色，

仿佛石块在帕洛斯山间被凿刻[2]。

我看见她的四肢已瘫软，全身哆嗦，

犹如气流从白杨枝叶间吹过，

55 又像苗条的芦苇在柔和西风里摇晃，

或温煦南风拂掠海面的波浪。

良久悬在眼眶里的泪水顺着脸淌下，

恰似抛掷的积雪慢慢融化。

就在那一瞬，我初次感觉自己的罪孽，

60 她流出的泪仿佛就是我的血。

我三次试图趴伏她面前，求她饶恕，

她三次推开我的手，仍心存恐惧。

但你别犹豫，亲爱的——报复会减轻折磨，

现在就用指甲把我的脸抓破！

65 也别放过我这双眼睛，还有头发，

1　"高贵的"（ingenuas）指自由民身份，抓破脸颊是古罗马自由民对待奴隶的常见惩罚方式。

2　帕洛斯（Paros）是爱琴海上的一个岛，在西方古典时代是大理石的主要产地。

你的手虽柔弱，发怒力气会增加。

为了让我的罪行不再留悲惨的记号，

请把你美丽的发卷重新梳好！[1]

1　Parker（1969）和 Connor（1974）都指出，最后两行颠覆了全诗的结构，表明诗中的恋爱者并非真心为自己的暴力行为懊悔。

第八首（淫媒）[1]

有这么一位老妇（如果谁希望结识

　　淫媒，听我说！）名叫迪普萨丝。

人如其名——她从未清醒地见过黑肤[2]

　　门农的母亲驾驭玫瑰色的马驹[3]。

5　　她熟谙各种魔法和喀耳刻擅长的符咒[4]，

1　淫媒（lena，为人拉皮条的老妇人）是古罗马爱情哀歌中的常见角色，可对比
　　提布卢斯《哀歌集》（*Elegiae* 1.5.67ff）和普洛佩提乌斯《哀歌集》（*Elegiae*
　　4.5.19-62）。Gross（1996）认为，这首诗在《情诗集》中非常独特，奥维德
　　第一次扮演一个边缘角色，怂恿女主人公追求富豪的淫媒成了诗人恋爱者的另
　　一种敌人（一种敌人是男性情敌）。她将诗人擅长的雄辩术据为己有，充当了
　　情爱导师，并且威胁到他与女主人公新近才确立的关系。Suter（1989）相信，
　　这位淫媒是哀歌体的化身，哀歌体诗歌的目的和效果都体现在她身上。

2　"人如其名"："迪普萨丝"（Dipsas）的名字来自古希腊语动词 dipsaō，意为"口
　　渴"，奥维德暗示她每夜狂饮大醉，所以口渴，而且早上从来不清醒。

3　门农（Memnon）是黎明女神奥罗拉（Aurora）和提托诺斯（Tithonus）的儿子，
　　埃塞俄比亚国王，埃塞俄比亚人皮肤深黑。"母亲"指奥罗拉。

4　"喀耳刻擅长的符咒"对应的原文是 Aeaea carmina（埃埃阿的咒语），形容词
　　Aeaea 来自岛名 Aeaea，这是擅长巫术的喀耳刻（Circe）居住的地方。

也能驱使河水朝源头奔流 [1]；

她知晓药草、巫轮转动的纱线和发情 [2]

母马的分泌物究竟有何功用 [3]。

她若有心，能让整个天空都铺满

10 乌云，也可以让它阳光灿烂。

我曾看见（你若相信我）星辰滴血，

月亮的脸也因血变成紫红色。

我怀疑她变形后常于夜晚幽灵间飞翔，

老妪的身体在羽毛下面隐藏。

15 不仅我怀疑，还有传言。她长着一双

重瞳，叠加的眼球闪烁亮光 [4]。

她从古老坟茔中唤醒遥远的祖先，

用冗长的咒语撕开坚实的地面。

她还以玷污贞洁床榻为自己的使命，

20 舌头也不乏邪恶煽动的才能。

我碰巧见证了她的语言，她这般劝说

别人（我在双扇门后面躲着）：

1　关于这些巫术的描写，可参考《变形记》中美狄亚的说法（*Metamorphoses* 7.192-209）。关于哀歌体中淫媒的巫术，可参考提布卢斯《哀歌集》（*Elegiae* 1.8.17-22）和普洛佩提乌斯《哀歌集》（*Elegiae* 4.5.5-18）。

2　"巫轮"（rhombus）是魔法师常用的圆轮。

3　"母马的分泌物"指 hippomanes，据说是发情期的母马分泌的液体。但关于这种传说中的东西，历来众说纷纭，例如大普林尼《自然史》（*Historia Naturalis* 8.165.3）说它是一种黑色的、无花果大小的瘤状物，长在母马前额上，小马出生时必须啃掉它，否则母马就会拒绝哺乳。无论它是什么，它都是古代西方春药中的一种成分。

4　古代西方人相信，重瞳（双瞳孔）是"邪恶之眼"。

　　　　"宝贝，你可知昨天你迷住了一位富家

　　　　　　公子？他挪不动步，盯着你脸颊。

25　　你怎能不迷住别人？你的美无与伦比，

　　　　　　可惜啊，你没有一套相称的服饰！

　　　　我希望你在超凡的容貌外还拥有财富，

　　　　　　如果你有钱，我自然不会拮据。

　　　　原来在你对面的火星碍了你运气，

30　　　　　如今它走了，被吉祥的金星代替。

　　　　看，它的升起对你多有利，这位恋慕者

　　　　　　家财万贯，总关心你缺少什么。

　　　　而且，此人的容貌也足以与你媲美，

　　　　　　即使他无意追你，他也值得追。"

35　　她赧颜。"羞涩确实为雪肤加分，但是

　　　　　　装羞才获益，真羞常招致损失。

　　　　你应该目光低垂，矜持地盯着胸前，

　　　　　　按照礼物的贵贱，将每人窥探。

　　　　或许塔提乌斯做王时，土气的萨宾

40　　　　　女人不愿意委身于多位男人 [1]；

　　　　如今马尔斯在外战中磨砺兵士的意志，

　　　　　　维纳斯统治着埃涅阿斯的城市。

　　　　貌美者恣情嬉玩，无人眷顾者才贞洁——

　　　　　　若非太迂腐，她亦会主动沾惹。

――――――――――

1　　塔提乌斯（Tatius）是萨宾国王，先发动对罗马的战争，后来与罗马国王罗慕
　　路斯联合，成为双王之一。萨宾女人以贞洁纯朴著称，但在这位淫媒看来，她
　　们之所以如此，是因为缺乏文雅的修养。

45　你也应驱散终日盘踞额头的荫翳，

　　　　不复皱眉，多少缺点就消失 [1]。

珀涅罗珀曾以弓测试众青年的膂力，

　　　　她筛选情人的工具乃牛角所制。[2]

流转的时光偷偷地遁逝，瞒过我们，

50　　　　正如迅疾的河水沛然奔行。

久用的铜器会变亮，华服需要穿戴，

　　　　废弃的房屋因可憎的霉菌而泛白——

你若不许人进门，美就在荒芜中衰朽。

　　　　一两位追求，效果远远不够，

55　情夫多，收获才有保障，且避免嫉妒，

　　　　面对整群的肥羊，灰狼才餍足。

除了新作，那位酸诗人可曾给你什么？

　　　　你还会读到数万行冗长的恋歌。

诗人的保护神却披着金袍，鹤立鸡群 [3]，

60　　　　镀金的里拉琴奏出和谐的乐音。

赠礼者在你眼中应胜过伟大的荷马，

　　　　相信我，赠予也是一种才华。

若有人以钱赎得自由，你也勿鄙夷，

1　意为：女人皱眉不招人喜欢。

2　珀涅罗珀（Penelope）为了避免众多求婚者的纠缠，提出谁若能拉满尤利西斯
　　的弓，她就嫁给谁。这位淫媒却歪曲了她的用心，认为珀涅罗珀这样做是为了
　　"筛选情人"。

3　"诗人的保护神"指阿波罗。她可能影射帕拉丁山上的阿波罗神庙中的雕像。

脚上的粉笔标识不值得讥刺 [1]。

65　　也别让心神被中庭的古老蜡像迷惑 [2]——

　　　　和先祖一起闪开，贫贱的追求者！

　　谁仗着外表，空手要求与你度良宵，

　　　　就叫他提前向自己的情人讨珍宝！

　　但在布网时，怕猎物逃走，对礼物别苛刻；

70　　　　得手后，你来定规则，恣意折磨！

　　假装的爱意无害处，让他深信你爱他，

　　　　别让这段爱没有物质的报答！

　　经常拒绝他过夜，时而演头疼的戏，

　　　　时而以敬拜伊西斯女神为说辞 [3]。

75　　很快又接纳他，以免他惯于如此受苦，

　　　　因一再受挫，热情也逐渐麻木。

　　大门应冷对乞求者，却向赠礼者敞开，

　　　　让入内的情人听见墙外的凄哀。

　　有时你伤他，反要先发火，仿佛你委屈——

80　　　　他的谴责便被你的话噎住。

　　但你切不可让愤怒的情绪延续太久，

　　　　如果滞留，怨气常会变成仇。

　　甚至要学会因为需要而潸然泪下，

　　　　让眼泪随心所欲沾湿脸颊。

1　在古罗马，刚刚进口待售的奴隶脚上会用粉笔做标记。

2　"中庭的古老蜡像"指古罗马人陈列在宅邸中庭的祖先蜡像，这里借指家世。

3　伊西斯（Isis）原是埃及女神，后被引入罗马，广受敬拜。她的节日持续数天，欢庆期间，男女不能同房。

85　倘若欺骗谁，你也别害怕说出伪誓，

　　　　情侣的诡计维纳斯总假装不知。

　　调教男仆与侍女，让他们各擅其职，

　　　　能点拨何种礼物最容易打动你；

　　让他们克制地索贿——但若来者甚多，

90　　　零散的秸秆也能高积如楼阁。

　　叫姐姐、母亲和乳娘都敲你情夫的竹杠，

　　　　众人齐出手，很快就大赚一场。

　　如果没索要礼物的理由可搬上台面，

　　　　就用蛋糕提醒，你生日在眼前！

95　切忌让某人安稳地爱你，毫无竞争，

　　　　远离角逐的恋情难以长存。

　　让他瞧见另一位男人留下的睡痕

　　　　和你颈项上残余的欢爱之印。

　　尤其要向他展现对手送来的厚礼；

100　　若没有，就问他关于圣道的问题[1]。

　　当你已收获甚丰，而他未倾其所有，

　　　　就求借，但永不归还，纠缠不休！

　　用虚辞掩饰心思，一边哄，一边伤害，

　　　　甜美的蜂蜜把邪恶的毒药掩埋。

105　倘若你遵行丰富阅历教会我的这些，

　　　　风也没将我的话四处散播，

1　圣道（Via Sacra）是罗马城的中枢，连接了众多重要地点，也是集中售卖奢侈品的地方。

你就会在我活着时经常赞美我，等我死，

　　也会祈愿我骸骨安享宁谧。”

她尚未说完，影子就把我位置泄露，

110　　可是我几乎控制不住双手，

只想撕扯她稀疏的白发、因醉酒而沾满

　　泪水的眼睛和那张皱缩的脸。

愿众神惩罚你无家可归，暮年潦倒，

　　冬日漫漫，永远受焦渴煎熬！ [1]

1　"焦渴"也影射她"迪普萨丝"的名字。Dickson（1964）指出，这里诗人恋爱
　　者对淫媒的诅咒可参考提布卢斯《哀歌集》（*Elegiae* 1.5.47-56）和普洛佩提
　　乌斯《哀歌集》（*Elegiae* 4.5.75-79）。

第九首（爱就是战争）[1]

恋爱者都是战士，丘比特有自己的营盘，

　　阿提库斯，相信我，恋爱如作战[2]。

适合拼杀的年纪同样也适合求欢[3]，

　　战场和情场的老者皆令人憎厌。

5　将军希求于勇敢士兵的那种精神，

　　美丽的姑娘也希求于自己的恋人。

两种人都终夜不眠，都以地面为枕——

　　分别为女主人和将军看守大门[4]。

长途跋涉是兵卒的本分；姑娘若远行，

10　爱慕者也必跟随，不辞苦辛：

1　Müller（1856）、Kenney（1959）、Barsby（1973）、Boyd（1997）抱怨诗中情人与士兵的相似性比较缺乏充分的说服力，但 Murgatroyd（1999）认为，奥维德的目的本来就不是为了说服，而是娱乐，如果一位受过良好雄辩术训练的人故意在论证中留下破绽，他就是为了制造轻浮、诙谐的效果。

2　阿提库斯（Atticus）是奥维德的朋友，也是诗人《黑海书简》（*Ex Ponto*）第二部第四首和第七首的收信人。

3　古罗马的服役年龄是十七岁到四十六岁。

4　古罗马军队在夜里的警戒岗哨每三小时换一班，一共四班。

他会穿越拦路的高山、暴雨后猛涨的

　　　江河，蹚过地面深深的积雪，

渡海时，他不因东风肆虐而犹豫畏缩，

　　　不会找适合越洋时出现的星座。

15　除了士兵和情人，夜晚的酷寒和交织

　　　密雨的冷雪谁还能忍受到底？

前者被派去侦察危险敌人的动静，

　　　后者紧盯着对手，仿佛看敌人。

兵卒攻厚墙，情人攻姑娘顽固的门槛；

20　　　这位破城池，那位冲入庭院。

突袭酣睡的敌军，手执利刃屠戮

　　　毫无防御的群氓，常有用处。

瑞索斯凶悍的色雷斯部队就如此倾覆，

　　　被抢的战马也随之抛弃旧主[1]。

25　情夫同样趁丈夫入眠时悄悄行事，

　　　向深陷梦乡的敌人晃动武器。

逃过守卫的毒手，避开巡夜的队伍，

　　　是士兵和可怜情人同修的功夫。

马尔斯多疑，维纳斯善变；失败者复起，

30　　　你笃信不会沦落的人却坠地。

所以，无论谁宣称爱是慵懒的闲情，

　　　都别爱！爱属于积极进取的天性。

1　瑞索斯（Rhesus）是缪斯之子、色雷斯国王，率军救援特洛伊，被狄俄墨得斯
　　和尤利西斯在特洛伊城外杀死，马也被他们抢夺。

阿喀琉斯为布里塞伊丝被劫而发狂 [1]——

　　特洛伊战士，快摧毁希腊的力量！

35　赫克托耳从安德洛玛刻的怀抱里赶回 [2]

　　疆场，是妻子为他戴好头盔。

据说一看见卡珊德拉，阿伽门农 [3]

　　就为她狂舞的头发如痴如狂 [4]。

马尔斯落网时也觉察工匠镣铐的禁锢 [5]，

40　天界没有更脍炙人口的掌故。

我原本也是懒人，生来喜好闲逸，

　　软床与树荫消磨了我的意志。

对一位女孩的迷恋将我从怠惰中惊醒，

　　命令我从此在她的兵营里谋生。

45　于是我变得活跃，晚上也不忘作战，

　　不愿浑噩的人啊，来一场爱恋！

1　布里塞伊丝（Briseis）是阿喀琉斯在吕尔涅索斯（Lyrnesus）抢来的女战俘，
　　后被阿伽门农夺走，引发两人之间严重的矛盾。

2　赫克托耳（Hector）是特洛伊的第一勇士，普里阿摩斯（Priamus）与赫库芭
　　（Hecuba）之子。安德洛玛刻（Andromache）是他的妻子，在古典时代被视
　　为典型的贤妻。

3　"卡珊德拉"对应的原文是 Priameide，意为"普里阿摩斯（特洛伊国王）之女"，
　　"阿伽门农"对应的原文是 Atrides，意为"阿特柔斯之子"。卡珊德拉在被埃阿
　　斯强暴后，最终成为阿伽门农的女人。

4　这行原文中的属格名词 Maenadis 意为"狂女"，指酒神的追随者。按照西方
　　古代的说法，祭司在预言时也处于疯狂状态，与狂女相似。卡珊德拉是日神祭司。

5　指马尔斯和维纳斯被伏尔甘（Vulcanus）捉好在床的故事，参考《变形记》
　　（*Metamorphoses* 4.167-189）。

第十首（礼物）[1]

如那位女人，从欧罗塔斯被特洛伊木船
　　劫走，引发了两位丈夫的血战[2]，
也如丽达，被覆满白色羽毛的狡猾
　　情夫以鸟的虚假形象欺诈[3]，
5　又如阿密摩涅在焦渴的田野间游荡，
　　沉重的水瓮压在她的头上[4]——
都是你写照。为了你，我曾怕公牛和鹰

1　Curran（1964）指出，这首诗的突出特点是语气、用语、态度和场景的转换，
　　从超现实的希腊神话世界转入污浊的罗马现实世界，从哀歌体风格转入后半段
　　的讽刺诗风格。

2　"那位女人"指海伦（Helene），欧罗塔斯（Eurotas）是斯巴达境内的一条河，
　　"两位丈夫"指墨涅拉俄斯和帕里斯（Paris）。

3　"情夫"指朱庇特。

4　阿密摩涅（Amymone）是达那俄斯五十位女儿中的一位，一次她在打猎时受
　　到萨梯（satyr）骚扰，于是向海神涅普顿求救，救完她之后涅普顿却动了淫心，
　　奸污了她。

以及"爱"用神王造出的其他身形。[1]

如今我不再恐惧，灵魂的病已痊愈，

10 　　你那副模样锁不住我的双目。

我为何变了，你问？因为你索要礼物。

　　这一点让你的魅力无法延续。

你心思单纯时，我便爱着你的灵与肉，

　　如今这精神的缺点让容颜蒙垢。

15 丘比特是赤裸的孩童，他有洁净的年纪，

　　身无寸缕，暗示他坦然无欺。

你为何明码标价，出售维纳斯的儿子？

　　他没有衣褶存放换来的钱币[2]！

维纳斯母子都不适合残酷的武器——

20 　　不喜战争的两位神都不应服役。

妓女才不分对象，为预设的报酬站街，

　　委身侍奉，求一点可怜的资货，

但她仍诅咒贪婪皮条客的蛮横命令，

　　你自愿做的，她只是被迫而行。[3]

1　朱庇特风流成性，常变成其他形状欺骗女人和自己的配偶朱诺。Lee（1962）
　　注意到1—8行模仿了普洛佩提乌斯《哀歌集》（*Elegiae* 1.3.1.ff），但认为这
　　段诗只是"装饰性的"，"故意误导读者的"。Curran（1964）则相信，它与
　　后文现实主义的描写形成了极其鲜明的对照。他还指出，"其他身形"很可能
　　暗指朱庇特追求达那厄时化作的金雨，从而为下文将爱当作交易的场景做了
　　铺垫。

2　在古罗马，男女长袍在胸部的衣褶常用作钱包。

3　Curran指出，奥维德在这部分的拉丁语中大量使用头韵，例如praemia（报酬）、
　　praeda（战利品）、pepigisse（要求）、prostare（站街）、prosituisse（卖淫）
　　等，强化了愤恨的语气。

25 以天生缺乏理性的畜生为例（野兽
　　　若更文雅，定让人难以忍受）。
母马和母牛都不向各自的配偶讨东西，
　　　公羊取悦母羊，也无须送礼。
唯有女人为剥削男子而欣喜若狂，
30 　　　唯有她出租夜晚，兜售色相，
将双方喜欢和追求之事变成商品，
　　　以满意程度确定价格的差等。
既然云雨的行为让彼此都觉得愉快，
　　　为何一人可以卖，一人必须买？
35 为何这欢乐于我是亏损，于你是赢利，
　　　当男女被共同的冲动驱赶到一起？
证人为了钱做伪证，就是行为不端，
　　　受召的法官若受贿，分外丢脸[1]；
用买来的舌头为可怜的被告辩护可耻，
40 　　　大肆敛财的法庭也令人不齿；
通过床笫的交易扩充先祖的遗产，
　　　以美貌换取酬劳，同样太丢脸。
只应珍视并非靠财物得来的恩惠，
　　　没人会感激屈辱租来的欢爱。
45 租用者已无所亏欠，货款一旦付清，
　　　他就不再受制于你的殷勤。

1　Riley（1852）认为，原文中 selecti iudicis 指"百人团"（centumviri）的法官，
　　他们协助司法官（praetor）处理产权纠纷。从《哀歌集》（*Tristia* 2.93）我们
　　得知，奥维德也曾入选百人团。

美貌的女人们，别再谈判花多少过夜，

　　肮脏的收益不会有理想的结果。

索要萨宾人手镯的那位可曾如愿？

50　　叛国女祭司的头颅被盾牌压扁[1]；

母亲的子宫被自己孕育的后代刺穿，

　　报复的起因不过是一串项链[2]。

然而，向富翁求取报偿并非太出格，

　　可赠予你的礼物，他们并不缺。

55　从丰盛多产的藤条采撷低垂的葡萄串，

　　让斯凯里亚的沃土将鲜果奉献[3]！

穷汉只应该提供关切、热情和忠诚——

　　各自把拥有之物带给女主人。

我的彩礼则是以诗歌称颂心仪的

60　　姑娘，借技艺让她声名远播。

衣裳会开裂，黄金与宝石会变成碎片，

　　诗作赋予的荣耀却永久流传。

1　　塔尔皮娅（Tarpeia）是罗马守城人之女，担任祭司，她向萨宾士兵索贿，为他们打开了城门，但萨宾人憎恶她卖国，用盾牌压死了她。

2　　安菲阿剌俄斯（Amphiaraus）是七将攻忒拜中的一位将领，其实他早已预见到自己的死亡，所以躲了起来，但他的妻子厄里费勒（Eriphyle）以贪财不忠闻名，被一条项链收买，明知丈夫攻打忒拜必死无疑，仍胁迫他参战。最后他的战车被开裂的大地吞没。两人的儿子阿尔克迈昂（Alcmaeon）为父亲报仇，杀死了母亲厄里费勒。

3　　阿尔喀诺俄斯（Alcinous）是斯凯里亚岛（Scheria）的国王，热情接待了尤利西斯，赠给他许多礼物。

我并不吝于赠予，但蔑视并憎恶索取；

　　索取时拒绝，你不求，我欣然付出！ [1]

1　Curran（1964）评论道，通过把诗变成交易的手段，奥维德成功地将上文明显
　　冲突的两个世界融合起来。

第十一首（致纳佩）

纳佩，你擅长将凌乱头发做成美丽的

　　　形状，不该隐沦于侍女之列 [1]；

我知道你总有办法安排暗夜的幽会，

　　　设计的各种信号也别出心裁；

5　你也常鼓动犹豫不决的科琳娜来见我，

　　　我陷困境时，你的忠心从不缺——

将这些清晨刻满的蜡板交给女主人 [2]，

　　　不要有任何耽搁，千万用心！

没有燧石和坚铁在你的胸中，对世故

10　　你也了解颇深，与阶层相符。

毫无疑问，你曾体验丘比特的弓矢——

　　　所以请为我保卫你自己的战旗！

1　显然，纳佩（Nape）是专门负责为女主人科琳娜做发型的侍女（ornatrix）。

2　"刻满"对应的原文是 peraratas（犁遍），古罗马人用尖端锐利的笔（stylus）
在蜡板上刻字，如同犁划破土地。Baker（1973）指出，这首诗和下一首诗对
蜡板的描绘都受到了普洛佩提乌斯《哀歌集》（*Elegiae*）第三部第二十三首的
影响，这首诗尤其与那首诗的 3—10 行相呼应。

她若问我在做什么，就说盼望着良夜，

　　柔情的手已刻镂其余的一切。

15　说话间，时光又飞逝。给她信，趁她有暇，

　　但仍要她赶紧读，片刻不落下。

看信时，你务必观察她的眼睛和额头，

　　沉默的表情会透露未来的征候。

让她浏览完立即给我详尽的回复，

20　我讨厌收到的蜡板空旷而炫目。

祝福她写得密匝匝，让最靠边缘之处

　　也印下令我长久流连的字母。

何必叫她握着笔，徒然疲惫了手指[1]？

　　不如整封信只写"快来"两个字！

25　我会径直为得胜的蜡板戴上桂冠，

　　将它们供奉在维纳斯神庙的中间，

并写道："纳索向维纳斯献上忠诚的奴仆，

　　但你们不久前只是低贱的枫木。"

1　这行原文的 graphio（主格 graphium）是古希腊语与 stylus 对应的说法。

第十二首（对蜡板的诅咒）

为我的不幸哭泣吧，悲伤的蜡板已载回
　　阴郁的消息：今天不可能相会。
还真得信征兆。当她准备离开时，纳佩
　　被门槛绊住脚步，突然停下来[1]。
5　记住，下次我叫你外出时，务必小心些，
　　把脚抬高，警醒地从那里跨越！
消失吧，刁钻的字板，葬礼一样的丧木，
　　还有你，蜡块，刻满拒绝的言语！——
你该是科西嘉蜂群从毒芹的花里搜罗，
10　藏在素有恶名的蜜之下送给我[2]。
而且你还泛着红，仿佛曾浸于辰砂中[3]——
　　那颜色其实与血没什么不同。
老实躺在我扔掉你们的路口，废柴，

1　在古代西方，这是一个不祥的兆头，参考《女杰书简》（*Heroides* 13.88）。

2　科西嘉的蜂蜜以味道苦著称。

3　制造蜡板的蜂蜡有时会与辰砂（minium）混合。

愿经过的车轮将你们碾作尸骸！

15　我甚至能证明，将你们制作成型的那人

　　　　非良善之辈，双手绝不干净。

那棵树曾用来绞断某根凄惨的脖颈，

　　　　行刑者阴森的十字架也由它提供；

它曾赐嗓音嘶哑的角鸮可憎的幽暗，

20　　　枝条也曾放秃鹫和鸣枭之蛋。[1]

我在疯狂中竟然把爱意和情话交付给

　　　　这些东西，带给我倾慕的女孩？[2]

如此的蜡板更应写冗长的出庭保证书[3]，

　　　　由某位律师板着脸孔来宣读；

25　最好让它们躺在每日的流水账簿间，

　　　　好叫吝啬鬼哀叹耗掉的金钱。[4]

物如其名，我发现你们两面三刀[5]。

　　　　你们的数字本身就不是吉兆。

愤怒的我求什么，除了叫岁月蚀烂

30　　　你们，让蜡被泛白的霉深掩？

1　Baker（1973）指出，7—20 行对蜡板的诅咒会让人联想起普洛佩提乌斯《哀
　　歌集》针对"博学蜡板"（doctae tabellae）的哀叹（*Elegiae* 3.23.21）。

2　Baker 认为，21—22 行暗示，蜡板上写着的不是一般的情书，而是爱情哀歌
　　体的诗。

3　在古罗马，司法官允许一个案子走司法程序后，原告会要求被告保证出庭。

4　Berman（1972）等人指出，25—26 行化用了普洛佩提乌斯《哀歌集》（*Elegiae*
　　3.23.19-20）的诗句。

5　这里奥维德玩了一个文字游戏。古罗马的蜡板可折叠，由两片构成，所以可形
　　容为 duplex，但 duplex 也可用来形容人诡诈无信。

第十三首（黎明女神）¹

以霜车载来晨光的金发女神已浮出
　　大洋，告别那位衰老的丈夫。
"去何处，奥罗拉？停下！好让门农的鸟群
　　用年度的血战仪式祭奠父亲²！
5　此刻我欣然躺在爱人温柔的臂弯里，
　　难得在此刻与她甜蜜地偎依。
也是在此刻，睡意深沉，空气清冽，
　　小鸟的细喉正唱着流畅的歌。
被世间男女嫌恶的神啊，你赶往何方？
10　　绯红的手快勒住滴露的绳缰！
你升起之前，海员跟踪星座更容易，

1　Elliott（1974）认为，这首诗体现了奥维德突出的特点——幽默和无懈可击
　　的诗歌语言控制，也体现了他常被人诟病的特点——戏谑轻浮和对雄辩术
　　（rhetoric）的运用。但他认为，后面两点不应该受到批评，戏谑轻浮是罗马
　　爱情哀歌这种体裁的要求，对雄辩术的厌恶也只是浪漫主义之后的诗学趣味，
　　不应反用于古典作品。奥维德在这首诗中充分利用了西方古典雄辩术的各种技
　　巧为艺术效果服务。

2　黎明女神奥罗拉的儿子门农（Memnon）在特洛伊战死后，从他的葬礼柴堆中
　　飞出了一群好战的鸟。参考《变形记》（*Metamorphoses* 13.600-619）。

也并非在辽阔水面盲目游移；

　　无论多疲惫，你一来行客便要起身，

　　　　士卒凶悍的双手又重执刀兵。

15　你最先见农夫拿着双叉锄耕作田野，

　　　　最先唤迟缓的公牛套上弯轭。

　　你夺走孩童的睡眠，将他们交给老师，

　　　　让稚嫩的小手承受无情的戒尺 [1]；

　　也是你将毫无戒心的担保人送到法庭，

20　　　因为一个词的承诺而损失惨重。

　　无论控方还是辩方都不会欢迎你，

　　　　他们都被迫起床，应对新官司。

　　当女人的辛劳本可以暂时停歇，又是你

　　　　将她们拉回，分给她们新活计。

25　这些我都能容忍——可谁能容忍姑娘

　　　　早起，除非没姑娘在他身旁？

　　我曾多少次希望，夜不肯为你让道，

　　　　被驱的星辰不从你眼前逃跑！

　　我曾多少次期盼，或者风吹坏车轴，

30　　　或者你的马被一朵浓云绊倒！ [2]"

　　什么？难道她不曾为刻帕罗斯痴情？

　　　　还是以为她的罪能瞒过世人？

　　　"恶意的神，你赶往何方？你儿子黑肤，

1　古罗马老师用粗茁香梗（ferula）打学生的手作为惩戒。

2　Little（1971）认为，29—30 行或许受到了卡利马科斯《赫卡勒》（*Hecale* fr.260 53-54）的启发。

正好与母亲的那颗黑心为伍。

35　　真想让提托诺斯亲口讲述你的事 [1]，

　　　　天界再没有女神比你更可耻。

　　因为他太过衰老，你就抛下他，并且

　　　　每朝都起身，登上可憎的马车。

　　但倘若如你所愿，你搂着刻帕罗斯 [2]，

40　　　　就会喊：'夜晚的骐骥，慢些跑，别急！'

　　为何你丈夫老迈，我恋爱非要受伤害？

　　　　难道你嫁给白头翁是我做的媒？

　　你看，月神赐多少安眠的光阴给钟情的

　　　　少年 [3]！——她的美貌岂比你逊色？

45　　连众神之王，为了不如此频繁见到你，

　　　　也曾因恣欲将两夜连成一体 [4]。"

　　我已斥责完。她应该听到，脸颊发红——

　　　　但黎明仍按时到临，并无不同。

1　　提托诺斯是特洛伊国王拉俄墨冬（Laomedon）之子，奥罗拉的情人。当初她
　　只向朱庇特请求给他永恒的生命，却忘了索要青春，所以提托诺斯只能在永久
　　的衰老中活下去。

2　　刻帕罗斯（Cephalus）是埃俄洛斯（Aeolus）之孙，普罗克里丝（Procris）之夫，
　　被奥罗拉看上。女神对他的纠缠见《变形记》（*Metamorphoses* 7.700-713）。

3　　"少年"指月神钟爱的美少年恩迪米昂（Endymion），按照奥维德的说法，恩
　　迪米昂长睡不醒是狄安娜的恩赐，而在通行的神话版本中，这是朱庇特对他觊
　　觎朱诺的惩罚。

4　　指朱庇特连续两夜与阿尔克梅涅（Alcmene）交欢的事。阿尔克梅涅的丈夫是
　　提林斯（Tyrins）国王安菲特律翁（Amphitryon），朱庇特化身安菲特律翁与
　　她幽会，儿子就是大名鼎鼎的海格力斯（Hercules）。

第十四首（染发的悲剧）

"别再染你的头发[1]！"我以前时常规劝。

　　如今你已经没有发卷可以染。

可如果你忍住，还有什么比它更茂盛？

　　它昔日几乎与你的身高相等。

5　　难道因为太纤细，你都不敢装饰它？

　　就像黝黑丝国人佩戴的面纱[2]，

或者像蜘蛛以苗条长腿牵出的丝线，

　　当它在寥落屋梁下连缀轻绵？

然而你的头发既非黑，也非金，尽管

10　　两种都不是，却将两种都包含——

那色泽正如陡峭伊达山湿润谷地里[3]

1　Riley（1852）告诉我们，古希腊黑发最普遍，但金发受推崇，古罗马人尤其喜欢金发，所以女子有染发的习惯。

2　古罗马人把东方的一个产丝的国度（很可能是中国）称为丝国，拉丁文为Sinae、Serica、Seres，首都名为Sera。但由于与中国人并无直接接触，他们对中国人的身体一无所知，奥维德这里可能是根据传说中印度人的肤色将"丝国人"形容为"黝黑"（colorati）。

3　伊达山（Ida）有两座，一座在克里特岛，一座在特洛伊附近，这里指后者。

高耸的雪松（但被剥去了树皮）。

还有，它极为柔顺，能够盘成一百个

卷结，也不会给你疼痛的感觉。

15 发夹和梳子的齿都不能把它扯断，

伺候的女仆永远不担心安全，

我情人常在我眼前梳妆，她从未抓起

发夹，恼怒地扎伤侍女的手臂。

多少次，在清晨，她尚未整理自己的发卷，

20 斜倚在华贵的紫色床上，侧着脸，

未经雕饰的模样也很美，如疲倦的酒神

狂女，无所顾忌地枕着绿茵[1]。

虽然那头发既纤细，又如鹅绒般柔腻，

却经历了多少折磨，多少祸事！

25 它曾怎样耐心地忍受铁与火的试炼[2]，

只为变出紧密交错的小圈！

我总是呼吁："烫这样的头发是罪，是罪！

狠心者，饶过你自己！它天然就美。

摒弃暴力！这样的头发根本不该烫，

30 它会教别针如何做理想的形状。"

动人的发卷已消失——阿波罗都会渴望，

巴克斯也会梦想长在他头上！

---

1 "酒神狂女"对应的原文是 Threcia Bacche（色雷斯的巴克斯追随者）。

2 指将头发烫卷的过程。

我会将它与画中维纳斯相比，当她 [1]

　　赤着身，湿漉漉的手托着头发。

35　为何埋怨横遭你虐待的头发无踪迹？

　　傻女孩，为何用哀伤的手扔镜子？

习惯旧影像的眼睛不喜欢如今的你，

　　要取悦自己，你应当忘记自己。

并非情敌下了咒的药草害了你，也没

40　狡诈的老妪给你浇海摩尼亚水 [2]；

这不是恶疾的后果（让一切凶兆闪开！），

　　嫉妒的舌头也未毁浓密的刘海。

是你的错误，是你亲手制造的损失，

　　自己调好的毒药用于你自己。

45　现在日耳曼俘虏将送来她们的发卷，

　　被征服民族的礼物给了你安全。

当别人欣赏你头发，你常会羞愧，暗想：

　　"此刻我是为买来的东西得赞赏，

此刻他夸的不是我，是某位蛮族姑娘 [3]，

50　但我仍记得从前属于我的荣光。"

我真悲惨！她几乎止不住泪水，用手

1　奥维德在诗中经常把维纳斯称为"狄俄涅"（Dione），其实狄俄涅是维纳斯的母亲。这里奥维德描绘的是公元前 4 世纪希腊著名画家阿佩利斯（Apelles）的维纳斯画像。

2　海摩尼亚（Haemonia）是希腊帖撒利亚的别称，因古代国王海蒙（Haemon）而得名。帖撒利亚在西方古代以巫术著称。

3　"蛮族姑娘"对应的原文是 Sygambram（叙甘布里亚女子），叙甘布里亚是一个日耳曼部落的名称。

捂着脸，高贵的双颊已然红透[1]。

她把往日的头发放在膝盖上端详，

可叹，礼物不属于那个地方！

55　收拾心情和面容！这损失能够挽回。

重新长出的头发将恢复你的美。

1　"高贵"（ingenuas）点明了她的自由民身份，与蛮族奴隶的地位相对照。

第十五首（跋诗）

咬人的"妒忌"，为何指责我蹉跎光阴[1]，
　　将诗歌称为懒惰天性的作品，
说我青春犹在时，没遵循祖先的传统，
　　身染征尘，追逐战争的光荣，
5　也不肯谙习那些冗长的法律条文
　　将自己的辩才卖给可憎的法庭？
你求的一切都会死，我求的却是永恒
　　名声，希望全世界永远称颂。
荷马将不朽，只要忒涅多斯和伊达[2]
10　屹立，西摩伊斯河仍涌入海峡；
　　赫希俄德也长存，只要葡萄灌满汁[3]，

1　这里，奥维德对"妒忌"（Livor）做了拟人化处理。

2　"荷马"对应的原文是 Maeonides（迈奥尼亚人），荷马的出生地通常被认为是
　　斯密尔纳（Smyrna），该城属于吕底亚（Lydia，古名 Maeonia）。忒涅多斯岛
　　（Tenedos）和伊达山都在特洛伊附近。

3　"赫希俄德"对应的原文是 Ascraeus，意为"阿斯克拉人"。赫希俄德是古希
　　腊著名诗人，出生在阿斯克拉村。

只要庄稼仍然被弯镰割刈。

卡利马科斯将始终被万邦之民赞美[1]，

　　虽然他天分稍欠缺，技艺却精彩。

15　索福克勒斯的悲剧永不会遭受祸殃[2]，

　　阿拉托斯与日月一样久长[3]；

狡猾的奴隶、顽固的父亲、无耻的老鸨、

　　殷勤的妓女安好，米南德便安好[4]；

朴拙的恩尼乌斯和激愤的阿基乌斯[5]

20　也声名不坠，无视岁月的流逝。

哪个世代会不知瓦罗和第一艘大舟，

　　以及伊阿宋率众寻取的金羊毛[6]？

卢克莱修的崇高诗行倘若会消亡[7]，

1　"卡利马科斯"对应的原文是 Battiades，意为"巴图斯之子"。泛希腊时期著名诗人卡利马科斯（Callimachus）常如此自称，巴图斯是北非库雷奈（Cyrene）的第一位国王。他的诗以技巧高超、语言精致著称。

2　"悲剧"对应的原文是 cothurno（主格 cothurnus），这是古希腊悲剧演员穿的高底靴，代指悲剧。

3　阿拉托斯（Aratus）是泛希腊诗人，以长诗《物象》（Phaenomena）闻名。

4　米南德（Menander）是古希腊新喜剧的代表人物。

5　恩尼乌斯（Quintus Ennius）是公元前 2 世纪古罗马的著名诗人，代表作是民族史诗《编年史》（Annales）。阿基乌斯（L. Accius）是公元前 2 世纪古罗马悲剧家。

6　"瓦罗"指 Varro of Atax，他写过《阿尔戈号的远航》（Argonautica）。"伊阿宋"对应的原文是 Aesonio duci（出自埃宋的首领），因为埃宋是伊阿宋的父亲。根据古希腊传说，寻找金羊毛的阿尔戈号是世界上第一艘渡海的大船。

7　"卢克莱修的崇高诗行"指卢克莱修（T. Lucretius Carus）的长诗《物性论》（De Rerum Natura）。

那么同一天全世界也将被埋葬；

25　　牧歌、农事和埃涅阿斯都将被诵读[1]，

只要罗马仍统治已平定的寰宇；

雅致的提布卢斯，你的诗也有人研习[2]，

只要丘比特以火炬和弓箭为武器；

加卢斯之名将传至遥远的西方和东方[3]，

30　　他心爱的吕柯丽丝也一同流芳。

所以，尽管燧石和坚固的犁铧会因为

时间而朽烂，诗却不被死摧毁。

君主和君主的凯旋理应向诗歌称臣，

还有产金塔古斯的富庶岸滨[4]！

35　　让群氓膜拜低贱之物，让金发阿波罗

将盛满圣山泉水的杯子递给我，

让我的发卷缀满害怕寒冷的桃金娘，

让心焦的恋爱者多读我的诗章！

"妒忌"以生者为食，死后它便安静，

40　　那时各自的名声将守护每个人。

1　指古罗马诗人维吉尔（P. Vergilius Maro）。"牧歌"对应的原文是 Tityrus（提图罗斯），这是维吉尔在《牧歌》（Eclogues）中用过的名字。原文中的 segetes（庄稼）和 Aeneia arma（埃涅阿斯的武器）分别指《农事诗》（Georgics）和《埃涅阿斯纪》（Aeneid）。

2　提布卢斯（Albius Tibullus）是公元前 1 世纪古罗马著名哀歌体诗人。

3　加卢斯（C. Cornelius Gallus）也是公元前 1 世纪古罗马著名哀歌体诗人。

4　塔古斯河（Tagus）即今天西班牙境内的塔霍河，以产金闻名。

即使葬礼的火焰已把我吞噬，我仍能

　　活下去，我的大部分依然留存。[1]

<hr />

1　　参考贺拉斯《颂诗集》（*Carmina* 3.30.6-7a）的说法：“我并非全部死去，大
　　部分都将 / 逃脱葬礼女神”。

《情诗集》

第二部

AMORVM LIBER SECVNDVS

第一首（理想的读者）

这也是我所作——我这位名人，生于水乡

    佩利尼的纳索，将颓废唱成了诗行[1]；

这也是小爱神布置的功课；古板的妇人，

    快走开，我的柔曲不该给你们听！

5   让素不矜持的少女当着未婚夫的面

    读我，还有初动春心的少男；

让某位一如我此刻为情所伤的青年

    辨认出自己亲身体验的火焰[2]，

讶异良久后，让他感叹："是谁告的密，

10   竟教这诗人写出了我的恨事？"

---

1   奥维德故乡苏尔摩（Sulmo）位于佩利尼（Peligni）部族生活的地区，当地河道纵横。

2   Califf（1997）注意到，第 7 行或许化用了普洛佩提乌斯《哀歌集》（*Elegiae* 1.7.15）的诗句：te quoque si puer hic certo concusserit arcu（若男孩在此也用神准的箭射中你）。第 8 行或许化用了维吉尔《埃涅阿斯纪》（*Aeneid* 4.23）的诗句：agnosco veteris vestigia flammae（辨认出旧日火焰的痕迹）。凸显史诗特征的六音步单行却影射哀歌体作家，凸显哀歌特征的五音步双行却影射史诗体作家，奥维德的这种交错安排也体现了史诗和哀歌两种体裁在《情诗集》里的纠缠。

我记得那时竟敢于（也不缺表达的才能）

    吟咏天庭的大战和百手巨人 [1]，

还有地母暴戾的复仇，当陡峭的奥萨

    和高耸的佩里昂将奥林匹斯深压 [2]。

15 我握着雨云，朱庇特在身边手执闪电

    （祂正欲抛掷，拯救统治的昊天）——

女友却骤然关门，我弃了闪电和神王 [3]，

    朱庇特自己也掉出我的思想。

饶恕我，神王，你的武器没有什么用，

20   关门的动作于我是更厉害的雷霆。

我重新拾起自己的武器——轻歌与甜言 [4]，

    温和的话语让冷酷的门变柔软。

诗句让血红月亮的双角从天空坠下 [5]，

    唤回奔驰太阳的雪白骏马；

25 诗句驱使蛇身体崩裂，撑开巨口，

---

1   按照赫希俄德《神谱》（*Theogony* 671）的主流神话版本，百臂巨人族帮助朱庇特与提坦族作战，并负责看守地府里的提坦战俘。但奥维德和贺拉斯都追随了另一个传统，将他们视为朱庇特的敌人。

2   地母（Tellus）是这些巨人的母亲。在巨人族与朱庇特的战争（Gigantomachia）中，巨人奥托斯（Otus）和厄菲阿尔忒斯（Ephialtes）把奥萨山堆在奥林匹斯山上，然后把佩里昂山堆在奥萨山上（三座山的顺序传统上有不同的说法），以便攀上天界。参考荷马《奥德赛》（*Odyssey* 11.315ff.）和维吉尔《农事诗》（*Georgics* 1.280-283）。

3   Wyke（1989）认为，造成诗人放弃史诗、选择哀歌的"女友"成了这种体裁的化身。

4   "轻歌"指爱情哀歌体（elegos）。

5   这里，奥维德借用 carmina 的双重含义（诗句、咒语）玩了一个文字游戏。

引导河掉转方向，流回源头；

门因诗句而屈服，插入柱子的木闩

　　虽来自橡树，也终被诗句攻陷。

称颂捷足的阿喀琉斯对我有何益？

30　　　阿特柔斯的双子能为我做何事 [1]，

还有在战争与漂泊中各失去十年的人

　　和悲惨的赫克托耳（被马拖尸身）[2]？

可是娇柔的姑娘若常被诗人夸奖，

　　她的美，就会投向他，作为报偿。

35　这交换让人心动——别了，英雄的辉煌

　　名字：我不希求你们的欣赏。

女孩们，将美丽的脸庞转向我的诗歌，

　　绯红的丘比特才是真正的作者。

1　　"阿特柔斯的双子"指阿伽门农和墨涅拉俄斯。

2　　在特洛伊战争中，赫克托耳被阿喀琉斯所杀，尸体拖在马身后绕行特洛伊城墙。
　　"马"对应的原文是 Haemoniis equis（海摩尼亚的马，即帖撒利亚的马），因
　　为阿喀琉斯来自希腊的帖撒利亚地区。

第二首（致巴戈阿斯）

负责守护女主人的巴戈阿斯，请停下 [1]

    工作，听我说几句关于你的话。

昨天早晨我见到一位姑娘徜徉，

    在达那俄斯后代矗立的柱廊 [2]。

5 我一见倾心，立刻写信求她垂青，

    她却用颤抖的手回复"不可能"，

至于为何不可能，她也给了原因：

    你对女主人的看守实在太紧。

你若识趣（相信我），就别再继续招恨：

10   谁都盼害怕的那人早日销殒。

她丈夫也不正常：为何费力去监视

---

1   Riley（1852）指出，巴戈阿斯（Bagoas）的名字在波斯语中就是"阉奴"的意思。所以这首诗中的巴戈阿斯很可能就是下首诗里的"阉奴"。

2   "达那俄斯后代"被统称为 Belides 或 Danaides，因为这五十位女人的祖父是 Belus（柏罗斯），父亲是 Danaus（达那俄斯）。她们与自己的堂兄结婚，在新婚之夜，奉父亲之命杀死了新郎，只有一位女儿将丈夫放走。她们和父亲的雕像矗立在帕拉丁山上的阿波罗神庙里，参考奥维德《哀歌集》（*Tristia* 3.1.61-62）。

即使不盯着也不会损失的东西？

不过，就让他跟随自己的情欲犯疯，

　　觉得迷住众人的妻子能守身；

15　借你的帮助，让她获得秘密的自由，

　　给她的礼物，她也会还于你手。

你愿意与她共谋？女主人就受制于奴隶。

　　你害怕参与？你可以装作不知。

她会独自读信：假想是母亲的讯息；

20　陌生人会来：很快你就会熟识；

她会去探望生病的闺蜜（其实她没病）：

　　让她去，你姑且相信朋友患重症；

如果她迟迟不归，你不必苦苦等待，

　　你可以头枕膝盖，鼾声如雷。

25　别打听，伊西斯神庙里能够发生什么[1]，

　　也别为半圆剧场中的动静疑惑。

私情的保密者将会收获持久的尊荣：

　　还有什么比保持沉默更轻松？

他讨人喜欢，掀翻屋顶也不会挨打；

30　他大权在握，卑贱的同侪任他罚。

为瞒住丈夫，妻子编出虚假的理由；

　　两位主人都认可她认可的借口。

当丈夫已然皱够眉头，发泄完怒火，

1　拉丁语原文中的 Isin（伊西斯）还有 linigeram（身穿亚麻布的）修饰，因为在
伊西斯的敬拜仪式上，祭司和信徒都必须穿亚麻，译文出于节奏的考虑省略了
这个词。

　　　　她就使起姑娘安抚人的绝活。

35　　但也要让她时不时找你大吵大闹，

　　　　故意掉眼泪，说你简直是刽子手；

　　而你应抛出她可以轻易洗白的指控，

　　　　用伪造的罪名转移对真相的追踪。

　　如此，你的荣耀和私蓄就能不断累积[1]，

40　　　　坚持做，很快你就不再是奴隶。

　　你可见套在告密之人颈上的镣铐？

　　　　不忠者都被关进了肮脏的监牢。

　　坦塔罗斯在水中求水，永远抓不到

　　　　苹果，这是饶舌招来的恶报[2]；

45　　朱诺安排的那位看守太卖力，他饮恨

　　　　夭亡，犯人伊俄却晋阶女神[3]。

　　我曾见一人，青紫的腿上缠着锁链，

　　　　他强迫某男士知晓妻子通奸——

　　这惩罚太轻，恶毒的舌头伤害了双方：

50　　　　丈夫伤心，女人承受了讪谤。

1　私蓄（peculium）在古罗马是主人同意奴隶处理事务时可以保留的小部分收入，
　　当私蓄达到一定数额后，有些主人允许奴隶用这笔钱赎买自由。

2　坦塔罗斯（Tantalos）是朱庇特的儿子，曾经常受邀参加众神的宴会，后来因
　　为侮辱众神，被打入地府，忍受永远的折磨。他受到的诅咒是，水永远在他边
　　上，他却永远喝不到水。有一种说法是，他之所以受到惩处，是因为泄露了神
　　的秘密。

3　"看守"指百眼巨人阿耳戈斯（Argus），他受朱诺之命看守朱庇特的情人伊俄，
　　却被朱庇特派去的墨丘利杀掉。参考《变形记》（Metamorphoses 1.622-723）。
　　伊俄在饱经磨难后，在尼罗河附近脱去了母牛的形状，变成埃及的伊西斯神，
　　参考《变形记》（Metamorphoses 1.734-750）。

相信我，没有丈夫喜欢配偶遭指控，

　　即使他肯听，也必定不会高兴：

如果他漠不关心，你告密也徒费唇舌；

　　如果他爱她，你此举就是折磨。

55　出轨之事，再如何显明，也难寻证据：

　　裁决者的宠溺之心可保她无虞。

就算他目睹，她若否认，他也会轻信，

　　谴责眼睛的罪过，自欺欺人。

一看见夫人流泪，他就会哀叹，并且说：

60　　"绝不放过那个嚼舌头的家伙！"

你卷入的争斗多么不对等！你若败，鞭子

　　等着你，而她却倚在法官的怀里。

我们不是去犯罪，不是为配制毒药

　　而碰头，也没有拔剑，寒光罩手；

65　我们只求借你的力量安全地恋爱：

　　还有什么比我们的乞求更无害？

第三首（致阉奴）

可怜，守护女主人的你非男非女，
　　无法体验性爱中应和的欢愉！
依我说，第一个切除男孩生殖器的人
　　自己就应该忍受这样的酷刑。
5　你本会同情乞求的恋爱者，迁就他们，
　　倘若你曾为任何女人怀过春。
你并非为驭马而生，也不擅长战斗，
　　搏杀的长矛不适合你的右手。
让男人摆弄武器，放弃勇武之志！
10　　你应与女主人一起扛起旗帜。
殷勤侍奉她，让她的感激带给你收益；
　　如果失去她，你的用处在哪里？
她不仅俊俏，也正值适合玩乐的年龄，
　　美不该遭到冷落，在寂寥中消遁。
15　她其实能够骗过你，虽然你号称警醒：
　　两相情愿的事总是能办成。

可是，既然先试着劝你更合适，我就劝，

　　当你仍有机会行使恩赐权。

第四首（风流情种）[1]

我不敢为自己容易犯错的品性辩护，
　　替我的污点将欺骗的武器挥舞。
我坦白，如果承认过犯有任何收获；
　　既已承认，我就疯狂地自责。

5　我恨，却不能如愿不成为我恨的模样：
　　啊，渴望摆脱的重负多么难扛！
因为我没有控制自己的力量和意志，
　　如激流裹挟的小舟，我无法止息。
勾起我欲念的并非某种特定的风韵，
10　　一百条理由让我不停地动情。
如果女子低着头，不肯抬羞怯的眼睛，
　　我就着了火，那矜持就是陷阱；
倘若她轻佻，我就被老到的手法俘虏，
　　活泼的举止仿佛昭示着云雨；

1　Keith（1994）认为，从象征的角度看，这首诗呈现了爱情哀歌体在风格和题
　　材上的复杂多变。

15　如果她严厉，模仿冷淡的萨宾女人，

　　　　我就想，她其实有意，但藏得很深；

　　你若博学，就会因罕见的才艺吸引我；

　　　　若无知，你的单纯又把我诱惑。

　　谁若说卡利马科斯的诗不如我精致[1]，

20　　　迷上我的她立刻就让我痴迷；

　　另一位女子挑剔我的诗和作者本尊，

　　　　我就盼挑剔者的身压上我的身。

　　谁轻盈，我就爱她的步态；谁动作僵硬，

　　　　我就想，与异性接触能治她的病。

25　因为这位歌声甜，自如地控制嗓音，

　　　　我渴望趁她清唱偷得几个吻；

　　这位指法娴熟，拨弄着哀怨的琴弦，

　　　　如此的巧手怎能不让人爱怜？

　　而那位舞姿悦目，手臂随节奏浮沉，

30　　　柔若无骨，扭动娇媚的腰身——

　　且不说我自己（任何刺激都让我兴奋），

　　　　希波吕托斯在场，淫心也难禁[2]。

　　你因为身材高挑，堪比神话里的女杰，

　　　　我的整张床都可供你安卧；

1　参考《情诗集》第一部第十五首第 13 行的注释。

2　这行拉丁语原文的意思是"将希波吕托斯放在那里，他也会变成普里阿波斯"。
　　希波吕托斯（Hippolytus）是忒修斯之子，月神的追随者，信奉独身主义，坚
　　决拒绝了继母淮德拉（Phaedra）的引诱。普里阿波斯（Priapus）是维纳斯和
　　巴克斯的儿子，掌管田野和花园之神，性欲旺盛，在古罗马流行文化中的醒目
　　特征是巨大的阳具。

35　　她娇小，同样可取。你们俩我都难抵抗；

　　　　两种身材都符合我的愿望。

　　没化妆？我就想象化妆后是什么样子。

　　　　化了妆？正好展示她的魅力。

　　我喜欢白皙的姑娘，也喜欢棕色皮肤，

40　　　甚至与黑肤女子的欢爱也是福。

　　如墨的头发掩着如雪的颈项，何妨？

　　　　丽达也是黑头发，却艳盖群芳；

　　若是金发，奥罗拉的金发也令人沉迷——

　　　　我的爱能够适应任何故事。

45　　少女勾我魂，年长的妇人我也有感觉：

　　　　前者貌更美，但风度不如后者。

　　总之，全罗马任何人欣赏的任何女性，

　　　　我都愿争取与她们相爱的缘分。

第五首（吻）

没有爱如此重要（背箭囊的丘比特，走开！），
　　值得我整天热切地盼死亡到来。
我一心求死，每当我想起你的过错，
　　姑娘，你生来就是我永远的折磨！
5　并非截获的信件向我袒露了你的事，
　　也不是秘密送出的礼物出卖你。
真希望我只能如此指控，却无法证实！
　　可怜！为何此案无怀疑的余地？
敢英勇捍卫所爱，那样的男人多幸福，
10　女友能够对他说："我的确无辜。"
执意判定她的罪，追求血淋淋的胜利，
　　却是残忍，对自己的痛苦太宠溺。
在你以为我睡着的时候，我不幸面对
　　酒席，清醒地看见你俩的行为：
15　冲对方挪动眉毛，传递了许多讯息；
　　彼此点头，也交换丰富的言辞；
眼睛不肯沉默，桌面上留着酒描的

暗号，手指也为文字而忙活。

我知道你们的语言披着狡猾的外衣，

20 　　那些词都有事先约定的含义。

众多的宾客已经离开，一片冷清，

　　只余下一两位青年陷入酩酊——

我蓦然瞅见你们淫邪地相互亲吻，

< ·························· >

25 不似姐妹吻品行端正的兄弟，却如

　　柔媚的女人吻迫不及待的丈夫，

不似我们想象中狄安娜亲吻福玻斯[1]，

　　而像维纳斯时常吻战神的样子[2]。

"你在干什么？把我的欢乐抛向哪里？"

30 我嚷道，"我要捍卫属于我的权利！

这些愉悦只能你和我、我和你共享，

　　为何让第三者分走美好的奖赏？"

我说了悲伤教给舌头的这些话，她知

　　理亏，脸上浮起绯色的愧意，

35 仿佛天空被提托诺斯的伴侣映红[3]，

　　又如少女瞥见订婚的新郎；

也像百合花丛中的玫瑰闪耀着光彩，

　　或像马遭了咒语，月亮正受罪；

―――――――

1　狄安娜和福玻斯（阿波罗）是兄妹。

2　维纳斯和马尔斯经常通奸。

3　"提托诺斯的伴侣"指黎明女神奥罗拉。

或者似吕底亚女人染过的亚述象牙[1]，

40　　　　以免它发黄，难敌岁月的摧压。

她的肤色就像这些，或它们的一种，

　　　　而且那一刻是她容颜的巅峰。

凝望着地面，凝望地面添了她的美；

　　　　她神情凄凉，凄凉也让人沉醉。

45　我怒气翻涌，本想上前扯她的头发

　　　　（那么雅致），抽她娇嫩的双颊，

可是一见她的脸，健壮的臂膀就垂下——

　　　　保护女友的是她自己的铠甲。

我刚才还凶神恶煞，转眼却主动哀请，

50　　　　求她给我不逊于给情敌的吻。

她笑了，虔诚地赐了我几个最甜的吻，

　　　　足以夺走朱庇特的三叉雷霆——

可怜，我又怕那人尝到的吻也这般甜，

　　　　真希望他的那些比我差一点！

55　而且，这些吻的技巧超过了我的秘术，

　　　　她好像学到了某些新鲜的元素。

这不是好兆头——你的舌全被我的唇包裹，

　　　　我的也被你接纳，太强的诱惑！

我不只为此事伤心，不只抱怨你吻他

1　"吕底亚"对应的原文是 Maeonis（迈奥尼亚），吕底亚（Lydia）和迈奥尼亚都
　　在小亚细亚地区。"亚述"指"印度"，在古罗马人看来，亚述和印度都在东
　　方，可以相互代指。从奥维德的说法可知，吕底亚女人会把象牙染成粉红色，
　　以免它逐渐变黄。

　　（虽然我的确抱怨你竟然吻他）——
　　这样的吻唯有在床上才有人传授，
　　　　哪位大师的报酬竟如此丰厚。

第六首（哀悼鹦鹉）[1]

鹦鹉，这只来自东方印度的模仿鸟
　　丧命了：飞禽们，快来为它哀悼！[2]
来吧，深情的鸟儿，用翅膀拍打胸膛，
　　用坚硬的爪子划破柔嫩的脸庞；
5　扯掉粗糙的羽毛，代替祭奠的头发，
　　让你们的啁啾充当长管的喇叭。

1　从体裁上说，这是西方古典诗歌中的悼亡诗（epicēdīon）。Boyd（1987）认为，
　　奥维德借助悼亡诗的框架和泛希腊时期亚历山大哀歌的陈规，探索了古代诗歌
　　传统的局限，表现了与古人竞争的雄心。诗中的鹦鹉是传统元素合成的杂糅物，
　　象征了诗人的创作活动。她指出，诗中鹦鹉的表现与哀歌体诗人的表现无异。
　　Houghton（2000）也相信，这首诗是对文学传统的寓言化处理。但 Cahoon
　　（1991）对这种专注于技巧的阅读方式不以为然，强调作品的伦理价值。他
　　认为这首轻松、诙谐、迷人的作品不仅在泛希腊美学和追求宏大的奥古斯都趣
　　味之间选择了前者，也通过赞美甜蜜的日常场景暗中否定了屋大维时代的政治
　　价值观，但在另一面，也否定了古罗马哀歌传统中过于追求个人享乐的另一个
　　极端。

2　这首诗的开头明显模仿了卡图卢斯《歌集》（Carmina）第三首，在那首诗里，
　　诗人哀悼了情人莱斯比娅宠爱的小雀。

菲洛墨拉，你若还念着色雷斯暴君的 [1]

  罪行，那仇怨已在岁月中湮没；

转向这场凄惨的葬礼，这鸟非等闲——

10 伊堤斯的命运是可怜，但太久远 [2]。

所有在清澈天空里悬停的生灵，尤其

  是你，友爱的斑鸠，请为它悲泣。

在它一生中，你和它都有深挚的情谊，

  你坚贞的忠诚延续到它最后一息。

15 彼拉得对于俄瑞斯忒斯意味着什么 [3]，

  鹦鹉，你未死之时，斑鸠也如何。

然而那友情，你那罕见的美丽翼翅，

  还有堪称百变的天才嗓子，

有何益？赠给我女友，讨她欢心有何益？

20 禽类的荣耀，你终究也化为尘泥！

你的羽毛让易碎的绿宝石黯淡无光：

1　菲洛墨拉（Philomela）是雅典国王潘迪翁（Pandion）之女、普洛克涅（Procne）
　之妹，被姐夫色雷斯国王特柔斯（Tereus）强奸并割舌。姐姐得知真相后，杀
　死自己和特柔斯的儿子伊堤斯（Itys），做成菜肴给他吃，特柔斯发现后追赶
　两姐妹，三人都被神变成鸟，菲洛墨拉变成夜莺，普洛克涅变成燕子，特柔斯
　变成戴胜。故事参考《变形记》（*Metamorphoses* 6.412-676）。"色雷斯"
　对应的原文是 Ismarii（伊斯马洛斯的），因为伊斯马洛斯（Ismarus）是古代
　色雷斯国王。

2　关于"伊堤斯"，见上一条注释。

3　彼拉得（Pylades）和俄瑞斯忒斯（Orestes）是西方古代神话中著名的友谊范例，
　"彼拉得"对应的原文是 iuvenis Phoceus（福基斯的年轻人），因为彼拉得是
　福基斯（Phocis）国王斯托洛庇俄斯（Strophius）的儿子。俄瑞斯忒斯被形容
　为 Argolico（阿戈利斯的），因为他父亲阿伽门农是迈锡尼国王，迈锡尼位于
　伯罗奔尼撒半岛的阿戈利斯（Argolis）地区。

亮红的嘴喙隐约染了些橙黄。

世上不曾有比你更善于学舌的禽鸟，

　　什么话你都模仿得惟妙惟肖。

25　夺走你的是嫉妒：你从未煽动血战，

　　你虽然多言，却盼望各处平安。[1]

瞧，好斗成性的鹌鹑却好好活着，

　　或许正因此，它们的寿数才不缺。

你欲求甚少，容易满足，那么爱闲谈，

30　你也很难有大快朵颐的时间：

少许坚果是你的食物，罂粟籽几颗

　　助你入眠，一滴纯水就解渴。

饕餮的秃鹫却没死，在天上兜圈的鸢

　　和昭示降雨的寒鸦也都康健；

35　甚至戎装密涅瓦憎恨的乌鸦也没死，

　　相反，它能挨过九代人的年纪[2]。

善言的鹦鹉却已逝，人类声音的回响，

　　来自世界之极的礼物，已沦亡。

最好的东西总最早被贪婪的手抢去，

40　次等的却能填满命定的寿数：

1　Houghton（2000）指出，鹦鹉的反战本性也与奥维德塑造的哀歌体诗人形象
　　相符。

2　在西方传说中，乌鸦以长寿著称。据赫希俄德（Fr. 193）说，乌鸦的寿命是人的
　　九倍。关于密涅瓦对乌鸦的憎恨，参考《变形记》（Metamorphoses 2.549-565）。

忒尔西忒斯见到那位菲拉克人进坟 [1]，

　　赫克托耳成灰烬，兄弟留存 [2]。

为何提女友焦急而温情的祷告（为了你！），

　　它已被狂暴的南风卷进大海里？

45　第七天已到，后面再不会有日子接踵 [3]，

　　"命运"站在你身边，绕线杆已空 [4]；

但你的话音并未在已变僵的上颚沦陷，

　　垂死的舌头仍在喊："科琳娜，再见！"

冥府福地的山麓，有片苍翠的栎树林 [5]，

50　湿润的泥土上永远绿草如茵。

若可疑之事也可以相信，据说彼处

　　是善鸟所居，恶鸟却不得进入：

众多无辜的天鹅在那里自在地觅食，

　　长命凤凰的数目却永远是一；

55　朱诺宠爱的孔雀展开它炫目的羽毛，

　　温柔的雌鸽吻着缠绵的配偶。

1　忒尔西忒斯（Thersites）是希腊军队中作战最怯懦、对上司却最无礼的人，后来被尤利西斯殴打，被阿喀琉斯杀死。"菲拉克人"（Phylacidae）指普罗特西拉俄斯（Protesilaus），菲拉克（Phylace）国王，他是特洛伊战争中最先登岸的希腊人，也是第一个战死的希腊人。奥维德的意思是怯懦的忒尔西忒斯比勇敢的普罗特西拉俄斯活得长。

2　赫克托耳是特洛伊国王普里阿摩斯诸子中最杰出的一位，却死在其他兄弟前面。

3　根据古希腊著名医生希波克拉底（Hippocrates）的说法，疾病的第七天、十四天和二十天最为关键。

4　Parca 是古罗马人对命运女神的称呼。

5　福地（Elysium）是有福之人死后在冥府的居处，奥维德为鹦鹉安排了这个好去处。

我们的鹦鹉已经被迎进这片圣林，

　　虔敬的鸟儿都迷恋它的声音。

坟埋着它的骸骨，与它的身材相称，

60　　小碑石刻着尺寸合适的铭文：

"墓可以表明，我生前颇讨女主人喜欢，

　　我的嘴比所有鸟类更擅长言谈。"

第七首（爱的妒忌）

所以我活该永远承受新指控？即使
　　　能取胜，我也厌倦反复的争执。
如果我回望大理石剧场最高的座位，
　　　你就会挑一人，锁定你的伤悲；
5　　倘若有明艳的女子看我，神情空茫，
　　　你就说秘密的符号藏在她脸上；
我称赞了谁，你就用指甲抓不幸的发卷，
　　　我责备，你又认为我意在遮掩；
我气色不错——你找到我对你冷淡的证明，
10　　我憔悴——那是为别人患相思绝症！
可是我真希望发现自己犯过什么罪：
　　　罪有应得，人才能平静忍耐。
如今你随意谴责我，轻信所有的臆想，
　　　这些怒气也就失去了分量——
15　长耳的驴子命运悲惨，被长久的鞭笞
　　　驯服，你看它走得多么迟滞。

瞧，新罪名又来了！善梳妆的库帕西丝[1]

    被说成与我一起污染你枕席。

神啊，我若真有心出轨，也别让如此

20   卑贱可鄙的女人让我发花痴！

哪位自由的男子会盼着与女奴欢爱，

    搂着她印满鞭痕的背脊入怀[2]？

再说，她每天忙于给你做各种发型，

    因为手巧，是讨你欢心的下人——

25   这般忠于你的侍女我竟然要去搭讪？

    难道就为了被她拒绝和背叛？

我以维纳斯和带翼男孩的弓发誓，

    绝对不曾做过你指控之事！[3]

---

1   关于诗人与库帕西丝（Cypassis）的关系，参考下一首诗。

2   这一行似乎表明，在古罗马，男女奴隶都经常受鞭笞。

3   Ahern（1987）指出，不少学者认为这个结尾无趣，是因为按照他们的理解，诗人恋爱者在这里全盘否定了任何不忠之事，然而，"你指控之事"很可能只是特指他与库帕西丝私通（这或许暂时是真的，但到下一首诗时情况便发生了变化），他并未否认自己有过其他背叛的行为，这样前文中许多暧昧的表达就是铺垫了。

第八首（致库帕西丝）

你的巧手将头发做成一千种形状，

    库帕西丝，却只应为女神梳妆，

惬意的偷情中，我才发现你颇识风月，

    你对女主人有用，却更适合我——

5 我们的合体之欢究竟被谁告了密？

    科琳娜从何处知晓你幽会之事？

难道我曾经脸红？还是偶然说漏嘴，

    心虚暗示了我们秘密的情爱？

我为何要极力声言，如果有谁竟能

10   和女奴犯错，他一定已经发疯？

阿喀琉斯为美丽的布里塞伊丝痴狂[1]，

    福玻斯的祭司迷住了阿伽门农[2]，

---

1   "阿喀琉斯"对应的原文是 Thessalus（帖撒利亚人），"布里塞伊丝"对应的原文是 ancillae（女奴）。

2   "福玻斯的祭司"对应的原文是 serva Phoebas（福玻斯的女奴），指卡珊德拉。"阿伽门农"对应的原文是 Mycenaeo duci（迈锡尼的首领）。

这两位英雄我都比不上，国王都坦然 [1]

　　经历的事情，我何必觉得丢脸？

15　可是当她愤怒的眼睛盯着你，我看见

　　你的双颊都不禁被红色染遍。

然而，你是否记得，我在以维纳斯之名

　　发誓的时候，却是那么镇定！

女神，快命令温暖的南风将这颗无害

20　心灵的伪证卷入喀尔巴阡海 [2]！

为我的忠心，给我甜蜜的报偿，今夕

　　允许我共枕，黑肤的库帕西丝 [3]！

为何摇头，忘恩的女人，用新的担忧

　　搪塞我？取悦一位主人已足够。

25　但你若愚蠢地拒绝，我就会抖出以前的

　　记录，自己揭发自己的过错，

我会告诉她，我和你都在何处相约，

　　多少次，花样有多少种，都是哪些。

1　这行原文中的 Tantalide（坦塔罗斯的后裔）指阿伽门农，因为他是坦塔罗斯
　　的曾孙。"国王"指阿伽门农和阿喀琉斯，因为他们都是首领。

2　喀尔巴阡海的名字源于卡尔巴托斯岛（Carpathus），它在克里特岛和罗多斯
　　岛之间。

3　从"黑肤"判断，库帕西丝可能来自埃及或埃塞俄比亚。

AMORVM LIBER SECVNDVS

第九 A 首（对丘比特的谴责）[1]

丘比特，你从来不曾为我的际遇而义愤，

　　你无所事事，却盘踞我的这颗心，

我一直为你而战，未丢下旗帜，你为何

　　伤害我，让我在自己的军营受折磨？

5　为何用火炬烧朋友，为何用箭矢扎他们？

　　更大的光荣是征服搏杀的敌人。

难道海摩尼亚的英雄事后没疗治

　　被自己长矛刺伤的泰勒颇斯[2]？

猎人追赶逃窜的目标，抛下得手的

1　关于这首诗前二十四行和后三十行的关系，学术界有三种观点：（1）将它
　　们视为整体，也就是它们合成了一首诗，Cairns（1972）提出这首诗属于
　　renuntiationes amoris（爱的反悔）这类体裁，本来就包括前后相互矛盾的两
　　部分；（2）Müller（1856）等人认为，前后两部分的风格不相容，应是彼此
　　独立的两首诗；（3）Damon（1990）参照《情诗集》第一部第十一首与第
　　十二首、第二部第七首与第八首的关系模式，相信前后两部分的确是两首诗，
　　但构成了一对姊妹诗。

2　"海摩尼亚的英雄"指帖撒利亚人阿喀琉斯，泰勒颇斯（Telephus）曾被阿喀琉
　　斯的长矛刺伤，后来两人和解，阿喀琉斯又用长矛的锈治好了他的伤口（神谕
　　说他只能被伤他的人治好）。

10　　　猎物，他总是渴求新的收获。

　　我们这群人忠于你，已领教你的武器，

　　　　对抵抗的敌军你的手却太犹疑。

　　在赤裸的骨头上磨钝带钩的箭镞又有

　　　　何益？爱确乎已袒露我的骨头。

15　　多少男人无人爱，多少女子无人爱，

　　　　让他们为你赢得凯旋礼的光彩。

　　罗马若非将力量施加于无垠的寰宇，

　　　　到今天仍会布满简陋的茅屋[1]。

　　倦怠的士兵得到土地，离开边疆[2]；

20　　　马摆脱赛道，就被送回牧场；

　　长长的船坞庇护着闲置的松木舟舰；

　　　　角斗士放下武器，就索要钝剑[3]——

　　我也一样，为女人的爱反复征战，

　　　　已退役，该享受宁静生活的时间。

1　早期的罗马人以生活简朴著称。

2　古罗马士兵服役期满可以得到一块土地或一笔钱。

3　古罗马角斗士退休时会获赠一把木头的钝剑（rudis）。

第九 B 首（对丘比特的祷告）

25　如果某位神对我说："放下爱，好好活着！"
　　　　我会拒绝：女人是太甜蜜的灾祸。
　　当我已疲惫不堪，心中的激情也委顿，
　　　　可怜的灵魂又震撼于莫名的暴风。
　　如倔强的烈马驮着主人，一路狂奔，
30　　　他徒然想拽紧沾满白沫的缰绳；
　　如狂飙骤起，当陆地在望，船已触港，
　　　　又被重新卷入动荡的海洋；
　　丘比特无常的气流也时常把我吹返，
　　　　玫瑰色的爱重拾著名的弓箭。
35　射穿我，男孩：我不作抵抗，身无遮挡——
　　　　往这里使劲，施展右手的力量，
　　虽遵命而行，飞矢却仿佛自动拜访，
　　　　似乎更熟悉我，而非它们的箭囊。
　　谁若能忍受整夜休息，并且将睡眠
40　　　称为美妙的奖赏，那他真可怜！
　　蠢人，睡眠不恰是冰冷死亡的镜像？

命运会留无穷的时间来安躺。

只愿撒谎的女友继续用蜜语欺骗我

（至少盼望也是丰厚的快乐），

45 让她时而引诱我，时而挑剔我的错；

让我经常享受她，经常被拒绝。[1]

马尔斯多疑都是因为你，继子丘比特！

他挥舞武器，也是以你为楷模。

你太轻浮，比你乘风的翅膀还善变，

50 赏赐和没收欢愉，全在一念间。

但你和美丽的母亲如果肯听我祷告，

请在我胸中建立稳固的王朝：

让喜欢见异思迁的姑娘都归你统治，

这样无论男女，世人都膜拜你。

---

1   Berman（1972）指出，43—46 行化用了普洛佩提乌斯《哀歌集》（*Elegiae* 2.4.1-4）的诗句。

第十首（同时爱两人）¹

格莱齐努斯，我清楚记得，你反复宣称，
　　男人不可能同时爱两位女性。
我受了你骗，因为你，我如今猝不及防——
　　可耻啊，我同时迷恋着两位姑娘！
5　两位都天生丽质，两位都精于打扮，
　　至于才艺，我不知谁更靠前；
那位比这位漂亮，这位比那位漂亮，
　　她似乎更吸引我，可是她也一样！
我彷徨不定，如同船被相反的风驱赶，
10　　这份爱和那份爱把我扯成两半。
维纳斯，你为何让我永受双倍的痛苦²？

1　格莱齐努斯（Graecinus）是奥维德的朋友，后来曾当选执政官。奥维德《黑
　海书简》（*Ex Ponto*）第一部第六首、第二部第六首和第四部第九首都是写给
　他的。同时陷入两段恋情是泛希腊文学中的常见主题，在古罗马爱情哀歌中也
　不罕见，Booth（1978）让我们参考普洛佩提乌斯《哀歌集》（*Elegiae*）第二
　部第二十二首，但奥维德的处理更接近泛希腊时代的铭体诗。
2　"维纳斯"对应的原文是 Erycina（埃卢齐娜），名号源于西西里岛的埃卢克斯
　山（Eryx）。

一位女孩引发的忧虑仍不足？

为何给密林添叶，给拥挤的苍穹添星，

向海倾泻水，既然它已那么深？

15 不过，这总比爱火全灭、独自凄凉好，

愿我的敌人在禁欲的人生里煎熬，

愿他们睡在空旷的床上，没人陪伴，

摊开四肢，寂寞地躺在中间！

至于我，愿残忍小爱神打断沉闷的睡眠，

20 别让我成为大床唯一的负担；

让我的情人不受阻碍，彻底毁掉我，

如果一个她不够，两个也不错！

我能够应付：四肢虽细，却有力度；

我只缺体重，不缺肌腱和筋骨。

25 而且欢愉如营养，会催生腰部的能量：

从没有女孩对我的活计失望；

找经常整夜疯狂，把每刻光阴用够，

到了早晨，不还是精神抖擞？

谁若被性爱的相互搏斗耗尽，太幸福；

30 愿诸神保佑，我能那样进冥府！

让士兵披上胸甲，任敌人的投枪插满，

购买永恒的名声，以鲜血做钱；

让贪夫追逐财富，让沉船者欺诈的嘴

从反复穿越的大海中痛饮咸水；

35 但让我在性爱的颠簸中昏厥，当我死时，

愿我在忙乱的高潮骤然解体——

如此，某人在我葬礼上哭泣时，可以说：

"这样的死法与你的一生最契合。"[1]

1　想象自己的死亡场景是古罗马爱情哀歌的常规主题，奥维德却给它添加了一个诙谐的花样。

第十一首（科琳娜的海上之旅）[1]

佩里昂山巅斫下的松木最先教人们

　　邪恶的航行，令围观的波浪震惊，

就是这艘船莽撞地穿过会合的岩礁[2]，

　　载回举世闻名的金灿灿的羊毛。

5 我宁愿（好让人不再划桨穿越大海）

　　阿尔戈已倾覆，饮下死亡之水！

看，科琳娜逃离了熟悉的床和家神，

　　准备踏上这危机暗伏的旅程。

可怜的我，为何要为了你恐惧西风、

10　　东风、凛冽的北风和温暖的南风？

那里并没有城市和森林供你欣赏，

　　只有不义海洋湛蓝的荒凉；

深海中心没有五彩的卵石和小贝壳，

1　Görler（1965）指出，这是一首典型的送别诗（Propemptikon）。它的一些措辞和对待船的否定态度让我们联想起贺拉斯《颂诗集》（*Carmina* 1.3）赠别维吉尔之作。

2　"这艘船"即阿尔戈号，它由佩里昂山的松木制成。

AMORVM LIBER SECVNDVS

它们是属于潮湿岸滨的诱惑。

15　　姑娘们，你们的雪足只宜踩踏海岸，

　　　　这里是安全的，再远就充满艰险。

　　　让别人向你们讲述狂风之间的冲突，

　　　　斯库拉或卡律布狄斯滋扰的水域[1]，

　　　狰狞雷霆岩兀然耸峙的那片崖岸[2]，

20　　大小西尔特斯潜藏的海湾[3]。

　　　这些都让他们去讲述，你相信就好！

　　　　相信的倾听者不会伤于风暴。

　　　那时回望陆地已晚了，当绳缆松开，

　　　　弯曲的龙骨驶入无垠的盐水，

25　　当紧张的船员面对肆虐的风战栗，

　　　　看见死和水一样，都近在咫尺。

　　　但如果特里同彻底激怒翻腾的波浪[4]，

　　　　一丝血色都不会留在你脸上！

1　斯库拉（Scylla）是西西里海域的六头长颈食人女妖，卡律布狄斯（Charybdis）是古希腊神话中的海妖，据说一天三次吸入再吐出大量海水，无数水手葬身她口中。

2　雷霆岩（Acroceraunia）是伊庇鲁斯（在今阿尔巴尼亚境内）西北的一处狭长海岬，据说能吸引雷霆，附近发生过无数起沉船事故，屋大维在阿克提翁战役胜利后返航时也险些丧命于此。

3　西尔特斯（Syrtes）指北非海岸附近险滩密布的两个海湾（大西尔特斯和小西尔特斯，今日的西德拉湾和卡贝斯湾）。

4　特里同（Triton）是涅普顿（Neptunus）和安菲特里忒（Amphitrite）的儿子，这里代指海。

你就会祈求丽达的孩子、仁慈的双星[1]，

30　　　感叹："幸福啊，留在陆地上的人！"

更安全的是依偎在床上，读着闲书，

　　　手指在色雷斯竖琴上弹奏旋律。

可是，若我徒劳的劝告被狂风飞卷，

　　　但愿加拉泰娅仍庇佑你的船[2]！

35　你们的罪责难逃，若这样的姑娘枉死，

　　　涅柔斯的诸位女儿，还有你涅柔斯[3]。

去吧，但要记挂我，乘顺风赶紧回返，

　　　愿更劲的风刮来，鼓起你的帆。

然后让涅柔斯将大海向这片岸滨倾斜，

40　　　风往这边吹，潮把浪往这边驱策。

你自己也求西风尽全力推送你的船，

　　　也别忘亲手将所有的帆张满。

当熟悉的木舟出现，我会第一个从海滨

　　　望见，并大喊："是它载回了我的神！"

45　我将紧紧搂着你，狂乱地抢夺许多吻，

　　　庆祝你归来，宰杀还愿的牺牲，

柔软的沙粒将被我铺成床的样子，

　　　某个沙堆做饭桌，盛放酒席。

在那里，摆好酒，你会讲述许多见闻，

1　"双星"指水手的守护神、双子星卡斯托尔（Castor）和珀鲁克斯（Pollux），
　　他们都是丽达的儿子。

2　加拉泰娅（Galatea）是海神涅柔斯（Nereus）之女。

3　涅柔斯的诸位女儿合称为 Nereides，她们都是海洋仙女。

50 你的船如何险些沉没于海心，

当你赶回时，如何勇敢，不惧阴森

黑夜的时辰，也不惧野蛮的南风。

虽然这都是杜撰，我却会欣然相信：

我为何不恣意满足自己的心？

55 愿浩渺天宇最亮的晨星催动骐骥，

早些将那个时辰送到我手里。

第十二首（凯旋）

来吧，凯旋的月桂，来装饰我的鬓角：

　　我赢了，科琳娜就在我怀里，瞧！

丈夫、看守和坚固的房门（这么多敌人！）

　　护卫她，以免她被诡计诱骗失身。

5　这场胜利配得上一场特别的凯旋礼，

　　因为战利品没沾上一丝血迹，

不是矮墙，不是浅池环绕的城垣，

　　是一位姑娘在我指挥下被攻占。

当十年围困后，佩尔加蒙终于陷落[1]，

10　　阿伽门农分到的赞赏有几多[2]？

但我却独享荣光，没有战士能染指，

　　也无人有资格拥有这份厚礼。

我如愿以偿，自己当将军，也当士卒，

1　"十年"对应的原文是 bilustri，意为"两次赎罪礼"，古罗马每五年举行一次
　　赎罪礼（lustrum）。佩尔加蒙（Pergamum 或 Pergama）是特洛伊的要塞，常
　　代指特洛伊。

2　"阿伽门农"对应的原文是 Atridis（阿特柔斯之子）。

骑兵、步兵、旗手都非我莫属。

15　时运也没在我的成就里掺杂危险，

　　　来吧，凯旋礼，我独自挣得的尊严！

　　我发起战争的理由并不新：若海伦不曾[1]

　　　遭劫，欧罗巴和亚细亚就维系和平；

　　蛮野的拉庇泰部落和双身军团也是因

20　　　某位女人在酒席上爆发恶战[2]；

　　仍是女人再一次迫使特洛伊后裔

　　　在拉提努斯的国度发动攻击[3]；

　　当此城初建，还是女人将夫婿的岳丈

　　　推向罗马，给他们血腥的刀枪[4]。

25　我曾见公牛为了雪白的母牛争斗，

　　　后者却一旁观战，为它们加油。

　　我与许多人一样，也受丘比特辖制

　　　（但我不屠戮），挥舞他的战旗。

1　"海伦"对应的原文是 Tyndaris（廷达瑞俄斯之女），因为她名义上的父亲是廷达瑞俄斯（丽达的丈夫）。

2　"某位女人"指希波达墨，参考《情诗集》第一部第四首第 8 行的注释。

3　"女人"指拉维尼昂（Lavinium）国王拉提努斯（Latinus）之女拉维尼娅（Lavinia）。在埃涅阿斯到达意大利前，图尔努斯（Turnus）已经与拉维尼娅订婚，后来拉提努斯决定与埃涅阿斯联姻，将女儿许给了他，由此导致两位男人和两支军队的冲突。

4　"女人"指罗慕路斯时代为解决人口问题，让罗马男人劫掠的萨宾女人。她们的萨宾族父亲因此与罗马人发生了战争。拉丁原文中的 soceros（岳父）是从罗马丈夫的角度说的。参考奥维德《岁时记》（Fasti 3.187-228）。

第十三首（科琳娜堕胎）

莽撞的科琳娜试图卸下子宫的重担，

    奄奄一息地躺着，生死攸关。

的确，背着我经受如此的危险，我怎不

    对她恼怒？但恼怒让位于恐惧。

5 然而，她因我怀孕，或者我相信如此：

    我常把可能的东西当作事实。

伊西斯——你居于帕莱托尼昂、卡诺珀斯

    沃野、孟斐斯、盛产棕榈的帕洛斯 [1]，

还有尼罗河从宽谷奔腾而出的地方

10   （那里，它分为七支汇入海洋）——

我以你的西斯铃和狼神的尊容哀乞 [2]

---

1   帕莱托尼昂（Paraetonium）是北非的一座海港城市，卡诺珀斯（Canopus）是
     尼罗河口的一座岛屿城市，孟斐斯（Memphis）是埃及中部的大都市，帕洛斯
     （Pharos）是亚历山大城附近的一座岛，这些都是敬拜伊西斯女神的地方。

2   西斯铃（sistrum）是古埃及人的一种手摇的宗教乐器，主要用在伊西斯女神
     的敬拜仪式上。"狼神"对应的原文是 Anubidis（主格 Anubis）。

（愿奥西里斯永远爱你的秘仪[1]，

慵懒的蛇永远盘绕着你神圣的祭坛，

　　长角的牛神在游行队列里相伴[2]），

15　转过脸，在一人的命里饶过两人的命[3]：

　　因为你叫她不死，她就叫我生。

她常在指定的日子殷勤侍奉你，那时

　　你的月桂装饰着成群的祭司。[4]

还有你，总是怜悯分娩的女子（她们

20　　隐藏的重负拉拽迟缓的肉身），

慈悲的伊利图伊娅，来吧，应许这祷词[5]：

　　她值得蒙受你的帮助，你的礼。

我自己将身披白袍，向你的祭坛进香，

　　在你的脚下亲手将供品奉上，

25　再刻下铭文"纳索感谢科琳娜获救"，

1　在埃及神话中，奥西里斯(Osiris)是伊西斯的丈夫。他被弟弟赛特切成了十四块，
　　妻子只找回十三块，所以他无法继续活在阳间，后来成为冥界主宰。

2　"牛神"对应的原文是 Apis。

3　这里的伊西斯扮演的是与掌管分娩的卢契娜（Lucia）女神类似的角色。

4　"成群的祭司"对应的原文是 Gallica turma（加卢斯的军队），这里的伊西斯与
　　神母库柏勒（Cybele）有些混同了，后者的祭司由阉割后的男子充当，名叫
　　Gallus（加卢斯）。Oliver（1969）则认为，奥维德这里就是在向库柏勒祷告，
　　伊西斯、库柏勒和下文的伊利图伊娅都是他祷告的对象。Booth（1992）还指出，
　　将 Gallica 理解为 Gallus 的形容词在拉丁文学中没有其他任何例子，还是应该
　　按常规理解为"高卢的"，turma 的意思也仍是"军队"。他和 Oliver 都怀疑，
　　第 16 行和第 17 行之间有缺失的文本。Kenney（1961）称 17—18 行"极其晦
　　涩"。Morgan（1991）建议将 turma 换成 tura（乳香），如果这样，第 18 行
　　则可译成"祭司的月桂和献给你的香在一起"。

5　关于女神伊利图伊娅（Ilithyia），有人认为是朱庇特和朱诺的女儿，有人则认
　　为她就是掌管分娩的卢契娜（朱诺或狄安娜）。

　　　　你只需为铭文和礼物提供理由。
　　但若在如此的恐惧中我可以给你建议，
　　　　这样的搏斗我愿你只经历一次。

第十四首（**谴责堕胎**）

姑娘们享受远离战争的闲逸，无意

　　持盾牌跟随凶悍的队伍，有何益，

如果无厮杀，她们却拿起利器自伤，

　　武装冲动的手，让自己灭亡？

⁵ 第一个教人摧毁柔弱胎儿的女人

　　真该以她发明的方式殒命。

难道为腹部不留妊娠的可憎纹理，

　　就要为致命的搏斗铺上沙子[1]？

倘若古代妇女也喜欢同样的习俗，

¹⁰ 　　人类恐怕已经在罪孽中灭族，

又需要一位丢卡利昂向空荡的大地

　　抛掷石块——我们祖先的肇始[2]。

1　古罗马圆形剧场或斗兽场的中间地带铺着细沙，这些沙主要用于吸收野兽和人的血，因为一场表演会杀死很多大型动物、角斗士和犯人。

2　在古希腊大洪水神话中，人类基本灭亡，幸存的丢卡利昂（Deucalion）和庇拉（Pyrrha）夫妇通过扔石头造出新一代人类。故事见《变形记》（*Metamorphoses* 1.313-415）。

谁能毁掉特洛伊的一切，倘若海神

    忒提斯拒绝怀属于自己的男婴[1]？

15 如果伊利娅杀死隆起腹中的孪生子，

    万国之都的缔造者也将消失[2]；

维纳斯若以死玷污子宫里的埃涅阿斯，

    地球就不会有恺撒和他的后裔[3]。

你虽生来是美人，但如果母亲和你

20   做同样的事，你早已化为尘泥；

我自己，虽然本可在爱欲中快乐赴死，

    母亲若杀我，我如何见到天日？

你为何从藤上剪去尚在生长的葡萄，

    用残忍的手摘下酸涩的果球？

25 让成熟的自行掉落，让已诞生的成长：

    耐心等，生命是一种丰盛的报偿。

为何探入利器，将自己的内脏穿破，

    为何给胎儿灌下可怕的毒液？

人们谴责身染亲生子之血的美狄亚[4]，

---

1   海神忒提斯（Thetis）和凡人佩琉斯（Peleus）的儿子是阿喀琉斯。

2   伊利娅（Ilia）"腹中的孪生子"是创建罗马城的罗慕路斯（Romulus）和雷穆斯（Remus）。

3   埃涅阿斯是维纳斯和凡人安喀塞斯（Anchises）的儿子，也是恺撒家族的祖先。

4   伊阿宋在科尔基斯求取金羊毛期间，美狄亚的巫术对他帮助甚大。伊阿宋返回希腊之时，美狄亚也一同返回。她为伊阿宋的父亲埃宋恢复了青春，也用计杀死了篡夺其王位的珀利阿斯。但后来，伊阿宋却不守诺言，与科林斯公主克鲁萨（Creusa）结婚。遭受无情背叛的美狄亚杀死了自己和伊阿宋生的两个儿子。

30　　　　哀怜伊堤斯死于母亲的剑下 [1]：

两位母亲都残忍，但都有不幸的缘由，

　　　向丈夫报复，才杀死共同的骨肉。

说吧，哪位特柔斯，哪位伊阿宋激怒你，

　　　让你急切地刺穿自己的身体？

35　亚美尼亚的老虎不会在洞里如此做，

　　　母狮也不敢将诞下的幼崽消灭。

可是娇弱的姑娘却做了，但常有惩罚：

　　　杀死了胎儿，自己的命是代价。

她死了，披头散发，运往葬礼的柴堆，

40　　　只要瞥见她，谁都说"这是活该！"

然而，愿这些话语飘逝在高天的空气里，

　　　愿我的预言不要有任何效力。

众神，宽恕她这一次罪过，许她平安；

　　　我只求这些：再犯你们才严判。

1　　　关于伊堤斯，参考《情诗集》第二部第六首第 7 行的注释。

第十五首（戒指）[1]

戒指，你即将套在美丽姑娘的手上，
　　若无赠予者的爱，你不堪珍藏[2]——
去吧，可爱的礼物，愿她欣喜地接过你，
　　毫不犹豫地戴上她的纤指。
5　愿你如此适合她，恰似她如此适合我，
　　你妥帖的环将她的手指紧握。
幸福的戒指，你将被我的女友爱抚——
　　可怜的我，竟嫉妒自己的礼物！
真希望我能眨眼间变成我的礼物，

1　García（2004）指出，这首延续西方古典礼物诗传统的作品具有一个戏剧化的
　复杂结构，诗中的说话者和听话者发生了多次变化。1—10 行是诗人恋爱者在
　跟戒指说话，11—24 行是戒指在跟诗人恋爱者的女友说话，25—26 行是诗人
　恋爱者在跟女友说话，27—28 行是诗人恋爱者在跟戒指说话。奥维德借助巧
　妙的铺垫和过渡，让这些视角实现了无缝衔接。
2　这一行暗示戒指并不珍贵，甚至廉价，继承了古典诗歌中诗人哭穷的传统，参
　考卡图卢斯《歌集》（Carmina）第十三首，那里诗人邀请朋友赴宴，却让朋
　友提供所有的酒菜。

10   借助喀耳刻或普罗透斯的法术 ¹！

那时我会希望你，女友，触摸乳头，

    并将你的左手伸到内衣后：

无论多窄多紧，我都会从指间松脱，

    通过异能向你的怀中滑落。

15   为了给女友秘密的书信盖上封记，

    不让黏性的干宝石拽走蜡泥 ²，

我要先去碰美丽情人那湿润的嘴唇——

    唯愿我不给伤害我的话盖印。

你若想把我收进盒子里，我会拒绝

20   离开你的手指，用力收缩。

我的生命，我不会辱没你的风采 ³，

    也不会成为你柔嫩手指的累赘。

戴着我，当你用温暖的水洗濯身体，

    水渗到宝石下面，你也别在意。

25   不过我猜测，你的裸躯会勾起欲念，

    化身戒指的男人将与你交欢。

为何沉溺于无用的空想？小礼物，启程：

    让她知道，你载着我的忠诚。

----

1   "喀耳刻"对应的原文是 Aeaeae（埃埃阿），喀耳刻是太阳神赫利俄斯（Helios）与柏尔萨（Persa）之女，擅长魔法，住在埃埃阿岛上。"普罗透斯"对应的原文是 Carpathii senis（喀尔巴阡的老人），普罗透斯（Proteus）是以善于变化和预言而著称的海神，他的名字源于古希腊语 prōtos（最初的），所以他是非常古老的神，被荷马称为"海中的老翁"。

2   古罗马的一些戒指上有刻着特定形象的宝石，可用作印鉴。

3   "我的生命"（mea vita）是古罗马常见的对情人的亲密称呼。

第十六首（苏尔摩）

我在苏尔摩（佩利尼三分之一的区域）[1]，

　　小地方，但水道众多，还算宜居。

虽然太阳逼近的热气撕开了土地，

　　暴烈的犬星闪耀，威力难敌[2]，

5　佩利尼的田野却有淙淙的溪河穿越，

　　柔软的泥壤被茂盛的绿草覆遮。

这里盛产谷物，葡萄更难以计数，

　　薄土也长着挂满果子的橄榄树[3]。

1　苏尔摩（Sulmo）是奥维德的家乡。根据大普林尼的说法，佩利尼部族分为三支，苏尔摩人是其中一支，所以奥维德说苏尔摩是"佩利尼三分之一的区域"。

2　犬星（Canicula）即 Procyon（小犬座南河三），这颗星夏季和太阳一同升起，古罗马人认为它加剧了酷热，所以一年中最热的日子被称为"小犬日"（dies Caniculares）。在这行里，"犬星"对应的原文是 Icarii stella canis（伊卡里俄斯的狗变成的星星）。根据许基努斯（Hyginus）的神话版本，伊卡里俄斯（Icarius）有一条名叫迈拉（Maera）的狗，他被一群喝醉的牧人杀死后，狗回到家里拽着他女儿厄里戈涅（Erigone）的衣服到了现场。女儿因悲伤而死，迈拉也绝食而死，酒神怜悯他们，将伊卡里俄斯变成猎户座，将女儿变成处女座（Virgo），将迈拉变成小犬星（Canicula）。

3　"橄榄树"对应的原文是 Pallada（帕拉斯，即密涅瓦），因为橄榄树是密涅瓦的圣树。

河水在反复萌生的草卉之间蜿蜒，

10   绿茵遍布湿润幽暗的地面。

可是我的火不在这里——我用错一个词：

            点燃火的人在远方，火就在这里。

即使将我放在双子星中间，没有你，

            我也不愿在天空占据位置。

15   让那些在地球上划出条条长路的人们

            忧惧地躺着，被敌意的泥土压身——

或者他们该命令姑娘与青年同行，

            若大地必须刻上长路的印痕。

如此，即使我翻越多风的阿尔卑斯，

20   战栗着，只要她在，旅途便惬意；

与她一起，我敢闯入利比亚的险滩 [1]，

            敢张帆远航，任狂暴的南风吹卷；

我不会畏惧在处女腰下吠叫的恶犬 [2]，

            也不会怕你，欧卑亚，曲折的海湾 [3]，

25   或者餍足了沉没舟船的卡律布狄斯 [4]

---

1   "险滩"对应的原文是 Syrtes（西尔特斯），参考《情诗集》第二部第十一首第
     20 行的注释。

2   "处女"指斯库拉，女妖斯库拉的小腹有狗吠叫，参考《奥德赛》（*Odyssey*
     12.73-126）。

3   这行原文的 Malea（马勒阿）指欧卑亚（Eubeoa）海湾。欧卑亚海岸线曲折，
     多礁石。欧卑亚国王瑙普利俄斯（Nauplius）的儿子帕拉墨得斯（Palamedes）
     被希腊人所杀，为了报仇，他在海岬上点满火炬，从特洛伊回来的希腊人以为
     是港口，纷纷靠岸，结果许多船撞礁沉没。从此，欧卑亚成为人们闻名丧胆的
     地方。

4   关于卡律布狄斯，参考《情诗集》第二部第十一首第 18 行的注释。

从口中吐出又重新吸回的水体。

但如果涅普顿驱使的飓风统治了海洋，

　　波浪将救援的诸神冲到一旁，

你要用雪白的手臂抱紧我的肩膀，

30　　我灵活的身体将支撑甜蜜的重量。

拜访希洛的青年曾一再泅渡海水[1]，

　　最后那次也有望，可是路太黑。

可是没有你，虽然忙碌的葡萄园用藤

　　缠住我，虽然原野上河水丰盈，

35 耕地的农民将奔淌的清流纳入沟渠，

　　树木的枝叶被凉爽的风轻抚，

我却仿佛不属于健康的佩利尼，仿佛

　　不在出生的地方、祖先的乡土，

却在野蛮的斯基泰、奇里基亚、不列颠[2]

40　　和普罗米修斯鲜血染红的巉岩[3]。

1　"拜访希洛的青年"指勒安德罗斯（Leander）。赫勒斯庞图斯（Hellespontum，今日叫达达尼尔海峡）是分开亚洲和欧洲的狭长水道。塞斯托斯（Sestos）在欧洲一边，是少女希洛（Hero）的家乡；阿布多斯（Abydos）在亚洲一边，是少年勒安德罗斯的家乡。他们深爱彼此，但害怕父母反对，只能秘密恋爱。勒安德罗斯常在晚上泅渡海峡，与希洛在灯塔里相会。但某次海峡起了风暴，他一连七天都没来，怕希洛担心，他勇敢地渡海，结果被淹死。参考奥维德《女杰书简》（Heroides）第十八首和第十九首。

2　斯基泰（Scythia）是一个松散的游牧部落联盟，属于古代东伊朗族，兴盛期在公元前11世纪到公元2世纪，势力范围在黑海和里海北岸到中亚一带。奇里基亚（Cilicia）地区位于今天的土耳其，不列颠则被视为罗马帝国最西边的蛮荒之地。

3　"巉岩"指高加索山。普罗米修斯（Prometheus）被绑在高加索山，每天被鹰啄肝。

榆树爱葡萄藤，葡萄藤也不遗弃榆树[1]：

为何我与所爱却时常不在一处？

可是你总是发誓，将永远与我为伴，

并以你的眼（我的星）见证诺言——

45　女孩的话语比落叶更轻，空空荡荡，

被风和海浪随意卷向远方。

但如果你对抛下的我仍有不舍，

现在就用事实来兑现承诺，

快摇晃套在马驹飘扬鬃毛上的缰绳，

50　催动你的小车朝着我飞骋！

无论她从何方来，你们高山都沉落，

让蜿蜒谷地的路途毫无阻隔！

1　古罗马人常用榆树做葡萄藤的支撑物。

第十七首（**我的奴役生活**）

若有人相信，侍奉一位姑娘很卑贱，

　　我在他面前就难逃这样的裁断。

就让我名声扫地吧，只要统治帕福斯

　　和库泰拉海岛的神对我稍仁慈[1]——

5　真希望我是某位温和女主人的俘虏，

　　既然我注定只能做美女的囚徒。

美貌生傲慢：艳丽的科琳娜就颐指气使。

　　我真惨，她为何如此熟悉自己？

显然，高傲发源于镜中的影像，梳妆

10　　之前，她从不肯看自己的模样。[2]

纵使容颜给了你傲气和统治的本钱

　　（啊，生来就锁住我目光的容颜！），

1　"神"指维纳斯。帕福斯（Paphos）是塞浦路斯的岛名和城市名，维纳斯出生在库泰拉岛（Cythera）附近的海域，两个地方都是她的主要敬拜地。

2　Keith（1994）提醒我们，"梳妆"（compositam）一词的词源义是"放到一起"，它也有"创作"和"构建"之意，从某种意义上说，《情诗集》中的科琳娜是被散落的形象建构起来的。

也不该因此在与你比较时肆意鄙视我：

卑微和伟大之物本可以结合。

15 仙女卡吕普索据说就爱上了凡人 [1]，

强行留下他，虽然他拒绝邀请；

相传涅柔斯的女儿与普提亚国王同寝 [2]，

埃革里娅与正直的努玛成婚 [3]；

伏尔甘与维纳斯相配，虽然放下砧板 [4]，

20 他只能跛足斜走，姿态难看；

连这种诗体都不平衡，但英雄的诗行

与稍短的格律连接，却相得益彰 [5]。

我的生命，也请你接纳我，按自己的条款；

愿你在欢爱时宣布你的特权。

25 我不会成为你避之不及的耻辱和污痕，

这段爱你不会羞于在人前承认。

我没有巨大的财富，却有丰盛的诗章，

众多女子希望通过我流芳：

我认识借此炫耀的某人——就是科琳娜，

30 为了入我诗，她岂会吝惜代价？

1　"凡人"指尤利西斯，仙女卡吕普索（Calypso）爱上他，与他一起生活过一段时间。按照荷马的说法，这段旁人眼里的艳遇并没让尤利西斯沉迷，他总是急于离开女神，希望早日返家。参考《奥德赛》（*Odyssey* 4.555-60, 5.151-8）。

2　"涅柔斯的女儿"指海神忒提斯，"普提亚国王"指佩琉斯，后者统治着帖撒利亚的普提亚（Phthia）。

3　仙女埃革里娅（Egeria）是罗马第二任国王努玛（Numa）之妻。

4　丑陋的伏尔甘与美丽的维纳斯是夫妻。

5　"这种诗体"指哀歌体，参考《情诗集》第一部第一首第 4 行的注释。

但遍布白杨的帕杜斯与寒凉的欧罗塔斯河 [1]

　　相距遥远，水道不可能重合；

除了你，没有女人会被我的书赞美，

　　唯有你给我灵感，滋养这天才。

第十八首（致马凯尔）

当你领着诗回到阿喀琉斯的愤怒[1]，

　　给起誓的众英雄佩带出征的战具，

马凯尔，我正在爱神慵懒的树荫下休憩，

　　丘比特禁止尝试宏大的主题。

5　"你停留太久，还是走吧！"我常对爱人说，

　　她却立刻在我的膝上安坐。

我常说："好羞耻！"她几乎抑制不住泪水，

　　回答："我真惨！你已经为爱羞愧？"

然后她张开双臂，搂住我的颈项，

10　　吻我一千次，让我彻底沦亡。

我败了，才华刚拿起武器，就被迫放弃，

　　只吟咏闲居的功业和个人的战事。

1　"你"指马凯尔，马凯尔（Aemilius Macer，？—公元前 16）是古罗马诗人，翻译过荷马的《伊利亚特》（*Iliad*），也写过一首与特洛伊战争相关的诗。他还翻译过希腊诗人博伊俄斯（Boios）的一首关于飞鸟的诗（*Ornithogonia*），写了一首讨论毒蛇和解药的诗（*Theriaca*）。他是奥维德的朋友，后者的《黑海书简》（*Ex Ponto*）第二部第十首就是写给他的。

但我仍拿起权杖，艰辛中，一部悲剧[1]

　　已成形，而且我最适合这种任务——

15　　丘比特却嘲笑我的长袍、彩绘的高底靴

　　和权杖（不是国王，却急于抢夺）；

残忍的女友（我的神）也逼我抛舍此雄心，

　　小男孩降伏了痴迷悲剧的诗人。[2]

我已驯服，要么讲授温柔爱情的秘诀

20　　（可怜，我竟被自己的箴言折磨），

要么以珀涅罗珀的口吻给尤利西斯

　　致书，写你的眼泪，被弃的菲丽丝[3]，

1　　指他已经失传的悲剧《美狄亚》（*Medea*），这部作品曾受到昆体良（Quintilianus）的高度称赞。

2　　Wyke（1989）认为，这里的丘比特和诗人的女友分别象征着哀歌体的创作原则和创作题材。

3　　得摩丰（Demophoon）是淮德拉和忒修斯的儿子，特洛伊战争后他回国时，因为受风暴影响，被迫在色雷斯海岸停留，当时统治色雷斯的是女王菲丽丝（Phyllis）。女王热情接待他，并与他成为情侣。听闻雅典国王去世的消息，为了夺回父亲失去的雅典统治权，他决定立即返国，并向菲丽丝保证在一个月内回到她身边。但他回到雅典之后，就将承诺忘得一干二净。

还有帕里斯、忘恩的伊阿宋、玛卡柔斯[1]、

忒修斯和希波吕托斯读到的文字，

25 以及手握出鞘剑的伤心女狄多和竖琴[2]

---

1   特洛伊王后赫库芭在怀上帕里斯后，梦见自己生下一支燃烧的火炬，整座特洛
     伊都被它烧毁。国王普里阿摩斯询问神谕，神谕对梦的解读是，他的一个儿子
     将毁掉特洛伊。于是帕里斯一出生，普里阿摩斯就下令将其处死，但赫库芭不
     忍，将他秘密交给王家牧人，带到伊达山抚养。帕里斯长大后，娶了宁芙俄诺
     涅（Oenone）。在佩琉斯的婚礼上，未被邀请的不和女神（Eris）为了报复，
     将写有"赠给最美女神"的苹果扔到天界宾客中，朱诺、密涅瓦和维纳斯都认
     为自己最有资格获得这只苹果，三位神争执不下，朱庇特决定让帕里斯充任裁
     判。她们都试图通过贿赂来赢得比赛，最终帕里斯选择了维纳斯，因为她的礼
     物最让他满意——世间最美的女人海伦。在维纳斯怂恿下，他到了海伦所在的
     斯巴达，趁国王墨涅拉俄斯不在家，拐走了她，由此引发了特洛伊战争。伊阿
     宋被憎恨他的叔父珀利阿斯（Pelias）派往科尔基斯取金羊毛，他和希腊众英
     雄一起，乘坐阿尔戈号从帖撒利亚出发，途中在莱姆诺斯岛停留。此前不久，
     岛上的女人在一夜之间杀死了所有男人，只有许普西皮勒（Hypsipyle）假装
     杀死了自己的父亲托阿斯，却暗中救下了他。许普西皮勒热情接待伊阿宋，并
     爱上了他，两人在岛上同居两年，许普西皮勒已经怀孕。此时在希腊众青年催
     促下，伊阿宋继续前往科尔基斯。到了目的地之后，科尔基斯公主美狄亚对他
     一见钟情，以魔法帮助他完成了三项危险的任务，夺取了金羊毛，并与他私奔。
     卡那刻（Canace）和玛卡柔斯（Macareus）分别是风神埃俄洛斯的女儿和儿子，
     兄妹俩有乱伦关系。卡那刻怀孕产子，被父亲发现，埃俄洛斯命令手下处死婴
     儿，并派人给她送来一把剑，让她自杀。后来在玛卡柔斯苦劝下，埃俄洛斯决
     定赦免女儿，但为时已晚，玛卡柔斯赶到时，妹妹已经自杀。

2   特洛伊陷落后，维纳斯和安喀塞斯之子埃涅阿斯因为此前对希腊人友好，受到
     了希腊人的善待，他们允许他率领部众离开。他在海上漂泊许久后，来到北非
     的迦太基。按照维吉尔的虚构说法，当时这里由女王狄多（Dido）统治。她是
     海格力斯祭司绪凯俄斯（Sychaeus）的妻子。埃涅阿斯受到狄多的热情接待，
     两人产生了恋情。但神提醒埃涅阿斯，他的天命是在意大利建国，于是他抛弃
     了她。狄多选择了自杀。

钟爱的莱斯博斯人诉说的衷情。[1]

我朋友萨比努斯多快地从世界各处[2]

　　带来远人在天涯写就的回复！

美丽的妻子认出了尤利西斯的印鉴[3]，

30　　　淮德拉收到了心爱继子的书函[4]；

虔敬的埃涅阿斯答复了凄惨的女王[5]，

　　菲丽丝也有信可读，若她未亡；

伊阿宋捎回的讯息重创许普西皮勒，

　　萨福也终可把竖琴献给阿波罗[6]。

35　在战争诗人允许的范围内，马凯尔，你也

　　未让金色的情歌在兵戈间停辍：

帕里斯和海伦都在里面，著名的绯闻，

1　"莱斯博斯人"指古希腊诗人萨福（Sappho），因为她出生在莱斯博斯岛（Lesbos）。萨福爱上了英俊非凡的青年法昂（Phaon）。最开始两情相悦，情意缱绻，但后来法昂厌倦了这段感情，乘船去了西西里。在 21—26 行，奥维德提到了自己在《女杰书简》（Heroides）里写的几首书信体诗歌，分别是第一首（珀涅罗珀致尤利西斯）、第二首（菲丽丝致得摩丰）、第五首（俄诺涅致帕里斯）、第六首（许普西皮勒致伊阿宋）、第十二首（美狄亚致伊阿宋）、第十一首（卡那刻致玛卡柔斯）、第十首（阿里阿德涅致忒修斯）、第四首（淮德拉致希波吕托斯）、第七首（狄多致埃涅阿斯）和第十五首（萨福致法昂）。

2　这是奥维德的戏谑说法，实际上是他的朋友萨比努斯（Sabinus）以《女杰书简》收信人的口吻创作了系列回复的书信体诗歌，就仿佛他是信使，到世界各地为人捎信。他的这些作品中只有两首流传至今，一首是尤利西斯回复珀涅罗珀的信，一首是得摩丰回复菲丽丝的信。

3　"妻子"指珀涅罗珀。

4　"继子"指希波吕托斯。

5　"女王"对应的原文是 Elissae（主格 Elissa，艾丽萨），艾丽萨是狄多的本名。

6　暗示法昂拒绝回到萨福身边，因为在奥维德杜撰的信中，萨福说，如果法昂不回来，她就会将竖琴献给阿波罗，然后跳崖。

还有拉俄达弥娅决然的殉情[1]。

若我算知你，你并非更乐于吟唱战争，

40 　　而且你其实正转向我的阵营。

1　普罗特西拉俄斯是特洛伊战争中最先登岸的希腊人，也是第一个战死的希腊人，
他死后妻子拉俄达弥娅（Laodamia）自杀殉情。

第十九首 （警告）

你若没必要为自己守着女友，傻瓜，
　　　请为我守着，这样诱惑才更大。
允许的，毫无魅力；禁止的，反让人觊觎：
　　　爱别人任你爱的人，就没情趣。
5　让我们恋爱者同时怀着恐惧和希冀，
　　　让偶尔的拒绝为祈祷留出位置。
从来不屑于欺骗我的运气又算什么？
　　　我不爱永远都不伤害我的一切！
狡猾的科琳娜发现了我的这个弱点，
10　　精明地找到让我沦陷的手段。
多少次，她分明无病，却说头疼，命令我
　　　离开，而我却徒然流连难舍！
多少次，她编出罪名，知我无辜，却任着
　　　性子，一本正经地假装在叱责！
15　当她如此折磨我，重燃我渐弱的爱火，
　　　她又会百依百顺，满脸温和。
她吐出多少的甜言，献出多少的殷勤！

神啊，还有多少销魂的香吻！

你也一样，新近夺走我目光的女人，

20   应时常警惕阴谋，常拒绝邀请，

并且任由我卑微地趴伏在你的门槛上，

在漫漫长夜忍受寒冷的冰霜。

如此我的爱才持久，才在岁月里滋长，

我喜欢这样，这是灵魂的营养；

25   过分的亲密，易得手的爱，却令我倦怠，

就像甜食之于胃口，是伤害。

倘若达那厄从未被那座铜楼囚禁[1]，

就不会通过朱庇特成为母亲；

当朱诺嫉妒地盯着长出牛角的伊俄[2]，

30   神王反觉得她添了动人的姿色。

谁如果贪恋可随意拥有的东西，就让谁

尽情摘茂林的叶，饮大河的水；

但谁想长久地统治，就应当戏弄情人。

（愿我别作茧自缚，成为牺牲品！）

35   无论结局怎么样，迁就都让我不快：

跟随，我反而逃离；逃离，我跟随。

可是你，对家中美女过于放心的蠢人，

从现在开始，入夜就请关好门！

---

1   达那厄（Danae）是阿戈斯国王阿克里西俄斯（Acrisius）之女，因为神谕说她
      的儿子会害死她的父亲，阿克里西俄斯将她囚禁在一间青铜密室中，朱庇特化
      成金雨与她相会，她怀孕后生下了著名的珀尔修斯（Perseus）。

2   关于伊俄，参考《变形记》（*Metamorphoses* 1.568-746）。

开始问，谁鬼鬼祟祟把你的门槛轻敲？

40   那些犬为何在寂静的暗夜吠叫？

谨慎干练的女仆往返传递着什么信？

        为何她如此频繁地独自就寝？

让这样的忧虑时常咬啮你的骨髓，

        给我的诡计留出空间和机会。

45 能够与一位傻瓜的妻子偷情，就可以

        从无人的岸边偷沙子——都太容易！

我已经给你预警：你若不开始守护

        这姑娘，她就不再受我眷顾。

我忍耐太多太久，我常指望，你能

50   好好守护她，让我的妙计得逞。

你太迟钝，你所忍没有丈夫能忍，

        但你的允许却让我的爱灰心。

难道你永远不阻拦不幸的我进门？

        晚上永远没有防我的敌人？

55 我什么都无须害怕？整夜都不用叹息？

        你不做什么，让我诅咒你该死？

如此随和的窝囊丈夫，该怎么对付？

        我的快乐都毁于他的错误。

何不找位喜欢忍耐这一切的男子？

60   你若选我做情敌，就竭力阻止！

《情诗集》

第三部

AMORVM LIBER TERTIVS

第一首（哀歌与悲剧）

有一处古老的树林，许多年未经斧钺，

　　可以相信，这是某位神的居所。

某个悬挂浮石的洞穴里流淌着圣泉，

　　四面都有鸟儿甜蜜地呢喃。

5　当我在这里漫步，罩着清凉的树荫，

　　思量我的缪斯写怎样的作品，

"哀歌"缠着芳香的发卷来到身旁[1]，

　　我感觉若没错，她有一只脚略长[2]。

身姿娉婷，衣裙轻如纱，脸漾着爱意，

10　　瘸足的缺陷反增添她的魅力。[3]

暴烈的"悲剧"迈着阔步，也已到此，

　　头发遮盖着冷额，长袍拖地，

1　在这首诗里，奥维德对哀歌和悲剧这两种体裁都做了拟人化处理。

2　影射哀歌体的格律。在拉丁语中，pes 兼有"脚"和"音步"的意思。

3　"瘸足"同样影射格律。Keith（1994）指出，奥维德对"哀歌"身体的描绘明显体现了哀歌的美学特征，换言之，她的形体成了哀歌诗学的化身。Perkins（2011）认为，诗中的"哀歌"女神与哀歌体裁、诗人自己的形象都交织在一起。

左手来回挥舞着一根国王的权杖，

　　高跟的吕底亚靴子套在双足上[1]。

15　她抢先说道："你的爱何时才能了断？

　　诗人啊，你的题材迟迟没更换！

酩酊的宴席讲述着你的荒唐故事，

　　四通八达的街衢也不甘岑寂。

经常有谁对路过的诗人指指戳戳，

20　　嘀咕：'这就是欲火煎熬的家伙。'

你已成为整座城的谈资，却未觉察，

　　依然不知羞耻，拿绯闻自夸。

是时候让远更高贵的藤杖搅动心灵了[2]，

　　你蹉跎太久，快开始你的杰作！

25　题材遏制了才华，该吟咏英雄的壮举，

　　你该说：'这是配得上我灵魂的疆域！'

你的诗戏玩的主题更适合少女的清歌，

　　你的青春在自己的格律里度过。

如今应让我，'罗马悲剧'，因你而扬名，

30　　你的灵魂将无愧我的律令。"

说完，她踏着彩绘的高靴移开，三四次

　　摇晃她的头颅和浓密的发丝。

若没记错，另一位斜着眼微微一笑，

1　　"吕底亚靴子"指悲剧演员穿的高足靴，之所以称为"吕底亚"，是因为早期希腊文化受惠于吕底亚文化甚多。

2　　藤杖（thyrsus）是酒神巴克斯携带的手杖，顶端覆盖着松果或葡萄叶子，这里象征着迷狂的灵感。

似乎有桃金娘树枝在她右手。

35　"傲慢的'悲剧'，"她说，"为何用这些狠词

　　　　压迫我？难道你只能这样严厉？

但你刚才已屈尊用哀歌的节奏发言[1]，

　　　　而且是借我的诗来向我宣战。

我不会拿我的作品与崇高的诗章相比，

40　　　我的蜗居怎能及宏伟的府邸？

我轻浮，钟情的小爱神也随我一同轻浮，

　　　　相对我的题材，我并不更严肃。

离了我，顽童丘比特的母亲就一片茫然，

　　　　我是那位女神的牵线人和同伴。

45　你穿着僵硬高底靴无法打开的那扇门，

　　　　在我的蜜语面前却愿意通融。

而且，我已赢得超过你的力量，只因

　　　　我能忍许多事，你的高傲不能忍。

通过我，科琳娜学会骗过看守的人，

50　　　逼近紧闭的门扉，动摇其忠诚，

穿着宽松的内衣，悄悄离开枕席，

　　　　在夜里潜行，不绊到任何东西。

我甚至常被刻在顽固的门上展览，

　　　　不害怕路过的人们随便观看！

55　而且我记得，自己曾藏在女仆的襟怀，

1　"哀歌的节奏"对应的原文是 imparibus numeris（不等的格律）。"哀歌"的
　　反驳理由是，刚才"悲剧"指责她的一番话都是用的哀歌体格律。

一直等到冷酷的守卫走开。

还有，你把我作为生日礼送出，却被她

撕碎，猛扔进旁边的水塘，记得吗？

我最先催生你天才的种子，拜我之赐，

60 你已拥有她向你寻求的那份礼。"

她话音已落，我说："同时请求你们俩，

专注地听我回答（我好害怕）！

你用权杖和高底靴给了我荣耀，一碰

我的唇，我已唱出雄浑的乐音；

65 而你为我的爱赢得了久远的名声，所以，

来吧，让长短诗行连接彼此。

'悲剧'，请留给这位诗人少许时间：

你是永恒的劳作，她所求却短暂。"

她允了我的祷告。温柔的小爱神，趁空闲，

70 赶紧：伟大的任务正将我追赶 [1]。

1　这行似乎暗示，奥维德有意在哀歌体写作阶段结束后，转入悲剧的写作。

第二首（赛马场）[1]

"我坐在这里，对名贵的马并无兴趣[2]，

　　但我却祈祷你看中的那人胜出。

我来是为了和你说说话，与你坐一起，

　　好让你点燃的爱火能被你知悉。

5　你望着赛道，我望你：让我们各自望着

　　喜欢的东西，让各自的眼睛愉悦。

无论你青睐哪位马车手，他都太幸福！

　　如此说就是他赢得了你的眷顾？

1　长久以来，评论者都高度称赞这首诗的戏剧性写法和幽默笔调，例如 Fränkel
　　（1945）、Wilkinson（1955）、Williams（1968）、Thomas（1969）、
　　Frécaut（1972）和 Davis（1979）等。Davis 指出，这首诗是《情诗集》乃至
　　西方整个古典诗歌传统中最出色的一首戏剧性独白诗，不仅充分利用了说话人、
　　听话人和读者的三方关系，而且综合运用了暗示、对白、旁白和戏剧性反讽等
　　技法；虽然作品名义上的主题是马车比赛，但说话人的唯一用意是劝诱身边的
　　女子，由此产生了强烈的喜剧效果。

2　这首诗的写作方式仿佛是对赛马场情景的"现场直播"，当然奥维德关注的重
　　心不是比赛本身，而是看比赛的这位女人。绝大多数现代版本都把 1—82 行
　　放到引号中，仿佛这是诗中男子对女子的长篇表白，但这是不大可能的，诗中
　　有不少针对其他人（和神）的话（例如 21—24 行），还有一些话也不大可能
　　说给对方听（例如 25—36 行）。所以 Green（1982）、Henderson（2002）
　　和 Morwood（2011）都认为，这首诗全是"意识流"，或者说"脑海中的幻想"。

愿我能有此运气！当骏马从神圣的栅栏[1]

10 　　冲出，我将催它们奋力争先，

时而放缰绳，时而鞭打它们的脊背，

　　时而用内轮刮过折返的标锥[2]。

如果飞驰的我看见你，就会暂歇，

　　任凭松开的缰绳从手间滑落。

15 佩洛普斯差一点就死于皮萨的长矛，

　　当他看见你希波达米娅的美貌[3]！

但心仪姑娘的帮助却让他最终得胜[4]，

　　愿我们都能凯旋，拜爱人垂青！

何必徒劳地躲闪？你我只能是邻座[5]，

20 　　赛车场的空间设计本如此体贴。

可右边那位，无论你是谁，请谦让淑女，

1　这行的 carcere（主格 carcer）不是"监狱"，而是赛马在比赛前等待的地方，
　　前面有栅栏和绳子拦住它们，打开栅栏并放下绳子它们才能起跑。之所以称栅
　　栏为"神圣的"，是因为整个大赛马场（Circus Maximus）都是康苏斯神（Consus）
　　的圣地。

2　标锥：古罗马的赛车场中央是一条纵向的矮墙（spina），矮墙尽头有三个圆
　　锥形的木柱（metae），标志车手拐弯的地方。

3　佩洛普斯（Pelops）曾经是佛里吉亚的国王，后来到了希腊，做了皮萨（Pisa）
　　的国王。原来的皮萨国王俄诺马俄斯（Oenomaus）通过马车比赛来选择女婿，
　　失败者被他杀死。佩洛普斯以半个王国的允诺收买了国王的手下米尔提罗斯
　　（Myrtilus），让他在国王的马车上做手脚，好让自己在比赛中胜出，从而获
　　得与公主希波达米娅（Hippodamia）结婚的权利。结果国王在比赛中被马车抛
　　出摔死，佩洛普斯得以和公主成亲，并继承王位，但他却食言，不仅没将王国
　　分一半给米尔提罗斯，反而将他推入海中淹死。

4　这里奥维德似乎暗示，米尔提罗斯是被希波达米娅收买。

5　这行原文中的 linea 指特定数目的座位之间的间隔，可能是绳子、狭窄过道或
　　栏杆。

你的身子挤着她，让她不舒服；

还有你，后面观看的那位，缩回你的腿，

若知耻，别用硬膝盖抵着她的背！

25 但你的披风太长了，下摆始终拖着地，

收一下，你看，我帮你捧在手里。

衣服啊，你太吝啬，把如此美的脚踝藏着，

你越是独自欣赏，你就越吝啬。

善跑的阿塔兰忒脚踝也这样美，惹得

30 米拉尼昂渴望伸手去触摸[1]；

图画里束腰的月神狄安娜也相仿佛，

当她勇敢地追逐勇敢的猎物。

未见脚踝时，我已燃烧；既见，将如何？

你是在给火添火，给海波添海波。

35 我从它们可推知，那些深藏在纤薄

衣裙下的部分同样会让人欣悦。

此刻，你希望召来温柔的风吗？我可以

亲手摇着扇子，为你效力[2]。

还是这燥热并非来自天气，来自心，

40 对女人的爱炙烤着我无助的灵魂？

我说话之际，尘土已沾上你的白裙，

1　这位阿塔兰忒是博奥蒂亚国王斯科俄纽斯的女儿，善于奔跑，以赛跑来挑选丈夫，落败的人都被她杀死。米拉尼昂（Milanion，奥维德在《变形记》中使用的名字是 Hippomenes）在维纳斯帮助下，用三个金苹果让她分神，最终赢得比赛，与她结婚。

2　这行原文的 tabella 是一种周边装饰着鸟羽的薄板，用途与扇子相似，通常的名称是 flabellum。

走开，尘土，快远离这如雪之身！

可是，仪仗已来了：肃静，心怀虔诚！

现在该鼓掌：金色的队伍已走近[1]。

45 张着翅膀的'胜利'女神首先出现——

来吧，保佑我的这段爱能凯旋。

过于信任大海的人们，向涅普顿致敬[2]——

我跟海没瓜葛，我在陆地上扎根。

士兵，为你们的战神喝彩——我憎恶战争，

50 我喜欢和平，有和平才有爱情。

让日神赐福占卜者，让月神赐福猎人，

密涅瓦，让工匠之手迎接你莅临。

农夫们，请为谷神和青春的酒神起立，

拳击手和骑手则崇拜封神的双子[3]。

55 欢迎你，慈惠的维纳斯，还有箭术无敌的

男孩们——女神，请襄助我的工作[4]，

让我的新情人对我动心，许我对她好！

女神点了头，给我吉祥的征兆。

女神已经承诺的，我求你也能承诺——

60 你将是更重要的女神（维纳斯饶恕我）。

1　这是比赛之前的宗教游行。

2　"过于信任大海的人们"指水手。

3　"双子"对应的原文是Pollucem（珀鲁克斯）和Castora（卡斯托尔）。

4　"男孩们"指维纳斯的孪生子Eros（对应于丘比特）和Anteros（这位小爱神负责回报爱情或惩罚不回报爱情的人）。"工作"对应的原文是inceptis，意为"已开始之事"。

让所有在场的人和众神的仪仗为证，

    我发誓会永远把你当作女主人！

可是你的腿还悬着——如果你碰巧喜欢，

    不妨让脚尖搭靠着前面的栏杆 [1]。

65 现在赛道已为最壮观的表演清空，

    司法官发令，马车一齐奔腾 [2]。

我瞅见他了；无论你中意谁，他都能赢——

    马似乎都明白你想看到的场景。

唉，惨了，过标锥之时他绕得太远，

70   你磨蹭什么？后面的车正紧赶！

你做什么，可怜虫？你毁了姑娘的希冀！

    我求你，猛拽左边的缰绳，用力！

我们竟支持了懦夫！——可是罗马人，叫他

    回来，从四面给他信号，挥舞托加！

75 看，他们在唤他。怕漾动的衣服搅乱

    发卷，你可以把头埋在我胸前。

现在，栅栏再次打开，门已经大敞，

    各色骏马涌出来，仿佛在飞翔。

这次，你务必要赢，越过这广阔的赛场，

80   圆满实现我还有女友的愿望！

女友的愿望已实现，我的愿望仍落空：

---

1   这行原文的 cancellis 指各排座位之间的网格状栏杆。

2   "马车"对应的原文是 quadriiugos equos，意为"四匹绑在一起的马"，古罗
马比赛的马车由四匹马驱动。

他手握棕榈，我的棕榈却是梦[1]。"

她笑了，意味深长地看我，昭示着什么：

　　"暂时先别说，换个地方再说。"

1　　棕榈是胜利的象征，

第三首（女人撒谎的特权）

去吧，相信神存在：她发誓又违誓，你看，
    她原来的美可发生一丝改变？[1]
她抛弃誓言之前，飘逸的头发有多长，
    羞辱诸位神灵后，依然有多长。
5   从前，她肌肤白皙，白里晕染着玫瑰的
    色泽：现在红霞仍映着白雪。
她的脚原本娇小：现在还是极秀气。
    她苗条雅致：仍然苗条雅致。
昔日眼睛很明亮，如今还如星闪烁，
10   虽然她一再通过它们欺骗我。
显然，就连永生的诸神都允许女孩
    发虚假的誓言，神也抵抗不了美。
我记得她最近的诺言以我们两人的眼睛
    为证：最后只有我的眼睛疼。
15   神啊，告诉我，如果她可以随意骗你们，

---

1   参考贺拉斯《颂诗集》（*Carmina* 2.8）中对撒谎成性的巴里涅的描写。

为何我要为她的罪遭受报应？

难道你们不应为安德罗墨达羞愧？

    她被判死罪，只因母亲炫耀美[1]。

不但你们的见证毫无用处，逍遥

20   法外的她连诸神也一并嘲笑？

为了拿我的刑罚为她的伪誓赎罪，

    受骗的我竟要做骗子的替代？

或者神枉然被敬畏，只是一个空名，

    以愚蠢的迷信蛊惑民众的心，

25   或者，如果真有神，他就偏爱姑娘，

    只授予她们大权，做什么都无妨。

马尔斯佩致命长剑是针对我们男人，

    常胜帕拉斯的长矛只掷向我们，

阿波罗张开柔韧的弓，将我们瞄准，

30   朱庇特从高天向我们挥舞雷霆。

受伤害的众神都怕伤害美丽的生灵，

    自发地畏惧不畏惧他们的女人。

这样，谁还肯给祭坛献上虔诚的乳香？

    至少男人理当有更大的胆量！

35 朱庇特用他的电火轰击树林和城池，

    却禁止它们射向欺诈的女子。

---

1   "安德罗墨达"对应的原文是 Cepheia virgo（刻甫斯的处女）。安德罗墨达
（Andromeda）是埃塞俄比亚国王刻甫斯之女，因为母亲卡西俄珀（Cassiope）
夸耀自己与海洋仙女一样美，朱庇特下令将安德罗墨达献祭给一头海怪，但珀
尔修斯杀死了海怪，并与她成了亲。

多少人该死，只有可怜的塞墨勒被焚。

　　她受到这样的惩罚，却是因忠诚[1]。

倘若情人靠近自己时，她选择闪躲，

40　　神王就不必兼任父母的角色[2]。

我为何抱怨，为何要叱责整个天庭？

　　神和人一样，也有眼睛，也有心。

如果我是神，也会允许女人用谎言

　　不受惩罚地冒犯我神的尊严；

45　我会发誓，女子的誓言永远是真，

　　不让人说我是性情严厉的神。

但还是请你节制地利用神的纵容，

　　至少，姑娘，饶过我这双眼睛。

1　塞墨勒（Semele）是卡德摩斯（Cadmus）之女，酒神巴克斯之母，死于情人
　朱庇特的闪电。参考《变形记》（*Metamorphoses* 3.253-315）。

2　塞墨勒死后，朱庇特从她子宫中救出巴克斯的胚胎，缝在自己的大腿里，足月
　后才让他出生。

第四首（出轨）

狠心的丈夫，派人盯紧你娇嫩的女人 [1]

　　有何用？可靠的守卫只有本性。

若除掉恐惧，谁依旧纯洁，就真的纯洁，

　　因为禁止而不做，其实等于做。

5　身体无论看护得多牢，心如果向淫，

　　犯错的意愿永远不可能囚禁；

就连身体也守不住，即使你堵住一切——

　　门窗全关闭，奸夫仍可以穿越。

有机会出轨，反而少出轨，这自由本身

10　　使得放荡的种子失去了冲劲。

相信我，别再以禁止搅起失足的欲望，

　　迁就更容易抚平那样的念想。

1　Ross（2011）指出，这首诗里"狠心的丈夫"与《情诗集》第二部第十九首
　　中过分松懈的丈夫形成了有趣的对照，却都是诗人恋爱者讥诮的对象。Greene
　　（1994）认为，诗中的诗人恋爱者逆转了《情诗集》第二部第十九首的策略，
　　却使用了相似的论据，让人怀疑在两首诗里他都是不真诚的。事实上，在这篇
　　作品和《情诗集》第三部的其他诗里，奥维德都更加明显地突出了欺骗在古罗
　　马情爱关系中的主导地位。

我最近看见一匹马，用嘴拼命地抵抗

　　控制的挽具，狂奔如闪电一样；

15 一旦觉察到缰绳已放松，它瞬间停下，

　　辔头就在飘舞的鬃毛上垂挂。

我们总追求甚至贪恋被禁止的事情，

　　就像不听从医嘱非喝水的病人。

昔日，阿耳戈斯前后各有百只眼[1]，

20 　　唯有小爱神能把它们欺骗；

处女达那厄被锁进铁石建造、堪称

　　永远坚固的闺房，却做了母亲[2]；

珀涅罗珀，虽无人看守，尽管被众多

　　年轻的求婚者包围，却未改本色。

25 东西越藏，我们越觊觎，越费心越招贼，

　　不设防的物品，很少有人去爱。

她并非因容貌吸引人，而是你的宠溺：

　　你如此执着，大家自然会好奇。

丈夫的守护给不了品格，却添了诱惑——

30 　　你害怕，她的身体倒变成奇货。

任凭你愤懑，禁恋确实更快乐：女人

　　能说出"我怕"，立刻就足以勾魂。[3]

1　奥维德在《变形记》里的说法（*Metamorphoses* 1.625）与此不同，那里阿耳戈斯只有一百只眼。

2　参考《情诗集》第二部第十九首第 27 行的注释。

3　Berman（1972）指出，31—32 行化用了普洛佩提乌斯《哀歌集》（*Elegiae* 2.23.19-20）的诗句。

而且监控自由的女子与法律相抵触，

　　只该让外族的身体承受这恐惧。

35　难道你妻子保持贞节只为了帮看守

　　赢得荣耀，好让他对人夸口？

妻子出轨就伤心的男人太不懂世故，

　　也不太熟悉这座城市的习俗 [1]——

马尔斯的儿子罗慕路斯和雷穆斯兄弟

40　被伊利娅诞下之时也伴着羞耻 [2]。

如果你只喜欢贞洁，为何娶一位美女？

　　这两种特质断不能和平共处。

你若明事理，就迁就妻子，别再黑着脸，

　　也别死守着古板丈夫的特权，

45　珍惜将来她给你觅得的许多友朋，

　　如此你不费力就能赚取好名声，

如此总有年轻人邀请你赴宴，在家里

　　你还能看见别人的许多赠礼。

1　Greene（1994）认为，当奥维德将放任妻子出轨上升为罗马的"国家文化"时，他就揭示了性别压迫与政治控制之间的密切关联。

2　罗马先祖普洛卡（Proca）去世后，本当继位的努米托尔（Numitor）被弟弟阿穆利乌斯（Amulius）夺去宝座，流亡在外。阿穆利乌斯故意选努米托尔的女儿伊利娅（Ilia）做维斯塔贞女，以让兄长家绝后。此后，伊利娅怀孕生下了罗慕路斯和雷穆斯，虽然她声称他们是战神马尔斯的儿子，但阿穆利乌斯还是下令活埋了她，并让人把孩子投入台伯河溺毙。后来两兄弟意外获救，经过一番曲折，恢复了努米托尔的王位。

第五首（异象）[1]

"那是晚上，我的眼睛已睡意昏沉，
　　这个异象却突然惊吓我的心：
一座阳光照耀的山麓，有处茂盛的
　　栎林，许多鸟在它枝叶间藏躲。
5　附近是一片长满绿草的平地，非常
　　湿润，纤柔的泉水淙淙流淌。
我正在树的绿荫里躲避暑气，虽然
　　有遮蔽，热的感觉还是不散。
一头纯白的母牛突然站在我眼前，
10　可能正找寻有缤纷花朵的草甸——
它比雪花还白，当它们方才飘坠，
　　还没来得及被时间融化成水；

1　Heyworth（2011）指出，记梦和释梦在西方古典文学中有悠久的传统，
《伊利亚特》（*Iliad* 2.16-324; 23.62-107）、《奥德赛》（*Odyssey* 6.13-51;
19.535-558）、卡利马科斯的《物因》（*Aetia*）和卢克莱修的《物性论》（*De
Rerum Natura* 1.120-126）都是例子。在古罗马爱情哀歌体内部，普洛佩提乌
斯写过三首梦诗（*Elegiae* 2.26; 3.3; 4.7），每首诗都有元素被奥维德这首诗吸
纳。Kenney（1962）等学者认为，这首诗很可能不是奥维德所作。

比刚刚离开母羊乳房的奶还明亮，

　　　当表面闪动的泡沫还嗞嗞作响，

15　旁边还站着一头公牛，幸福的伴侣，

　　　与配偶偕行，踩着柔软的泥土。

当它躺着，慢慢咀嚼涌回的草糊，

　　　再次反刍先前享用的食物，

睡眠似乎渐渐夺走了支撑的力量，

20　　它长角的头缓缓垂到地上。

一只乌鸦飞过来，轻翅滑过空中，

　　　聒噪着，兀自落在翠绿的草坪，

只见它三次向雪白母牛的胸膛啄咬，

　　　挑衅的嘴喙衔走了几撮白毛。

25　母牛停留了许久才离开，抛下公牛，

　　　但有乌黑的瘀青印在它胸口。

当它看见许多公牛在远处吃草

　　　（远处公牛们的确在享受佳肴），

便飞快跑去，与这些牛群混在一起，

30　　并且挑选了草叶最丰美的地。

告诉我，解释夜梦的人，无论你是谁，

　　　这些幻象若不虚，有什么意味？”

我说完，精通梦的人一边在心里掂量

　　　每个细节，一边这样对我讲：

35　“你想借助摇晃的树叶躲避，却发现

　　　无法躲避的那种热是爱的欲念。

母牛象征你女友，白色于她正合适；

与母牛相伴的那头公牛就是你。
乌鸦用尖利的嘴咬啄她胸膛，暗指
有老妪拉皮条，动摇她的心志[1]；
踟蹰良久后母牛离开了相恋的公牛，
预示你会被抛弃，在空床凉透。
瘀青和她胸膛下面的那些黑点则表明，
她的心里萦绕着出轨的憧憬。”
解梦者在此打住了：血从我冰冷的脸
逃逸，不见底的夜站在我眼前。

1　参考《情诗集》第一部第八首。

第六首（对河的数落）[1]

泥泞岸滨被芦苇遮盖的河啊，我正

　　赶着见女友，请让水稍微停一停。

你既没有桥，也没有那样的小舟——无须

　　划桨，靠两岸的缆绳就能横渡。

5　我记得你曾是小溪，蹚过你我毫无畏惧，

　　水面几乎不到我脚踝的高度；

现在积雪已融化，你从对面的高山

　　冲出，浑浊的水随漩涡翻卷。

一路狂奔有何益，舍不得时间休息

10　　有何益，日夜兼程又有何益，

若我仍只能站在这里，若任何手段

　　都无法助我踏上你的那条岸？

我现在真羡慕达那厄之子拥有的翅羽[2]，

1　Suter（1989）认为，这首诗中河流的两种状态具有诗学象征意义。奥维德借用了卡利马科斯的意象，用清澈的河流象征好诗，用浑浊的激流象征坏诗。

2　"达那厄之子"指珀尔修斯，在他杀梅杜萨（Medusa）的往返途中，墨丘利将自己的飞鞋（talaria）借给他使用。

当他已取走盘满凶蛇的头颅，

15　　羡慕那辆龙车，最初刻瑞斯的种子

便从它里面撒向蛮荒的大地 [1]。

这都是古代诗人编出的神迹奇事，

从没有也永不会有发生的日子。

溢出宽岸的河啊，毋宁请你别越过

20　　边界（若如此，祝你长流不歇）。

激流，相信我，你将受不了敌意，如果

世人说你耽搁了我这位恋爱者。

江河本应该帮助沉浸爱情里的年轻人，

江河自己也曾经体验过爱情。

25　　相传为追求墨丽厄，伊纳科斯面色 [2]

惨黄，欲望蒸热冰凉的水波。

特洛伊的围困未满十年时，克珊托斯，

宁芙涅埃拉引得你注目凝视 [3]。

还有，对阿卡迪亚少女执着的念想

30　　没驱使阿尔甫斯到处游荡 [4]？

1　特里普托勒摩斯（Triptolemus）是雅典国王凯琉斯（Celeus）的儿子，谷神刻瑞斯传给他农业的技艺，为了方便他在世界各地传播耕种知识，还把自己的马车送给他。

2　伊纳科斯（Inachus）是阿戈利斯的河神，爱上了宁芙墨丽厄（Melie），他们的结晶是阿穆科斯（Amycus），小亚细亚比提尼亚（Bithynia）的国王，所以在原文中墨丽厄被称为 Bithynide（比提尼亚女人）。

3　克珊托斯（Xanthus）是特洛伊附近的河神，爱上了宁芙涅埃拉（Neaera）。

4　"阿卡迪亚少女"指仙女阿瑞图萨（Arethusa），她被希腊阿卡迪亚地区的河神阿尔甫斯（Alpheus）一路追逐到西西里岛。参考《变形记》（*Metamorphoses* 5.577-641）。

虽然克鲁萨已订婚，传言你，珀纽斯，

　　却将她藏于皮提奥蒂斯的土地 [1]。

我为何提阿索坡斯被马尔斯后裔忒柏

　　迷住（她注定诞下五位女孩）[2]？

35　　若问你阿刻罗俄斯，角何在？你会抱怨，

　　它们被愤怒的海格力斯折断——

对他而言，卡吕冬和整个埃托利亚

　　论价值都不如心爱的德伊阿尼拉 [3]。

那条滋育沃土、分七脉入海的尼罗河，

40　　他能将巨流的故土藏得这么好 [4]，

据说却不能用自己的浪涛浇灭欧安忒 [5]

　　（阿索坡斯之女）唤起的爱火。

为了以干爽之身抱图洛，厄尼剖斯 [6]

1　　这行原文的 Xutho（克叙托斯）在译文中省略了，克鲁萨（Creusa）是一位仙女，已和克叙托斯订婚，但河神珀纽斯（Peneus）却将她藏在帖撒利亚的皮提奥蒂斯（Phthiotis）。

2　　希腊博奥蒂亚地区的河神阿索坡斯（Asopus）与河神拉冬（Ladon）之女墨托佩（Metope）生了五位女儿，但这里奥维德可能根据另一个神话版本将墨托佩换成了"忒柏"（Thebe）。忒柏为何被称为 Martia（马尔斯的）也难以判定，她有可能是其后裔，也有可能曾经被战神强暴。

3　　卡吕冬（Calydon）河神阿刻罗俄斯（Achelous）与还未封神的海格力斯为了争夺德伊阿尼拉（Deianira）而决斗，前者的一只角被后者折断。这个故事见《变形记》（Metamorphoses 9.1-97）。埃托利亚（Aetolia）是希腊中部的一个地区。

4　　西方古代人一直不知道尼罗河的源头在哪里，所以奥维德形容尼罗河神（Nilus）"将巨流的故土藏得这么好"。

5　　欧安忒（Euanthe）是尼罗河神的情人。

6　　厄尼剖斯（Enipeus）也是希腊的河神，厄尼剖斯深爱的图洛（Tyro）是皮萨国王萨尔莫纽斯（Salmoneus）的女儿，所以在原文中被称为 Salmonida（萨尔莫纽斯之女）。

吩咐水退去，水的确遵从旨意。

45　　我也不会略过你，在空荡岩石间翻腾、

滋育亚该亚提布尔田亩的河神[1]，

伊利娅让你喜欢，虽然她打扮吓人，

头发和脸颊都留着指甲的抓痕[2]。

同时为叔父的罪行和战神的侵犯哀叹[3]，

50　　她赤脚踯躅在人迹罕至的荒野间。

冲动的阿尼奥在湍急河道里远远望见[4]，

便从水中抬起头，嘶哑地高喊：

"你为何心绪不宁地在我的岸边徘徊，

伊利娅，伊达山拉俄墨冬的后代[5]？

55　　你的衣裳在哪里？为何一个人浪游，

为何不用洁白的发带缠住头[6]？

为何哭泣，让你的眼睛沾满泪水，

为何疯狂捶打袒露的胸怀？

只有心肠里埋着铁石的男人看见你

1　　这位河神指台伯河神（Tiberis）。台伯河流经罗马附近的小镇提布尔（Tibur），
　　提布尔被形容为"亚该亚"，是因为传说建城的是三位来自希腊亚该亚的兄弟。

2　　传说伊利娅生下罗慕路斯和雷穆斯之后，欲投河自尽，但被台伯河神救起，并
　　成为他的妻子。参考贺拉斯《颂诗集》（*Carmina* 1.2.16-17）。Keith（1994）
　　认为，伊利娅和《情诗集》第三部中的其他女性角色一样，都失去了对诗人恋
　　爱者的吸引力，表明了奥维德试图摆脱哀歌体裁的倾向。

3　　参考《情诗集》第三部第四首第 40 行的注释。

4　　阿尼奥（Anio）是台伯河的支流。

5　　因为罗马先祖阿斯卡尼俄斯（Ascanius）的母亲克鲁萨（Creusa）是特洛伊国
　　王拉俄墨冬的孙女，所以伊利娅被称为"拉俄墨冬的后代"。

6　　因为伊利娅曾经是维斯塔（Vesta）贞女，相当于祭司，按传统需要束上发带。

60　　　柔嫩脸颊上的泪才依然自持。

伊利娅，别怕，我的宫殿向你敞开；

　　　别怕，伊利娅，溪流将把你敬拜。

你将做一百位甚至更多宁芙的王后，

　　　因为我容纳了超过百条溪流。

65　我只祈求你别鄙夷我，特洛伊后裔，

　　　你将收到比承诺还丰厚的礼。"

话已说完，她贞洁的目光盯着地面，

　　　温泪像雨一样，洒在她胸前。

她三次试图逃离，三次被深水阻挡，

70　　　恐惧夺走了向前奔跑的力量。

但最终她用仇恨的手指撕扯头发，

　　　嘴唇颤抖，说出这愤怒的话：

　　　"我宁愿还是处女时，这把骨头就能

　　　被搜集起来，埋进祖先的坟茔！

75　从前的维斯塔贞女，如今已失去名声，

　　　遭神庙驱逐，为何还引诱我结婚[1]？

为何还活着，任众人当娼妇指指点点？

　　　消失吧，这张写满耻辱的脸！"

她止住话语，用衣服遮住红肿的眼睛，

80　　　万念俱灰，跳进滚滚的水波中。

传说奔涌的河神伸手托住了她胸膛，

1　"神庙"对应的原文是 Iliacis focis（伊利昂的祭坛），突出了伊利娅的特洛伊背景。

给她妻子的权利，共入洞房。

我相信，你的心也为某位姑娘发烫，

    只不过罪证被周围的树林隐藏。

85 说话的当儿，你的水已经越漫越远，

    深深的河道容不下奔腾的惊湍。

你与我有何仇？为何耽搁我与她的欢好，

    疯河？为何阻断我旅程，乡巴佬？

你若是名正言顺、出身高贵的一条河，

90   你如果名满天下，又当如何？

可是你没有名气，不过由小溪沟汇合，

    既没有清泉，也没有固定的居所。

你的所谓源头只是雨和融化的雪——

    迟缓冬天给你的财富太吝啬。

95 你要么在寒季驱赶浑浊的泥水前行，

    要么紧贴焦土爬，一身扬尘。

哪位口渴的路人曾从你这里啜饮？

    谁曾感激地说"愿你长存"？

你奔流，害了牛羊，更害田地：或许

100   别人怨这些，我只管我的冤屈。

该死！我疯了，竟对它讲述河神的情事！

    亵渎如此尊贵的名字，真可耻！

望着这样的贱水，我竟能提阿刻罗俄斯、

    伊纳科斯，还有你，尼罗河的名字！

105 但对你，远非清澈的激流，因你的罪辜，

    愿日头永酷烈，冬天永不下雨！

第七首（耻辱）

可是难道她不美，难道她仪态不优雅，
　　难道我不是经常念着她，想着她？
然而我却徒劳地拥着她，全然疲软，
4　　床木然托着我这个罪孽和负担。

　< ……………………………………

　　………………………………… >

15　我躺着，犹如僵尸，一具抽空的肉身，
　　不确定自己是活着还是鬼魂。
怎样的老年等着我，如果我还有老年，
　　当我生命最盛时就已经残损？
我为这年纪羞耻：何必给青春和力量？
20　　她感觉不到我有青春和力量。
她起身，像即将走向圣火的永恒祭司，
　　像可敬的姐姐离开亲爱的弟弟。
可是前不久我与柯丽德一连亲密了

149
《情诗集》第三部

两次，三次则是与丽巴丝、庇托 [1]。

25 我记得科琳娜甚至曾在短短的一夜

要求我九次不休地与她交合。

难道是帖撒利亚的毒药毁了我可憎的

身体，或是咒语和草卉害了我，

还是我的名被女巫钉在红蜡中，她将

30 如丝的细针扎入了我的肝脏？

咒语攻击谷物，把它们变成荒草，

咒语让受控的江河从源头断掉，

通过咒语，葡萄坠藤，栎树坠栗茧 [2]，

没有人摇晃，苹果也落往地面。

35 为何身体就不能被魔法夺去机能？

也许这才是器官萎靡的原因。

羞耻到了这地步：羞耻也成了伤害，

在生理之外添了心理的障碍。

可我眼前的姑娘多美，却只能手碰！

40 只能像内衣那样贴着她的身。

若被她抚摸，涅斯托耳都能变年轻 [3]，

老迈的提托诺斯都会更勇猛 [4]。

1　柯丽德（Chlide）、丽巴丝（Libas）、庇托（Pitho）都是奥维德杜撰的情人名字。

2　栗茧是栎树的果实。

3　"涅斯托耳"对应的原文是 Pylius（皮洛斯人），皮洛斯（Pylos）是伯罗奔尼撒半岛的城市，涅斯托耳（Nestor）的家乡。涅斯托耳是特洛伊战争希腊联军中最年长的人，以长寿著称。

4　参考《情诗集》第一部第十三首第 35 行的注释。

我曾偎着她，但偎着她的已不是男子。

  我还能怎样许愿，想怎样的祷词？

我相信，诸位大神已懊悔给我这件

45

  礼物，如此使用简直是糟践！

我当然希望她能欢迎我——她的确欢迎；

  吻她——我吻了；靠近她——我已靠近。

这样的好运有何用——拥有却不能享受？

50

  贪求财富却不能真正握在手？

仿佛泄露秘密的坦塔罗斯，我也在

  水中间焦渴，苹果永远无法摘[1]。

谁能一大早就从如此娇嫩的女孩边

  起身，径直赶赴神灵的圣殿？

然而，她难道没在我身上浪费那么多

55

  甜吻，难道没调动每一种诱惑？

无论沉重的橡树、坚硬的精钢还是[2]

  冷漠的岩石都难敌她柔媚的样子——

她足以打动所有的活物，所有的男人，

  可我无活气，也非从前的男人。

60

聋耳听菲米俄斯唱歌，有什么快乐[3]？

  图画如何给塔穆拉斯愉悦[4]？

---

1 参考《情诗集》第二部第二首第 44 行的注释。

2 "精钢"（adamas）是西方古代传说中最坚硬的物质。

3 菲米俄斯（Phemius）是尤利西斯家乡伊塔卡著名的齐塔拉琴演奏者。

4 塔穆拉斯（Thamyras）是色雷斯诗人，因为挑战缪斯失败，被弄瞎眼睛。

但什么无声却欢畅的场面我不曾想象，

　　　我曾在脑海中预演多少花样？

65　然而，我的那器官却仿佛提前死亡，

66　　　屈辱地躺着，比昨日的玫瑰还颓丧。

　　　< ·································

　　　································· >

77　她质问："你为何要我？疯子，既然不情愿，

　　　谁叫你躺在我床上，勾我欲念？

　　　要么你被女巫喀耳刻用交错的纱线[1]

80　　　下了咒，要么来时已被人榨干。"

　　　话音刚落，她披上睡衣，猛然跳下床

　　　　（那双飞跑的赤足多么漂亮）——

　　　怕她的女仆们以为我对她无能为力，

　　　　我洒了一些水，掩盖这丢脸的事。

1　"喀耳刻"对应的原文是 Aeaea venefica（埃埃阿的女巫），参考《情诗集》第
　　一部第八首第 5 行的注释。

第八首（金钱的罪孽）

如今可有人依然崇奉博雅的技艺，

  或相信柔软的诗歌确实有价值？

天才在世人眼里曾经比黄金还耀眼，

  但如今没钱被视为极致的野蛮。

5   当我的那些小书已赢得女友的芳心，

  诗可以进入的地方，我却不能进。

虽然她盛赞我，门却向被赞的人紧闭：

  再有才华，我只能屈辱地游弋。

瞧，一位新近暴富的骑士排在我前面[1]，

10   他到处制造伤口，饮饱血，挣足钱。

我的生命，你竟能用美丽的手臂拥抱他？

  你竟能在他的怀里欣然躺下？

那颗脑袋曾戴着头盔，你恐怕不知道？

  一把剑曾经装饰伺候你的腰。

---

[1]   这行原文的 censu（主格 census）指古罗马审查官（censor）每五年做的一次
    财产统计。

15 与迟来的金戒指根本不相配的左手拿过 [1]

盾牌；碰他的右手——它曾满是血！

你怎能去摸它，某人就是因为它而死？

可悲，你昔日的那颗柔心在哪里？

看看这些刀疤，战场留下的印记，

20 他的一切财富都是靠身体。

或许他会告诉你，曾割断多少喉咙——

贪心人，承认这种罪的手你也碰？

而我，福玻斯和缪斯纯洁无瑕的祭司，

却在你绝情的门前唱徒劳的哀辞。

25 明智的人们，别学我们闲人的本领，

去加入紧张的军队、残酷的兵营，

别指挥美妙的诗句，指挥冲锋的百人队 [2]，

荷马，你若肯如此，或能受善待。

朱庇特深知没有什么比黄金更强大，

30 自己就是给受辱少女付的价 [3]。

只要没贿赂，父亲就顽固，女人就矜持，

门柱就镶铜，高楼就围上铁壁；

可一旦识趣的奸夫满载礼物而来，

---

1 "迟来"暗示他是暴发户，是靠打仗敛财后换来的社会地位。

2 这行的 deducite 利用了这个词的双重意义（作诗和指挥军队），为了体现这个特点，译文故意将第一个意思译成"指挥"诗句。"百人队"对应的原文是 primum pilum，这是古罗马军队负责冲锋的精锐部队，它的百夫长（primipilus）在帝国时代收入颇高。

3 影射达那厄的事，因为朱庇特化成金雨，奥维德认为他其实是在贿赂。参考《情诗集》第二部第十九首第 27 行的注释。

她就遵命献身，敞开了胸怀。

35　　然而，当年老的萨图尔努斯统治天庭 [1]，

　　　　大地把所有的财宝都藏在深心：

　　祂将铜、银、黄金和重铁都运到冥府，

　　　　在世间不留下任何成块的金属。

　　但祂赠予更好的东西，无需弯犁，

40　　　　就出产蔬果，空心的橡树也淌蜜。

　　没人用坚硬的铧切开土地，没人

　　　　丈量田亩，标出邻里的边境。

　　桨没有放下，扫过翻起浪花的水面，

　　　　那时海岸就是旅行的极限。[2]

45　　人性啊，你针对自己的时候太过精明，

　　　　你机关算尽，却害了自己的前程。

　　用高墙与角楼环绕城市是为了什么，

　　　　争执的手拿起武器又为何？

　　你与海何干？陆地就应该让你满足。

50　　　　干脆把天界变成第三片疆土！

1　　萨图尔努斯（Saturnus）是乌拉诺斯（Uranus）和大地女神盖娅（Gaia）的儿子，
　　他的统治时期是古希腊神话中的黄金时代。被儿子朱庇特推翻后，他逃到意大
　　利，当时雅努斯是埃特鲁里亚的国王，热情接待了他。35—44 行是西方古典
　　传统中对黄金时代的典型描绘。

2　　阿尔戈号的远航被普遍认为标志着黄金时代的终结。

你的确觊觎天界：利柏耳、奎里努斯、

　　海格力斯和恺撒都有自己的神祠。[1]

我们从地里掘出金块，而非谷物，

　　士兵靠战争之血积攒财富，

55　元老院向穷人关闭，金钱才换来官职——

　　所以，法官才威风，骑士才傲气。

任他们占有一切，任战神原野与广场

　　归他们，任他们掌管和平与武装，

只要他们别过分贪婪，抢夺我的爱，

60　给穷人留一点东西可以依赖。

可现在，即使她媲美冷峻的萨宾女人，

　　也被有钱的家伙像战俘欺凌。

而我却遭守卫拦，轮到我，她就怕丈夫；

　　我若带礼物，他们俩都立刻撤出。

65　如果哪位神愿为受冷落的情人复仇，

　　就把这肮脏的财富化作尘垢！

1　在这里，奥维德将这几位视为凡人封神的代表，但利柏耳（Liber）的情况与
　其他几位不同，他是罗马的植物神，掌管作物，后来与希腊的酒神混同，除非
　将幼年的酒神视为凡人，此处的说法才能成立。奎里努斯（Quirinus）是罗慕
　路斯封神之后的名字。海格力斯在受尽朱诺折磨后，获准进入天界，他封神的
　经过可参考《变形记》（Metamorphoses 9.229-272）。"海格力斯"对应的
　原文是 Alcides，这是指代他的惯常名称，意为"阿尔凯俄斯（Alceus）的后裔"，
　因为名义上他是阿尔凯俄斯（安菲特律翁的父亲）的孙子。恺撒在死后也被古
　罗马人尊为神。

第九首（悼念提布卢斯）[1]

如果母亲曾哀悼门农和阿喀琉斯[2]，

　　悲哀的死亡也能让女神伤心，

那么"哀歌"，哭吧，屈尊散开发丝[3]，

　　啊，此刻，你的名多符合事实！

5　你启示的诗人，你的荣耀，提布卢斯

　　在柴堆上燃烧，一具空洞的尸体。

看，维纳斯儿子手里的箭囊已倒转，

1　　提布卢斯（Albius Tibullus，公元前55—公元前19）是古罗马著名的哀歌体诗
　　人。关于这首诗的语气和风格，评论趋于两极化。Dickson（1964）认为它与《情
　　诗集》中大部分作品不同，是"原创性的"，而且是"真挚的"。Wilkinson
　　（1955）、Thomas（1965）、Berman（1975）等人也认为，这首诗是严肃的。
　　如果真是这样，那么它跟《情诗集》整体的戏谑风格就有冲突。Duquesnay
　　（1973）则觉得，奥维德的语气是诙谐的，诗人以轻松的方式表达对提布卢
　　斯的尊敬。Currie（1964）也怀疑，作品过分的精致风格表明奥维德的哀悼并
　　不真诚，Cahoon（1984）甚至相信，这首诗批评了提布卢斯在自己诗歌中的
　　形象。Perkins（1993）也认为，虽然奥维德的确欣赏提布卢斯，但在这首诗里，
　　他通过对其作品（集中在其想象死亡的作品）的戏仿挪揄了提布卢斯对于死亡
　　想象的执迷。

2　　"母亲"指奥罗拉和忒提斯，她们都是神。

3　　这里的"哀歌"是拟人化角色。

弓已折断，火炬已失去光焰 [1]；

瞧，他凄然地走着，翅膀耷拉在身旁，

10   残忍的手捶打着赤裸的胸膛。

披在颈项上的发卷接住坠落的泪珠，

    嘴发出啜泣声，躯体随之抽搐。

传说当他离开你的家，尤卢斯，在弟弟 [2]

    埃涅阿斯的葬礼上就是如此。

15 提布卢斯谢世时，维纳斯也一片茫然，

    如那日青年被凶猛的野猪戳穿 [3]。

可我们诗人据称是神圣的，受天界照看，

    甚至有人信，神就在我们里面 [4]。

粗暴的死亡确乎能亵渎神圣的一切，

20   无物逃过它阴森之手的攫夺。[5]

对俄耳甫斯而言，父亲和母亲有何用 [6]，

    歌声驯服、震撼野兽有何用？

---

1   7—8 行戏仿了提布卢斯《哀歌集》的诗句（*Elegiae* 2.6.15-16）。

2   "他"指丘比特，尤卢斯（Iulus）是埃涅阿斯的儿子，埃涅阿斯和丘比特都是维纳斯的儿子，所以前者是后者的"弟弟"。

3   "青年"指维纳斯深爱的美少年阿多尼斯（Adonis），参考《变形记》（*Metamorphoses* 10.503-739）。

4   参考奥维德在《岁时记》中的类似说法（*Fasti* 6.5-8）。

5   19—20 行化用了提布卢斯《哀歌集》的诗句（*Elegiae* 1.3.4-5）。

6   "俄耳甫斯"被形容为是 Ismario（伊斯马洛斯的），因为他是色雷斯人，而伊斯马洛斯是古代色雷斯的国王。俄耳甫斯（Orpheus）是阿波罗（或色雷斯国王俄阿格罗斯）与缪斯神卡利俄柏（Calliope）之子，欧律狄刻（Eurydice）之夫，著名诗人、音乐家。"父亲和母亲有何用"的说法表明，奥维德这里选择相信他的父亲也是一位神——阿波罗。

同一位父亲据说也曾在深林中哀吟

"悲哉，利诺斯！"，用不愿歌唱的竖琴[1]。

25 再想想荷马，他犹如万世不竭的溪流

以缪斯之泉浇灌众诗人之口[2]，

可末日还是将他淹没在黑色的冥湖里[3]，

唯有其诗歌逃脱火葬的吞噬。

诗人的著作长存——特洛伊苦战的名声

30 和趁夜拆散、永难完成的织品[4]：

黛丽娅和涅墨西斯将如此永远流传[5]，

一位是他的新欢，一位是初恋。

祭祀对你们有何益？埃及的西斯铃如今

有何益？还有独自在荒床就寝[6]？

35 当邪恶的命运劫走善人（请恕我坦白），

我不禁会想，众神根本不存在。

虔敬，虔敬也得死；谨行圣礼，死仍会

---

1   "同一位父亲"指阿波罗，"悲哉，利诺斯"（Aelinon）据说是他在自己的另一位儿子、诗人利诺斯（Linos）死去时发出的哀叹。一个神话版本说利诺斯曾教俄耳甫斯和海格力斯音乐，但被不懂风雅的海格力斯用里拉琴打死。

2   "缪斯之泉"对应的原文是 Pieriis aquis（皮埃里亚的水），参考《情诗集》第一部第一首第 6 行的注释。

3   "冥湖"对应的原文是 Averno（主格 Avernus，阿韦尔诺湖），阿韦尔诺湖在那不勒斯附近，名字的意思是"鸟无迹"，古时人们传说这里是地府入口。

4   指珀涅罗珀的织品。

5   黛丽娅（Delia）和涅墨西斯（Nemesis）是提布卢斯诗中出现的两位情人的名字。

6   在伊西斯的节日，男女不可同床。

冷酷地将信徒从神庙拽进坟堆。[1]

信仰好诗的价值：看，提布卢斯已死；

40   除了一小瓮骨灰，他几乎全消失。

神圣的诗人，你竟被葬礼的火焰焚尽？

      它们竟不怕啃食你的那颗心？

敢犯下如此重罪的火焰也完全可能

      将大神的庙宇烧得干干净净。

45   统治埃卢克斯的女神转过她的脸[2]，

      有人说她已止不住泪水涟涟。

然而如此总胜过在费阿科斯人的疆域[3]，

      无名无姓地埋进一垄贱土。

这里，至少有母亲合上他哭泣的双眼，

50   将最后的礼物送到骨灰前面；

这里，有妹妹和哀恸的母亲一起分担

      悲伤，撕扯顾不得装饰的发卷；

有涅墨西斯、黛丽娅亲吻你的族人[4]，

      不会让你的柴堆孤独冷清。

55   离开时，黛丽娅叹道："我被你爱更幸运：

---

1   33—34 行、37—38 行影射了提布卢斯《哀歌集》的诗句（*Elegiae* 1.3.23-26）。

2   "女神"指维纳斯，参考《情诗集》第二部第十首第 11 行的注释。

3   "费阿科斯人的疆域"（Phaeacia tellus）指科尔库拉（Corcyra），今天的科尔福岛（Corfu）。提布卢斯曾陪同恩主梅萨拉（Messalla Corvinus）去那里，结果生病了，返回罗马，他在《哀歌集》（*Elegiae* 1.3.3-8）里表达了不愿死在那里的愿望。后来他康复了，最终在罗马去世。

4   "黛丽娅"对应的原文是 prior（前一位），因为提布卢斯与她的关系早于与涅墨西斯的关系。

当我做你恋人时，你尚在凡尘。"

涅墨西斯反诘道："你为何替我的损失

难过？他是握着我的手离世！"[1]

但如果我们什么都不剩，除了名字

60　　　和魂灵，提布卢斯将居于福地[2]。

迎接他，博学的卡图卢斯，带着你的

卡尔乌斯，常春藤缠着前额[3]；

还有你（若你并未害朋友，罪名不实），

挥霍自己热血和生命的加卢斯[4]。

65　你的魂将伴着他们，若身体只余灵魂，

优雅的提布卢斯，你也是义人。

我祈求，你的骨灰在瓮中永享宁静，

愿上面的泥土不会让它觉得沉。

1　两位女人的话都影射提布卢斯《哀歌集》里的四行诗（*Elegiae* 1.59-62），在
　　那里诗人表达了死时能有黛丽娅在身边陪伴和哀悼的愿望。

2　"福地"对应的原文是 Elysia valle，参考《情诗集》第二部第六首第 49 行的注释。

3　卡图卢斯（C. Valerius Catullus，公元前 84—公元前 54）是古罗马新诗派的
　　代表诗人，哀歌体的开创者，对贺拉斯和奥维德影响甚大。卡尔乌斯（C.
　　Licinius Macer Calvus，公元前 82—公元前 47）是古罗马演说家、诗人，卡图
　　卢斯的好友。

4　加卢斯（C. Cornelius Gallus，约公元前 70—公元前 26）诗歌咏叹的情人是吕
　　柯丽丝（Lycoris），他因为酒后失言，被人举报并被召回罗马，深感羞辱，于
　　是自杀了。他在同时代诗人中享有很高的声望。奥维德对他的罪名和死因都表
　　示怀疑，在《哀歌集》（*Tristia* 2.446）中他说加卢斯"醉后管不住舌头，才
　　栽跟头"。

第十首（谷神节的问题）

一年一度的谷神节到来，要举行圣礼[1]：

    我女友在另外的床上独自休息。

精致头发戴着麦穗冠的金色刻瑞斯，

    为何用祭祀妨碍我们的好事？

5 女神，世上的民族都说你是赐予者，

    其实没有谁比你对人类更吝啬。

往昔，不修边幅的农民不晾晒收成，

    大地上无人知晓打谷场的名称，

但最早传递神谕的橡树能结出果实[2]，

10   人们以这些和嫩草的叶子为食。

刻瑞斯最先教会种子在地里长大，

    用镰刀割下植株的彩色头发；

她最先逼迫公牛伸出脖颈，负起轭，

---

1   古罗马的谷神节（Cerealia）在 4 月 12 日到 19 日，祭礼全部由女人操办，节
    日期间禁止行房。

2   多多纳（Dodona）是朱庇特神庙和神谕所在地，地名源于朱庇特和欧罗巴的
    女儿多多涅（Dodone），据说那里生长的橡树和栖息的鸽子能传达神意。

以犁铧的弯齿将古老的大地咬破。

15　会有人相信这位神喜爱情侣的眼泪，

　　　　忍耐和禁欲就是她认可的敬拜？

然而，尽管她青睐多产的田亩，却并不

　　　　单纯，胸中也不缺爱的情愫。

克里特人可以做证（他们并非总撒谎）：

20　这个国度以养育朱庇特为荣[1]。

统治着宇宙星殿的神王在孩提时代

　　　　曾于岛上用稚嫩的嘴饮奶[2]——

见证者值得信任，她受到养子称赞。

　　　　刻瑞斯会承认这段著名的孽缘：

25　克里特的伊达山下，女神见伊阿西俄斯[3]

　　　　毫发无差地刺穿野兽的背脊，

看到他，柔嫩的骨髓立刻着了火，

　　　　羞耻往这边、情欲往那边拉扯。

情欲战胜了羞耻：到处的犁沟干裂，

30　播下的种子只有极少的收获；

当挥舞的锄头已经反复敲打田亩，

　　　　弯曲的犁铧已划破坚硬的泥土，

1　克里特对朱庇特的养育之功可参考《岁时记》（*Fasti* 5.111-128）。

2　给朱庇特喂奶的是阿玛尔泰娅（Amalthea），"阿玛尔泰娅"有时被认为是母
　　羊的名字，有时被认为（比如奥维德）是这只羊的主人。

3　伊阿西俄斯（Iasius）通常叫伊阿西翁（Iasion），是朱庇特和阿特拉斯之女厄
　　勒克特拉的孩子。谷神刻瑞斯在卡德摩斯的婚礼上，引诱伊阿西翁野合，朱庇
　　特发现后，用雷霆击杀了伊阿西翁（荷马和赫希俄德等人的说法）。

种子已经均匀地撒在广阔的原野上，

　　希望却落空，耕夫都被欺诳。

35　掌管稼穑的女神在树林深处流连，

　　束着长发的穗冠已掉落地面。

只有克里特依然富饶，年景喜人，

　　无论她去哪里，都五谷丰登。

生长林木的伊达山铺满晃眼的收成，

40　　树间的野猪改成以麦粒为生。

创制法律的米诺斯盼望年年都如此 [1]，

　　盼望刻瑞斯的爱长久不移。

金发的女神，分床而睡于你是悲哀，

　　我却必须在你的节日忍耐。

45　为何我必须悲哀，当你的爱女已寻获 [2]，

　　你统治着万国，地位仅次于朱诺？

节日呼唤着维纳斯、歌声，还有美酒——

　　这样的礼物才适合神灵享受。

1　克里特国王米诺斯以公正著称，是为克里特立法的人。

2　"爱女"指珀尔塞福涅（Persephone），关于她被冥王普鲁托（Pluto）劫走和
　刻瑞斯寻女的故事，参考《变形记》（*Metamorphoses* 5.346-571）和《岁时记》
　（*Fasti* 4.417-618）。

第十一 A 首（忍无可忍）[1]

我忍耐太多太久，你的错无法再忍耐：

　　离开我疲惫的胸膛，可憎的爱！

无疑，我已经甩掉锁链，已经自由；

　　曾不耻承受的事，已耻于承受。

5　我已经征服，将驯顺的爱踩于脚底，

　　我头上终于长角，虽然太迟。

顽强地坚持：这种痛将来对你有益，

　　病人也经常受惠于苦的药汁。

1　Gross（1976）认为，奥维德在这首诗里不是描绘恋爱关系的一个阶段，而是
　　整合了西方古典情爱诗中各种元素，并以一种戏谑的方式呈现。诗人的主要灵
　　感来自卡图卢斯《歌集》（*Carmina*）第八首、提布卢斯《哀歌集》（*Elegiae*）
　　第一部第九首和普洛佩提乌斯《哀歌集》（*Elegiae*）第三部第二十四首、第
　　二十五首。Gross 相信，在 A 和 B 两首诗中，奥维德都故意扭曲了引用元素的
　　语境，使得自己的作品不具备情感的严肃性，从而与《情诗集》整体的游戏性
　　相一致。关于 A 首和 B 首的关系，学界的三种观点与《情诗集》第二部第九
　　首相似，参考那里的注释。Fyler（1971）和 Perkins（2002）都认为，这首诗
　　体现了《情诗集》中反复呈现的一个主题：论辩（修辞）的逻辑性无法抵抗人
　　类情感和人际关系（尤其是情爱关系）的非逻辑性。Perkins 指出，这篇作品
　　的悖论在于，诗人恋爱者极力表达弃绝这段关系的决心，然而语汇和意象却明
　　白无误地告诉读者，他已在这段情感中深陷。

一再被拒之门外，我竟然曾经容忍

10   在坚硬的地面趴伏我的自由身？

我竟然为了你拥在怀里的某位贱男，

        像奴隶一样，守在紧闭的庭院前？

我甚至看见那人精疲力尽地走出门，

        带回服役后的躯壳，如病势昏沉——

15   但比起被他瞧见，这份屈辱还算轻：

        愿同样的屈辱击中我的敌人！

什么时候我没有殷勤地贴在你身边，

        同时充任卫兵、丈夫和友伴？

当然，有我陪伴，你就能取悦公众：

20   我的热情招来了公众的热情。

为何回忆你无信之舌的可耻承诺

        和对神灵的伪誓（只为毁掉我）？ [1]

为何提及宴席上青年的点头暗示，

        还有隐藏在约定记号里的言辞？

25   给我传话说她病了，我立刻疯狂奔去；

        我到了，她却被我的情敌治愈。

我经常忍受这些，其他我不愿谈起：

        找一位愿忍受的男人把我代替！

如今我的船已经装饰着许愿的花环，

30   悠然倾听着大海涌起的波澜。

---

1   参考《情诗集》第三部第三首。

别再浪费拥抱和曾经有效的蜜语，

　　我不是从前的傻瓜，任你摆布。

第十一 B 首（爱恨交攻）

爱和恨在我轻浮的胸中争斗，反复
　　拉锯，可我觉得，恨最终被压服。
35　能恨，我当然会恨；不能，便违心地爱：
　　牛何曾爱轭？但所恨只能忍耐。
我欲逃离你的恶，你的美却将我拽回；
　　我憎恶你的人，你的身我却依偎。
如此，我不能没有你，也不能与你一起，
40　我到底要什么，似乎自己都不知。
我希望你的美少些，或者你的恶少些：
　　这样的容貌和品性不应该结合。
你的行为值得恨，你的脸却劝说我爱：
　　她比她的错更强大，我多悲哀！
45　放过我，顾念你我的同床之情，顾念
　　诸神（他们常甘愿被你蒙骗），
顾念你的脸（在我心中是神的翻版），
　　顾念俘虏了我的眼睛的你的眼！
无论你怎样，你永远是我的；只要你选，

50　　　是让我真心还是被迫爱恋！
　　我更想扬起帆，乘着好风远航，更想
　　　真心爱即使不愿也会爱的姑娘。

第十二首（作茧自缚）

是在哪一天，你们这些黑鸟在合唱，

　　制造恋爱者永远惊惧的兆象？

或者我该以为哪颗星冲撞了我的命，

　　该抱怨哪些神挑起对我的战争？

5　最近还属于我、开始只有我爱的姑娘

　　我已担心是否会与多人共享。

我错了，还是她真靠我的诗获得名声？

　　没错：是我的才华让她沉沦。

但我活该！为何要叫卖她的容颜？ [1]

10　　因我的过失，她变成商品一件。

我帮她取悦众人，我为她领来情人，

　　我亲手为我的情敌打开她的门。

诗是否有益，堪疑；至少它们害了我，

　　与我为敌，不许我摘取甜果。

1　奥维德发现，他不自觉地扮演了古罗马叫卖者（praeco）的角色。

15　虽然忒拜、特洛伊和恺撒的功业都在 [1]，

　　　却唯有科琳娜激发我的天才。

　　真希望我写诗的时候缪斯转过脸去，

　　　福玻斯也不给作品任何帮助。

　　然而，诗人的证词向来缺少听众，

20　　我宁愿这番话没有任何分量。

　　我们叫斯库拉偷走父亲珍贵的发卷，

　　　又给她的阴部围一圈疯犬 [2]；

　　我们用翅膀装备双足，用蛇缠头发，

　　　送胜利的珀尔修斯骑上飞马 [3]。

25　还是我们让提堤俄斯的身躯绵延 [4]，

　　　赠予毒蛇盘绕的冥犬三张脸 [5]；

　　我们制造了千臂巨人恩刻拉多 [6]，

1　围绕忒拜（Thebae）和特洛伊展开的神话是西方古代史诗的传统题材，奥维德这里补充说，恺撒（指屋大维）的功业也适合写成史诗。

2　这里奥维德把两个斯库拉混到了一起。"偷走父亲珍贵的发卷"的斯库拉是墨伽拉（Megara）国王尼索斯（Nisus）之女，因为迷恋克里特国王米诺斯而背叛祖国，在两军交战时偷走了父亲头上保命的一绺紫发，最后变成鸟。"阴部围一圈疯犬"的斯库拉是被海神格劳科斯（Glaucus）追求的宁芙，情敌喀耳刻把她变成了恶犬缠腰的怪物。

3　"用翅膀装备双足"指墨丘利借给珀尔修斯的飞鞋，"用蛇缠头发"指蛇发女怪梅杜萨，"飞马"指珀尔修斯骑过的珀加索斯（Pegasus）。梅杜萨被珀尔修斯杀死后，血中诞生了珀加索斯和克律萨俄耳（Chrysaor）这两匹飞马。

4　提堤俄斯（Tityos）是地母之子，他企图强奸拉托娜（Latona），被她的孩子阿波罗和狄安娜杀死（一说被朱庇特的闪电击杀），死后在冥府中天天被秃鹫啄肝，但肝总是重新长出。提堤俄斯体形巨大，所以奥维德这里说"绵延"。

5　刻耳柏洛斯（Cerberus）是著名的冥犬，传说有三个缠着毒蛇的头。

6　恩刻拉多（Enceladus）是巨人族的一员，曾反抗朱庇特。

还有被塞壬歌声俘获的英杰[1]；

伊塔卡的袋子囚禁了埃俄洛斯的东风[2]，

30

背信的坦塔罗斯有水不能饮；

尼俄柏被我们变成石头，少女变成熊[3]，

雅典的夜莺为伊堤斯唱出悲声[4]；

朱庇特幻化，或者为鸟，或者为黄金，

或者为公牛，驮少女穿越海心[5]。

35

为何提普罗透斯和龙牙（忒拜的源头），

还有那些口喷烈焰的公牛[6]？

1　"塞壬"对应的原文是 ambiguae virginis（双形的处女）。塞壬（Sirenes）是河神阿刻罗俄斯女儿的统称，以歌声魅惑水手而闻名，鸟身人脸。参考《变形记》（*Metamorphoses* 5.557-563）。

2　"伊塔卡的袋子"指风神埃俄洛斯（Aeolus）送给尤利西斯（伊塔卡国王）的牛皮袋。

3　尼俄柏（Niobe）是坦塔罗斯之女，忒拜国王安菲翁（Amphion）之妻，因为夸耀自己比女神拉托娜（Latona）幸福，十四个孩子都被拉托娜的儿女阿波罗和狄安娜杀死，自己则变成了石头。"少女"指卡里斯托（Callisto），她是阿卡迪亚国王吕卡翁（Lycaon）之女，朱庇特情人，被朱诺变成熊，后来成为大熊座。参考《岁时记》（*Fasti* 2.153-192）。

4　"夜莺"指菲洛墨拉，参考《情诗集》第二部第六首第 7 行的注释。"雅典的夜莺"对应的原文是 Cecropis ales（刻克罗普斯的鸟），刻克罗普斯（Cecrops）是雅典国王。原文中"伊堤斯"还有 Odrysium 修饰，意为"色雷斯的"（他父亲特柔斯是色雷斯国王），这个形容词源自色雷斯民族奥德鲁塞人（Odrysae）。

5　这两行分别影射朱庇特与丽达、达那厄和欧罗巴的故事。

6　关于普罗透斯，参考《情诗集》第二部第十五首第 10 行的注释。"龙牙"指卡德摩斯播下化身武士的龙牙、建立忒拜城的故事，参考《变形记》（*Metamorphoses* 3.101-130）。"公牛"指伊阿宋降伏的火牛。

为何提帕厄同姐妹脸颊上的琥珀眼泪[1]，

　　　还有今日的海神，昔日的船队[2]？

为何提因阿特柔斯的疯宴而扭头的白日[3]，

40　　　还有随竖琴音乐移动的坚石[4]？

诗人丰饶的自由可漫游无垠的空际，

　　　从不把词语绑缚于历史的真实：

我对女友的称赞自然也不该太当真，

　　　如今我已成你们轻信的牺牲品。[5]

1　日神之子帕厄同（Phaeton）驾驶太阳车引发天地大火，被朱庇特用雷电击
　　毙后，他的姐妹伤心过度，变成白杨树，眼泪变成琥珀，参考《变形记》
　　（*Metamorphoses* 2.340-366）。

2　鲁图里亚人（Rutuli）首领图尔努斯（Turnus）企图烧毁埃涅阿斯的船只，神
　　母库柏勒将它们变成了海洋仙女。参考《变形记》（*Metamorphoses* 14.527-
　　565）。

3　阿特柔斯（Atreus）的弟弟图埃斯特（Thyestes）与嫂嫂埃罗佩（Aerope）通奸。
　　阿特柔斯为了报复，将图埃斯特的儿子做成菜肴给弟弟吃。惊愕于他的暴行，
　　太阳掉转马车，在东方沉落。

4　指安菲翁用音乐移动石头建造忒拜城的故事。

5　Greene（1994）指出，古罗马哀歌体诗人将女友物化为一种可以随意发掘的
　　题材，与奥维德诗中提到的将女人变成性欲对象或财富交换工具的物化现象，
　　并无本质不同。

第十三首（朱诺的节日）

因妻子出生于盛产苹果的法利斯齐[1]，
　　我们来卡米卢斯征服的城市。
祭司们正为朱诺准备纯洁的节日，
　　献上当地的母牛和著名的仪式。
5　能体验庆典是我停留的厚礼，虽然
　　通往那里的上坡路有些艰难。
有一处古老繁茂的树林，枝叶幽暗，
　　望着它，你会觉得神住在里边。
祭坛接受虔诚者的祷告和供奉的香料，
10　它朴实无华，是古代信徒所造。
当喇叭吹出惯常的曲调，年度的仪仗
　　就沿铺地毯的道路向这里移动。
雪白的母牛前行，伴着民众的欢呼，
　　它们是法利斯齐的草场养育；
15　还有尚未长尖角也不吓人的牛犊，

1　法利斯齐（Falisci）以土地富饶闻名，古罗马献祭的牲畜多半产于这里。

次等的牺牲——从卑贱圈里来的猪、

领头的绵羊（弯角盘在坚硬的颞颥），

以及山羊（唯有它让神后憎恶）——

据说因为它告密，她在深林中被找到，

20 只好终止已经开始的逃跑 [1]；

即使现在，它仍是男孩们投掷的目标，

谁刺伤了它，就能拿它作酬劳。

女神将莅临之地，已有恭敬的少女

和少男用衣服清扫宽阔的道路。

25 金饰和宝石缀满了那些少女的头发，

戴金镯的足藏在骄傲的披风下；

仿效希腊的先祖，她们身着白裳，

将托付给自己的圣器顶在头上 [2]。

民众肃穆地静立，当金色的仪仗靠近，

30 跟随在祭司后，女神的雕像现身。

游行是阿戈斯的样式：阿伽门农被害，

哈莱索斯逃离了这可怕的罪 [3]

和父亲的遗产，虽在海陆长久流亡，

但终享幸福，亲造了宏伟的城墙。

1　所指的故事不详。朱诺只逃跑过两次，一次是躲避朱庇特的追求，一次是在巨人族战争中，在埃及和利比亚逃难。

2　相传法利斯齐是古希腊人建立的殖民地，这里描绘的也是希腊的宗教习俗，参考《变形记》（*Metamorphoses* 2.711-713）。

3　哈莱索斯（Halesus 或 Halaesus）是阿伽门农和一位妾的儿子，在父亲被害后，他逃到意大利，建立了法利斯齐城。

35   是他把朱诺的秘仪教给法利斯齐人：
     愿它们永远保佑我和这里的乡民。

第十四首（**请你瞒着我**）[1]

我并不反对你放纵，既然你拥有美貌，

　　可是别逼迫可怜的我知晓；

我的道德感也并不命令你谨守正道，

　　只求你努力把你的真相藏好。

5　女人但凡能否认出轨，她便没出轨，

　　让她蒙羞的唯有已坦白的罪。

这是怎样的疯狂，让黑夜所隐曝露于[2]

　　天光，让秘密所行被公开讲述？

即将与某位无名罗马人合体的妓女

10　　会首先插上门闩，防众人目睹[3]；

1　Lui(2011)通过细致的阅读发现，这首诗逆向呼应了三部《情诗集》的诸多细节，
　　表达了奥维德摆脱情人和哀歌体的意愿，具有明显的诗学象征意味。作品的告
　　诫口吻与《情诗集》第一部第四首相似（但方向相反），而且在两首诗里，对
　　方都很可能不会听从。

2　Lui 指出，在《情诗集》第一部第二首里，"疯狂"（Furor）是小爱神的士兵，
　　这里却是被贬斥的对象。贬斥"疯狂"，意味着诗人开始退出爱情哀歌的写作。

3　在《情诗集》第二部第一首里，奥维德宣称诗歌能打开门闩，这里却要求情人
　　关上门。

177
《情诗集》第三部

你却要向阴险的流言传扬你的污迹，

　　自己完成指控自己的证词？

愿你收敛些，至少模仿贞洁的女人 [1]，

　　尽管你不是，但让我相信你纯真。

15　你现在做的，继续做，只是别承认你做，

　　公然说贤淑之词也不要愧怍。

有引诱你行淫的地方，那时你尽可

　　恣意寻欢，将矜持丢在角落；

而一旦离开，就立刻忘记所有的疯狂，

20　　只将那些罪证留在你床上。

　< ……………………………………

　………………………………… >

29　请你骗众人，骗我：让我无知地犯错，

30　　叫我因愚蠢的轻信而自得其乐。

为何我经常看见有信件来来往往？

　　为何你的床到处有压过的迹象？

为何你的头发比睡觉时还凌乱不整，

　　为何你的脖子上留着牙印？

35　只剩罪本身你还没在我眼前袒裸——

　　如果你不愿饶过名声，饶过我。

每次你坦承错误，我都会疯，会死，

　　冰冷的汗珠流遍我的肢体。

1　在《情诗集》第一部第二首里，"贞节"是小爱神的俘虏，这里诗人却劝告情
　人模仿"贞洁的女人"。

那时我爱，我徒然恨我只能爱的东西，

40　　　那时我想死，但要与你一起。

我不会主动查探，不会跟踪你试图

　　　隐匿的事情：被骗将如同义务。

但如果你在现场被抓获，你的过犯

　　　被我的眼睛清清楚楚地看见，

45　我目睹的一切，你要断然否定被目睹——

　　　我的这双眼将向你的话屈服。

击败渴望被击败的人，对你有何难？

　　　你的舌头只消记得说"我没干！"

既然你的运气好，只用一句话就能赢[1]，

50　　　纵使不占理，你也能判决自己胜。

1　　"一句话"对应的原文是 verbis duobus（两个词），指上一行的 Non feci（我没
　　干）。由于拉丁文两个词翻译成三个字的汉语，所以保留"两个词"的译法已不妥。

第十五首（跋诗）

去找一位新诗人，温柔小爱神的母亲，
　　我的哀歌已跑完最后的路程。
它们的作者（珍爱的诗章没给我羞耻），
　　我，是佩利尼乡土养育的孩子，
5　（若这值得提）一个悠久家族的继承人，
　　骑士（并非在新近的战乱中受封）。
曼图阿为维吉尔，维罗纳为卡图卢斯骄傲 [1]，
　　我将被称为佩利尼部族的荣耀——
为捍卫自由，他们曾拿起有尊严的武器，
10　当紧张的罗马害怕同盟的攻击 [2]。
某位异域人望着水乡苏尔摩的城墙
　　（它们环绕着狭窄的原野和田壤），

1　曼图阿（Mantua）和维罗纳（Verona）分别是维吉尔和卡图卢斯的家乡。古
　　罗马白银时代诗人马尔提阿利斯（M. Valerius Martialis）也曾写道（*Epigrammata*
　　14.195）："维罗纳大城理当为卡图卢斯自豪，/ 正如维吉尔给曼图阿小村以
　　荣耀。"

2　影射公元前 1 世纪早期的"同盟者战争"，当时罗马的一些同盟城市为了争取
　　平等的公民权反叛罗马。

会感叹："你竟能产出如此杰出的诗人，

　　　　无论你多小，我都说你是大城！"

15　受人敬拜的男孩，阿玛托斯的女神 [1]，

　　　　从我的战场收起金色的旗旌！

长角的酒神已用更沉的藤杖敲击我 [2]，

　　　　骏马需在更恢宏的平川驰跃。

别了，柔弱的哀歌，游戏的缪斯，但你

20　　　在我辞世后仍将长存于世。

1　"男孩"指丘比特，"女神"指维纳斯，阿玛托斯（Amathus）是塞浦路斯的一座城市，维纳斯圣所，以矿业闻名。

2　"酒神"对应的原文是 Lyaeus，意为"解放者"，源于古希腊语 lyō（松开），是酒神的名号之一。

《爱的艺术》

第一卷

ARTIS AMATORIAE LIBER I

如果此民族尚有人不知晓爱的艺术，　　　　　　　　序诗

　　请让他读这本诗，好爱得纯熟。

依靠技艺，舟船可借帆与桨疾行，

　　轻车亦如此——爱应让技艺引领。

5　奥托墨冬擅长以坚韧的缰绳驾车 [1]，

　　提菲斯则为伊阿宋的船掌舵 [2]；

我奉维纳斯之命，教育稚嫩的丘比特 [3]，

　　他的提菲斯和奥托墨冬将是我。

他的确性子狂野，常反抗我的管教，

10　可他是孩子，年纪小，容易引导。

---

[1] 奥托墨冬（Automedon）是阿喀琉斯的马车夫。Watson（1983）统计了《爱的艺术》中出现的神话人物或情节，发现共有六十六处，其中五十余处都被诗人用来论证自己的观点。这些样例（exempla）又分为两大类，一类是与情爱无关的神话，一类是情爱神话，后一类又可分为两小类——真正与论题相关的神话和只是表面相关的神话。她认为，奥维德对这些神话的使用遵循一个套路：一方面在直截了当的论证中扮演严肃的情爱导师的角色，另一方面却通过对神话样例的反讽式处理消解严肃性，制造诙谐的效果。

[2] 提菲斯（Tiphys）是阿尔戈号的舵手，"伊阿宋的船"对应的原文是 Haemonia puppe（海摩尼亚的船）。

[3] 原文用 tenero 形容 Amori（主格 Amor，即丘比特）有双重意味，既指他年纪小，也指他与爱情有关，tenero（主格 tener）是古罗马情爱诗的体裁标志词。

半人马让稚龄的阿喀琉斯苦练竖琴 [1]，

    用平和的艺术驯化凶悍的心灵，

多少次令同伴和敌人惊恐不已的人

    据说对这位老者却战战兢兢，

15 将击杀赫克托耳的那双手，若有师命，

    他就会乖乖伸出，接受鞭刑。

喀戎是他的导师，我是丘比特的导师 [2]：

    两位都不服管，都是女神的孩子。

然而即使公牛的脖颈也会套上犁，

20 桀骜的野马也会让缰绳磨牙齿；

丘比特也将顺服我，虽然他用箭射伤

    我胸膛，挥舞火炬，向我逞强。

他伤我越深，我的心就会越猛烈地燃烧，

    我为伤复仇，就会更不屈不挠。

25 阿波罗，我不会谎称，这技艺是你所赐——

    不曾有天空的飞鸟给我以启示 [3]，

我也没看见克里奥或任何别的缪斯神 [4]，

---

1   "半人马"指喀戎（Chiron），他是包括阿喀琉斯在内众多希腊英雄的老师，他
    在原文中被称为 Phillyrides（菲吕拉之子），因为他是菲吕拉（Philyra）和涅
    普顿所生。原文的 cithara 严格地说是齐塔拉琴，不是竖琴。

2   奥维德一生一直以 praeceptor Amoris 自居，这个说法既可译成"丘比特的导师"，
    也可译成"情爱诗的导师"。

3   Miller（1983）等人认为奥维德提到阿波罗，是因为卡利马科斯也提到了这位
    神对自己的启示。但 Ahern（1990）相信，这里的阿波罗是以预言神的身份出
    现的。

4   克里奥（Clio）是掌管历史的缪斯。"别的缪斯神"对应的原文是 Clius sorores（克
    里奥的姐妹们）。

当我在阿斯克拉山谷看护羊群 [1]。

这部诗源于经验——相信我这位大师。[2]

30　我吟唱的乃是真理，襄助我，维纳斯！

细长的束发带，贞节的标志，赶紧走远，

　　还有你，为女子遮脚的长裙褶边！

我将歌咏安全的欢爱和未被禁止的偷情，

　　这里面不会有任何罪恶的行径。

35　首先，要费力找寻你愿意爱的一个人，

　　若你是初次加入爱情的战争。

接着尽心用言语打动她，攻破防御；

　　最后让这段关系长时间延续。

这就是我的目标，我的车将覆盖的空间，

40　　我飞奔的轮子将要掠过的终点。

当你还自由，还能纵马四处游，挑一位　　<u>如何找到"她"</u>

　　女人，对她说："唯有你让我迷醉。"

她不会穿过空气，从云端落到你身旁，

　　你必须用自己的眼睛物色姑娘。

45　猎手深知应该在何处为鹿布设网 [3]，

　　磨牙的野猪在哪条山谷晃荡；

1　影射古希腊诗人赫希俄德，他在《神谱》（*Theonogy* 22-23）开篇描绘了自己
　　与缪斯神在赫利孔山上的相遇。阿斯克拉是这位诗人的家乡。

2　Ahern（1990）指出，奥维德一方面宣称自己具有先知般的权威，一方面又断
　　然否认自己的技艺受到神灵的启示，而是全部来自经验，二者之间的反差令人
　　捧腹。

3　Green（1996）指出，打猎是《爱的艺术》最重要的比喻，贯穿始终。

捕鸟人熟悉每片丛林，悬钩的渔夫

晓得鱼群聚集在什么水域。

希望为长久的恋爱觅得对象的你

50   也应先研究姑娘喜欢去何地。

我不会吩咐你扬帆出海去搜求女子，

你也不用在陆上远行去寻觅。

任珀尔修斯把安德罗墨达带离黑肤的

印度，任希腊的海伦被帕里斯抢夺[1]，

55 罗马将为你提供数不清的天香国色，

你完全可以说："这里有世上的一切。"

加尔加拉有多少庄稼，墨屯纳有多少葡萄[2]，

海里有多少鱼，树间藏着多少鸟，

苍穹有多少星，罗马就有多少妇人，

60   这里是埃涅阿斯母亲的爱城[3]。

如果你容易被蓓蕾初绽的青春俘虏，

你眼前就会出现天真无邪的少女；

你若喜欢少妇，一千位少妇会看花你的眼

（你甚至无法判断谁符合心愿）；

65 若碰巧你迷恋更年长、更通事理的女性，

---

1   通常的说法是，安德罗墨达是埃塞俄比亚人，但古希腊史家希罗多德认为埃塞
俄比亚人是印度人。"帕里斯"对应的原文是 Phrygio viro（佛里吉亚的男人），
佛里吉亚位于小亚细亚，代指特洛伊。

2   加尔加拉（Gargara）是特洛伊附近伊达山的一部分，山麓有一座同名城市。
墨屯纳（Methymna）是莱斯博斯岛上的一座城市，是诗人阿里昂（Arion）的
出生地，以葡萄酒闻名。

3   "埃涅阿斯母亲"即维纳斯。

相信我，这个群体人数更充盈。

你只需在庞培柱廊的阴凉下悠闲徘徊[1]，   在外面搜寻

　　当太阳烤灼尼米亚狮子的脊背[2]，

或者去母亲为儿子添加了礼物的地方[3]

70　　　　（那里到处是异国大理石的雕像）。

你也别避开纪念创建者的利维娅柱廊[4]

　　　　（许多古代的图画在那里收藏），

还有阿波罗神庙（敢谋害堂兄的众女子[5]

　　　　和她们拔剑的父亲矗立在那里）。

75　你同样别错过维纳斯哀悼的阿多尼斯[6]，

　　　　还有叙利亚犹太人谨守的安息日[7]。

1　庞培柱廊是古罗马将领庞培所建，两侧种满悬铃木，还有喷泉，是罗马人休息的好去处。

2　"尼米亚狮子"这里指狮子座（Leo），对应的原文是"Herculei leonis"（海格力斯的狮子）。尼米亚（Nemea）是阿戈利斯的一座城市，这里有一头刀枪不入的巨狮，海格力斯扼死了它，参考《神话汇编》（*Bibliotheca* 2.5.1）。

3　Riley（1852）认为，"母亲为儿子添加了礼物的地方"指屋大维修建的剧院和柱廊。前者以他的外甥马尔凯卢斯（Marcellus）的名字命名，后者以他的妹妹（即马尔凯卢斯的母亲）屋大维娅（Octavia）的名字命名。屋大维娅在马尔凯卢斯死后，在柱廊附近捐建了一座公共图书馆。

4　波利欧（Vedius Pollio）曾建造一座豪华的庄园，并作为遗产赠给屋大维，屋大维拆毁了它，以利维娅的名义建了一座"利维娅柱廊"。参考《岁时记》（*Fasti* 6.637-640）。

5　参考《情诗集》第二部第二首第4行的注释。

6　指维纳斯神庙，古罗马人仿效亚述人的传统，在维纳斯神庙中哀悼阿多尼斯。

7　安息日对应星期六，在奥古斯都时代，罗马城有数量众多的犹太人，犹太会堂的宗教仪式常吸引罗马女人观看。

别逃离伊西斯（穿亚麻的母牛）的庙宇 [1]，

    她让许多人重历了自己的遭遇 [2]。

连法庭（谁能够相信？）都是恋爱的福地，

80   爱火经常在喧嚷的广场中燃起：

大理石建造的维纳斯神庙下方，阿匹亚

    引水渠以喷射的激流将空气拍打 [3]，

就是在这里，律师时常被丘比特俘虏，

    保护别人，却不能给自己保护；

85 就是在这里，雄辩的人失去了言辞，

    新情况出现，他必须为自己打官司。

附近的神庙中，维纳斯嘲笑他的窘状，

    原本替别人做主，现在却盼人帮。

但是你尤其应该去弧形的剧院找猎物——   **剧院的机会**

90 你的愿望在那里更容易满足。

你可以找到爱的对象，调情的对象，

    可以邂逅，也可以更加久长。

正如无数的蚂蚁排成队，来来去去，

    当它们用嘴搬运着惯常的谷物，

95 又如蜜蜂们发现了属于自己的肥沃

---

1   "伊西斯的庙宇"对应的原文是 Memphitica templa（孟斐斯的神庙），因为孟斐斯是埃及女神伊西斯的一处圣地。关于"穿亚麻"，参考《情诗集》第二部第二首第 25 行的注释，关于"母牛"，参考那首诗第 46 行的注释。

2   伊俄曾被朱庇特诱奸，根据古罗马讽刺诗人马尔提阿利斯（Martialis）和尤文纳里斯（Iuvenalis）的说法，伊西斯神庙里常有淫乱行为发生。

3   指审查官阿匹乌斯（Appius）建造的高架引水桥，维纳斯神庙附近是它放水入储水池的地方。

草场，围着百里香的花尖穿梭，

盛装的女人们也如此涌向熙攘的表演，

眼花缭乱的我常中止了评判。

她们是来看表演，但也是为了让人看，

100

这地方是贞洁美德的致命泥潭。

罗慕路斯，你最先让表演变得危险，

当萨宾女被抢，帮助光棍繁衍[1]。

那时，剧院并非大理石，无帐幕悬挂，

前台也不曾喷洒藏红花的精华；

105

葱郁的帕拉丁生长的枝条被人们简朴地

布置一番，舞台也没有陈设；

观众都坐在草皮铺成的台阶上，随便

什么树叶荫蔽着蓬乱的发卷。

他们四下张望着，瞄准各自中意的

110

姑娘，在心里默默筹划着计策。

当图斯坎笛手吹起呕哑嘲哳的调子[2]，

演员抬起脚，三次踩踏平地，

在欢呼声中（那时的喝彩毫无讲究），

国王向民众发出期待的信号[3]。

115

他们立刻跳起来，叫喊泄露了意图，

将一双双贪婪的手伸向少女。

1　参考《情诗集》第二部第十二首第 24 行的注释。

2　图斯坎（Tusco）经常用来替换埃特鲁里亚（Etruria）的形容词 Etrusco，古罗马早期的文化受到埃特鲁里亚人的很大影响。

3　"国王"指罗慕路斯。

仿佛最易受惊吓的鸽子被老鹰追赶，

又像羊羔想逃离恶狼的包围圈，

她们也害怕冲来的这些野蛮男人，

120　　　每位脸上的血色都全然消隐。

恐惧相同，恐惧的表现却彼此相异：

有人扯头发，有人呆坐无意识；

这位默默哭，那位徒然向母亲呼救；

她哀叹，她愕然；有人逃跑，有人留。

125　劫来的少女被纷纷扛走，婚礼的战利品，

惊恐本身甚至让她们更动人。

如果谁过于激烈地反抗，拒绝同行者，

男人反而热切地搂她到心窝，

并且说："为何用泪水弄污这温柔的眼睛？

130　　　我对你会像你父亲对待你母亲。"

罗慕路斯，唯有你知道送什么给士兵：

你若给我这份礼，我也会从军。[1]

想必是由于这一层渊源，神圣的剧院

到今天仍然对美女充满危险。

135　你也别忽略那些名贵骏马的竞技，　　　　**赛车场的便利**

人多地阔的赛车场有许多便利。

不需要借助手指传递彼此的秘密，

1　Eidinow（1993）指出，101—132 行重述罗慕路斯和古罗马人抢夺萨宾女人做
　　妻子的故事，从多个方面颠覆了奥古斯都时代的意识形态：创建者的强盗行为
　　拆穿了屋大维塑造的罗马"原初美德"的幻象，这个在剧院里发生的事件也嘲
　　笑了屋大维强令在剧院中隔离女性观众座位的行为，也讥诮了罗马崇拜军队的
　　传统（对屋大维而言，军队是"罗马和平"的基石）。

也不必通过点头来获取信息——

无人碍手碍脚时，坐在你情人身旁，

140 尽可能让你们的身体紧紧依傍；

即使你不愿，侧栏也会强迫你靠近[1]，

  如此的安排仿佛命令你碰女人。

在这里，你要设法启动友好的谈话，

  通常的话题可助你打破尴尬。

145 要分外关切地打听，谁的马会来参赛——

  立刻站在她这边，无论她支持谁。

当游行队伍簇拥着诸神的象牙雕像，

  你要虔诚地为维纳斯女王鼓掌；

若有粒尘土落女孩的膝上（如此凑巧），

150 务必用你的手指将它掸掉——

即使没尘土，仍把不存在的尘土掸掉：

  让一切借口为你的殷勤铺道。

如果她那件披风太长，在地面拖着，

  恭敬地捧起来，避开泥的污浊；

155 立刻，若女孩允许，忠心的奖赏就会来：

  你的眼可以有幸瞥见她脚踝。

还要回头看，无论坐你们后边的是谁，

  都提防他用膝盖顶她柔软的背。

小事会吸引轻浮的心：很多人用手

160 充当靠垫，都能将女子引诱。

---

1 关于"侧栏"，参考《情诗集》第三部第二首第 19 行的注释。

摇着精致的扇子，为她送风也管用，

　　或在嫩足下放一个闲置的小凳。

赛车场和喧嚣广场为角斗铺上的沙子

　　都能给新激情提供这样的契机。

165　维纳斯的儿子经常在那片沙地战斗，

　　谁观看伤口，自己也留下伤口：

当他说着话，摸着她的手，要参赛名录 [1]，

　　下完赌注，打听谁有望胜出，

便已受了伤，呻吟，感觉到飞矢的效果，

170　自己也被围观，成为表演的参与者。

最近，当恺撒举办那场虚拟的海战 [2]，

　　为我们运来波斯和雅典的舰船，

无数的青年男女从两边的海岸涌入，

　　一座城仿佛容下了整个寰宇。

175　谁不曾在那样的人群里找到爱的目标？

　　唉，多少人为异乡的女子燃烧！

看，尚未征服的世界，恺撒将补齐 [3]：　　　　凯旋礼的搭讪

　　遥远的东方将纳入罗马的统治。

1　"参赛名录"（libellum，主格 libellus）会列出参加比赛的马和车手的详情，供赌
　　博者参考。

2　"虚拟的海战"（belli navalis imagine）通常说法是 naumachia，这是古罗马统
　　治者展示力量的一种残忍表演，虽然是模仿远离罗马城发生的战斗，表演时的
　　死亡却是真实的，并非如今日的军事演习。"恺撒"指屋大维，这场虚拟海战
　　应当是纪念公元前 31 年他在阿克提翁击败安东尼的战役。

3　公元前 1 年屋大维派出外孙盖乌斯（Gaius，尤利娅和阿格里帕之子）率军远
　　征帕提亚，与弗拉特斯（Phraates）五世作战。

帕提亚，你将会受惩；欢庆吧，坟里的克拉苏，

180　　　还有军旗（你曾经被蛮族羞辱）[1]！

复仇者来了，他如此年轻，就已是将领[2]，

　　　少年指挥着不属于少年的战争。

别再胆怯地数着神灵的生日——恺撒

　　　家族的勇气本就能提前发芽。[3]

185　来自天界的禀赋比年龄更快地成熟，

　　　不容许生命在懈怠中可耻虚度。

提林斯英雄虽小，却扼死了两条大蛇[4]，

　　　尚在摇篮中，已经不负朱庇特。

巴克斯，你仍是少年，可你曾多么风光，

190　　　当战败的印度震恐于你的藤杖！

孩子，你将在父亲沉稳的佑护下挥舞

　　　武器，在他沉稳的佑护下征服——

如此的荣名下，你理当拥有如此的教育，

　　　如今做青年主，未来做成人之主[5]。

1　罗马人曾多次败于帕提亚人之手，公元前53年，克拉苏在卡莱战役中全军覆没，
　军旗被帕提亚人没收，被视为罗马的奇耻大辱。公元前 36 年安东尼入侵帕提
　亚也遭败绩。贺拉斯在《颂诗集》（Carmina）第三部第五首里曾哀叹克拉苏
　手下一万士兵投降帕提亚、与罗马作战的丑事。

2　"复仇者"指盖乌斯。

3　奥维德顺便奉承了盖乌斯的兄长卢齐乌斯（Lucius），两人都被屋大维指定为
　皇位继承人。

4　"提林斯英雄"（Tirynthius）指海格力斯。

5　"青年主"（princeps iuvenum）是盖乌斯获得的荣誉称号。

195 既然有兄弟，请你为被杀的兄弟雪恨[1]；

　　　　既然有父亲，请捍卫父亲的权柄[2]。

你和祖国的父亲给你披上了戎装，

　　　　违逆其意旨，敌人正侵犯边疆。

你手执正当的武器，敌人的箭矢却卑鄙，

200　　　　"公义"和"虔敬"会守护你的军旗。

帕提亚已败于道义，愿它也败于军力，

　　　　愿我的统帅拓展东方的土地。

父亲马尔斯和恺撒，庇佑出征的勇士[3]——

　　　　你们一位是神，另一位也将是。

205 我预言你将胜利，我也将以诗还愿，

　　　　到那时你将被我高声颂赞。

你将巍然屹立，用此诗鼓舞军队，

　　　　愿我的词句与你的勇气相配！

我将吟唱帕提亚的脊背、罗马的胸膛，

210　　　　敌人的骑兵如何边回射，边逃亡[4]。

你留什么给败者，以逃求胜的帕提亚？

　　　　不祥的阴影仍笼罩你的战法。[5]

所以那一天会来，天下最英俊的你，

1　"被杀的兄弟"应当是泛指同辈中被外敌杀死的罗马人。

2　"父亲"指屋大维，因为盖乌斯和卢齐乌斯都被外祖父屋大维收为养子。

3　"勇士"指盖乌斯。战神马尔斯被称为"父亲"，是因为根据传说，他是罗马先祖罗慕路斯和雷穆斯的父亲。

4　帕提亚骑兵的典型战术是佯败，假装溃逃，然后借助自己高超的箭术回射敌人。

5　奥维德的意思是，佯败不吉利。

披金甲乘车，驾驭着四匹雪骥。

215　前面有敌酋开道，颈缠沉重的锁链，

　　　　以免他们如从前，安然逃窜。

挤在一起的青年男女兴奋地观看，

　　　　那一日将所有的心卷入狂欢。

若某位女子询问敌方君主的姓名，

220　　　还有城镇、高山、河流的详情，

全都回答她，即使无人问，你也要评论，

　　　　纵然你不懂，也要如数家珍。[1]

这是幼发拉底河，芦苇缠绕着前额；

　　　　披垂蔚蓝头发的，是底格里斯河。

225　这些是亚美尼亚人，这来自达那厄的波斯[2]，

　　　　那是阿契美尼斯山谷的城市[3]。

这位或那位是将领，你总能给他们冠名：

　　　　若知道，就说；不知道，你就发明。

酒席摆好后，宴会也是搭讪的好场合：　　　**宴会的探索**

230　　　除了酒，还有别的可以探索。

在那里，红脸的丘比特常用稚嫩的手

　　　　紧搂巴克斯已经收起的双角；

当翅膀被酒濡湿，身子发沉的丘比特

1　参考《哀歌集》（*Tristia*）第四部第二首中的凯旋礼描写。

2　奥维德似乎认为，波斯（Persia）的名字来自珀尔修斯和安德罗墨达的儿子珀尔塞斯（Perses），而珀尔修斯是达那厄的儿子，所以奥维德用了"达那厄的波斯"这种表达方式。

3　阿契美尼斯（Achaemenes）是公元前 7 世纪波斯阿契美尼德王朝的创始人。

就站在被俘的位置，无法再挪。

235　　没错，他仍会迅速扇动湿漉漉的羽翼，

　　　　但被爱洒到，胸膛便会如针刺。

　　　酒唤起胆气，让心灵更容易应和激情；

　　　　忧虑被纯酒冲溃，逐渐逃遁。

　　　于是笑涌起，落魄者重新拾起了锋芒[1]，

240　　痛苦、烦恼和额头的皱纹都消亡。

　　　于是，我们时代最罕见的淳朴露出

　　　　灵魂的内里，神震落惯常的面具。

　　　这时候，青年的心常被少女俘获，

　　　　酒中的维纳斯就是火中的火。

245　　如此情境下，别太信任欺骗的灯盏：

　　　　夜和酒都会伤害对美的判断。

　　　帕里斯是在光天化日下评鉴众女神，

　　　　当他告诉维纳斯，"你胜过她们"。

　　　夜色藏匿了瑕疵，一切缺点被宽恕，

250　　那时，每位女人都成了美女。

　　　甄别宝石，甄别紫液浸染的衣料，

　　　　甄别容貌和身段，都应看白昼。

　　　何必逐一说出适合你追逐女性的　　　　　　　还有沙滩

　　　　场所？沙滩也属于其中之列。

1　"拾起了锋芒"对应的原文是 cornua sumit（长出了角），这是拉丁语的一种比喻说法。

255　何必提拜亚（那里的岸滨帆影如织），

　　　　还有热气腾腾的硫黄坑池 [1]？

　　某人从那里回来，胸中带着伤，评论道：

　　　　"那水并不如传闻那般有效。"

　　也别忘流连城郊的狄安娜在林间的庙宇，

260　　　以及需仗剑搏杀才可得的国度 [2]：

　　因为是处女，憎恶丘比特的武器，她曾经

　　　　并将继续给人们斑斑伤痕。

　　到目前为止，乘着不对称轮子的塔利娅 [3]　　　　　　如何俘获她

　　　　教的是何处寻猎物，何处把网撒；

265　现在，我要尽力传授以哪些巧计

　　　　俘获心仪的女子（这绝非易事）。

　　男人啊，无论你是谁，在何处，恭敬地受教，

　　　　我承诺的一切，你们一定要听好。

　　首先，要让你自己深信，你能够吸引

270　　　任何女人；你会赢，布网就成。

　　即使春天的禽鸟、夏天的知了都沉寂，

1　拜亚（Baiae）是那不勒斯附近的海滨度假胜地，附近有很多硫黄温泉，当地
　流行以温泉治病。参考贺拉斯《书信集》（*Epistulae*）第一部第十五首。

2　指阿里齐亚（Aricia）附近的狄安娜圣林，选出圣林祭司的风俗非常独特，著
　名人类学家弗雷泽在《金枝》（*The Golden Bough*）中专门研究过。祭司被称
　为林王（rex nemorensis），由逃亡奴隶充任，他必须夺得金枝并杀死前任祭
　司才有资格继任，当他被后任杀死，任期便自然终结。参考《岁时记》（*Fasti*
　3.263-272）。

3　"不对称轮子"指哀歌体格律，塔利娅（Thalia）是掌管喜剧和田园诗的缪斯，
　但奥维德和贺拉斯一样，没有太在意古希腊人赋予每位缪斯的具体职责。

迈纳卢斯的猎犬不再追兔子 [1]，

女人也不会反抗青年殷勤的诱试——

　　就算你认定她不愿，她也会愿意。

275　正如偷情让男人喜欢，女人也一样：

　　男人难掩藏，女人更隐蔽地渴望。

倘若我们男人都约好不首先进攻，

　　无奈的女人很快就采取主动。

柔软的草地上，母牛朝公牛发出哞声，

280　　也总是母马向硬蹄的公马嘶鸣。

我们的冲动更均匀，不是这么激烈，

　　男人的欲火有一个合理的边界。

为何提毕布利丝？她为禁忌的姐弟情

　　沦陷，决然地上吊，赎自己的罪行 [2]。

285　穆拉爱父亲，但不是女儿应该的样子，

　　如今她已消隐，蒙一层树皮；

她的眼泪——渗出的芬芳汁液被我们

　　用作香料，仍保留主人的名 [3]。

在葱茏幽暗的伊达山谷里，碰巧有一头

290　　白得耀眼、迥然不群的公牛，

_____

1　迈纳卢斯（Maenalus）是希腊阿卡迪亚的山。

2　毕布利丝（Byblis）是库阿妮叶（Cyanee）与米勒托斯（Miletus）之女，卡乌诺斯（Caunus）的孪生姐姐。她对卡乌诺斯的热恋可参考《变形记》（Metamorphoses 9.441-665），但在那首诗里她是化作泉水，并非上吊自杀。

3　穆拉（Myrrha）是喀倪剌斯（Cinyras）之女，与父亲乱伦，变成没药树（myrrha 或 murra）后生下阿多尼斯，参考《变形记》（Metamorphoses 10.300-502）。

两角之间有一处小小的黑色印记，

　　其余地方都像奶一样白皙。

克诺索斯和库顿尼亚的母牛都梦想[1]

　　某天他能够爬到自己身上。

295　帕西法厄甘愿做这头公牛的情妇[2]，

　　她对漂亮的母牛心生恨妒。

这件事人所共知：虽然百城的克里特

　　撒谎成性，却也不能否定我[3]。

据说她曾经亲自用不惯劳作的手

300　为它切割新叶和最嫩的青草。

她跟随牛群，对丈夫的顾忌已然无法

　　阻拦她，米诺斯竟败在公牛蹄下[4]。

穿上昂贵的衣裳有何用，帕西法厄？

　　你这位情夫对财富没有感觉。

305　既追逐山间的牲畜，你又何须用镜子？

　　傻女人，为何频繁地整理发式？

你还是相信镜子吧，它说你不是母牛。

　　你多么渴望头上蹦出一双角！

1　克诺索斯（Cnosus 或 Gnosus）是克里特的首都，库顿尼亚（Cydonia 或 Cydonea）
　　是克里特北部沿海的一座名城。

2　帕西法厄（Pasiphae）是太阳神赫利俄斯之女，克里特国王米诺斯之妻，淮德拉、
　　阿里阿德涅、米诺陶（Minotaurus）之母。

3　西方古代人普遍认为，克里特人喜好撒谎。

4　帕西法厄最终与这头公牛通奸，生下了牛头人身的米诺陶。

若你还喜欢米诺斯，就别想着出轨；

310　　　若非要出轨，也该与人成双对！

王后抛下了闺房，在原野与森林游荡，

　　　如信徒被酒神巴克斯推入迷狂[1]。

多少次，她斜睨一头母牛，嫉妒地自语：

　　　"为什么她就能打动我的爱侣？

315　看，她怎样在他面前的草地上欢跳！

　　　蠢母牛肯定觉得这样很妖娆！"

说完，她立刻吩咐侍从将它从牛群

　　　拖走，把弯轭压上无辜的脖颈，

或者命人假装行圣礼，在祭坛屠戮，

320　　　她兴奋的手握着情敌的脏腑。

多少次，她宰杀情敌，换取神的悦纳，

　　　拿着内脏喊："去吧，让你们爱他[2]！"

她时而祈求变成欧罗巴，时而伊俄，

　　　她们一个是母牛，一个被牛驮。

325　但最终，牛群的首领被枫木的母牛欺骗[3]，

1　"酒神巴克斯"对应的原文是 Aonio deo（阿俄尼亚的神），阿俄尼亚代指忒拜，
　　酒神巴克斯的母亲是忒拜公主塞墨勒。

2　"让你们爱他"对应的原文是 placete meo，字面意思是"取悦我的（所爱）"。

3　帕西法厄让巧匠代达罗斯（Daedalus）用枫木造了一头母牛，披上牛皮，自己
　　藏在里面，去勾引这头公牛。

让她怀了孕，幼崽暴露了亲缘。[1]

另一位克里特女人若拒绝爱图埃斯特[2]

　　（放弃一个男人是多大的折磨？），

福玻斯就不会中断旅途，掉转车轮，

330　　　与他的神骏一起，返回黎明。

盗走父亲尼索斯那绺紫发的少女

　　　最后被狂吠的犬只裹住了阴部[3]。

从陆上逃离马尔斯，从海上逃离涅普顿，

　　　阿伽门农却成为妻子的祭品[4]。

335 谁不曾哀哭火焚的科林斯公主克鲁萨，

　　　还有血腥杀害了骨肉的美狄亚[5]？

菲尼克斯只能用失明的眼睛流泪[6]，

1　"幼崽"即米诺陶。不少评论者觉得奥维德在讲述这段故事时缺乏对帕西法厄的同情，Otis（1938）认为这或许是因为奥维德受到泛希腊病理学研究的影响，重在探究她的心理。Wilkinson（1955）觉得这段记述有种"荒唐的魅力"，但相信《爱的艺术》中的神话都只是装饰，别无深意。Leach（1964）指出，奥维德没有偏离这里的主题——女人与动物一样，在情爱中本来都处于主动地位，所以帕西法厄与母牛之间除了外形，几乎没有区别。

2　"另一位克里特女人"指阿特柔斯的妻子埃罗佩，参考《情诗集》第三部第十二首第 39 行的注释。

3　奥维德再次将两个斯库拉弄混成了一人，参考《情诗集》第三部第十二首第 22 行的注释。

4　指阿伽门农被妻子谋杀的事，参考《情诗集》第一部第七首第 10 行的注释。

5　关于克鲁萨和美狄亚，参考《情诗集》第二部第十四首第 29 行的注释。

6　菲尼克斯（Phoenix）在原文中被称为 Amyntorides（阿闵托耳之子）。根据伪阿波罗多洛斯的《神话汇编》（*Bibliotheca* 3.13.8）的说法，多罗佩斯人菲尼克斯在母亲怂恿下诱奸了父亲阿闵托耳（Amyntor）的小妾，被父亲诅咒，失去了视力。后来逃到佩琉斯的宫廷，受委托教育阿喀琉斯。

惊惶的奔马把希波吕托斯扯碎 [1]。

菲纽斯，为何挖掉无辜儿子们的双目？

340　　　如此的惩罚将返回你自己的头颅 [2]。

这些都是由女人的情欲招来的灾祸，

　　　它比我们的冲动更锐利，更暴烈。

所以去吧，坦然地去追求所有女人，

　　　群芳中不会没有人欣然委身。

345　无论接受或拒绝，她们都高兴被喜欢，

　　　即使你失望，被拒也没什么危险。

但为何拒绝你，既然新的快乐更销魂，

　　　人家的比自己的更能抓住人心？

别人田地里的庄稼总是更加茂盛，

350　　　邻居的牛羊乳汁也更加丰盈。

然而，发动攻势前，要首先设法结识　　　　　　**首先收买侍女**

　　　她的侍女，这样接近她才容易。

要确保她是女主人的心腹，深受倚重，

　　　后者秘密的游戏都藏在她胸中。

355　要用丰厚的许诺和诚恳的请求收买：

　　　如果她愿意，你所求就轻松得来。

她会选择（医生们也如此留意时间）

1　忒修斯的儿子希波吕托斯被继母淮德拉爱上，但他坚决拒绝，后被继母诬告非礼，遭到父亲诅咒，马车失控摔死。

2　菲纽斯（Phineus）是色雷斯（一说阿卡迪亚）的一位国王，阿尔戈号上的盲人先知。他曾受后妻蛊惑，弄瞎了他和前妻的几个儿子，作为惩罚，遭到鸟身女妖（Harpyiae）的持续攻击，失去了视力。

女主人的心最易受影响的时间——

她的心将轻易被俘获，当她绽放欢颜，

360　　　　仿佛庄稼在沃土上惬意地伸展。

当心灵洋溢着欣悦，没有痛苦来捆缚，

　　　　敞着门，维纳斯正好携魅术潜入。

悲戚之际，特洛伊环绕着重重兵甲[1]，

　　　　欢庆时，它却放进藏士兵的木马[2]。

365　当她因情敌伤心，也是献殷勤的时候，

　　　　要让她借你之手满意地复仇。

让侍女在早晨为主人梳理头发时替你

　　　　怂恿她，用桨为你的帆助力。

让她叹着气，仿佛低声地自言自语：

370　　　　"可我想，单凭你，那人无法对付。"

然后让她聊起你，添上一堆煽情的

　　　　言辞，说你爱得发疯，快死了。

但你要抓紧，别让帆掉下，别让风止息：

　　　　就像脆冰，愤怒不多久就消失。

375　你问，与侍女发生关系有没有用处？

　　　　这样的过犯包含太大的赌注：

这位因奸情变热切，那位却不再积极，

　　　　这位替主人找你，那位替自己。

结局难料——就算她愿意纵容你妄为，

1　"特洛伊"对应的原文是 Ilios（伊利俄斯），伊利俄斯或者伊利昂（Ilium）都是
　　特洛伊的别名。

2　指导致特洛伊陷落的藏着希腊士兵的木马。

380　　我的建议仍然是：不要乱来。

我绝对不会莽撞地翻越峭壁与巉岩，

　　　在我引领下，青年都不会遇险。

即使在传递信件时，不只她的热情，

　　　她的身体同样让你动了心，

385　你也务必先拿下主人，让她排后面，

　　　你不能从侍女开始这段情缘。

我只提醒这一点，如果你信我的技艺，

　　　狂风也不把我的话吹到海里：

要么别尝试，要么做到底，一旦她自己

390　　也深陷你的罪孽中，就不会告密。

翅膀若被胶粘住，鸟就不容易挣脱；

　　　野猪也无法轻松逃离网罗。

让受伤的鱼被嵌进肉的钩子留住，

　　　引诱后务必抓牢，不胜不撤出。

395　然后，因为共同的过错，她不会出卖你，

　　　女主人的言行她都会让你知悉。

但要藏好这秘密：如果间谍不暴露，

　　　女友的一切就总是历历在目。

有人认为，只有田野的耕夫或者

别忘了她的生日

400　　水手才关注时间，他们错了。

庄稼不能始终托付给狡诈的土壤，

　　　舟楫不能总信任翠绿的海浪，

勾引娇柔的女人也并非永远安全：

　　　同样的事更顺遂，若机会出现。

若碰上她的生日，或者三月的朔日

　　（维纳斯喜欢此日紧邻马尔斯）[1]，

或者当环形赛马场不像平日，到处

　　是雕塑，而是展览着国王的财富[2]，

请推迟行动；在阴郁冬季，昴星团统治，

410　　在小山羊星浸没于海中之时[3]，

你便应停止：那时若有人敢于出海，

　　他只能艰难地拽着沉船的残骸。

伤心的阿利亚曾被拉丁伤口的鲜血

　　染红的那一天，你可以开始捕猎[4]，

415 或者等七天一次的节日重回（不适宜

　　做事，却是叙利亚犹太人的圣日）[5]。

你务必将女友生日视为特别的禁忌：

　　非赠礼不可，自当算作不吉利！

你尽可躲避，她仍会扒你一层皮；女性

1　3 月 1 日（朔日）是古罗马的妇女节（Matronalia），按照传统，丈夫会在这天赠给妻子礼物。在古罗马历法中 3 月是马尔斯月，4 月是维纳斯月，两人在神话中是情人关系，所以"维纳斯喜欢此日紧邻马尔斯"。

2　环形赛马场（Circus Maximus）里面矗立着许多神像，但在古罗马军队大捷之后，战利品常被送到这里展览，猎奇的女人们自然也会来观看。

3　"小山羊星"指御夫座 ζ（Haedus，中名柱二）：是一颗大陵五型食变星，亮度变化介于 3.70 至 3.97 等，距离地球约 530 光年。古罗马所处的地中海地区冬季多风暴。

4　公元前 390 年罗马人在与高卢人的阿利亚战役中惨败，导致了罗马城的陷落。战役发生在 7 月 18 日，战前的 7 月 16 日曾举行祭祀，罗马人将战役的失败归咎于祭祀的日子。

5　"七天一次的节日"指犹太教的安息日。

有的是手段抢劫热切的情人。

衣衫松垮的小贩会找你购物狂的恋人[1]，

　　趁你坐旁边，展示他的商品。

她会叫你去检视，让你显得像行家；

　　然后亲你，然后就让你买下。

她发誓，这件物品会让她幸福许多年，

　　并且说现在就要，现在买划算。

你若称此刻家里没有钱，妄想推托，

　　她就要欠条，你会后悔上过学[2]。

当她用谎称的生日蛋糕找你要礼物，

　　并按需反复过生日，你想不想哭？

当她为假装的损失悲痛欲绝，仿佛

　　宝石真掉下耳环孔，你如何应付？

她们问你借很多东西，却从不愿还：

　　你损失惨重，却没人感激你的惨。

要说尽妓女们亵渎神灵的诸般计谋，

　　给我十张嘴、十条舌头都不够。

让倒在光滑木板上的蜂蜡试探前路，　　　　　　用书信探路

　　派知你心意的蜂蜡做你的先驱。

叫它传递你的问候和展示爱意的辞藻，

　　无论你是谁，都添上满篇的请求。

1　"小贩"（institor）是自己没有店铺、为他人兜售货物的小商贩，古罗马人普遍瞧不起他们。

2　"欠条"对应的原文是 littera，这里指承诺以后付款的证明或者到钱庄提款的"支票"。

被普里阿摩斯打动，阿喀琉斯归还了 [1]

　　尸体；苦祷让神也熄灭怒火。

千万要许诺——许诺能够伤害你什么？

　　任何人都有取之不尽的许诺。

445　一旦被信任，"希望"就会长久驻留：

　　她是诡诈的女神，但确实称手。

你若给女友什么，反可能因此遭弃：

　　她会带走战利品，却没有损失。

但你没给的，要总是装作马上会给——

450　贫瘠的土地常如此让主人空待；

赌徒也如此，为了不输，才不停地输，

　　骰子一再唤不甘的手回去。

这就是努力的方向，无需礼物就配对；

　　为了不白白给你，她会一直给。

455　所以，让信先去，刻满温情的词句，

　　探她的心意，提前感受路途。

库迪佩受骗于苹果传递的那封情书，

　　无意中被自己的誓言套住 [2]。

罗马的青年，我建议你们学习雅术，

1　由于译文格律的限制，原文的 Hectora（赫克托耳）未译，但从普里阿摩斯和
　　阿喀琉斯的名字很容易推断出归还的是谁的尸体。

2　提洛岛上有一座狄安娜神庙，一位叫阿孔提俄斯（Acontius）的青年在那里看
　　见参加敬拜的少女库迪佩（Cydippe），一见钟情，想向她求爱，却害怕遭拒，
　　于是在一枚苹果上刻写两行诗——"Iuro tibi sanctae per mystica sacra Dianae /
　　Me tibi venturam comitem, sponsamque futuram"（我以神圣狄安娜的神圣仪
　　式发誓 / 我将做你的伴侣，与你相守一世）——然后将苹果扔到她前面，她捡
　　起来大声读，便不自觉发了一个必须遵守的重誓。

460　　　　不只向惊恐的被告提供保护；

　　　　　　与大众、冷峻的法官和尊贵的元老院一样，

　　　　　　　　被辩才征服的姑娘也为你鼓掌。

　　　　但你要隐藏实力，别开始就摆出架势，

　　　　　　让你的话语避开烦人的僻词。

465　　　除非疯了，谁对着柔媚的女友演讲？

　　　　　　求爱者经常被书信毁了形象。

　　　　你的辞令要诚恳，你的用词要简单，

　　　　　　但要甜蜜，仿佛在当面聊天。

　　　　如果她不收你的信，原封不动地退回，

470　　　　你要继续怀希望，不能气馁。

　　　　终有一日，倔强的公牛会向轭低头，

　　　　　　终有一日，马也会把缰绳忍受；

　　　　反复地使用，铁制的戒指也会损耗，

　　　　　　不停地耕地，弯犁也难免烂掉。

475　　　什么比石块更坚，什么比水更轻柔？

　　　　　　然而，柔水却能将坚石穿透。[1]

　　　　只要你坚持，珀涅罗珀也终能俘获；

　　　　　　特洛伊陷落虽晚，不还是陷落？

　　　　她读了，却不肯回信？千万不要催促。

480　　　你只需让她一直读你的蜜语。

　　　　她愿读的东西，读完她也将愿意回复：

1　　在晚年的流放诗歌中，奥维德反向使用了这些意象，见《哀歌集》（ *Tristia* 4.6.1-4）和《黑海书简》（ *Ex Ponto* 4.10-5-6），证明时间也不能改变自己的痛苦。

这些事都会来，按自己的节奏和脚步。

或许最开始你会收到阴郁的信札，

　　她会请求你，别再存心骚扰她。

485　所求，她怕；未求，才是心里话：继续！

　　坚持吧，很快愿望就能够满足。

与此同时，如果她躺在长椅上，被人　　　　　　　　反复接近她

　　抬着，你要若无其事地靠近，

为提防讨厌的耳朵偷听你的话，你要

490　想办法掩饰，用些暧昧的信号。

如果她碰巧在宽阔的柱廊惬意盘桓，

　　你也要让你的余暇与她相连：

时而在前面晃荡，时而跟在身后，

　　时而加快脚步，时而慢慢走；

495　从人群中间奔出，穿过一些柱子，

　　或与她并肩而行，你不必羞耻。

别让她无你陪伴，漂亮地坐在剧场中：

　　她的双肩会给你可看的风景。

你可以随心所欲看她，一遍遍欣赏她，

500　用你的眉毛和姿态说出许多话。

当演员反串女孩跳舞时，你要鼓掌；

　　无论谁表现恋爱者，你也要赞扬。

她起身，你也起身；她坐着，你一直坐着；

　　挥霍时间，全凭你女友的准则。

505　可是你不要乐于用热铁烫出卷发，　　　　　　　注意仪表

　　也别用粗糙的浮石把腿磨光滑。

这样的行为只适合吹佛里吉亚笛子、

　　以尖叫欢呼神母库柏勒的祭司 [1]！

不精心打扮才有男子气；忒修斯勾走

510　　米诺斯女儿，可曾用发夹装饰头 [2]？

淮德拉迷希波吕托斯，他却不修边幅；

　　阿多尼斯爱林野，女神却倾慕 [3]。

但你应整洁，身体在郊原晒成古铜色；

　　托加袍应一尘不染，而且熨帖；

515　别让舌头太僵硬，别让牙齿留残垢，

　　别让你的脚跟着鞋，来回晃悠；

不要用拙劣的技法毁掉你的发式——

　　头发和胡子都应找熟手打理。

你的指甲要平齐，里面别藏着脏灰，

520　　也不许任何硬毛从鼻孔偷窥。

你难闻的嘴不要发出可怕的气味；

　　也别让嗅觉被你的"山羊"伤害 [4]。

别的事就留给那些风骚的女人，或者

　　让希望吸引男人的伪娘去做。

525　酒神正呼唤诗人，他也帮助恋爱者，　　**酒宴上要勇敢**

　　他庇佑的火焰也曾把自己烧灼。

1　　关于"库柏勒的祭司"，参考《情诗集》第二部第十三首第 18 行的注释。

2　　"米诺斯女儿"指阿里阿德涅，参考《情诗集》第一部第七首第 16 行的注释。

3　　"女神"指维纳斯。

4　　"山羊"对应的原文是 virque paterque gregis（羊群的丈夫和父亲），在古罗马，
　　caper 或 hircus（公山羊）常用来形容难闻的体味（尤其是腋下的气味）。

克里特少女失魂地徘徊在陌生的沙滩 [1]，

　　波浪冲刷着逼仄的迪亚海岸。

那时她刚从梦中醒来，裹着睡衣，

530　　赤着脚，金色的头发尚未挽起。

她对着冷漠的浪涛怒斥冷酷的情郎 [2]，

　　泪雨无辜地淋湿柔嫩的脸庞。

一边呼喊，一边哭，她依然楚楚动人，

　　狼藉的泪水也不能减掉美半分。

535　她再次用手掌拍打世间最美的乳房，

　　叹道："负心人走了，我会怎样？

我会怎样？"突然，钹声在整片海岸

　　响起，还有人敲鼓，近乎疯癫。

她在惊恐中瘫倒，骤然止住了言辞，

540　　身体顿时失去了血色和活气。

瞧，乱发披散在背上的狂女们来了 [3]，

　　还有轻浮的众萨梯——神的开道者，

以及酩酊的老西勒诺斯，驴子弯着腰，

　　他摇摇晃晃地坐着，紧攥着鬃毛 [4]。

1　　"克里特少女"指阿里阿德涅，对应的原文是 Cnosis（克诺索斯的女人），克诺
　　索斯是克里特的首都。

2　　"情郎"对应的原文是 Thesea（忒修斯）。

3　　"狂女们"对应的原文是 Mimallonides，历代注者虽知道它指酒神狂女，但对这
　　个词的来源都不清楚。

4　　萨梯神（Satyr）是希腊神话中的诸多森林小神的称呼，他们以淫荡著称，经
　　常是酒神的随从。西勒诺斯（Silenus）是酒神的同伴和导师，在文学作品中常
　　是滑稽的角色。

545 狂女们在他前面来回闪避，拙劣的

　　骑手则用棍子将四足兽驱策，

直到他从长耳的驴子身上头朝地摔下——

　　萨梯们高喊："老伯，起来，起来呀！"

坐在葡萄装饰着顶部的战车里，酒神

550 　　为负轭的老虎松开了金色的缰绳。

少女没了血色和声音，也忘了忒修斯，

　　三次想逃跑，三次因恐惧而停止。

她浑身战栗，就像风吹拂的细长麦穗，

　　就像沼泽里抖动的纤弱芦苇。

555 神说："看，我来了，一位更忠诚的恋人！

　　别怕，姑娘，你将与巴克斯成亲。

我的聘礼是天空，你将是天上的星，

　　北冕座，经常为船只指引航程[1]。"

言毕，他跃下战车，以免她害怕老虎，

560 　　沙子一被他踩到，立刻臣服。

他抱住少女，立刻带走（她哪有能力

　　反抗），神可以轻易做成任何事。

有人唱"许墨奈俄斯"，有人喊酒神之名[2]，

　　巴克斯和新娘便如此步入婚姻。

1　北冕座在原文中被称为 Cressa Corona（克里特的冠冕），巴克斯将北冕座赠给阿里阿德涅的故事可参考《岁时记》（Fasti 3.510-516）。

2　"许墨奈俄斯"（Hymenaee，呼格）是古罗马结婚时观众呼喊的婚神名字，许墨奈俄斯又名许门（Hymen）。原文的 Euhion 和 euhoe 都是信徒对酒神的欢呼声。

565 所以，当酒神给你的礼物就摆在面前，

当一位女人将与你共结佳缘，

你就要祷告酒神和他的夜晚圣礼，

保佑你的头不为美酒所奴役。

在这里，你能用隐蔽的方式传递许多

570 秘密，她会明白你是在对她说：

用少许清酒写一句简短的赞美之语，

让她在桌上读到你的倾慕；

用袒露爱火的眼睛凝望她的眼睛——

沉默的表情常蕴含文字和声音。

575 她嘴唇尝过的杯子，你要第一个抢夺，

她刚才从哪边喝，你便从哪边喝；

无论她手指曾碰过什么食物，你也须

去拿，你拿的时候，要让手相触 [1]。

而且，你也要有心讨好女子的丈夫：

580 成了朋友，他对你更有帮助。

如果你抓阄饮酒，第一轮就应让与他；

不妨取下你自己的花冠，送给他。

地位低于你或相若，都让他优先进食；

别犹豫，他说什么话，你都支持。

585 以友谊之名欺骗是安全且寻常的路径，

虽然安全且寻常，却终是罪行。

所以，代理人会格外殷勤地代理事务，

---

1 古罗马人一般不用刀叉，固体食物都用手，液体食物用勺。

相信交托的不限于主顾的吩咐。

关于饮酒的限度，我给你明确的准则：

590　　你的心和脚都要尽它们的职责。

尤其要避免醉酒引发的争执，那时候

人的手太容易卷入凶狠的战斗。

欧律提昂因为愚蠢的滥饮而丧命[1]，

宴席和美酒更应在欢笑中尽兴。

595　嗓子若好，就唱；手臂若柔软，就舞蹈；

无论有什么才能，博大家一笑。

正如真醉会害人，假醉也别有妙用：

让你狡诈的舌头结巴地咕哝，

这样，无论你所做所言如何逾了矩，

600　　人们都相信，是酒让你变糊涂。

祝福你心仪的女人，也祝福同眠的男人，

但在沉默的心里，诅咒他遭厄运。

可是当宴会结束，宾客们纷纷离席，

拥挤的人群就给你接近的时机。

605　混入其中，偷偷摸到她身边，你的手

轻拽她的腰，你的脚轻碰她的脚。

搭讪的时候到了：远远走开，土气的

羞涩，让好运和维纳斯帮助勇者！

不要让辩才受制于我的任何规则：

1　　欧律提昂（Eurytion）的神话与此不符，应该是欧律托斯（Eurytus）才对，欧
　　律托斯是半人马，在庇里托俄斯的婚礼上喝醉了酒，试图抢走美貌的新娘希波
　　达墨，被忒修斯杀死。

610　　　　只要你有心，自然会口若悬河。

你必须扮演痴情人，用语言表现相思症，

　　　　什么诡计都可用，只要她能信。

其实这不难：女人都觉得自己值得爱；

　　　　再丑，她也信大家都会夸她美。

615　然而，装作爱的人经常能坠入情网，

　　　　经常让开始的假象凝固成真相。

所以，女人啊，还不如对欺骗的人好些，

　　　　反正，原本假的爱会变成真的。

此时你该以蜜语悄悄地占据她心田，

620　　　　就如同流水侵蚀陡峭的河岸。

不厌其烦地夸赞她的脸，她的发束，

　　　　她纤长的手指，还有精致的足——

即使贞洁的女人也喜欢美的颂歌，

　　　　处子也呵护并欣赏自己的秀色。

625　你看，为何到现在朱诺和帕拉斯还耻于

　　　　在佛里吉亚森林里未赢得荣誉[1]？

神后的宠物鸟受赞美才展开它的羽毛[2]，

　　　　你若沉默地观看，就藏起珍宝。

在竞相飞驰的比赛中，等到有人为它们

630　　　　梳鬃毛、拍脖颈，骏马才会高兴。

也不要怯于承诺，承诺能吸引女人，　　　　**承诺与欺骗**

1　指帕里斯充当裁判，在三位女神中选出最美一位的事，最终维纳斯胜出。

2　"宠物鸟"指孔雀。

随便求哪位神，都可为你作见证。

朱庇特从高天微笑地听着情人的伪誓，

命南风卷走这些虚幻的言辞[1]。

635　他习惯以斯堤克斯河的名义向朱诺撒谎[2]，

他对你的善意体现于自己的榜样。

神在很方便，既然方便，姑且信他们在；

在古老的祭坛进香奠酒，有何碍？

他们不陷入与睡眠相似的无忧休憩，

640　纯洁无邪地生活，神就在这里。

归还托管的钱财，虔诚地遵守契约；

不要有欺诈，不可让你的手沾血。

你若明智，唯独戏弄女人不受罚，

务必要守信，除了此事可欺诈。

645　欺骗欺骗者——大多数女人都是渎神的

族类，让她们坠入自己的网罗。

昔日的埃及据说没有雨浇灌田野，

一连九年都忍受旱魃的肆虐，

忒拉西俄斯来找布西里斯，宣称[3]

650　异乡人的血能改变神王的心。

国王答道："请你先做朱庇特的牺牲，

1　"南风"在原文中有修饰语 Aeolios（埃俄洛斯的），因为埃俄洛斯是掌管风的神。

2　在古希腊神话中，诸神凭斯堤克斯河（Styx）发誓是有效的、不可违背的。

3　在九年大旱后，先知忒拉西俄斯（Thrasius）告诉埃及国王布西里斯（Busiris），如果将异乡人作为人牲献祭给朱庇特，就能求来大雨，布西里斯发现他就是异乡人，下令先将他献祭。

给埃及求雨，你不也是异乡人？"

帕拉里斯也烤了佩里罗斯的肢体——

发明者自己领教了作品的威力 [1]。

655　两位都罪有应得，这是最公平的法律，

就按照自己设计的死法去死。

所以，既然伪誓理当欺骗伪誓者，

就让女人循自己的先例受折磨。

眼泪也有用：用它能打动铁石心肠，　　　　　　　眼泪、吻与强力

660　若可能，让她看到你湿润的脸庞。

如果没泪水（的确，它不能随时产生），

用湿手捂住你的双眼也成。

哪位聪明人不会将甜言与热吻混合？

即使她不吻你，你吻她有何不可？

665　开始她或许挣扎，并且斥责你"无耻"——

但挣扎之时她却希望你胜利。

只是强吻时，不要伤着她柔嫩的嘴唇，

别让她有理由抱怨，你把她弄疼。

谁若得到吻，却没有一并得到其余，

670　就活该连已经得到的东西也失去。

吻到她之后，你离完满的愿望有多远？

天，不是羞耻心，是愚钝，在阻拦！

你可以称之为强力，但女人爱这种强力——

1　帕拉里斯（Phalaris，约公元前 570—公元前 554 年在位）是西西里的僭主，
　佩里罗斯（Perillus）发明了烤炙犯人的铜牛刑具，想献给他邀功，他用铜牛刑
　具处死的第一个人就是佩里罗斯。

被迫献出她所愿，反而更欢喜。¹

675 每一位遭到性爱突然袭击的女人

都高兴，并把这邪行当作礼品；

而在本可用强时安然逃脱的女人

尽管看似在庆幸，其实却伤心。

菲比遭受了强暴，希莱拉受到了威胁，

680 但姐妹二人都爱上她们的劫夺者²。

斯库洛斯的少女与阿喀琉斯结合，

此事虽广为人知，仍值得一说³。

那时，在伊达山麓理当胜出的维纳斯

已给偏向她的裁判送出贿礼；

685 遥远异国的儿媳已来到国王身边，

伊利昂城墙内多了位希腊女眷⁴。

1　这种论调性质恶劣，在古代西方很流行。

2　菲比（Phoebe）和希莱拉（Hilaira）是琉基玻斯（Leucippus）的女儿，本已订婚，
　　被卡斯托尔和珀鲁克斯兄弟劫走，鲁本斯曾以此为题材画过一幅著名的画。

3　奥维德在这里影射的是后荷马时代流传的一个关于阿喀琉斯的故事。该故事的
　　情节记录在伪阿波罗多洛斯的《神话汇编》（Bibliotheca 3.13.8）中。阿喀琉
　　斯的母亲忒提斯（Thetis）在特洛伊战争爆发前得知了儿子会战死的命运，于
　　是将他装扮成女人，藏在斯库洛斯（Scyros）国王吕科墨得斯（Lycomedes）
　　的女儿中间。在此过程中，他和其中一位公主得伊达弥娅（Deidamia）有过纠葛。

4　"贿礼""儿媳"和"希腊女眷"都指海伦，"国王"对应的原文是 Priamum
　　（普里阿摩斯）。

所有人都跟随受辱的丈夫发下誓言，

　　一人的痛苦变成了公共的仇怨[1]。

若非屈从于母亲的请求，此事真羞耻——

690　　阿喀琉斯借长裙化身为女子[2]。

你在干什么，大英雄[3]？你不该在此纺羊毛，

　　快用帕拉斯其他的技艺求荣耀！

女红篮与你何干？你的手理应去执盾；

　　杀赫克托耳的手为何抱织品？

695　赶紧扔掉被层层纱线包裹的纺锤！

　　佩里昂的长矛才是你恰当的装备[4]。

碰巧在同一间闺房有位王室的少女，

　　她发现他是男子，却已被玷污。

她的确是被强力制伏，没理由怀疑，

700　　但她却心甘情愿屈从那强力。

她一再喊"别走"，当阿喀琉斯欲匆忙离去——

　　他已抛下绕线杆，拾起了战具。

强力如今在哪里？得伊达弥娅，你为何

　　用温柔的声音挽留你的亵渎者？

1　曾有无数希腊人追求第一美女海伦，最终墨涅拉俄斯通过抽签胜出。为了避免
　　纷争，尤利西斯事前提议，所有竞争者郑重发誓，无论谁成为海伦的丈夫，其
　　他人都要全力维护他。帕里斯拐走海伦，激活了这个盟誓，从而引发了特洛伊
　　战争。

2　参考上文第 682 行的注释。

3　"大英雄"对应的原文是 Aeacide（埃阿科斯的后裔），阿喀琉斯是埃阿科斯的
　　孙子。

4　阿喀琉斯长矛的木头部分取自佩里昂山（他长大和接受教育的地方）。

705　你知道，正如女人总耻于抢先求欢，

　　　　另一方主动，她们便欣然承担。

　　可叹，如果谁总等着女人先来求自己，

　　　　他未免对自己的长相过于满意！

　　让男人先行动，让男人说出殷勤的邀请，

710　　　她会亲切地接受言语的温情。

　　要拥有，就谦卑祈求；她只想被人祈求——

　　　　告诉她，你这段相思的起因和缘由。

　　朱庇特总是哀求那些古昔的女子，

　　　　她们没有谁觉得朱庇特可鄙。

715　但你若感觉，谦恭膨胀了她的虚荣，

　　　　就暂时转身撤退，别再进攻。

　　很多人渴望逃离的东西，憎恶眼前；

　　　　你不太急切，她反而没了厌倦。

　　也不要总是把云雨的憧憬挂在嘴边，

720　　　让爱欲悄悄潜入，以友谊为遮掩。

　　我曾见矜持万分的女子如此上了当：

　　　　原本是朋友，不觉间却已同床。

　　水手应以肤色白为耻，黝黑才恰当——　　　　肤色的考虑

　　　　想想飞溅的浪花和强烈的日光；

725　农夫也一样，他总是扶着弯犁，手持

　　　　沉重的锄头，在露天旷野刨地。

　　还有你，角逐帕拉斯橄榄叶冠的运动员，

　　　　如果你身体白皙，同样不美观。

　　恋爱者都该面色苍白，这颜色最合适，

730 效果好，傻人却认为无济于事。

苍白的奥里昂为了希德丝在森林游荡[1]，

达芙尼斯为冷漠的仙女凄惶[2]。

瘦削也能表达你的心，给闪亮的发卷

蒙上兜帽，你别以为很丢脸。

735 让辗转反侧的夜晚消耗青春的身体，

还有忧虑和重度相思的压抑。

为达成愿望，你要惨惨戚戚地过活，

让见到的人都说："你坠入了爱河。"

我该抱怨，还是提醒你，对与错难分？ 警惕朋友

740 所谓友谊和忠诚都只是空名。

唉，唉，对朋友夸赞你所爱并不安全，

等他信了你，他就会把你偷换。

但阿克托耳的后裔未背叛阿喀琉斯[3]，

淮德拉也未失身于庇里托俄斯[4]。

---

1 奥里昂（Orion）曾是女神拉托娜的卫士，他在打猎时声称能征服一切野兽，
触怒了地母盖娅（Gaia），被她派去的蝎子杀死。但拉托娜把他变成了猎户座。
参考奥维德《岁时记》（Fasti 5.537-544）。希德丝（Sides）所指不详，可能
是位宁芙。

2 达芙尼斯（Daphnis）是墨丘利之子，传说中田园诗的发明者，一般认为他生
活在西西里。

3 "阿克托耳的后裔"指阿喀琉斯的好友帕特洛克罗斯（Patroclus），阿克托耳
（Actor）是他的祖父。"背叛"对应的原文是 lectum temeravit（污染床榻）。

4 淮德拉和庇里托俄斯分别是忒修斯的妻子和挚友。

ARTIS AMATORIAE LIBER I

745 彼拉得对赫尔密俄涅只有兄妹的情谊[1]，

与卡斯托尔对海伦并无差异[2]。

若有人怀此希望，就让他等着柽柳

结苹果，或者大河中间有蜜流。

唯恶事充满诱惑，人人都追逐快乐，

750 别人的痛苦也能带给他愉悦。

啊，罪孽！恋爱者没有敌人可畏惧；

躲开你信任的人，你才能无虞。

提防你的亲戚、兄弟和珍爱的伙伴——

这群人才是真实恐惧的来源。

755 我即将打住，但要说，女人的性情各异，　　　　**手段应灵活**

对待千种性情需千种方式。

没有土地能出产一切，这适合橄榄，

这适合葡萄，而这是小麦的乐园。

人的相貌有多少种，性情就有多少种，

760 智者总能适应这无数种不同。

正如那普罗透斯，时而变流水、树木，

时而又变成狮子和毛蓬蓬的野猪[3]。

有些鱼要用长枪扎，有些要用弯钩钓，

1　彼拉得和赫尔密俄涅（Hermiona）分别是俄瑞斯忒斯的挚友和恋人，"只有兄妹的情谊"对应的原文是 quo Pallada Phoebus（像福玻斯对帕拉斯那样），福玻斯和帕拉斯是兄妹。

2　卡斯托尔和海伦也是兄妹，"海伦"对应的原文是 Tyndari（呼格，廷达瑞俄斯之女）。

3　关于普罗透斯，参考《情诗集》第二部第十五首第 10 行的注释。

有些要张开绳索，撒网捕捞。

765　你不应经年累月只会使一招：远远地，

　　　沉稳的母鹿已经把陷阱识破。

　　　如果无知者觉得你渊博，矜持者觉得你

　　　冲动，她立刻变得犹疑、警惕。

　　　于是，不敢将自己交给君子的女子

770　　常常叫次等的男人捡了便宜。

　　　我的任务已完成一部分，还剩一部分，

　　　暂且抛下锚，让我的船停稳。[1]

---

1 Nickbakht（2005）指出，这卷诗的最后两行暗引了维吉尔《埃涅阿斯纪》的
诗句（*Aeneid* 6.900-901）。这种位置的相似性暗示，按照奥维德最初的计划，
《爱的艺术》只有两卷。

《爱的艺术》

第二卷

ARTIS AMATORIAE LIBER II

欢呼胜利吧，再来一次，感谢上苍[1]！

　　苦追的猎物终于掉进我的网，

让喜悦的恋爱者抛下老荷马、赫希俄德[2]，

　　将青翠的棕榈献给我的诗歌！

5　帕里斯便是如此，和抢来的异国新娘

　　一起，挂白帆自戎装斯巴达起航[3]；

希波达米娅，在马车比赛中获胜的他

　　也是如此载着你，回遥远的家[4]。

你为何着急，年轻人？你的船在大海中央，

10　还要漂很久才抵达我期待的港。

在我指引下赢得姑娘还不够，俘获她

　　用了我的计，还须用我的计留住她。

1　原文中的 Paean 最初是阿波罗作为医术之神的称号，后来用作欢呼阿波罗的叹词，再后来可泛指一切胜利之歌或颂歌。

2　"老荷马"对应的原文是 Maeonio seni（迈奥尼亚老者），"赫希俄德"对应的原文是 Ascraeo seni（阿斯克拉老者）。

3　"帕里斯"对应的原文是 Priameius hospes（来自普里阿摩斯的客人），"斯巴达"对应的原文是 Amyclis（阿穆克莱），阿穆克莱由斯巴达国王阿穆克洛斯（Amyclus 或 Amyclas）建立。

4　参考《情诗集》第三部第二首第 16 行的注释。

守住到手的东西并不比追求容易——

前者纯粹是艺术，后者靠运气。

15　丘比特、维纳斯，若你们曾帮我，请继续帮我；

还有你，名字里包含了爱情的厄剌托[1]。

我吟唱的乃是大题材：如何套住小爱神，

既然他浪游在如此广阔的凡尘，

还如此轻浮，有一双助他飞离的翼翅——

20　要管束它们的确是艰巨的事。

米诺斯曾阻断异乡人所有逃跑的可能[2]，

他却用翅膀找到了危险的路径。[3]

1　缪斯神厄剌托掌管爱情诗，她的名字 Erato 从古希腊语 Eros（情爱）变来。

2　"异乡人"指巧匠代达罗斯，他和儿子伊卡洛斯（Icarus）乘人造翅膀飞行的故事在《变形记》中有另外一个版本（*Metamorphoses* 8.183-235）。

3　奥维德在《爱的艺术》的这部分花了八十行来讲述代达罗斯和伊卡洛斯的故事令人困惑。虽然奥维德的理由是，正如米诺斯难以阻止代达罗斯用翅膀逃离，诗人作为情爱导师也难以阻止长着翅膀的小爱神逃离，但这样的逻辑无法说服很多学者，例如 Galinsky（1975）就批评奥维德"无视详略的比例和目的性"，Hollis（1973）也认为这样的联系过于牵强。Ahern（1989）指出三处明显不对应之处：（1）伊卡洛斯的死亡在这个比较框架中无处安放；（2）米诺斯在恋爱关系中是失败者，无法与诗人扮演的情爱导师角色对应；（3）代达罗斯是巧匠的原型，是技艺的化身，而丘比特在这个框架中，是诗人的情爱技艺试图制伏的对象，两者也不对等。Ahern 的解决方案是，让代达罗斯代表诗人 /情爱导师，让伊卡洛斯代表《爱的艺术》的读者 / 学生，而米诺斯则代表社会习俗。但我认为，Ahern 的做法没有必要。奥维德引入代达罗斯的故事，至少在表面上是能嵌入《爱的艺术》的总体设计的；至于他提到的不对应之处，奥维德未必没意识到，但他本来就是以一种游戏方式对待这样的类比；另外，从风格上说，《爱的艺术》也有意吸纳了史诗元素，而且用神话说理是奥维德全部作品的共同特点。

当代达罗斯将帕西法厄诞下的孽种、

　　半人半牛的怪物关进迷宫 [1]，

25　他说："最公正的米诺斯，请终止我的流亡，

　　让我的骨灰能埋入祖先的土壤。

既然被无情的命运逼迫，我不能在故乡

　　生活，请让我死时能了却念想！

请允许这孩子回去，如果我令你鄙薄；

30　　如果你不肯放过孩子，放过我！"

他没再说下去，虽然心中还有万语

　　千言——国王仍然禁止他回去。

意识到自己的处境，他说道："代达罗斯，

　　你现在有机会证明自己的技艺。

35　米诺斯掌控着大地，掌握着海洋，无论

　　陆地还是大海都囚禁了我们。

但天空仍开放，我们就试着从天空逃脱。

　　至高朱庇特，饶恕我的僭越！ [2]

我并非企图攀登到星辰居住的穹苍，

40　　只剩这条道能让我离开国王。

即使斯堤克斯河有路，我们也泅渡，

　　我必须为人的天性创制新规律！"

逆境常激发才华的力量，谁会相信

1　"孽种"和"怪物"都指米诺陶，"孽种"对应的原文是 conceptum crimine
　　matris（通过母亲的罪孽而怀上的东西）。

2　西方古人认为，只有陆地属于人类，闯入海洋和天空都是僭越的行为，在《颂
　　诗集》里，贺拉斯同样谴责了代达罗斯的僭越（Carmina 1.3.34-35）。

凡人竟能乘着风，在空中飞行？

45　他将羽毛依次序排列，仿佛桨叶，

再拿线把轻盈的架构紧紧连接，

最低的部分他用融化的蜂蜡来固定，

如此，新技术的作品就已完成。

小男孩抚弄着蜂蜡和羽毛，笑容灿烂，

50　不知它们将装上自己的双肩。

父亲说："我们只能坐这样的船回家，

摆脱米诺斯只能用这样的办法。

米诺斯阻断了一切，却不能阻断空气，

借这条通路，用我的发明逃离！

55　可是你别盯着卡里斯托，也别盯着

牧夫座旁边手握利剑的猎户座[1]；

跟着我，扇动翅膀，让我飞在你前面，

务必跟紧我，这样你就安全。

因为我们若飞到靠近太阳的高处，

60　蜡就会无法承受那里的温度；

而如果我们飞太低，翅膀与海水为邻，

原本灵活的羽毛就变湿变沉。

所以在二者之间飞；儿子，你也要小心风，

它往哪边吹，你便顺着它航行。"

1　在《变形记》中，代达罗斯也不让儿子靠大熊座（卡里斯托）、牧夫座（Bootes）和猎户座（Orion）导航，而要紧跟自己（*Metamorphoses* 8.206-207）。"卡里斯托"对应的原文是 virgo Tegeaea（帖该亚的少女），帖该亚是阿卡迪亚的一个城市。

65　他一边叮咛，一边给孩子装翅膀，教他

　　　如何操作，像指点雏鸟的妈妈。

　　然后他在自己肩头安好新做的羽翼，

　　　在陌生的路上谨慎地平衡身体。

　　即将出发，他转身亲吻稚气的男孩，

70　　父亲的脸颊淌下难忍的泪水。

　　有一座小山，俯瞰平原，就是从这里

　　　他们将身体托付给悲惨的逃逸。

　　代达罗斯掀动着自己的翅膀，也回看

　　　儿子的翅膀，保持自己的路线。

75　尝到新旅途的喜悦，伊卡洛斯已忘记

　　　恐惧，在空中玩起更大胆的技艺。

　　某人正用颤巍巍的长竿钓鱼，望见

　　　他们，右手的动作骤然中断。

　　此时，左边是萨摩斯（纳克索斯已经过，

80　　还有帕洛斯和日神钟爱的提洛）¹，

　　右边是勒宾托斯、林木茂盛的卡林涅²

　　　和阿斯图帕莱亚（这里鱼最多）³。

1　萨摩斯岛（Samos）在小亚细亚西海岸附近，是朱诺的出生地，也是她与朱庇特成亲的地方。纳克索斯（Naxos）即迪亚岛，是爱琴海环形岛中最大的一个，以酒闻名。帕洛斯是大理石产地。提洛岛（Delos）是爱琴海上被环形岛包围的岛，拉托娜产下阿波罗和狄安娜的地方。"日神"对应的原文是 Clario deo（克拉洛斯的神），克拉洛斯（Claros）位于伊奥尼亚，和德尔斐一样，以阿波罗神庙和神谕著名。

2　勒宾托斯（Lebinthos）和卡林涅（Calymne）都是爱琴海上的岛屿。

3　阿斯图帕莱亚（Astypalaea）是克里特岛和环形岛之间的一个狭长岛屿，附近有渔场。

小男孩因为年龄的缘故越发冲动，

　　抛下了父亲，独自升向高空。

85　束缚松动了，逼近太阳的蜡已消融，

　　挥舞的手臂再不能捕捉轻风。

他惊骇万分，从天顶望向遥远的海面，

　　诞生于恐惧的黑暗蒙住了双眼。

蜡已化成液体，他扇动赤裸的手臂，

90　　浑身颤抖，找不到支撑的力。

他往下坠落，边坠边喊："父亲，我完了！"

　　呼喊的嘴被翠绿的海水淹没。

但不幸的父亲（不再是父亲）仍在喊："你在

　　哪里，伊卡洛斯？你在哪里飞？"

95　"伊卡洛斯！"他喊着，瞥见波浪中的翼翅，

　　土地埋葬了骸骨，海留下了名字[1]。

所以，就连米诺斯都没能扼住人的翅膀，　　留住爱需要内涵

　　我却要设法阻拦一位神的飞翔。

若有人求助于帖撒利亚的巫术，给我

100　　从马驹前额取来的东西，就错了[2]。

美狄亚的药草也无法让爱长存不老，

　　马尔西族人的魔音咒语也无效[3]。

―――――――――

1　这片海叫伊卡利亚海（Icarium Mare），萨摩斯岛西南还有一个伊卡利亚岛。

2　关于"从马驹前额取来的东西"，参考《情诗集》第一部第八首第 8 行的注释。

3　马尔西人（Marsi）是意大利一个擅长巫术的部落，传说他们是喀耳刻儿子马尔索斯（Marsus）的后代。"魔音咒语"（nenia）是与丧歌类似的咒语。

伊阿宋和尤利西斯都能被情人留住 [1]，

    倘若爱真的可以臣服于法术。

105 对女人使用苍白的春药也全然没用——

    它伤害心智，甚至会引发疯病。

让罪恶走开；若要别人爱，你要值得爱，

    这一点不只靠长相或者身材。

即使你是深受老荷马赞美的尼柔斯 [2]，

110   或被仙女们强抢的美男海拉斯 [3]，

若要留住你爱侣，不致惊讶于被弃，

    也须给容貌添上才华的厚礼。

美是易逝的天赋，年岁越增长，变得

    越少，被它自己的光阴消磨。

115 紫罗兰与百合没有永远延续的花期，

    玫瑰凋零后，就只剩坚硬的刺。

英俊的青年，你的头发转眼染霜雪，

    皱纹很快就从你全身犁过。

现在就塑造持久的精神，丰富你的美，

120   唯有它最终等到火葬的柴堆。

别疏于通过博雅的技艺耕耘心田，

---

1   "情人"指美狄亚（Phasias，帕西斯少女）和喀耳刻（Circe）。"伊阿宋"对
    应的原文是 Aesoniden（埃宋之子）。

2   尼柔斯（Nireus）曾是海伦的追求者，特洛伊战争希腊将领中最英俊的一位，
    参考《伊利亚特》（Iliad 2.673-4）。

3   海拉斯（Hylas）是海格力斯的好朋友，在阿尔戈号寻找金羊毛的远航中，他
    上岸取水时被一群水泽仙女拖入水里，从此失踪。

两种语言都要刻苦地钻研[1]。

尤利西斯并不算俊美，只是有辩才，

　　却赢得了多位海洋女神的痴爱。[2]

125　多少次，卡吕普索不忍见他匆匆起航，

　　宣称眼前的波浪不适合划桨！

她总是一遍又一遍打听特洛伊的灾殃，

　　他已经习惯每次讲得不一样。[3]

即使并立海岸上，美丽的女神还在问

130　奥德鲁塞国王血腥的命运[4]。

他用一根小树枝（碰巧手中有此物）

　　在坚实的沙土上为她画了地形图。

"这是特洛伊，"他说（一边画好城墙），

　　"这是西摩伊斯河，这是我营帐[5]。

135　有一片原野——"（画原野。）"我们曾在此截杀

　　多隆，当他做探子，觊觎战马[6]。

1　Houghton（2009）指出，这行原文中的 linguas duas（两种语言）暗藏着一个
　　玩笑，因为在拉丁语中它同样可以理解为"两条舌头"，指恋人舌吻的技巧。

2　这种说法不准确，爱过尤利西斯的女神中只有卡吕普索是海神，喀耳刻不是。

3　Sharrock(1987)指出，125—128 行可能受到了《奥德赛》（Odyssey 5.151-227 ）
　　的启发。

4　"奥德鲁塞国王"指色雷斯国王瑞索斯，参考《情诗集》第一部第九首第 24 行
　　的注释，关于奥德鲁塞，参考《情诗集》第三部第十二首第 32 行的注释。

5　西摩伊斯河（Simois）是特洛伊附近的一条小河。

6　特洛伊人多隆（Dolon）为了得到阿喀琉斯的战马，独自潜入希腊军营，结果
　　被狄俄墨得斯和尤利西斯杀死。事见《伊利亚特》第十卷。"战马"对应的原
　　文是 Haemonios equos（海摩尼亚的马，即帖撒利亚的马）。

那边是锡托尼亚人瑞索斯的帐篷，这边[1]

是我盗完马返回营地的路线。"

他画着更多细节，突然一阵浪卷来，

140 特洛伊、军营、首领全进了大海[2]。

于是女神说："你怎能指望波浪会助你

离开，你看它冲走了怎样的名字？"[3]

所以，无论你是谁，别过于信任喜欢

欺骗的外表，你也应追求内涵。

145 文雅的风度尤其容易打动人的心，　　　　　　　　　　**风度与好脾气**

粗暴却引发憎恨和残酷的战争。

我们厌恶鹰，因为它总以劫掠为生，

狼也一样，总袭击惊恐的羊群。

但燕子因为温柔，人不会张网捕捉，

150 鸽子也有专门的巢可休歇。

恶毒舌头的争讼与缠斗，远远走开！

必须用蜜语呵护温柔的爱。

且让妻子和丈夫相互以争斗驱赶，

轮流相信万事与自己为难——

155 这适合妻子，吵闹是妻子陪嫁的礼物，

让情人永远只听到渴望的词句。

1　"锡托尼亚"代指色雷斯。

2　"特洛伊"对应的原文是 Pergama（佩尔加蒙），参考《情诗集》第二部第十二首第 9 行的注释。

3　Sharrock（1987）认为，129—142 行可能受到了《奥德赛》（*Odyssey* 5.237-261）的启发。

你们共卧一张床，并非受法律的教唆；

　　对你们，爱情履行了法律的角色。

请带来轻柔的拥抱和抚慰耳朵的誓言，

160　　好让她因你的到来而绽开欢颜。

我并不为那些富豪充当情爱的导师——

　　有礼物的人不需要我的技艺。

可以随时说出"请收下"，他自有天分，

　　我服他，他比我的发明更迷人。

165 我是穷人的先知，因为恋爱时我也穷。

　　无礼物可送，谎言我总可以送 [1]。

穷人恋爱应警惕，要小心别人的恶言，

　　要忍受富豪不需受的许多考验。

我记得一怒之下，搅乱了女友的发型，

170　　这火气剥夺了我多少日子的欢欣！

我相信自己未撕破她的内衣，又如何？

　　她非如此说，我只好掏钱赎罪过。

但你们若明智，就要避免犯老师的错，

　　心存敬畏，别重历我这样的折磨。

175 可以与帕提亚开战，与优雅的女友一起，

　　只要和平、玩笑和催生爱的东西。

如果她对你这位追求者不够亲切，　　　　　　忍耐与迁就

　　耐心忍受，她的态度会缓和。

柔软的枝条靠迁就才从树顶往下弯，

1　　在拉丁语中，verba dabam 既可表示"我送词语"，也可表示"我欺骗"。

180　你若使用强力，它便会折断；

　　　靠迁就，水流才可穿越，你无法征服

　　　　江河，如果你执意逆流泅渡；

　　　靠迁就，我们驯化老虎和北非的狮子[1]，

　　　　公牛只会逐渐地屈从于耕犁。

185　谁比阿卡迪亚的阿塔兰忒更凶悍？

　　　　她仍为某位男子的殷勤而心软[2]。

　　　他们说，米拉尼昂时常在树下哀哭

　　　　自己的不幸和那位少女的残酷，

　　　时常遵照命令，用脖颈扛欺诈的猎网，

190　　时常扎穿无情野猪的脊梁。

　　　他也曾被许莱俄斯的飞矢射伤，可是

　　　　他对另一种箭镞远比这熟悉[3]。

　　　我并不吩咐你翻越迈纳卢斯的山林[4]，

　　　　全副武装，或背着猎网前行，

195　也不让你挺起胸膛，冲向敌人的羽箭，

　　　　对于谨慎者，我的指令很好办。

　　　她反对你时，顺从；顺从，你最终会赢；

1　"北非的"对应的原文是 Numidas（努米达的），努米达在非洲迦太基西南方。

2　这位阿塔兰忒善于打猎，是阿卡迪亚少女，曾参与猎杀卡吕冬的巨大野猪，
　　原文的 Nonacrina 意为"诺纳克里斯的"，诺纳克里斯（Nonacris）是阿卡迪
　　亚的城市。"某位男子"指米拉尼昂，然而根据《变形记》（*Metamorphoses*
　　8.425-430），让这位阿塔兰忒动心的人是墨勒阿革洛斯（Meleager），而非
　　下文提到的米拉尼昂（他时常与希波墨涅斯混同）。

3　"另一种箭镞"指丘比特之箭。

4　"迈纳卢斯"代指阿卡迪亚。

她所要求的角色，你扮演就行。

她谴责，你也谴责；她赞成，你也赞成；

200　　她说，你也说；她否定，你也否定。

她微笑，你也微笑；她若哭，你别忘哭——

让她制定你如何表情的法律。

如果她赌博，用手抛掷象牙的骰子[1]，

你就乱投，隐藏自己的实力；

205　倘若是投距骨，你别让她输，被迫赔钱，

务必让自己经常摊上"倒霉犬"[2]；

如果你们玩海盗战棋，你正欲落子，

叫你的兵卒在玻璃敌人前枉死[3]。

你要亲手为女友撑着带骨架的阳伞，

210　　主动在人群里为她辟出空间[4]。

欣然在精致的床前放小凳供她休歇，

为她柔嫩的脚脱鞋、穿鞋。

虽然自己会哆嗦，你也要经常把她的

冰手贴在你无辜的胸口煨热。

215　别觉得丢脸（虽然丢脸，你也觉惬意），

1　"象牙的骰子"（numeros eburnos）指人工制作的正方体掷子赌博工具（tessera）。

2　"距骨"（talus）只有四面有标记，动物的距骨（talus）是较为原始的掷子赌博工具。四个 1 的数字组合是分值最低的结果，被罗马人称为"犬"（canis）；1—3—4—6 的组合分值最高，叫作"维纳斯"（Venus）。

3　古罗马的海盗战棋（ludus latrunculorum），类似国际象棋，棋盘分为两半，双方对峙，每方三十个棋子。

4　参考海格力斯在《岁时记》里为迈奥尼亚女王翁帕勒（Omphale）撑伞的行为（*Fasti* 2.309-312）。

身为自由民，却为她手持镜子[1]。

让嫡母倦于不停派怪兽的那位英雄

最终赢得了他曾背负的天空[2]，

传说他在吕底亚时也和姑娘们一道

220　　拿着篮子，打理粗糙的羊毛[3]。

就连海格力斯都服从女主人的命令，

你竟然不肯忍受他忍受的事情？

她叫你去广场，就在指定的时刻前

赶到那里，并一直待到很晚。

225　她说在何处相见，就推延所有杂务，

一路疾冲，别让人群挡你路。

享用完盛宴，她要在深夜回家？假如

她唤你，你就像奴隶一样陪她去。

她在乡下，喊声"来"？爱憎恶磨蹭之人，

230　若没有车马，你立刻拔腿狂奔。

无论坏天气、焦渴的小犬星还是积满[4]

白雪的道路，都不可耽误时间。

爱就是一种战争——闪开，你们懦夫！　　不可怯懦

1　在古罗马，一般是奴隶拿镜子。

2　"嫡母"指朱诺，"英雄"指海格力斯，"不停派怪兽"指朱诺通过欧律斯透斯
（Eurystheus）反复折磨海格力斯的行为。"赢得……天空"指海格力斯最终封神，
他曾经短暂帮助阿特拉斯（Atlas）背负天空。

3　海格力斯杀死了欧律托斯（Eurytus）的儿子伊皮托斯（Iphytus），墨丘利将
他卖给迈奥尼亚（即吕底亚）女王翁帕勒做奴隶，用换来的工钱作为给欧律托
斯的赔偿，但翁帕勒却对他青睐有加。在此阶段，他经常男扮女装。

4　关于"焦渴的小犬星"，参考《情诗集》第二部第十六首第4行的注释。

这些军旗不能让胆小鬼守护。

235　在这温情的攻势里，长路、寒冬、暗夜、

　　　　残忍的痛苦和一切辛劳都不缺。

　　　你常被天降的滂沱大雨浇个透心凉，

　　　　你常挨着冻，躺在光秃秃的地上。

　　　相传阿波罗曾在斐莱替阿德墨托斯[1]

240　　喂牛，藏身在一间窄小的村舍里。

　　　日神都可以，还有谁不可以？抛弃骄傲，

　　　　无论你是谁，只要你想爱情长留。

　　　如果你无法获得安全顺畅的通道，

　　　　如果大门被木闩锁得牢牢，

245　你仍然可以从屋顶的天井径直溜下，

　　　　从高窗秘密钻入，也是办法。

　　　当她知道你为她犯险，会兴奋不已，

　　　　这便是你忠诚爱情的特别证词。

　　　勒安德罗斯，你经常能够忍受分离，

250　　却渡海相会，只为她明了你心意[2]。

　　　别耻于收买她的侍女（因为每一位　　　　　　　　　　收买仆人

　　　　都很重要），男仆同样要收买。

　　　每一位都以名字相称（你没有损失），

　　　　紧握他们的贱手，故作亲密。

1　　"阿波罗"对应的原文是 Cynthius（钦图斯的神），因为他出生在提洛岛上的钦
　　　图斯（Cynthus）山。阿德墨托斯（Admetus）是斐莱（Pherae）国王。

2　　"她"指希洛，她与勒安德罗斯的事，参考《情诗集》第二部第十六首第 31 行
　　　的注释。

255 还要在"时运"的节日给每位索贿的男仆[1]

　　（耗费可忽略不计）一些小礼物；

也要给侍女礼物，在高卢军队被改扮

　　主妇的奴隶欺骗且惨败的那一天[2]。

听我的，笼络下层人，愿他们中间总有

260 　　一位守门人躺在你女友的门口。

我不建议你给她送贵重的礼物，而是　　　　　送礼的讲究

　　精心挑选小东西，让她欢喜。

当田野一片繁茂，当果实压低树枝，

　　让小奴用篮子盛来乡村的心意。

265 你可以宣称它们源自你郊外的产业，

　　虽然你可能只是在圣道购得[3]。

让他带葡萄，或阿玛卢利丝昔日钟爱的

　　板栗，但如今栗子已非她所悦[4]。

你甚至可以献上画眉和鸽子，借以

270 　　表明你对她如何殷勤备至。

1　"时运"的节日在 6 月 24 日，根据《岁时记》（Fasti 6.773-784）的描绘，
　　这是一个社会各阶层的狂欢节日。

2　指古罗马 7 月 7 日的卡普洛提娜节（Caprotinia），这一天女奴会受到特别的优待。
　　关于这个节日的来历，其中一个说法是：在罗马将领卡米卢斯（Camillus）与
　　拉丁族的战斗中，一位罗马女奴化装成女贵族向敌人投降，当夜，她爬上一棵
　　野无花果树（caprificus），给罗马军队发出了进攻信号。为了纪念这次胜利，
　　罗马设立了这个节日，参考普鲁塔克《平行列传》（Camillus 33）。

3　关于圣道，参考《情诗集》第一部第八首第 100 行的注释。

4　阿玛卢利丝（Amaryllis）是维吉尔《牧歌》中的一位牧羊女，她喜欢吃板栗
　　（Eclogues 2.52）。"如今栗子已非她所悦"暗示奥维德时代的罗马女人更奢
　　侈，不满足于这样简单的零食了。

这些礼常是骗取遗产的可耻诡计，

　　　愿那些让馈赠染罪的家伙早死[1]！

我为何还要鼓动你也送去温柔的诗行？

　　　可叹，诗歌已挣不来多少荣光。

275　人称赞诗歌，却只追逐贵重的礼物；

　　　只要你有钱，野蛮也变成长处。

这的确是一个黄金时代：靠黄金积累

　　　最高的声望，也靠黄金买来爱。

荷马，即使你在缪斯簇拥下亲自来，

280　　若没带礼物，也只好待在门外。

然而，极少数女人真是博学多才，

　　　还有些没学问，却喜欢如此显摆。

这两类都可以写诗称赞，她们朗读时

　　　会用甜美的声音增添其魅力。

285　为她们精心创作的诗章，在她们眼里，

　　　或许与其他小礼物堪有一比。

但无论你想做什么，或相信什么有用，　　　　顺从她，赞美她

　　　总是要等待你的女友先发令。

你已经答应给你的某位奴隶自由？

290　　这权利仍要让他再次向她求。

如果你不给奴隶上镣铐，免了他惩罚，

　　　要让她觉得你所做都是为了她。

1　奥维德影射用小礼物骗取将死之人的欢心、谋夺遗产的罗马人，参考贺拉斯《闲
　　谈集》（*Sermones*）第二部第五首对这类人的讽刺。

便利你自己享受，功劳全部归女友；

　　你毫无损失，任她威风抖擞。

295　但无论你是何人，若盼望与她长相伴，

　　请让她深信，你被她的美震撼。

若她披着推罗袍，就称赞推罗的紫料[1]；

　　身穿科斯岛的丝衣，就说丝衣好[2]。

缀着金？让她在你心中宝贵胜黄金；

300　若换上毡服，那么毡服也动人。

她穿着内衣出现，不妨喊"你让我燃烧！"，

　　但要关切地劝她，小心感冒。

头发分得很精致，就赞美她的发线；

　　她用火烫发，卷发同样好看。

305　跳舞，欣赏她手臂；唱歌，欣赏她嗓音；

　　她若停下来，你就哀叹没尽兴。

就连她做爱你也可赞美，点明让你

　　愉悦的地方，用呻吟表达快意。

即使她比残忍的梅杜萨还凶狠几分[3]，

310　她也会在情人面前充满温存。

只是，别叫她发现你其实言不由衷，

1　地中海东岸城市推罗（Tyro）附近的海中盛产紫贝（murex），用于制造将衣服染成紫色的珍贵染料，所以在西方古代，推罗的紫色衣料特别名贵。

2　科斯岛（Cos）以轻薄的丝衣闻名，这是古罗马高级妓女的职业装。

3　梅杜萨（Medusa）是福尔科斯（Phorcus 或 Phorcys）之女，在密涅瓦神庙被涅普顿强奸后，被女神变成蛇发女怪，后被珀尔修斯杀死，血生出珀加索斯和克律萨俄耳这两匹飞马。

也别让表情透露话语的空洞。

技艺隐藏才有用，撞破就带来羞耻，

以后她理所当然不会信任你。

315 经常，在秋天将至，一年景致最美的

时候，成熟的葡萄蕴满紫液，

我们一会儿受冻，一会儿热得熔化，

天气无常，健康难免欠佳[1]。

她或许无恙，但如果碰巧卧病不起，

320 浑身虚弱，忍受季节的催逼，

那时你就当展示虔诚的爱，播下种，

等以后用镰刀迎接丰美的收成。

别因为她病中脾气不好，心生嫌弃，

你应亲手做好她允许的每件事。

325 让她看见你哭泣，别倦于与她接吻，

用你的泪水滋润她焦渴的嘴唇。

反复祈祷，一定要当面；只要有可能，

就把你做的好梦讲给她听。

请一位老妇来，为她净化床和房间，

330 颤巍巍的手里拿着硫黄和鸡蛋[2]。

所有这些事都体现令人感动的关注，

很多人借此进入了期待的遗嘱[3]。

照顾病中的她

1　贺拉斯在《书信集》（*Epistulae*）第一部第七首开篇也提到，秋天是罗马人最
　　容易生病的季节。

2　这是古罗马的净化习俗。

3　关于"期待的遗嘱"，参考上文第 272 行的注释。

然而，别让殷勤反招来病人的厌恶，

　　周到的照顾也有自己的限度；

335　不要阻拦她进食，也别亲手给她喂

　　苦药——这东西让你情敌去准备。

但你别再用离岸时催动船帆的风，　　　　　　　　　　**短暂离开她**

　　当你已经抵达大海的中心。

年轻的爱浪游时，让他在体验中成长，

340　你滋养得法，他终会变得强壮。

如今你畏惧的公牛曾是你安抚的牛犊，

　　昔日的小枝已是你倚靠的大树；

诞生时河微不足道，但一路吸纳资源，

　　所经之处，汇集了众多溪泉。

345　让她习惯你，没有什么比习惯更霸道；

　　追求她的时候，别怕单调无聊。

让她随时看见你，让她永远听你说，

　　让你的那张脸出现在日日夜夜。

当你更有自信心，知道她会牵挂你，

350　当你不在身边，她会担心你，

让她歇一歇：休耕的田壤不辜负信任，

　　干涸的大地更容易吸收甘霖。

得摩丰在她眼前，菲丽丝并不太惦念；

　　他扬帆起航，心里才燃起烈焰[1]。

355　尤利西斯和普罗特西拉俄斯都走远，

1　关于得摩丰和菲丽丝，参考《情诗集》第二部第十八首第 22 行的注释。

珀涅罗珀和拉俄达弥娅才苦恋 [1]。

但切勿长时间分离：时间会冲淡思虑，

    缺席者逐渐消失，新的爱潜入。

墨涅拉俄斯外出时，异乡人炽烈的胸膛 [2]

360   紧贴着海伦，不让她夜里守空床。

这是怎样的愚蠢，墨涅拉俄斯？你离开，

    让外客和妻子在同一屋檐下相陪。

疯子，你竟把胆怯的鸽子托付给鸱鹰？

    叫山里的狼照料满圈的羊群？

365 海伦没犯错，她的情夫也没有犯错；

    他所做的，你和任何人都会做。

你给了时间和机会，强迫他们犯奸淫，

    她难道不是遵你的意思而行？

她该怎么办？丈夫离家，优雅的客人

370   在旁，她又怕独自面对孤枕。

让墨涅拉俄斯想想！我判决海伦无罪，

    她只是没浪费好心丈夫的关怀。

然而，无论棕色的野猪盛怒时多凶猛，   谨慎地风流

    以獠牙的闪电转动疯狂的狗群，

375 还是母狮，当她正哺育未断奶的幼崽，

    还是小蝮蛇，当人无意中狠踩——

都不及女人，当她在婚床上抓到情敌，

---

1   关于普罗特西拉俄斯和拉俄达弥娅，参考《情诗集》第二部第十八首第 38 行
    的注释。

2   "异乡人"指帕里斯。

怒不可遏，满脸都刻着恨意。

她会拔剑，放火，不顾一切体面地

380 　　狂奔，仿佛被酒神的角扎破[1]。

面对丈夫的背叛和惨遭亵渎的婚姻，

　　美狄亚以亲生儿子的死来雪恨[2]。

你看见的这只燕子是另一位残忍的母亲[3]，

　　瞧，她胸前也依然印着血痕。

385 正是这种事斩断成熟而稳定的纽带，

　　谨慎的男人务必警惕这种罪！

但我并非说你只能不幸地绑缚于一人，

　　神不许！连结婚的女人都难守身。

你可以风流，但要克制，小心地藏好；

390 　　任何人不应到过失里追求荣耀。

不要送礼物，如果另一位可能知晓，

　　你的幽会不要有固定的时间表。

为避免女人在她熟知的地方抓住你，

　　你不可永远选择相同的约会地；

395 每次你写信，首先要检查整张蜡板，

　　很多女人读到的不只是信件[4]。

---

1 "酒神"对应的原文是 Aonii dei（阿俄尼亚的神）。

2 "美狄亚"对应的原文是 barbara Phasias（野蛮的帕西斯女人），参考《情诗集》
第二部第十四首第 29 行。

3 "另一位残忍的母亲"指普洛克涅，参考《情诗集》第二部第六首第 7 行的注释。

4 因为古罗马的蜡板可以刮掉再写，所以信件往来常会留下痕迹，细心的女人会
留意这些。

遭羞辱的爱情会发动反击，扔回武器，

　　她刚受的罪，你也将无法躲避。

阿伽门农无二心的时候，妻子也贞洁，

400　　　她后来失德，是因为丈夫先犯错。[1]

她听说克瑞塞斯手捧月桂和束带[2]，

　　为女儿恳求，却未能将她索回；

她还听说你，被劫的布里塞伊丝的哀伤，

　　战争如何因可耻的延误而拉长[3]。

405　这些她只是听说，卡珊德拉却亲睹，

　　俘虏者成了俘虏的屈辱俘虏[4]。

然后她才接纳埃癸斯托斯，与之同居，

　　向深陷罪孽的丈夫展开报复。[5]

你精心掩盖的行为如果不幸被发现，

410　　务必抵赖到底，无论多明显。

那时你别太驯顺，也别比惯常温柔，

　　这些都像是心里有鬼的症候；

1　这里奥维德的叙述与传统神话不同。

2　阿波罗祭司克瑞塞斯（Chryses）是女战俘克瑞塞伊丝（Chryseis）的父亲。阿喀琉斯将克瑞塞伊丝献给统帅阿伽门农，把布里塞伊丝留给自己。后来阿伽门农迫于神意，将克瑞塞伊丝归还给她父亲，并抢夺了布里塞伊丝。

3　阿伽门农抢夺布里塞伊丝之后，阿喀琉斯愤而退出了希腊联军，造成战事屡屡受挫。

4　参考《情诗集》第一部第九首第 37 行的注释。

5　参考《情诗集》第一部第七首第 10 行的注释。奥维德认为，克吕泰墨斯特拉和埃癸斯托斯的关系是在阿伽门农返回希腊后才开始的，这明显不同于传统说法，也与他后来在《爱的疗治》中的说法相矛盾（Remedia Amoris 161-168）。

但不要拒绝交欢，只有它能带来和平，

　　你必须靠做爱来否定偷腥的罪名。

415　有人建议食用香薄荷——我相信这种草 春药有害

　　害处很大，甚至可以说是毒药；

或者将辣椒和刺荨麻的种子搅拌均匀，

　　还加上浸于老酒中的黄色甘菊粉。

可是住在苍翠埃卢克斯山的维纳斯

420　　不允许如此强行去体验快意。

不如吃希腊城市阿尔卡托埃出产的 [1]

　　白洋葱和花园种植的催情草叶，

还有鸡蛋，许梅托斯山的蜂蜜也不错，

　　还有针叶的松树结出的坚果。

425　为何转向魔法的话题，博学的厄剌托 [2]？ 刺激嫉妒心

　　我的马车应掠过标锥的内侧。[3]

刚才还遵照我建议隐瞒罪过的你，

　　改变航向，听我言，坦白劣迹。

不应责怪我反复无常，弯船怎可能

430　　永远靠相同的风载人远行？

我们有时乘色雷斯的北风，有时乘东风，

1　阿尔卡托埃（Alcathoe）是墨伽拉的别称，取自它的重建者阿尔卡托俄斯
　　（Alcathous）。"希腊"对应的原文是 Pelasga，这个形容词源于珀拉斯吉亚
　　（Pelasgia），是伯罗奔尼撒半岛的古称，因为据说希腊最早的居民是珀拉斯
　　吉人（Pelasgi）。这个词常用来指代整个希腊。

2　厄剌托代指诗歌。

3　马车"掠过标锥的内侧"意味着绕着内圈奔驰，最节省距离。奥维德的意思是
　　紧扣主题，不绕弯子。

经常西风鼓起帆，经常是南风。

你看，车夫怎样一会儿把缰绳松开，

一会儿将飞驰的马熟练地拽回。

435　对于有些人，怯懦的纵容只起反效果，

若没有情敌出现，爱就会衰弱。

被顺境包围，灵魂通常会自我沉沦，

它并不容易泰然地承受好运。

正如颓唐的火焰，力量逐渐地耗费，

440　把自己藏起来，顶上蒙一层白灰；

然而，当添了硫黄，它找到熄灭的焰苗，

曾经存在的光芒又重新闪耀——

感情也如此，在无忧的怠惰中变得迟钝，

只有强烈的刺激能把爱唤醒。

445　让她为你而恐惧，烧烫她变凉的心怀，

让你的罪证吓得她脸色惨白。

如果女人因嫉妒而痛苦，这样的男子

就有四份甚至无数份的福气！

偷情的罪证一传到不肯接受的耳朵里，

450　她就晕过去，声音和血色都消失。

我愿做被疯狂的她撕扯头发的那人，

被她指甲抓破嫩脸的那人，

被泪眼凝视、被她凶狠盯着的那人，

她不能离开却希望离开的那人！

455　如果你问应让她伤心多久，别太长，

以免愤怒在延续中积聚力量。

现在已该用手臂紧搂她雪白的颈项，

　　她哭时，必须偎依你的胸膛。

她边哭，你边吻，给她云雨的甜蜜快乐，

460　　和平将到来——唯此法能平息怒火。

当她疯狂地怒吼，仿佛战争已注定，

　　以性爱解决，她就会重显温情。

抛下武器的"和谐"女神就住在那里[1]，

　　相信我，那也是美惠神的出生之地[2]。

465　刚才还互啄的鸽子，此刻喙已粘在一起，

　　它们的咕咕声就是爱抚的言辞。

最开始，只有一堆杂乱无序的物质[3]，

　　星辰、大地、海洋都没有差异。

后来，天置于大地之上，地被海包围，

470　　原初混沌被切分，各归其位：

森林迎来野兽，飞鸟成天空的资产，

　　鱼类，你们则藏在流水里面。

那时，人类尚在荒凉的原野上游荡[4]，

　　只拥有蛮力和一具原始的皮囊。

475　他们以树林为家，草为食，枝叶为床，

　　很长的时间里彼此都无来往。

1　"和谐"（Concordia）被古罗马人尊为女神，屋大维和利维娅重建了"和谐"神庙。

2　美惠神（Gratiae）是维纳斯的三位侍从。

3　467—472 行可以视为《变形记》第一卷 21—75 行的压缩版。

4　473—480 行或许受到了卢克莱修《物性论》第五卷相关段落的影响。

据说是销魂的快乐软化了凶狠的心，

　　男女开始在同一个地方栖身。

没老师传授，他们只能自己领悟，

480　　质朴的性爱完成了甜蜜的任务。

鸟有自己的爱侣，雌鱼也在水中寻得

　　相伴的雄鱼，与它分享快乐；

母鹿跟随着公鹿，蛇与蛇相互纠缠，

　　母狗与公狗也不可分割地交欢；

485 雌绵羊恣意享受，母牛中意公牛，

　　扁鼻的母山羊也不嫌公羊太臭；

母马因发情而疯狂，虽被河流阻隔，

　　仍跟随公马，跑遍遥远的角落。

所以来吧，给愤怒的女人服下这魔药：

490　　只有它能让暴烈的痛苦退烧，

它的效力甚至超过了玛卡翁的汁液 [1]

　　通过它，你才能让她饶恕罪过。

当我吟唱着这些，阿波罗突然显形，　　**忍受恋爱的折磨**

　　用拇指拨动嵌着黄金的里拉琴。

495 他手里拿着一枝月桂，神圣的发卷

　　也戴着月桂，以诗人的面目出现。

"放纵情爱的导师，来吧，"他对我说道，

　　"领着你的学生到我的神庙，

那里有句著名的箴言，在寰宇各地

1　　玛卡翁（Machaon）是医神埃斯库拉庇乌斯（Aesculapius）的儿子。

500　　　传诵，它命令每个人认识自己[1]。

有自知之明的人才会明智地恋爱，

　　做的每件事都与能力相配。

自然赐予了俊美，就拿美让她欣赏；

　　皮肤白皙，安卧时就常露肩膀；

505　谈吐迷人，就让他尽力避免沉默；

　　善饮酒，就饮；歌艺超群，就唱歌。

但在聊天之际，不可叫雄辩者演讲，

　　或者叫疯诗人朗诵自己的诗行！"

福玻斯如此告诫，务必遵循其告诫，

510　　这位神宣布的圣谕从来没有错。

言归正传。谁若明智地恋爱，就必然

　　成功，用我的技巧达成心愿。

田亩的回馈并不能永远超出预期，

　　风也不始终帮助遇险的舟楫；

515　快慰的事情甚少，伤心的事情更多，

　　恋爱者须一再忍受感情的折磨。

阿托斯野兔有多少，希伯拉蜜蜂有多少[2]，

　　青色的橄榄树上果子有多少[3]，

海滩贝壳有多少，爱的苦就有多少，

520　　扎我们的箭充满胆汁的味道。

1　德尔斐阿波罗神庙入口的箴言是"认识你自己"（gnōthi seauton）。

2　阿托斯（Athos 或 Atho）是希腊卡尔齐迪克半岛（Chalcidice）的一座山。希伯拉（Hybla）在西西里的叙拉古附近，以蜂蜜和百里香闻名。

3　"橄榄树"对应的原文是 Palladis arbor（帕拉斯的树）。

仆人说她出门了，你好像看见她在家——

　　相信她不在，自己眼睛花了吧！

倘若在约好的夜晚，门却对你紧锁？

　　你只能忍受，在污秽的地上躺着。

525　或许，撒谎的侍女带着不屑的神情说：

　　"那家伙堵着咱家的道，为什么？"

你甚至应卑微地巴结冷酷女人的门柱，

　　摘下鬓边的玫瑰，放在入口处。

她愿意，你才来；她想避开你，你就消失——

530　　体面的男士不应该惹人嫌弃。

何必给她机会说"这人实在太碍眼"？

　　她对你的感觉不可能永远负面。

别觉得丢脸，如果需忍受她的诅咒、

　　殴打，或者去吻她柔嫩的脚。

535　为何纠缠于细节？我的心应关注大事，　　　　尊重她的自由

　　专注地倾听，我要唱恢宏的主题。

我们须艰苦努力，但卓越源自辛劳，

　　我的技艺所要求，确实难做到。

耐心地忍受情敌，最后胜利将属于你，

540　　你将在朱庇特的峰巅扬眉吐气 [1]。

要相信这并非凡人而是多多纳橡树的

　　神谕，我无法教你更好的秘诀。

她挑逗别人，忍着；她写信，别碰蜡板；

1　　奥维德或许影射以卡皮托峰顶朱庇特神庙为终点的凯旋礼。

她从哪里来，随便；她何往，不管。
545 丈夫给自己合法的妻子这样的特权，

即使你前来履责，温柔的"睡眠"。

我承认，这技巧我自己也无法完美掌握。

但我能怎样？我的箴言太苛刻。

竟有人当着我的面给我的女友发暗号？
550 我要憋住吗，不让怒火燃烧？

我记得见她的丈夫亲她，我为他的吻

怨愤，嫉妒如野蛮的波浪翻滚。

这弱点不止一次伤害我；主动鼓励

她与别人相会的男子更明智。
555 但最好什么都不知，任凭私情藏匿，

省得谎言被戳破，她面露羞耻。

所以，年轻人，你们更不应热心于捉奸，

让她们犯错，并且相信你被骗。

越被抓，爱越滋长；两人有相同的境遇，
560 就都会坚持走各自的堕落之路。

有一则故事，在整个天界家喻户晓，

马尔斯和维纳斯掉进火神的圈套[1]。

战神疯狂地爱上美神，乱了心智[2]，

---

1 "火神的"对应的原文是 Mulciberis（主格 Mulciber），Mulciber（穆尔齐贝，意为"软化者"）是伏尔甘的别称之一，因为他能用火通过冶炼让金属变软。关于"圈套"，参考《情诗集》第一部第九首第 39 行的注释。

2 在原文中"战神"还被称为 pater（父亲），因为传说他是罗马祖先罗慕路斯的父亲，但这个词不宜译出。

从可怕的统帅变成一位情痴。

565　维纳斯（她是最温柔的女神）面对攻势[1]，

　　　既没有矜持，也没有刻意排斥。

　　据说她曾多少次嘲笑丈夫的跛脚

　　　和因为炙火或炼铁变硬的手。

　　她为马尔斯模仿伏尔甘，依然美丽，

570　　容貌之外，另添了许多魅力。

　　开始，他们的私情一直掩饰得很好，

　　　虽越轨，却顾及廉耻，并不招摇。

　　因为日神的告密（谁能骗得过日神？）

　　　伏尔甘终于知悉妻子的不贞。

575　阿波罗，你开了多坏的先例！向她求贿赂，

　　　她会给特殊的礼物，只要你不妄语。

　　火神在床的四周和上方都布下隐秘的

　　　绳索，眼睛无法发现这杰作。

　　他谎称去莱姆诺斯，两情侣如约而至[2]，

580　　结果都赤身裸体躺在网罗里。

　　伏尔甘唤来众神，俘虏提供了眼福，

　　　维纳斯的泪水仿佛已经忍不住。

　　他们没法蒙起脸，甚至也不能用手

　　　盖住淫邪的部位，为自己遮羞。

585　"勇不可当的马尔斯，"这时有神笑着说，

1　译文中省略了原文的 Gradivo（主格 Gradivus，战神别称，可译为"行军神"），
　　但"攻势"已暗含马尔斯。

2　当年伏尔甘因为相貌丑陋，被扔下天界，掉到了莱姆诺斯岛（Lemnos）上。

"你若觉得沉，就把锁链让给我！"

在你恳求下，涅普顿，火神才勉强同意

　　　放他们，战神去色雷斯，她去帕福斯 [1]。

伏尔甘，你自作自受：他们此前只偷做，

590　　　如今却没了顾忌，忘了愧怍。

然而，疯子，你自己也承认办了蠢事，

　　　他们说你后悔当初使用诡计。

这一点你们断不可做，被捉的爱神 [2]

　　　禁止你们布设曾害她的陷阱。

595 不要给你们的情敌下套，也不要竭力

　　　拦截他为她秘密书写的文字。

那些让丈夫去诱捕（若他们觉得该诱捕）——

　　　水火仪式已授权的合法丈夫 [3]。

看，我又发誓：这里的花样都是法律

600　　　所许可，游戏中没有妻子卷入 [4]。

谁敢向外人透露谷神刻瑞斯的秘仪　　　　　　　　保护秘密

　　　和确立于萨摩色雷斯的伟大圣礼 [5]？

1　色雷斯人好战，崇拜马尔斯，帕福斯是维纳斯的主要敬拜地之一。

2　奥维德喜欢用 Dione（狄俄涅）称呼维纳斯，其实狄俄涅是维纳斯的母亲。

3　"水火仪式"：古罗马新娘在进入新郎居所的时候，新郎要用水和火迎接她，她
　　必须碰水和火。有人解释这是一种净化仪式，有人则认为这是欢迎仪式，因为
　　水和火都是生活所必需的东西。

4　原文的 instita 是长裙褶边，代指已婚女人。奥维德此话不能当真。《爱的艺术》
　　中大量手段都与已婚女子有关。

5　萨摩色雷斯（Samothrace，这个名字由"萨摩斯"和"色雷斯"构成），是爱
　　琴海东北部的一个岛，靠近达达尼尔海峡西侧，这里是谷神刻瑞斯的圣地，会
　　举行很多外人不知的神秘敬拜仪式。

对诸事保持沉默只是一个小优点，

但谈论秘密却是严重的罪愆。

605　饶舌的坦塔罗斯活该！他无法采撷

手边的苹果，在水中忍受焦渴。

维纳斯尤其要求对圣礼守口如瓶[1]，

我提醒你们，别让多嘴者靠近！

虽然维纳斯的秘仪没有藏在柜子里，

610　也没有铜钹被人疯狂地敲击[2]，

但我们以这样一种方式普遍参与——

它在我们间隐匿，不喜欢暴露。

维纳斯自己，每当她褪掉衣裳，习惯

左手捂着私处，脸扭向一边。

615　牲口公然在各处交合，看见这场景，

女人也总是转过她们的眼睛。

我们的偷情有卧室和房门提供方便，

隐秘的器官也有衣服遮掩；

即使不寻求黑暗，我们也希望某种

620　幽暗，不像户外那么明亮。

在远古，虽没有屋瓦阻挡曝晒和淫雨，

但橡树给了人类遮蔽和食物。

交媾在树林和洞穴进行，而非空地，

原始的族类也如此在意羞耻。

1　维纳斯的圣礼指性爱。

2　影射谷神刻瑞斯的敬拜仪式。

625　可如今我们大肆宣扬夜晚的秘密，

　　　　花重金只为买来炫耀的谈资！

　　你无疑在每个角落检视着每位姑娘，

　　　　好对人吹嘘："她也曾和我上床。"

　　能让你指指戳戳的女子无穷无尽。

630　　　每谈到一人，便扯出一段丑闻。

　　这还是小事：有人撒的谎若成真，他定然

　　　　否认，还宣称所有女人都与他有染。

　　如果碰不到某些人的身体，就碰名字——

　　　　她们的身体未蒙垢，声誉却扫地。

635　去吧，可憎的守卫，紧闭姑娘的庭院，

　　　　再堵上一百条坚固无比的门闩！

　　她哪有安全，只要玷污名声的恶棍

　　　　还在，盼别人相信他有桃花运？

　　即使真实的韵事，我也不轻易承认，

640　　　秘密的关系更忠诚地埋藏于深心。

　　尤其别挑明女友的缺点，很多人发现，　　　　　　无视她的缺点

　　　　更有好处的做法是视而不见。

　　安德罗墨达的皮肤虽黑，脚上扇动着[1]

　　　　翅膀的珀尔修斯却没有苛责。

645　在别人看来，安德洛玛刻都显得太高，

　　　　唯赫克托耳称赞她身材正好。

　　不愿忍受的，习惯它，就好忍受；开始时，

1　因为安德罗墨达是埃塞俄比亚人。

爱觉察一切，爱久了，就忽略很多事。

当新枝刚与翠绿的树皮融合到一起，

650 什么风都能让柔嫩的它坠地，

很快，树在时间中变强韧，巍然挺立，

  就能抵抗风，收获嫁接的果实。

岁月会从身体上抹去所有的瑕疵，

  曾经是短处，日子久了就不是。

655 陌生的鼻子会拒绝忍受牛皮的气味，

  被时间驯化，就意识不到其存在。

语言可掩饰缺点：若谁的肤色太深 [1]，

  赛伊利里亚的沥青，就叫她"黄昏"；

若斜眼，说像维纳斯；若灰发，说像密涅瓦；

660 若瘦得几乎没活气，就说她优雅；

矮小，就说她精神；臃肿，就说她丰满；

  让每个缺点都藏在优点旁边。

别问她今年多少岁，谁执政那年出生   **别问她年龄**

  （这样的特权只属于审查官一人）——

665 尤其当她的花期已过，美好的年华

  已逝，她开始拔掉变白的头发。

年轻人，这样的时段（哪怕再老些）挺不错，

  这土地会产庄稼，应当收割。

趁精力和年龄依然许可，忍受艰辛，

---

1 这些美化性称谓可参考卢克莱修《物性论》（*De Rerum Natura* 4.1160-1169）
和贺拉斯《闲谈集》（*Sermones* 1.2.114-34）。Murgia（1986）指出，卢克莱
修可能受到了柏拉图《理想国》（*Republic* 474d-e）的影响。

670 佝偻的晚景转眼就无声地来临。

或者以桨耕海洋，或者以犁耕土地，

    或者勇敢地投入血腥的战事，

或者把身体、能量和精力都献给女子——

    这也是军旅，这也是追逐利益。

675 而且，成熟的女人更有丰富的阅历，

    唯有实践能磨砺爱情的技艺。

她们以气质弥补青春不再的缺憾，

    精心打扮，让自己仍如盛年。

如你所愿，她们玩乐时有千种体位，

680   如此多花样，图画都变不出来。

无须刺激，她们就能够感觉到快乐，

    男女双方同等地促成那愉悦。

< ·······························

    ····························· >

685 我讨厌女人迫不得已而同意房事，

    没有情欲，只惦记未完的活计 [1]。

出于义务的欢爱我觉得无丝毫乐趣，

688   但愿没有女人只对我尽义务！

< ·······························

    ····························· >

695 让性急的人喝新酿，至于我，请用古旧

---

1 原文的 sicca（干）指女人未动情，未分泌爱液，lana sua（她的羊毛）指还未
   完成的纺纱活计。

年代窖藏的酒罐斟祖先的美酒[1]！

未至壮年的悬铃木无法遮挡日光，

　　赤脚也常被新长的草叶扎伤。

难道你会选赫尔密俄涅，而不要海伦[2]？

700　　戈尔格竟然能胜过自己的母亲[3]？

无论你是谁，若希望享受迟到的性爱，

　　只要你坚持，就不会徒然等待。

你看，共谋的大床已迎来一对情侣：

704　　缪斯，请在紧闭的房门处止步。

< ……………………………………

　　………………………………… >

733　终点已抵达，给我棕榈，感激的青年，　　　感谢诗人

　　向抹香的头发献上桃金娘花环。

735　波达利里俄斯医术多高明，阿喀琉斯[4]

　　多英勇，涅斯托耳多智慧，占卜师[5]

　　卡尔卡斯多善断，奥托墨冬多善御[6]，

1　原文的 consulibus priscis 字面意思是“古代的执政官”，古罗马纪年常用执政
　　官的名称，因为执政官任期一年，纪年很方便。

2　赫尔密俄涅是俄瑞斯忒斯的恋人，代表少女，海伦代表更年长的妇人。

3　戈尔格（Gorge）是卡吕冬国王俄纽斯（Oeneus）的女儿，她的母亲是阿尔泰
　　娅（Althaea），两人也分别代表少女和妇人。

4　波达利里俄斯（Podalirius）是特洛伊战争中希腊的军医，医神埃斯库拉庇乌
　　斯的儿子。“阿喀琉斯”对应的原文是 Aeacides（埃阿科斯的后裔）。

5　涅斯托耳是古希腊著名的智者，相关事迹见《伊利亚特》（Iliad 1.247 ff.,
　　9.96ff.）。

6　卡尔卡斯（Calcas）是希腊军队中的先知，忒斯托耳（Thestor）的儿子，奥喀
　　墨冬是阿喀琉斯的马车夫。

埃阿斯多善战，我就多精于爱术[1]。

男人们，赞美我，赞美你们的先知诗人，

740　　　　让整个世界都传颂我的美名。

我赐你们武器，如伏尔甘赐阿喀琉斯[2]，

　　　　以他为榜样，用礼物赢得胜利！

但如果有谁用我的剑降伏了亚马逊，

　　　　请将"纳索乃吾师"刻上战利品。

745　瞧，娇柔的女人们也问我求取秘诀——

　　　　你们将是我下一卷诗篇的主角！

1　　"埃阿斯"对应的原文是 Telamonius（特拉蒙之子）。

2　　伏尔甘为阿喀琉斯打造了著名的盾牌，上面刻镂了宇宙的模型。

《爱的艺术》

第三卷

ARTIS AMATORIAE LIBER III

我给了希腊人对抗亚马逊的武器，也应 　　　向女人传授经验

　　给你，彭忒西勒娅，和军团以刀兵。[1]

去参加对等的战争，愿慈惠维纳斯和飞遍

　　世界的丘比特垂青的一方凯旋！

5　让女人赤手空拳地迎敌，显然不公平，

　　如此即使获胜也可耻，男人们。

队伍中会有人抗议："给蛇添毒液，将羊群

　　托付给疯狂的母狼，你是何居心？"

不要把少数人的罪名泼到所有人身上，

10　　每个她都该按各自的优劣来衡量。

如果说墨涅拉俄斯有海伦可以责怪[2]，

　　阿伽门农也可指控她妹妹[3]，

1　彭忒西勒娅（Penthesilea）是亚马逊部族（Amazones）女王、马尔斯之女。她帮助特洛伊人对抗希腊人，被阿喀琉斯杀死。Green（1982）指出，《爱的艺术》从第二卷到第三卷的过渡对应了古希腊史诗从《伊利亚特》（*Iliad*）到《埃提俄庇斯》（*Aethiopis*）的过渡，Gibson（2000）认为，这种转换也类似赫希俄德的《神谱》（*Theogony*）结尾和《列女传》（*Catalogue of Women*）开篇的拼接。

2　"墨涅拉俄斯"对应的原文是 minor Atrides（阿特柔斯的小儿子）。

3　海伦的妹妹即克吕泰墨斯特拉，"阿伽门农"对应的原文是 Atrides maior（阿特柔斯的大儿子）。

如果说安菲阿剌俄斯因厄里费勒的罪孽[1]，

　　与坐骑一起活生生坠入冥河，

15　至少珀涅罗珀仍忠诚，虽然其丈夫

　　十年鏖战，十年在漂泊中虚度。

想想普罗特西拉俄斯和他的新娘[2]，

　　传说她追随夫君，选择了夭亡。

来自帕加塞的女人拯救了阿德墨托斯，

20　丈夫的葬礼变成了妻子的葬礼[3]。

"等我，卡帕纽斯！我们的骨灰混一起！"

　　厄瓦德涅说，纵身跃进火堆里[4]。

"美德"神无论装扮和名字都是女人[5]，

　　她钟爱自己的同类，又何必吃惊？

1　　"安菲阿剌俄斯"对应的原文是 Oeclides（俄克琉斯之子），"厄里费勒"在原
　　文中被称为 Talaioniae（塔拉俄斯之女），俄克琉斯和塔拉俄斯分别是亚该亚
　　和阿戈斯的国王。关于安菲阿剌俄斯的事，参考《情诗集》第一部第十首第
　　52 行的注释。

2　　"普罗特西拉俄斯"对应的原文是 Phylaciden（菲拉克人），参考《情诗集》第
　　二部第六首第 41 行的注释。"新娘"指拉俄达弥娅，参考《情诗集》第二部
　　第十八首第 38 行的注释。

3　　"来自帕加塞的女人"指阿尔刻提斯（Alcestis），帕加塞（Pagasae）代指帕加
　　塞海湾的城市伊俄尔科斯，阿尔刻提斯是伊俄尔科斯国王柏利阿斯（Pelias）
　　的女儿。阿德墨托斯（Admetus）对应的原文是 Pheretiadae（菲瑞斯之子），
　　菲瑞斯是柏利阿斯同母异父的兄弟。阿德墨托斯本该夭亡，但命运女神允许别
　　人代替他死，阿尔刻提斯主动替丈夫下了地府。

4　　"厄瓦德涅"（Evadne）对应的原文是 Iphias（伊菲斯之女）。卡帕纽斯（Capaneus）
　　是俄狄浦斯死后进攻忒拜的七位将领之一，他在攻城时夸口朱庇特都无法阻止
　　他，立刻被朱庇特的雷霆击中，身体燃烧之时，妻子厄瓦德涅直接扑在他身上，
　　和他一起烧死。

5　　拉丁语单词 Virtus（美德）是阴性，所以古罗马人将其视为一位女神。

25　然而，我的技艺不要求如此的心性，
　　　　更小的布帆才适合我的小艇。

　　从我这里你只会习得轻浮的爱情，
　　　　我只教女士如何才能吸引人。

　　女人不挥舞火焰，也不使残酷的弓箭，
30　　　以这些武器伤害男子很罕见。

　　男人常欺骗，娇柔的女人却不是，你若
　　　　去打听，她们的这项罪名多空缺。

　　美狄亚已是母亲，却遭无信的伊阿宋
　　　　驱赶，另一位新娘被他紧拥[1]。

35　因为你，忒修斯，阿里阿德涅在陌生的地点
　　　　被遗弃，险些做了海鸟的腹中餐[2]！

　　去探询，为何一条路叫作"九回路"，去听
　　　　落尽叶子的森林为菲丽丝哀吟[3]。

　　艾丽萨，你虽有深情的名声，那位客人
40　　　却给你送上一把剑和求死的原因[4]。

　　我该说什么毁了你们吗？不懂如何爱！
　　　　没有技巧，爱因为技巧而永在。

1　"美狄亚"对应的原文是 Phasida（帕西斯人），帕西斯是其故乡科尔基斯的河。
　　"另一位新娘"指科林斯公主克鲁萨。

2　指阿里阿德涅被忒修斯遗弃在迪亚岛的事。

3　菲丽丝自杀前在一条路上走了九回，参考《情诗集》第二部第十八首第 22 行
　　的注释和后面《爱的疗治》（*Remedia Amoris* 591-608）的描述。

4　"艾丽萨"即狄多，"客人"指埃涅阿斯，参考《情诗集》第二部第十八首第 25
　　行的注释。

愿她们依然不知晓！可是维纳斯命令[1]

我讲授，并已经在我眼前显形。

45　她对我说道："可怜的女人为何该如此？

她们被交给男人，却身无武器。

两卷诗已经教他们学到了不少本领[2]，

这边的阵营你也应以箴言启蒙。

谴责过忒拉普奈妻子失德的诗人

50　很快就唱起赞歌，换了幸运琴[3]。

若我还算熟悉你（别伤害你爱的女性！），

只要你活着，就必须求她们垂青。"

说完，她从桃金娘枝条上（因为她戴着

桃金娘冠冕）给我一片叶，几枚果；

55　一接过它们，我便感觉到神力：天空

更纯净地闪耀，忧烦被逐出心胸。

趁她赐我以灵感，女人们，快向我求索

羞耻心、法律和权利允许的秘诀。

即使现在，也别忘老年终究要来临，

60　这样你们就不会虚耗光阴。

趁你们正值青春的盛景，抓紧时间

1　"维纳斯"对应的原文是 Cytherea（库泰拉女神）。

2　"两卷诗"指《爱的艺术》前两卷。

3　"忒拉普奈妻子"指海伦，因为她出生在忒拉普奈（Therapnae），"诗人"指
古希腊诗人斯特西寇卢斯（Stesichorus），传说他在写了一首谴责海伦的诗后，
遭到其兄弟卡斯托尔和珀鲁克斯的报复，眼睛变瞎，后来他写诗赞美海伦，视
力就恢复了。

玩乐——韶华流逝如流水一般：

已遁向远方的波涛你无法再次唤回，

已度过的时辰再也不能返归。

65　青春应善加利用，时光的脚步匆匆，

接踵而来的日子无最初的欢容。

这些凋萎的草卉曾是我目睹的紫罗兰，

从这荆棘丛我曾采撷过美花环。

如今你将众多追求者拒斥于门外，

70　但终将变成独卧冷床的老太，

你的门扇将不再被夜晚的争斗砸坏，

早晨也不见入口散落的玫瑰。

身体多么快（可悲！）就印满松弛的皱纹，

灿烂面容的绯红也荡然无存。

75　你宁肯发誓少女时代早就有的白发

不觉间已经在整个头顶驻扎。

蛇蜕下纤薄的外皮，　　并蜕去老年，

鹿扔掉旧角，青春继续绵延——

我们的珍宝逃逸，却无法追回。快采撷，

80　花若不采，就在屈辱中凋落。

而且，生育进一步缩短了青年的时日；

无休耕的土地难免失去活力。

恩迪米昂不是你，月神，脸红的理由 [1]，

1　"恩迪米昂"对应的原文是 Latmius，意为"拉特莫斯人"，在小亚细亚迈安得洛斯河口。拉特莫斯山是月神与恩迪米昂相会的地方。参考《情诗集》第一部第十三首第 44 行的注释。

奥罗拉也不应为刻帕罗斯害羞 [1]。

85　虽然有阿多尼斯让维纳斯至今伤怀 [2]，

　　　但埃涅阿斯和哈尔莫娅从何来 [3]？

所以凡人啊，赶紧效法女神的楷模，

　　　别拒绝与垂涎的男子共享风月！

即使你被骗，又有何损失？一切照旧；

90　　就算一千人取用，你什么都没丢。

铁器用久了会残破，燧石也会磨成灰，

　　　那地方却无须害怕任何伤害 [4]。

有谁禁止从邻近的火源把火点亮？

　　　谁又在深海中将无限的水贮藏？

95　然而，若有女人对男人说"这不方便"？

　　　告诉我，你失去的水能否复原 [5]？

我并非怂恿你站街，只是不让你顾虑

　　　虚幻的损害：你的礼可坦然送出。

待到出海后，我将借劲飙前行，但此刻　　　　　注意容饰

100　　尚在港中，只愿有轻风推送我。[6]

1　"奥罗拉"对应的原文是 roseae deae（玫瑰色的女神），关于刻帕罗斯，参考《情诗集》第一部第十三首第 39 行的注释。

2　参考《情诗集》第三部第九首第 16 行的注释。

3　埃涅阿斯是维纳斯与安喀塞斯的儿子，哈尔莫娅（Harmonia）是维纳斯与马尔斯的女儿。

4　"那地方"是女性阴部的委婉语。

5　"水"是爱液的委婉语。

6　意为：眼下诗人只谈论温和的话题。

我从容饰开始说。辛勤种植的葡萄[1]

      酿出酒，精耕的土地长出高苗。

美是神赐的礼物：多少人能以美自矜？

      你们大部分都没有这样的好运。

105   细心可成就容貌，不打理，容貌便颓丧，

      即使她有与维纳斯相似的形象[2]。

如果说古代的女子未如此装扮身体，

      那时的男子也不如今天精致。

安德洛玛刻穿着耐磨的衣裳，何必

110   惊讶？毕竟她是坚忍战士的妻子[3]。

难道埃阿斯夫人会花枝招展地相伴，

      当七层牛皮把他的身体遮掩[4]？

原来罗马有乡村的朴素，如今它已镀金，

      被征服世界的财富全在它手心。

115   看看卡皮托山的现在，再对比往昔，

      你会说它是另一个朱庇特的圣地。[5]

---

1   "容饰"（cultu，主格 cultus）与"种植""精耕"都与拉丁语动词 colo 有关，这个动词意思非常丰富，有"打扮""装饰""打理""照料""结交""崇拜"等含义，但都包含时间和精力的付出。

2   "维纳斯"对应的原文是 Idaliae deae（伊达良的女神），Idalium（伊达良）是塞浦路斯的一座城市，维纳斯的敬拜地。

3   "坚忍战士"指赫克托耳。

4   "七层牛皮"指埃阿斯的盾牌。

5   奥古斯都时代的朱庇特神庙非常奢华，屋大维曾用 16000 磅黄金和许多宝石装饰卡皮托山的朱庇特神庙，而根据《岁时记》（Fasti 1.201-202）的说法，最初的朱庇特神祠却很寒酸："逼仄神祠里，朱庇特几乎难以站直，/ 大神右手的闪电竟是陶制。"

今日与如此威严的元老院相配的大殿

　　在塔提乌斯统治下，乃茅草搭建。

此刻在阿波罗神庙和皇帝宫邸下闪耀的

120　　帕拉丁当年岂不是耕牛的牧野？[1]

让别人沉迷古昔，我庆幸自己生得迟，

　　如今的时代与我的习性正相宜。

这并非因为易塑的黄金从地里开掘，

　　自遥远的海岸运来精选的贝壳；

125　也不是因为大理石被凿，群山消减，

　　或者防波堤阻遏了碧海的侵占；

而是因为文雅的流行，因为残留在

　　先祖间的野气未传至我们的时代。

但你们也勿以黑肤印度人自湛蓝海水

130　　采集的昂贵宝石为耳朵添累赘，

也勿沉重地前行，衣裳嵌满了黄金，

　　财富你以为吸引人，却常驱赶人。[2]

我们被雅致俘虏，别让头发太凌乱，

雅致的打扮

1　奥维德在《哀歌集》（*Tristia* 3.1）描绘了阿波罗神庙和屋大维府邸。

2　在《女人面妆》（*Medicamina Faciei Femineae* 17-24）中，奥维德如此描绘当时女人的贵重穿戴："可是这一代母亲诞下的女儿更娇媚，/ 你们喜欢身上有金衣覆盖，喜欢将抹香的头发梳成多变的式样，/ 喜欢有珠宝在手上熠熠发光；/ 你们在颈间挂着从东方搜来的钻石，/ 两颗足以让耳朵难承其重力。"并且说："这并非出格：你们本应为姿容花心思，/ 如今世上的男子本擅长修饰。"所以，一些评论者认为，奥维德在这里的态度与那首诗相矛盾。Fränkel（1945）等人为了解决这种矛盾，认为奥维德两处文本针对的读者不同，但 Nikolaidis（1994）指出，两处文本没有矛盾，因为奥维德在《女人面妆》里并非真正赞同女人穿戴贵重首饰，那只是吸引"擅长修饰"的当代罗马男子的手段。

　　　　　决定美是否显现是手的特权。

135　打扮的方法不止一种，让各人挑选

　　　　　增辉的那种，并先问镜子的意见。

　　　无装饰的中分发型适合椭圆的鹅蛋脸，

　　　　　拉俄达弥娅的头发便是这般 [1]。

　　　圆脸更希望在头顶正中留一个发髻，

140　　　好让两侧的耳朵清爽地见天日。

　　　且让另一人的头发于双肩自然披垂，

　　　　　善歌的日神，这是你弹琴的姿态。

　　　另一人当学束腰的月神，将头发扎脑后，

　　　　　当她如平素，追逐受惊的野兽。

145　这位应该让飘逸的长发恣意流淌，

　　　　　那位必须用饰物禁止其游荡；

　　　这位喜欢将头发做成竖琴的形状，

　　　　　让那位留着卷发，仿佛波浪。

　　　就像你不会去数栎树枝有多少果实，

150　　　希伯拉有多少蜜蜂，阿尔卑斯 [2]

　　　有多少野兽，我也不可能逐一列举——

　　　　　每一个新日子都带来新的装束。

　　　许多人的头发不打理也美，你时常寻思，

　　　　　它或许昨天就如此，片刻前才梳洗。

155　艺术模仿偶然——当城市陷落，伊俄勒

1　关于拉俄达弥娅，参考《情诗集》第二部第十八首第 38 行的注释。

2　关于希伯拉，参考《爱的艺术》第二卷第 517 行的注释。

就这样将海格力斯的心俘获。

被弃的克里特少女，众萨梯呼喊酒神时 [1]，

　　你也是这般被巴克斯抱入战车里。

自然对你们的容貌是多么迁就，

160　　有这么多花样可以为你们遮丑！

我们男人会变秃，时间会夺走头发，

　　如北风震落的树叶一样掉下。

女人用日耳曼草卉浸染头上的霜雪，

　　以技巧求得比真实更好的颜色；

165　她们炫耀着繁茂的头发（却是买来），

　　钱币让别人的装饰为自己添彩。

交易时无人脸红，在海格力斯和缪斯 [2]

　　神庙前，公然售卖着这种东西。

关于服装我该说什么？我不要金褶边，

170　　也不要推罗紫液泡过的衣衫。

既然有如此多颜色可选，又如此便宜，

　　穿着财产去招摇简直是疯子！

瞧，天空的颜色，当它澄澈无遮阻，

　　也没有温暖的南风唤来淫雨；

175　也有与你相似的颜色，金羊，传说

1　"克里特少女"指阿里阿德涅。

2　公元前189年，福尔维乌斯（M. Fulvius Nobilior）得胜归来，向"缪斯的海格力斯"（Hercules Musarum）献上了一座神庙。这座庙里的海格力斯雕像被塑造为弹奏里拉琴的模样。

你拯救了兄妹，摆脱邪恶的伊诺[1]；

这颜色模仿波浪，名字也来自波浪——

我相信宁芙就穿着如此的衣裳；

那颜色犹如藏红花，挂满露珠的女神[2]

180　驭晨光之马时便是这样的一身；

这像爱神的桃金娘，这像石英的紫色[3]

或素洁的玫瑰，或者色雷斯白鹤；

阿玛卢利丝，也不缺你的板栗或杏仁[4]；

蜡也赐给了衣料自己的荣名。

185　复苏的大地开出多少花（当葡萄藤在和柔

春日吐嫩芽，迟滞的冬天已逃走），

毛纱就吸收了多少种染液，甚至更多——

要选对，它们不适合所有肤色。

黑色适合白皙的女子，如布里塞伊丝[5]，

190　她被劫走时，身上就裹着黑衣。

1　"兄妹"对应的原文是 Phrixon et Hellen（佛里克索斯和赫勒），云神涅斐勒（Nephele）是他们的母亲。为了害死他们，继母伊诺（Ino）让忒拜妇女将烤过的种子交给她们丈夫播种。庄稼颗粒无收，人们向德尔斐神谕求助，伊诺又买通信使，说神谕要求献祭佛里克索斯。兄妹俩被一只公羊驮走，途经达达尼尔海峡时赫勒从羊背跌下，坠海而死。参考《岁时记》（*Fasti* 3.854-876）。

2　"挂满露珠的女神"指黎明女神奥罗拉。

3　"爱神"对应的原文是 Paphias（帕福斯的女神）。

4　关于阿玛卢利丝，参考《爱的艺术》第二卷第 268 行的注释。这里的"板栗或杏仁"指与它们对应的颜色。

5　关于布里塞伊丝，参考《情诗集》第一部第九首第 33 行的注释。

白衣衬黑肤，刻甫斯的女儿，你着白衣美 [1]，

　　当塞里福斯被征服，便如此穿戴 [2]。

我差点就告诫你们，别让腋下生恶臭，　　　　　在安全之处化妆

　　也别带着满腿的硬毛到处走！

195　可是我并非在教授来自高加索荒岭

　　或啜饮卡伊科斯河之水的女人。[3]

所以，我何必提醒你们不要因惰怠

　　弄脏牙，早晨别忘用清水洗嘴？

你们知道借助白垩粉给双颊增辉，

200　　没天然的红润，也能有办法作伪。

你们费心机补齐两端疏落的眉毛，

　　用装饰的条纹遮掩真实的容貌。

抹上些许灰，突出眼睛，或者涂点

　　库德诺斯河边的藏红花，勿羞惭 [4]。

205　关于养护你们容颜的秘方，我写过

　　一本小书，论心血，却是大作 [5]，

1　　"刻甫斯的女儿"指安德罗墨达。

2　　塞里福斯（Seriphus）是爱琴海上的岛屿，珀尔修斯长大的地方。塞里福斯的
　　国王是波吕得克忒斯（Polydectes），他的弟弟狄克堤斯（Dictys）收留了逃
　　难的达那厄和珀尔修斯。波吕得克忒斯爱上了达那厄，为了除掉碍手碍脚的珀
　　尔修斯，设计迫使后者答应去取梅杜萨的头颅。珀尔修斯杀死梅杜萨后夺取了
　　塞里福斯。

3　　意为：并非教授来自蛮荒之地的女人。卡伊科斯河（Caicus）在小亚细亚的米
　　西亚（Mysia）境内，所以原文中还有形容词 Myse（米西亚的）修饰。

4　　库德诺斯河（Cydnus）是小亚细亚奇里基亚地区的一条河。

5　　指奥维德的诗作《女人面妆》（Medicamina Faciei Femineae），此诗只剩一百
　　行的残篇。

怕美色早衰，可以在其中寻找诀窍，

　　　　为你们，我的技艺绝对可靠。

但千万别让情人发现桌上的宝匣，

210　　　　只有隐蔽的手段能添加光华。

谁不会心生憎恶，当你满脸的浓妆

　　　　因为重量流到你温热的胸膛？

为何油膏会难闻？虽然它来自雅典，

　　　　毕竟那汁液从肮脏的羊毛提炼[1]。

215　我也不劝你当面抹搅匀的雌鹿骨髓[2]，

　　　　或在人前清理牙齿里的污秽——

这么做让你保持美，看起来却大煞风景，

　　　　很多事做时恶心，做完却悦心。

如今这雕像镂印着匠人米隆的大名[3]，

220　　　　昔日只是块硬石头，毫无生韵；

想要造戒指，就需先将黄金打碎；

　　　　你穿的华裳曾是脏羊毛一堆；

凿刻时粗糙的石料现在是著名的雕塑，

　　　　赤身维纳斯正拧着湿漉漉的发缕[4]。

225　你也一样，化妆时，让我们假想你酣眠，

1　这种化妆品拉丁语叫 Oesypum，是从绵羊出汗最多的那些部位的羊毛中提取的，雅典的绵羊最适合制造这种油膏。

2　古罗马人很喜欢抹雌鹿的骨髓。

3　古代有两位叫米隆（Myron）的著名雕塑家。

4　影射古希腊雕塑家普拉克西特列斯（Praxiteles）的杰作《克尼多斯的阿佛洛狄忒》。

工序走完，你才适合给众人看。

为何要让我洞悉你明艳姿色的来源？

关好房门！半成品怎可展览？

很多事男人最好不知道，大多数东西

230 　　如不掩藏好内幕，会扼杀兴致。

去察看华丽剧院里金光闪闪的雕像，

　　你会鄙视它，木头镀薄薄的金装；

但除非竣工，公众不可以靠近它们，

　　你准备妆容时也必须远离男人。

235 然而我并不禁止你公开梳理长发，

　　好让它在你背后波浪般滑下。

只是这时候你千万不要显出坏脾气，

　　也别反复解开已做好的发式。

让侍女安心梳妆，我憎恶用指甲抓伤

240 　　下人脸或揪住胳膊拿针扎的姑娘。

当她碰到女主人的头，会暗自咒诅，

　　淌着血，她对着痛恨的头发哭。

让头发稀疏的女人安排哨兵在门前，

　　或者总是在奥普斯神庙里打扮 [1]。

245 有一次我意外拜访某女士，奴仆传话，

　　她在惊慌中竟然戴反了假发。

愿我的敌人都遭逢如此羞耻的悲剧，

———————

1　　"奥普斯"（Ops）对应的原文是 Bonae Deae（善良女神），在古罗马忒卢斯
　　（Tellus，意为大地）女神有多个名字，包括奥普斯和"善良女神"，她大体上
　　与古希腊神话中的盖娅女神相当。

愿帕提亚新娘忍受如此的屈辱[1]！

残损的牛羊难看，没有草的原野难看，

250 赤裸的树林、光秃的头顶也碍眼。

塞墨勒、丽达，你们无须来向我求教，   **遮掩缺陷**

  还有你欧罗巴（乘假牛穿越海涛）[2]

或者海伦（墨涅拉俄斯，你理当索回她，

  特洛伊的抢劫者，你也理当留住她）[3]。

255 很多人等我授课，漂亮和丑陋的姑娘——

  少数有姿色，大部分其貌不扬。

美丽者并不求技巧或秘诀，她们有宝藏，

  无需手段，美本身就难以抵抗。

风平浪静时，水手毫无忧虑地躺下，

260 等波涛汹涌，他才想尽办法。

可是美极少毫无遗憾，隐藏好缺点，

  尽你所能，为瑕疵做足遮掩。

你若矮，就坐下，以免站着仿佛坐着；

  若体形娇小，不妨在床上安卧，

265 即使在这里，为了让别人看不出身段，

  你也要设法给足踝搭上布毯。

太苗条的人，请让她选择厚重质地的

---

1 帕提亚是罗马的宿敌。

2 关于塞墨勒，参考《情诗集》第三部第三首第 38 行的注释。关于丽达，参考《情诗集》第一部第三首第 22 行的注释。"欧罗巴"对应的原文是 Sidoni（西顿人），西顿（Sidonis 或 Sidon）是古代地中海东岸的重要城市，当时属于腓尼基。

3 "特洛伊的抢劫者"指帕里斯。

服装，让衣裳从肩头松弛地垂落。

苍白的女人可在身体上抹一些紫纹[1]，

270　　　肤色偏黑的就需求助于鳄鱼粪[2]。

脚形状不好，就用雪白的皮革遮挡；

别松开绑带，如果腿骨感细长。

如果肩胛骨太高，小软垫正好可用；

乳房偏平坦，就缠一圈布丰胸。

275　无论说什么，都应该尽量减少手势，

倘若谁手指太肥，或指甲有疾。

口臭的女人永远别在饥饿时讲话，

并且永远别凑近情夫的脸颊。

如果你的牙太黑，太大，或天生不齐，

280　　　笑的时候就需要格外留意。

谁会相信？女人就连笑也要学习，　　　　　　　笑与行走的仪态

在这方面也追求优雅的气质。

张嘴应适度，两边的酒窝都应袖珍，

用双唇边沿遮住上下的齿龈。

285　别让她们笑个不停，拉扯了腰身，

而应发出与女人相宜的声音。

有女子笑得难以自持，面容都扭曲，

或剧烈抽搐，让你以为她在哭。

1　"紫纹"（purpureis virgis）具体指什么，如何用，历代注者都不清楚。

2　"鳄鱼"对应的原文是 Pharii piscis(帕洛斯的鱼)，帕洛斯在尼罗河口，代指埃及。
　　鳄鱼粪便在古埃及和古罗马都是美容用品，参考贺拉斯《长短句集》（*Epodes*
　　12.11）。

还有人发出刺耳的噪音，叫人厌憎，

290   像丑陋的母驴在粗糙石磨旁嘶鸣。

技艺真无远弗届：有人甚至在学习

    优美地、随时且随心所欲地哭泣。

何止？她们不按照本音说出每句话，

    让舌头遵自己的意旨变得结巴。

295   若缺陷有魅力，她们就故意模糊口齿，

    学习如何说不好能说好的东西。

既然这些都有用，就要认真地关注，

    还要学如何富于女人味地走路。

在步履中也有某种不可轻看的仪态，

300   可吸引，也可将陌生男人吓退。

这位娴熟地摆着髋，飘舞的衣裙托着风，

    高傲地行进，每一步都精心权衡；

那位像翁布里亚的红脸主妇一般 [1]

    走着，张开双腿，阔步向前。

305   但与许多事相仿，中庸是正道：一位

    过于土气，另一位过于柔媚。

露出肩膀的下部、手臂的上部，从左手

    往上，任凭男人的目光驻留。

肌肤如雪的你们，效果最好：每当

310   我看见，就渴望亲吻赤裸的肩膀。

---

1   翁布里亚（Vmbria）在意大利中部，当地的女人以勇敢和朴实著称。

塞壬是海上的怪物，她们的歌声却能 [1]

中止任何飞驰航船的旅程。

听到她们，西西弗的儿子险些摔下

桅杆（同伴的耳朵都堵了蜂蜡） [2]。

315 歌声很能魅惑人，女人们，何不学唱歌？

嗓音而非容貌是许多人的媒婆。

让她们时而唱大理石剧场听来的曲目，

时而哼源自尼罗河的异域旋律 [3]。

不知道该如何右手执琴拨，左手抱琴，

320 在我的眼中就不是有教养的女人。

俄耳甫斯曾经用竖琴感动岩石、野兽、

冥府的池沼和长着三颗头的狗 [4]；

母亲最正义的复仇者，因为你的歌声，

石块恭顺地筑成了一座新城 [5]。

1　关于塞壬，参考《情诗集》第三部第十二首第 28 行的注释。

2　"西西弗的儿子"（Sisyphides）指尤利西斯。西西弗（Sisyphus）是科林斯的
创建者，因为贪婪狡诈，被罚在地府永远推石头上坡。古代神话的某些版本认为，
尤利西斯并非拉厄耳忒斯（Laertes）的儿子，尤利西斯母亲安提克勒亚（Anticlea）
在与拉厄耳忒斯结婚前曾被西西弗诱奸。埃斯库罗斯等人甚至认为，尤利西斯
是西西弗的儿子。由于喀耳刻的建议，尤利西斯提前在同伴耳朵里塞上蜂蜡，
以免他们听到塞壬蛊惑人心的歌声。

3　这些来自埃及的歌女以性感闻名，是古罗马的放荡男子追逐的对象。

4　影射俄耳甫斯下地府拯救夭亡妻子欧律狄刻的故事，参考《变形记》（Meta-
morphoses 10.1-77）。"俄耳甫斯"对应的原文是 Rhodopeius（罗多彼人），
罗多彼（Rhodope）代指色雷斯，因为它是色雷斯境内的一座山。

5　影射安菲翁用音乐驱动石头建造忒拜城的事。"母亲最正义的复仇者"：安菲
翁和泽托斯（Zethus）是朱庇特和安提俄珀（Antiope）的儿子，安提俄珀被
忒拜国王吕科斯（Lycus）娶为妃子，遭到王后狄耳刻（Dirce）的长期虐待，
两兄弟决定为母亲报仇，将狄耳刻绑在牛角上拖死。

325 虽然不说话，传说鱼却回应了人心，

     这有阿里昂竖琴的故事为证[1]。

你也该学习用双手抚弄欢快的扬琴[2]，

     这种乐器正适合甜蜜的调情。

要熟悉卡利马科斯、腓列塔斯以及[3]

330   醉酒老人阿那克里翁的诗[4]，

还有萨福（谁的作品比她更恣意？）

     和善于刻画狡猾奴隶的泰伦斯[5]，

你或许也曾读过温柔的普洛佩提乌斯

     或加卢斯、提布卢斯的一些东西[6]，

335 以及瓦罗哀叹的金羊毛（佛里克索斯，

     它让你想到同胞妹妹的死）[7]，

还有埃涅阿斯的流亡和宏伟都城的

---

1   阿里昂是著名诗人、音乐家，他坐船时水手们想谋财害命，一群海豚救了他，故事见《岁时记》（*Fasti* 2.83-118）。

2   扬琴（nablia）是有十二根弦的乐器。

3   "腓列塔斯"对应的原文是 Coi poetae（科斯岛的诗人），腓列塔斯（Philetas，约公元前 340—公元前 285）擅长哀歌体。

4   "阿那克里翁的"对应的原文是 Teia（泰俄斯的），泰俄斯是古希腊诗人阿那克里翁（Anacreon，公元前 582—公元前 485）的故乡，阿那克里翁以"醉酒妇人"为主要题材。

5   这一行原文（cuive pater vafri luditur arte Getae）的直译是"通过他，父亲被狡猾奴隶盖塔欺骗"，奥维德影射古罗马喜剧作家泰伦斯（Publius Terentius Afer，公元前 195—公元前 159）的作品《福尔米欧》（*Phormio*）。

6   普洛佩提乌斯、加卢斯、提布卢斯都是奥古斯都时期古罗马爱情哀歌的代表诗人。

7   "同胞妹妹"指赫勒，关于瓦罗和金羊毛，参考《情诗集》第一部第十五首第 22 行的注释。关于佛里克索斯，参考上文第 176 行的注释。

建立（罗马迄今最杰出的著作）[1]。

或许，我的名字能跻身这些名字里，

340 　　我的诗行不会在忘川中遁逝，

某人将说道："读我们老师优雅的诗歌，

　　他向男女双方都传授了心得：

或者从名为《情诗集》的三卷摘取几句，

　　用你娴熟的嘴唇慵倦地朗读，

345 或者用抑扬顿挫的声音吟诵其书信——

　　此体裁别人不知，是他的发明[2]。"

愿这是你所愿，福玻斯，也是你们的意旨，

　　庇佑诗人的俊美酒神和九缪斯[3]！

谁会怀疑——我当然希望女人有舞技，

学习跳舞和游戏

350 　　酒席上能应邀扭动她的手臂？

世人都爱肢体的大师，舞台的盛宴，

　　灵活的身躯就让人如此迷恋。

我耻于叮嘱小事，例如熟悉怎样掷

　　距骨，知道骰子的各种分值[4]：

355 时而让她扔三的数字，时而想怎样

1　影射维吉尔的《埃涅阿斯纪》。

2　奥维德借人之口肯定了自己的《女杰书简》（*Heroides*）（即上一行所称的"书信"）的开创性。

3　"俊美酒神"对应的原文是 insignis cornu，意为"因为角而惹眼的（神）"。在罗马诸神中，阿波罗和巴克斯以俊美著称。

4　关于距骨和骰子，分别参考《爱的艺术》第二卷第 206 行和第 203 行的注释。

聪明地加入某一方，挑战哪一方。[1]

海盗战棋的对弈中，让她谨慎，别冲动[2]，

当一个棋子被两个敌人围攻，

当兵卒与队友分开，被迫凭自己作战，

360　　当敌人经常撤至来时的路线。

把光滑的小球倒进一张开口的细网，

你只取该取的，不能让别的晃荡。[3]

有一种游戏，上面准确地画着许多

纹路，数字与流年的月份相若[4]；

365　小棋盘的每边各自摆放着三枚石子，

让自己的排成直线就是胜利[5]。

设计出千种娱乐，女人不会玩很丢脸，

游戏常常自然地引向爱恋。

然而，掌握骰子的技巧其实太容易，

370　　更艰巨的任务是约束自己的脾气。

一不留神，我们的本色在激动中袒露，

真性情因为游戏失去了遮护：

怒火燃烧——可憎的缺陷，对钱财的贪婪，

1　这里，奥维德似乎在谈论西洋的双陆棋，它需要使用三个骰子。

2　关于海盗战棋，参考《爱的艺术》第二卷第 208 行的注释。

3　似乎是一种事先往网子里放入玻璃珠，然后在不挪动其他玻璃珠的条件下逐一取出这些珠子的游戏。

4　这里奥维德似乎又回到了双陆棋，这种棋有十二条纹路（数字与流年的月份相若）。

5　这种棋类似国际跳棋（draught）。

还有吵闹、争斗和焦躁的忧烦；

375　伤人的指控冲出口，四下回荡着喧声，

　　　各人为自己呼喊愤懑的神灵；

　　有人破了产，极力恳求抹掉其欠款[1]，

　　　我经常看见泪水纵横的脸。

　　愿朱庇特保佑你们远离如此可鄙的

380　　罪过，若你们有心将男人诱惑。

　　胆怯的天性给女人分配了这些游戏，　　　到处出现

　　　男人的运动则需要更多的精力。

　　他们玩的是飞球、投枪、金属圈、武器，

　　　还有迫使烈马打转的把戏。

385　你们不会去战神原野或冷冽的处女泉[2]，

　　　也不出没于台伯河平静的水波间，

　　但可以去享受庞培拱廊的阴凉（而且

　　　有好处），当处女座迎来酷日的马车；

　　去拜访帕拉丁（它献给头戴月桂的福玻斯——

390　　是他让埃及的敌舰沉入海底）[3]，

1　　因为各种赌博游戏而欠钱。

2　　战神原野（Campus Martius）是古罗马男子健身的热门场所。"处女泉"是古
　　罗马一座高架引水桥的名字（Aqua Virgo），公元前 19 年 6 月 9 日建成，主
　　要用于罗马人的沐浴。

3　　帕拉丁山以阿波罗神庙著名，屋大维认为他在阿克提翁海战中战胜敌人是受了
　　阿波罗的庇佑。"埃及的敌舰"对应的原文是 Paraetonicas rates（帕莱托尼昂
　　的船只），参考《情诗集》第二部第十三首第 7 行的注释。

还有元首的妻子、妹妹和享尽海战

　　荣光的女婿出资建造的堂殿[1]；

也可去孟斐斯母牛燃着乳香的祭坛[2]

　　以及三座惹眼之处的剧院[3]；

395　你们也应看溅落着点点温血的沙池[4]

　　和白热车轮绕过的折返标志[5]。

隐匿的东西无人知，未知的东西无人恋，

　　毫无益处的是无人见证的容颜。

即使你胜过塔穆拉斯和阿墨贝俄斯[6]，

400　　只要你无名，里拉琴便难有价值。

倘若阿佩利斯从没有画过维纳斯[7]，

　　她该会一直藏在大海的水波里。

神圣的诗人还追求什么，除了声名？

　　我们的一切辛劳都以此为憧憬。

405　从前，诗人是诸神与君王的心头之宝，

1　"元首的妻子"指利维娅，"妹妹"指屋大维娅，"女婿"指屋大维的主要将领
　　阿格里帕（M. Agrippa）。阿格里帕在和平时期主持建造了罗马城的许多大型
　　建筑。

2　"孟斐斯母牛"指伊西斯女神，参考《爱的艺术》第一卷第77行的注释。

3　"三座……剧院"或许指庞培剧院、巴尔布斯剧院和马尔凯卢斯剧院。

4　"沙池"指圆形剧场搏杀的地方。

5　"折返标志"指标锥。

6　关于塔穆拉斯，参考《情诗集》第三部第七首第62行的注释。阿墨贝俄斯
　　（Amoebeus）是雅典著名的竖琴演奏者。

7　阿佩利斯是古希腊著名画家，原文用Cous（科斯的）修饰他的名字，是因为
　　他的家乡是科斯岛。

古昔的合唱队收获丰厚的酬劳。

先知诗人有神圣的地位、尊崇的名字，

经常得到格外慷慨的赏赐。

恩尼乌斯诞生于卡拉布里亚山间，

410　　伟大的西庇阿却欣然与之并肩 [1]。

如今常青藤已失去荣耀，为博学缪斯

苦吟，却被人讥为无所事事。

但我们愿意为声名守望——荷马有谁知，

若永恒之作《伊利亚特》未传世？

415　　达那厄有谁知晓，倘若她永被幽禁 [2]，

直到老仍躲在高塔里熬着光阴？

美丽的女人们，置身人群中对你们有利，

要时常越过门槛，外出游历。

母狼冲向许多只绵羊，只为抢一只，

420　　鹰同样也是对鸟群发动袭击 [3]。

好看的女人要多给大众欣赏的机会，

里面或许有一人可与你相配。

若渴望取悦，就让她在所有地方流连，

并且专注地经营自己的容颜。

1　　恩尼乌斯出生于意大利的卡拉布里亚（Calabria），和击败迦太基的著名将领大西庇阿（P. Cornelius Scipio Africanus）是好朋友。在恩尼乌斯的民族史诗《编年史》（Annales）中，第二次布匿战争是重要内容，大西庇阿自然也是其中的英雄。此外，恩尼乌斯还曾单独写诗献给大西庇阿。

2　　关于达那厄，参考《情诗集》第二部第十九首第 27 行的注释。

3　　"鹰"对应的原文是 Iovis ales（朱庇特的鸟）。

425　偶然随处显力量，你的钩永远要悬好——

　　　　鱼会出现在最不可能的池沼。

猎犬时常跑遍葱茏的山岭，却无果，

　　　　没人追逐的雄鹿却坠入网罗。

安德罗墨达绑在岩石上，怎敢奢望

430　　　她的泪迷住的人竟就在身旁[1]？

丈夫的葬礼常招来新的丈夫，凌乱的

　　　　头发，难忍的哀泣，反添了秀色。

然而要避开那些沉溺于服装和容饰、　　　　避开假情人

　　　　随时随地整理着头发的男子。

435　他们对你所说的，对千人都已说过，

　　　　这种爱游移飘忽，没有定所。

当男人比她还娇柔，女人应该做什么？

　　　　或许追他的男性甚至更多？

你们很难相信我，但还请相信：倘若

440　　　听国王的话，特洛伊就不会毁灭[2]。

有一些男人假装是情种，四处逡巡，

　　　　接近女子，寻求下流的利润。

别受他们头发上明亮的香膏或者

　　　　紧贴衣褶的窄幅腰带蛊惑；

445　别被精致纹理的托加袍欺骗，也别管

　　　　他们手上一枚又一枚的指环。

———————

1　"她的泪迷住的人"指珀尔修斯。

2　"国王"对应的原文是 Priami sui（它自己的普里阿摩斯）。

或许这群人里面打扮最光鲜的其实

　　是贼，他热恋的乃是你的锦衣。

"还给我！"惨遭劫夺的女人时常大嚷，

450　　　　"还给我！"吼声在整个广场回荡。

维纳斯，你无动于衷地从金光闪闪的殿宇

　　看他们争吵，还有阿匹亚的仙女 [1]。

还有人因无可置疑的传言而声名狼藉，

　　骗太多情人就是他们的污迹。

455　从别人的哀叹汲取教训，学会警醒，

　　　对这些欺诈者决不能敞开门。

雅典的女子，忒修斯发誓时切勿轻信 [2]——

　　这些神他以前也曾拽来做证。

你也一样，忒修斯罪行的继承人得摩丰，

460　　　既然背叛菲丽丝，便失去信用 [3]。

他们若极力许诺，你们也回馈以诺言；

　　他们若赠礼，你们才践约合欢。

女人简直能掐灭维斯塔长燃的焰苗，

　　闯进伊西斯神庙，抢夺圣宝，

465　给丈夫灌下混合了毒芹碎渣的乌头 [4]——

　　　倘若她收礼后依然拒绝交媾。

1　"阿匹亚的仙女"或许指阿匹亚引水桥附近的仙女雕像。

2　因为他曾欺骗阿里阿德涅。

3　参考《情诗集》第二部第十八首第 22 行的注释。

4　乌头（aconitum）是毒草，其毒素在西方古代常被用来制造毒箭。

我打算更近地检视主题：收紧缰辔，

    缪斯，别被狂奔的车轮甩飞。

谁若将文字写在枞木板上来问津，

470   你就派合适的侍女收下书信。

仔细审读，从字里行间判断，他是

    做戏，还是焦急地表达心意。

等待一阵子，然后回复：耽搁总能够

    激发情人，只要时间别太久。

475 但是既不要轻易向青年的要求投降，

    也不应冷酷地斩断他的念想。

让他同时担忧和憧憬，每次你回书，

    都给他更稳的希望，更少的恐惧。

女人，你们的言辞应雅致，但又熟稔，

480   来自生活，日常风格最动人。

多少次，犹疑的情人因为信怒火中烧，

    野蛮的语言伤害了美丽的容貌！[1]

尽管没有束带的荣耀，但既然你们

    也有心欺骗对自己动情的男人，

485 何不让一位侍女或男仆来替你执笔？

    别让陌生的青年有你的口实。

489 保存此类证据的家伙必居心不良，

    但它们却有埃特纳闪电的力量[2]。

---

1   指女人的情书给自己带来不利的结果。

2   埃特纳（Aetna）是古罗马著名的火山。

487　我曾见一些女人因害怕对方泄密，

　　　　从此永远悲惨地忍受奴役。

491　我认为，为阻止欺骗，不妨使用欺骗，

　　　　法律允许为保护自己而战。

　　一只手应该习惯书写许多种字体

　　　　（迫使我出此下策的人真该死！），

495　而且，若不刮干净，重写便不安全，

　　　　以免两只手出现在同一块蜡板。

　　写信时，始终像女人一样称呼对方：

　　　　用"她"来指代，虽然他是儿郎。

　　如果我的心可以从小事转向大事，　　　　　　　　压制坏脾气

500　　　我的船可以鼓满布帆飞驰，

　　我要说，压制坏脾气是对容颜的拯救——

　　　　明亮的和平适合人，躁狂适合兽。

　　脸随怒气而肿胀，血脉因激动而偾张，

　　　　眼睛射出胜过梅杜萨的凶光[1]。

505　"走开，长笛，你对我没用！"帕拉斯大嚷，

　　　　当她在溪中看见自己的影像[2]。

　　你们也一样，如果发怒时揽镜自照，

　　　　恐怕谁也认不出平素的容貌。

1　"梅杜萨的凶光"对应的原文是 Gorgoneo igne（戈耳工的火），戈耳工（Gorgon）
　　是福尔科斯女儿的通称，三姐妹的名字分别是梅杜萨、斯忒诺和欧律阿勒。关
　　于梅杜萨，参考《爱的艺术》第二卷第 309 行的注释。

2　密涅瓦（即帕拉斯）在水中看到自己吹笛时鼓起腮帮的样子，非常厌恶，放弃
　　了这种乐器，参考《岁时记》（Fasti 6.697-702）。

也别叫可憎的高傲在你们脸上盘踞，

510　　　　温煦的眼神才能够唤起爱欲。

我厌恶（相信专家）毫无节制的傲慢，

　　　　沉默的表情常种下仇恨的因缘。

望着凝望你的人，谁微笑，你也甜笑；

　　　　他点头，你也点头以示回报。

515　待热身完毕，那青年就会抛下钝剑 [1]，

　　　　从自己的箭囊中抽出一支利箭。

忧郁的女人也讨厌：让埃阿斯爱忒克墨萨 [2]，

　　　　我们寻乐者只拜在阳光女裙下。

我永远不会求你，安德洛玛刻，或者你，

520　　　　忒克墨萨，做女友你们都不宜。

我几乎难以相信，但子嗣迫使我相信，

　　　　你们竟能与丈夫同床共枕。

难道最郁郁寡欢的女人竟会对埃阿斯

　　　　说出"我的光"和讨人欢心的言辞 [3]？

525　谁禁止我们援引大事为小事举证，　　　　　　　　**看重诗人**

　　　　命我们必须敬畏将军之名？

高超的将领把士兵交给百夫长管理，

　　　　这位掌骑兵，这位负责守军旗——

你们也如此，考察我们哪个人适合

1　关于钝剑，参考《情诗集》第二部第九首第 22 行的注释。

2　忒克墨萨（Tecmessa）是埃阿斯的妻子。

3　"我的光"（mea lux）是古罗马情人之间的亲密称呼。

530　　　哪个用途，让大家各得其所。

　　让富豪赠礼，让精通法律的为你献计，

　　　　让口若悬河的常为门客打官司；

　　我们写诗的，只让我们送来诗即可——

　　　　这群人尤其容易坠入爱河。

535　打动我们的美丽，我们在各处颂扬：

　　　　涅墨西斯和钦提娅因诗人流芳[1]，

　　西方和东方的土地都知道吕柯丽丝[2]，

　　　　许多人在打听我的科琳娜的底细[3]。

　　而且，神圣的诗人从来没什么阴谋，

540　　　我们的品格也受到技艺熏陶。

　　既不受野心控制，我们也无占有欲，

　　　　鄙视法庭，喜好树荫和床铺。

　　但我们易生依恋心，我们的爱火炽烈，

　　　　深谙爱情的忠诚意味着什么。

545　无疑，我们的天性被温柔的艺术同化，

　　　　品行也在自己的志趣里找到家。

　　女人们，不要苛待阿俄尼亚的诗人[4]，

　　　　他们有神性，也蒙众缪斯垂青[5]。

1　涅墨西斯是提布卢斯诗歌中的情人名字，参考《情诗集》第三部第九首第31
　行的注释。钦提娅（Cynthia）是普洛佩提乌斯诗歌中的情人名字。

2　吕柯丽丝（Lycoris）是加卢斯诗歌中的情人名字。

3　科琳娜是奥维德诗歌中的情人名字。

4　关于阿俄尼亚，参考《情诗集》第一部第一首第12行的注释。

5　"众缪斯"对应的原文是Pierides（皮埃里亚的诸神）。

神住在我们心里，我们与天界有沟通，

550 　　那降落的灵感就来自高邈的苍穹。

希望找博学的诗人讨得礼物是罪过——

　　但可怜，没有女人害怕这罪过！

但你们要掩饰，别从第一眼就露出饕餮

　　本性：看见猎网，新情人会退缩。

555 然而，骑手不能用同样的缰绳驾驭　　　　不同年龄的情人

　　熟练的老马和初识辔头的马驹，

你捕获成熟的情人和稚嫩无城府的青年，

　　自然也不能遵循同样的路线。

后者太生涩，才刚刚加入爱情的队伍，

560 　　来到你的卧室，他就是新猎物，

他只认识你，让他永远只粘住你一人——

　　这庄稼必须用高高的树篱围困。

驱走对手：只要你独占，你就会得手，

　　王国和情爱若分享都不会长久。

565 风月老兵会循序渐进地、明智地爱你，

　　能承受新兵不能承受的许多事：

他不会砸烂你的门，不会点野蛮的火，

　　也不会将情人柔嫩的脸颊抓破，

不撕裂自己或姑娘的衣服，也不扯断

570 　　对方的头发，惹来泪水涟涟。

这些都是年轻而冲动的恋爱者所为，

　　他则会平静地忍耐残酷的伤害。

唉，他的火缓慢燃烧，如潮湿的干草，

如方才从山脊的森林砍下的木料。

575　这种爱更可靠，另一种短暂，却更丰茂，

　　　很快消失的苹果要迅速抓牢。

　　让一切秘密袒露：我们向情敌开门——　　　　

　　　请相信我这无信的背叛，女人！[1]

　　轻易赠予的东西难滋养长久的爱恋：

580　　偶尔的拒斥必须与欢谑相伴。

　　让他在门前躺着哀号："残忍的门！"

　　　让他充满屈辱，满脸狰狞。

　　我们受不了甜蜜，苦药让我们复苏，

　　　小船反而常在顺风中倾覆。

585　这就是妻子不招丈夫疼爱的原因——

　　　只要他们愿意，就可以亲近。

　　关紧大门，让守卫以冷酷的语气宣告

　　　"你不能"，如此遭拒，爱重新燃烧。

　　现在该放下钝剑，让你们以利剑攻击，

590　　我毫无疑问会伤于自己的武器。

　　当被你俘获的情人才刚刚掉入猎网，

　　　先让他憧憬着独占你的闺房。

　　然后叫他感觉到有对手分享欢愉——

　　　抛掉这些技巧，爱很快老去。

595　当栅栏打开，勇敢的骏马跑得最迅捷，

　　　既要超越，又不能被对手超越。

1　　奥维德向女人透露男人的恋爱秘诀。

伤害可随意唤醒已然熄灭的火种——

　　我坦白，不受伤便无爱的冲动。

然而，痛苦的理由不应该过于显明，

600　　要让他在焦虑中觉得另有隐情。

让假冒的奴隶以严厉的监视刺激他，

　　用冷酷丈夫的密切守护来烦他。

安全环境中享受的性爱没有人在乎，

　　即使比塔伊丝自由，你也装恐惧 [1]。

605 可以让他进门的时候，让他钻窗牖，

　　你的脸上要显出惊惶的症候。

让机敏的侍女跳进来，大喊"我们要死！"，

　　你再将紧张的青年随便藏哪里。

但在焦虑中也应点缀些无忧的云雨，

610　　以免他觉得你的夜配不上付出。

用什么方法能够骗过狡猾的丈夫　　　　　　隐蔽交往的手段

　　和警醒的守卫，我不想在此细述。

让妻子怕丈夫，允许丈夫守护好妻子，

　　这合理，法律和道德都授权如此。

615 但谁能忍受刚获得自由的你也遭管 [2]，

　　快加入我的圣礼，学习如何骗！

1　塔伊丝（Thais）似乎是西方古代高级妓女的一个常用名。

2　"刚获得自由的你"指获释女奴，她们比自由民阶层的女子受到的道德约束更少，
　是古罗马妓女的主要来源。原文 quam vindicta redemit 的意思是"木杖刚赎买
　的人"，在古罗马释放奴隶的仪式中，需要用被称为 vindicta 的木杖触碰即将
　获得自由的奴隶。

即使有阿耳戈斯那么多眼睛盯着你 [1]，

　　只要有决心，你照样可以得计。

难道监视你的人竟能阻止你写信，

620　　当你沐浴的机会终于来临？

当与你共谋的女人为你传递蜡板

　　（用宽幅束带扎于温暖的胸前）？

或当她将纸草绑在小腿后面藏匿，

　　用缠好的凉鞋运送柔情的文字？

625　守卫已提防这些？那就让同伴以背脊

　　代替纸草，凭身体携带讯息。

用新乳写就的信很安全，能瞒过眼睛，

　　用炭粉触碰，隐形的话就显形。

以湿润的亚麻茎书写，也有欺骗的效力，

630　　可在洁净的表面留秘密的印记。

阿克里西俄斯曾负责看守一位美女，

　　却由于自己的罪孽，变成外祖父 [2]。

监视人能做什么，当城里有如此多剧院，

　　当她可欣然观看马并驱向前？

635　当她坐在神庙里，摇着伊西斯的铃铛 [3]，

　　去男性同行者禁止踏足的地方？

1　关于阿耳戈斯，参考《情诗集》第二部第二首第 46 行的注释。

2　"美女"指达那厄，关于她和阿克里西俄斯，参考《情诗集》第二部第十九首第 27 行的注释。

3　"伊西斯"对应的原文是 Phariae iuvencae（帕洛斯的母牛）。伊西斯神庙禁止男人进入。

当"善良女神"将男人的目光逐出殿宇[1]，

　　只有极少数蒙她允许可进入？

当守卫在门外看护着女人脱下的衣服，

640　　众多的浴池却掩盖了秘密的欢愉？

当每次需要的时候，假冒的闺蜜有恙，

　　无论病得多厉害，却可以下床？

当备用钥匙的名字暗示我们的决定[2]，

　　不只是门给了你寻求的路径？

645　还可用灌酒的方法搅乱守卫的戒心，

　　哪怕那葡萄采自西班牙的山岭；

也有一些药能促成深沉的睡眠，让它们

　　合上被忘川的暗夜征服的眼睛；

你的同谋者不妨与那个讨厌鬼缓缓

650　　行房，亲自缠住他，为你拖延。

何必动用迂回的战术和琐屑的本领，

　　若最小的礼物就能收买监视人？

相信我，贿赂可以俘虏人和神，就连

　　朱庇特见到供品也抛掉旧怨。

655　智者当如何，既然蠢材都喜欢受贿？

　　他也一样，收了礼自然会闭嘴。[3]

但收买守卫时必须保证效果无限长——

1　关于"善良女神"，参考上文第 244 行的注释。

2　"备用钥匙"的拉丁语名字是 adultera clavis，adultera 会让古罗马人自然地联想到通奸。

3　Leary（1991）认为，655—656 行与上文的逻辑联系有缺陷，建议删除。

谁曾经投降，就会经常投降。

我记得自己曾抱怨朋友最应当警惕，

660　　这样的感叹不只适用于男子。

如果你轻信，别的女人会夺你的快乐，

　　　你的这只兔会被觊觎者捕猎。

热情为你提供床和幽会场所的她，

　　　相信我，不止一次与我勾搭。

665　也别找过于漂亮的侍女来伺候你们：

　　　她经常代替主人与我亲近。

疯狂的我去何方？为何向敌人袒露　　　　　　让他相信自己被爱

　　　胸膛，背叛自己，自己揭内幕？

飞禽不会教捕鸟者哪里捉自己最好，

670　　母鹿不会教追踪的狗如何跑。

利益会照看自己，我只管倾囊相传，

　　　给莱姆诺斯女人杀我的利剑 [1]。

设法（很容易）让我们相信被你们爱恋——

　　　急于遂愿的男人可轻松欺骗。

675　让女人含情脉脉地望着青年，从心底

　　　发出叹息，问他为何来太迟；

再添上泪水和对情敌伪装的害怕，

　　　并且用自己的手指划伤脸颊；

很快他不再怀疑，他会主动怜悯你，

680　　思忖着："这女人对我害了相思。"

1　　原文的 Lemniasin（莱姆诺斯人）是古希腊语复数与格。

尤其是衣冠楚楚、酷爱照镜子的男人，

    会相信自己足以迷住女神。

但无论你是谁，都勿因爱的伤害乱分寸，   **别轻信有情敌**

    别听见有情敌就失去应有的冷静。

685 别贸然轻信，仓促轻信的后果多严重，

    普罗克里丝的悲剧让你们警醒[1]。

百花盛开的明媚的许梅托斯山附近[2]，

    有一处圣泉，周围是柔软的绿茵。

丛林并不高，野草莓枝叶荫蔽着翠草，

690   迷迭香、月桂和桃金娘香气缭绕，

还有树叶繁茂的黄杨树、柔弱的柽柳，

    以及素雅的松树和细小的三叶草。

和煦的西风吹拂，漾起温馨的气流，

    众多的叶子和草尖都微微颤抖。

695 刻帕罗斯爱清静，他时常抛下奴隶

    和猎犬，疲惫地坐在这里休息，

他总是念叨："灵巧的风，快到我怀里[3]，

    欢迎你为我驱逐这灼人的热气。"

暗中记住这番话，某位搬弄是非者

700   将此事灌进了他妻子胆怯的耳朵。

普罗克里丝以为"风"是某位情敌之名，

---

1   关于普罗克里丝，参考《变形记》（*Metamorphoses* 7.661-862）。

2   许梅托斯山（Hymettus）在雅典（阿提卡半岛）附近，以产蜂蜜闻名。

3   风（aura）听起来很像女性名字，尤其与奥罗拉（Aurora）的名字相似。

顿然瘫倒，因突然的痛苦而失声，

脸色惨白，犹如葡萄已经从藤上摘完，

深秋的枯叶凋残于新至的冬天，

705 　也像成熟的榅桲（当它们压弯了树枝），

或者还不宜食用的山茱萸果子。

等清醒过来，她撕碎了胸前单薄的衣裳，

用指甲抓破自己无辜的脸庞，

披散着头发，发疯一般冲出去，穿过

710 　街道，仿佛狂女被藤杖蛊惑[1]。

快到的时候，她让同伴们留在山谷里，

自己则勇敢地潜入丛林的幽寂。

如此迷狂地藏身，菩罗克里丝，你究竟

如何想？惊愕的胸中有怎样的冲动？

715 显然你以为，无论"风"是谁，她即将出现，

你也将亲眼目睹他们俩的罪愆。

你时而后悔来（因为你实在不愿捉奸），

时而高兴——心里的爱在争战。

地点、名字和告密者迫使你不得不信，

720 　还因为害怕的事，人总是以为真。

当她看见他躺过的草地留下的印痕，

心脏的剧烈跳动让胸膛都在震。

此刻已经是正午，影子缩成一小团，

1　"狂女"（Baccha）指酒神狂女，关于藤杖，参考《情诗集》第三部第一首第 23
　行的注释。

太阳到东西方的距离恰好对半。

725 瞧！墨丘利之子刻帕罗斯从林中回返[1]，

用清泉浸没热汗淋漓的脸。

普罗克里丝，你忐忑地躲着，他如平日

卧倒，说道："柔风，快来我这里！"

伤心的女人惊喜地意识到这是场误会，

730 立刻恢复了精神和容颜的光辉。

站起身，她准备冲进丈夫的怀抱，急切地

移动身体，摇晃了挡路的枝叶——

他以为有野兽出没，赶紧一跃而起，

右手猛地抓住致命的武器。

735 不幸的人，你在做什么？那不是野兽！

住手！可叹！你的她被枪扎透。

"天哪！"她大喊，"你已刺中爱你的胸膛。

这地方将永留刻帕罗斯的伤。

在青春就夭折，但我并非情敌的牺牲品，

740 所以我不会觉得你，泥土，太沉[2]。

我的气息正遁入因名字遭怀疑的风里，

我去了，用亲爱的手合上眼皮！"

他用悲伤的怀抱支撑着垂死妻子的

1　在某些神话版本中，刻帕罗斯是墨丘利的儿子，但在《变形记》中，奥维德说
他是德伊俄纽斯（Deioneus）的儿子。"墨丘利之子"对应的原文是 Cyllenia
proles（库莱内的子嗣），因为阿卡迪亚境内的库莱内山（Cyllene）是墨丘利
的出生地。

2　意为：在被泥土埋葬时，心里不会太难受。

身体，残忍的伤口被眼泪淹没。

745　她的呼吸渐渐地逃离无感知的胸腔[1]，

　　　然后被可怜的丈夫接纳入口中[2]。

让我们话归本题。我只讲赤裸的真相，

　　　好让疲倦的小船最终入港。

宴席的忌讳

你或许焦急地等我领着你参加宴席，

750　在这方面也寻求我的建议。

到场要晚，掌灯时再楚楚动人地出现，

　　　耽搁让人喜，耽搁最勾人欲念。

即使你丑，在醉鬼眼中也秀色可餐，

　　　夜本身还可以为你藏匿缺陷。

755　夹取菜肴应节制，餐桌仪态很关键[3]，

　　　别用你的脏手抹遍整张脸。

别在家预先吃饭，但需在餍足之前

　　　停下，比起食量要稍微收敛——

帕里斯如果曾看见海伦虎咽狼吞[4]，

760　会恨她，感叹："我抢的是个蠢人！"

女人饮酒却更为合适，更增加魅力，

　　　巴克斯，你理当与丘比特搅在一起。

这也有限度，就是头尚能忍受，你的心

1　这行原文的 incauto 应该是"没有感觉"的意思，而非通常的"不谨慎"。

2　死者最近的亲属用嘴接住死者临终的最后气息是古希腊的风俗。

3　"夹取菜肴应节制"对应的原文是 Carpe cibos digitis（用手指抓取食物），古罗马固体食物进食不用餐具，"手指"比"手"抓取更显克制。

4　"帕里斯"对应的原文是 Priamides（普里阿摩斯之子）。

和脚不瘫软，眼中的物体无重影。

765　酩酊地躺着，满身酒气，是女人的灾难，

　　　那时与任何人上床都是自然。

撤走酒菜后沉入梦乡也绝不太平，

　　　睡眠中总是有许多丑事发生。

我耻于继续教下去，可是慈惠的爱神说[1]：　　　**性爱技巧**

770　　　"你害臊的事情正是我的工作。"

让每位女子熟悉自己：选择确定的

　　　姿势，没有体位对人人都适合。

谁以容貌俊俏而著称，就仰面躺着；

　　　谁的背部很优雅，最好俯卧。

775　米拉尼昂用肩膀驮阿塔兰忒的小腿[2]，

　　　如此端详有何妨，只要它们美？

小个子可以骑马：忒拜的新娘太颀长[3]，

　　　无法骑在赫克托耳的马上[4]。

女人如果有出众的高挑身材，可以

780　　　膝盖压着床，稍微弯着脖子。

谁有青春的大腿和毫无瑕疵的乳房，

　　　就让男人站，她身体横躺于床。

像酒神狂女一样，披散着头发，你别觉

1　"爱神"对应的原文是 Dione（狄俄涅）。

2　参考《情诗集》第三部第二首第 30 行的注释。

3　"忒拜的新娘"指安德洛玛刻，她生于忒拜。

4　"马"是比喻的说法，形容姿势。

羞耻，扬起颈项，让头发倾泻。

785　还有你，如果卢契娜女神留下妊娠纹 [1]，

　　　转过身去，像迅疾的帕提亚骑兵 [2]。

　　性爱有千种姿势，最简单省力的一种

　　　是枕着右侧的身子，自己不动。

　　但无论日神的德尔斐还是长角的阿蒙 [3]，

790　　他们的预言都不比我的诗更真。

　　如果你信任技巧，我早已在实践中谙熟，

　　　相信我：我的诗不会把你们辜负。

　　女人，任感觉融化，从骨髓深处体会

　　　欢爱，让双方都在性事中陶醉。

795　别压抑甜美的呻吟和令人愉悦的呢喃，

　　　动情之时别抛弃狂野的语言。

　　即使你生来缺乏对爱欲的强烈感觉，

　　　也要用迷人的声音假装快乐

　　（不幸的女人，你的某个部位竟麻木，

800　　男女应同等地从那里获得欢愉）。

　　只是要小心，作伪时不要让他识破，

　　　让他深信你，用你的目光和动作。

1　掌管分娩的女神。

2　参考《爱的艺术》第一卷第 210 行的注释。

3　"德尔斐"对应的原文是 Phoebei tripodes（德尔斐的三足祭坛），这个祭坛在德尔斐的阿波罗神庙中，是女祭司宣布预言的地方。阿蒙神（Ammon）在利比亚沙漠中有神庙，以预言的灵验著称，古希腊罗马人一般都将他视为宙斯（朱庇特）。

若你真享受，就用呼喊和喘气证明，

　　害臊！那地方也有秘密的表征。

805　但在交欢后向情人索要礼物的姑娘

　　别指望她的请求有任何分量。

切勿让天光从所有窗户射进卧房，

　　你们的大部分身体适合隐藏。

游戏已结束：走下天鹅车的时候到了[1]，　　　　　终曲

810　是它们一直用脖子为我负轭。

如早先的男性，现在我的女读者也应

　　将"我们受教于纳索"写上战利品。

1　维纳斯坐着天鹅车（一说鸽子车）往来。

《爱的疗治》

REMEDIA AMORIS

小爱神读到这本小书的名字，评论 [1]：　　　　　

　　　　"我看到战争，你针对我的战争。"

　　"丘比特，别急于以罪名指控你的先知，

　　　　我常追随你，擎起你给我的旗帜。

5　　我并非狄俄墨得斯，你母亲被他所伤 [2]，

　　　　乘战神车骑逃回清澈的穹苍。

　　其他年轻人常失去激情，我始终爱恋，

　　　　你若问我此刻做什么，仍是爱恋。

　　而且，我还向人们传授赢得你的秘籍，

10　　　　昔日的冲动如今已蔚然成体系。

1　　Stroth（1969）提到，德国古典学者 Platen（1818）在日记里记下了一点困惑：
　　《爱的疗治》宣称要教会读者如何摆脱爱，然而它迷人的语调却可能起到相反
　　的作用。Brunelle（2000）也指出，这首诗的内容和形式是矛盾的，奥维德曾
　　把哀歌体称为维纳斯的"淫媒"，用这种体裁来反对情爱是无效的。诗人在《爱
　　的疗治》757—758 行特别警告容易陷入情网的读者不要碰任何情爱诗（从体
　　裁上说自然也包括《爱的疗治》），就是一种狡黠的自我拆台行为。Davisson
　　（1996）认为，这首诗的一个核心悖论是：爱的痛苦是无法疗治的，疗治的
　　建议实施起来往往比爱的痛苦更痛苦。关于这首诗的创作时间，Murgia（1986）
　　提出了一个新颖的观点：《爱的疗治》创作于《爱的艺术》第二卷之后、第三
　　卷之前，所以措辞上的相似性不是《爱的疗治》在呼应《爱的艺术》第三卷，
　　而是前者反过来影响了后者。

2　　"狄俄墨得斯"对应的原文是 Tydides（堤丢斯之子），他击伤维纳斯和马尔斯
　　的事可参考《情诗集》第一部第七首第 31 行的注释。

我没背叛你，温柔的男孩，或我的技艺，

　　我的新诗也不曾拆毁旧诗。

如果谁爱着他甘愿爱的人，就让他热烈地

　　沉醉其中，借风势飞驰于碧波；

15　但他若难忍女友无端的暴政，何不

　　体验我这番本领，以求得活路？

为何会有恋爱者用绳套勒住颈项，

　　从高高的屋梁悬挂悲伤的重量？

为何还有人将坚硬的剑埋进胸膛？

20　　和平的爱好者，死亡给你招讪谤！

谁若不放弃，就会因可怜的恋情陨灭，

　　让他放，你就不为葬礼遭斥责。

而且你只是小孩，游戏才是你正业，

　　游戏吧，柔软的统治与年纪相合。

25　你的确可以弯弓搭箭，参加战争，

　　但你的武器不沾染致命的血腥。

让继父马尔斯拿起锋利的刀枪搏斗 [1]，

　　让他去征服，身上被血污浸透；

你去学母亲的艺术，它们可安全修习，

30　　没有母亲因它们而失去孩子。

请你让大门在夜晚的争吵中被人撞破，

　　让许多花环把宅邸的入口覆遮；

让青年男子和胆怯的女人秘密相聚，

1　"继父"影射维纳斯和马尔斯的私情。

随便用什么伎俩欺骗其丈夫；

35 让情人有时讨好，有时怒骂顽固的

门柱，让被拒的他唱起哀歌。

满足于这些眼泪吧，别蒙上谋杀的罪：

你的火把不该点饕餮的柴堆。"

我说完，金色丘比特舞动缀宝石的翅膀，

40 吩咐我："完成你计划之中的诗章。"

来吧，听我的箴言，所有被骗的青年，

在一切方面被爱辜负的可怜汉。

你们向我学恋爱，也应向我学治愈，

这只手既伤过你们，又提供帮助。

45 大地产健康的草卉，也产有害的植物，

荨麻经常与玫瑰比邻而居；

阿喀琉斯的长矛曾扎伤泰勒颇斯，

他的敌人，但后来也为他疗治 [1]。

但无论我对男人说什么，也都适用于

50 女人：我给双方都送上战具。

如果某些话对你们的情形并不合适，

作为样例仍然有丰富的教益。

我的用意是帮你们熄灭狂野的爱欲，

不许心成为自身缺陷的奴仆。

55 菲丽丝倘若拜我为师父，本可以幸存，

---

1 此事参考《情诗集》第二部第九首第 8 行的注释，"阿喀琉斯"对应的原文是
Pelias（佩琉斯之子）。

走过九回的那条路，可走得更勤 [1]；

临死的狄多也不会从城堡之巅望见

达尔达尼亚的航船乘风扬起帆 [2]；

痛苦也不会让母亲以武器对付亲骨肉，

60　　　以共同孩子的鲜血向丈夫报仇 [3]。

有我的艺术，即使为菲洛墨拉倾倒，

特柔斯也不会因为犯罪变成鸟 [4]。

我来教帕西法厄，她立刻摒弃公牛 [5]；

若教淮德拉，可耻的欲念不再留 [6]。

65　带回帕里斯，海伦仍属于墨涅拉俄斯，

特洛伊不会被希腊人夷为平地 [7]。

不孝的斯库拉如果曾读过我的这些诗，

那绺紫发仍长在你头上，尼索斯 [8]。

众人啊，以我为导师，抑制害人的相思，

70　　　在我引领下，让船载你们飞驰。

在你们学习恋爱时，纳索非读不可；

1　　参考《爱的艺术》第三卷第 38 行的注释。

2　　达尔达尼亚（Darnania）即特洛伊，名称来自特洛伊先祖达尔达诺斯（Dardanus）。
　　　关于狄多，参考《情诗集》第二部第十八首第 25 行的注释。

3　　"母亲"和"丈夫"分别指美狄亚和伊阿宋。

4　　关于菲洛墨拉和特柔斯，参考《情诗集》第二部第六首第 7 行的注释。

5　　关于帕西法厄，参考《爱的艺术》第一卷 289—326 行。

6　　关于淮德拉，参考《情诗集》第二部第四首第 32 行的注释。

7　　"特洛伊"对应的原文是 Pergama（佩尔加蒙）。

8　　关于斯库拉和尼索斯，参考《情诗集》第三部第十二首第 22 行的注释。

如今，你们仍需要研习纳索。

我是公共解放者，将拯救被暴君压迫的

　　胸膛，木杖该接受每人的感谢[1]。

75　在作品开篇，我向你祷告，福玻斯，愿你的

　　月桂降临，诗歌与医术的发明者；

请你同等地赐予诗人和医者以帮助，

　　两种角色都需要你的守护。

趁还有机会，趁胸中的情感尚可约束，　　　　　　**及时止步**

80　　你若后悔，赶紧在门槛处停步。

趁它们新生，碾碎突发疾病的恶种，

　　让你的马刚开始就拒绝前行。

时间会滋长力量，时间使嫩葡萄熟透，

　　苗壮的庄稼脱胎于幼小的秧苗。

85　为徜徉行人提供宽阔绿荫的大树，

　　最初种下时只是枝柯一株；

昔日你用手就能将它从地表拔起，

　　如今它添加了劲道，巍然耸立。

以敏锐的心智察看，你爱的对象如何，

90　　让脖颈远离注定伤害你的轭。

阻止起始的攻势：否则施药会太迟，

　　当疾病在漫长耽搁中积聚煞气。

所以要抓紧，切勿推延到未来的时辰——

　　谁今天不肯行动，明天就更不肯。

1　　关于木杖（vindicta），参考《爱的艺术》第三卷第 615 行的注释。

95　每种爱都会欺骗，在踟蹰中发现营养，

　　　　　每个明天都最应争取解放。

　　你很少看见河流诞生于伟大的源头，

　　　　　大多数依靠把沿途的支脉吸收。

　　倘若你迅速意识到你犯的罪有多大，

100　　　穆拉，你的脸就不会埋在树皮下 [1]。

　　我曾见一个原本可以治好的伤口

　　　　　最终恶化，只因为耽误太久。

　　可由于采撷性爱的甜果实在诱人，

　　　　　我们反复说："明天再了断也行。"

105　而与此同时，沉默的火焰爬入脏腑，

　　　　　祸害的树往下驱动着根须。

　　但如果早期援助的机会已经消失，

　　　　　被俘的心灵已被爱盘踞多时，

　　就要花更大的功夫；我却不能因介入

110　　　病情太晚，而对他弃置不顾。

　　波亚斯之子确实早应当做出决定，

　　　　　断然切掉自己受伤的部分 [2]；

　　但在多年后，他仍然被治愈，并且

1　关于穆拉变树，参考《爱的艺术》第一卷第 288 行的注释。

2　"波亚斯之子"指菲罗克忒特斯（Philoctetes），他的父亲是莫里卑亚（Moliboea）
　　国王波亚斯（Poeas）。菲罗克忒特斯被希腊同伴抛弃在莱姆诺斯岛，他在那
　　里被毒蛇咬伤，十年不愈，后来医神埃斯库拉庇乌斯的儿子玛卡翁或者波达利
　　里俄斯治好了他。

被世人相信将那场战争终结 [1]。

115　片刻前我还急于驱散刚萌生的病患，

　　　现在却只能给你迟来的救援。

你若可能，或者在火焰初起时灭掉它，

　　　或者等它的力量耗尽，已沉下。

当激情飞奔而来，你只能屈从激情，

120　　　所有的冲击我们都很难接近。

在本可顺着水势渡河的时候，却铁心

　　　与急流作对的泳者实在愚蠢。

狂躁冲动、至今没办法控制的性子

　　　憎恶建议的忠言，嗤之以鼻。

125　我的疗治更有效，当患者允许我碰触

　　　其伤口，愿意倾听真实的言语。

除非没理性，谁会去阻止母亲哀哭

　　　死去的儿子？此时开解无益处，

等到她哭够了，痛苦的情感已经宣泄，

130　　　那种伤痛才能够用劝诫缓和。

医学几乎是时机的艺术：酒可以救人，

　　　若时间合适；时间不合适，却害人。

而且，你若在不恰当的时候与疾病对抗，

　　　阻遏反而如点火，激发其力量。

135　所以，趁你似乎能被我的医术治好，　　　　　　　避免闲逸

1　海格力斯在死前，将弓箭传给了菲罗克忒特斯。神谕说，除非将海格力斯的弓箭带去，否则特洛伊将永远无法攻取。所以后来希腊联军远征特洛伊、久攻不下时，专门派尤利西斯去请菲罗克忒特斯赴特洛伊。

遵我的建议，一开始就避免无聊。

闲逸让你谈恋爱，让你沉溺，这种

　　快乐的灾难就以它为诱因和支撑。

如果你摆脱闲逸，丘比特之弓就断绝，

140　　火炬就熄灭委地，遭众人轻蔑。

正如悬铃木喜欢酒，大众喜欢清溪 [1]，

　　沼泽的芦苇喜欢黏稠的淤泥，

维纳斯钟爱闲逸：若希望终结爱恋，

　　（爱怕忙）赶紧忙正事，你就安全。

145 疲惫、毫无管控的贪睡行为、博戏

　　以及嗜酒滥饮到头疼的恶习

没有伤口就夺走了灵魂的所有活力，

　　丘比特阴险地潜入不警觉的心里。

那男孩习惯于跟随怠惰，嫌恶勤勉者：

150　　给空闲的心一些费神的工作。

有法庭，有律令，有要你挺身辩护的友人；

　　或穿过被竞选白袍映亮的阵营；

或跟随染血的马尔斯，履行青年的义务——

　　很快你就将远远地驱逐情欲。

155 看，佯败的帕提亚，成就凯旋礼的新敌人，

　　在自家原野已望见恺撒的刀兵 [2]。

何不同时战胜丘比特和帕提亚的箭矢，

1　古罗马人喜欢在悬铃木（platanus）下举行酒宴。

2　关于"佯败"，参考《爱的艺术》第一卷第 210 行的注释。关于远征帕提亚，参考《爱的艺术》第一卷第 177 行的注释。

以双重战利品向祖先的神献礼？

维纳斯刚被埃托利亚的长矛扎伤[1]，

160   就让自己的情人接管了沙场。

你们问，埃癸斯托斯为何成了奸夫[2]？

   原因很显然：他的生活太空虚。

其他人都在特洛伊陷入漫长的战事，

   整个希腊的军力都转到那里。

165 即使他愿意打仗，阿戈斯也无仗可打；

   即使去法庭，法庭也一片闲暇。

怕无事可做，他做了他能做的——恋爱。

   于是丘比特来了，并且不离开。

乡村和各种农事也能让心灵愉悦，　　　　　乡村生活的效果

170   任何焦虑都不敌这样的关切。

吩咐驯顺的公牛用脖颈扛起重负，

   拽着弯曲的犁铧，割开硬土；

用翻起的泥壤盖住刻瑞斯赐予的种子，

   田野会还你，连同丰厚的利息；

175 凝望被果实的重量压弯的枝条，仿佛

   树已然无法承受自己的产出；

注视在欢快呢喃中流淌而过的小河，

   看着绵羊慢慢啃丰盛的草叶；

瞧，母山羊如何攀越山崖和陡峭的岩石，

---

1 "埃托利亚的长矛"指狄俄墨得斯的武器，参考上文第 5 行的注释。

2 关于埃癸斯托斯，参考《情诗集》第一部第七首第 10 行的注释。

180　　转眼它们就载回满盈的乳汁；

　　　　牧人用参差排列的芦管吹出旋律，

　　　　　忠诚的犬群守候在不远之处；

　　　　另一边，高耸的森林涌起深沉的涛声，

　　　　　母牛正哀叹幼崽已难以找寻；

185　　还有，当聚集的蜜蜂被烟熏得四散，

　　　　　蜂巢被收走，枝条减了负担。

　　　　秋天结满果实，夏天有悦目的庄稼，

　　　　　冬日有炉火驱寒，春天开百花。

　　　　农夫会在特定的时节采摘成熟的

190　　　葡萄，赤足踩上去，流出紫液；

　　　　他在特定的时节切割并绑好干草，

　　　　　用疏齿的钉耙清理光秃的地表。

　　　　你可以自己在灌溉的庭园种植秧苗，

　　　　　自己开凿细水缓流的渠沟。

195　　嫁接的时候到了，让枝柯接纳枝柯，

　　　　　让屹立的树披上移居的绿叶。

　　　　一旦这种快乐开始抚慰你的心，

　　　　　爱就奔拉着翅膀，悻悻回程。

　　　　你也可练习打猎的技艺：维纳斯经常

200　　　被日神的妹妹击败，耻辱地退场 [1]。

　　　　时而追逐捷足的野兔，与敏犬合作，

　　　　　时而在阴凉的山脊布下网罗；

───────────

1　　"日神的妹妹"指狄安娜。

或者用彩色的羽绳吓唬胆怯的雄鹿 [1]，

　　或者以长矛刺倒冲锋的野猪。

205　晚上，疲惫的你瞬间入眠，无暇

　　相思，深睡让肢体活力焕发。

捕鸟是更为温和的嗜好，但也是嗜好，

　　用绳或树枝求得微小的回报；

或者，将贪婪鱼儿愿舍命吞吃的碎食

210　放在弯铜的末端，藏住钩刺。

你必须以这些或其他手段（直到你忘记

　　如何恋爱）悄悄欺骗你自己。

虽然受到牢固的羁绊，你只需远离，　　　　远行的功用

　　下定决心，出发去天涯之地。 [2]

215　你会哭，当被弃女友的名字在心里闪现，

　　你会时常在路中间止步不前。

然而请记住，越不愿行进，就越要行进，

　　坚持，迫使脚奔跑，逼它们遵命。

别盼着下雨，别让异族的安息日耽搁

220　旅程，或者以灾难著称的阿利亚河 [3]；

也别问，你已经走了多少里，还剩多少里，

　　别编造理由，让自己在附近休息；

别数时间，别频繁回望罗马，快逃窜——

1　羽绳（formidine，主格 formido）是一种绑了各种颜色羽毛的绳子，用来吓唬鸟类和野兽。

2　在卡图卢斯《歌集》（Carmina）第十一首，诗人正是以远行来忘记失恋的伤痛。

3　关于阿利亚河，参考《爱的艺术》第一卷第 414 行的注释。

脱离敌人的帕提亚只暂时安全 [1]。
225　有人会指责我的方法太严苛，是严苛，
　　　　但若要痊愈，需忍许多折磨。
　　生病时，我虽不情愿，却经常喝下苦液，
　　　　我哀求美食，却遭到断然拒绝；
　　为了让身体复原，你会忍受铁和火，
230　　再口渴，也不肯以水缓解焦渴——
　　疗治灵魂时，你就不愿意有任何牺牲？
　　　　然而这部分比身体更值得珍重。
　　但是，我的技艺最阴森的是其入口，
　　　　挺过最初的时刻确实很艰辛。
235　难道你没看见牛开始负轭如遭火炙，
　　　　新腹带如何害惨飞奔的骐骥？
　　或许你憎恶离开历代祖先的家园，
　　　　但你离开了，然后又渴望折返。
　　不是家，而是对女友的爱唤你回去，
240　　你的罪其实隐藏于华丽的词句。
　　一旦你脱身，乡村、同伴和遥远旅途
　　　　将以一百种方式安慰痛苦。
　　别以为离开就足够，还要离开足够久，
　　　　直到火已灭，灰烬都已经凉透。
245　但如果你心志尚未坚定，就匆忙返程，
　　　　反叛的丘比特就会凶狠地进攻。

———————————

1　　"脱离敌人的帕提亚"比喻暂时离开情人的恋爱者。

你虽然曾经离开，却贪婪饥渴地回来，

    所有的时间都白费，对你只有害。

若有人相信海摩尼亚的魔法和毒草 [1]　　　　　　　　巫术无用

250   有任何帮助，我劝他小心为妙。

那是巫术的老法子，我的阿波罗已指出

    （用神圣的诗歌）一条更安全的路。

在我指引下，没鬼魂受召唤飘出墓园，

    没老妪以可憎的咒语撕裂地面，

255 没庄稼从一片田野挪移到另一片原野，

    福玻斯的日轮不会骤然失色。

如往常，台伯里努斯的河将流入大海；

    如往常，月亮将驾驭白马而来。

没有胸膛借咒语才能够驱逐烦忧，

260 无须烧硫黄，丘比特就会败走。

帕西斯土地的草卉对你有什么用处，

    美狄亚，当你渴望留在故土 [2]？

喀耳刻，母亲柏尔萨的魔草有何裨益，

    当尤利西斯的船乘顺风远离 [3]？

265 你用尽手段，阻止狡猾的客人脱身 [4]，

    他仍然鼓满布帆，顺利逃遁；

---

1   参考《情诗集》第一部第十四首第 40 行的注释。

2   "故土"对应的原文是 Colchi（科尔基斯）。

3   "尤利西斯的船"对应的原文是 Neritias rates（涅瑞托斯的船），涅瑞托斯
（Neritus）是尤利西斯故乡伊塔卡附近的一个小岛。

4   "狡猾的客人"指尤利西斯。

你想尽办法，不让残忍的爱火烧自己，

丘比特却久居你心里，逆你的意。

你能够把人化作一千种不同的外形，

270　　　却不能改变自己灵魂的决定。

传说在杜里齐文的首领打算离开时[1]，

你甚至说出这番话，试图阻止：

"我现在并不祈求我当初常怀的憧憬

能实现，就是你甘心做我的夫君。

275　然而，我仍然觉得自己配做你新娘，

因为我是神，父亲是尊贵的太阳。

我求你别急着出发，请赐我一点时间；

难道我能有比这更卑微的心愿？

你看，海波涛汹涌，你应该怀着畏惧——

280　　　很快就会有好风送你们远去。

你为何要逃跑？没有新的特洛伊崛起，

没有人呼吁盟友再拿起武器。

这里只有爱与和平，唯我一人遭重创，

而且整片土地将奉你为王。"

285　她如此劝说，尤利西斯却松开了船缆，

无用的话随着帆被南风吹远。

喀耳刻苦苦思念，求助于熟悉的法术，

但它们丝毫不能纾缓痛苦。

1　"杜里齐文的首领"仍然指尤利西斯，杜里齐文（Dulichium）是伊塔卡附近的
　　一个岛。

所以，向我的技艺寻求帮助的人们，

290　　抛掉那些对魔药和咒语的迷信！

若你有强力的理由需留在世界的都城，　　念叨她的缺点

　　请听我建议在罗马当如何行动。

最善于解救自己的人会斩断磨肿

　　胸膛的锁链，永久终结疼痛；

295　如果谁有如此的勇气，连我都会惊叹，

　　并且说："他不需要向我求箴言。"

而你，正艰难学习放弃所爱，做不到

　　却又想做到的人，应接受我指导。

要经常跟自己回忆无良女友的劣迹，

300　在眼前重演你曾经蒙受的损失：

"她霸占了我那么多东西，仍不满意，

　　这个贪心鬼还拍卖我的房子！

她如此对我起誓，又如此违背誓言，

　　她曾多少次任我趴在她门前！

305　她爱着别的男人，我的爱却遭轻贱，

　　不给我的夜晚，却给了一位小贩！"

让所有这些在你的全部感觉中发酵，

　　一遍遍重复，寻找仇恨的渊薮。

但愿你因为此类怨愤而获得辩才，

310　你只需痛苦，言辞会源源涌来。

最近，我对某位女人格外地依恋，

　　她对我的心却没一丝顾念。

我病了，像波达利里俄斯给自己开药 [1]

　　　（羞耻啊，虽是医生，却没治好）——

315　不停回想女友的种种缺陷却管用，

　　　每次暗骂她，我都恢复了健康。

我对自己说："太难看，她那对小腿的形状！"

　　　（然而，我坦白承认，这并非真相。）

"我女友的那两条手臂一点儿都不漂亮！"

320　　（然而，我坦白承认，这并非真相。）

"她真矮！"（假的。）"她到底要我多少才够？"

　　　这才是我心生憎恨的最大理由。

有些缺点是优点的邻居，稍微一串门，

　　　美德经常就沾上恶行的污名。

325　尽你所能，将她的天赋都往坏处说，

　　　欺骗自己的判断，混淆边界。

若丰腴，就说"臃肿"；肤色暗，就说"黝黑" [2]；

　　　若苗条，就给她安上"羸瘦"之罪。

谁如果不拘谨、不土气，可以说她"无礼"；

330　　如果她行为端正，可说她"土气"。

而且，无论你女友在哪方面欠缺才能，

　　　都要殷勤地恳求她展示此"本领"：

倘若她嗓音不好，务必邀请她唱歌；

　　　让她跳舞吧，倘若她手臂不灵活。

1　关于波达利里俄斯，参考《爱的艺术》第二卷第 735 行的注释。

2　327—330 行与《爱的艺术》第一卷 657—663 行的策略正好相反。

335 她语言缺乏教养？让她多跟你长谈。

叫来里拉琴，倘若她没学过拨弦。

步态僵硬？就让她行走。乳房太饱满？

别让她束胸，别让她遮掩缺点。

如果她牙齿不好看，给她讲幽默故事。

340 眼睛太敏感？回忆伤心的经历。

另一个好办法是在早晨，趁她来不及

为谁化妆，突然出现在她家里。

我们被装束勾魂，宝石和黄金覆遮

一切，女人自己反而可忽略。

345 被这些包围，到底爱什么？你时常自问。

富有的丘比特用神盾欺骗眼睛 [1]。

意外地出现：你安全，她却身无盔甲，

不幸的女人将在缺陷中倒下。

然而，太信任这条建议有一定风险：

350 没有装饰，美也能迷惑许多人。

当女友正用混合的药剂抹脸的时候，

你也要进去，别让羞耻心挡道——

你会发现小盒子与千种东西的颜色，

羊毛的油脂直流到温热的胸窝 [2]。

---

1 神盾（Aegis）是密涅瓦的著名装备，上面嵌有梅杜萨的头颅，可将凝视者变
为石头。

2 关于"羊毛的油脂"，参考《爱的艺术》第三卷第 214 行的注释。

355 菲纽斯，那些药发出的臭味如你的餐桌[1]，

　　　　我的胃不止一次翻起了涛波。

　　现在我将要揭示性爱过程中的诀窍，　　　　　　对"妒忌"的回应

　　　　务必从各个方向将丘比特赶跑。

　　诸多细节羞耻心不容我叙述，但你

360　　　可借助想象超越我的文字。

　　因为最近某些人曾指责我的小书，

　　　　认为这些诗太放纵，毫无约束。

　　只要我高兴，只要我传遍整个世界，

　　　　小撮人攻击我的著作又如何？

365 妒忌甚至会贬损伟大荷马的天才，

　　　　佐伊洛斯，没有他，你的名安在[2]？

　　亵渎的舌头也曾毁坏你的诗，将沉沦[3]

　　　　诸神从特洛伊带到此地的人。

　　至高处才被妒忌瞄准：风肆虐高空，

370　　　朱庇特投掷的闪电轰击巅峰。

　　被我的自由冒犯的人，无论你是谁，

　　　　若明智，就要让题材与格律相配。

　　勇敢的战争喜欢用史诗的节拍颂唱[4]——

1　菲纽斯受到鸟身女妖袭击，餐桌被污染，参考《爱的艺术》第一卷第 340 行
　　的注释。

2　佐伊洛斯（Zoilus）编纂了一本攻击荷马的书，他被古人称为"荷马之鞭"
　　（Homeromastrix），他的出身和来历不明。原文 quisquis es（无论你是谁）
　　出于译文格律的考虑，未译。

3　"你"指维吉尔，维吉尔在世时也曾受到攻击。

4　"史诗的节拍"对应的原文是 Maeonio pede（迈奥尼亚的格律）。

那里怎会有男欢女爱的地方？

375　悲剧的调子雄浑：怒气适合高足靴，

　　　喜剧的素材则源于日常生活[1]。

无拘短长格的锋芒可针对拦路的敌人，

　　　无论是轻快，还是在末尾变沉[2]。

且让柔婉的哀歌吟咏丘比特的箭囊，

380　让轻浮的女友游戏，随自己的愿望。[3]

阿喀琉斯不该用卡利马科斯的曲调[4]，

　　　库迪佩也不该进入荷马的节奏[5]。

谁能容忍塔伊丝扮演安德洛玛刻[6]？

　　　谁将后者演成了前者，也犯错。

385　塔伊丝和无拘的放纵都属于我的技艺，

　　　我与束发带无关，只关心塔伊丝[7]。

如果我的诗完美契合了戏谑的主题，

1　关于高足靴，参考《情诗集》第三部第一首第 14 行的注释，"喜剧"对应的
　　原文是 soccus，这是喜剧演员穿的一种拖鞋。

2　短长格（Iambi）是古希腊诗人阿齐洛科斯（Archilochus）发明的格律，主要
　　用于尖刻的讽刺诗。"轻快"指严格遵循格律的短长格诗歌，"在末尾变沉"
　　指最后一个音节是长短格的混合式短长格。

3　按照贺拉斯在《诗艺》（Ars Poetica 75-76）中的概括，"长短交错的诗行最
　　初是抒发哀伤，/ 后来也为应验的祷告感谢神灵"，到了奥维德的时代，哀歌
　　体在罗马已成为情爱诗的专用体裁。

4　卡利马科斯反对史诗写作，这里他也代表哀歌体。

5　库迪佩在这里也代表哀歌体，关于她，参考《爱的艺术》第一卷第 458 行的注释。

6　关于塔伊丝，参考《爱的艺术》第三卷第 604 行的注释。塔伊丝和安德洛玛
　　刻分别代表了哀歌和史诗人物。

7　束发带代表贞洁的女人。

就已获胜，指控就毫无道理。[1]

崩溃吧，咬人的"妒忌"，我已赢得大名，

390 　　只需按格律继续，名声会更盛。

可是你太着急：只要我活着，你还得受苦，

　　我心中已经酝酿着更多的诗句。

因为我喜欢，越荣耀我越追求名气，

　　我的马正在登顶路的起始喘气。

395 "哀歌"承认，我对她的价值和意义

　　正如维吉尔之于高贵的"史诗"。

这是我对"妒忌"的回应——用力，拽紧

398 　　缰绳，诗人，沿既定的赛道前进。

< ···

··· >

435 男孩丘比特应该张满弓，把你们射穿，

436 　　受伤的你们会来求更大的救援。

< ···

··· >

441 我鼓励你们同时与两位女友交结　　　　同时拥有两位情人

　　（若谁有更多，真是强大的角色！），

当心被切成两半，在彼此之间摇摆，

　　这份情的力量就消减那份爱。

445 大河因分出许多水道而失去气魄，

_____

1　Conte（1989）指出，奥维德在这段诗里的论辩逻辑是贺拉斯《诗艺》中的一
　条原则："每一种体裁都要守住合适的疆域"（*Ars Poetica* 92）。

《爱的疗治》

撒走柴薪，受伤的火焰就熄灭；

一只锚不足以让蜡封的船停泊稳当，

清水中钓鱼，一条钩也没大用场。

谁已经事先为自己备好双份的慰藉，

450 　　就已经是站在城堡之巅的胜者。

可是你，不幸托付于单个女友的人，

如今就至少需要新寻一段情。

米诺斯为普罗克里丝不再爱帕西法厄[1]；

克吕泰墨斯特拉的位置被抢夺[2]；

455 阿尔克迈昂不能永远爱菲勾斯之女，

是因为一半床被卡利洛俄占据[3]；

俄诺涅应当到死都能与帕里斯相爱，

倘若不曾被情敌海伦伤害[4]；

色雷斯君主本会满足于妻子的美貌，

1　综合伪阿波罗多洛斯（Apollodorus）在《神话汇编》（*Bibliotheca*）中的多处记述，普罗克里丝曾与刻帕罗斯分居，她逃到克里特后，与国王米诺斯亲近，米诺斯送给她一条神速犬和一杆永远能命中目标的投枪。

2　"克吕泰墨斯特拉"对应的原文是 prior，意为"（阿伽门农的）前妻"，"位置被抢夺"对应的原文是 Cessit ab Idaea coniuge victa，意为"被来自伊达山的妻子战胜"，指她被卡珊德拉取代，参考《情诗集》第一部第九首第 37 行的注释。

3　阿尔克迈昂（Alcmaeon）对应的原文是 Amphilochi frater（安菲洛科斯的兄弟），他娶了菲勾斯（Phegeus）的女儿阿尔菲西博娅（Alphesiboea），一说阿尔西诺厄（Arsinoe），后来却抛弃了她，娶了河神阿刻罗俄斯的女儿卡利洛俄（Callirrhoe）。

4　俄诺涅是帕里斯的原配，"情敌海伦"对应的原文是 Oebalia paelice（源于俄巴罗斯的情敌），俄巴罗斯（Oebalus）是海伦名义上的祖父（名义父亲廷达瑞俄斯之父）。

460 可是她被囚的妹妹面容更姣好 [1]。

何必去细数多到我无法穷举的例子？

所有的旧爱都会被新爱代替。

怀念众多儿子中的一位，比起哀叹

夭亡的独子，母亲可以更勇敢。

465 别有谁以为我在给你制定新法律

（真希望我拥有发现它的荣誉！），

这是阿伽门农的洞见：他什么看不见，

既然整个希腊都由他掌管？

这位征服者爱亲手俘虏的克瑞塞伊丝，

470 可她愚蠢的老父亲到处悲泣 [2]。

为何痛哭，可憎的老头？他俩很般配，

女儿被你的亲情笨拙地伤害。

当卡尔卡斯已经在阿喀琉斯保护下 [3]，

命士兵将她送还父亲的家，

475 阿伽门农说："有位女人的容貌几乎能

媲美，换掉首音节，名字也相同。

若明理，阿喀琉斯会自动把她奉上；

若不智，他会体验我的力量。

但如果，希腊人，你们有谁敢指责此事，

480 强大的手挥权杖可不是游戏。

---

1 "色雷斯君主""妻子"和"妹妹"分别指特柔斯、普洛克涅和菲洛墨拉。

2 关于克瑞塞伊丝和克瑞塞斯（老父亲），参考《爱的艺术》第二卷第 401 行的注释。

3 关于卡尔卡斯，参考《爱的艺术》第二卷第 737 行的注释。

如果我身为君主，却没有女人陪睡，

　　还不如让忒尔西忒斯继承王位[1]！"

他得到此女，虽失去彼女，却足堪抚慰，

　　旧爱已经放下，被新爱取代。

485　因此，以阿伽门农为榜样，追寻新欢，

　　让你的爱欲可以向两面延展。

你问到哪里找她？读我的《爱的艺术》，

　　你的船很快就会载满了美女。

但如果我的箴言有任何用处，阿波罗　　　　　故作冷漠

490　通过我口教授的对凡人有效果，

那么，即使你在埃特纳深处悲惨受焚，

　　也要装作对女友冷漠胜寒冰，

摆出无事的假象，即使你心痛，也别叫

　　她察觉，本该暗地流泪，却要笑。

495　我并非命你在恋爱的中间突然崩断，

　　在我的帝国，法令没如此野蛮。

装出你不是的样子，仿佛抛弃了欲念，

　　如此，你刻意操练的就会实现。

为了不饮酒，我经常装作已经入眠——

500　渐渐地，眼睛还真的被睡意接管。

我笑话某人，装作恋爱，却坠入爱河，

　　捕鸟人掉进自己布设的网罗。

爱借助习惯入心，也借助习惯被遗忘：

1　关于忒尔西忒斯，参考《情诗集》第二部第六首第 41 行的注释。

谁能装出不受伤，就不再受伤。

505 她叫你去，就在约好的晚上去；你到达，

却发现大门紧闭，那就忍受吧；

别说献媚的甜言蜜语，别斥责柱子，

别在坚硬的门槛上趴着身子；

等到天亮了，你的话里不要有怨愤，

510 脸上别露出任何悲伤的表情。

意识到你的冷淡，她不会再高傲矜持

（这也是我的技艺给你的一份礼）。

但你也要骗自己，别强迫自己决定

终止这段情——马经常反抗缰绳。

515 藏好优势，你未宣布的将成为现实：

当网子过于明显，鸟都会躲避。

别让她志得意满，能够随意鄙薄你，

拿出勇气，让她只能屈就你。

或许门开着？虽然她唤你进去，不管。

520 约好了过夜？别选择指定的夜晚。

忍受这些很容易，即使你缺乏忍受力，

也能很快找轻浮的女子共枕席。

有谁抱怨我给出的方法过于严苛？　　　*爱情的厌恶疗法*

瞧，我也在扮演媒人的角色。

525 既然性情各不同，我的建议也不同；

病症有千种，药方自然有千种。

有些身体很难被锋利的手术刀治愈，

许多人需要草卉和汤药的帮助。

331

你太柔弱，没办法离开，被绳索绑定，

530
    残忍的丘比特正踩着你的脖颈——

放弃挣扎吧，让风把你的小船往回刮，

    波浪往哪边，你的桨就向哪边划。

让你焚身欲死的那种渴不得不填满，

    我允许，你可以痛饮，在溪水中间。

535
但是你最好一直喝，超出身体的容量，

    让喝下的水回流，淹没你喉咙。

去吧，无人阻止，与女友时刻在一起，

    让她夺走你全部的黑夜与白日。

用厌倦治疗相思，让厌倦终结所有；

540
    即使现在相信能离开她，也别走，

直到你被完全压垮，过剩摧毁了情欲，

    你对她的家没有爱，只余憎恶。

被猜疑滋育的爱恋同样会长久盘踞，

    你若想放下它，就要放下恐惧。

545
谁害怕失去她，害怕情敌将她抢跑，

    这种人玛卡翁的医术都难治好 [1]——

两个儿子中母亲会更爱谁？在遥远海外

    作战、让她忧心不能回的那位！

毗邻科里纳城门，有一座尊贵的神庙，   **遗忘的办法**

550
    高峻的埃卢克斯山给了它名号 [2]。

---

1   关于玛卡翁，参考《爱的艺术》第二卷第 491 行的注释。

2   维纳斯在这座神庙的名号是埃卢齐娜，名字源于西西里岛的埃卢克斯山。

“遗忘的丘比特”在那里，他能疗治相思 [1]，

　　　　　总把自己的火炬浸在凉水里；

　　　男青年聚集此地，祷告自己能遗忘——

　　　　　也不乏被顽固男人俘虏的姑娘。

555　这位神对我说（我不知他是真的小爱神

　　　　　还是幻象，但觉得幻象更可能）：

　　　“纳索，你有时引发、有时消除忧烦的 [2]

　　　　　爱情，把这些也加入你的秘诀。

　　　总想着自己的灾祸，就能够熄灭爱火：

560　　　或多或少，神给了每个人一些。

　　　谁恐惧追债人、年初和飞速到来的月初 [3]，

　　　　　就让他为借来的钱忍受痛苦；

　　　虽然其他事都如愿，却有严酷的父亲，

　　　　　就让他眼前老晃动父亲的身影；

565　这位潦倒地活着，妻子也没什么嫁妆，

　　　　　让他相信，自己的命被妻子妨；

　　　你有一块葡萄园，土壤肥沃，产量

　　　　　丰富，就担心幼藤会被晒伤。

　　　他的船正在返航？就让他总是惦记

570　　　汹涌的波浪和海岸漂浮的残体。

　　　他担忧当兵的儿子，你操心待嫁的闺女，

1　“遗忘的丘比特”对应的原文是 Lethaeus Amor（忘川的小爱神）。

2　纳索即奥维德。

3　“追债人”对应的原文是 Puteal，原意是绕井之墙，这里指里博之井（puteal Libonis），是罗马钱商聚集的地方。年初和月初都是还债的时候。

谁没有一千个理由让自己焦虑？

为了能憎恨海伦，帕里斯，你应该时时

在脑海里重演几位兄弟的死。"

575　他还在说话，宁静睡眠中男孩的身影　　　　　　　　<u>与朋友在一起</u>

骤然消失，如果刚才只是梦。

我该怎么办？帕里努鲁斯在大海中央[1]

弃了船，我被迫驶入未知的航向。

恋爱的人，独处的地方有害，千万别独处。

580　你往哪里逃？人群可保你无虞。

你不需要僻静的角落（僻静会增添疯狂），

拥挤的人们能够帮上你的忙。

独处时你会觉悲伤，被弃女友的形象

将站在眼前，仿佛真人一样。

585　正因为如此，夜晚比福玻斯的白昼凄凉，

可减轻痛苦的伙伴们不在身旁。

别躲避交谈，别让你的大门紧闭，

别在黑暗中藏着脸，偷偷哭泣；

总要寻一位彼拉得安慰俄瑞斯忒斯[2]，

590　友谊的这种功用绝不可轻视。

是什么伤害菲丽丝，若不是幽秘的树林[3]？

她的死因很明确：身边无友朋。

1　帕里努鲁斯（Palinurus）是埃涅阿斯的舵手，因为掌舵时睡着被大浪卷下船，
　　见《埃涅阿斯纪》（Aeneid 5.843-71）。

2　关于彼拉得和俄瑞斯忒斯，参考《情诗集》第二部第六首第 15 行的注释。

3　关于菲丽丝，参考《情诗集》第二部第十八首第 22 行的注释。

她就像色雷斯的蛮族信众庆祝三年

　　一度的酒神节，总披头散发出现，

595　时而极力远眺望不尽的茫茫海洋，

　　时而疲惫无力地躺在沙岸上。

"无信的得摩丰！"她朝耳聋的波浪大喊，

　　抽泣一再把她的话语打断。

有条狭窄的小径，长影下有些晦暗，

600　她时常从这里缓步走向海边。

抑郁的女人走了九回。"让他看好了！"

　　她说，盯着腰带，脸失去血色，

又望向树枝，犹豫，躲避可怕的决定，

　　惊恐中，手指摸到自己的脖颈。

605　锡托尼亚女，我希望那时你不是一人[1]，

　　森林也没有落叶，为你伤心。

记着菲丽丝的悲剧，警惕幽静的地方，

　　所有被恋人伤害的男士和姑娘。

某位年轻人采用了我建议的一切手段，　　　　　始终远离她

610　他本已入港，差不多脱离危险，

等回到热切的情人中间，又故态复萌，

　　丘比特也重新拾起弃置的弯弓。

谁患着相思却不愿，要设法避免传染，

　　传染也时常给牛羊带来灾难。

615　当眼睛看着受伤的眼睛，自己也受伤，

———————————

1　"锡托尼亚"代指色雷斯。

许多病都通过传染破坏健康。

这绝非偶然的情况：从附近流淌的河里，

水渗进泥块龟裂的赤旱土地——

爱也会隐蔽渗透，如果你不远离爱人，

620　　我们所有人都有如此的天性。

另一位同样，本已治愈，接触又患病——

与女友相会的威力非他所能忍。

还未全长好的痂又裂开，旧伤复发，

我已没有成功救助的办法。

625　隔壁如果有火灾，房子很难阻挡，

最好不要停留在附近的地方。

同理，女友经常流连的那处柱廊，

你别去，也别继续与她交往。

何必用记忆重新点燃冷却的情感，

630　　如果可能，去寻找另外的空间。

饥饿者看见满桌的菜肴很难自持，

奔涌的水让焦渴更无从压抑；

当公牛遇到母牛，你没法让它平静，

面对母马，强壮的公马总嘶鸣。

635　当你做完了这些，若想最终能登岸，

仅仅抛下她本人还不能圆满——

她的姐姐、妈妈和知情的乳娘以及

任何相关的角色你都得告辞；

别让男仆来，别让小侍女假泪满面，

640　　以主人之名谦恭地向你问安。

即使你想知道，也别打听她的近况，

　　坚持，忍住舌头对你有用场。

还有你，总是讲述为何终止了恋情，

　　总抱怨女友种种缺点的人，

645　别再絮叨！沉默是更好的报复，其结果

　　是她从你的思念中慢慢湮灭。

我宁愿你沉默，也不愿你说已经分开——

　　对众人夸口"我不爱"的人还在爱。

但是，爱火更可能逐渐扑熄，而不是

650　　骤灭：慢慢地结束，才不遭反噬。

洪流总是比平素的江河升得更高，

　　但它短寿，后者却天长日久。

让爱溜过去，不知不觉消散在稀薄的

　　空气里，一丝一毫，直至死绝。

655　然而，憎恨方才爱过的女人是罪行，

　　如此的结局只适合野蛮的天性。

停止爱就已足够，以恨终结爱的人

　　或者仍在爱，或很难走出阴影。

最近还相恋，转眼成仇敌，实在羞耻，

660　　维纳斯女神都反对这样的官司[1]。

男人常指责女友，却爱她们：没有争端

　　发生，爱无人记挂，就会溜远。

1　　"维纳斯"对应的原文是 Appias（阿匹亚女神），因为她在阿匹亚引水桥附近
　　有一座神庙。

我曾陪一位年轻人，他妻子坐在轿子里，

　　他的话充满威胁，令人战栗。

665　马上要交保证金。"让她下轿！"他吼着。

　　她下了，一见到妻子，他便哑火，

垂下双手，担保的蜡板从手中掉落，

　　径直冲到她怀中，说道："你赢了。"

和平地分手更安全，也更合适，远胜

670　　从卧室一路杀到争讼的法庭。

你给她的礼物，无须裁决，让她留下，

　　重大的好处常来自微小的代价。

但如果此后机缘再次送你们到一起，

　　全心警惕，握紧我给你的武器。

675　现在就需要武器，勇士，在这里搏杀，

　　彭忒西勒娅必须以武力拿下[1]！

时而想情敌，时而想恋爱时冷酷的门槛，

　　还有她对神许下的空洞誓言。

别因为你要去见她就精心梳理头发，

680　　别让托加袍松垂，只为吸引她[2]。

别费心讨好已经不属于你的姑娘，

　　她如今和众多陌生人没什么两样。

我要告诉你是什么尤其阻碍我们的　　　　不要动摇

　　努力，每人的经验都可参阅：

1　关于彭忒西勒娅，参考《爱的艺术》第三卷第 2 行的注释。

2　古罗马的花花公子穿托加袍时喜欢在腰部做出许多褶，这样就能多露出一些
　胸部。

685 我们抽身慢，是因为仍有被爱的憧憬，

　　　每人都自恋，我们当然会轻信。

　　可是你别相信言辞（什么更善欺诳？）

　　　或者永恒的诸神有任何分量。

　　也务必小心，别被女人的泪水打动，

690　　为了哭，她们会训练自己的眼睛。

　　恋爱者的心被无数伎俩围攻，就像

　　　礁石被四面八方的海浪冲撞。

　　别向她透露你为何决定分手，也别说

　　　你为何痛苦，只暗暗忍受折磨；

695　别数落她的错，以免她开脱；主动迁就，

　　　让她的理由优于你的理由。

　　沉默者才坚定，反复辱骂女友的人

　　　其实只是为求得一个安心。

　　我不敢像尤利西斯那样，偷走箭矢[1]，

700　　或将抢来的火炬沉入小溪，

　　我不会修剪男孩丘比特的紫色翅膀，

　　　或者用诡计把他的弓弦弄松。

　　我无论唱什么，都是智慧：遵从我的歌！

　　　治病的日神，也请继续襄助我。

705　福玻斯来了，里拉琴和箭囊都发出声音，

　　　通过信号我知晓，福玻斯已降临。

1　"偷走箭矢"比喻尤利西斯两次突然离开情人（卡吕普索和喀耳刻），"尤利西斯那样"对应的原文是 Dulichio more（杜里齐文人那样），参考上文第 271 行的注释。

比较在阿穆克莱铜锅中染色的毛纱

　　和推罗的紫衣，前者就显得太差。[1]

把你们的女友与真正的美人并置眼前，

710　　每人都开始为自己的对象羞惭。

帕里斯本会觉得朱诺和密涅瓦迷人，

　　然而一相对照，维纳斯就获胜[2]。

不但要比较容貌，还有品行与才干，

　　只是别让你的爱妨碍了判断。

715　后面我要谈论的是细枝末节，但细节

　　帮过许多人，我也在其中之列。

切勿再去读保存的女友的温柔书信，

　　重读的文字会动摇坚定的心。

将它们全部残忍焚掉（虽然你不想），

720　　说道："愿这成为我爱情的火葬！"

阿尔泰娅用木条烧死了远方的儿子[3]，

　　把欺骗的话扔火里竟让你迟疑？

若可能，也挪走蜡像，何必为无声的形象

　　动情？拉俄达弥娅就因此身亡。[4]

725　地点也时常伤人，那些曾幽会的地方

别沉溺回忆

1　阿穆克莱即斯巴达的紫色染料远不能与推罗的相比。

2　指帕里斯裁判最美女神的事。

3　"远方的儿子"指墨勒阿革洛斯（Meleager），"阿尔泰娅"对应的原文是 Thestias（忒斯提俄斯之女），忒斯提俄斯（Thestius）是埃托利亚的国王。阿尔泰娅通过木条杀死儿子的事，参考《变形记》（*Metamorphoses* 8.445-546）。

4　参考奥维德《女杰书简》（*Heroides* 13.151-164）。

要远离，它们会勾起你的怅惘。

"她来过这里，我们在那间卧室欢爱过，

　　她在此与我共度了狂野的一夜。"

爱因为回忆而重新蠢动，伤口重新

730　　开裂，小错也能够害惨病人。

正如你拿着硫黄去碰快熄灭的残烬，

　　它会苏醒，大火从小火还魂，

倘若你不避开任何让爱意复活的东西，

　　已经不存在的焰苗也会再升起。

735　希腊船当然想逃离卡帕柔斯的崖滨，

　　还有你，用火炬为痛苦寻仇的老人[1]；

谨慎的水手也为躲开斯库拉而欣喜[2]——

　　你千万警惕昔日的快乐之地。

让它们成为你的西尔特斯、雷霆岩[3]

740　　和卡律布狄斯恐怖翻卷的深渊[4]。

还有些事情不受任何人摆布和控制，
避开艺术

　　但碰巧发生，也能有救困之力。

1　卡帕柔斯（Caphareus）是欧卑亚附近的海岬，"老人"指瑙普利俄斯，关于
　欧卑亚和瑙普利俄斯，参考《情诗集》第二部第十六首第 24 行的注释。

2　"斯库拉"对应的原文是 Niseide（尼索斯之女），关于奥维德的错误，参考《情
　诗集》第三部第十二首第 22 行的注释。

3　关于西尔特斯和雷霆岩，参考《情诗集》第二部第十一首第 20 行和第 19 行
　的注释。

4　关于卡律布狄斯，参考《情诗集》第二部第十一首第 18 行的注释。

淮德拉没财富，涅普顿就会饶过后裔，

　　祖父的公牛就不会惊吓车骑[1]。

745　帕西法厄若变穷，她的爱就不会荒唐，

　　放荡无拘的情欲在奢侈中滋长[2]。

为何没有人追求赫卡勒或者伊洛斯[3]？

　　当然因为一位穷，另一位穷到底。

贫困找不到东西来养育自己的情欲——

750　但这不重要，你也不想拮据。

可是关键的一点是别纵容自己去剧院，

　　直到爱情已彻底离开心田。

齐塔拉、笛子、里拉琴、歌声以及随节奏[4]

　　起舞的手臂让灵魂变得阴柔。

755　那里的舞蹈不停表演着虚构的爱恋[5]，

　　你当避开的被诱惑的技巧呈现。

我不愿，却必须提醒：别碰爱情诗人，

　　我都残忍放逐了自己的作品。

躲开卡利马科斯，他从不仇视情欲[6]，

1　"后裔"指希波吕托斯。根据某些神话版本，忒修斯的父亲不是埃勾斯，而是涅普顿，这样涅普顿就是希波吕托斯的祖父。

2　"放荡无拘的情欲"指她与公牛的奸情。

3　赫卡勒（Hecale）是一位曾经热情款待过忒修斯的贫苦妇女，伊洛斯（Irus）是《奥德赛》里出现的一位伊塔卡的乞丐。

4　"笛子"对应的原文是 lotos，指用荨麻木制成的笛子。

5　关于古罗马剧院的表演，奥维德曾在《哀歌集》中对屋大维写道（*Tristia* 2.513-514）："你用给全世界带来福泽的那双眼睛 / 凝神观看舞台上通奸的场景"。

6　参考《情诗集》第一部第十五首第 13 行的注释。

760　　　　科斯岛的腓列塔斯，你也有毒[1]。

萨福无疑增加了我对女友的魅力，

　　　　阿那克里翁的道德也不严厉[2]。

谁能毫发无伤地读提布卢斯的诗，

　　　　还有你的诗（钦提娅是唯一主题）[3]？

765　谁读完加卢斯能保持冷酷的心肠？

　　　　就连我的歌也似乎与之相仿。

但如果引领此作品的阿波罗没有骗我，　　　　　**爱你的情敌**

　　　　情敌的存在是我们最大的折磨。

可是你不要为自己想象任何情敌，

770　　　　务必相信她独自在床上休息。

俄瑞斯忒斯更加热烈地爱赫尔密俄涅，

　　　　是因为她已经被别的男人抢夺[4]。

墨涅拉俄斯，你为何痛苦？你抛下妻子

　　　　远赴克里特，没有她也很惬意[5]。

775　等到帕里斯劫走她，你才终于离不开

　　　　海伦：别人的爱滋养你的爱。

――――――――

1　参考《爱的艺术》第三卷第 329 行的注释。

2　参考《爱的艺术》第三卷第 330 行的注释。

3　Houghton（2009）指出，这行原文中的 opus（作品、工作，这里译作"主题"）
　也有双关义，在古罗马爱情哀歌（包括奥维德的《情诗集》）里，它也指性活
　动。"你"指普洛佩提乌斯。

4　"别的男人"指皮洛士（Pyrrhus）。赫尔密俄涅是墨涅拉俄斯和海伦的女儿，
　在父亲远征特洛伊期间，被外祖父廷达瑞俄斯许配给阿伽门农之子俄瑞斯忒斯。
　此时，墨涅拉俄斯并不知情，他许诺将女儿嫁给阿喀琉斯之子皮洛士。由于这
　个承诺，皮洛士从特洛伊一回来，就强行劫走了赫尔密俄涅。

5　帕里斯逗留斯巴达期间，墨涅拉俄斯去克里特处理事务了。

布里塞伊丝被抢后，阿喀琉斯才哀叹

　　她与普利斯忒涅斯之子交欢 [1]。

相信我，他流泪有理由：阿伽门农不做

780　　某事，未免太卑懦，肯定做了 [2]。

至少我会做，我也不比他高明半分——

　　那是引发敌意的最珍贵礼品。

虽然他对着权杖发誓，自己未曾碰

　　那位女子，但权杖他怎会当作神？

785 愿诸神保佑，你能抛下女友，走出

　　门槛，你的脚不会辜负意图。

你能行，只要你坚定；现在，勇敢进发，

　　现在，当奋力鞭策驰跃的骏马。

要相信身后的洞穴有塞壬，也有食莲人 [3]，

790　　赶紧划起桨，赶紧挂起帆，启程！

曾被你当作对手、让你伤怀的男子，

　　我希望你能不再视他为仇敌；

即使仇恨难消散，至少，跟他打招呼，

　　你若能行亲吻礼，就已经痊愈。

795 为履行医生的所有义务，我还将告诉你，　　关于食物和酒

　　什么食物该选择，什么该躲避。

1　"普利斯忒涅斯之子"指阿伽门农，根据某些神话版本，他不是阿特柔斯的儿子，
　　而是普利斯忒涅斯（Plisthenes）的儿子，后来被叔叔阿特柔斯收养。

2　"某事"指与布里塞伊丝同房。

3　食莲人的故事见《奥德赛》第九卷（Odyssey 9.82ff）。

大蒜，无论产自道尼亚、利比亚海滨[1]

　　还是墨伽拉，全部都会伤人[2]；

更应当远离刺激欲望的海甘蓝以及

800　　任何怂恿身体去行欢的东西。

可以提高视力的芸香对你有帮助，

　　还有任何抑制淫欲的食物。

我对巴克斯的礼物有何建议，你问[3]？

　　比期待更快，我马上解惑释疑。

805 酒会引诱人乱性，除非你酩酊大醉，

　　被纯酒埋葬，你的心反变痴呆。

风把火吹旺，但风同样能将火刮灭，

　　柔风养焰苗，烈风却将它吞没。

要么别求醉，要么狠醉，将忧烦拔掉，

810　　任何中间的状态都对你不好。

我的诗已完成，给疲惫的船套上花环，　　　　终曲

　　我已经入港，到达预期的终点。

记得向神圣的诗人献上虔诚的祝福，

　　被我的诗歌治愈的世间男女。

1　　道尼亚（Daunia）的名字来自古代的阿普里亚国王道努斯（Daunus），指阿普
里亚。

2　　关于墨伽拉，参考《爱的艺术》第二卷第 421 行的注释。

3　　"巴克斯的礼物"指酒。

拉丁语原诗

AMORVM LIBER PRIMVS

《情诗集》

第一部

Epigramma Ipsius

Qui modo Nasonis fueramus quinque libelli,

    tres sumus; hoc illi praetulit auctor opus.

Ut iam nulla tibi nos sit legisse voluptas,

    at levior demptis poena duobus erit.

I

Arma gravi numero violentaque bella parabam

edere, materia conveniente modis.

Par erat inferior versus—risisse Cupido

dicitur atque unum surripuisse pedem.

5 'Quis tibi, saeve puer, dedit hoc in carmina iuris?

Pieridum vates, non tua turba sumus.

Quid, si praeripiat flavae Venus arma Minervae,

ventilet accensas flava Minerva faces?

Quis probet in silvis Cererem regnare iugosis,

10 lege pharetratae Virginis arva coli?

Crinibus insignem quis acuta cuspide Phoebum

instruat, Aoniam Marte movente lyram?

Sunt tibi magna, puer, nimiumque potentia regna;

cur opus adfectas, ambitiose, novum?

15 An, quod ubique, tuum est? Tua sunt Heliconia Tempe?

Vix etiam Phoebo iam lyra tuta sua est?

Cum bene surrexit versu nova pagina primo,

351

attenuat nervos proximus ille meos;

nec mihi materia est numeris levioribus apta,

20   aut puer aut longas compta puella comas.'

Questus eram, pharetra cum protinus ille soluta

    legit in exitium spicula facta meum,

lunavitque genu sinuosum fortiter arcum,

    'Quod' que 'canas, vates, accipe' dixit 'opus!'

25 Me miserum! Certas habuit puer ille sagittas.

    Uror, et in vacuo pectore regnat Amor.

Sex mihi surgat opus numeris, in quinque residat:

    ferrea cum vestris bella valete modis!

Cingere litorea flaventia tempora myrto,

30   Musa, per undenos emodulanda pedes!

II

Esse quid hoc dicam, quod tam mihi dura videntur

    strata, neque in lecto pallia nostra sedent,

et vacuus somno noctem, quam longa, peregi,

    lassaque versati corporis ossa dolent?

5   Nam, puto, sentirem, siquo temptarer amore.

    An subit et tecta callidus arte nocet?

Sic erit; haeserunt tenues in corde sagittae,

    et possessa ferus pectora versat Amor.

Cedimus, an subitum luctando accendimus ignem?

10   Cedamus! Leve fit, quod bene fertur, onus.

Vidi ego iactatas mota face crescere flammas

    et rursus nullo concutiente mori.

Verbera plura ferunt, quam quos iuvat usus aratri,

    detractant prensi dum iuga prima boves.

15   Asper equus duris contunditur ora lupatis,

    frena minus sentit, quisquis ad arma facit.

Acrius invitos multoque ferocius urget

quam qui servitium ferre fatentur Amor.

En ego confiteor! Tua sum nova praeda, Cupido;
20   porrigimus victas ad tua iura manus.

Nil opus est bello—veniam pacemque rogamus;
     nec tibi laus armis victus inermis ero.

Necte comam myrto, maternas iunge columbas;
     qui deceat, currum vitricus ipse dabit,

25   inque dato curru, populo clamante triumphum,
     stabis et adiunctas arte movebis aves.

Ducentur capti iuvenes captaeque puellae;
     haec tibi magnificus pompa triumphus erit.

Ipse ego, praeda recens, factum modo vulnus habebo
30   et nova captiva vincula mente feram.

Mens Bona ducetur manibus post terga retortis,
     et Pudor, et castris quidquid Amoris obest.

Omnia te metuent; ad te sua bracchia tendens
     vulgus 'Io' magna voce 'triumphe!' canet.

35   Blanditiae comites tibi erunt Errorque Furorque,
     adsidue partes turba secuta tuas.

His tu militibus superas hominesque deosque;
     haec tibi si demas commoda, nudus eris.

Laeta triumphanti de summo mater Olympo
40   plaudet et adpositas sparget in ora rosas.

Tu pinnas gemma, gemma variante capillos
     ibis in auratis aureus ipse rotis.

Tunc quoque non paucos, si te bene novimus, ures;

tunc quoque praeteriens vulnera multa dabis.

45   Non possunt, licet ipse velis, cessare sagittae;

fervida vicino flamma vapore nocet.

Talis erat domita Bacchus Gangetide terra;

tu gravis alitibus, tigribus ille fuit.

Ergo cum possim sacri pars esse triumphi,

50   parce tuas in me perdere, victor, opes!

Adspice cognati felicia Caesaris arma—

qua vicit, victos protegit ille manu.

355

III

Iusta precor: quae me nuper praedata puella est,
  aut amet aut faciat, cur ego semper amem!
A, nimium volui—tantum patiatur amari;
  audierit nostras tot Cytherea preces!
5 Accipe, per longos tibi qui deserviat annos;
  accipe, qui pura norit amare fide!
Si me non veterum commendant magna parentum
  nomina, si nostri sanguinis auctor eques,
nec meus innumeris renovatur campus aratris,
10   temperat et sumptus parcus uterque parens—
at Phoebus comitesque novem vitisque repertor
  hac faciunt, et me qui tibi donat, Amor[1],
et[2] nulli cessura fides, sine crimine mores
  nudaque simplicitas purpureusque pudor.

---

1   hac=haec=hinc; et me=ut me=at me

2   et=at

15   Non mihi mille placent, non sum desultor amoris:

      tu mihi, siqua fides, cura perennis eris.

  Tecum, quos dederint annos mihi fila sororum,

      vivere contingat teque dolente mori!

  Te mihi materiem felicem in carmina praebe—

20   provenient causa carmina digna sua.

  Carmine nomen habent exterrita cornibus Io

      et quam fluminea lusit adulter ave,

  quaeque super pontum simulato vecta iuvenco

      virginea tenuit cornua vara manu.

25   nos quoque per totum pariter cantabimur orbem,

      iunctaque semper erunt nomina nostra tuis.

IV

Vir tuus est epulas nobis aditurus easdem—
    ultima coena tuo sit, precor, illa viro!
Ergo ego dilectam tantum conviva puellam
    adspiciam? Tangi quem iuvet, alter erit,
5   alteriusque sinus apte subiecta fovebis?
    Iniciet collo, cum volet, ille manum?
Desine[1] mirari, posito quod candida vino
    Atracis ambiguos traxit in arma viros.
Nec mihi silva domus, nec equo mea membra cohaerent—
10   vix a te videor posse tenere manus!
Quae tibi sint facienda tamen cognosce, nec Euris
    da mea nec tepidis verba ferenda Notis!
Ante veni, quam vir—nec quid, si veneris ante,
    possit agi video; sed tamen ante veni.
15   Cum premet ille torum, vultu comes ipsa modesto

---

1   Desine=desino

ibis, ut accumbas—clam mihi tange pedem!

Me specta nutusque meos vultumque loquacem;

    excipe furtivas et refer ipsa notas.

Verba superciliis sine voce loquentia dicam;

20   verba leges digitis, verba notata mero.

Cum tibi succurret Veneris lascivia nostrae,

    purpureas tenero pollice tange genas.

Siquid erit, de me tacita quod mente queraris,

    pendeat extrema mollis ab aure manus.

25   Cum tibi, quae faciam, mea lux, dicamve, placebunt,

    versetur digitis anulus usque tuis.

Tange manu mensam, tangunt quo more precantes,

    optabis merito cum mala multa viro.

Quod tibi miscuerit, sapias, bibat ipse, iubeto;

30   tu puerum leviter posce, quod ipsa voles.

Quae tu reddideris ego primus pocula sumam,

    et, qua tu biberis, hac ego parte bibam.

Si tibi forte dabit, quod praegustaverit ipse,

    reice libatos illius ore cibos.

35   Nec premat inpositis sinito tua colla lacertis,

    mite nec in rigido pectore pone caput;

nec sinus admittat digitos habilesve papillae;

    oscula praecipue nulla dedisse velis!

Oscula si dederis, fiam manifestus amator

40   et dicam 'Mea sunt!' iniciamque manum.

Haec tamen adspiciam, sed quae bene pallia celant,

illa mihi caeci causa timoris erunt.

Nec femori committe femur nec crure cohaere

nec tenerum duro cum pede iunge pedem.

45 Multa miser timeo, quia feci multa proterve,

exemplique metu torqueor, ecce, mei.

Saepe mihi dominaeque meae properata voluptas

veste sub iniecta dulce peregit opus.

Hoc tu non facies; sed, ne fecisse puteris,

50 conscia de tergo pallia deme tuo.

Vir bibat usque roga—precibus tamen oscula desint!—

dumque bibit, furtim si potes, adde merum.

Si bene conpositus somno vinoque iacebit,

consilium nobis resque locusque dabunt.

55 Cum surges abitura domum, surgemus et omnes,

in medium turbae fac memor agmen eas.

Agmine me invenies aut invenieris in illo:

quidquid ibi poteris tangere, tange, mei.

Me miserum! Monui, paucas quod prosit in horas;

60 separor a domina nocte iubente mea.

Nocte vir includet, lacrimis ego maestus obortis,

qua licet, ad saevas prosequar usque fores.

Oscula iam sumet, iam non tantum oscula sumet:

quod mihi das furtim, iure coacta dabis.

65 Verum invita dato—potes hoc—similisque coactae;

blanditiae taceant, sitque maligna Venus.

Si mea vota valent, illum quoque ne iuvet, opto;

si minus, at certe te iuvet inde nihil.

Sed quaecumque tamen noctem fortuna sequetur,

70   cras mihi constanti voce dedisse nega!

V

Aestus erat, mediamque dies exegerat horam;
    adposui medio membra levanda toro.
Pars adaperta fuit, pars altera clausa fenestrae;
    quale fere silvae lumen habere solent,
5   qualia sublucent fugiente crepuscula Phoebo,
    aut ubi nox abiit, nec tamen orta dies.
Illa verecundis lux est praebenda puellis,
    qua timidus latebras speret habere pudor.
Ecce, Corinna venit, tunica velata recincta,
10   candida dividua colla tegente coma—
qualiter in thalamos famosa Semiramis isse
    dicitur, et multis Lais amata viris.
Deripui tunicam—nec multum rara nocebat;
    pugnabat tunica sed tamen illa tegi.
15   Quae cum ita pugnaret, tamquam quae vincere nollet,
    victa est non aegre proditione sua.
Ut stetit ante oculos posito velamine nostros,

in toto nusquam corpore menda fuit.

Quos umeros, quales vidi tetigique lacertos!

20   Forma papillarum quam fuit apta premi!

Quam castigato planus sub pectore venter!

   Quantum et quale latus! Quam iuvenale femur!

Singula quid referam? Nil non laudabile vidi

   et nudam pressi corpus ad usque meum.

25   Cetera quis nescit? Lassi requievimus ambo.

   Proveniant medii sic mihi saepe dies!

VI

Ianitor—indignum!—dura religate catena,

    difficilem moto cardine pande forem!

Quod precor, exiguum est—aditu fac ianua parvo

    obliquum capiat semiadaperta latus.

5 Longus amor tales corpus tenuavit in usus

    aptaque subducto pondere membra dedit.

Ille per excubias custodum leniter ire

    monstrat: inoffensos derigit ille pedes.

At quondam noctem simulacraque vana timebam;

10   mirabar, tenebris quisquis iturus erat.

Risit, ut audirem, tenera cum matre Cupido

    et leviter 'fies tu quoque fortis' ait.

Nec mora, venit amor—non umbras nocte volantis,

    non timeo strictas in mea fata manus.

15 Te nimium lentum timeo, tibi blandior uni;

    tu, me quo possis perdere, fulmen habes.

Adspice—uti[1] videas, inmitia claustra relaxa—

uda sit ut lacrimis ianua facta meis!

Certe ego, cum posita stares ad verbera veste,

20   ad dominam pro te verba tremente tuli.

Ergo quae valuit pro te quoque gratia quondam—

heu facinus!—Pro me nunc valet illa parum?

Redde vicem meritis! Grato licet esse quod optas[2].

Tempora noctis eunt; excute poste seram!

25   Excute! Sic, inquam, longa relevere catena,

nec tibi perpetuo serva bibatur aqua!

Ferreus orantem nequiquam, ianitor, audis,

roboribus duris ianua fulta riget.

Urbibus obsessis clausae munimina portae

30   prosunt; in media pace quid arma times?

Quid facies hosti, qui sic excludis amantem?

Tempora noctis eunt; excute poste seram!

Non ego militibus venio comitatus et armis;

solus eram, si non saevus adesset Amor.

35   Hunc ego, si cupiam, nusquam dimittere possum;

ante vel a membris dividar ipse meis.

Ergo Amor et modicum circa mea tempora vinum

mecum est et madidis lapsa corona comis.

---

1   uti=et ut

2   quod optas=quid optas=quis obstat

Arma quis haec timeat? Quis non eat obvius illis?

40 Tempora noctis eunt; excute poste seram!

Lentus es: an somnus, qui te male perdat, amantis[1]

verba dat in ventos aure repulsa tua?

At, memini, primo, cum te celare volebam,

pervigil in mediae sidera noctis eras.

45 Forsitan et tecum tua nunc requiescit amica—

heu, melior quanto sors tua sorte mea!

Dummodo sic, in me durae transite catenae!

Tempora noctis eunt; excute poste seram!

Fallimur, an verso sonuerunt cardine postes,

50 raucaque concussae signa dedere fores?

Fallimur—inpulsa est animoso ianua vento.

Ei mihi, quam longe spem tulit aura meam!

Si satis es raptae, Borea, memor Orithyiae,

huc ades et surdas flamine tunde foris!

55 Urbe silent tota, vitreoque madentia rore

tempora noctis eunt; excute poste seram!

Aut ego iam ferroque ignique paratior ipse,

quem face sustineo, tecta superba petam.

Nox et Amor vinumque nihil moderabile suadent;

60 illa pudore vacat, Liber Amorque metu.

Omnia consumpsi, nec te precibusque minisque

---

1   perdat=prodit; amantis=amanti

movimus, o foribus durior ipse tuis.

Non te formosae decuit servare puellae

    limina, sollicito carcere dignus eras.

65   Iamque pruinosus molitur Lucifer axes,

    inque suum miseros excitat ales opus.

At tu, non laetis detracta corona capillis,

    dura super tota limina nocte iace!

Tu dominae, cum te proiectam mane videbit,

70   temporis absumpti tam male testis eris.

Qualiscumque vale sentique abeuntis honorem;

    lente nec admisso turpis amante, vale!

Vos quoque, crudeles rigido cum limine postes

    duraque conservae ligna, valete, fores!

VII

Adde manus in vincla meas—meruere catenas—
    dum furor omnis abit, siquis amicus ades!
Nam furor in dominam temeraria bracchia movit;
    flet mea vaesana laesa puella manu.
5   Tunc ego vel caros potui violare parentes
    saeva vel in sanctos verbera ferre deos!
Quid? Non et clipei dominus septemplicis Aiax
    stravit deprensos lata per arva greges,
et, vindex in matre patris, malus ultor, Orestes
10   ausus in arcanas poscere tela deas?
Ergo ego digestos potui laniare capillos?
    Nec dominam motae dedecuere comae.
Sic formosa fuit. Talem Schoeneida dicam
    Maenalias arcu sollicitasse feras;
15   talis periuri promissaque velaque Thesei
    flevit praecipites Cressa tulisse Notos;
sic, nisi vittatis quod erat Cassandra capillis,

procubuit templo, casta Minerva, tuo.

Quis mihi non 'Demens!' quis non mihi 'Barbare!' dixit?

20   Ipsa nihil; pavido est lingua retenta metu.

Sed taciti fecere tamen convicia vultus;

    egit me lacrimis ore silente reum.

Ante meos umeris vellem cecidisse lacertos;

    utiliter potui parte carere mei.

25   In mea vaesanas habui dispendia vires

    et valui poenam fortis in ipse meam.

Quid mihi vobiscum, caedis scelerumque ministrae?

    Debita sacrilegae vincla subite manus!

An, si pulsassem minimum de plebe Quiritem,

30   plecterer—in dominam ius mihi maius erit?

Pessima Tydides scelerum monimenta reliquit.

    Ille deam primus perculit—alter ego!

Et minus ille nocens. Mihi, quam profitebar amare

    laesa est; Tydides saevus in hoste fuit.

35   I nunc, magnificos victor molire triumphos,

    cinge comam lauro votaque redde Iovi,

quaeque tuos currus comitantum turba sequetur,

    clamet 'Io! Forti victa puella viro est!'

Ante eat effuso tristis captiva capillo,

40   si sinerent laesae, candida tota, genae.

Aptius impressis fuerat livere labellis

    et collum blandi dentis habere notam.

Denique, si tumidi ritu torrentis agebar,

caecaque me praedam fecerat ira suam,

45 nonne satis fuerat timidae inclamasse puellae,

nec nimium rigidas intonuisse minas,

aut tunicam a summa diducere turpiter ora

ad mediam?—mediae zona tulisset opem.

At nunc sustinui raptis a fronte capillis

50 ferreus ingenuas ungue notare genas.

Adstitit illa amens albo et sine sanguine vultu,

caeduntur Pariis qualia saxa iugis.

Exanimis artus et membra trementia vidi—

ut cum populeas ventilat aura comas,

55 ut leni Zephyro gracilis vibratur harundo,

summave cum tepido stringitur unda Noto;

suspensaeque diu lacrimae fluxere per ora,

qualiter abiecta de nive manat aqua.

Tunc ego me primum coepi sentire nocentem—

60 sanguis erant lacrimae, quas dabat illa, meus.

Ter tamen ante pedes volui procumbere supplex;

ter formidatas reppulit[1] illa manus.

At tu ne dubita—minuet vindicta dolorem—

protinus in vultus unguibus ire meos.

65 Nec nostris oculis nec nostris parce capillis:

---

1   reppulit=retulit=rettudit

quamlibet infirmas adiuvat ira manus;
neve mei sceleris tam tristia signa supersint,
pone recompositas in statione comas!

VIII

Est quaedam—quicumque volet cognoscere lenam,

    audiat!—est quaedam nomine Dipsas anus.

Ex re nomen habet—nigri non illa parentem

    Memnonis in roseis sobria vidit equis.

5 Illa magas artes Aeaeaque carmina novit

    inque caput liquidas arte recurvat aquas;

scit bene, quid gramen, quid torto concita rhombo

    licia, quid valeat virus amantis equae.

Cum voluit, toto glomerantur nubila caelo;

10   cum voluit, puro fulget in orbe dies.

Sanguine, siqua fides, stillantia[1] sidera vidi;

    purpureus Lunae sanguine vultus erat.

Hanc ego nocturnas versam[2] volitare per umbras

    suspicor et pluma corpus anile tegi.

---

1   stillantia=stellantia

2   versam=vivam

15 Suspicor, et fama est. Oculis quoque pupula duplex

   fulminat, et gemino lumen ab orbe venit[1].

   Evocat antiquis proavos atavosque sepulcris

   et solidam longo carmine findit humum.

   Haec sibi proposuit thalamos temerare pudicos;

20 nec tamen eloquio lingua nocente caret.

   Fors me sermoni testem dedit; illa monebat

   talia—me duplices occuluere fores:

   'Scis here te, mea lux, iuveni placuisse beato?

   Haesit et in vultu constitit usque tuo.

25 Et cur non placeas? Nulli tua forma secunda est;

   me miseram, dignus corpore cultus abest!

   Tam felix esses quam formosissima, vellem—

   non ego, te facta divite, pauper ero.

   Stella tibi oppositi nocuit contraria Martis.

30 Mars abiit; signo nunc Venus apta suo.

   Prosit ut adveniens, en adspice! Dives amator

   te cupiit; curae, quid tibi desit, habet.

   Est etiam facies, qua se tibi conparet, illi;

   si te non emptam vellet, emendus erat.'

35 Erubuit. 'Decet alba quidem pudor ora, sed iste,

   si simules, prodest; verus obesse solet.

   Cum bene deiectis gremium spectabis ocellis,

---

1   venit=micat

quantum quisque ferat, respiciendus erit.

Forsitan inmundae Tatio regnante Sabinae

40   noluerint habiles pluribus esse viris;

nunc Mars externis animos exercet in armis,

      at Venus Aeneae regnat in urbe sui.

Ludunt formosae; casta est, quam nemo rogavit—

      aut, si rusticitas non vetat, ipsa rogat.

45   Has quoque, quas frontis rugas in vertice portas[1],

      excute; de rugis crimina multa cadent.

Penelope iuvenum vires temptabat in arcu;

      qui latus argueret, corneus arcus erat.

Labitur occulte fallitque volubilis aetas,

50   ut celer admissis labitur amnis aquis[2].

Aera nitent usu, vestis bona quaerit haberi,

      canescunt turpi tecta relicta situ—

forma, nisi admittas, nullo exercente senescit.

      Nec satis effectus unus et alter habent;

55   certior e multis nec tam invidiosa rapina est.

      plena venit canis de grege praeda lupis.

Ecce, quid iste tuus praeter nova carmina vates

      donat? Amatoris milia multa leges[3].

Ipse deus vatum palla spectabilis aurea

---

1   quas...portas=quae...portant

2   ut...amnis aquis=et...annus equis

3   leges=feres

60 tractat inauratae consona fila lyrae.

Qui dabit, ille tibi magno sit maior Homero;

crede mihi, res est ingeniosa dare.

Nec tu, siquis erit capitis mercede redemptus,

despice; gypsati crimen inane pedis.

65 Nec te decipiant veteres circum atria[1] cerae.

Tolle tuos tecum, pauper amator, avos!

Qui[2], quia pulcher erit, poscet sine munere noctem,

quod det, amatorem flagitet ante suum!

Parcius exigito pretium, dum retia tendis,

70 ne fugiant; captos legibus ure tuis!

Nec nocuit simulatus amor; sine, credat amari,

et[3] cave ne gratis hic tibi constet amor!

Saepe nega noctes; capitis modo finge dolorem,

et modo, quae causas praebeat, Isis erit.

75 Mox recipe, ut nullum patiendi colligat usum,

neve relentescat saepe repulsus amor.

Surda sit oranti tua ianua, laxa ferenti;

audiat exclusi verba receptus amans;

et, quasi laesa prior, nonnumquam irascere laeso—

80 vanescit culpa culpa repensa tua.

Sed numquam dederis spatiosum tempus in iram:

---

1   circum atria=quinquatria

2   Qui=quin=quid

3   et=at

saepe simultates ira morata facit.

Quin etiam discant oculi lacrimare coacti,

et faciant udas ille vel ille[1] genas;

85   nec, siquem falles, tu periurare timeto—

commodat in lusus numina surda Venus.

Servus et ad partes sollers ancilla parentur,

qui doceant, apte quid tibi possit emi;

et sibi pauca rogent—multos[2] si pauca rogabunt,

90   postmodo de stipula grandis acervus erit.

Et soror et mater, nutrix quoque carpat amantem;

fit cito per multas praeda petita manus.

Cum te deficient poscendi munera causae,

natalem libo testificare tuum!

95   Ne securus amet nullo rivale, caveto;

non bene, si tollas proelia, durat amor.

Ille viri videat toto vestigia lecto

factaque lascivis livida colla notis.

Munera praecipue videat, quae miserit alter.

100   Si dederit nemo, Sacra roganda Via est.

Cum multa abstuleris, ut non tamen omnia donet,

quod numquam reddas, commodet, ipsa roga!

Lingua iuvet mentemque tegat—blandire noceque;

---

1   ille vel ille=illa vel ille

2   multos=multi

inpia sub dulci melle venena latent.

105   Haec si praestiteris usu mihi cognita longo,

nec tulerint voces ventus et aura meas,

saepe mihi dices vivae bene, saepe rogabis,

ut mea defunctae molliter ossa cubent.'

Vox erat in cursu, cum me mea prodidit umbra,

110   at nostrae vix se continuere manus,

quin albam raramque comam lacrimosaque vino

lumina rugosas distraherentque genas.

Di tibi dent nullosque Lares inopemque senectam,

et longas hiemes perpetuamque sitim!

IX

Militat omnis amans, et habet sua castra Cupido;
  Attice, crede mihi, militat omnis amans.
Quae bello est habilis, Veneri quoque convenit aetas.
  Turpe senex miles, turpe senilis amor.
5 Quos petiere duces animos[1] in milite forti,
   hos petit in socio bella puella viro[2].
Pervigilant ambo; terra requiescit uterque—
  ille fores dominae servat, at ille ducis.
Militis officium longa est via; mitte puellam,
10   strenuus exempto fine sequetur amans.
Ibit in adversos montes duplicataque nimbo
  flumina, congestas exteret ille nives,
nec freta pressurus tumidos causabitur Euros
  aptaque verrendis sidera quaeret aquis.

---

1   animos=annos

2   viro=toro

¹⁵ Quis nisi vel miles vel amans et frigora noctis

et denso mixtas perferet imbre nives?

Mittitur infestos alter speculator in hostes;

in rivale oculos alter, ut hoste, tenet.

Ille graves urbes, hic durae limen amicae

²⁰ obsidet; hic portas frangit, at ille fores.

Saepe soporatos invadere profuit hostes

caedere et armata vulgus inerme manu.

Sic fera Threicii ceciderunt agmina Rhesi,

et dominum capti deseruistis equi.

²⁵ Nempe maritorum somnis utuntur amantes,

et sua sopitis hostibus arma movent.

Custodum transire manus vigilumque catervas

militis et miseri semper amantis opus.

Mars dubius nec certa Venus; victique resurgunt,

³⁰ quosque neges umquam posse iacere, cadunt.

Ergo desidiam quicumque vocabat amorem,

desinat. Ingenii est experientis amor.

Ardet in abducta Briseide magnus Achilles—

dum licet, Argeas frangite, Troes, opes!

³⁵ Hector ab Andromaches conplexibus ibat ad arma,

et, galeam capiti quae daret, uxor erat.

Summa ducum, Atrides, visa Priameide fertur

Maenadis effusis obstipuisse comis.

Mars quoque deprensus fabrilia vincula sensit;

379

40 notior in caelo fabula nulla fuit.

Ipse ego segnis eram discinctaque in otia natus;

mollierant animos lectus et umbra meos.

Inpulit ignavum formosae cura puellae

iussit et in castris aera merere suis.

45 Inde vides agilem nocturnaque bella gerentem.

qui nolet fieri desidiosus, amet!

X

Qualis ab Eurota Phrygiis avecta carinis

    coniugibus belli causa duobus erat,

qualis erat Lede, quam plumis abditus albis

    callidus in falsa lusit adulter ave,

5 qualis Amymone siccis erravit in agris[1],

    cum premeret summi verticis urna comas—

talis eras; aquilamque in te taurumque timebam,

    et quidquid magno de Iove fecit amor.

Nunc timor omnis abest, animique resanuit error,

10   nec facies oculos iam capit ista meos.

Cur sim mutatus, quaeris? Quia munera poscis.

    Haec te non patitur causa placere mihi.

Donec eras simplex, animum cum corpore amavi;

    nunc mentis vitio laesa figura tua est.

15 Et puer est et nudus Amor; sine sordibus annos

---

1   agris=Argis

et nullas vestes, ut sit apertus, habet.

Quid puerum Veneris pretio prostare iubetis?

Quo pretium condat[1], non habet ille sinum!

Nec Venus apta feris Veneris nec filius armis—

20   non decet inbelles aera merere deos.

Stat meretrix certo cuivis mercabilis aere,

et miseras iusso corpore quaerit opes;

devovet imperium tamen haec lenonis avari

et, quod vos facitis sponte, coacta facit.

25   Sumite in exemplum pecudes ratione carentes;

turpe erit, ingenium mitius esse feris.

Non equa munus equum, non taurum vacca poposcit;

non aries placitam munere captat ovem.

Sola viro mulier spoliis exultat ademptis,

30   sola locat noctes, sola licenda venit,

et vendit quod utrumque iuvat quod uterque petebat,

et pretium, quanti gaudeat ipsa, facit.

Quae Venus ex aequo ventura est grata duobus,

altera cur illam vendit et alter emit?

35   Cur mihi sit damno, tibi sit lucrosa voluptas,

quam socio motu femina virque ferunt?

Non bene conducti vendunt periuria testes,

non bene selecti iudicis arca patet.

---

1   condat=condas

Turpe reos empta miseros defendere lingua;

40   quod faciat magnas[1], turpe tribunal, opes;

turpe tori reditu census augere paternos,

et faciem lucro prostituisse suam.

Gratia pro rebus merito debetur inemptis;

pro male conducto gratia nulla toro.

45   Omnia conductor solvit; mercede soluta

non manet officio debitor ille tuo.

Parcite, formosae, pretium pro nocte pacisci;

non habet eventus sordida praeda bonos.

Non fuit armillas tanti pepigisse[2] Sabinas,

50   ut premerent sacrae virginis arma caput;

e quibus exierat, traiecit viscera ferro

filius, et poenae causa monile fuit.

Nec tamen indignum est a divite praemia posci;

munera poscenti quod dare possit, habet.

55   Carpite de plenis pendentes vitibus uvas;

praebeat Alcinoi poma benignus ager!

Officium pauper numeret studiumque fidemque;

quod quis habet, dominae conferat omne suae.

Est quoque carminibus meritas celebrare puellas

60   dos mea; quam volui, nota fit arte mea.

---

1   magnas=magni

2   pepigisse=eligisse=tetigisse

AMORVM LIBER PRIMVS

Scindentur vestes, gemmae frangentur et aurum;

　carmina quam tribuent, fama perennis erit.

Nec dare, sed pretium posci dedignor et odi;

　quod nego poscenti, desine velle, dabo!

XI

Colligere incertos et in ordine ponere crines
docta neque ancillas inter habenda Nape,
inque ministeriis furtivae cognita noctis
utilis et dandis ingeniosa notis
5   saepe venire ad me dubitantem hortata Corinnam,
saepe laboranti fida reperta mihi—
accipe et ad dominam peraratas mane tabellas
perfer et obstantes sedula pelle moras!
Nec silicum venae nec durum in pectore ferrum,
10   nec tibi simplicitas ordine maior adest.
Credibile est et te sensisse Cupidinis arcus—
in me militiae signa tuere tuae!
Si quaeret quid agam, spe noctis vivere dices;
cetera fert blanda cera notata manu.
15   Dum loquor, hora fugit. Vacuae bene redde tabellas,
verum continuo fac tamen illa legat.
Adspicias oculos mando frontemque legentis;

et tacito vultu scire futura licet.

Nec mora, perlectis rescribat multa, iubeto;

20   odi, cum late splendida cera vacat.

Conprimat ordinibus versus, oculosque moretur

margine in extremo littera rasa meos.

Quid digitos opus est graphio lassare tenendo?

hoc habeat scriptum tota tabella 'Veni!'

25   Non ego victrices lauro redimire tabellas

nec Veneris media ponere in aede morer.

Subscribam: 'VENERI FIDAS SIBI NASO MINISTRAS

DEDICAT, AT NUPER VILE FUISTIS ACER.'

XII

Flete meos casus—tristes rediere tabellae;
  infelix hodie littera posse negat.
Omina sunt aliquid; modo cum discedere vellet,
  ad limen digitos restitit icta Nape.
5 Missa foras iterum limen transire memento
  cautius atque alte sobria ferre pedem!
Ite hinc, difficiles, funebria ligna, tabellae,
  tuque, negaturis cera referta notis!—
quam, puto, de longae collectam flore cicutae
10   melle sub infami Corsica misit apis.
At tamquam minio penitus medicata rubebas—
  ille color vere sanguinolentus erat.
Proiectae triviis iaceatis, inutile lignum,
  vosque rotae frangat praetereuntis onus!
15 Illum etiam, qui vos ex arbore vertit in usum,
  convincam puras non habuisse manus.
Praebuit illa arbor misero suspendia collo,

carnifici diras praebuit illa cruces;

illa dedit turpes raucis[1] bubonibus umbras,

20   vulturis in ramis et strigis ova tulit.

His ego commisi nostros insanus amores

molliaque ad dominam verba ferenda dedi?

Aptius hae capiant vadimonia garrula cerae,

quas aliquis duro cognitor ore legat;

25   inter ephemeridas melius tabulasque iacerent,

in quibus absumptas fleret avarus opes.

Ergo ego vos rebus duplices pro nomine sensi.

Auspicii numerus non erat ipse boni.

Quid precer iratus, nisi vos cariosa senectus

30   rodat, et inmundo cera sit alba situ?

---

1   raucis=ravis=rasis=raris

XIII

Iam super oceanum venit a seniore marito

flava pruinoso quae vehit axe diem.

'Quo properas, Aurora? Mane!—sic Memnonis umbris

annua sollemni caede parentet avis!

5   Nunc iuvat in teneris dominae iacuisse lacertis;

si quando, lateri nunc bene iuncta meo est.

Nunc etiam somni pingues et frigidus aer,

et liquidum tenui gutture cantat avis.

Quo properas, ingrata viris, ingrata puellis?

10   roscida purpurea supprime lora manu!

Ante tuos ortus melius sua sidera servat

navita nec media nescius errat aqua;

te surgit quamvis lassus veniente viator,

et miles saevas aptat ad arma manus.

15   Prima bidente vides oneratos arva colentes;

prima vocas tardos sub iuga panda boves.

Tu pueros somno fraudas tradisque magistris,

ut subeant tenerae verbera saeva manus[1];

atque eadem sponsum incautos ante atria mittis[2],

20   unius ut verbi grandia damna ferant.

Nec tu consulto, nec tu iucunda diserto;

      cogitur ad lites surgere uterque novas.

Tu, cum feminei possint cessare labores,

      lanificam revocas ad sua pensa manum.

25   Omnia perpeterer—sed surgere mane puellas,

      quis nisi cui non est ulla puella ferat?

Optavi quotiens, ne nox tibi cedere vellet,

      ne fugerent vultus sidera mota tuos!

Optavi quotiens, aut ventus frangeret axem,

30   aut caderet spissa nube retentus equus!'

Quid, si Cephalio numquam flagraret amore?

      An putat ignotam nequitiam esse suam?[3]

'Invida, quo properas? Quod erat tibi filius ater,

      materni fuerat pectoris ille color.

35   Tithono vellem de te narrare liceret;

      fabula non caelo turpior ulla foret.

Illum dum refugis, longo quia grandior aevo,

      surgis ad invisas a sene mane rotas.

---

1   部分版本中没有 15—18 行，或者放到第 10 行后。

2   incautos=cultos=consulti=cives=multos; eadem sponsum incautos=vades sponsum stultos

3   有些版本中没有 31—32 行。

At si, quem mavis[1], Cephalum conplexa teneres,

40   clamares: "Lente currite, noctis equi!"

Cur ego plectar amans, si vir tibi marcet ab annis?

num me nupsisti conciliante seni?

Adspice, quot somnos iuveni donarit amato

Luna!—neque illius forma secunda tuae.

45   Ipse deum genitor, ne te tam saepe videret,

commisit noctes in sua vota duas.'

Iurgia finieram. Scires audisse: rubebat—

nec tamen adsueto tardius orta dies!

---

1   mavis=malis=magis=manibus

XIV

Dicebam 'Medicare tuos desiste capillos!'

 Tingere quam possis, iam tibi nulla coma est.

At si passa fores, quid erat spatiosius illis?

 contigerant imum, qua patet usque, latus.

5 Quid, quod erant tenues, et quos ornare timeres?

 Vela colorati qualia Seres habent,

vel pede quod gracili deducit aranea filum,

 cum leve deserta sub trabe nectit opus.

Nec tamen ater erat nec erat tamen aureus ille,

10 sed, quamvis neuter, mixtus uterque color—

qualem clivosae madidis in vallibus Idae

 ardua derepto cortice cedrus habet.

Adde, quod et dociles et centum flexibus apti

 et tibi nullius causa doloris erant.

15 Non acus abrupit, non vallum pectinis illos.

 Ornatrix tuto corpore semper erat;

ante meos saepe est oculos ornata nec umquam

bracchia derepta saucia fecit acu.

Saepe etiam nondum digestis mane capillis

20   purpureo iacuit semisupina toro.

Tum quoque erat neclecta decens, ut Threcia Bacche,

cum temere in viridi gramine lassa iacet.

Cum graciles essent tamen et lanuginis instar,

heu, male[1] vexatae quanta tulere comae!

25   Quam se praebuerunt ferro patienter et igni,

ut fieret torto nexilis[2] orbe sinus!

Clamabam: 'Scelus est istos, scelus urere crines!

sponte decent; capiti, ferrea, parce tuo!

Vim procul hinc remove! Non est, qui debeat uri;

30   erudit[3] admotas ipse capillus acus.'

Formosae periere comae—quas vellet Apollo,

quas vellet capiti Bacchus inesse suo!

Illis contulerim, quas quondam nuda Dione

pingitur umenti sustinuisse manu.

35   Quid male dispositos quereris periisse capillos?

Quid speculum maesta ponis, inepta, manu?

Non bene consuetis a te spectaris ocellis;

ut placeas, debes inmemor esse tui.

Non te cantatae laeserunt paelicis herbae,

---

1   male=mala

2   nexilis=rexilis=texilis

3   erudit=circuit

AMORVM LIBER PRIMVS

40   non anus Haemonia perfida lavit aqua;

nec tibi vis morbi nocuit—procul omen abesto!—

     nec minuit densas invida lingua comas.

Facta manu culpaque tua dispendia sentis;

     ipsa dabas capiti mixta venena tuo.

45   Nunc tibi captivos mittet Germania crines;

     tuta[1] triumphatae munere gentis eris.

O quam saepe comas aliquo mirante rubebis,

     et dices: 'Empta nunc ego merce probor,

nescio quam pro me laudat nunc iste Sygambram.

50   Fama tamen memini cum fuit ista mea.'

Me miserum! Lacrimas male continet oraque dextra

     protegit ingenuas picta rubore genas.

Sustinet antiquos gremio spectatque capillos,

     ei mihi, non illo munera digna loco!

55   Collige cum vultu mentem! Reparabile damnum est.

     postmodo nativa conspiciere coma.

---

1   tuta=culta

XV

Quid mihi Livor edax, ignavos obicis annos,

    ingeniique vocas carmen inertis opus;

non me more patrum, dum strenua sustinet aetas,

    praemia militiae pulverulenta sequi,

5   nec me verbosas leges ediscere nec me

    ingrato vocem prostituisse foro?

Mortale est, quod quaeris, opus. Mihi fama perennis

    quaeritur, in toto semper ut orbe canar.

Vivet Maeonides, Tenedos dum stabit et Ide,

10   dum rapidas Simois in mare volvet aquas;

vivet et Ascraeus, dum mustis uva tumebit,

    dum cadet incurva falce resecta Ceres.

Battiades semper toto cantabitur orbe;

    quamvis ingenio non valet, arte valet.

15   Nulla Sophocleo veniet iactura cothurno;

    cum sole et luna semper Aratus erit;

dum fallax servus, durus pater, inproba lena

395

vivent et meretrix blanda, Menandros erit;

Ennius arte carens animosique Accius oris

20   casurum nullo tempore nomen habent.

Varronem primamque ratem quae nesciet aetas,

aureaque Aesonio terga petita duci?

Carmina sublimis tunc sunt peritura Lucreti,

exitio terras cum dabit una dies;

25   Tityrus et segetes Aeneiaque arma legentur,

Roma triumphati dum caput orbis erit;

donec erunt ignes arcusque Cupidinis arma,

discentur numeri, culte Tibulle, tui;

Gallus et Hesperiis et Gallus notus Eois,

30   et sua cum Gallo nota Lycoris erit.

Ergo, cum silices, cum dens patientis aratri

depereant aevo, carmina morte carent.

Cedant carminibus reges regumque triumphi,

cedat et auriferi ripa benigna Tagi!

35   Vilia miretur vulgus; mihi flavus Apollo

pocula Castalia plena ministret aqua,

sustineamque coma metuentem frigora myrtum,

atque a sollicito multus amante legar!

Pascitur in vivis Livor; post fata quiescit,

40   cum suus ex merito quemque tuetur honos.

Ergo etiam cum me supremus adederit ignis,

vivam, parsque mei multa superstes erit.

AMORVM LIBER SECVNDVS

《情诗集》

第二部

I

Hoc quoque composui Paelignis natus aquosis

    ille ego nequitiae Naso poeta meae;

hoc quoque iussit Amor; procul hinc, procul este, severi:

    non estis teneris apta theatra modis.

5 Me legat in sponsi facie non frigida virgo

    et rudis ignoto tactus amore puer;

atque aliquis iuvenum, quo nunc ego, saucius arcu

    agnoscat flammae conscia signa suae

miratusque diu 'Quo' dicat 'ab indice doctus

10   conposuit casus iste poeta meos?'

Ausus eram, memini, caelestia dicere bella

    centimanumque Gyen[1] (et satis oris erat),

cum male se Tellus ulta est ingestaque Olympo

    ardua devexum Pelion Ossa tulit:

15 in manibus nimbos et cum Iove fulmen habebam,

---

1   Gyen=gygen

quod bene pro caelo mitteret ille suo.

Clausit amica fores: ego cum Iove fulmen omisi;

excidit ingenio Iuppiter ipse meo.

Iuppiter, ignoscas: nil me tua tela iuvabant;

20   clausa tuo maius ianua fulmen habet.

Blanditias elegosque levis, mea tela, resumpsi:

mollierunt duras lenia verba fores.

Carmina sanguineae deducunt cornua lunae

et revocant niveos solis euntis equos;

25   carmine dissiliunt abruptis faucibus angues

inque suos fontes versa recurrit aqua;

carminibus cessere fores, insertaque posti,

quamvis robur erat, carmine victa sera est.

Quid mihi profuerit velox cantatus Achilles?

30   Quid pro me Atrides alter et alter agent,

quique tot errando quot bello perdidit annos,

raptus et Haemoniis flebilis Hector equis?

At facie[1] tenerae laudata saepe puellae

ad vatem, pretium carminis, ipsa venit.

35   Magna datur merces: heroum clara valete

nomina: non apta est gratia vestra mihi.

Ad mea formosos vultus adhibete puellae

carmina, purpureus quae mihi dictat Amor.

---

1   facie=facies

II

Quem penes est dominam servandi cura, Bagoa,

    dum perago tecum pauca, sed apta, vaca.

Hesterna vidi spatiantem luce puellam

    illa, quae Danai porticus agmen habet.

5 Protinus, ut placuit, misi scriptoque rogavi;

    rescripsit trepida 'Non licet' illa manu,

et, cur non liceat, quaerenti reddita causa est,

    quod nimium dominae cura molesta tua est.

Si sapis, o custos, odium, mihi crede, mereri

10 desine: quem metuit quisque, perisse cupit.

Vir quoque non sapiens: quid enim servare laboret

    unde nihil, quamvis non tueare, perit?

Sed gerat ille suo morem furiosus amori

    et castum, multis quod placet, esse putet;

15 huic furtiva tuo libertas munere detur,

    quam dederis illi, reddat ut illa tibi.

Conscius esse velis? Domina est obnoxia servo;

conscius esse times? Dissimulare licet.

Scripta leget secum: matrem misisse putato;

20   venerit ignotus: postmodo notus erit;

ibit ad affectam, quae non languebit, amicam:

visat, iudiciis aegra sit illa tuis;

si faciet tarde, ne te mora longa fatiget,

imposita gremio stertere fronte potes.

25   Nec tu linigeram fieri quid possit ad Isin

quaesieris, nec tu curva theatra time.

Conscius assiduos commissi tollet honores:

quis minor est autem quam tacuisse labor?

Ille placet versatque domum neque verbera sentit,

30   ille potens; alii, sordida turba, iacent.

Huic, verae ut lateant, causae finguntur inanes;

atque ambo domini, quod probat una, probant.

Cum bene vir traxit vultum rugasque coegit,

quod voluit fieri blanda puella, facit.

35   Sed tamen interdum tecum quoque iurgia nectat

et simulet lacrimas carnificemque vocet;

tu contra obicies quae tuto diluat illa,

et veris[1] falso crimine deme fidem.

Sic tibi semper honos, sic alta peculia crescent;

40   haec fac, in exiguo tempore liber eris.

---

1   et veris=in verum=in vero

Aspicis indicibus nexas per colla catenas?

    Squalidus orba fide pectora carcer habet.

Quaerit aquas in aquis et poma fugacia captat

    Tantalus: hoc illi garrula lingua dedit;

45 dum nimium servat custos Iunonius Ion,

    ante suos annos occidit; illa dea est.

Vidi ego compedibus liventia crura gerentem

    unde vir incestum scire coactus erat;

poena minor merito: nocuit mala lingua duobus;

50 vir doluit, famae damna puella tulit.

Crede mihi, nulli sunt crimina grata marito,

    nec quemquam, quamvis audiat, illa iuvant:

seu tepet, indicium securas perdis[1] ad aures;

    sive amat, officio fit miser ille tuo.

55 Culpa nec ex facili quamvis manifesta probatur:

    iudicis illa sui tuta favore venit.

Viderit ipse licet, credet tamen ille neganti

    damnabitque oculos et sibi verba dabit.

Aspiciat dominae lacrimas, plorabit et ipse

60 et dicet 'Poenas garrulus iste dabit.'

Quid dispar certamen inis? Tibi verbera victo

    adsunt, in gremio iudicis illa sedet.

Non scelus aggredimur, non ad miscenda coimus

---

1   perdis=prodis

toxica, non stricto fulminat ense manus;

65   Quaerimus ut tuto per te possimus amare:

quid precibus nostris mollius esse potest?

III

Ei mihi, quod dominam nec vir nec femina servas,
    mutua nec Veneris gaudia nosse potes.
Qui primus pueris genitalia membra recidit,
    vulnera quae fecit debuit ipse pati.
5 Mollis in obsequium facilisque rogantibus esses,
    si tuus in quavis praetepuisset amor.
Non tu natus equo, non fortibus utilis armis,
    bellica non dextrae convenit hasta tuae.
Ista mares tractent; tu spes depone viriles:
10   Sunt tibi cum domina signa ferenda tua.
Hanc imple meritis, huius tibi gratia prosit;
    si careas illa, quis tuus usus erit?
Est etiam facies, sunt apti lusibus anni:
    indigna est pigro forma perire situ.
15 Fallere te potuit, quamvis habeare molestus:
    non caret effectu quod voluere duo.

Aptius at[1] fuerit precibus temptasse: rogamus,

dum bene ponendi munera tempus habes.

---

1   at=ut

405

AMORVM LIBER SECVNDVS

IV

Non ego mendosos ausim defendere mores
    falsaque pro vitiis arma movere meis.
Confiteor, si quid prodest delicta fateri;
    in mea nunc demens crimina fassus eo.
5   Odi, nec possum cupiens non esse, quod odi:
    heu quam, quae studeas ponere, ferre grave est!
Nam desunt vires ad me mihi iusque regendum;
    auferor, ut rapida concita puppis aqua.
Non est certa meos quae forma invitet amores:
10   centum sunt causae cur ego semper amem.
Sive aliqua est oculos in se deiecta modestos,
    uror, et insidiae sunt pudor ille meae;
Sive procax aliqua est, capior quia rustica non est
    spemque dat in molli mobilis esse toro;
15   aspera si visa est rigidasque imitata Sabinas,
    velle sed ex alto dissimulare puto;
sive es docta, places raras dotata per artes;

sive rudis, placita es simplicitate tua.

Est quae Callimachi prae nostris rustica dicat

20 carmina: cui placeo, protinus ipsa placet;

est etiam quae me vatem et mea carmina culpet:

culpantis cupiam sustinuisse femur.

Molliter incedit: motu capit; altera dura est:

at poterit tacto mollior esse viro.

25 Haec quia dulce canit flectitque facillima vocem,

oscula cantanti rapta dedisse velim;

Haec querulas habili percurrit pollice chordas:

tam doctas quis non possit amare manus?

Illa placet gestu numerosaque bracchia ducit

30 et tenerum molli torquet ab arte latus:

ut taceam de me, qui causa tangor ab omni,

illic Hippolytum pone, Priapus erit.

Tu, quia tam longa es, veteres heroidas aequas

et potes in toto multa iacere toro;

35 Haec habilis brevitate sua est: corrumpor utraque;

conveniunt voto longa brevisque meo.

Non est culta: subit quid cultae accedere possit;

ornata est: dotes exhibet ipsa suas.

Candida me capiet, capiet me flava puella;

40 est etiam in fusco grata colore venus.

Seu pendent nivea pulli cervice capilli,

Leda fuit nigra conspicienda coma;

seu flavent, placuit croceis Aurora capillis:

omnibus historiis se meus aptat amor.

45 Me nova sollicitat, me tangit serior aetas:

haec melior specie, moribus illa placet[1].

Denique quas tota quisquam probat Urbe puellas,

noster in has omnis ambitiosus amor.

---

1   moribus=corporis; placet=sapit

V

Nullus amor tanti est (abeas, pharetrate Cupido),

    ut mihi sint totiens maxima vota mori.

Vota mori mea sunt, cum te peccasse[1] recordor,

    ei mihi, perpetuum nata puella malum.

5 Non mihi deceptae[2] nudant tua facta tabellae

    nec data furtive munera crimen habent.

O utinam arguerem sic, ut non vincere possem!

    Me miserum, quare tam bona causa mea est?

Felix, qui quod amat defendere fortiter audet,

10   Cui sua 'Non feci' dicere amica potest.

Ferreus est nimiumque suo favet ille dolori,

    cui petitur victa palma cruenta rea.

Ipse miser vidi, cum me dormire putares,

    sobrius apposito crimina vestra mero:

---

1   peccasse=peccare

2   deceptae=deletae=deprensae

¹⁵ multa supercilio vidi vibrante loquentes;

  nutibus in vestris pars bona vocis erat.

Non oculi tacuere tui conscriptaque vino

  mensa, nec in digitis littera nulla fuit.

Sermonem agnovi, quod non videatur, agentem

²⁰   verbaque pro certis iussa valere notis.

Iamque frequens ierat mensa conviva relicta;

  compositi iuvenes unus et alter erant:

inproba tum vero iungentes oscula vidi

  (illa mihi lingua nexa fuisse liquet),

²⁵ qualia non fratri tulerit germana severo,

  sed tulerit cupido mollis amica viro;

qualia credibile est non Phoebo ferre Dianam[1],

  sed Venerem Marti saepe tulisse suo.

'Quid facis?' exclamo 'Quo nunc mea gaudia defers?

³⁰   Iniciam dominas in mea iura manus.

Haec tibi sunt mecum, mihi sunt communia tecum:

  in bona cur quisquam tertius ista venit?'

Haec ego, quaeque dolor linguae dictavit; at illi

  conscia purpureus venit in ora pudor,

³⁵ quale coloratum Tithoni coniuge caelum

  subrubet, aut sponso visa puella novo;

quale rosae fulgent inter sua lilia mixtae

---

1   Phoebo...Dianam=Phoebum...Dianae

aut, ubi cantatis, Luna, laborat equis;

aut quod, ne longis flavescere possit ab annis,

40   Maeonis Assyrium femina tinxit ebur:

his erat aut alicui color ille simillimus horum,

    et numquam casu^1 pulchrior illa fuit.

Spectabat terram: terram spectare decebat;

    maesta erat in vultu: maesta decenter erat.

45 Sicut erant (et erant culti) laniare capillos

    et fuit in teneras impetus ire genas;

ut faciem vidi, fortes cecidere lacerti:

    defensa est armis nostra puella suis.

Qui modo saevus eram, supplex ultroque rogavi

50   oscula ne nobis deteriora daret.

Risit et ex animo dedit optima, qualia possent

    excutere irato tela trisulca Iovi:

torqueor infelix, ne tam bona senserit alter,

    et volo non ex hac illa fuisse nota.

55 Haec quoque, quam docui, multo meliora fuerunt,

    et quiddam visa est addidicisse novi.

Quod nimium placuere, malum est, quod tota labellis

    lingua tua est nostris, nostra recepta tuis.

Nec tamen hoc unum doleo, non oscula tantum

60   iuncta queror, quamvis haec quoque iuncta queror:

---

1   casu=visu

illa nisi in lecto nusquam potuere doceri;

nescioquis pretium grande magister habet.

VI

Psittacus, Eois imitatrix ales ab Indis,
  occidit: exsequias ite frequenter, aves;
ite, piae volucres, et plangite pectora pinnis
  et rigido teneras ungue notate genas;
5 horrida pro maestis lanietur pluma capillis,
  pro longa resonent carmina vestra tuba.
Quod scelus Ismarii quereris, Philomela, tyranni,
  expleta est annis ista querela suis;
alitis in rarae miserum devertere funus:
10 magna sed antiqua est causa doloris Itys.
Omnes, quae liquido libratis in aere cursus,
  tu tamen ante alios, turtur amice, dole.
Plena fuit vobis omni concordia vita
  et stetit ad finem longa tenaxque fides.
15 Quod fuit Argolico iuvenis Phoceus Orestae,
  hoc tibi, dum licuit, psittace, turtur erat.
Quid tamen ista fides, quid rari forma coloris,

quid vox mutandis ingeniosa sonis,

quid iuvat, ut datus es, nostrae placuisse puellae?

20   Infelix avium gloria nempe iaces.

Tu poteras fragiles pinnis hebetare zmaragdos

tincta gerens rubro Punica rostra croco.

Non fuit in terris vocum simulantior ales:

reddebas blaeso tam bene verba sono.

25   Raptus es invidia: non tu fera bella movebas;

garrulus et placidae pacis amator eras.

Ecce, coturnices inter sua proelia vivunt,

forsitan et fiant[1] inde frequenter anus.

Plenus eras minimo, nec prae sermonis amore

30   in multos poteras ora vacare cibos:

nux erat esca tibi causaeque papavera somni,

pellebatque sitim simplicis umor aquae.

Vivit edax vultur ducensque per aera gyros

milvus et pluviae graculus auctor aquae;

35   vivit et armiferae cornix invisa Minervae,

illa quidem saeclis vix moritura novem.

Occidit ille loquax humanae vocis imago

psittacus, extremo munus ab orbe datum.

Optima prima fere manibus rapiuntur avaris;

40   implentur numeris deteriora suis:

---

1   fiant=fiunt

tristia Phylacidae Thersites funera vidit

iamque cinis vivis fratribus Hector erat.

Quid referam timidae pro te pia vota puellae,

vota procelloso per mare rapta Noto?

45 Septima lux venit non exhibitura sequentem,

et stabat vacuo iam tibi Parca colo;

nec tamen ignavo stupuerunt verba palato:

clamavit moriens lingua 'Corinna, vale.'

Colle sub Elysio nigra nemus ilice frondet

50 udaque perpetuo gramine terra viret.

Si qua fides dubiis, volucrum locus ille piarum

dicitur, obscenae quo prohibentur aves:

illic innocui late pascuntur olores

et vivax phoenix, unica semper avis;

55 explicat ipsa suas ales Iunonia pinnas,

oscula dat cupido blanda columba mari.

Psittacus has inter nemorali sede receptus

convertit volucres in sua verba pias.

Ossa tegit tumulus, tumulus pro corpore magnus,

60 quo lapis exiguus par sibi carmen habet:

'Colligor ex ipso dominae placuisse sepulcro.

Ora fuere mihi plus ave docta loqui.'

VII

Ergo sufficiam reus in nova crimina semper?

    ut vincam, totiens dimicuisse piget.

Sive ego marmorei respexi summa theatri,

    elegis e multis unde dolere velis;

5 candida seu tacito vidit me femina vultu,

    in vultu tacitas[1] arguis esse notas;

si quam laudavi, miseros petis ungue capillos,

    si culpo, crimen dissimulare putas;

sive bonus color est, in te quoque frigidus esse,

10 seu malus, alterius dicor amore mori.

Atque ego peccati vellem mihi conscius essem:

    aequo animo poenam, qui meruere, ferunt.

Nunc temere insimulas credendoque omnia frustra

    ipsa vetas iram pondus habere tuam:

15 aspice, ut auritus miserandae sortis asellus

---

1   tacitas=tectas

adsiduo domitus verbere lentus eat.

Ecce, novum crimen: sollers ornare Cypassis

obicitur dominae contemerasse torum.

Di melius, quam me, si sit peccasse libido,

20   sordida contemptae sortis amica iuvet!

Quis Veneris famulae conubia liber inire

tergaque complecti verbere secta velit?

Adde quod ornandis illa est operosa capillis

et tibi per doctas grata ministra manus:

25   scilicet ancillam, quod erat[1] tibi fida, rogarem?

Quid, nisi ut indicio iuncta repulsa foret?

Per Venerem iuro puerique volatilis arcus

me non admissi criminis esse reum.

---

1   quod erat=qui erat=quae sit=quia erat=quae tam

VIII

Ponendis in mille modos perfecta capillis,
  comere sed solas digna Cypassi deas,
et mihi iucundo non rustica cognita furto,
  apta quidem dominae sed magis apta mihi,
5 quis fuit inter nos sociati corporis index?
  Sensit concubitus unde Corinna tuos?
Num tamen erubui? Num verbo lapsus in ullo
  furtivae Veneris conscia signa dedi?
Quid quod, in ancilla si quis delinquere possit,
10 illum ego contendi mente carere bona?
Thessalus ancillae facie Briseidos arsit,
  serva Mycenaeo Phoebas amata duci:
nec sum ego Tantalide maior nec maior Achille;
  quod decuit reges, cur mihi turpe putem?
15 Ut tamen iratos in te defixit ocellos,
  vidi te totis erubuisse genis.
At quanto, si forte refers, praesentior ipse

per Veneris feci numina magna fidem!

Tu, dea, tu iubeas animi periuria puri

20 Carpathium tepidos per mare ferre Notos.

Pro quibus officiis pretium mihi dulce repende

concubitus hodie, fusca Cypassi, tuos.

Quid renuis fingisque novos, ingrata, timores?

Unum est e dominis emeruisse satis.

25 Quod si stulta negas, index ante acta fatebor

et veniam culpae proditor ipse meae,

quoque loco tecum fuerim quotiensque, Cypassi,

narrabo dominae quotque quibusque modis.

IX (A)

O numquam pro me satis indignate Cupido,
 o in corde meo desidiose puer,
quid me, qui miles numquam tua signa reliqui,
 laedis, et in castris vulneror ipse meis?
5 Cur tua fax urit, figit tuus arcus amicos?
 Gloria pugnantes vincere maior erat.
Quid? Non Haemonius, quem cuspide perculit, heros
 confossum medica postmodo iuvit ope?
Venator sequitur fugientia, capta relinquit,
10 semper et inventis ulteriora petit.
Nos tua sentimus, populus tibi deditus, arma;
 pigra reluctanti cessat in hoste manus.
Quid iuvat in nudis hamata retundere tela
 ossibus? Ossa mihi nuda reliquit Amor.
15 Tot sine amore viri, tot sunt sine amore puellae:
 hinc tibi cum magna laude triumphus eat.
Roma, nisi inmensum vires promosset in orbem,

stramineis esset nunc quoque tecta casis.

Fessus in acceptos miles deducitur agros,

20   mittitur in saltus carcere liber equus,

longaque subductam celant navalia pinum,

tutaque deposito poscitur ense rudis:

me quoque, qui totiens merui sub amore puellae,

defunctum placide vivere tempus erat.

IX (B)

25 'Vive' deus 'posito' si quis mihi dicat 'amore',

    deprecer: usque adeo dulce puella malum est.

Cum bene pertaesum est, animoque relanguit ardor,

    nescio quo miserae turbine mentis agor.

Ut rapit in praeceps dominum spumantia frustra

30   frena retentantem durior oris equus,

ut subitus prope iam prensa tellure carinam

    tangentem portus ventus in alta rapit,

sic me saepe refert incerta Cupidinis aura

    notaque purpureus tela resumit Amor.

35 Fige, puer: positis nudus tibi praebeor armis;

    hic tibi sunt vires, hic tua dextra facit[1],

huc tamquam iussae veniunt iam sponte sagittae;

    vix illis prae me nota pharetra sua est.

Infelix, tota quicumque quiescere nocte

---

1   hic=huc

40   sustinet et somnos praemia magna vocat.

Stulte, quid est somnus gelidae nisi mortis imago?

Longa quiescendi tempora fata dabunt.

Me modo decipiant voces fallacis amicae

(sperando certe gaudia magna feram),

45   et modo blanditias dicat, modo iurgia nectat;

saepe fruar domina, saepe repulsus eam.

Quod dubius Mars est, per te, privigne Cupido, est,

et movet exemplo vitricus arma tuo;

tu levis es multoque tuis ventosior alis

50   gaudiaque ambigua dasque negasque fide.

Si tamen exaudis, pulchra cum matre, rogantem[1],

indeserta meo pectore regna gere:

accedant regno, nimium vaga turba, puellae;

ambobus populis sic venerandus eris.

---

1   rogantem=Cupido

X

Tu mihi, tu certe, memini, Graecine, negabas
    uno posse aliquem tempore amare duas.
Per te ego decipior, per te deprensus inermis—
    ecce duas uno tempore turpis amo.
5 Utraque formosa est, operosae cultibus ambae,
    artibus in dubio est haec sit an illa prior;
pulchrior hac illa est, haec est quoque pulchrior illa,
    et magis haec nobis et magis illa placet.
Erro, velut ventis discordibus acta phaselos,
10   dividuumque tenent alter et alter amor.
Quid geminas, Erycina, meos sine fine dolores?
    Non erat in curas una puella satis?
Quid folia arboribus, quid pleno sidera caelo,
    in freta collectas alta quid addis aquas?
15 Sed tamen hoc melius, quam si sine amore iacerem:
    hostibus eveniat vita severa meis;
hostibus eveniat viduo dormire cubili

et medio laxe ponere membra toro.

At mihi saevus Amor somnos abrumpat inertes

20   simque mei lecti non ego solus onus;

me mea disperdat nullo prohibente puella,

si satis una potest, si minus una, duae.

Sufficiam: graciles, non sunt sine viribus artus;

pondere, non nervis, corpora nostra carent.

25   Et lateri dabit in vires alimenta voluptas:

decepta est opera nulla puella mea;

saepe ego lascive consumpsi tempora[1] noctis,

utilis et forti corpore mane fui.

Felix, quem Veneris certamina mutua perdunt;

30   di faciant, leti causa sit ista mei!

Induat adversis contraria pectora telis

miles et aeternum sanguine nomen emat;

quaerat avarus opes et, quae lassarit arando,

aequora periuro naufragus ore bibat;

35   at mihi contingat Veneris languescere motu,

cum moriar, medium soluar et inter opus;

atque aliquis nostro lacrimans in funere dicat

'Conveniens vitae mors fuit ista tuae.'

---

1   lascive consumpsi tempora=lascivae consumpto tempore

XI

Prima malas docuit mirantibus aequoris undis
    Peliaco pinus vertice caesa vias,
quae concurrentis inter temeraria cautes
    conspicuam fulvo vellere vexit ovem.
5   O utinam, ne quis remo freta longa moveret,
    Argo funestas pressa bibisset aquas!
Ecce fugit notumque torum sociosque Penates
    fallacisque vias ire Corinna parat.
Quid[1] tibi, me miserum, Zephyros Eurosque timebo
10   et gelidum Borean egelidumque Notum?
Non illic urbes, non tu mirabere silvas:
    una est iniusti caerula forma maris;
nec medius tenuis conchas pictosque lapillos
    pontus habet: bibuli litoris illa mora est.
15   Litora marmoreis pedibus signate, puellae

---

1   Quid=quam

(hactenus est tutum, cetera caeca via est),

et vobis alii ventorum proelia narrent,

    quas Scylla infestet quasve Charybdis aquas,

et quibus emineant violenta Ceraunia saxis,

20   quo lateant Syrtes magna minorque sinu.

Haec alii referant; at[1] vos, quod quisque loquetur,

    credite: credenti[2] nulla procella nocet.

Sero respicitur tellus, ubi fune soluto

    currit in inmensum panda carina salum,

25   navita sollicitus cum ventos horret iniquos

    et prope tam letum quam prope cernit aquam.

Quod si concussas Triton exasperet undas,

    quam tibi sit toto nullus in ore color!

Tum generosa voces fecundae sidera Ledae

30   et 'Felix' dicas 'quem sua terra tenet!'

Tutius est fovisse torum, legisse libellos,

    Threiciam digitis increpuisse lyram.

At si vana ferunt volucres mea dicta procellae,

    aequa tamen puppi sit Galatea tuae!

35 Vestrum crimen erit talis iactura puellae,

    Nereidesque deae Nereidumque pater.

Vade memor nostri, vento reditura secundo;

---

1   at=ad

2   credenti=quaerenti

impleat illa tuos fortior aura sinus.

Tum mare in haec magnus proclinet litora Nereus,

40 huc venti spectent, huc agat aestus aquas.

Ipsa roges, Zephyri veniant in lintea soli[1],

ipsa tua moveas turgida vela manu.

Primus ego aspiciam notam de litore puppim

et dicam 'Nostros advehit illa deos!'

45 excipiamque umeris et multa sine ordine carpam

oscula; pro reditu victima vota cadet,

inque tori formam molles sternentur harenae

et cumulus mensae quilibet esse potest[2].

Illic adposito narrabis multa Lyaeo,

50 paene sit ut mediis obruta navis aquis,

dumque ad me properas, neque iniquae tempora noctis

nec te praecipites extimuisse Notos.

Omnia pro veris credam, sint ficta licebit:

cur ego non votis blandiar ipse meis?

55 Haec mihi quam primum caelo nitidissimus alto

Lucifer admisso tempora portet equo.

---

1 soli=pleni

2 esse potest=instar erit

XII

Ite triumphales circum mea tempora laurus:
    vicimus; in nostro est ecce Corinna sinu,
quam vir, quam custos, quam ianua firma (tot hostes!)
    servabant, ne qua posset ab arte capi.
5   Haec est praecipuo victoria digna triumpho
    in qua, quaecumque est, sanguine praeda caret.
Non humiles muri, non parvis oppida fossis
    cincta, sed est ductu capta puella meo.
Pergama cum caderent bello superata bilustri,
10   ex tot in Atridis pars quota laudis erat?
At mea seposita est et ab omni milite dissors
    gloria, nec titulum muneris alter habet:
me duce ad hanc voti finem, me milite veni;
    ipse eques, ipse pedes, signifer ipse fui.
15   Nec casum fortuna meis inmiscuit actis:
    huc ades, o cura parte triumphe mea.
Nec belli est nova causa mei: nisi rapta fuisset

Tyndaris, Europae pax Asiaeque foret;

femina silvestris Lapithas populumque biformem

20 turpiter adposito vertit in arma mero;

femina Troianos iterum nova bella movere

impulit in regno, iuste Latine, tuo;

femina Romanis etiamnunc Urbe recenti

inmisit soceros armaque saeva dedit.

25 Vidi ego pro nivea pugnantes coniuge tauros:

spectatrix animos ipsa iuvenca dabat.

Me quoque, qui multos, sed me sine caede, Cupido

iussit militiae signa movere suae.

XIII

Dum labefactat onus gravidi temeraria ventris,
    in dubio vitae lassa Corinna iacet.
Illa quidem clam me tantum molita pericli
    ira digna mea, sed cadit ira metu.
5   Sed tamen aut ex me conceperat, aut ego credo:
    est mihi pro facto saepe, quod esse potest.
Isi, Paraetonium genialiaque arva Canopi
    quae colis et Memphin palmiferamque Pharon,
quaque celer Nilus lato delapsus in alveo
10   per septem portus in maris exit aquas,
per tua sistra precor, per Anubidis ora verendi
    (sic tua sacra pius semper Osiris amet
pigraque labatur circa donaria serpens
    et comes in pompa corniger Apis eat),
15   huc adhibe vultus et in una parce duobus:
    nam vitam dominae tu dabis, illa mihi.
Saepe tibi sedit certis operata diebus,

qua tingit[1] laurus Gallica turma tuas.

Tuque, laborantes utero miserata puellas

20   quarum tarda latens corpora tendit onus,

lenis ades precibusque meis fave, Ilithyia:

    digna est quam iubeas muneris esse tui.

Ipse ego tura dabo fumosis candidus aris,

    ipse feram ante tuos munera vota pedes;

25 adiciam titulum 'Servata Naso Corinna.'

    Tu modo fac titulo muneribusque locum.

Si tamen in tanto fas est monuisse timore,

    hac tibi sit pugna dimicuisse satis.

---

1   tingit=tangit

XIV

Quid iuvat inmunes belli cessare puellas
    nec fera peltatas agmina velle sequi,
si sine Marte suis patiuntur vulnera telis
    et caecas armant in sua fata manus?
5   Quae prima instituit teneros convellere fetus,
    militia fuerat digna perire sua.
Scilicet ut careat rugarum crimine venter,
    sternetur pugnae tristis harena tuae?
Si mos antiquis placuisset matribus idem,
10   gens hominum vitio deperitura fuit,
quique iterum iaceret generis primordia nostri
    in vacuo lapides orbe, parandus erat.
Quis Priami fregisset opes, si numen aquarum
    iusta recusasset pondera ferre Thetis?
15   Ilia si tumido geminos in ventre necasset,
    casurus dominae conditor Urbis erat;
si Venus Aenean gravida temerasset in alvo,

Caesaribus tellus orba futura fuit.

Tu quoque, cum posses nasci formosa, perisses,

20   temptasset, quod tu, si tua mater opus;

ipse ego, cum fuerim melius periturus amando,

vidissem nullos matre necante dies.

Quid plenam fraudas vitem crescentibus uvis

pomaque crudeli vellis acerba manu?

25   Sponte fluant matura sua; sine crescere nata:

est pretium parvae non leve vita morae.

Vestra quid effoditis subiectis viscera telis

et nondum natis dira venena datis?

Colchida respersam puerorum sanguine culpant,

30   atque sua caesum matre queruntur Ityn:

utraque saeva parens, sed tristibus utraque causis

iactura socii sanguinis ulta virum.

Dicite, quis Tereus, quis vos inritet Iaso

figere sollicita corpora vestra manu?

35   Hoc neque in Armeniis tigres fecere latebris,

perdere nec fetus ausa leaena suos.

At tenerae faciunt, sed non impune, puellae:

saepe, suos utero quae necat, ipsa perit;

ipsa perit ferturque rogo resoluta capillos,

40   et clamant 'Merito' qui modo cumque vident.

Ista sed aetherias vanescant dicta per auras,

et sint ominibus pondera nulla meis.

Di, faciles peccasse semel concedite tuto;

et satis est: poenam culpa secunda ferat.

XV

Anule, formosae digitum vincture puellae,
    in quo censendum nil nisi dantis amor,
munus eas gratum; te laeta mente receptum
    protinus articulis induat illa suis.
5   Tam bene convenias quam mecum convenit illi,
    et digitum iusto commodus orbe teras.
Felix a domina tractaberis, anule, nostra:
    invideo donis iam miser ipse meis.
O utinam fieri subito mea munera possem[1]
10   artibus Aeaeae Carpathiive senis!
Tunc ego te cupiam, domina, et tetigisse papillas
    et laevam tunicis inseruisse manum:
elabar digito quamvis angustus et haerens
    inque sinum mira laxus ab arte cadam.
15   Idem ego, ut arcanas possim signare tabellas

---

1   possem=possim

neve tenax ceram siccaque gemma trahat,

umida formosae tangam prius ora puellae;

tantum ne signem scripta dolenda mihi.

Si dabor[1] ut condar loculis, exire negabo

20 adstringens digitos orbe minore tuos.

Non ego dedecori tibi sum[2], mea vita, futurus,

quodve tener digitus ferre recuset, onus.

Me gere, cum calidis perfundes[3] imbribus artus,

damnaque sub gemma perfer euntis[4] aquae.

25 Sed, puto, te nuda mea membra libidine surgent,

et peragam partes anulus ille viri.

Inrita quid voveo? Parvum proficiscere munus:

illa datam tecum sentiat esse fidem.

---

1   dabor=labor=trahar

2   sum=sim

3   perfundes=perfundis=perfunderis

4   perfer euntis=fer pereuntis

XVI

Pars me Sulmo tenet Paeligni tertia ruris,

    parva, sed inriguis ora salubris aquis.

Sol licet admoto tellurem sidere findat

    et micet Icarii stella proterva canis,

5   arva pererrantur Paeligna liquentibus undis,

    et viret in tenero fertilis herba solo.

Terra ferax Cereris multoque feracior uvis,

    dat quoque baciferam Pallada rarus ager,

perque resurgentes rivis labentibus herbas

10   gramineus madidam caespes obumbrat humum.

At meus ignis abest—verbo peccavimus uno:

    quae movet ardores, est procul; ardor adest.

Non ego, si medius Polluce et Castore ponar,

    in caeli sine te parte fuisse velim.

15   Solliciti iaceant terraque premantur iniqua,

    in longas orbem qui secuere vias;

aut iuvenum comites iussissent ire puellas,

si fuit in longas terra secanda vias.

Tum mihi, si premerem ventosas horridus Alpes,

20   dummodo cum domina, molle fuisset iter;

cum domina Libycas ausim perrumpere Syrtes

et dare non aequis vela ferenda Notis;

non quae virgineo portenta sub inguine latrant

nec timeam vestros, curva Malea, sinus

25   nec quas[1] submersis ratibus saturata Charybdis

fundit et effusas ore receptat aquas.

Quod si Neptuni ventosa potentia vincat

et subventuros auferat unda deos,

tu nostris niveos umeris inpone lacertos:

30   corpore nos facili dulce feremus onus.

Saepe petens Heron iuvenis transnaverat undas;

tum quoque transnasset, sed via caeca fuit.

At sine te, quamvis operosi vitibus agri

me teneant, quamvis amnibus arva natent

35   et vocet in rivos currentem rusticus undam,

frigidaque arboreas mulceat aura comas,

non ego Paelignos videor celebrare salubres,

non ego natalem, rura paterna, locum;

sed Scythiam Cilicasque feros viridesque[2] Britannos

---

1   quas=quae=qua

2   viridesque=vitreosque

40   quaeque Prometheo saxa cruore rubent.

    Ulmus amat vitem, vitis non deserit ulmum:

      separor a domina cur ego saepe mea?

    At mihi te comitem iuraras usque futuram

      per me perque oculos, sidera nostra, tuos:

45   verba puellarum, foliis leviora caducis,

      inrita, qua visum est, ventus et unda ferunt.

    Si qua mei tamen est in te pia cura relicti,

      incipe pollicitis addere facta tuis

    parvaque quam primum rapientibus esseda mannis

50   ipsa per admissas concute lora iubas.

    At vos, qua veniet, tumidi subsidite montes,

      et faciles curvis vallibus este viae.

XVII

Si quis erit, qui turpe putet servire puellae,

    illo convincar iudice turpis ego.

Sim licet infamis, dum me moderatius urat

    quae Paphon et fluctu pulsa Cythera tenet

5   atque utinam dominae miti quoque praeda fuissem,

    formosae quoniam praeda futurus eram.

Dat facies animos: facie violenta Corinna est;

    me miserum, cur est tam bene nota sibi?

Scilicet a speculi sumuntur imagine fastus,

10   nec nisi conpositam se prius illa videt.

Non, tibi si facies animum dat et omina regni[1]

    (o facies oculos nata tenere meos!),

collatum idcirco tibi me contemnere debes:

    aptari magnis inferiora licet.

15   Traditur et nymphe mortalis amore Calypso

---

1   animum=nimium; et omina=in omnia=nomina

capta recusantem detinuisse virum;

creditur aequoream Pthio Nereida regi,

Egeriam iusto concubuisse Numae;

Volcani Venus est, quamvis incude relicta

20   turpiter obliquo claudicet ille pede;

carminis hoc ipsum genus impar, sed tamen apte

iungitur herous cum breviore modo.

Tu quoque me, mea lux, in quaslibet accipe leges;

te deceat medio iura dedisse toro[1].

25 Non tibi crimen ero nec quo laetere remota;

non erit hic vobis[2] infitiandus amor.

Sunt mihi pro magno felicia carmina censu,

et multae per me nomen habere volunt:

novi aliquam, quae se circumferat esse Corinnam;

30   ut fiat, quid non illa dedisse velit?

Sed neque diversi ripa labuntur eadem

frigidus Eurotas populiferque Padus,

nec nisi tu nostris cantabitur ulla libellis:

ingenio causas tu dabis una meo.

---

1   toro=foro

2   vobis=nobis

XVIII

Carmen ad iratum dum tu perducis Achillem
  primaque iuratis induis arma viris,
nos, Macer, ignava Veneris cessamus in umbra,
  et tener ausuros grandia frangit Amor.
5 Saepe meae 'Tandem' dixi 'discede' puellae:
  in gremio sedit protinus illa meo;
saepe 'Pudet' dixi: lacrimis vix illa retentis
  'me miseram, iam te' dixit 'amare pudet?'
Implicuitque suos circum mea colla lacertos
10 et, quae me perdunt, oscula mille dedit.
Vincor, et ingenium sumptis revocatur ab armis,
  resque domi gestas et mea bella cano.
Sceptra tamen sumpsi curaque tragoedia nostra
  crevit, et huic operi quamlibet aptus eram:
15 risit Amor pallamque meam pictosque cothurnos
  sceptraque privata tam cito sumpta manu;
hinc quoque me dominae numen deduxit iniquae,

443

deque cothurnato vate triumphat Amor.

Quod licet, aut artes teneri profitemur Amoris

20   (ei mihi, praeceptis urgeor ipse meis),

aut quod Penelopes verbis reddatur Ulixi

scribimus et lacrimas, Phylli relicta, tuas,

quod Paris et Macareus et quod male gratus Iason

Hippolytique parens Hippolytusque legant,

25   Quodque tenens strictum Dido miserabilis ensem

dicat et Aoniae[1] Lesbis amata lyrae.

Quam cito de toto rediit meus orbe Sabinus

scriptaque diversis rettulit ipse locis!

Candida Penelope signum cognovit Ulixis,

30   legit ab Hippolyto scripta noverca suo;

iam pius Aeneas miserae rescripsit Elissae,

quodque legat Phyllis, si modo vivit, adest.

Tristis ad Hypsipylen ab Iasone littera venit,

dat votam Phoebo Lesbis amata lyram.

35   Nec tibi, qua tutum vati, Macer, arma canenti,

aureus in medio Marte tacetur Amor:

et Paris est illic et adultera, nobile crimen,

et comes extincto Laodamia viro.

Si bene te novi, non bella libentius istis

40   dicis, et a vestris in mea castra venis.

---

1   Aoniae=Aeoliae

XIX

Si tibi non opus est servata, stulte, puella,

    at mihi fac serves, quo magis ipse velim.

Quod licet, ingratum est; quod non licet, acrius urit:

    ferreus est, si quis, quod sinit alter, amat.

5   Speremus pariter, pariter metuamus amantes,

    et faciat voto rara repulsa locum.

Quo mihi fortunam, quae numquam fallere curet?

    Nil ego, quod nullo tempore laedat, amo.

Viderat hoc in me vitium versuta Corinna,

10   quaque capi possem, callida norat opem.

A, quotiens sani capitis mentita dolores

    cunctantem tardo iussit abire pede!

A, quotiens finxit culpam, quantumque licebat

    insonti, speciem praebuit esse nocens!

15   Sic ubi vexarat tepidosque refoverat ignis,

    rursus erat votis comis et apta meis.

Quas mihi blanditias, quam dulcia verba parabat!

Oscula, di magni, qualia quotque dabat!

Tu quoque, quae nostros rapuisti nuper ocellos,

20   saepe time insidias, saepe rogata nega,

et sine me ante tuos proiectum in limine postis

     longa pruinosa frigora nocte pati.

Sic mihi durat amor longosque adolescit in annos:

     hoc iuvat, haec animi sunt alimenta mei;

25   pinguis amor nimiumque patens in taedia nobis

     vertitur et, stomacho dulcis ut esca, nocet.

Si numquam Danaen habuisset aenea turris,

     non esset Danae de Iove facta parens;

dum servat Iuno mutatam cornibus Io,

30   facta est quam fuerat gratior illa Iovi.

Quod licet et facile est quisquis cupit, arbore frondes

     carpat et e magno flumine potet aquam;

si qua volet regnare diu, deludat amantem.

     (ei mihi, ne monitis torquear ipse meis!)

35   Quidlibet eveniat, nocet indulgentia nobis:

     quod sequitur, fugio; quod fugit, ipse sequor.

At tu, formosae nimium secure puellae,

     incipe iam prima claudere nocte forem;

incipe, quis totiens furtim tua limina pulset,

40   quaerere, quid latrent nocte silente canes,

quas ferat et referat sollers ancilla tabellas,

     cur totiens vacuo secubet ipsa toro.

Mordeat ista tuas aliquando cura medullas,

daque locum nostris materiamque dolis.

45 Ille potest vacuo furari litore harenas,

uxorem stulti si quis amare potest.

Iamque ego praemoneo: nisi tu servare puellam

incipis, incipiet desinere esse mea.

Multa diuque tuli; speravi saepe futurum,

50 cum bene servasses, ut bene verba darem.

Lentus es et pateris nulli patienda marito;

at mihi concessi[1] finis amoris erit.

Scilicet infelix numquam prohibebor adire?

Nox mihi sub nullo vindice semper erit?

55 Nil metuam? Per nulla traham suspiria somnos?

Nil facies, cur te iure perisse velim?

Quid mihi cum facili, quid cum lenone marito?

Corrumpit[2] vitio gaudia nostra suo.

Quin alium, quem tanta iuvet[3] patientia, quaeris?

60 Me tibi rivalem si iuvat esse, veta.

---

1   concessi=concessa

2   Corrumpit=corrumpis

3   iuvet=iuvat=iubat

AMORVM LIBER TERTIVS

《情诗集》

第三部

I

Stat vetus et multos incaedua silva per annos;

    credibile est illi numen inesse loco.

Fons sacer in medio speluncaque pumice pendens,

    et latere ex omni dulce queruntur aves.

5 Hic ego dum spatior tectus nemoralibus umbris,

    quod mea, quaerebam, Musa moveret, opus;

venit odoratos Elegia nexa capillos,

    et, puto, pes illi longior alter erat.

Forma decens, vestis tenuissima, vultus amantis,

10   et pedibus vitium causa decoris erat.

Venit et ingenti violenta Tragoedia passu:

    fronte comae torva, palla iacebat humi;

laeva manus sceptrum late regale movebat,

    Lydius alta pedum vincla cothurnus erat;

15 et prior 'Ecquis erit' dixit 'tibi finis amandi,

    o argumenti lente poeta tui?

Nequitiam vinosa tuam convivia narrant,

narrant in multas compita secta vias.

Saepe aliquis digito vatem designat euntem

20   atque ait "Hic, hic est, quem ferus urit Amor."

Fabula, nec sentis, tota iactaris in Urbe,

dum tua praeterito facta pudore refers.

Tempus erat thyrso pulsum graviore moveri;

cessatum satis est: incipe maius opus.

25   Materia premis ingenium; cane facta virorum:

"Haec animo" dices "area digna meo est."

Quod tenerae cantent lusit tua Musa puellae,

primaque per numeros acta iuventa suos.

Nunc habeam per te Romana Tragoedia nomen:

30   implebit leges spiritus iste meas.'

Hactenus, et movit pictis innixa cothurnis

densum caesarie terque quaterque caput.

Altera, si memini, limis surrisit ocellis;

fallor, an in dextra myrtea virga fuit?

35   'Quid gravibus verbis, animosa Tragoedia,' dixit

'me premis? An numquam non gravis esse potes?

Imparibus tamen es numeris dignata moveri;

in me pugnasti versibus usa meis.

Non ego contulerim sublimia carmina nostris:

40   obruit exiguas regia vestra fores.

Sum levis, et mecum levis est, mea cura, Cupido:

non sum materia fortior ipsa mea.

451

Rustica sit sine me lascivi mater Amoris:

    huic ego proveni lena comesque deae.

45 Quam tu non poteris duro reserare cothurno,

    haec est blanditiis ianua laxa meis.

Et tamen emerui plus quam tu posse ferendo

    multa supercilio non patienda tuo:

per me decepto didicit custode Corinna

50   liminis astricti sollicitare fidem

delabique toro tunica velata soluta

    atque impercussos nocte movere pedes.

Vel quotiens foribus duris incisa[1] pependi

    non verita a populo praetereunte legi!

55 Quin ego me memini, dum custos saevus abiret,

    ancillae missam[2] delituisse sinu.

Quid, cum me munus natali mittis, at illa

    rumpit et apposita barbara mergit[3] aqua?

Prima tuae movi felicia semina mentis;

60   munus habes, quod te iam petit ista, meum.'

Desierat; coepi 'Per vos utramque rogamus,

    in vacuas aures verba timentis eant.

Altera me sceptro decoras altoque cothurno:

    iam nunc contacto magnus in ore sonus.

---

1   incisa=infixa=inlisa=concisa=conscissa=elisa

2   missam=miseram

3   mergit=mersit=mersat

65 Altera das nostro victurum nomen amori:

ergo ades et longis versibus adde brevis.

Exiguum vati concede, Tragoedia, tempus:

tu labor aeternus; quod petit illa, breve est.'

Mota dedit veniam. Teneri properentur Amores,

70 dum vacat: a tergo grandius urguet opus.

II

'Non ego nobilium sedeo studiosus equorum;
    cui tamen ipsa faves, vincat ut ille, precor.
Ut loquerer tecum, veni, tecumque sederem,
    ne tibi non notus, quem facis, esset amor.
5 Tu cursus spectas, ego te: spectemus uterque
    quod iuvat atque oculos pascat uterque suos.
O, cuicumque faves, felix agitator equorum!
    Ergo illi curae contigit esse tuae?
Hoc mihi contingat, sacro de carcere missis
10   insistam forti mente vehendus equis
et modo lora dabo, modo verbere terga notabo,
    tunc stringam metas interiore rota;
si mihi currenti fueris conspecta, morabor,
    deque meis manibus lora remissa fluent.
15 A, quam paene Pelops Pisaea concidit hasta,
    dum spectat vultus, Hippodamia, tuos!
Nempe favore suae vicit tamen ille puellae:

vincamus dominae quisque favore suae.

Quid frustra refugis? Cogit nos linea iungi;

20   haec in lege loci commoda Circus habet.

Tu tamen, a dextra quicumque es, parce puellae:

contactu lateris laeditur illa tui;

tu quoque, qui spectas post nos, tua contrahe crura,

si pudor est, rigido nec preme terga genu.

25   Sed nimium demissa iacent tibi pallia terra:

collige, vel digitis en ego tollo meis.

Invida vestis eras, quae tam bona crura tegebas;

quoque magis spectes—invida vestis eras.

Talia Milanion Atalantes crura fugacis

30   optavit manibus sustinuisse suis;

talia pinguntur succinctae crura Dianae,

cum sequitur fortes fortior ipsa feras.

His ego non visis arsi; quid fiet ab ipsis[1]?

in flammam flammas, in mare fundis aquas.

35   Suspicor ex istis et cetera posse placere,

quae bene sub tenui condita veste latent.

Vis tamen interea faciles arcessere ventos,

quos faciet nostra mota tabella manu?

An magis hic meus est animi, non aeris, aestus,

40   captaque femineus pectora torret amor?

---

1   ipsis=istis

Dum loquor, alba levi sparsa est tibi pulvere vestis:

    sordide de niveo corpore pulvis abi.

Sed iam pompa venit: linguis animisque favete;

    tempus adest plausus: aurea pompa venit.

45 Prima loco fertur passis Victoria pinnis:

    huc ades et meus hic fac, dea, vincat amor.

Plaudite Neptuno, nimium qui creditis undis:

    nil mihi cum pelago; me mea terra capit.

Plaude tuo Marti, miles: nos odimus arma;

50   pax iuvat et media pace repertus amor.

Auguribus Phoebus, Phoebe venantibus adsit;

    artifices in te verte, Minerva, manus.

Ruricolae Cereri teneroque adsurgite Baccho;

    Pollucem pugiles, Castora placet eques.

55 Nos tibi, blanda Venus, puerisque potentibus arcu

    plaudimus: inceptis adnue, diva, meis

daque novae[1] mentem dominae, patiatur amari;

    adnuit et motu signa secunda dedit.

Quod dea promisit, promittas ipsa rogamus:

60   pace loquar Veneris, tu dea maior eris.

Per tibi tot iuro testes pompamque deorum

    te dominam nobis tempus in omne peti.

Sed pendent tibi crura: potes, si forte iuvabit,

---

1   novae=novam

cancellis primos inseruisse pedes.

65 Maxima iam vacuo praetor spectacula Circo

quadriiugos aequo carcere misit equos.

Cui studeas, video; vincet, cuicumque favebis:

quid cupias, ipsi scire videntur equi.

Me miserum, metam spatioso circuit orbe;

70 quid facis? Admoto proxumus axe subit.

Quid facis, infelix? Perdis bona vota puellae;

tende, precor, valida lora sinistra manu.

Favimus ignavo—sed enim revocate, Quirites,

et date iactatis undique signa togis.

75 En revocant; at, ne turbet toga mota capillos,

in nostros abdas te licet usque sinus.

Iamque patent iterum reserato carcere postes,

evolat admissis discolor agmen equis.

Nunc saltem supera spatioque insurge patenti:

80 sint mea, sint dominae fac rata vota meae.

Sunt dominae rata vota meae, mea vota supersunt;

ille tenet palmam, palma petenda mea est.'

Risit et argutis quiddam promisit ocellis:

'Hoc satis hic; alio cetera redde loco[1].'

---

1   Hoc=hic; hic=est

III

Esse deos, i[1], crede: fidem iurata fefellit,

    et facies illi quae fuit ante manet.

Quam longos habuit nondum periura capillos,

    tam longos, postquam numina laesit, habet.

5   Candida, candorem roseo suffusa rubore,

    ante fuit: niveo lucet in ore rubor.

Pes erat exiguus: pedis est artissima forma.

    Longa decensque fuit: longa decensque manet.

Argutos habuit: radiant ut sidus ocelli,

10   per quos mentita est perfida saepe mihi.

Scilicet aeterni[2] falsum iurare puellis

    di quoque concedunt, formaque numen habet.

Perque suos illam nuper iurasse recordor

    perque meos oculos: et doluere mei.

---

1   i=hic

2   aeterni=aeterno

15 Dicite, di, si vos impune fefellerat illa,

alterius meriti cur ego damna tuli?

At[1] non invidiae vobis Cepheia virgo est

pro male formosa iussa parente mori.

Non satis est, quod vos habui sine pondere testes,

20 et mecum lusos ridet inulta deos?

Ut sua per nostram redimat periuria poenam,

victima deceptus decipientis ero?

Aut sine re nomen deus est frustraque timetur

et stulta populos credulitate movet,

25 aut, si quis deus est, teneras amat ille puellas:

nimirum[2] solas omnia posse iubet.

Nobis fatifero Mavors accingitur ense,

nos petit invicta Palladis hasta manu,

nobis flexibiles curvantur Apollinis arcus,

30 in nos alta Iovis dextera fulmen habet;

formosas superi metuunt offendere laesi

atque ultro, quae se non timuere, timent.

Et quisquam pia tura focis imponere curat?

Certe plus animi debet inesse viris.

35 Iuppiter igne suo[3] lucos iaculatur et arces

missaque periuras tela ferire vetat.

---

1   At=an=ad=at

2   nimirum=et nimium=et mirum

3   suo=suos

Tot meruere peti: Semele miserabilis arsit.

Officio est illi poena reperta suo;

at si venturo se subduxisset amanti,

40   non pater in Baccho matris haberet opus.

Quid queror et toti facio convicia caelo?

Di quoque habent oculos, di quoque pectus habent.

Si deus ipse forem, numen sine fraude liceret

femina mendaci falleret ore meum;

45 ipse ego iurarem verum iurasse puellas

et non de tetricis dicerer esse deus.

Tu tamen illorum moderatius utere dono,

aut oculis certe parce, puella, meis.

IV

Dure vir, imposito tenerae custode puellae
  nil agis: ingenio est quaeque tuenda suo.
Si qua metu dempto casta est, ea denique casta est;
  quae, quia non liceat, non facit, illa facit.
5 Ut iam servaris bene corpus, adultera mens est
  nec custodiri, ne velit, ulla potest[1];
nec corpus servare potes, licet omnia claudas:
  omnibus occlusis intus adulter erit.
Cui peccare licet, peccat minus: ipsa potestas
10 semina nequitiae languidiora facit.
Desine, crede mihi, vitia irritare vetando;
  obsequio vinces aptius illa tuo.
Vidi ego nuper equum contra sua vincla tenacem
  ore reluctanti fulminis ire modo;
15 constitit, ut primum concessas sensit habenas

---

1 ne=ni; ulla=illa

frenaque in effusa laxa iacere iuba.

Nitimur in vetitum semper cupimusque negata:

    sic interdictis imminet aeger aquis.

Centum fronte oculos, centum cervice gerebat

20   Argus, et hos unus saepe fefellit Amor;

in thalamum Danae ferro saxoque perennem

    quae fuerat virgo tradita, mater erat;

Penelope mansit, quamvis custode carebat,

    inter tot iuvenis intemerata procos.

25   Quidquid servatur, cupimus magis, ipsaque furem

    cura vocat; pauci, quod sinit alter, amant.

Nec facie placet illa sua, sed amore mariti:

    nescioquid, quod te ceperit, esse putant.

Non proba fit, quam vir servat, sed adultera cara:

30   ipse timor pretium corpore maius habet.

Indignere licet, iuvat inconcessa voluptas:

    sola placet, 'Timeo' dicere si qua potest.

Nec tamen ingenuam ius est servare puellam;

    hic metus externae corpora gentis agat.

35   Scilicet ut possit custos 'Ego' dicere 'feci',

    in laudem servi casta sit illa tui?

Rusticus est nimium, quem laedit adultera coniunx,

    et notos mores non satis Urbis habet,

in qua Martigenae non sunt sine crimine nati

40   Romulus Iliades Iliadesque Remus.

Quo tibi formosam, si non nisi casta placebat?

Non possunt ullis ista coire modis.

Si sapis, indulge dominae vultusque severos

exue nec rigidi iura tuere viri,

45 et cole quos dederit (multos dabit) uxor amicos:

gratia sic minimo magna labore venit;

sic peteris iuvenum convivia semper inire

et, quae non dederis, multa videre domi.

V

'Nox erat, et somnus lassos summisit ocellos;
  terruerunt animum talia visa meum:
colle sub aprico creberrimus ilice lucus
  stabat, et in ramis multa latebat avis.
5 Area gramineo suberat viridissima prato
  umida de guttis lene sonantis aquae.
Ipse sub arboreis vitabam frondibus aestum,
  fronde sub arborea sed tamen aestus erat.
Ecce petens variis immixtas floribus herbas
10 constitit ante oculos candida vacca meos,
candidior nivibus, tum cum cecidere recentes,
  in liquidas nondum quas mora vertit aquas,
candidior, quod adhuc spumis stridentibus albet
  et modo siccatam, lacte, reliquit ovem.
15 Taurus erat comes huic, feliciter ille maritus,
  cumque sua teneram coniuge pressit humum.
Dum iacet et lente revocatas ruminat herbas

atque iterum pasto pascitur ante cibo,

visus erat, somno vires adimente ferendi[1],

20   cornigerum terra deposuisse caput.

Huc levibus cornix pinnis delapsa per auras

venit et in viridi garrula sedit humo

terque bovis niveae petulanti pectora rostro

fodit et albentes abstulit ore iubas.

25   Illa locum taurumque diu cunctata reliquit,

sed niger in vaccae pectore livor erat;

utque procul vidit carpentes pabula tauros

(carpebant tauri pabula laeta procul),

illuc se rapuit gregibusque immiscuit illis

30   et petiit herbae fertilioris humum.

Dic age, nocturnae, quicumque es, imaginis augur,

si quid habent veri, visa quid ista ferant.'

Sic ego; nocturnae sic dixit imaginis augur,

expendens animo singula dicta suo:

35   'Quem tu mobilibus foliis vitare volebas,

sed male vitabas, aestus amoris erat.

Vacca puella tua est: aptus color ille puellae;

tu vir et in vacca compare taurus eras.

Pectora quod rostro cornix fodiebat acuto,

40   ingenium dominae lena movebit anus;

---

1   ferendi=feraci

quod cunctata diu taurum sua vacca reliquit,

frigidus in viduo destituere toro.

Livor et adverso maculae sub pectore nigrae

pectus adulterii labe carere negant.'

45 Dixerat interpres: gelido mihi sanguis ab ore

fugit, et ante oculos nox stetit alta meos.

VI

Amnis harundinibus limosas obsite ripas,

    ad dominam propero: siste parumper aquas.

Nec tibi sunt pontes nec quae sine remigis ictu

    concava traiecto cumba rudente vehat.

5   Parvus eras, memini, nec te transire refugi,

    summaque vix talos contigit unda meos;

nunc ruis apposito nivibus de monte solutis

    et turpi crassas gurgite volvis aquas.

Quid properasse iuvat, quid parca dedisse quieti

10   tempora, quid nocti conseruisse diem,

si tamen hic standum est, si non datur artibus ullis

    ulterior nostro ripa premenda pede?

Nunc ego, quas habuit pinnas Danaeius heros,

    terribili densum cum tulit angue caput,

15   nunc opto currum, de quo Cerealia primum

    semina venerunt in rude missa solum.

Prodigiosa loquor, veterum mendacia vatum:

nec tulit haec umquam nec feret ulla dies.

Tu potius, ripis effuse capacibus amnis,

20   (sic aeternus eas) labere fine tuo.

Non eris invidiae, torrens, mihi crede, ferendae,

si dicar per te forte retentus amans.

Flumina debebant iuvenes in amore iuvare:

flumina senserunt ipsa, quid esset amor.

25 Inachus in Melie Bithynide pallidus isse

dicitur et gelidis incaluisse vadis.

Nondum Troia fuit lustris obsessa duobus,

cum rapuit vultus, Xanthe, Neaera tuos.

Quid? Non Alpheon diversis currere terris

30   virginis Arcadiae certus adegit amor?

Te quoque promissam Xutho, Penee, Creusam

Phthiotum terris occuluisse ferunt.

Quid referam Asopon, quem cepit Martia Thebe,

natarum Thebe quinque futura parens?

35 Cornua si tua nunc ubi sint, Acheloe, requiram,

Herculis irata fracta querere manu:

nec tanti Calydon nec tota Aetolia tanti,

una tamen tanti Deianira fuit.

Ille fluens dives septena per ostia Nilus,

40   qui patriam tantae tam bene celat aquae,

fertur in Euanthe collectam Asopide flammam

vincere gurgitibus non potuisse suis.

Siccus ut amplecti Salmonida posset, Enipeus

    cedere iussit aquam: iussa recessit aqua.

45 Nec te praetereo, qui per cava saxa volutans[1]

    Tiburis Argei spumifer[2] arva rigas,

Ilia cui placuit, quamvis erat horrida cultu

    ungue notata comas, ungue notata genas.

Illa gemens patruique nefas delictaque Martis

50   errabat nudo per loca sola pede.

Hanc Anien rapidis animosus vidit ab undis

    raucaque de mediis sustulit ora vadis

atque ita 'Quid nostras' dixit 'teris anxia ripas,

    Ilia ab Idaeo Laomedonte genus?

55 Quo cultus abiere tui? Quid sola vagaris,

    vitta nec evinctas impedit alba comas?

Quid fles et madidos lacrimis corrumpis ocellos

    pectoraque insana plangis aperta manu?

Ille habet et silices et vivum in pectore ferrum,

60   qui tenero lacrimas lentus in ore videt.

Ilia, pone metus: tibi regia nostra patebit

    teque colent amnes: Ilia, pone metus.

Tu centum aut plures inter dominabere nymphas,

    nam centum aut plures flumina nostra tenent.

---

1   volutans=volutus

2   spumifer=pomifera=ponifer

65 Ne me sperne, precor, tantum, Troiana[1] propago:

    munera promissis uberiora feres.'

Dixerat; illa oculos in humum deiecta modestos

    spargebat tepido[2] flebilis imbre sinus;

ter molita fugam ter ad altas restitit undas

70   currendi vires eripiente metu;

sera tamen scindens inimico pollice crinem

    edidit indignos ore tremente sonos:

'O utinam mea lecta forent patrioque sepulcro

    condita, dum poterant virginis ossa legi!

75 Cur, modo Vestalis, taedas invitor ad ullas

    turpis et Iliacis infitianda focis?

Quid moror et digitis designor adultera vulgi?

    Desint famosus quae notet ora pudor.'

Hactenus, et vestem tumidis praetendit ocellis

80   atque ita se in rapidas perdita misit aquas;

supposuisse manus ad pectora lubricus amnis

    dicitur et socii iura dedisse tori.

Te quoque credibile est aliqua caluisse puella,

    sed nemora et silvae crimina vestra tegunt.

85 Dum loquor, increscis latis spatiosior undis[3],

    nec capit admissas alveus altus aquas.

---

1   Troiana=Romana

2   tepido=teneros

3   increscis latis spatiosior undis=increvit latas spatiosus in undas

Quid mecum, furiose, tibi? Quid mutua differs

    gaudia, quid coeptum, rustice, rumpis iter?

Quid, si legitimum flueres, si nobile flumen,

90   si tibi per terras maxima fama foret?

Nomen habes nullum, rivis collecte caducis,

    nec tibi sunt fontes nec tibi certa domus.

Fontis habes instar pluviamque nivesque solutas,

    quas tibi divitias pigra ministrat hiemps;

95   aut lutulentus agis brumali tempore cursus

    aut premis arentem pulverulentus humum.

Quis te tum potuit sitiens haurire viator?

    Quis dixit grata voce 'Perennis eas'?

Damnosus pecori curris, damnosior agris:

100 forsitan haec alios, me mea damna movent.

Huic ego vae demens narrabam fluminum amores!

    Iactasse indigne nomina tanta pudet.

Nescioquem hunc spectans Acheloon et Inachon amnem

    et potui nomen, Nile, referre tuum!

105 At tibi pro meritis opto, non candide torrens,

    sint rapidi soles siccaque semper hiemps.

VII

At non formosa est, at non bene culta puella,

 at, puto, non votis saepe petita meis?

Hanc tamen in nullos tenui male languidus usus,

 sed iacui pigro crimen onusque toro.

5 nec potui cupiens, pariter cupiente puella,

 inguinis effeti parte iuvante frui.

Illa quidem nostro subiecit eburnea collo

 bracchia Sithonia candidiora nive

osculaque inseruit cupida luctantia lingua

10 lascivum femori supposuitque femur;

et mihi blanditias dixit dominumque vocavit

 et quae praeterea publica verba iuvant.

Tacta tamen veluti gelida mea membra cicuta

 segnia propositum destituere meum.

15 Truncus iners iacui, species et inutile pondus,

 et non exactum, corpus an umbra forem.

Quae mihi ventura est, siquidem ventura, senectus,

cum desit numeris ipsa iuventa suis?

A, pudet annorum: quo[1] me iuvenemque virumque?

20   Nec iuvenem nec me sensit amica virum.

Sic flammas aditura pias aeterna sacerdos

surgit et a caro fratre verenda soror.

At nuper bis flava Chlide, ter candida Pitho,

ter Libas officio continuata meo est;

25   exigere a nobis angusta nocte Corinnam,

me memini numeros sustinuisse novem.

Num mea Thessalico languent devota veneno

corpora, num misero carmen et herba nocent,

sagave punicea[2] defixit nomina cera

30   et medium tenuis in iecur egit acus?

Carmine laesa Ceres sterilem vanescit in herbam,

deficiunt laesi carmine fontis aquae;

ilicibus glandes cantataque vitibus uva

decidit et nullo poma movente fluunt.

35   Quid vetat et nervos magicas torpere per artes?

Forsitan impatiens sit latus inde meum.

Huc pudor accessit: facti pudor ipse nocebat;

ille fuit vitii causa secunda mei.

At qualem vidi tantum tetigique puellam!

---

1   quo=cum=quod=quare=cur

2   punicea=poenicea=sanguinea

40　　Sic etiam tunica tangitur illa sua.

Illius ad tactum Pylius iuvenescere possit

　　Tithonosque annis fortior esse suis.

Haec mihi contigerat, sed vir non contigit illi.

　　Quas nunc concipiam per nova vota preces?

45　Credo etiam magnos, quo sum tam turpiter usus,

　　muneris oblati paenituisse deos.

Optabam certe recipi: sum nempe receptus;

　　oscula ferre: tuli; proximus esse: fui.

Quo mihi fortunae tantum? Quo regna sine usu?

50　　Quid, nisi possedi dives avarus opes?

Sic aret mediis taciti vulgator in undis

　　pomaque, quae nullo tempore tangat, habet.

A tenera quisquam sic surgit mane puella,

　　protinus ut sanctos possit adire deos?

55　Sed, puto, non blanda non optima perdidit in me

　　oscula, non omni sollicitavit ope?

Illa graves potuit quercus adamantaque durum

　　surdaque blanditiis saxa movere suis:

digna movere fuit certe vivosque virosque,

60　　sed neque tum vixi nec vir, ut ante, fui.

Quid iuvet ad surdas si cantet Phemius aures?

　　Quid miserum Thamyran picta tabella iuvat?

At quae non tacita formavi gaudia mente,

　　quos ego non finxi disposuique modos!

65   Nostra tamen iacuere velut praemortua membra

       turpiter hesterna languidiora rosa,

quae nunc ecce vigent intempestiva valentque,

       nunc opus exposcunt militiamque suam.

Quin istic pudibunda iaces, pars pessima nostri?

70   Sic sum pollicitis captus et ante tuis.

Tu dominum¹ fallis; per te deprensus inermis

       tristia cum magno damna pudore tuli.

Hanc etiam non est mea dedignata puella

       molliter admota sollicitare manu;

75 sed postquam nullas consurgere posse per artes

       immemoremque sui procubuisse videt,

'Quid me ludis?' ait 'Quis te, male sane, iubebat

       invitum nostro ponere membra toro?

Aut te traiectis Aeaea venefica lanis

80   devovet, aut alio lassus amore venis.'

Nec mora, desiluit tunica velata soluta

       (et decuit nudos proripuisse pedes),

Neve suae possent intactam scire ministrae,

       dedecus hoc sumpta dissimulavit aqua.

---

1   dominum=dominam

VIII

Et quisquam ingenuas etiamnunc suspicit artes,
    aut tenerum dotes carmen habere putat?
Ingenium quondam fuerat pretiosius auro,
    at nunc barbaria est grandis habere nihil.
5 Cum pulchre dominae nostri placuere libelli,
    quo licuit libris, non licet ire mihi;
cum bene laudavit, laudato ianua clausa est:
    turpiter huc illuc ingeniosus eo.
Ecce recens dives parto per vulnera censu
10   praefertur nobis sanguine pastus eques.
Hunc potes amplecti formosis, vita, lacertis?
    Huius in amplexu, vita, iacere potes?
Si nescis, caput hoc galeam portare solebat,
    ense latus cinctum, quod tibi servit, erat;
15 Laeva manus, cui nunc serum male convenit aurum,
    scuta tulit; dextram tange, cruenta fuit.
Qua periit aliquis, potes hanc contingere dextram?

Heu, ubi mollities pectoris illa tui?

Cerne cicatrices, veteris vestigia pugnae:

20   quaesitum est illi corpore, quicquid habet.

Forsitan et quotiens hominem iugulaverit ille

indicet: hoc fassas tangis, avara, manus?

Ille ego Musarum purus Phoebique sacerdos

ad rigidas canto carmen inane fores.

25   Discite, qui sapitis, non quae nos scimus inertes,

sed trepidas acies et fera castra sequi,

proque bono versu primum deducite pilum:

hoc[1] tibi, si velles, possit, Homere, dari.

Iuppiter, admonitus nihil esse potentius auro,

30   corruptae pretium virginis ipse fuit.

Dum merces aberat, durus pater, ipsa severa,

aerati postes, ferrea turris erat;

sed postquam sapiens in munere venit adulter,

praebuit ipsa sinus et dare iussa dedit.

35   At cum regna senex caeli Saturnus haberet,

omne lucrum tenebris alta premebat humus:

aeraque et argentum cumque auro pondera ferri

manibus admorat, nullaque massa fuit.

At meliora dabat, curvo sine vomere fruges

40   pomaque et in quercu mella reperta cava.

---

1   hoc=nox

Nec valido quisquam terras scindebat[1] aratro,

    signabat nullo limite mensor humum.

Non freta demisso verrebant eruta remo:

    ultima mortali tum via litus erat.

45   Contra te sollers, hominum natura, fuisti

    et nimium damnis ingeniosa tuis.

Quo tibi turritis incingere moenibus urbes,

    quo tibi discordes addere in arma manus?

Quid tibi cum pelago? Terra contenta fuisses.

50   Cur non et caelum tertia regna facis?

Qua licet, affectas caelum quoque: templa Quirinus,

    Liber et Alcides et modo Caesar habent.

Eruimus terra solidum pro frugibus aurum;

    possidet inventas sanguine miles opes;

55   Curia pauperibus clausa est, dat census honores:

    inde gravis iudex, inde severus eques.

Omnia possideant: illis Campusque Forumque

    serviat, hi pacem crudaque bella gerant;

tantum ne nostros avidi liceantur amores

60   et (satis est) aliquid pauperis esse sinant.

At nunc, exaequet tetricas licet illa Sabinas,

    imperat ut captae, qui dare multa potest.

Me prohibet custos, in me timet illa maritum;

---

1   scindebat=findebat

si dederim, tota cedet uterque domo.

65 O si neclecti quisquam deus ultor amantis

tam male quaesitas pulvere mutet opes!

IX

Memnona si mater, mater ploravit Achillem,
    et tangunt magnas tristia fata deas,
flebilis indignos, Elegia, solve capillos:
    a, nimis ex vero nunc tibi nomen erit.
5 Ille tui vates operis, tua fama, Tibullus
    ardet in exstructo corpus inane rogo.
Ecce puer Veneris fert eversamque pharetram
    et fractos arcus et sine luce facem;
aspice, demissis ut eat miserabilis alis
10   pectoraque infesta tundat aperta manu.
Excipiunt lacrimas sparsi per colla capilli,
    oraque singultu concutiente sonant.
Fratris in Aeneae sic illum funere dicunt
    egressum tectis, pulcher Iule, tuis.
15 Nec minus est confusa Venus moriente Tibullo
    quam iuveni rupit cum ferus inguen aper.
At sacri vates et divum cura vocamur,

sunt etiam qui nos numen habere putent.

Scilicet omne sacrum mors importuna profanat;

20   omnibus obscuras inicit illa manus.

Quid pater Ismario, quid mater, profuit Orpheo,

    carmine quid victas obstipuisse feras?

Et Linon in silvis idem pater 'Aelinon' altis

    dicitur invita concinuisse lyra.

25 Adice Maeoniden, a quo ceu fonte perenni

    vatum Pieriis ora rigantur aquis:

hunc quoque summa dies nigro summersit Averno;

    defugiunt[1] avidos carmina sola rogos.

Durat opus vatum, Troiani fama laboris

30   tardaque nocturno tela retexta dolo:

sic Nemesis longum, sic Delia nomen habebunt,

    altera cura recens, altera primus amor.

Quid vos sacra iuvant? Quid nunc Aegyptia prosunt

    sistra? Quid in vacuo secubuisse toro?

35 Cum rapiunt mala fata bonos, (ignoscite fasso)

    sollicitor nullos esse putare deos.

Vive pius: moriere pius; cole sacra: colentem

    mors gravis a templis in cava busta trahet.

Carminibus confide bonis: iacet ecce Tibullus;

40   vix manet e toto, parva quod urna capit.

---

1   defugiunt=diffugiunt

Tene, sacer vates, flammae rapuere rogales,

    pectoribus pasci nec timuere tuis?

Aurea sanctorum potuissent templa deorum

    urere, quae tantum sustinuere nefas.

45   Avertit vultus, Erycis quae possidet arces;

    sunt quoque qui lacrimas continuisse negant.

Sed tamen hoc melius, quam si Phaeacia tellus

    ignotum vili supposuisset humo.

Hic certe madidos fugientis pressit ocellos

50   mater et in cineres ultima dona tulit;

hic soror in partem misera cum matre doloris

    venit inornatas dilaniata comas,

cumque tuis sua iunxerunt Nemesisque priorque

    oscula nec solos destituere rogos.

55   Delia discedens 'Felicius' inquit 'amata

    sum tibi: vixisti, dum tuus ignis eram.'

Cui Nemesis 'Quid' ait 'tibi sunt mea damna dolori?

    Me tenuit moriens deficiente manu.'

Si tamen e nobis aliquid nisi nomen et umbra

60   restat, in Elysia valle Tibullus erit.

Obvius huic venies hedera iuvenalia cinctus

    tempora cum Calvo, docte Catulle, tuo;

tu quoque, si falsum est temerati crimen amici,

    sanguinis atque animae prodige Galle tuae.

65   His comes umbra tua est, si qua est modo corporis umbra;

auxisti numeros, culte Tibulle, pios.

Ossa quieta, precor, tuta requiescite in urna,

et sit humus cineri non onerosa tuo.

X

Annua venerunt Cerealis tempora sacri:

    secubat in vacuo sola puella toro.

Flava Ceres, tenues spicis redimita capillos,

    cur inhibes sacris commoda nostra tuis?

5 Te, dea, munificam gentes ubi quaque loquuntur,

    nec minus humanis invidet ulla bonis.

Ante nec hirsuti torrebant farra coloni,

    nec notum terris area nomen erat,

sed glandem quercus, oracula prima, ferebant:

10 haec erat et teneri caespitis herba cibus.

Prima Ceres docuit turgescere semen in agris,

    falce coloratas subsecuitque comas.

Prima iugis tauros supponere colla coegit

    et veterem curvo dente revellit humum.

15 Hanc quisquam lacrimis laetari credit amantum

    et bene tormentis secubituque coli?

Nec tamen est, quamvis agros amet illa feraces,

rustica nec viduum pectus amoris habet.

Cretes erunt testes; nec fingunt omnia Cretes:

20 Crete nutrito terra superba Iove.

Illic sideream mundi qui temperat arcem

  exiguus tenero lac bibit ore puer;

magna fides testi: testis laudatur alumno;

  fassuram Cererem crimina nota puto.

25 Viderat Iasium Cretaea diva sub Ida

  figentem certa terga ferina manu;

vidit et, ut tenerae flammam rapuere medullae,

  hinc pudor, ex illa parte trahebat amor.

Victus amore pudor: sulcos arere videres

30 et sata cum minima parte redire sui;

cum bene iactati pulsarant arva ligones,

  ruperat et duram vomer aduncus humum

seminaque in latos ierant aequaliter agros,

  irrita decepti vota colentis erant.

35 Diva potens frugum silvis cessabat in altis;

  deciderant longae spicea serta comae.

Sola fuit Crete fecundo fertilis anno:

  omnia, qua tulerat se dea, messis erat;

ipse locus nemorum canebat frugibus Ide[1]

40 et ferus in silva farra metebat aper.

---

1 ipse=ipas; Ide=Idae

Optavit Minos similes sibi legifer annos;

    optavit[1], Cereris longus ut esset amor.

Qui tibi secubitus tristes, dea flava, fuissent,

    hos cogor sacris nunc ego ferre tuis.

45 Cur ego sim tristis, cum sit tibi nata reperta

    regnaque quam Iuno sorte minora regat?

Festa dies Veneremque vocat cantusque merumque:

    haec decet ad dominos munera ferre deos.

---

1   optavit=optasset

XI (A)

Multa diuque tuli; vitiis patientia victa est:
    cede fatigato pectore, turpis amor.
Scilicet adserui iam me fugique catenas,
    et, quae non puduit ferre, tulisse pudet.
5   Vicimus et domitum pedibus calcamus amorem:
    venerunt capiti cornua sera meo.
Perfer et[1] obdura: dolor hic tibi proderit olim:
    saepe tulit lassis sucus amarus opem.
Ergo ego sustinui, foribus tam saepe repulsus,
10   ingenuum dura ponere corpus humo?
Ergo ego nesciocui, quem tu complexa tenebas,
    excubui clausam servus ut ante domum?
Vidi, cum foribus lassus prodiret amator
    invalidum referens emeritumque latus;
15   hoc tamen est levius quam quod sum visus ab illo:

---

1   Perfer et=perferre

487

eveniat nostris hostibus ille pudor.

Quando ego non fixus lateri patienter adhaesi,

    ipse tuus custos, ipse vir, ipse comes?

Scilicet et populo per me comitata[1] placebas:

20   causa fuit multis noster amoris amor.

Turpia quid referam vanae mendacia linguae

    et periuratos in mea damna deos?

Quid iuvenum tacitos inter convivia nutus

    verbaque compositis dissimulata notis?

25   Dicta erat aegra mihi: praeceps amensque cucurri;

    veni, et rivali non erat aegra meo.

His et quae taceo duravi saepe ferendis:

    quaere alium pro me qui velit ista pati.

Iam mea votiva puppis redimita corona

30   lenta tumescentes aequoris audit aquas.

Desine blanditias et verba potentia quondam

    perdere: non ego sum stultus, ut ante fui.

---

1   comitata=cantata

XI (B)

Luctantur pectusque leve in contraria tendunt
    hac amor, hac odium; sed, puto, vincit amor.
35 Odero, si potero; si non, invitus amabo:
    nec iuga taurus amat; quae tamen odit, habet.
Nequitiam fugio, fugientem forma reducit;
    aversor morum crimina, corpus amo.
Sic ego nec sine te nec tecum vivere possum
40   et videor voti nescius esse mei.
Aut formosa fores minus aut minus improba vellem:
    non facit ad mores tam bona forma malos.
Facta merent odium, facies exorat amorem:
    me miserum, vitiis plus valet illa suis.
45 Parce per o lecti socialia iura, per omnes
    qui dant fallendos se tibi saepe deos,
perque tuam faciem, magni mihi numinis instar,
    perque tuos oculos, qui rapuere meos.
Quicquid eris, mea semper eris; tu selige tantum,

489

50   me quoque velle velis anne coactus amem.
Lintea dem potius ventisque ferentibus utar

et quam, si[1] nolim, cogar amare, velim.

---

et quam, si=ut, quamvis

XII

Quis fuit ille dies, quo tristia semper amanti

    omina non albae concinuistis aves?

Quodve putem sidus nostris occurrere fatis,

    quosve deos in me bella movere querar?

5   Quae modo dicta mea est, quam coepi solus amare,

    cum multis vereor ne sit habenda mihi.

Fallimur, an nostris innotuit illa libellis?

    Sic erit: ingenio prostitit illa meo.

Et merito: quid enim formae praeconia feci?

10   Vendibilis culpa facta puella mea est.

Me lenone placet, duce me perductus amator,

    ianua per nostras est adaperta manus.

An prosint dubium, nocuerunt carmina certe:

    invidiae nostris illa fuere bonis.

15   Cum Thebae, cum Troia foret, cum Caesaris acta,

    ingenium movit sola Corinna meum.

Aversis utinam tetigissem carmina Musis,

Phoebus et inceptum destituisset opus.

Nec tamen ut testes mos est audire poetas:

20   malueram verbis pondus abesse meis.

Per nos Scylla patri caros furata capillos

     pube premit rabidos[1] inguinibusque canes;

nos pedibus pinnas dedimus, nos crinibus angues;

     victor Abantiades alite fertur equo.

25 Idem per spatium Tityon porreximus ingens

     et tria vipereo fecimus ora cani;

fecimus Enceladon iaculantem mille lacertis,

     ambiguae captos virginis ore viros;

Aeolios Ithacis inclusimus utribus Euros;

30   proditor in medio Tantalus amne sitit;

de Niobe silicem, de virgine fecimus ursam;

     concinit Odrysium Cecropis ales Ityn;

Iuppiter aut in aves aut se transformat in aurum

     aut secat imposita virgine taurus aquas.

35 Protea quid referam Thebanaque semina dentes;

     qui vomerent flammas ore, fuisse boves,

flere genis electra tuas, auriga, sorores,

     quaeque rates fuerint, nunc maris esse deas,

aversumque diem mensis furialibus Atrei,

40   duraque percussam saxa secuta lyram?

---

1   rabidos=rapidos

Exit in immensum fecunda licentia vatum

obligat historica nec sua verba fide:

et mea debuerat falso laudata videri

femina; credulitas nunc mihi vestra nocet.

XIII

Cum mihi pomiferis coniunx foret orta Faliscis,
 moenia contigimus victa, Camille, tibi.
Casta sacerdotes Iunoni festa parabant
 et celebres ludos indigenamque bovem.
5 Grande morae pretium ritus cognoscere, quamvis
 difficilis clivis huc via praebet iter.
Stat vetus et densa praenubilus arbore lucus;
 aspice: concedes numinis esse[1] locum.
Accipit ara preces votivaque tura piorum,
10 ara per antiquas facta sine arte manus.
Huc[2], ubi praesonuit sollemni tibia cantu,
 it per velatas annua pompa vias.
Ducuntur niveae populo plaudente iuvencae,
 quas aluit campis herba Falisca suis,

---

1 numinis esse=numen inesse

2 Huc=Hinc

15 et vituli nondum metuenda fronte minaces

et minor ex humili victima porcus hara

duxque gregis cornu per tempora dura recurvo;

invisa est dominae sola capella deae:

illius indicio silvis inventa sub altis

20 dicitur inceptam destituisse fugam.

Nunc quoque per pueros iaculis incessitur index

et pretium auctori vulneris ipsa datur.

Qua ventura dea est, iuvenes timidaeque puellae

praeverrunt latas veste iacente vias.

25 Virginei crines auro gemmaque premuntur,

et tegit auratos palla superba pedes;

more patrum Graio velatae vestibus albis

tradita supposito vertice sacra ferunt.

Ore favent populi tum, cum venit aurea pompa

30 ipsa sacerdotes subsequiturque suas.

Argiva est pompae facies: Agamemnone caeso

et scelus et patrias fugit Halaesus opes

iamque pererratis profugus terraque fretoque

moenia felici condidit alta manu.

35 Ille suos docuit Iunonia sacra Faliscos:

sint mihi, sint populo semper amica suo.

XIV

Non ego, ne pecces, cum sis formosa, recuso,
    sed ne sit misero scire necesse mihi;
nec te nostra iubet fieri censura pudicam
    sed tamen ut temptes dissimulare rogat.
5 Non peccat, quaecumque potest peccasse negare,
    solaque famosam culpa professa facit.
Quis furor est, quae nocte latent, in luce fateri
    et, quae clam facias, facta referre palam?
Ignoto meretrix corpus iunctura Quiriti
10   opposita populum summovet ante sera;
tu tua prostitues famae peccata sinistrae
    commissi perages indiciumque tui?
Sit tibi mens melior, saltemve imitare pudicas,
    teque probam, quamvis non eris, esse putem.
15 Quae facis, haec facito: tantum fecisse negato
    nec pudeat coram verba modesta loqui.
Est qui nequitiam locus exigat: omnibus illum

deliciis imple, stet procul inde pudor.

Hinc simul exieris, lascivia protinus omnis

20   absit, et in lecto crimina pone tuo.

Illic nec tunicam tibi sit posuisse pudori

nec femori inpositum sustinuisse femur;

illic purpureis condatur lingua labellis,

inque modos Venerem mille figuret amor;

25 illic nec voces nec verba iuvantia cessent,

spondaque lasciva mobilitate tremat.

Indue cum tunicis metuentem crimina vultum,

et pudor obscenum diffiteatur opus.

Da populo, da verba mihi: sine nescius errem

30   et liceat stulta credulitate frui.

Cur totiens video mitti recipique tabellas?

Cur pressus prior est interiorque torus?

Cur plus quam somno turbatos esse capillos

collaque conspicio dentis habere notam?

35 Tantum non oculos crimen deducis ad ipsos;

si dubitas famae parcere, parce mihi.

Mens abit et morior, quotiens peccasse fateris,

perque meos artus frigida gutta fluit.

Tunc amo, tunc odi frustra, quod amare necesse est;

40   tunc ego, sed tecum, mortuus esse velim.

Nil equidem inquiram nec, quae celare parabis,

insequar: et falli muneris instar erit.

Si tamen in media deprensa tenebere culpa

　　et fuerint oculis probra videnda meis,

45　quae bene visa mihi fuerint, bene visa negato:

　　concedent verbis lumina nostra tuis.

Prona tibi vinci cupientem vincere palma est,

　　sit modo 'Non feci' dicere lingua memor:

cum tibi contingat verbis superare duobus,

50　　etsi non causa, iudice vince tuo.

XV

Quaere novum vatem, tenerorum mater Amorum:
    raditur haec elegis ultima meta meis;
quos ego composui, Paeligni ruris alumnus—
    nec me deliciae dedecuere meae—
5   si quid id est, usque a proavis vetus ordinis heres,
    non modo militiae turbine factus eques.
Mantua Vergilio gaudet, Verona Catullo;
    Paelignae dicar gloria gentis ego,
quam sua libertas ad honesta coegerat arma,
10   cum timuit socias anxia Roma manus.
Atque aliquis spectans hospes Sulmonis aquosi
    moenia, quae campi iugera pauca tenent,
'Quae tantum' dicet 'potuistis ferre poetam,
    quantulacumque estis, vos ego magna voco.'
15   Culte puer puerique parens Amathusia culti,
    aurea de campo vellite signa meo;
corniger increpuit thyrso graviore Lyaeus:

pulsanda est magnis area maior equis.

Imbelles elegi, genialis Musa, valete,

20   post mea mansurum fata superstes opus.

ARTIS AMATORIAE LIBER I

《爱的艺术》

第一卷

Siquis in hoc artem populo non novit amandi,

hoc legat et lecto carmine doctus amet.

Arte citae veloque rates remoque moventur,

arte leves currus: arte regendus amor.

5   Curribus Automedon lentisque erat aptus habenis,

Tiphys in Haemonia puppe magister erat:

me Venus artificem tenero praefecit Amori;

Tiphys et Automedon dicar Amoris ego.

Ille quidem ferus est et qui mihi saepe repugnet:

10   sed puer est, aetas mollis et apta regi.

Phillyrides puerum cithara perfecit Achillem,

atque animos placida contudit arte feros.

Qui totiens socios, totiens exterruit hostes,

creditur annosum pertimuisse senem.

15   Quas Hector sensurus erat, poscente magistro

verberibus iussas praebuit ille manus.

Aeacidae Chiron, ego sum praeceptor Amoris:

saevus uterque puer, natus uterque dea.

Sed tamen et tauri cervix oneratur aratro,

20   frenaque magnanimi dente teruntur equi;

et mihi cedet Amor, quamvis mea vulneret arcu

pectora, iactatas excutiatque faces.

Quo me fixit Amor, quo me violentius ussit,

hoc melior facti vulneris ultor ero.

25   Non ego, Phoebe, datas a te mihi mentiar artes,

nec nos aeriae voce monemur avis,

nec mihi sunt visae Clio Cliusque sorores

servanti pecudes vallibus, Ascra, tuis.

Usus opus movet hoc: vati parete perito;

30   vera canam: coeptis, mater Amoris, ades!

Este procul, vittae tenues, insigne pudoris,

quaeque tegis medios, instita longa, pedes.

Nos venerem tutam concessaque furta canemus,

inque meo nullum carmine crimen erit.

35   Principio, quod amare velis, reperire labora,

qui nova nunc primum miles in arma venis.

Proximus huic labor est placitam exorare puellam;

tertius, ut longo tempore duret amor.

Hic modus, haec nostro signabitur area curru:

40   haec erit admissa meta terenda rota.

Dum licet, et loris passim potes ire solutis,

elige cui dicas 'Tu mihi sola places.'

Haec tibi non tenues veniet delapsa per auras:

quaerenda est oculis apta puella tuis.

45 Scit bene venator, cervis ubi retia tendat,

  scit bene, qua frendens valle moretur aper;

aucupibus noti frutices; qui sustinet hamos,

  novit quae multo pisce natentur aquae.

Tu quoque, materiam longo qui quaeris amori,

50 ante frequens quo sit disce puella loco.

Non ego quaerentem vento dare vela iubebo,

  nec tibi, ut invenias, longa terenda via est.

Andromedan Perseus nigris portarit ab Indis,

  raptaque sit Phrygio Graia puella viro,

55 tot tibi tamque dabit formosas Roma puellas,

  'Haec habet' ut dicas 'quicquid in orbe fuit.'

Gargara quot segetes, quot habet Methymna racemos,

  aequore quot pisces, fronde teguntur aves,

Quot caelum stellas, tot habet tua Roma puellas:

60 mater in Aeneae constitit urbe sui.

Seu caperis primis et adhuc crescentibus annis,

  ante oculos veniet vera puella tuos;

sive cupis iuvenem, iuvenes tibi mille placebunt

  (cogeris voti nescius esse tui);

65 seu te forte iuvat sera et sapientior aetas,

  hoc quoque, crede mihi, plenius agmen erit.

Tu modo Pompeia lentus spatiare sub umbra,

  cum sol Herculei terga leonis adit,

aut ubi muneribus nati sua munera mater

70 addidit, externo marmore dives opus.

Nec tibi vitetur quae, priscis sparsa tabellis,

 porticus auctoris Livia nomen habet,

quaque parare necem miseris patruelibus ausae

 Belides et stricto stat ferus ense pater.

75 Nec te praetereat Veneri ploratus Adonis,

 cultaque Iudaeo septima sacra Syro.

Nec fuge linigerae Memphitica templa iuvencae;

 multas illa facit, quod fuit ipsa Iovi.

Et fora conveniunt (quis credere possit?) amori;

80 flammaque in arguto saepe reperta foro:

subdita qua Veneris facto de marmore templo

 Appias expressis aera pulsat aquis,

illo saepe loco capitur consultus Amori,

 quique aliis cavit, non cavet ipse sibi;

85 illo saepe loco desunt sua verba diserto,

 resque novae veniunt, causaque agenda sua est.

Hunc Venus e templis, quae sunt confinia, ridet;

 qui modo patronus, nunc cupit esse cliens.

Sed tu praecipue curvis venare theatris;

90 haec loca sunt voto fertiliora tuo.

Illic invenies quod ames, quod ludere possis,

 quodque semel tangas, quodque tenere velis.

Ut redit itque frequens longum formica per agmen,

 granifero solitum cum vehit ore cibum,

95   aut ut apes saltusque suos et olentia nactae

        pascua per flores et thyma summa volant,

    sic ruit ad celebres cultissima femina ludos;

        copia iudicium saepe morata meum est.

    Spectatum veniunt, veniunt spectentur ut ipsae;

100   ille locus casti damna pudoris habet.

    Primus sollicitos fecisti, Romule, ludos,

        cum iuvit viduos rapta Sabina viros.

    Tunc neque marmoreo pendebant vela theatro,

        nec fuerant liquido pulpita rubra croco;

105   illic quas tulerant nemorosa Palatia, frondes

        simpliciter positae, scena sine arte fuit;

    in gradibus sedit populus de caespite factis,

        qualibet hirsutas fronde tegente comas.

    Respiciunt, oculisque notant sibi quisque puellam

110   quam velit, et tacito pectore multa movent.

    Dumque, rudem praebente modum tibicine Tusco,

        ludius aequatam ter pede pulsat humum,

    in medio plausu (plausus tunc arte carebant)

        rex populo praedae signa petita[1] dedit.

115   Protinus exiliunt, animum clamore fatentes,

        virginibus cupidas iniciuntque manus.

    Ut fugiunt aquilas, timidissima turba, columbae,

---

1   petita=petenda

ut fugit invisos[1] agna novella lupos,

sic illae timuere viros sine more ruentes;

120   constitit in nulla qui fuit ante color.

Nam timor unus erat, facies non una timoris:

pars laniat crines, pars sine mente sedet;

altera maesta silet, frustra vocat altera matrem;

haec queritur, stupet haec; haec manet, illa fugit.

125   Ducuntur raptae, genialis praeda, puellae,

et potuit multas ipse decere timor.

Siqua repugnarat nimium comitemque negabat,

sublatam cupido vir tulit ipse sinu,

atque ita 'Quid teneros lacrimis corrumpis ocellos?

130   Quod matri pater est, hoc tibi' dixit 'ero.'

Romule, militibus scisti dare commoda solus:

haec mihi si dederis commoda, miles ero.

Scilicet ex illo sollemnia more theatra

nunc quoque formosis insidiosa manent.

135   Nec te nobilium fugiat certamen equorum;

multa capax populi commoda Circus habet.

Nil opus est digitis, per quos arcana loquaris,

nec tibi per nutus accipienda nota est:

proximus a domina, nullo prohibente, sedeto,

140   iunge tuum lateri qua potes usque latus;

---

1   invisos=visos

et bene, quod cogit, si nolis, linea iungi,

    quod tibi tangenda est lege puella loci.

Hic tibi quaeratur socii sermonis origo,

    et moveant primos publica verba sonos.

145 Cuius equi veniant, facito, studiose, requires;

    nec mora, quisquis erit, cui favet illa, fave.

At cum pompa frequens caelestibus ibit eburnis[1],

    tu Veneri dominae plaude favente manu;

utque fit, in gremium pulvis si forte puellae

150   deciderit, digitis excutiendus eri—

etsi nullus erit pulvis, tamen excute nullum:

    quaelibet officio causa sit apta tuo.

Pallia si terra nimium demissa iacebunt,

    collige, et inmunda sedulus effer humo;

155 protinus, officii pretium, patiente puella

    contingent oculis crura videnda tuis.

Respice praeterea, post vos quicumque sedebit,

    ne premat opposito mollia terga genu.

Parva leves capiunt animos: fuit utile multis

160   pulvinum facili composuisse manu.

Profuit et tenui ventos movisse tabella,

    et cava sub tenerum scamna dedisse pedem.

Hos aditus Circusque novo praebebit amori,

---

1   caelestibus...eburnis=certantibus...ephebis

sparsaque sollicito tristis harena foro.

165 Illa saepe puer Veneris pugnavit harena,

et qui spectavit vulnera, vulnus habet.

Dum loquitur tangitque manum poscitque libellum

et quaerit posito pignore, vincat uter,

saucius ingemuit telumque volatile sensit,

170 et pars spectati muneris ipse fuit.

Quid, modo cum belli navalis imagine Caesar

Persidas induxit Cecropiasque rates?

Nempe ab utroque mari iuvenes, ab utroque puellae

venere, atque ingens orbis in Urbe fuit.

175 Quis non invenit turba, quod amaret, in illa?

Eheu, quam multos advena torsit amor!

Ecce, parat Caesar domito quod defuit orbi

addere: nunc, oriens ultime, noster eris.

Parthe, dabis poenas; Crassi gaudete sepulti,

180 signaque barbaricas non bene passa manus.

Ultor adest, primisque ducem profitetur in annis,

bellaque non puero tractat agenda puer.

Parcite natales timidi numerare deorum:

Caesaribus virtus contigit ante diem.

185 Ingenium caeleste suis velocius annis

surgit, et ignavae fert male damna morae.

Parvus erat, manibusque duos Tirynthius angues

pressit, et in cunis iam Iove dignus erat.

Nunc quoque qui puer es, quantus tum, Bacche, fuisti,

190   cum timuit thyrsos India victa tuos!

Auspiciis annisque patris, puer, arma movebis[1],

      et vinces annis[2] auspiciisque patris:

tale rudimentum tanto sub nomine debes,

      nunc iuvenum princeps, deinde future senum.

195   Cum tibi sint fratres, fratres ulciscere laesos;

      cumque pater tibi sit, iura tuere patris.

Induit arma tibi genitor patriaeque tuusque:

      hostis ab invito regna parente rapit.

Tu pia tela feres, sceleratas ille sagittas;

200   stabit pro signis Iusque Piumque tuis.

Vincuntur causa Parthi: vincantur et armis;

      Eoas Latio dux meus addat opes.

Marsque pater Caesarque pater, date numen eunti:

      nam deus e vobis alter es, alter eris.

205   Auguror, en, vinces; votivaque carmina reddam,

      et magno nobis ore sonandus eris.

Consistes, aciemque meis hortabere verbis;

      o desint animis ne mea verba tuis!

Tergaque Parthorum Romanaque pectora dicam,

210   telaque, ab averso quae iacit hostis equo.

---

1   annis=animis

2   annis=animis

Qui fugis ut vincas, quid victo, Parthe, relinquis?

Parthe, malum iam nunc Mars tuus omen habet.

Ergo erit illa dies, qua tu, pulcherrime rerum,

quattuor in niveis aureus ibis equis.

215 Ibunt ante duces onerati colla catenis,

ne possint tuti, qua prius, esse fuga.

Spectabunt laeti iuvenes mixtaeque puellae,

diffundetque animos omnibus ista dies.

Atque aliqua ex illis cum regum nomina quaeret,

220 quae loca, qui montes, quaeve ferantur aquae,

omnia responde, nec tantum siqua rogabit;

et quae nescieris, ut bene nota refer.

Hic est Euphrates, praecinctus harundine frontem;

cui coma dependet caerula, Tigris erit.

225 Hos facito Armenios; haec est Danaeia Persis;

urbs in Achaemeniis vallibus ista fuit.

Ille vel ille, duces; et erunt quae nomina dicas,

si poteris, vere, si minus, apta tamen.

Dant etiam positis aditum convivia mensis:

230 est aliquid praeter vina, quod inde petas.

Saepe illic positi teneris adducta lacertis

purpureus Bacchi cornua pressit Amor;

vinaque cum bibulas sparsere Cupidinis alas,

permanet et capto stat gravis ille loco.

235 Ille quidem pennas velociter excutit udas,

sed tamen et spargi pectus amore nocet[1].

Vina parant animos faciuntque caloribus aptos;

    cura fugit multo diluiturque mero.

Tunc veniunt risus, tum pauper cornua sumit,

240   tum dolor et curae rugaque frontis abit.

Tunc aperit mentes aevo rarissima nostro

    simplicitas, artes excutiente deo.

Illic saepe animos iuvenum rapuere puellae,

    et Venus in vinis ignis in igne fuit.

245 Hic tu fallaci nimium ne crede lucernae:

    iudicio formae noxque merumque nocent.

Luce deas caeloque Paris spectavit aperto,

    cum dixit Veneri 'Vincis utramque, Venus.'

Nocte latent mendae, vitioque ignoscitur omni,

250   horaque formosam quamlibet illa facit.

Consule de gemmis, de tincta murice lana,

    consule de facie corporibusque diem.

Quid tibi femineos coetus venatibus aptos

    enumerem? Numero cedet harena meo.

255 Quid referam Baias, praetextaque litora velis,

    et quae de calido sulpure fumat aqua?

Hinc aliquis vulnus referens in pectore dixit

    'Non haec, ut fama est, unda salubris erat.'

---

1   nocet=solet

Ecce suburbanae templum nemorale Dianae

260 partaque per gladios regna nocente manu:

illa, quod est virgo, quod tela Cupidinis odit,

multa dedit populo vulnera, multa dabit.

Hactenus, unde legas quod ames, ubi retia ponas,

praecipit imparibus vecta Thalea rotis.

265 Nunc tibi, quae placuit, quas sit capienda per artes,

dicere praecipuae molior artis opus.

Quisquis ubique, viri, dociles advertite mentes,

pollicitisque favens, vulgus, adeste meis.

Prima tuae menti veniat fiducia, cunctas

270 posse capi; capies, tu modo tende plagas.

Vere prius volucres taceant, aestate cicadae,

Maenalius lepori det sua terga canis,

femina quam iuveni blande temptata repugnet:

haec quoque, quam poteris credere nolle, volet.

275 Utque viro furtiva Venus, sic grata puellae:

vir male dissimulate; tectius illa cupit.

Conveniat maribus, nequam nos ante rogemus,

femina iam partes victa rogantis agat.

Mollibus in pratis admugit femina tauro:

280 femina cornipedi semper adhinnit equo.

Parcior in nobis nec tam furiosa libido;

legitimum finem flamma virilis habet.

Byblida quid referam, vetito quae fratris amore

513

arsit et est laqueo fortiter ulta nefas?

285 Myrrha patrem, sed non qua filia debet, amavit,

et nunc obducto cortice pressa latet;

lllius lacrimis, quas arbore fundit odora,

unguimur, et dominae nomina gutta tenet.

Forte sub umbrosis nemorosae vallibus Idae

290 candidus, armenti gloria, taurus erat,

signatus tenui media inter cornua nigro:

una fuit labes, cetera lactis erant.

Illum Cnosiadesque Cydoneaeque iuvencae

optarunt tergo sustinuisse suo.

295 Pasiphae fieri gaudebat adultera tauri;

invida formosas oderat illa boves.

Nota cano: non hoc, centum quae sustinet urbes,

quamvis sit mendax, Creta negare potest.

Ipsa novas frondes et prata tenerrima tauro

300 fertur inadsueta subsecuisse manu.

It comes armentis, nec ituram cura moratur

coniugis, et Minos a bove victus erat.

Quo tibi, Pasiphae, pretiosas sumere vestes?

Ille tuus nullas sentit adulter opes.

305 Quid tibi cum speculo, montana armenta petenti?

Quid totiens positas fingis, inepta, comas?

Crede tamen speculo, quod te negat esse iuvencam.

Quam cuperes fronti cornua nata tuae!

Sive placet Minos, nullus quaeratur adultery;

310   sive virum mavis fallere, falle viro!

In nemus et saltus thalamo regina relicto

　　　 fertur, ut Aonio concita Baccha deo.

A, quotiens vaccam vultu spectavit iniquo,

　　　 et dixit 'Domino cur placet ista meo?

315   Aspice, ut ante ipsum teneris exultet in herbis;

　　　 nec dubito, quin se stulta decere putet.'

Dixit, et ingenti iamdudum de grege duci

　　　 iussit et inmeritam sub iuga curva trahi,

aut cadere ante aras commentaque sacra coegit,

320   et tenuit laeta paelicis exta manu.

Paelicibus quotiens placavit numina caesis,

　　　 atque ait, exta tenens 'Ite, placete meo!'

Et modo se Europen fieri, modo postulat Io,

　　　 altera quod bos est, altera vecta bove.

325   Hanc tamen implevit, vacca deceptus acerna,

　　　 dux gregis, et partu proditus auctor erat.

Cressa Thyesteo si se abstinuisset amore

　　　 (et quantum est uno posse carere viro?),

non medium rupisset iter, curruque retorto

330   Auroram versis Phoebus adisset equis.

Filia purpureos Niso furata capillos

　　　 pube premit rabidos inguinibusque canes.

Qui Martem terra, Neptunum effugit in undis,

515

coniugis Atrides victima dira fuit.

335　Cui non defleta est Ephyraeae flamma Creusae,

　　　et nece natorum sanguinolenta parens?

Flevit Amyntorides per inania lumina Phoenix:

　　　Hippolytum pavidi[1] diripuistis equi.

Quid fodis inmeritis, Phineu, sua lumina natis?

340　Poena reversura est in caput ista tuum.

Omnia feminea sunt ista libidine mota;

　　　acrior est nostra, plusque furoris habet.

Ergo age, ne dubita cunctas sperare puellas;

　　　vix erit e multis, quae neget, una, tibi.

345　Quae dant quaeque negant, gaudent tamen esse rogatae:

　　　ut iam fallaris, tuta repulsa tua est.

Sed cur fallaris, cum sit nova grata voluptas

　　　et capiant animos plus aliena suis?

Fertilior seges est alienis semper in agris,

350　vicinumque pecus grandius uber habet.

Sed prius ancillam captandae nosse puellae

　　　cura sit: accessus molliet illa tuos.

Proxima consiliis dominae sit ut illa, videto,

　　　neve parum tacitis conscia fida iocis.

355　Hanc tu pollicitis, hanc tu corrumpe rogando:

　　　quod petis, ex facili, si volet illa, feres.

1　pavidi=rabidi

Illa leget tempus (medici quoque tempora servant)

quo facilis dominae mens sit et apta capi.

Mens erit apta capi tum, cum laetissima rerum

360   ut seges in pingui luxuriabit humo.

Pectora dum gaudent nec sunt adstricta dolore,

ipsa patent, blanda tum subit arte Venus.

Tum, cum tristis erat, defensa est Ilios armis:

militibus gravidum laeta recepit equum.

365   Tum quoque temptanda est, cum paelice laesa dolebit:

tum facies opera, ne sit inulta, tua.

Hanc matutinos pectens ancilla capillos

incitet, et velo remigis addat opem,

et secum tenui suspirans murmure dicat

370   'At, puto, non poteras ipsa referre vicem.'

Tum de te narret, tum persuadentia verba

addat, et insano iuret amore mori.

Sed propera, ne vela cadant auraeque residant:

ut fragilis glacies, interit ira mora.

375   Quaeris, an hanc ipsam prosit violare ministram?

Talibus admissis alea grandis inest.

Haec a concubitu fit sedula, tardior illa,

haec dominae munus te parat, illa sibi.

Casus in eventu est: licet hic indulgeat ausis,

380   consilium tamen est abstinuisse meum.

Non ego per praeceps et acuta cacumina vadam,

517

nec iuvenum quisquam me duce captus erit.

Si tamen illa tibi, dum dat recipitque tabellas,

    corpore, non tantum sedulitate placet,

385 fac domina potiare prius, comes illa sequatur:

    non tibi ab ancilla est incipienda Venus.

Hoc unum moneo, siquid modo creditur arti,

    nec mea dicta rapax per mare ventus agit:

aut non rem temptes[1] aut perfice; tollitur index,

390   cum semel in partem criminis ipsa venit.

Non avis utiliter viscatis effugit alis;

    non bene de laxis cassibus exit aper.

Saucius arrepto piscis teneatur ab hamo:

    perprime temptatam, nec nisi victor abi.

395 Tunc neque te prodet communi noxia culpa,

    factaque erunt dominae dictaque nota tibi.

Sed bene celetur: bene si celabitur index,

    notitiae suberit semper amica tuae.

Tempora qui solis operosa colentibus arva,

400   fallitur, et nautis aspicienda putat.

Nec semper credenda ceres fallacibus arvis,

    nec semper viridi concava puppis aquae,

nec teneras semper tutum captare puellas:

    saepe dato melius tempore fiet idem.

---

1   rem temptes=temptasses

405 Sive dies suberit natalis, sive Kalendae,

quas Venerem Marti continuasse iuvat,

sive erit ornatus non ut fuit ante sigillis,

sed regum positas Circus habebit opes,

differ opus; tunc tristis hiems, tunc Pliades instant,

410 tunc tener aequorea mergitur Haedus aqua,

tunc bene desinitur: tunc siquis creditur alto,

vix tenuit lacerae naufraga membra ratis.

Tu licet incipias qua flebilis Allia luce

vulneribus Latiis sanguinolenta fluit,

415 quaque die redeunt, rebus minus apta gerendis,

culta Palaestino septima festa Syro.

Magna superstitio tibi sit natalis amicae:

quaque aliquid dandum est, illa sit atra dies.

Cum bene vitaris, tamen auferet; invenit artem

420 femina, qua cupidi carpat amantis opes.

Institor ad dominam veniet discinctus emacem,

expediet merces teque sedente suas:

quas illa, inspicias, sapere ut videare, rogabit;

oscula deinde dabit; deinde rogabit, emas.

425 Hoc fore contentam multos iurabit in annos,

nunc opus esse sibi, nunc bene dicet emi.

Si non esse domi, quos des, causabere nummos,

littera poscetur ne didicisse iuvet.

Quid, quasi natali cum poscit munera libo,

430   et, quotiens opus est, nascitur illa, sibi?

Quid, cum mendaci damno maestissima plorat,

     elapsusque cava fingitur aure lapis?

Multa rogant utenda dari, data reddere nolunt:

     perdis, et in damno gratia nulla tuo.

435 Non mihi, sacrilegas meretricum ut persequar artes,

     cum totidem linguis sint satis ora decem.

Cera vadum temptet, rasis infusa tabellis;

     cera tuae primum conscia mentis eat.

Blanditias ferat illa tuas imitataque amantem

440   verba; nec exiguas, quisquis es, adde preces.

Hectora donavit Priamo prece motus Achilles;

     flectitur iratus voce rogante deus.

Promittas facito: quid enim promittere laedit?

     Pollicitis dives quilibet esse potest.

445 Spes tenet in tempus, semel est si credita, longum:

     illa quidem fallax, sed tamen apta dea est.

Si dederis aliquid, poteris ratione relinqui:

     praeteritum tulerit, perdideritque nihil.

At quod non dederis, semper videare daturus:

450   sic dominum sterilis saepe fefellit ager;

sic, ne perdiderit, non cessat perdere lusor,

     et revocat cupidas alea saepe manus.

Hoc opus, hic labor est, primo sine munere iungi;

     ne dederit gratis quae dedit, usque dabit.

455　Ergo eat et blandis peraretur littera verbis,

　　　exploretque animos, primaque temptet iter.

　　Littera Cydippen pomo perlata fefellit,

　　　insciaque est verbis capta puella suis.

　　Disce bonas artes, moneo, Romana iuventus,

460　　non tantum trepidos ut tueare reos;

　　quam populus iudexque gravis lectusque senatus,

　　　tam dabit eloquio victa puella manus.

　　Sed lateant vires, nec sis in fronte disertus;

　　　effugiant voces verba molesta tuae.

465　Quis, nisi mentis inops, tenerae declamat amicae?

　　　Saepe valens odii littera causa fuit.

　　Sit tibi credibilis sermo consuetaque verba,

　　　blanda tamen, praesens ut videare loqui.

　　Si non accipiet scriptum, inlectumque remittet,

470　　lecturam spera, propositumque tene.

　　Tempore difficiles veniunt ad aratra iuvenci,

　　　tempore lenta pati frena docentur equi;

　　ferreus adsiduo consumitur anulus usu,

　　　interit adsidua vomer aduncus humo.

475　Quid magis est saxo durum, quid mollius unda?

　　　Dura tamen molli saxa cavantur aqua.

　　Penelopen ipsam, persta modo, tempore vinces;

　　　capta vides sero Pergama, capta tamen.

　　Legerit, et nolit rescribere? Cogere noli:

480   Tu modo blanditias fac legat usque tuas.

Quae voluit legisse, volet rescribere lectis:

    per numeros venient ista gradusque suos.

Forsitan et primo veniet tibi littera tristis,

    quaeque roget, ne se sollicitare velis.

485   Quod rogat illa, timet; quod non rogat, optat, ut instes;

    insequere, et voti postmodo compos eris.

Interea, sive illa toro resupina feretur,

    lecticam dominae dissimulanter adi,

neve aliquis verbis odiosas offerat auris,

490   qua potes ambiguis callidus abde notis.

Seu pedibus vacuis illi spatiosa teretur

    porticus, hic socias tu quoque iunge moras:

et modo praecedas facito, modo terga sequaris,

    et modo festines, et modo lentus eas;

495   nec tibi de mediis aliquot transire columnas

    sit pudor, aut lateri continuasse latus.

Nec sine te curvo sedeat speciosa theatro:

    quod spectes, umeris adferet illa suis.

Illam respicias, illam mirere licebit:

500   multa supercilio, multa loquare notis.

Et plaudas, aliquam mimo saltante puellam;

    et faveas illi, quisquis agatur amans.

Cum surgit, surges; donec sedet illa, sedebis;

    arbitrio dominae tempora perde tuae.

⁵⁰⁵ Sed tibi nec ferro placeat torquere capillos,

nec tua mordaci pumice crura teras.

Ista iube faciant, quorum Cybeleia mater

concinitur Phrygiis exululata modis.

Forma viros neglecta decet; Minoida Theseus

⁵¹⁰ abstulit, a nulla tempora comptus acu.

Hippolytum Phaedra, nec erat bene cultus, amavit;

cura deae silvis aptus Adonis erat.

Munditie placeant, fuscentur corpora Campo;

sit bene conveniens et sine labe toga;

⁵¹⁵ lingula ne rigeat, careant rubigine dentes,

nec vagus in laxa pes tibi pelle natet;

nec male deformet rigidos tonsura capillos:

sit coma, sit trita barba resecta manu.

Et nihil emineant, et sint sine sordibus ungues;

⁵²⁰ inque cava nullus stet tibi nare pilus.

Nec male odorati sit tristis anhelitus oris;

nec laedat naris virque paterque gregis.

Cetera lascivae faciant, concede, puellae,

et siquis male vir quaerit habere virum.

⁵²⁵ Ecce, suum vatem Liber vocat; hic quoque amantes

adiuvat, et flammae, qua calet ipse, favet.

Cnosis in ignotis amens errabat harenis,

qua brevis aequoreis Dia feritur aquis.

Utque erat e somno tunica velata recincta,

530　　nuda pedem, croceas inreligata comas,

　　　Thesea crudelem surdas clamabat ad undas,

　　　　indigno teneras imbre rigante genas.

　　　Clamabat, flebatque simul, sed utrumque decebat;

　　　　non facta est lacrimis turpior illa suis.

535　　Iamque iterum tundens mollissima pectora palmis

　　　　'Perfidus ille abiit; quid mihi fiet?' ait.

　　　'Quid mihi fiet?' ait: sonuerunt cymbala toto

　　　　litore, et adtonita tympana pulsa manu.

　　　Excidit illa metu, rupitque novissima verba;

540　　　nullus in exanimi corpore sanguis erat.

　　　Ecce Mimallonides sparsis in terga capillis;

　　　　ecce leves satyri, praevia turba dei;

　　　ebrius, ecce, senex pando Silenus asello

　　　　vix sedet, et pressas continet ante iubas.

545　　Dum sequitur Bacchas, Bacchae fugiuntque petuntque

　　　　quadrupedem ferula dum malus urget eques,

　　　in caput aurito cecidit delapsus asello:

　　　　clamarunt satyri 'Surge age, surge, pater.'

　　　Iam deus in curru, quem summum texerat uvis,

550　　　tigribus adiunctis aurea lora dabat.

　　　Et color et Theseus et vox abiere puellae,

　　　　terque fugam petiit, terque retenta metu est.

Horruit, ut graciles[1], agitat quas ventus, aristae,

ut levis in madida canna palude tremit.

555 Cui deus 'En, adsum tibi cura fidelior' inquit:

'Pone metum: Bacchi, Cnosias, uxor eris.

Munus habe caelum; caelo spectabere sidus;

saepe reges dubiam Cressa Corona ratem.'

Dixit, et e curru, ne tigres illa timeret,

560 desilit; inposito cessit harena pede,

implicitamque sinu (neque enim pugnare valebat)

abstulit; in facili est omnia posse deo.

Pars 'Hymenaee' canunt, pars clamant 'Euhion, euhoe!'

Sic coeunt sacro nupta deusque toro.

565 Ergo ubi contigerint positi tibi munera Bacchi,

atque erit in socii femina parte tori,

Nycteliumque patrem nocturnaque sacra precare,

ne iubeant capiti vina nocere tuo.

Hic tibi multa licet sermone latentia tecto

570 dicere, quae dici sentiat illa sibi:

blanditiasque leves tenui perscribere vino,

ut dominam in mensa se legat illa tuam,

atque oculos oculis spectare fatentibus ignem:

saepe tacens vocem verbaque vultus habet.

575 Fac primus rapias illius tacta labellis

---

1   graciles=steriles=teretes

pocula, quaque bibet parte puella, bibas;

et quemcumque cibum digitis libaverit illa,

tu pete, dumque petis, sit tibi tacta manus.

Sint etiam tua vota, viro placuisse puellae:

580   utilior vobis factus amicus erit.

Huic, si sorte bibes, sortem concede priorem;

huic detur capiti missa corona tuo.

Sive erit inferior, seu par, prior omnia sumat,

nec dubites illi verba secunda loqui.

585 Tuta frequensque via est, per amici fallere nomen:

tuta frequensque licet sit via, crimen habet.

Inde procurator nimium quoque multa procurat,

et sibi mandatis plura videnda putat.

Certa tibi a nobis dabitur mensura bibendi:

590   officium praestent mensque pedesque suum.

Iurgia praecipue vino stimulata caveto,

et nimium faciles ad fera bella manus.

Occidit Eurytion stulte data vina bibendo;

aptior est dulci mensa merumque ioco.

595 Si vox est, canta: si mollia brachia, salta;

et quacumque potes dote placere, place.

Ebrietas ut vera nocet, sic ficta iuvabit:

fac titubet blaeso subdola lingua sono,

ut, quicquid facias dicasve protervius aequo,

600   credatur nimium causa fuisse merum.

Et bene dic dominae, bene, cum quo dormiat illa;

    sed, male sit, tacita mente precare, viro.

At cum discedet mensa conviva remota,

    ipsa tibi accessus turba locumque dabit.

605 Insere te turbae, leviterque admotus eunti

    velle latus digitis, et pede tange pedem.

Conloquii iam tempus adest; fuge rustice longe

    hinc pudor; audentem Forsque Venusque iuvat.

Non tua sub nostras veniat facundia leges:

610 fac tantum cupias, sponte disertus eris.

Est tibi agendus amans, imitandaque vulnera verbis;

    haec tibi quaeratur qualibet arte fides.

Nec credi labor est: sibi quaeque videtur amanda;

    pessima sit, nulli non sua forma placet.

615 Saepe tamen vere coepit simulator amare,

    saepe, quod incipiens finxerat esse, fuit.

Quo magis, o, faciles imitantibus este, puellae:

    fiet amor verus, qui modo falsus erat.

Blanditiis animum furtim deprendere nunc sit,

620 ut pendens liquida ripa subestur aqua.

Nec faciem, nec te pigeat laudare capillos

    et teretes digitos exiguumque pedem:

delectant etiam castas praeconia formae;

    virginibus curae grataque forma sua est.

625 Nam cur in Phrygiis Iunonem et Pallada silvis

527

nunc quoque iudicium non tenuisse pudet?

Laudatas ostendit avis Iunonia pinnas;

si tacitus spectes, illa recondit opes.

Quadrupedes inter rapidi certamina cursus

630   depexaeque iubae plausaque colla iuvant.

Nec timide promitte: trahunt promissa puellas;

pollicito testes quoslibet adde deos.

Iuppiter ex alto periuria ridet amantum,

et iubet Aeolios inrita ferre Notos.

635 Per Styga Iunoni falsum iurare solebat

Iuppiter; exemplo nunc favet ipse suo.

Expedit esse deos, et, ut expedit, esse putemus;

dentur in antiquos tura merumque focos;

nec secura quies illos similisque sopori

640   detinet; innocue vivite; numen adest;

reddite depositum; pietas sua foedera servet;

fraus absit; vacuas caedis habete manus.

Ludite, si sapitis, solas impune puellas;

hac minus est una fraude tuenda fides.

645 Fallite fallentes: ex magna parte profanum

sunt genus; in laqueos quos posuere, cadant.

Dicitur Aegyptos caruisse iuvantibus arva

imbribus, atque annos sicca fuisse novem,

cum Thrasius Busirin adit, monstratque piari

650   hospitis adfuso sanguine posse Iovem.

Illi Busiris 'Fies Iovis hostia primus,'

    inquit 'et Aegypto tu dabis hospes aquam.'

Et Phalaris tauro violenti membra Perilli

    torruit: infelix inbuit auctor opus.

655   Iustus uterque fuit, neque enim lex aequior ulla est,

    quam necis artifices arte perire sua.

Ergo ut periuras merito periuria fallant,

    exemplo doleat femina laesa suo.

Et lacrimae prosunt: lacrimis adamanta movebis;

660   fac madidas videat, si potes, illa genas.

Si lacrimae (neque enim veniunt in tempore semper)

    deficient, uda lumina tange manu.

Quis sapiens blandis non misceat oscula verbis?

    Illa licet non det, non data sume tamen.

665   Pugnabit primo fortassis, et 'Improbe' dicet:

    pugnando vinci se tamen illa volet.

Tantum ne noceant teneris male rapta labellis,

    neve queri possit dura fuisse, cave.

Oscula qui sumpsit, si non et cetera sumet,

670   haec quoque, quae data sunt, perdere dignus erit.

Quantum defuerat pleno post oscula voto?

    Ei mihi, rusticitas, non pudor ille fuit.

Vim licet appelles, grata est vis ista puellis:

    quod iuvat, invitae saepe dedisse volunt.

675   Quaecumque est Veneris subita violata rapina,

gaudet, et inprobitas muneris instar habet.

At quae cum posset cogi, non tacta recessit,

    ut simulet vultu gaudia, tristis erit.

Vim passa est Phoebe: vis est allata sorori;

680   et gratus raptae raptor uterque fuit.

Fabula nota quidem, sed non indigna referri,

    Scyrias Haemonio iuncta puella viro.

Iam dea laudatae dederat mala praemia formae

    colle sub Idaeo vincere digna duas;

685   iam nurus ad Priamum diverso venerat orbe,

    Graiaque in Iliacis moenibus uxor erat.

Iurabant omnes in laesi verba mariti:

    nam dolor unius publica causa fuit.

Turpe, nisi hoc matris precibus tribuisset, Achilles

690   veste virum longa dissimulatus erat.

Quid facis, Aeacide? Non sunt tua munera lanae;

    tu titulos alia Palladis arte petas.

Quid tibi cum calathis? Clipeo manus apta ferendo est;

    pensa quid in dextra, qua cadet Hector, habes?

695   Reice succinctos operoso stamine fusos!

    Quassanda est ista Pelias hasta manu.

Forte erat in thalamo virgo regalis eodem;

    haec illum stupro comperit esse virum.

Viribus illa quidem victa est, ita credere oportet,

700   sed voluit vinci viribus illa tamen.

Saepe 'Mane!' dixit, cum iam properaret Achilles;

    fortia nam posita sumpserat arma colo.

Vis ubi nunc illa est? Quid blanda voce moraris

    auctorem stupri, Deidamia, tui?

705 Scilicet ut pudor est quaedam coepisse priorem,

    sic alio gratum est incipiente pati.

A! Nimia est iuveni propriae fiducia formae,

    expectat siquis, dum prior illa roget.

Vir prior accedat, vir verba precantia dicat;

710   excipiet blandas comiter illa preces.

Ut potiare, roga; tantum cupit illa rogari;

    da causam voti principiumque tui.

Iuppiter ad veteres supplex heroidas ibat;

    corrupit magnum nulla puella Iovem.

715 Si tamen a precibus tumidos accedere fastus

    senseris, incepto parce referque pedem.

Quod refugit, multae cupiunt: odere quod instat;

    lenius instando taedia tolle tui.

Nec semper Veneris spes est profitenda roganti;

720   intret amicitiae nomine tectus amor.

Hoc aditu vidi tetricae data verba puellae:

    qui fuerat cultor, factus amator erat.

Candidus in nauta turpis color, aequoris unda

    debet et a radiis sideris esse niger;

725 turpis et agricolae, qui vomere semper adunco

et gravibus rastris sub Iove versat humum;

et tibi, Palladiae petitur cui fama coronae,

candida si fuerint corpora, turpis eris.

Palleat omnis amans: hic est color aptus amanti;

730   hoc decet, hoc stulti[1] non valuisse putant.

Pallidus in Side[2] silvis errabat Orion,

Pallidus in lenta Naide Daphnis erat.

Arguat et macies animum, nec turpe putaris

palliolum nitidis inposuisse comis.

735 Attenuant iuvenum vigilatae corpora noctes

curaque et in magno qui fit amore dolor.

Ut voto potiare tuo, miserabilis esto,

ut qui te videat, dicere possit 'Amas.'

Conquerar, an moneam mixtum fas omne nefasque?

740   Nomen amicitia est, nomen inane fides.

Ei mihi, non tutum est, quod ames, laudare sodali;

cum tibi laudanti credidit, ipse subit.

At non Actorides lectum temeravit Achillis:

quantum ad Pirithoum, Phaedra pudica fuit.

745 Hermionam Pylades quo Pallada Phoebus, amabat,

quodque tibi geminus, Tyndari, Castor, erat.

Siquis idem sperat, laturas[3] poma myricas

---

1   stulti=multi

2   Side=Lyrice

3   laturas=iacturas

speret, et e medio flumine mella petat.

Nil nisi turpe iuvat: curae sua cuique voluptas;

750 haec quoque ab alterius grata dolore venit.

Heu facinus! non est hostis metuendus amanti;

quos credis fidos, effuge, tutus eris.

Cognatum fratremque cave carumque sodalem:

praebebit veros haec tibi turba metus.

755 Finiturus eram, sed sunt diversa puellis

pectora: mille animos excipe mille modis.

Nec tellus eadem parit omnia; vitibus illa

convenit, haec oleis; hac bene farra virent.

Pectoribus mores tot sunt, quot in ore figurae;

760 qui sapit, innumeris moribus aptus erit,

utque leves Proteus modo se tenuabit in undas,

nunc leo, nunc arbor, nunc erit hirtus aper.

Hi iaculo pisces, illi capiuntur ab hamis;

hos cava contento retia fune trahunt.

765 Nec tibi conveniet cunctos modus unus ad annos:

longius insidias cerva videbit anus.

Si doctus videare rudi, petulansve pudenti,

diffidet miserae protinus illa sibi.

Inde fit, ut quae se timuit committere honesto,

770 vilis ad amplexus inferioris eat.

Pars superat coepti, pars est exhausta laboris.

Hic teneat nostras ancora iacta rates.

533

ARTIS AMATORIAE LIBER I

ARTIS AMATORIAE LIBER II

《爱的艺术》

第二卷

Dicite 'Io Paean!' et 'Io' bis dicite 'Paean!'

    Decidit in casses praeda petita meos;

laetus amans donat viridi mea carmina palma,

    praelata Ascraeo Maeonioque seni.

5 Talis ab armiferis Priameius hospes Amyclis

    candida cum rapta coniuge vela dedit;

talis erat qui te curru victore ferebat,

    vecta peregrinis Hippodamia rotis.

Quid properas, iuvenis? Mediis tua pinus in undis

10   navigat, et longe quem peto portus abest.

Non satis est venisse tibi me vate puellam:

    arte mea capta est, arte tenenda mea est.

Nec minor est virtus, quam quaerere, parta tueri:

    casus inest illic; hoc erit artis opus.

15 Nunc mihi, siquando, puer et Cytherea, favete,

    nunc Erato, nam tu nomen amoris habes.

Magna paro, quas possit Amor remanere per artes,

    dicere, tam vasto pervagus orbe puer.

Et levis est, et habet geminas, quibus avolet, alas:

20   difficile est illis inposuisse modum.

Hospitis effugio praestruxerat omnia Minos:

    audacem pinnis repperit ille viam.

Daedalus ut clausit conceptum crimine matris

    semibovemque virum semivirumque bovem,

25   'Sit modus exilio,' dixit 'iustissime Minos:

    accipiat cineres terra paterna meos.

Et quoniam in patria, fatis agitatus iniquis,

    vivere non potui, da mihi posse mori.

Da reditum puero, senis est si gratia vilis;

30   si non vis puero parcere, parce seni.'

Dixerat haec, sed et haec et multo plura licebat

    dicere; regressus non dabat ille viro.

Quod simul ut sensit, 'Nunc, nunc, o Daedale,' dixit:

    'materiam, qua sis ingeniosus, habes.

35   Possidet et terras et possidet aequora Minos:

    nec tellus nostrae nec patet unda fugae.

Restat iter caeli: caelo temptabimus ire.

    Da veniam coepto, Iupiter alte, meo!

non ego sidereas adfecto tangere sedes;

40   qua fugiam dominum, nulla, nisi ista, via est.

Per Styga detur iter, Stygias transnabimus undas;

    sunt mihi naturae iura novanda meae.'

Ingenium mala saepe movent: quis crederet umquam

    aerias hominem carpere posse vias?

537

45   Remigium volucrum disponit in ordine pinnas,
         et leve per lini vincula nectit opus,
      imaque pars ceris adstringitur igne solutis,
         finitusque novae iam labor artis erat.
      Tractabat ceramque puer pinnasque renidens,
50   nescius haec umeris arma parata suis.
      Cui pater 'His' inquit 'patria est adeunda carinis,
         hac nobis Minos effugiendus ope.
      Aera non potuit Minos, alia omnia clausit;
         quem licet, inventis aera rumpe meis.
55   Sed tibi non virgo Tegeaea comesque Bootae
         ensiger Orion aspiciendus erit;
      me pinnis sectare datis; ego praevius ibo;
         sit tua cura sequi; me duce tutus eris.
      Nam sive aetherias vicino sole per auras
60   ibimus, impatiens cera caloris erit;
      sive humiles propiore freto iactabimus alas,
         mobilis aequoreis pinna madescet aquis.
      Inter utrumque vola; ventos quoque, nate, timeto,
         quaque ferent aurae, vela secunda dato.'
65   Dum monet, aptat opus puero, monstratque moveri,
         erudit infirmas ut sua mater aves.
      Inde sibi factas umeris accommodat alas,
         perque novum timide corpora librat iter.
      Iamque volaturus parvo dedit oscula nato,

70   nec patriae lacrimas continuere genae.

Monte minor collis, campis erat altior aequis:

    hinc data sunt miserae corpora bina fugae.

Et movet ipse suas, et nati respicit alas

    Daedalus, et cursus sustinet usque suos.

75   Iamque novum delectat iter, positoque timore

    Icarus audaci fortius arte volat.

Hos aliquis, tremula dum captat arundine pisces,

    vidit, et inceptum dextra reliquit opus.

Iam Samos a laeva (fuerant Naxosque relictae

80   et Paros et Clario Delos amata deo)

dextra Lebinthos erat silvisque umbrosa Calymne

    cinctaque piscosis Astypalaea vadis,

cum puer, incautis nimium temerarius annis,

    altius egit iter, deseruitque patrem.

85   Vincla labant, et cera deo propiore liquescit,

    nec tenues ventos brachia mota tenent.

Territus a summo despexit in aequora caelo;

    nox oculis pavido venit oborta metu.

Tabuerant cerae: nudos quatit ille lacertos,

90   et trepidat nec, quo sustineatur, habet.

Decidit, atque cadens 'Pater, o pater, auferor!' inquit,

    clauserunt virides ora loquentis aquae.

At pater infelix, nec iam pater, 'Icare!' clamat,

    'Icare,' clamat 'ubi es, quoque sub axe volas?'

95 'Icare' clamabat, pinnas aspexit in undis.

Ossa tegit tellus: aequora nomen habent.

Non potuit Minos hominis conpescere pinnas;

ipse deum volucrem detinuisse paro.

Fallitur, Haemonias siquis decurrit ad artes,

100 datque quod a teneri fronte revellit equi.

Non facient, ut vivat amor, Medeides herbae

mixtaque cum magicis nenia Marsa sonis.

Phasias Aesoniden, Circe tenuisset Ulixem,

si modo servari carmine posset amor.

105 Nec data profuerint pallentia philtra puellis:

philtra nocent animis, vimque furoris habent.

Sit procul omne nefas; ut ameris, amabilis esto:

quod tibi non facies solave forma dabit.

Sis licet antiquo Nireus adamatus Homero,

110 Naiadumque tener crimine raptus Hylas,

ut dominam teneas, nec te mirere relictum,

ingenii dotes corporis adde bonis.

Forma bonum fragile est, quantumque accedit ad annos

fit minor, et spatio carpitur ipsa suo.

115 Nec violae semper nec hiantia lilia florent,

et riget amissa spina relicta rosa.

Et tibi iam venient cani, formose, capilli,

iam venient rugae, quae tibi corpus arent.

Iam molire animum, qui duret, et adstrue formae;

120   solus ad extremos permanet ille rogos.

Nec levis ingenuas pectus coluisse per artes

cura sit et linguas edidicisse duas.

Non formosus erat, sed erat facundus Ulixes,

et tamen aequoreas torsit amore deas.

125   A quotiens illum doluit properare Calypso,

remigioque aptas esse negavit aquas!

Haec Troiae casus iterumque iterumque rogabat;

ille referre aliter saepe solebat idem.

Litore constiterant; illic quoque pulchra Calypso

130   exigit Odrysii fata cruenta ducis.

Ille levi virga (virgam nam forte tenebat)

quod rogat, in spisso litore pingit opus.

'Haec' inquit 'Troia est' (muros in litore fecit),

'Hic tibi sit Simois; haec mea castra puta.

135   Campus erat' (campumque facit), 'quem caede Dolonis

sparsimus, Haemonios dum vigil optat equos.

Illic Sithonii fuerant tentoria Rhesi;

hac ego sum captis nocte revectus equis.'

Pluraque pingebat, subitus cum Pergama fluctus

140   abstulit et Rhesi cum duce castra suo.

Tum dea 'Quas' inquit 'fidas tibi credis ituro,

perdiderint undae nomina quanta, vides?'

Ergo age, fallaci timide confide figurae,

quisquis es, aut aliquid corpore pluris habe.

541

145 Dextera praecipue capit indulgentia mentes;

    asperitas odium saevaque bella movet.

Odimus accipitrem, quia vivit semper in armis,

    et pavidum solitos in pecus ire lupos.

At caret insidiis hominum, quia mitis, hirundo,

150   quasque colat turres, Chaonis ales habet.

Este procul, lites et amarae proelia linguae;

    dulcibus est verbis mollis alendus amor.

Lite fugent nuptaeque viros nuptasque mariti,

    inque vicem credant res sibi semper agi;

155 hoc decet uxores; dos est uxoria lites:

    audiat optatos semper amica sonos.

Non legis iussu lectum venistis in unum;

    fungitur in vobis munere legis amor.

Blanditias molles auremque iuvantia verba

160   adfer, ut adventu laeta sit illa tuo.

Non ego divitibus venio praeceptor amandi:

    nil opus est illi, qui dabit, arte mea;

secum habet ingenium, qui, cum libet, 'Accipe' dicit;

    cedimus: inventis plus placet ille meis.

165 Pauperibus vates ego sum, quia pauper amavi;

    cum dare non possem munera, verba dabam.

Pauper amet caute: timeat maledicere pauper,

    multaque divitibus non patienda ferat.

Me memini iratum dominae turbasse capillos:

170　haec mihi quam multos abstulit ira dies!

　　Nec puto, nec sensi tunicam laniasse; sed ipsa

　　　dixerat, et pretio est illa redempta meo.

　　At vos, si sapitis, vestri peccata magistri

　　　effugite, et culpae damna timete meae.

175　Proelia cum Parthis, cum culta pax sit amica,

　　　et iocus, et causas quicquid amoris habet.

　　Si nec blanda satis, nec erit tibi comis amanti,

　　　perfer et obdura: postmodo mitis erit.

　　Flectitur obsequio curvatus ab arbore ramus;

180　frangis, si vires experiere tuas.

　　Obsequio tranantur aquae: nec vincere possis

　　　flumina, si contra, quam rapit unda, nates.

　　Obsequium tigresque domat Numidasque leones;

　　　rustica paulatim taurus aratra subit.

185　Quid fuit asperius Nonacrina Atalanta?

　　　succubuit meritis trux tamen illa viri.

　　Saepe suos casus nec mitia facta puellae

　　　flesse sub arboribus Milaniona ferunt;

　　saepe tulit iusso fallacia retia collo,

190　saepe fera torvos cuspide fixit apros.

　　Sensit et Hylaei contentum saucius arcum:

　　　sed tamen hoc arcu notior alter erat.

Non te Maenalias armatum scandere[1] silvas,

    nec iubeo collo retia ferre tuo:

195   pectora nec missis iubeo praebere sagittis;

    artis erunt cauto mollia iussa meae.

Cede repugnanti; cedendo victor abibis;

    fac modo, quas partes illa iubebit, agas.

Arguet, arguito; quicquid probat illa, probato;

200   quod dicet, dicas; quod negat illa, neges.

Riserit, adride; si flebit, flere memento;

    imponat leges vultibus illa tuis.

Seu ludet, numerosque manu iactabit eburnos,

    tu male iactato, tu male iacta dato;

205   seu iacies talos, victam ne poena sequatur,

    damnosi facito stent tibi saepe canes;

sive latrocinii sub imagine calculus ibit,

    fac pereat vitreo miles ab hoste tuus.

Ipse tene distenta suis umbracula virgis,

210   ipse fac in turba, qua venit illa, locum.

Nec dubita tereti scamnum producere lecto,

    et tenero soleam deme vel adde pedi.

Saepe etiam dominae, quamvis horrebis et ipse,

    algenti manus est calfacienda sinu.

215   Nec tibi turpe puta (quamvis sit turpe, placebit),

---

1   scandere=claudere

ingenua speculum sustinuisse manu.

Ille, fatigata praebendo monstra noverca,

    qui meruit caelum, quod prior ipse tulit,

inter Ioniacas calathum tenuisse puellas

220   creditur, et lanas excoluisse rudes.

Paruit imperio dominae Tirynthius heros:

    i nunc et dubita ferre, quod ille tulit.

Iussus adesse foro, iussa maturius hora

    fac semper venias, nec nisi serus abi.

225   Occurras aliquo, tibi dixerit: omnia differ,

    curre, nec inceptum turba moretur iter.

Nocte domum repetens epulis perfuncta redibit:

    tum quoque pro servo, si vocat illa, veni.

Rure erit, et dicet 'Venias': amor odit inertes;

230   si rota defuerit, tu pede carpe viam.

Nec grave te tempus sitiensque Canicula tardet,

    nec via per iactas candida facta nives.

Militiae species amor est; discedite, segnes:

    non sunt haec timidis signa tuenda viris.

235   Nox et hiems longaeque viae saevique dolores

    mollibus his castris et labor omnis inest.

Saepe feres imbrem caelesti nube solutum,

    frigidus et nuda saepe iacebis humo.

Cynthius Admeti vaccas pavisse Pheraei

240   fertur, et in parva delituisse casa.

Quod Phoebum decuit, quem non decet? Exue fastus,

    curam mansuri quisquis amoris habes.

Si tibi per tutum planumque negabitur ire,

    atque erit opposita ianua fulta sera,

245 at tu per praeceps tecto delabere aperto;

    det quoque furtivas alta fenestra vias.

Laeta erit, et causam tibi se sciet esse pericli;

    hoc dominae certi pignus amoris erit.

Saepe tua poteras, Leandre, carere puella;

250   transnabas, animum nosset ut illa tuum.

Nec pudor ancillas, ut quaeque erit ordine prima,

    nec tibi sit servos demeruisse pudor.

Nomine quemque suo (nulla est iactura) saluta,

    iunge tuis humiles, ambitiose, manus.

255 Sed tamen et servo (levis est inpensa) roganti

    porrige Fortunae munera parva die;

porrige et ancillae, qua poenas luce pependit

    lusa maritali Gallica veste manus.

Fac plebem, mihi crede, tuam; sit semper in illa

260   ianitor et thalami qui iacet ante fores.

Nec dominam iubeo pretioso munere dones:

    parva, sed e parvis callidus apta dato.

Dum bene dives ager, cum rami pondere nutant,

    adferat in calatho rustica dona puer.

265 Rure suburbano poteris tibi dicere missa,

illa vel in Sacra sint licet empta Via.

Adferat aut uvas, aut quas Amaryllis amabat

at nunc castaneas non amat illa nuces.

Quin etiam turdoque licet missaque columba

270   te memorem dominae testificere tuae.

Turpiter his emitur spes mortis et orba senectus.

A, pereant, per quos munera crimen habent!

Quid tibi praecipiam teneros quoque mittere versus?

Ei mihi, non multum carmen honoris habet.

275   Carmina laudantur, sed munera magna petuntur;

dummodo sit dives, barbarus ipse placet.

Aurea sunt vere nunc saecula: plurimus auro

venit honos; auro conciliatur amor.

Ipse licet venias Musis comitatus, Homere,

280   si nihil attuleris, ibis, Homere, foras.

Sunt tamen et doctae, rarissima turba, puellae;

altera non doctae turba, sed esse volunt.

Utraque laudetur per carmina: carmina lector

commendet dulci qualiacumque sono;

285   his ergo aut illis vigilatum carmen in ipsas

forsitan exigui muneris instar erit.

At quod eris per te facturus, et utile credis,

id tua te facito semper amica roget.

Libertas alicui fuerit promissa tuorum:

290   hanc tamen a domina fac petat ille tua.

547

Si poenam servo, si vincula saeva remittis,

    quod facturus eras, debeat illa tibi.

Utilitas tua sit, titulus donetur amicae;

    perde nihil, partes illa potentis agat.

295 Sed te, cuicumque est retinendae cura puellae,

    attonitum forma fac putet esse sua.

Sive erit in Tyriis, Tyrios laudabis amictus;

    sive erit in Cois, Coa decere puta.

Aurata est? Ipso tibi sit pretiosior auro;

300   gausapa si sumpsit[1], gausapa sumpta proba.

Astiterit tunicata, 'Moves incendia' clama,

    sed timida, caveat frigora, voce roga.

Conpositum discrimen erit, discrimina lauda:

    torserit igne comam, torte capille, place.

305 Brachia saltantis, vocem mirare canentis,

    et, quod desierit, verba querentis habe.

Ipsos concubitus, ipsum venerere licebit

    quod iuvat, et quae dat gaudia voce notes[2].

Ut fuerit torva violentior illa Medusa,

310   fiet amatori lenis et aequa suo.

Tantum, ne pateas verbis simulator in illis,

    effice, nec vultu destrue dicta tuo.

---

1   sumpsit=sumit

2   quae dat gaudia voce notes=quaedam gaudia noctis habe

Si latet, ars prodest; adfert deprensa pudorem,

    atque adimit merito tempus in omne fidem.

315 Saepe sub autumnum, cum formosissimus annus,

    plenaque purpureo subrubet uva mero,

cum modo frigoribus premimur, modo solvimur[1] aestu,

    aere non certo, corpora languor habet.

Illa quidem valeat; sed si male firma cubarit,

320   et vitium caeli senserit aegra sui,

tunc amor et pietas tua sit manifesta puellae,

    tum sere, quod plena postmodo falce metas.

Nec tibi morosi veniant fastidia morbi,

    perque tuas fiant, quae sinet ipsa, manus.

325 Et videat flentem, nec taedeat oscula ferre,

    et sicco lacrimas conbibat ore tuas.

Multa vove, sed cuncta palam; quotiesque libebit,

    quae referas illi, somnia laeta vide.

Et veniat, quae lustret anus lectumque locumque,

330   praeferat et tremula sulpur et ova manu.

Omnibus his inerunt gratae vestigia curae:

    in tabulas multis haec via fecit iter.

Nec tamen officiis odium quaeratur ab aegra:

    sit suus in blanda sedulitate modus;

335 neve cibo prohibe, nec amari pocula suci

---

1   premimur...solvimur=premitur...solvitur

porrige: rivalis misceat illa tuus.

Sed non cui dederas a litore carbasa vento,

  utendum, medio cum potiere freto.

Dum novus errat amor, vires sibi colligat usu:

340 si bene nutrieris, tempore firmus erit.

Quem taurum metuis, vitulum mulcere solebas;

  sub qua nunc recubas arbore, virga fuit;

Nascitur exiguus, sed opes adquirit eundo,

  quaque venit, multas accipit amnis aquas.

345 Fac tibi consuescat: nil adsuetudine maius;

  quam tu dum capias, taedia nulla fuge.

Te semper videat, tibi semper praebeat aures;

  exhibeat vultus noxque diesque tuos.

Cum tibi maior erit fiducia, posse requiri,

350 cum procul absenti cura futurus eris,

da requiem: requietus ager bene credita reddit,

  terraque caelestes arida sorbet aquas.

Phyllida Demophoon praesens moderatius ussit;

  exarsit velis acrius illa datis.

355 Penelopen absens sollers torquebat Ulixes;

  Phylacides aberat, Laodamia, tuus.

Sed mora tuta brevis: lentescunt tempore curae,

  vanescitque absens et novus intrat amor.

Dum Menelaus abest, Helene, ne sola iaceret,

360 hospitis est tepido nocte recepta sinu.

Quis stupor hic, Menelae, fuit? Tu solus abibas,

    isdem sub tectis hospes et uxor erant.

Accipitri timidas credis, furiose, columbas?

    Plenum montano credis ovile lupo?

³⁶⁵ Nil Helene peccat, nihil hic committit adultery;

    quod tu, quod faceret quilibet, ille facit.

Cogis adulterium dando tempusque locumque;

    quid nisi consilio est usa puella tuo?

Quid faciat? Vir abest, et adest non rusticus hospes,

³⁷⁰   et timet in vacuo sola cubare toro.

Viderit Atrides: Helenen ego crimine solvo;

    usa est humani commoditate viri.

Sed neque fulvus aper media tam saevus in ira est,

    fulmineo rabidos cum rotat ore canes,

³⁷⁵ nec lea, cum catulis lactentibus ubera praebet,

    nec brevis ignaro vipera laesa pede,

femina quam socii deprensa paelice lecti,

    ardet et in vultu pignora mentis habet.

In ferrum flammasque ruit, positoque decore

³⁸⁰   fertur, ut Aonii cornibus icta dei.

Coniugis admissum violataque iura marita est

    barbara per natos Phasias ulta suos.

Altera dira parens haec est, quam cernis, hirundo:

    aspice, signatum sanguine pectus habet.

³⁸⁵ Hoc bene compositos, hoc firmos solvit amores;

crimina sunt cautis ista timenda viris.

Nec mea vos uni damnat censura puellae:

    di melius! Vix hoc nupta tenere potest.

Ludite, sed furto celetur culpa modesto;

390   gloria peccati nulla petenda sui est.

Nec dederis munus, cognosse quod altera possit,

    nec sint nequitiae tempora certa tuae.

Et, ne te capiat latebris sibi femina notis,

    non uno est omnis convenienda loco;

395 et quotiens scribes, totas prius ipse tabellas

    inspice: plus multae, quam sibi missa, legunt.

Laesa Venus iusta arma movet, telumque remittit,

    et, modo quod questa est, ipse querare, facit.

Dum fuit Atrides una contentus, et illa

400   casta fuit; vitio est improba facta viri.

Audierat laurumque manu vittasque ferentem

    pro nata Chrysen non valuisse sua;

audierat, Lyrnesi, tuos, abducta, dolores,

    bellaque per turpis longius isse moras.

405 Haec tamen audierat; Priameida viderat ipsa;

    victor erat praedae praeda pudenda suae.

Inde Thyestiaden animo thalamoque recepit,

    et male peccantem Tyndaris ulta virum.

Quae bene celaris, siqua tamen acta patebunt,

410   illa, licet pateant, tu tamen usque nega.

Tum neque subiectus, solito nec blandior esto:

 haec animi multum signa nocentis habent;

sed lateri ne parce tuo: pax omnis in uno est;

 concubitu prior est infitianda Venus.

415 Sunt, qui praecipiant herbas, satureia, nocentes

 sumere; iudiciis ista venena meis;

aut piper urticae mordacis semine miscent,

 tritaque in annoso flava pyrethra mero;

sed dea non patitur sic ad sua gaudia cogi,

420 colle sub umbroso quam tenet altus Eryx.

Candidus, Alcathoi qui mittitur urbe Pelasga,

 bulbus et, ex horto quae venit, herba salax

ovaque sumantur, sumantur Hymettia mella,

 quasque tulit folio pinus acuta nuces.

425 Docta, quid ad magicas, Erato, deverteris artes?

 Interior curru meta terenda meo est.

Qui modo celabas monitu tua crimina nostro,

 flecte iter, et monitu detege furta meo.

Nec levitas culpanda mea est: non semper eodem

430 impositos vento panda carina vehit.

Nam modo Threicio Borea, modo currimus Euro,

 saepe tument Zephyro lintea, saepe Noto.

Aspice, ut in curru modo det fluitantia rector

 lora, modo admissos arte retentet equos.

435 Sunt quibus ingrate timida indulgentia servit,

et, si nulla subest aemula, languet amor.

Luxuriant animi rebus plerumque secundis,

nec facile est aequa commoda mente pati.

Ut levis absumptis paulatim viribus ignis

440   ipse latet, summo canet in igne cinis,

sed tamen extinctas admoto sulpure flammas

invenit, et lumen, quod fuit ante, redit:

sic, ubi pigra situ securaque pectora torpent,

acribus est stimulis eliciendus amor.

445 Fac timeat de te, tepidamque recalface mentem;

palleat indicio criminis illa tui.

O quater et quotiens numero conprendere non est

felicem, de quo laesa puella dolet:

quae, simul invitas crimen pervenit ad aures,

450   excidit, et miserae voxque colorque fugit.

Ille ego sim, cuius laniet furiosa capillos;

ille ego sim, teneras cui petat ungue genas,

quem videat lacrimans, quem torvis spectet ocellis,

quo sine non possit vivere, posse velit.

455 Si spatium quaeras, breve sit, quo[1] laesa queratur,

ne lenta vires colligat ira mora.

Candida iamdudum cingantur colla lacertis,

inque tuos flens est accipienda sinus.

---

1   quo=quod

Oscula da flenti, Veneris da gaudia flenti,

460   pax erit: hoc uno solvitur ira modo.

Cum bene saevierit, cum certa videbitur hostis,

    tum pete concubitus foedera, mitis erit.

Illic depositis habitat Concordia telis;

    illo, crede mihi, Gratia nata loco est.

465   Quae modo pugnarunt, iungunt sua rostra columbae,

    quarum blanditias verbaque murmur habet.

Prima fuit rerum confusa sine ordine moles,

    unaque erat facies sidera, terra, fretum.

Mox caelum impositum terris, humus aequore cincta est

470   inque suas partes cessit inane chaos:

silva feras, volucres aer accepit habendas,

    in liquida, pisces, delituistis aqua.

Tum genus humanum solis errabat in agris,

    idque merae vires et rude corpus erat;

475   silva domus fuerat, cibus herba, cubilia frondes:

    iamque diu nulli cognitus alter erat.

Blanda truces animos fertur mollisse voluptas:

    constiterant uno femina virque loco.

Quid facerent, ipsi nullo didicere magistro:

480   arte Venus nulla dulce peregit opus.

Ales habet, quod amet; cum quo sua gaudia iungat,

    invenit in media femina piscis aqua;

cerva parem sequitur, serpens serpente tenetur,

haeret adulterio cum cane nexa canis;

485   laeta salitur ovis; tauro quoque laeta iuvenca est;

sustinet inmundum sima capella marem;

in furias agitantur equae, spatioque remota

per loca dividuos amne sequuntur equos.

Ergo age et iratae medicamina fortia praebe:

490   illa feri requiem sola doloris habent;

illa Machaonios superant medicamina sucos;

his, ubi peccaris, restituendus eris.

Haec ego cum canerem, subito manifestus Apollo

movit inauratae pollice fila lyrae.

495   In manibus laurus, sacris inducta capillis

laurus erat; vates ille videndus adit[1].

Is mihi 'Lascivi' dixit 'praeceptor Amoris,

duc, age, discipulos ad mea templa tuos,

est ubi diversum fama celebrata per orbem

500   littera, cognosci quae sibi quemque iubet.

Qui sibi notus erit, solus sapienter amabit,

atque opus ad vires exiget omne suas.

Cui faciem natura dedit, spectetur ab illa;

cui color est, umero saepe patente cubet;

505   qui sermone placet, taciturna silentia vitet;

qui canit arte, canat; qui bibit arte, bibat.

---

1   adit=agit=adest

Sed neque declament medio sermone diserti,

nec sua non sanus scripta poeta legat!'

Sic monuit Phoebus: Phoebo parete monenti;

510   certa dei sacro est huius in ore fides.

Ad propiora vocor. Quisquis sapienter amabit

vincet, et e nostra, quod petet, arte feret.

Credita non semper sulci cum faenore reddunt,

nec semper dubias adiuvat aura rates;

515   quod iuvat, exiguum, plus est, quod laedat amantes;

proponant animo multa ferenda suo.

Quot lepores in Atho, quot apes pascuntur in Hybla,

caerula quot bacas Palladis arbor habet,

litore quot conchae, tot sunt in amore dolores;

520   quae patimur, multo spicula felle madent.

Dicta erit isse foras: intus fortasse videre est[1]:

isse foras, et te falsa videre puta.

Clausa tibi fuerit promissa ianua nocte:

perfer et inmunda ponere corpus humo.

525   Forsitan et vultu mendax ancilla superbo

dicet 'Quid nostras obsidet iste fores?'

Postibus et durae supplex blandire puellae,

et capiti demptas in fore pone rosas.

Cum volet, accedes; cum te vitabit, abibis;

---

1   intus fortasse videre est=quam tu fortasse videbis

530   dedecet ingenuos taedia ferre sui.

'Effugere hunc non est' quare tibi possit amica

dicere? Non omni tempore sensus obest[1].

Nec maledicta puta, nec verbera ferre puellae

turpe, nec ad teneros oscula ferre pedes.

535   Quid moror in parvis? Animus maioribus instat;

magna canam: toto pectore, vulgus, ades.

Ardua molimur, sed nulla, nisi ardua, virtus:

difficilis nostra poscitur arte labor.

Rivalem patienter habe, victoria tecum

540   stabit: eris magni victor in arce Iovis.

Haec tibi non hominem, sed quercus crede Pelasgas

dicere: nil istis ars mea maius habet.

Innuet illa, feras; scribet, ne tange tabellas;

unde volet, veniat; quoque libebit, eat.

545   Hoc in legitima praestant uxore mariti,

cum, tener, ad partes tu quoque, somne, venis.

Hac ego, confiteor, non sum perfectus in arte;

quid faciam? Monitis sum minor ipse meis.

Mene palam nostrae det quisquam signa puellae,

550   et patiar, nec me quo libet ira ferat?

Oscula vir dederat, memini, suus: oscula questus

sum data; barbaria noster abundat amor.

---

1   obest=abest

Non semel hoc vitium nocuit mihi; doctior ille,

    quo veniunt alii conciliante viri[1].

555 Sed melius nescisse fuit: sine furta tegantur,

    ne fugiat ficto fassus ab ore pudor.

Quo magis, o iuvenes, deprendere parcite vestras:

    peccent, peccantes verba dedisse putent.

Crescit amor prensis; ubi par fortuna duorum est,

560   in causa damni perstat uterque sui.

Fabula narratur toto notissima caelo,

    Mulciberis capti Marsque Venusque dolis.

Mars pater, insano Veneris turbatus amore,

    de duce terribili factus amator erat.

565 Nec Venus oranti (neque enim dea mollior ulla est)

    rustica Gradivo difficilisque fuit.

A, quotiens lasciva pedes risisse mariti

    dicitur, et duras igne vel arte manus.

Marte palam simul est Vulcanum imitata, decebat,

570   multaque cum forma gratia mixta fuit.

Sed bene concubitus primos celare solebant.

    Plena verecundi culpa pudoris erat.

Indicio Solis (quis Solem fallere possit?)

    cognita Vulcano coniugis acta suae.

575 Quam mala, Sol, exempla moves! Pete munus ab ipsa

---

1   viri=viro

et tibi, si taceas, quod dare possit, habet.

Mulciber obscuros lectum circaque superque

    disponit laqueos: lumina fallit opus.

Fingit iter Lemnon; veniunt ad foedus amantes;

580   impliciti laqueis nudus uterque iacent.

Convocat ille deos; praebent spectacula capti;

    vix lacrimas Venerem continuisse putant.

Non vultus texisse suos, non denique possunt

    partibus obscenis opposuisse manus.

585 Hic aliquis ridens 'In me, fortissime Mavors,

    si tibi sunt oneri, vincula transfer!' ait.

Vix precibus, Neptune, tuis captiva resolvit

    corpora: Mars Thracen occupat, illa Paphon.

Hoc tibi pro facto[1], Vulcane: quod ante tegebant,

590   liberius faciunt, ut pudor omnis abest.

Saepe tamen demens stulte fecisse fateris,

    teque ferunt artis paenituisse tuae.

Hoc vetiti vos este; vetat deprensa Dione

    insidias illas, quas tulit ipsa, dare.

595 Nec vos rivali laqueos disponite, nec vos

    excipite arcana verba notata manu.

Ista viri captent, si iam captanda putabunt,

    quos faciet iustos ignis et unda viros.

---

1   pro facto=perfecto

En, iterum testor: nihil hic, nisi lege remissum

600   luditur; in nostris instita nulla iocis.

Quis Cereris ritus ausit vulgare profanis,

    magnaque Threicia sacra reperta Samo?

Exigua est virtus praestare silentia rebus,

    at contra gravis est culpa tacenda loqui.

605 O bene, quod frustra captatis arbore pomis

    garrulus in media Tantalus aret aqua!

Praecipue Cytherea iubet sua sacra taceri;

    admoneo, veniat nequis ad illa loquax.

Condita si non sunt Veneris mysteria cistis,

610   nec cava vesanis ictibus aera sonant,

at sic[1] inter nos medio versantur in usu,

    se tamen[2] inter nos ut latuisse velint.

Ipsa Venus pubem, quotiens velamina ponit,

    protegitur laeva semireducta manu.

615 In medio passimque coit pecus: hoc quoque viso

    avertit vultus nempe puella suos.

Conveniunt thalami furtis et ianua nostris,

    parsque sub iniecta veste pudenda latet;

et si non tenebras, ad quiddam nubis opacae

620   quaerimus, atque aliquid luce patente minus.

---

1   sic=tamen

2   tamen=sic

Tum quoque, cum solem nondum prohibebat et imbrem

tegula, sed quercus tecta cibumque dabat,

in nemore atque antris, non sub Iove, iuncta voluptas;

tanta rudi populo cura pudoris erat.

625 At nunc nocturnis titulos inponimus actis,

atque emitur magno nil, nisi posse loqui!

Scilicet excuties omnes, ubi quaeque, puellas,

cuilibet ut dicas 'Haec quoque nostra fuit,'

nec desint, quas tu digitis ostendere possis.

630 Ut quamque adtigeris, fabula turpis erit.

Parva queror: fingunt quidam, quae vera negarent,

et nulli non se concubuisse ferunt.

Corpora si nequeunt, quae possunt, nomina tangunt,

famaque non tacto corpore crimen habet.

635 I nunc, claude fores, custos odiose puellae,

et centum duris postibus obde seras!

Quid tuti superest, cum nominis extat adulter,

et credi quod non contigit esse, cupit?

Nos etiam veros parce profitemur amores,

640 tectaque sunt solida mystica furta fide.

Parcite praecipue vitia exprobrare puellis,

utile quae multis dissimulasse fuit.

Nec suus Andromedae color est obiectus ab illo,

mobilis in gemino cui pede pinna fuit.

645 Omnibus Andromache visa est spatiosior aequo;

unus, qui modicam diceret, Hector erat.

Quod male fers, adsuesce, feres bene; multa vetustus[1]

leniet, incipiens omnia sentit amor.

Dum novus in viridi coalescit cortice ramus,

650   concutiat tenerum quaelibet aura, cadet;

mox eadem ventis, spatio durata, resistet,

firmaque adoptivas arbor habebit opes.

Eximit ipsa dies omnes e corpore mendas,

quodque fuit vitium, desinit esse mora.

655   Ferre novae nares taurorum terga recusant;

adsiduo domitas tempore fallit odor.

Nominibus mollire licet mala: fusca vocetur,

nigrior Illyrica cui pice sanguis erit;

si straba, sit Veneri similis; si rava, Minervae;

660   sit gracilis, macie quae male viva sua est;

dic habilem, quaecumque brevis, quae turgida, plenam,

et lateat vitium proximitate boni.

Nec quotus annus eat, nec quo sit nata, require,

consule, quae rigidus munera Censor habet;

665   praecipue si flore caret, meliusque peractum

tempus, et albentes iam legit illa comas.

Utilis, o iuvenes, aut haec, aut serior aetas:

iste feret segetes, iste serendus ager.

---

1   vetustus=vetustas

Dum vires annique sinunt, tolerate labores;

670   iam veniet tacito curva senecta pede.

Aut mare remigiis, aut vomere findite terras,

    aut fera belligeras addite in arma manus,

aut latus et vires operamque adferte puellis:

    hoc quoque militia est, hoc quoque quaerit opes.

675 Adde, quod est illis operum prudentia maior,

    solus et artifices qui facit, usus adest.

Illae munditiis annorum damna rependunt,

    et faciunt cura, ne videantur anus.

Utque velis, Venerem iungunt per mille figuras;

680   invenit plures nulla tabella modos.

Illis sentitur non inritata voluptas:

    quod iuvet, ex aequo femina virque ferant.

Odi concubitus, qui non utrumque resolvunt;

    hoc est, cur pueri tangar amore minus.

685 Odi quae praebet, quia sit praebere necesse,

    siccaque de lana cogitat ipsa sua.

Quae datur officio, non est mihi grata voluptas:

    officium faciat nulla puella mihi.

Me voces audire iuvat sua gaudia fassas,

690   quaeque morer meme sustineamque rogent.

Aspiciam dominae victos amentis ocellos:

    langueat, et tangi se vetet illa diu.

Haec bona non primae tribuit natura iuventae,

quae cito post septem lustra venire solent.

695 Qui properant, nova musta bibant; mihi fundat avitum

consulibus priscis condita testa merum.

Nec platanus, nisi sera, potest obsistere Phoebo,

et laedunt nudos prata novella pedes.

Scilicet Hermionen Helenae praeponere posses,

700 et melior Gorge, quam sua mater, erat?

At Venerem quicumque voles adtingere seram,

si modo duraris, praemia digna feres.

Conscius, ecce, duos accepit lectus amantes:

ad thalami clausas, Musa, resiste fores.

705 Sponte sua sine te celeberrima verba loquentur,

nec manus in lecto laeva iacebit iners.

Invenient digiti, quod agant in partibus illis,

in quibus occulte spicula tingit Amor.

Fecit in Andromache prius hoc fortissimus Hector,

710 nec solum bellis utilis ille fuit.

Fecit et in capta Lyrneside magnus Achilles,

cum premeret mollem lassus ab hoste torum.

Illis te manibus tangi, Brisei, sinebas,

imbutae Phrygia quae nece semper erant.

715 An fuit hoc ipsum, quod te, lasciva, iuvaret,

ad tua victrices membra venire manus?

Crede mihi, non est Veneris properanda voluptas,

sed sensim tarda prolicienda mora.

Cum loca reppereris, quae tangi femina gaudet,

720　　　non obstet, tangas quo minus illa, pudor.

Aspicies oculos tremulo fulgore micantes,

　　　ut sol a liquida saepe refulget aqua.

Accedent questus, accedet amabile murmur,

　　　et dulces gemitus aptaque verba ioco.

725　Sed neque tu dominam velis maioribus usus

　　　desere[1], nec cursus anteat illa tuos;

ad metam properate simul: tum plena voluptas,

　　　cum pariter victi femina virque iacent.

Hic tibi versandus tenor est, cum libera dantur

730　　　otia, furtivum nec timor urget opus.

Cum mora non tuta est, totis incumbere remis

　　　utile, et admisso subdere calcar equo.

Finis adest operi: palmam date, grata iuventus,

　　　sertaque odoratae myrtea ferte comae.

735　Quantus apud Danaos Podalirius arte medendi,

　　　Aeacides dextra, pectore Nestor erat,

Quantus erat Calchas extis, Telamonius armis,

　　　Automedon curru, tantus amator ego.

Me vatem celebrate, viri, mihi dicite laudes,

740　　　cantetur toto nomen in orbe meum.

Arma dedi vobis; dederat Vulcanus Achilli;

1　　　desere=defice

vincite muneribus, vicit ut ille, datis.

Sed quicumque meo superarit Amazona ferro,

inscribat spoliis 'Naso magister erat.'

745 Ecce, rogant tenerae, sibi dem praecepta, puellae:

vos eritis chartae proxima cura meae!

ARTIS AMATORIAE LIBER III

《爱的艺术》

第三卷

Arma dedi Danais in Amazonas; arma supersunt,

  quae tibi dem et turmae, Penthesilea, tuae.

Ite in bella pares; vincant, quibus alma Dione

  faverit et toto qui volat orbe puer.

5 Non erat armatis aequum concurrere nudas;

  sic etiam vobis vincere turpe, viri.

Dixerit e multis aliquis 'Quid virus in angues

  adicis, et rabidae tradis ovile lupae?'

Parcite paucarum diffundere crimen in omnes;

10 spectetur meritis quaeque puella suis.

Si minor Atrides Helenen, Helenesque sororem

  quo premat Atrides crimine maior habet,

Si scelere Oeclides Talaioniae Eriphylae

  vivus et in vivis ad Styga venit equis,

15 est pia Penelope lustris errante duobus

  et totidem lustris bella gerente viro.

Respice Phylaciden et quae comes isse marito

  fertur et ante annos occubuisse suos.

Fata Pheretiadae coniunx Pagasaea redemit:

20   proque viro est uxor funere lata viri.

'Accipe me, Capaneu! Cineres miscebimus' inquit

    Iphias, in medios desiluitque rogos.

Ipsa quoque et cultu est et nomine femina Virtus:

    non mirum, populo si placet illa suo.

25   Nec tamen hae mentes nostra poscuntur ab arte:

    conveniunt cumbae vela minora meae.

Nil nisi lascivi per me discuntur amores;

    femina praecipiam quo sit amanda modo.

Femina nec flammas nec saevos excutit arcus;

30   parcius haec video tela nocere viris.

Saepe viri fallunt: tenerae non saepe puellae,

    paucaque, si quaeras, crimina fraudis habent.

Phasida iam matrem fallax dimisit Iason:

    venit in Aesonios altera nupta sinus.

35   Quantum in te, Theseu, volucres Ariadna marinas

    pavit, in ignoto sola relicta loco!

Quaere, novem cur una viae dicantur, et audi

    depositis silvas Phyllida flesse comis.

Et famam pietatis habet, tamen hospes et ensem

40   praebuit et causam mortis, Elissa, tuae.

Quid vos perdiderit, dicam? Nescistis amare:

    defuit ars vobis; arte perennat amor.

Nunc quoque nescirent: sed me Cytherea docere

    iussit, et ante oculos constitit ipsa meos.

571

₄₅ Tum mihi 'Quid miserae' dixit 'meruere puellae?

    Traditur armatis vulgus inerme viris.

Illos artifices gemini fecere libelli:

    haec quoque pars monitis erudienda tuis.

Probra Therapnaeae qui dixerat ante maritae,

₅₀   mox cecinit laudes prosperiore lyra.

Si bene te novi (cultas ne laede puellas!),

    gratia, dum vives, ista petenda tibi est.'

Dixit, et e myrto (myrto nam vincta capillos

    constiterat) folium granaque pauca dedit;

₅₅ sensimus acceptis numen quoque: purior aether

    fulsit, et e toto pectore cessit onus.

Dum facit ingenium, petite hinc praecepta, puellae,

    quas pudor et leges et sua iura sinunt.

Venturae memores iam nunc estote senectae:

₆₀   sic nullum vobis tempus abibit iners.

Dum licet, et vernos etiamnum educitis annos[1],

    ludite: eunt anni more fluentis aquae;

nec quae praeteriit, iterum revocabitur unda,

    nec quae praeteriit, hora redire potest.

₆₅ Utendum est aetate: cito pede labitur aetas,

    nec bona tam sequitur, quam bona prima fuit.

Hos ego, qui canent, frutices violaria vidi;

---

1   vernos etiamnum educitis annos=veros etiam nunc editis annos

hac mihi de spina grata corona data est.

Tempus erit, quo tu, quae nunc excludis amantes,

70   frigida deserta nocte iacebis anus,

nec tua frangetur nocturna ianua rixa,

    sparsa nec invenies limina mane rosa.

Quam cito (me miserum!) laxantur corpora rugis,

    et perit in nitido qui fuit ore color.

75 Quasque fuisse tibi canas a virgine iures[1],

    spargentur subito per caput omne comae.

Anguibus exuitur tenui cum pelle vetustas,

    nec faciunt cervos cornua iacta senes:

nostra sine auxilio fugiunt bona; carpite florem,

80   qui, nisi carptus erit, turpiter ipse cadet.

Adde, quod et partus faciunt breviora iuventae

    tempora: continua messe senescit ager.

Latmius Endymion non est tibi, Luna, rubori,

    nec Cephalus roseae praeda pudenda deae.

85 Ut Veneri, quem luget adhuc, donetur Adonis:

    unde habet Aenean Harmoniamque suos?

Ite per exemplum, genus o mortale, dearum,

    gaudia nec cupidis vestra negate viris.

Ut iam decipiant, quid perditis? Omnia constant;

90   mille licet sumant, deperit inde nihil.

---

1   iures=iuras

Conteritur ferrum, silices tenuantur ab usu;

　　sufficit et damni pars caret illa metu.

Quis vetet adposito lumen de lumine sumi?

　　Quisve cavo vastas in mare servet aquas?

95　　Et tamen ulla viro mulier 'Non expedit' inquit?

　　Quid, nisi quam sumes, dic mihi, perdis, aquam?

Nec vos prostituit mea vox, sed vana timere

　　damna vetat: damnis munera vestra carent.

Sed me flaminibus venti maioris iturum,

100　　dum sumus in portu, provehat aura levis.

Ordior a cultu; cultis bene Liber ab uvis

　　provenit, et culto stat seges alta solo.

Forma dei munus: forma quota quaeque superbit?

　　Pars vestrum tali munere magna caret.

105　　Cura dabit faciem; facies neglecta peribit,

　　Idaliae similis sit licet illa deae.

Corpora si veteres non sic coluere puellae,

　　nec veteres cultos sic habuere viros;

si fuit Andromache tunicas induta valentes,

110　　quid mirum? Duri militis uxor erat.

Scilicet Aiaci coniunx ornata venires,

　　cui tegumen septem terga fuere boum?

Simplicitas rudis ante fuit; nunc aurea Roma est,

　　et domiti magnas possidet orbis opes.

115　　Aspice quae nunc sunt Capitolia, quaeque fuerunt:

alterius dices illa fuisse Iovis.

Curia, concilio quae nunc dignissima tanto,

de stipula Tatio regna tenente fuit.

Quae nunc sub Phoebo ducibusque Palatia fulgent,

120   quid nisi araturis pascua bubus erant?

Prisca iuvent alios; ego me nunc denique natum

gratulor: haec aetas moribus apta meis.

Non quia nunc terrae lentum subducitur aurum,

lectaque diverso litore concha venit;

125   Nec quia decrescunt effosso marmore montes,

nec quia caeruleae mole fugantur aquae;

sed quia cultus adest, nec nostros mansit in annos

rusticitas, priscis illa superstes avis.

Vos quoque nec caris aures onerate lapillis,

130   quos legit in viridi decolor Indus aqua,

nec prodite graves insuto vestibus auro,

per quas nos petitis, saepe fugatis, opes.

Munditiis capimur: non sint sine lege capilli:

admotae formam dantque negantque manus.

135   Nec genus ornatus unum est: quod quamque decebit

eligat, et speculum consulate ante suum.

Longa probat facies capitis discrimina puri:

sic erat ornatis Laodamia comis.

Exiguum summa nodum sibi fronte relinqui,

140   ut pateant aures, ora rotunda volunt.

Alterius crines umero iactentur utroque:

    talis es adsumpta, Phoebe canore, lyra.

Altera succinctae religetur more Dianae,

    ut solet, attonitas cum petit illa feras.

145 Huic decet inflatos laxe iacuisse capillos:

    illa sit adstrictis impedienda comis;

hanc placet ornari testudine Cyllenea:

    sustineat similes fluctibus illa sinus.

Sed neque ramosa numerabis in ilice glandes,

150   nec quot apes Hyblae, nec quot in Alpe ferae,

nec mihi tot positus numero conprendere fas est:

    adicit ornatus proxima quaeque dies.

Et neglecta decet multas coma; saepe iacere

    hesternam credas; illa repexa modo est.

155 Ars casum simulat; sic capta vidit ut urbe

    Alcides Iolen, 'Hanc ego' dixit 'amo.'

Talem te Bacchus Satyris clamantibus euhoe

    sustulit in currus, Cnosi relicta, suos.

O quantum indulget vestro natura decori,

160   quarum sunt multis damna pianda modis!

Nos male detegimur, raptique aetate capilli,

    ut Borea frondes excutiente, cadunt.

Femina canitiem Germanis inficit herbis,

    et melior vero quaeritur arte color;

165 femina procedit densissima crinibus emptis,

proque suis alios efficit aere suos.

Nec rubor est emisse; palam venire videmus

    Herculis ante oculos virgineumque chorum.

Quid de veste loquar? Nec vos, segmenta, requiro

170   nec te, quae[1] Tyrio murice, lana, rubes.

Cum tot prodierint pretio leviore colores,

    quis furor est census corpore ferre suos!

Aeris, ecce, color, tum cum sine nubibus aer,

    nec tepidus pluvias concitat Auster aquas;

175   ecce, tibi similis, quae quondam Phrixon et Hellen

    diceris Inois eripuisse dolis;

hic undas imitatur, habet quoque nomen ab undis:

    crediderim nymphas hac ego veste tegi;

ille crocum simulat: croceo velatur amictu,

180   roscida luciferos cum dea iungit equos;

hic Paphias myrtos, hic purpureas amethystos,

    albentesve rosas, Threiciamve gruem;

nec glandes, Amarylli, tuae, nec amygdala desunt;

    et sua velleribus nomina cera dedit.

185   Quot nova terra parit flores, cum vere tepenti

    vitis agit gemmas pigraque fugit hiemps,

lana tot aut plures sucos bibit; elige certos:

    nam non conveniens omnibus omnis erit.

---

1   te, quae=quae de

Pulla decent niveas: Briseida pulla decebant:

190   cum rapta est, pulla tum quoque veste fuit.

Alba decent fuscas: albis, Cephei, placebas;

sic tibi vestitae pressa Seriphos erat.

Quam paene admonui, ne trux caper iret in alas,

neve forent duris aspera crura pilis!

195 Sed non Caucasea doceo de rupe puellas,

quaeque bibant undas, Myse Caice, tuas.

Quid si praecipiam ne fuscet inertia dentes,

oraque suscepta mane laventur aqua?

Scitis et inducta candorem quaerere creta;

200   sanguine quae vero non rubet, arte rubet.

Arte supercilii confinia nuda repletis,

parvaque sinceras velat aluta genas.

Nec pudor est oculos tenui signare favilla,

vel prope te nato, lucide Cydne, croco.

205 Est mihi, quo dixi vestrae medicamina formae,

parvus, sed cura grande, libellus, opus;

hinc quoque praesidium laesae petitote figurae;

non est pro vestris ars mea rebus iners.

Non tamen expositas mensa deprendat amator

210   pyxidas: ars faciem dissimulata iuvat.

Quem non offendat toto faex inlita vultu,

cum fluit in tepidos pondere lapsa sinus?

Oesypa quid redolent? Quamvis mittatur Athenis

demptus ab inmundo vellere sucus ovis.

215 Nec coram mixtas cervae sumpsisse medullas,

nec coram dentes defricuisse probem;

ista dabunt formam, sed erunt deformia visu:

multaque, dum fiunt, turpia, facta placent;

quae nunc nomen habent operosi signa Myronis

220 pondus iners quondam duraque massa fuit;

anulus ut fiat, primo conliditur aurum;

quas geritis vestis, sordida lana fuit;

cum fieret, lapis asper erat: nunc, nobile signum,

nuda Venus madidas exprimit imbre comas.

225 Tu quoque dum coleris, nos te dormire putemus;

aptius a summa conspiciere manu.

Cur mihi nota tuo causa est candoris in ore?

Claude forem thalami! Quid rude prodis opus?

Multa viros nescire decet; pars maxima rerum

230 offendat, si non interiora tegas.

Aurea quae splendent[1] ornato signa theatro,

inspice, contemnes: brattea ligna tegit;

sed neque ad illa licet populo, nisi facta, venire,

nec nisi summotis forma paranda viris.

235 At non pectendos coram praebere capillos,

ut iaceant fusi per tua terga, veto.

---

1   splendent=pendent

Illo praecipue ne sis morosa caveto

    tempore, nec lapsas saepe resolve comas.

Tuta sit ornatrix; odi, quae sauciat ora

240   unguibus et rapta brachia figit acu.

Devovet, ut[1] tangit, dominae caput illa, simulque

    plorat in invisas sanguinolenta comas.

Quae male crinita est, custodem in limine ponat,

    orneturve Bonae semper in aede Deae.

245 Dictus eram subito cuidam venisse puellae:

    turbida perversas induit illa comas.

Hostibus eveniat tam foedi causa pudoris,

    inque nurus Parthas dedecus illud eat.

Turpe pecus mutilum, turpis sine gramine campus,

250 et sine fronde frutex, et sine crine caput.

Non mihi venistis, Semele Ledeve, docendae,

    perque fretum falso, Sidoni, vecta bove,

aut Helene, quam non stulte, Menelae, reposcis,

    tu quoque non stulte, Troice raptor, habes.

255 Turba docenda venit, pulchrae turpesque puellae:

    pluraque sunt semper deteriora bonis.

Formosae non artis opem praeceptaque quaerunt:

    est illis sua dos, forma sine arte potens;

cum mare compositum est, securus navita cessat;

---

1   ut=et

260   cum tumet, auxiliis adsidet ille suis.

Rara tamen mendo facies caret: occule mendas,

quaque potes vitium corporis abde tui.

Si brevis es, sedeas, ne stans videare sedere,

inque tuo iaceas quantulacumque toro;

265   hic quoque, ne possit fieri mensura cubantis,

iniecta lateant fac tibi veste pedes.

Quae nimium gracilis, pleno velamina filo

sumat, et ex umeris laxus amictus eat.

Pallida purpureis spargat sua corpora virgis,

270   nigrior ad Pharii confuge piscis opem.

Pes malus in nivea semper celetur aluta;

arida nec vinclis crura resolve suis.

Conveniunt tenues scapulis analemptrides altis;

angustum circa fascia pectus eat.

275   Exiguo signet gestu, quodcumque loquetur,

cui digiti pingues et scaber unguis erit.

Cui gravis oris odor numquam ieiuna loquatur,

et semper spatio distet ab ore viri.

Si niger aut ingens aut non erit ordine natus

280   dens tibi, ridendo maxima damna feres.

Quis credat? Discunt etiam ridere puellae,

quaeritur aque[1] illis hac quoque parte decor.

---

1   aque=atque

Sint modici rictus, parvaeque utrimque lacunae,

et summos dentes ima labella tegant.

285 Nec sua perpetuo contendant ilia risu,

sed leve nescio quid femineumque sonent.

Est, quae perverso distorqueat ora cachinno:

risu concussa[1] est altera, flere putes.

Illa sonat raucum quiddam atque inamabile ridet,

290 ut rudit a scabra turpis asella mola.

Quo non ars penetrat? Discunt lacrimare decenter,

quoque volunt plorant tempore, quoque modo.

Quid, cum legitima fraudatur littera voce,

blaesaque fit iusso lingua coacta sono?

295 In vitio decor est: quaerunt[2] male reddere verba;

discunt posse minus, quam potuere, loqui.

Omnibus his, quoniam prosunt, inpendite curam;

discite femineo corpora ferre gradu.

Est et in incessu pars non temnenda decoris:

300 allicit ignotos ille fugatque viros.

Haec movet arte latus, tunicisque fluentibus auras

accipit, expensos[3] fertque superba pedes;

illa velut coniunx Vmbri rubicunda mariti

ambulat, ingentes varica fertque gradus.

---

1   risu concussa=cum risu laeta

2   quaerunt=quaedam

3   expensos=extensos

305 Sed sit, ut in multis, modus hic quoque: rusticus alter

motus, concesso mollior alter erit.

Pars umeri tamen ima tui, pars summa lacerti

nuda sit, a laeva conspicienda manu.

Hoc vos praecipue, niveae, decet: hoc ubi vidi,

310 oscula ferre umero, qua patet usque, libet.

Monstra maris Sirenes erant, quae voce canora

quamlibet admissas detinuere rates.

His sua Sisyphides auditis paene resolvit

corpora, nam sociis inlita cera fuit.

315 Res est blanda canor: discant cantare puellae:

pro facie multis vox sua lena fuit.

Et modo marmoreis referant audita theatris,

et modo Niliacis carmina lusa modis.

Nec plectrum dextra, citharam tenuisse sinistra

320 nesciat arbitrio femina docta meo.

Saxa ferasque lyra movit Rhodopeius Orpheus,

Tartareosque lacus tergeminumque canem.

Saxa tuo cantu, vindex iustissime matris,

fecerunt muros officiosa novos.

325 Quamvis mutus erat, voci favisse putatur

piscis, Arioniae fabula nota lyrae.

Disce etiam duplici genialia nablia palma

verrere: conveniunt dulcibus illa iocis.

Sit tibi Callimachi, sit Coi nota poetae,

583

330   sit quoque vinosi Teia Musa senis;

          nota sit et Sappho (quid enim lascivius illa?),

              cuive pater vafri luditur arte Getae.

      Et teneri possis carmen legisse Properti,

          sive aliquid Galli, sive, Tibulle, tuum,

335   dictaque Varroni fulvis insignia villis

          vellera, germanae, Phrixe, querenda tuae,

      et profugum Aenean, altae primordia Romae,

          quo nullum Latio clarius extat opus.

      Forsitan et nostrum nomen miscebitur istis,

340   nec mea Lethaeis scripta dabuntur aquis,

      atque aliquis dicet 'Nostri lege culta magistri

          carmina, quis partes instruit ille duas:

      deve tribus libris, titulus quos signat Amorum,

          elige, quod docili molliter ore legas,

345   vel tibi composita cantetur Epistola voce:

          ignotum hoc aliis ille novavit opus.'

      O ita, Phoebe, velis! Ita vos, pia numina vatum,

          insignis cornu Bacche, novemque deae!

      Quis dubitet, quin scire velim saltare puellam,

350   ut moveat posito brachia iussa mero?

      Artifices lateris, scenae spectacula, amantur:

          tantum mobilitas illa decoris habet.

      Parva monere pudet, talorum dicere iactus

          ut sciat, et vires, tessera missa, tuas:

355 et modo tres iactet numeros, modo cogitet, apte

quam subeat partem callida, quamque vocet.

Cautaque non stulte latronum proelia ludat,

unus cum gemino calculus hoste perit,

bellatorque sua prensus sine compare bellat,

360 aemulus et coeptum saepe recurrit iter.

Reticuloque pilae leves fundantur aperto,

nec, nisi quam tolles, ulla movenda pila est.

Est genus, in totidem tenui ratione redactum

scriptula, quot menses lubricus annus habet;

365 parva tabella capit ternos utrimque lapillos,

in qua vicisse est continuasse suos.

Mille facesse iocos; turpe est nescire puellam

ludere: ludendo saepe paratur amor.

Sed minimus labor est sapienter iactibus uti:

370 maius opus mores composuisse suos.

Tum sumus incauti, studioque aperimur in ipso,

nudaque per lusus pectora nostra patent:

ira subit, deforme malum, lucrique cupido,

iurgiaque et rixae sollicitusque dolor;

375 crimina dicuntur, resonat clamoribus aether,

invocat iratos et sibi quisque deos;

nulla fides, tabulaeque novae[1] per vota petuntur;

---

1   tabulaeque novae=tabulae quae non

et lacrimis vidi saepe madere genas.

Iuppiter a vobis tam turpia crimina pellat,

380   in quibus est ulli cura placere viro.

Hos ignava iocos tribuit natura puellis;

    materia ludunt uberiore viri.

Sunt illis celeresque pilae iaculumque trochique

    armaque et in gyros ire coactus equus.

385 Nec vos Campus habet, nec vos gelidissima Virgo,

    nec Tuscus placida devehit amnis aqua.

At licet et prodest Pompeias ire per umbras,

    Virginis aetheriis cum caput ardet equis;

visite laurigero sacrata Palatia Phoebo:

390   ille Paraetonicas mersit in alta rates;

quaeque soror coniunxque ducis monimenta pararunt,

    navalique gener cinctus honore caput;

visite turicremas vaccae Memphitidos aras,

    visite conspicuis terna theatra locis;

395 spectentur tepido maculosae sanguine harenae,

    metaque ferventi circueunda rota.

Quod latet, ignotum est, ignoti nulla cupido:

    fructus abest, facies cum bona teste caret.

Tu licet et Thamyram superes et Amoebea cantu,

400   non erit ignotae gratia magna lyrae.

Si Venerem Cous nusquam posuisset Apelles,

    mersa sub aequoreis illa lateret aquis.

Quid petitur sacris, nisi tantum fama, poetis?

Hoc votum nostri summa laboris habet.

405 Cura deum fuerant olim regumque poetae,

praemiaque antiqui magna tulere chori.

Sanctaque maiestas et erat venerabile nomen

vatibus, et largae saepe dabantur opes.

Ennius emeruit, Calabris in montibus ortus,

410 contiguus poni, Scipio magne, tibi.

Nunc hederae sine honore iacent, operataque doctis

cura vigil Musis nomen inertis habet.

Sed famae vigilare iuvat: quis nosset Homerum,

Ilias aeternum si latuisset opus?

415 Quis Danaen nosset, si semper clusa fuisset,

inque sua turri perlatuisset anus?

Utilis est vobis, formosae, turba, puellae.

Saepe vagos ultra limina ferte pedes.

Ad multas lupa tendit oves, praedetur ut unam,

420 et Iovis in multas devolat ales aves.

Se quoque det populo mulier speciosa videndam:

quem trahat, e multis forsitan unus erit.

Omnibus illa locis maneat studiosa placendi,

et curam tota mente decoris agat.

425 Casus ubique valet; semper tibi pendeat hamus:

quo minime credas gurgite, piscis erit.

Saepe canes frustra nemorosis montibus errant,

inque plagam nullo cervus agente venit.

Quid minus Andromedae fuerat sperare revinctae,

430   quam lacrimas ulli posse placere suas?

Funere saepe viri vir quaeritur; ire solutis

crinibus et fletus non tenuisse decet.

Sed vitate viros cultum formamque professos,

quique suas ponunt in statione comas.

435   Quae vobis dicunt, dixerunt mille puellis;

errat et in nulla sede moratur amor.

Femina quid faciat, cum sit vir levior ipsa,

forsitan et plures possit habere viros?

Vix mihi credetis, sed credite: Troia maneret,

440   praeceptis Priami si foret usa sui[1].

Sunt qui mendaci specie grassentur amoris,

perque aditus talis lucra pudenda petant.

Nec coma vos fallat liquido nitidissima nardo,

nec brevis in rugas lingula pressa suas;

445   nec toga decipiat filo tenuissima, nec si

anulus in digitis alter et alter erit.

Forsitan ex horum numero cultissimus ille

fur sit, et uratur vestis amore tuae.

'Redde meum!' clamant spoliatae saepe puellae,

450   'Redde meum!' toto voce boante foro.

---

1   Priami...sui=Priamo...satae=Priame...tuis

Has, Venus, e templis multo radiantibus auro

    lenta vides lites Appiadesque tuae.

Sunt quoque non dubia quaedam mala nomina fama:

    deceptae multi crimen amantis habent.

455 Discite ab alterius vestras[1] timuisse querellis;

    ianua fallaci ne sit aperta viro.

Parcite, Cecropides, iuranti credere Theseo:

    quos faciet testes, fecit et ante, deos.

Et tibi, Demophoon, Thesei criminis heres,

460   Phyllide decepta nulla relicta fides.

Si bene promittent, totidem promittite verbis;

    si dederint, et vos gaudia pacta date.

Illa potest vigiles flammas extinguere Vestae,

    et rapere e templis, Inachi, sacra tuis,

465 et dare mixta viro tritis aconita cicutis,

    accepto Venerem munere siqua negat.

Fert animus propius consistere: supprime habenas,

    Musa, nec admissis excutiare rotis.

Verba vadum temptent abiegnis scripta tabellis:

470   accipiat missas apta ministra notas.

Inspice: quodque leges, ex ipsis collige verbis,

    fingat, an ex animo sollicitusque roget.

Postque brevem rescribe moram: mora semper amantes

---

1   vestras=vestris

incitat, exiguum si modo tempus habet.

475 Sed neque te facilem iuveni promitte roganti,

nec tamen e duro quod petit ille nega.

Fac timeat speretque simul, quotiensque remittes,

spesque magis veniat certa minorque metus.

Munda, sed e medio consuetaque verba, puellae,

480 scribite: sermonis publica forma placet.

A! quotiens dubius scriptis exarsit amator,

et nocuit formae barbara lingua bonae!

Sed quoniam, quamvis vittae careatis honore,

est vobis vestros fallere cura viros,

485 ancillae puerique manu perarate tabellas,

pignora nec iuveni credite vestra novo.

489 Perfidus ille quidem, qui talia pignora servat,

sed tamen Aetnaei fulminis instar habent.

487 Vidi ego pallentes isto terrore puellas

servitium miseras tempus in omne pati.

491 Iudice me fraus est concessa repellere fraudem,

armaque in armatos sumere iura sinunt.

Ducere consuescat multas manus una figuras

(A! pereant, per quos ista monenda mihi),

495 nec nisi deletis tutum rescribere ceris,

ne teneat geminas una tabella manus.

Femina dicatur scribenti semper amator:

illa sit in vestris, qui fuit ille, notis.

Si licet a parvis animum ad maiora referre,

500   plenaque curvato pandere vela sinu,

pertinet ad faciem rabidos compescere mores:

candida pax homines, trux decet ira feras.

Ora tument ira: nigrescunt sanguine venae:

lumina Gorgoneo saevius igne micant.

505   'I procul hinc,' dixit 'non es mihi, tibia, tanti,'

ut vidit vultus Pallas in amne suos.

Vos quoque si media speculum spectetis in ira,

cognoscat faciem vix satis ulla suam.

Nec minus in vultu damnosa superbia vestro:

510   comibus est oculis alliciendus amor.

Odimus inmodicos (experto credite) fastus:

saepe tacens odii semina vultus habet.

Spectantem specta, ridenti mollia ride;

innuet, acceptas tu quoque redde notas.

515   Sic ubi prolusit, rudibus puer ille relictis

spicula de pharetra promit acuta sua.

Odimus et maestas: Tecmessam diligat Aiax;

nos hilarem populum femina laeta capit.

Numquam ego te, Andromache, nec te, Tecmessa, rogarem,

520   ut mea de vobis altera amica foret.

Credere vix videor, cum cogar credere partu,

vos ego cum vestris concubuisse viris.

Scilicet Aiaci mulier maestissima dixit

'Lux mea' quaeque solent verba iuvare viros?

525 Quis vetat a magnis ad res exempla minores

sumere, nec nomen pertimuisse ducis?

Dux bonus huic centum commisit vite regendos,

huic equites, illi signa tuenda dedit:

vos quoque, de nobis quem quisque erit aptus ad usum,

530 inspicite, et certo ponite quemque loco.

Munera det dives; ius qui profitebitur, adsit;

facundus causam saepe clientis agat;

carmina qui facimus, mittamus carmina tantum:

hic chorus ante alios aptus amare sumus.

535 Nos facimus placitae late praeconia formae:

nomen habet Nemesis, Cynthia nomen habet;

Vesper et Eoae novere Lycorida terrae;

et multi, quae sit nostra Corinna, rogant.

Adde, quod insidiae sacris a vatibus absunt,

540 et facit ad mores ars quoque nostra suos.

Nec nos ambitio, nec amor nos tangit habendi;

contempto colitur lectus et umbra foro.

Sed facile haeremus, validoque perurimur aestu,

et nimium certa scimus amare fide.

545 Scilicet ingenium placida mollitur ab arte,

et studio mores convenienter eunt.

Vatibus Aoniis faciles estote, puellae:

numen inest illis, Pieridesque favent.

Est deus in nobis, et sunt commercia caeli:

550   sedibus aetheriis spiritus ille venit.

A doctis pretium scelus est sperare poetis;

    me miserum! Scelus hoc nulla puella timet.

Dissimulate tamen, nec prima fronte rapaces

    este: novus viso casse resistet amans.

555   Sed neque vector equum, qui nuper sensit habenas,

    comparibus frenis artificemque reget,

nec stabiles animos annis viridemque iuventam

    ut capias, idem limes agendus erit.

Hic rudis et castris nunc primum notus Amoris,

560   qui tetigit thalamos praeda novella tuos,

te solam norit, tibi semper inhaereat uni:

    cingenda est altis saepibus ista seges.

Effuge rivalem: vinces, dum sola tenebis;

    non bene cum sociis regna Venusque manent.

565   Ille vetus miles sensim et sapienter amabit,

    multaque tironi non patienda feret:

nec franget postes, nec saevis ignibus uret,

    nec dominae teneras adpetet ungue genas,

nec scindet tunicasve suas tunicasve puellae,

570   nec raptus flendi causa capillus erit.

Ista decent pueros aetate et amore calentes;

    hic fera composita vulnera mente feret.

Ignibus heu lentis uretur, ut umida faena,

ut modo montanis silva recisa iugis.

575 Certior hic amor est: brevis et fecundior ille;

quae fugiunt, celeri carpite poma manu.

Omnia tradantur: portas reseravimus hosti;

et sit in infida proditione fides.

Quod datur ex facili, longum male nutrit amorem:

580 miscenda est laetis rara repulsa iocis.

Ante fores iaceat, 'Crudelis ianua!' dicat,

multaque summisse, multa minanter agat.

Dulcia non ferimus: suco renovemur amaro;

saepe perit ventis obruta cumba suis;

585 hoc est, uxores quod non patiatur amari:

conveniunt illas, cum voluere, viri.

Adde forem, et duro dicat tibi ianitor ore

'Non potes,' exclusum te quoque tanget amor.

Ponite iam gladios hebetes: pugnetur acutis;

590 nec dubito, telis quin petar ipse meis.

Dum cadit in laqueos captus quoque nuper amator,

solum se thalamos speret habere tuos.

Postmodo rivalem partitaque foedera lecti

sentiat: has artes tolle, senescet amor.

595 Tum bene fortis equus reserato carcere currit,

cum quos praetereat quosque sequatur habet.

Quamlibet extinctos iniuria suscitat ignes:

en, ego (confiteor!) non nisi laesus amo.

Causa tamen nimium non sit manifesta doloris,

600   pluraque sollicitus, quam sciet, esse putet.

Incitat et ficti tristis custodia servi,

et nimium duri cura molesta viri.

Quae venit ex tuto, minus est accepta voluptas:

ut sis liberior Thaide, finge metus.

605   Cum melius foribus possis, admitte fenestra,

inque tuo vultu signa timentis habe.

Callida prosiliat dicatque ancilla 'Perimus!';

tu iuvenem trepidum quolibet abde loco.

Admiscenda tamen Venus est secura timori,

610   ne tanti noctes non putet esse tuas.

Qua vafer eludi possit ratione maritus,

quaque vigil custos, praeteriturus eram.

Nupta virum timeat: rata sit custodia nuptae;

hoc decet, hoc leges iusque[1] pudorque iubent.

615   Te quoque servari, modo quam vindicta redemit,

quis ferat? Ut fallas, ad mea sacra veni!

Tot licet observent (adsit modo certa voluntas),

quot fuerant Argo lumina, verba dabis.

Scilicet obstabit custos, ne scribere possis,

620   sumendae detur cum tibi tempus aquae?

Conscia cum possit scriptas portare tabellas,

---

1   iusque=duxque

quas tegat in tepido fascia lata sinu?

Cum possit sura chartas celare ligatas,

et vincto blandas sub pede ferre notas?

625 Caverit haec custos, pro charta conscia tergum

praebeat, inque suo corpore verba ferat.

Tuta quoque est fallitque oculos e lacte recenti

littera: carbonis pulvere tange, leges.

Fallet et umiduli quae fiet acumine lini,

630 ut ferat occultas pura tabella notas.

Adfuit Acrisio servandae cura puellae:

hunc tamen illa suo crimine fecit avum.

Quid faciat custos, cum sint tot in urbe theatra,

cum spectet iunctos illa libenter equos,

635 cum sedeat Phariae sistris operata iuvencae,

quoque sui comites ire vetantur, eat,

cum fuget a templis oculos Bona Diva virorum,

praeterquam siquos illa venire iubet?

Cum, custode foris tunicas servante puellae,

640 celent furtivos balnea multa iocos;

cum, quotiens opus est, fallax aegrotet amica,

et cedat lecto quamlibet aegra suo;

nomine cum doceat, quid agamus, adultera clavis,

quasque petas non det ianua sola vias?

645 Fallitur et multo custodis cura Lyaeo,

illa vel Hispano lecta sit uva iugo;

sunt quoque, quae faciant altos medicamina somnos,

    victaque Lethaea lumina nocte premant;

nec male deliciis odiosum conscia tardis

650   detinet, et longa iungitur ipsa mora.

Quid iuvat ambages praeceptaque parva movere,

    cum minimo custos munere possit emi?

Munera, crede mihi, capiunt hominesque deosque:

    placatur donis Iuppiter ipse datis.

655   Quid sapiens faciet, stultus cum munere gaudet?

    ipse quoque accepto munere mutus erit.

Sed semel est custos longum redimendus in aevum:

    saepe dabit, dederit quas semel ille manus.

Questus eram, memini, metuendos esse sodales:

660   non tangit solos ista querella viros.

Credula si fueris, aliae tua gaudia carpent,

    et lepus hic aliis exagitatus erit.

Haec quoque, quae praebet lectum studiosa locumque

    crede mihi, mecum non semel illa fuit.

665   Nec nimium vobis formosa ancilla ministret:

    saepe vicem dominae praebuit illa mihi.

Quo feror insanus? Quid aperto pectore in hostem

    mittor, et indicio prodor ab ipse meo?

Non avis aucupibus monstrat, qua parte petatur;

670   non docet infestos currere cerva canes.

Viderit utilitas: ego coepta fideliter edam;

Lemniasin gladios in mea fata dabo.

Efficite (et facile est), ut nos credamus amari:

    prona venit cupidis in sua vota fides.

675 Spectet amabilius iuvenem, suspiret ab imo

    femina, tam sero cur veniatque roget;

accedant lacrimae, dolor et de paelice fictus,

    et laniet digitis illius ora suis;

iamdudum persuasus erit; miserebitur ultro,

680   et dicet 'Cura carpitur ista mei.'

Praecipue si cultus erit speculoque placebit,

    posse suo tangi credet amore deas.

Sed te, quaecumque est, moderate iniuria turbet,

    nec sis audita paelice mentis inops.

685 Nec cito credideris: quantum cito credere laedat,

    exemplum vobis non leve Procris erit.

Est prope purpureos colles florentis Hymetti

    fons sacer et viridi caespite mollis humus;

silva nemus non alta facit; tegit arbutus herbam,

690   ros maris et lauri nigraque myrtus olent;

nec densum foliis buxum fragilesque myricae,

    nec tenues cytisi cultaque pinus abest.

Lenibus inpulsae Zephyris auraque salubri

    tot generum frondes herbaque summa tremit.

695 Grata quies Cephalo: famulis canibusque relictis

    lassus in hac iuvenis saepe resedit humo,

'Quae' que 'meos releves aestus,' cantare solebat

'accipienda sinu, mobilis aura, veni.'

Coniugis ad timidas aliquis male sedulus aures

700   auditos memori detulit ore sonos;

Procris ut accepit nomen, quasi paelicis, Aurae,

excidit, et subito muta dolore fuit;

palluit, ut serae lectis de vite racemis

pallescunt frondes, quas nova laesit hiemps,

705   quaeque suos curvant matura cydonia ramos,

cornaque adhuc nostris non satis apta cibis.

Ut rediit animus, tenues a pectore vestes

rumpit, et indignas sauciat ungue genas;

nec mora, per medias passis furibunda capillis

710   evolat, ut thyrso concita Baccha, vias.

Ut prope perventum, comites in valle relinquit,

ipsa nemus tacito clam pede fortis init.

Quid tibi mentis erat, cum sic male sana lateres,

Procri? Quis adtoniti pectoris ardor erat?

715   Iam iam venturam, quaecumque erat Aura, putabas

scilicet, atque oculis probra videnda tuis.

Nunc venisse piget (neque enim deprendere velles),

nunc iuvat: incertus pectora versat amor.

Credere quae iubeant, locus est et nomen et index,

720   et quia mens semper quod timet, esse putat.

Vidit ut oppressa vestigia corporis herba,

pulsantur trepidi corde micante sinus.

Iamque dies medius tenues contraxerat umbras,

    inque pari spatio vesper et ortus erant:

725 ecce, redit Cephalus silvis, Cyllenia proles,

    oraque fontana fervida pulsat aqua.

Anxia, Procri, lates: solitas iacet ille per herbas,

    et 'Zephyri molles auraque' dixit 'ades!'

Ut patuit miserae iucundus nominis error,

730 et mens et rediit verus in ora color.

Surgit, et oppositas agitato corpore frondes

    movit, in amplexus uxor itura viri:

ille feram movisse ratus, iuvenaliter artus

    corripit, in dextra tela fuere manu.

735 Quid facis, infelix? Non est fera, supprime tela!

    Me miserum! Iaculo fixa puella tuo est.

'Ei mihi!' conclamat 'fixisti pectus amicum.

    Hic locus a Cephalo vulnera semper habet.

Ante diem morior, sed nulla paelice laesa:

740 hoc faciet positae te mihi, terra, levem.

Nomine suspectas iam spiritus exit in auras:

    labor, eo[1], cara lumina conde manu!'

Ille sinu dominae morientia corpora maesto

    sustinet, et lacrimis vulnera saeva lavat:

---

1   eo=io

745 exit, et incauto paulatim pectore lapsus

   excipitur miseri spiritus ore viri.

Sed repetamus opus: mihi nudis rebus eundum est,

   ut tangat portus fessa carina suos.

Sollicite expectas, dum te in convivia ducam,

750   et quaeris monitus hac quoque parte meos.

Sera veni, positaque decens incede lucerna:

   grata mora venies; maxima lena mora est.

Etsi turpis eris, formosa videbere potis,

   et latebras vitiis nox dabit ipsa tuis.

755 Carpe cibos digitis: est quiddam gestus edendi:

   ora nec immunda tota perungue manu.

Neve domi praesume dapes, sed desine citra

   quam capis; es paulo quam potes esse minus;

Priamides Helenen avide si spectet edentem,

760   Oderit, et dicat 'Stulta rapina mea est.'

Aptius est, deceatque magis potare puellas:

   cum Veneris puero non male, Bacche, facis.

Hoc quoque, qua patiens caput est, animusque pedesque

   constant: nec, quae sunt singula, bina vide.

765 Turpe iacens mulier multo madefacta Lyaeo:

   digna est concubitus quoslibet illa pati.

Nec somnis posita tutum succumbere mensa:

   per somnos fieri multa pudenda solent.

Ulteriora pudet docuisse: sed alma Dione

601

ARTIS AMATORIAE LIBER III

770 'Praecipue nostrum est, quod pudet' inquit 'opus.'

Nota sibi sit quaeque: modos a corpore certos

sumite: non omnes una figura decet.

Quae facie praesignis erit, resupina iaceto;

spectentur tergo, quis sua terga placent.

775 Milanion umeris Atalantes crura ferebat:

si bona sunt, hoc sunt aspicienda[1] modo.

Parva vehatur equo: quod erat longissima, numquam

Thebais Hectoreo nupta resedit equo.

Strata premat genibus, paulum cervice reflexa,

780 femina per longum conspicienda latus.

Cui femur est iuvenale, carent quoque pectora menda,

stet vir, in obliquo fusa sit ipsa toro.

Nec tibi turpe puta crinem, ut Phylleia mater,

solvere, et effusis colla reflecte comis.

785 Tu quoque, cui rugis uterum Lucina notavit,

ut celer aversis utere Parthus equis.

Mille modi[2] Veneris; simplex minimique laboris,

cum iacet in dextrum semisupina latus.

Sed neque Phoebei tripodes nec corniger Ammon

790 vera magis vobis, quam mea Musa, canet.

Siqua fides arti, quam longo fecimus usu;

---

1   aspicienda=accipienda

2   modi=ioci

credite: praestabunt carmina nostra fidem.

Sentiat ex imis Venerem resoluta medullis

femina, et ex aequo res iuvet illa duos.

795 Nec blandae voces iucundaque murmura cessent,

nec taceant mediis improba verba iocis.

Tu quoque, cui Veneris sensum natura negavit,

dulcia mendaci gaudia finge sono

(infelix, cui torpet hebes locus ille, puella,

800 quo pariter debent femina virque frui).

Tantum, cum finges, ne sis manifesta, caveto:

effice per motum luminaque ipsa fidem.

Quam iuvet, et voces et anhelitus arguat oris.

A pudet! arcanas pars habet ista notas.

805 Gaudia post Veneris quae poscet munus amantem,

illa suas nolet pondus habere preces.

Nec lucem in thalamos totis admitte fenestris;

aptius in vestro corpore multa latent.

Lusus habet finem: cygnis descendere tempus,

810 duxerunt collo qui iuga nostra suo.

Ut quondam iuvenes, ita nunc, mea turba, puellae

inscribant spoliis 'Naso magister erat.'

REMEDIA AMORIS

《爱的疗治》

Legerat huius Amor titulum nomenque libelli:

    'Bella mihi, video, bella parantur' ait.

'Parce tuum vatem sceleris damnare, Cupido,

    tradita qui toties te duce signa tuli.

5 Non ego Tydides, a quo tua saucia mater

    in liquidum rediit aethera Martis equis.

Saepe tepent alii iuvenes; ego semper amavi,

    et si, quid faciam nunc quoque, quaeris, amo.

Quin etiam docui qua possis arte parari,

10 et, quod nunc ratio est, impetus ante fuit.

Nec te, blande puer, nec nostras prodimus artes,

    nec nova praeteritum Musa retexit opus.

Si quis amat quod amare iuvat, feliciter ardens

    gaudeat et vento naviget ille suo;

15 at si quis male fert indignae regna puellae,

    ne pereat, nostrae sentiat artis opem.

Cur aliquis laqueo collum nodatus amator

    a trabe sublimi triste pependit onus?

Cur aliquis rigido fodit sua pectora ferro?

20   Invidiam caedis pacis amator habes.

Qui, nisi desierit, misero periturus amore est,

      desinat, et nulli funeris auctor eris.

Et puer es, nec te quicquam nisi ludere oportet:

      lude; decent annos mollia regna tuos.

25   Nam poteras uti nudis ad bella sagittis,

      sed tua mortifero sanguine tela carent.

Vitricus et gladiis et acuta dimicet hasta

      et victor multa caede cruentus eat;

tu cole maternas, tuto quibus utimur, artes

30   et quarum vitio nulla fit orba parens.

Effice, nocturna frangatur ianua rixa

      et tegat ornatas multa corona fores;

fac coeant furtim iuvenes timidaeque puellae

      verbaque dent cauto qualibet arte viro,

35   et modo blanditias rigido, modo iurgia, posti

      dicat et exclusus flebile cantet amans.

His lacrimis contentus eris sine crimine mortis:

      non tua fax avidos digna subire rogos.'

Haec ego; movit Amor gemmatas aureus alas

40   et mihi 'Propositum perfice' dixit 'opus'.

Ad mea, decepti iuvenes, praecepta venite,

      quos suus ex omni parte fefellit amor.

Discite sanari per quem didicistis amare;

      una manus vobis vulnus opemque feret.

607
REMEDIA AMORIS

45　Terra salutares herbas eademque nocentes

nutrit, et urticae proxima saepe rosa est;

vulnus in Herculeo quae quondam fecerat hoste,

vulneris auxilium Pelias hasta tulit.

Sed quaecumque viris, vobis quoque dicta, puellae,

50　credite: diversis partibus arma damus.

E quibus ad vestros si quid non pertinet usus,

at tamen exemplo multa docere potest.

Utile propositum est saevas exstinguere flammas

nec servum vitii pectus habere sui.

55　Vixisset Phyllis, si me foret usa magistro,

et per quod novies, saepius isset iter,

nec moriens Dido summa vidisset ab arce

Dardanias vento vela dedisse rates,

nec dolor armasset contra sua viscera matrem,

60　quae socii damno sanguinis ulta virumst.

Arte mea Tereus, quamvis Philomela placeret,

per facinus fieri non meruisset avis.

Da mihi Pasiphaen, iam tauri ponet amorem;

da Phaedram, Phaedrae turpis abibit amor.

65　Redde Parin nobis, Helenen Menelaus habebit

nec manibus Danais Pergama victa cadent.

Impia si nostros legisset Scylla libellos,

haesisset capiti purpura, Nise, tuo.

Me duce damnosas, homines, compescite curas,

70   rectaque cum sociis me duce navis eat.

Naso legendus erat tum cum didicistis amare;

    idem nunc vobis Naso legendus erit.

Publicus assertor dominis suppressa levabo

    pectora: vindictae quisque favete suae.

75   Te precor incipiens; adsit tua laurea nobis,

    carminis et medicae Phoebe repertor opis;

tu pariter vati, pariter succurre medenti:

    utraque tutelae subdita cura tuaest.

Dum licet et modici tangunt praecordia motus,

80   si piget, in primo limine siste pedem;

opprime, dum nova sunt, subiti mala semina morbi

    et tuus incipiens ire resistat equus.

Nam mora dat vires: teneras mora percoquit uvas

    et validas segetes, quae fuit herba, facit.

85   Quae praebet latas arbor spatiantibus umbras,

    quo posita est primum tempore, virga fuit;

tum poterat manibus summa tellure revelli;

    nunc stat in immensum viribus aucta[1] suis.

Quale sit id quod amas, celeri circumspice mente,

90   et tua laesuro subtrahe colla iugo.

Principiis obsta: sero medicina paratur,

    cum mala per longas convaluere moras.

---

1   aucta=acta

Sed propera nec te venturas differ in horas:

    qui non est hodie, cras minus aptus erit.

95 Verba dat omnis amor reperitque alimenta morando;

    optima vindictae proxima quaeque dies.

Flumina pauca vides de magnis fontibus orta;

    plurima collectis multiplicantur aquis.

Si cito sensisses quantum peccare parares,

100   non tegeres vultus cortice, Myrrha, tuos.

Vidi ego, quod fuerat primo sanabile, vulnus

    dilatum longae damna tulisse morae.

Sed, quia delectat Veneris decerpere fructum,

    dicimus assidue 'Cras quoque fiet idem.'

105 Interea tacitae serpunt in viscera flammae

    et mala radices altius arbor agit.

Si tamen auxilii perierunt tempora primi

    et vetus in capto pectore sedit amor,

maius opus superest; sed non, quia serior aegro

110   advocor, ille mihi destituendus erit.

Quam laesus fuerat, partem Poeantius heros

    certa debuerat[1] praesecuisse manu;

post tamen hic multos sanatus creditur annos

    supremam bellis imposuisse manum.

115 Qui modo nascentis properabam pellere morbos,

---

1   certa debuerat=caetera debuerat=debuerat celeri=celeri debuerat

admoveo tardam nunc tibi lentus opem.

Aut nova, si possis, sedare incendia temptes

aut ubi per vires procubuere suas.

Dum furor in cursu est, currenti cede furori:

120   difficiles aditus impetus omnis habet.

Stultus, ab obliquo, qui, cum descendere possit,

pugnat in adversas ire natator aquas.

Impatiens animus nec adhuc tractabilis arte

respuit atque odio verba monentis habet.

125   Aggrediar melius tum cum sua vulnera tangi

iam sinet et veris vocibus aptus erit.

Quis matrem, nisi mentis inops, in funere nati

flere vetet? Non hoc illa monenda loco est;

cum dederit lacrimas animumque impleverit aegrum,

130   ille dolor verbis emoderandus erit.

Temporis ars medicina fere est: data tempore prosunt

et data non apto tempore vina nocent.

Quin etiam accendas vitia irritesque vetando,

temporibus si non aggrediare suis.

135   Ergo ubi visus eris nostrae medicabilis arti[1],

fac monitis fugias otia prima meis.

Haec ut ames faciunt; haec, ut fecere, tuentur;

haec sunt iucundi causa cibusque mali.

---

1   nostrae...arti=nostra...arte

Otia si tollas, periere Cupidinis arcus

140   contemptaeque iacent et sine luce faces.

Quam platanus vino gaudet, quam populus unda

      et quam limosa canna palustris humo,

tam Venus otia amat: qui finem quaeris amoris[1],

      (cedit amor rebus) res age, tutus eris.

145   Languor et immodici sub nullo vindice somni

      aleaque et multo tempora quassa mero

eripiunt omnes animo sine vulnere nervos;

      affluit incautis insidiosus Amor.

Desidiam puer ille sequi solet, odit agentes:

150   da vacuae menti, quo teneatur, opus.

Sunt fora, sunt leges, sunt, quos tuearis, amici:

      vade per urbanae splendida castra togae;

vel tu sanguinei iuvenalia munera Martis

      suscipe: deliciae iam tibi terga dabunt.

155   Ecce fugax Parthus, magni nova causa triumphi,

      iam videt in campis Caesaris arma suis.

Vince Cupidineas pariter Parthasque sagittas

      et refer ad patrios bina tropaea deos.

Ut semel Aetola Venus est a cuspide laesa,

160   mandat amatori bella gerenda suo.

---

1   amoris=amori

Quaeritis[1], Aegisthus quare sit factus adulter?

In promptu causa est: desidiosus erat.

Pugnabant alii tardis apud Ilion armis;

transtulerat vires Graecia tota suas.

165 Sive operam bellis vellet dare, nulla gerebat,

sive foro, vacuum litibus Argos erat.

Quod potuit, ne nil illic ageretur, amavit.

Sic venit ille puer, sic puer ille manet.

Rura quoque oblectant animos studiumque colendi;

170 quaelibet huic curae cedere cura potest.

Colla iube domitos oneri supponere tauros,

sauciet ut duram vomer aduncus humum;

obrue versata Cerealia semina terra,

quae tibi cum multo fenore reddat ager;

175 aspice curvatos pomorum pondere ramos,

ut sua quod peperit vix ferat arbor onus;

aspice labentes iucundo murmure rivos;

aspice tondentes fertile gramen oves.

Ecce, petunt rupes praeruptaque saxa capellae:

180 iam referent haedis vbera plena suis.

Pastor inaequali modulatur harundine carmen,

nec desunt comites, sedula turba, canes.

Parte sonant alia silvae mugitibus altae

---

1   Quaeritis=quaeritur

et queritur vitulum mater abesse suum.

185 Quid, cum suppositos fugiunt examina fumos[1],

ut relevent dempti vimina curva favi?

Poma dat autumnus; formosa est messibus aestas;

ver praebet flores; igne levatur hiems.

Temporibus certis maturam rusticus uvam

190 deligit, et nudo sub pede musta fluunt;

temporibus certis desectas alligat herbas

et tonsam raro pectine verrit humum.

Ipse potes riguis plantam deponere in hortis;

ipse potes rivos ducere lenis aquae.

195 Venerit insitio, fac ramum ramus adoptet

stetque peregrinis arbor operta comis.

Cum semel haec animum coepit mulcere voluptas,

debilibus pinnis irritus exit Amor.

Vel tu venandi studium cole: saepe recessit

200 turpiter a Phoebi victa sorore Venus.

Nunc leporem pronum catulo sectare sagaci,

nunc tua frondosis retia tende iugis;

aut pavidos terre varia formidine cervos,

aut cadat adversa cuspide fossus aper.

205 Nocte fatigatum somnus, non cura puellae,

excipit et pingui membra quiete levat.

---

1   suppositos=compositos; fumos=taxos

Lenius est studium, studium tamen, alite capta

    aut lino aut calamis praemia parva sequi,

vel, quae piscis edax avido male devoret ore,

210   abdere sub parvis aera recurva cibis.

Aut his aut aliis, donec dediscis amare,

    ipse tibi furtim decipiendus eris.

Tu tantum, quamvis firmis retinebere vinclis,

    i procul, et longas carpere perge vias.

215   Flebis, et occurret desertae nomen amicae,

    stabit et in media pes tibi saepe via.

Sed quanto minus ire voles, magis ire memento;

    perfer, et invitos currere coge pedes.

Nec pluvias opta, nec te peregrina morentur

220   sabbata nec damnis Allia nota suis;

nec quot transieris, sed[1] quot tibi, quaere, supersint

    milia nec, maneas ut prope, finge moras;

tempora nec numera nec crebro respice Romam,

    sed fuge: tutus adhuc Parthus ab hoste fuga est.

225   Dura aliquis praecepta vocet mea; dura fatemur

    esse, sed ut valeas multa dolenda feres.

Saepe bibi sucos quamvis invitus amaros

    aeger, et oranti mensa negata mihi;

ut corpus redimas, ferrum patieris et ignes

---

1   sed=nec

230   arida nec sitiens ora levabis aqua:

ut valeas animo, quicquam tolerare negabis?

    At pretium pars haec corpore maius habet.

Sed tamen est artis tristissima ianua nostrae,

    et labor est unus tempora prima pati.

235 Aspicis ut prensos urant iuga prima iuvencos

    et nova velocem cingula laedat equum?

Forsitan a laribus patriis exire pigebit;

    sed tamen exibis; deinde redire voles.

Nec te lar patrius, sed amor revocabit amicae

240   praetendens culpae splendida verba tuae.

Cum semel exieris, centum solacia curae

    et rus et comites et via longa dabit.

Nec satis esse putes discedere; lentus abesto,

    dum perdat vires sitque sine igne cinis.

245 Quod nisi firmata properaris mente reverti,

    inferet arma tibi saeva rebellis Amor,

quidquid et afueris, avidus sitiensque redibis,

    et spatium damno cesserit omne tuo.

Viderit, Haemoniae si quis mala pabula terrae

250   et magicas artes posse iuvare putat.

Ista veneficii vetus est via; noster Apollo

    innocuam sacro carmine monstrat opem.

Me duce non tumulo prodire iubebitur umbra,

    non anus infami carmine rumpet humum,

255 non seges ex aliis alios transibit in agros

nec subito Phoebi pallidus orbis erit.

Ut solet, aequoreas ibit Tiberinus in undas;

ut solet, in niveis Luna vehetur equis.

Nulla recantatas deponent pectora curas,

260 nec fugiet vivo sulphure victus Amor.

Quid te Phasiacae iuverunt gramina terrae,

cum cuperes patria, Colchi, manere domo?

Quid tibi profuerunt, Circe, Perseides herbae,

cum sua Neritias abstulit aura rates?

265 Omnia fecisti, ne callidus hospes abiret:

ille dedit certae lintea plena fugae;

omnia fecisti, ne te ferus ureret ignis:

longus et[1] invito pectore sedit Amor.

Vertere tu poteras homines in mille figuras;

270 non poteras animi vertere iura tui.

Diceris his etiam, cum iam discedere vellet,

Dulichium verbis detinuisse ducem:

'Non ego, quod primo, memini, sperare solebam,

iam precor, ut coniunx tu meus esse velis.

275 Et tamen, ut coniunx essem tua, digna videbar,

quod dea, quod magni filia Solis eram.

Ne properes, oro: spatium pro munere posco;

---

1   et=in=at

quid minus optari per mea vota potest?

Et freta mota vides, et debes illa timere:

280　　utilior velis postmodo ventus erit.

Quae tibi causa fugae? Non hic nova Troia resurgit,

　　non aliquis socios rursus ad arma vocat.

Hic amor et pax est, in qua male vulneror una,

　　totaque sub regno terra futura tuo est.'

285　Illa loquebatur, navem solvebat Ulixes;

　　irrita cum velis verba tulere Noti.

Ardet et assuetas Circe decurrit ad artes;

　　nec tamen est illis attenuatus amor.

Ergo, quisquis opem nostra tibi poscis ab arte,

290　　deme veneficiis carminibusque fidem.

Si te causa potens domina retinebit in urbe,

　　accipe consilium quod sit in urbe meum.

Optimus ille sui vindex, laedentia pectus

　　vincula qui rupit dedoluitque semel;

295　sicui tantum animi est, illum mirabor et ipse

　　et dicam 'Monitis non eget iste meis.'

Tu mihi, qui, quod amas, aegre dediscis amare

　　nec potes et velles posse, docendus eris.

Saepe refer tecum sceleratae facta puellae

300　　et pone ante oculos omnia damna tuos:

'Illud et illud habet, nec ea contenta rapina est:

　　sub titulum nostros misit avara lares.

Sic mihi iuravit, sic me iurata fefellit,

    ante suas quotiens passa iacere fores!

305 Diligit ipsa alios, a me fastidit amari:

    institor heu noctes, quas mihi non dat, habet.'

Haec tibi per totos inacescant omnia sensus,

    haec refer, hinc odii semina quaere tui.

Atque utinam possis etiam facundus in illis

310   esse: dole tantum, sponte disertus eris.

Haeserat in quadam nuper mea cura puella;

    conveniens animo non erat illa meo.

Curabar propriis aeger Podalirius herbis

    (et, fateor, medicus turpiter aeger eram):

315 profuit assidue vitiis insistere amicae,

    idque mihi factum saepe salubre fuit.

'Quam mala' dicebam 'nostrae sunt crura puellae'

    (nec tamen, ut vere confiteamur, erant);

'Bracchia quam non sunt nostrae formosa puellae'

320   (et tamen, ut vere confiteamur, erant);

'Quam brevis est' (nec erat), 'quam multum poscit amantem'

    haec odio venit maxima causa meo.

Et mala sunt vicina bonis: errore sub illo

    pro vitio virtus crimina saepe tulit.

325 Qua potes, in peius dotes deflecte puellae

    iudiciumque brevi limite falle tuum.

'Turgida', si plena est, si fusca est, 'nigra' vocetur;

in gracili 'macies' crimen habere potest.

Et poterit dici 'petulans', quae rustica non est;

330   Et poterit dici 'rustica', si qua proba est.

Quin etiam, quacumque caret tua femina dote,

     hanc moveat, blandis usque precare sonis:

exige uti cantet, si qua est sine voce puella;

     fac saltet, nescit si qua movere manum;

335   barbara sermone est, fac tecum multa loquatur;

     non didicit chordas tangere, posce lyram;

durius incedit, fac inambulet; omne papillae

     pectus habent, vitium fascia nulla tegat;

si male dentata est, narra, quod rideat, illi;

340   mollibus est oculis, quod fleat illa, refer.

Proderit et subito, cum se non finxerit ulli,

     ad dominam celeres mane tulisse gradus.

Auferimur cultu; gemmis auroque teguntur

     omnia; pars minima est ipsa puella sui.

345   Saepe, ubi sit, quod ames, inter tam multa, requiras:

     decipit hac oculos Aegide dives Amor.

Improvisus ades: deprendes tutus inermem;

     infelix vitiis excidet illa suis.

Non tamen huic nimium praecepto credere tutumst:

350   fallit enim multos forma sine arte decens.

Tum quoque[1], compositis sua cum linit ora venenis,

ad dominae vultus, nec pudor obstet, eas:

Pyxidas invenies et rerum mille colores

et fluere in tepidos oesypa lapsa sinus.

355 Illa tuas redolent, Phineu, medicamina mensas;

non semel hinc stomacho nausea facta meo est.

Nunc tibi, quae medio Veneris praestemus in usu,

eloquar: ex omni est parte fugandus Amor.

Multa quidem ex illis pudor est mihi dicere, sed tu

360 ingenio verbis concipe plura meis.

Nuper enim nostros quidam carpsere libellos,

quorum censura Musa proterva mea est.

Dummodo sic placeam, dum toto canter in orbe,

qui volet[2], impugnent unus et alter opus.

365 Ingenium magni livor detractat Homeri;

quisquis es, ex illo, Zoile, nomen habes.

Et tua sacrilegae laniarunt carmina linguae,

pertulit huc victos quo duce Troia deos.

Summa petit livor: perflant altissima venti,

370 summa petunt dextra fulmina missa Iovis.

At tu, quicumque es, quem nostra licentia laedit,

si sapis, ad numeros exige quidque suos.

---

1   Tum quoque=sua cum linit=sua cum linet=cum linit=sua collinet=cum collinet

2   qui volet=quod volet=quamlibet=quod solet

Fortia Maeonio gaudent pede bella referri:

    deliciis illic quis locus esse potest?

375 Grande sonant tragici: tragicos decet ira cothurnos;

    usibus e mediis soccus habendus erit.

Liber in adversos hostes stringatur iambus,

    seu celer, extremum seu trahat ille pedem.

Blanda pharetratos Elegia cantet Amores

380   et levis arbitrio ludat amica suo.

Callimachi numeris non est dicendus Achilles;

    Cydippe non est oris, Homere, tui.

Quis ferat Andromaches peragentem Thaida partes?

    Peccet, in Andromache Thaida quisquis agat.

385 Thais in arte mea est: lascivia libera nostra est;

    nil mihi cum vitta; Thais in arte mea est.

Si mea materiae respondet Musa iocosae,

    vicimus, et falsi criminis acta rea est.

Rumpere, Livor edax: magnum iam nomen habemus;

390   maius erit, tantum, quo pede coepit, eat.

Sed nimium properas: vivam modo, plura dolebis,

    et capiunt animi[1] carmina multa mei.

Nam iuvat et studium famae mihi crevit honore;

    principio clivi noster anhelat equus.

395 Tantum se nobis Elegi debere fatentur,

---

1   animi=anni

quantum Vergilio nobile debet Epos[1].

Hactenus Invidiae respondimus: attrahe lora

    fortius et gyro curre, poeta, tuo.

Ergo, ubi concubitus et opus iuvenale petetur

400   et prope promissae tempora noctis erunt,

gaudia ne dominae, pleno si corpore sumes,

    te capiant, ineas quamlibet ante velim;

quamlibet invenias, in qua tua prima voluptas

    desinat: a prima proxima segnis erit.

405 Sustentata Venus gratissima: frigore soles,

    sole iuvant umbrae, grata fit unda siti.

Et pudet, et dicam: Venerem quoque iunge figura,

    qua minime iungi quamque decere putas.

Nec labor efficere est: rarae sibi vera fatentur,

410   et nihil est, quod se dedecuisse putent.

Tunc etiam iubeo totas aperire fenestras

    turpiaque admisso membra notare die.

At simul ad metas venit finita voluptas

    lassaque cum tota corpora mente iacent,

415 dum piget, ut malles nullam tetigisse puellam

    tacturusque tibi non videare diu,

tunc animo signa, quodcumque in corpore mendumst,

    luminaque in vitiis illius usque tene.

---

1   Epos=opus

Forsitan haec aliquis (nam sunt quoque) parva vocabit,

420 sed, quae non prosunt singula, multa iuvant.

Parva necat morsu spatiosum vipera taurum;

  a cane non magno saepe tenetur aper.

Tu tantum numero pugna praeceptaque in unum

  contrahe: de multis grandis acervus erit.

425 Sed quoniam totidem mores totidemque figurae,

  non sunt iudiciis omnia danda meis.

Quo tua non possunt offendi pectora facto,

  forsitan hoc alio iudice crimen erit.

Ille quod obscenas in aperto corpore partes

430 viderat, in cursu qui fuit, haesit amor;

ille quod a Veneris rebus surgente puella

  vidit in immundo signa pudenda toro.

Luditis, o si quos potuerunt ista movere:

  afflarant tepidae pectora vestra faces.

435 Attrahet[1] ille puer contentos fortius arcus,

  saucia maiorem turba petetis opem.

Quid, qui clam latuit reddente obscena puella

  et vidit quae mos ipse videre vetat?

Di melius, quam nos moneamus talia quemquam;

440 ut prosint, non sunt expedienda tamen.

Hortor et ut pariter binas habeatis amicas

---

1 Attrahet=attrahat

(fortior est, plures si quis habere potest):

secta bipertito cum mens discurrit utroque,

alterius vires subtrahit alter amor.

445 Grandia per multos tenuantur flumina rivos,

laesaque[1] diducto stipite flamma perit;

non satis una tenet ceratas ancora puppes,

nec satis est liquidis unicus hamus aquis:

qui sibi iam pridem solacia bina paravit,

450 iam pridem summa victor in arce fuit.

At tibi, qui fueris dominae male creditus uni,

nunc saltem novus est inveniendus amor.

Pasiphaes Minos in Procride[2] perdidit ignes;

cessit ab Idaea coniuge victa prior;

455 Amphilochi frater ne Phegida semper amaret,

Callirhoe fecit parte recepta tori;

et Parin Oenone summos tenuisset ad annos,

si non Oebalia paelice laesa foret;

coniugis Odrysio placuisset forma tyranno,

460 sed melior clausae forma sororis erat.

Quid moror exemplis, quorum me turba fatigat?

Successore novo vincitur omnis amor.

Fortius e multis mater desiderat unum

---

1   laesaque=haesque=cassaque=magnaque=totaque=saevaque=spissaque

2   Procride=Prognide

quam quem[1] flens clamat 'Tu mihi solus eras.'

465 Et, ne forte putes nova me tibi condere iura

(atque utinam inventi gloria nostra foret!),

vidit id[2] Atrides: quid enim non ille videret,

cuius in arbitrio Graecia tota fuit?

Marte suo captam Chryseida victor amabat;

470 at senior stulte flebat ubique pater.

Quid lacrimas, odiose senex? Bene convenit illis;

officio natam laedis inepte tuo.

Quam postquam reddi Calchas ope tutus Achillis

iusserat et patria est illa recepta domo,

475 'Est' ait Atrides 'illius proxima forma

et, si prima sinat syllaba, nomen idem:

hanc mihi, si sapiat, per se concedat Achilles;

si minus, imperium sentiet ille meum.

Quod si quis vestrum factum hoc accusat, Achivi,

480 est aliquid valida sceptra tenere manu.

Nam si rex ego sum, nec mecum dormiat ulla,

in mea Thersites regna licebit eat.'

Dixit et hanc habuit solacia magna prioris,

et posita est cura cura repulsa nova.

485 Ergo adsume novas auctore Agamemnone flammas,

---

1   quem=quae=cui

2   id=ut

ut tuus in bivio distineatur amor.

Quaeris ubi invenias? Artes tu perlege nostras:

    plena puellarum iam tibi navis erit.

Quod si quid praecepta valent mea, si quid Apollo

490   utile mortales perdocet ore meo,

quamvis infelix media torreberis Aetna,

    frigidior glacie[1] fac videare tuae;

et sanum simula nec, si quid forte dolebis,

    sentiat, et ride, cum tibi flendus eris.

495   Non ego te iubeo medias abrumpere curas:

    non sunt imperii tam fera iussa mei.

Quod non es, simula positosque imitare furores:

    sic facies vere, quod meditatus eris.

Saepe ego, ne biberem, volui dormire videri:

500   dum videor, somno lumina victa dedi.

Deceptum risi, qui se simularat[2] amare,

    in laqueos auceps decideratque suos.

Intrat amor mentes usu, dediscitur usu:

    qui poterit sanum fingere, sanus erit.

505   Dixerit ut venias: pacta tibi nocte venito;

    veneris, et fuerit ianua clausa: feres;

nec dic blanditias nec fac convicia posti

---

1   glacie=dominae=tuae=nive

2   simularat=simulabat

nec latus in duro limine pone tuum;

postera lux aderit: careant tua verba querelis

510　　et nulla in vultu signa dolentis habe.

iam ponet fastus, cum te languere videbit

（hoc etiam nostra munus ab arte feres）.

Te quoque falle tamen, nec sit tibi finis amandi

propositus: frenis saepe repugnat equus.

515　Utilitas lateat; quod non profitebere, fiet:

quae nimis apparent retia, vitat avis.

Nec sibi tam placeat nec te contemnere possit:

sume animos, animis cedat ut illa tuis.

Ianua forte patet: quamvis revocabere, transi;

520　　est data nox: dubita nocte venire data.

Posse pati facile est, ubi, si patientia desit,

protinus ex facili gaudia ferre licet.

Et quisquam praecepta potest mea dura vocare?

En, etiam partes conciliantis ago.

525　Nam quoniam variant animi, variabimus artes;

mille mali species, mille salutis erunt.

Corpora vix ferro quaedam sanantur acuto;

auxilium multis sucus et herba fuit.

Mollior es neque abire potes vinctusque teneris

530　　et tua saevus Amor sub pede colla premit:

desine luctari; referant tua carbasa venti,

quaque vocant fluctus, hac tibi remus eat.

Explenda est sitis ista tibi, qua perditus ardes:

cedimus; e medio iam licet amne bibas.

535   Sed bibe plus etiam quam quod praecordia poscunt;

gutture fac pleno sumpta redundet aqua.

I, fruere usque tua nullo prohibente puella;

illa tibi noctes auferat, illa dies.

Taedia quaere mali: faciunt et taedia finem;

540   iam quoque, cum credes posse carere, mane,

dum bene te cumules et copia tollat amorem

et fastidita non iuvet esse domo.

Fit quoque longus amor quem diffidentia nutrit:

hunc tu si quaeres ponere, pone metum.

545   Qui timet ut sua sit, ne quis sibi detrahat illam,

ille Machaonia vix ope sanus erit:

plus amat e natis mater plerumque duobus,

pro cuius reditu, quod gerit arma, timet.

Est prope Collinam templum venerabile portam,

550   imposuit templo nomina celsus Eryx.

Est illic Lethaeus Amor, qui pectora sanat

inque suas gelidam lampadas addit aquam;

illic et iuvenes votis oblivia poscunt

et si qua est duro capta puella viro.

555   Is mihi sic dixit (dubito verusne Cupido

an somnus fuerit; sed, puto, somnus erat):

'O qui sollicitos modo das, modo demis amores,

adice praeceptis hoc quoque, Naso, tuis.

Ad mala quisque animum referat sua, ponet amorem:

560   omnibus illa deus plusve minusve dedit.

Qui Puteal Ianumque timet celeresque Kalendas,

      torqueat hunc aeris mutua summa sui;

cui durus pater est, ut voto cetera cedant,

      huic pater ante oculos durus habendus erit;

565   hic male dotata pauper cum coniuge vivit:

      uxorem fato credat obesse suo;

est tibi rure bono generosae fertilis uvae

      vinea: ne nascens usta sit uva, time;

ille habet in reditu navem: mare semper iniquum

570   cogitet et damno litora foeda suo;

filius hunc miles, te filia nubilis angat;

      et quis non causas mille doloris habet?

Ut posses odisse tuam, Pari, funera fratrum

      debueras oculis substituisse tuis.’

575   Plura loquebatur; placidum puerilis imago

      destituit somnum, si modo somnus erat.

Quid faciam? Media navem Palinurus in unda

      deserit: ignotas cogor inire vias.

Quisquis amas, loca sola nocent: loca sola caveto;

580   Quo fugis? In populo tutior esse potes.

Non tibi secretis (augent secreta furores)

      est opus; auxilio turba futura tibi est.

Tristis eris, si solus eris, dominaeque relictae

ante oculos facies stabit, ut ipsa, tuos.

585 Tristior idcirco nox est quam tempora Phoebi:

quae relevet luctus, turba sodalis abest.

Nec fuge colloquium nec sit tibi ianua clausa

nec tenebris vultus flebilis abde tuos;

semper habe Pyladen aliquem, qui curet Oresten:

590 hic quoque amicitiae non levis usus erit.

Quid nisi secretae laeserunt Phyllida silvae?

Certa necis causa est: incomitata fuit.

Ibat, ut Edono referens trieterica Baccho

ire solet fusis barbara turba comis,

595 et modo, qua poterat, longum spectabat in aequor,

nunc in harenosa lassa iacebat humo;

'Perfide Demophoon' surdas clamabat ad undas,

ruptaque singultu verba loquentis erant.

Limes erat tenuis, longa subnubilus umbra,

600 Qua tulit illa suos ad mare saepe pedes.

Nona terebatur miserae via; 'Viderit' inquit

et spectat zonam pallida facta suam,

aspicit et ramos: dubitat refugitque quod audet,

et timet et digitos ad sua colla refert.

605 Sithoni, tum certe vellem non sola fuisses:

non flesset positis Phyllida silva comis.

Phyllidis exemplo nimium secreta timete,

laese vir a domina, laesa puella viro.

Praestiterat iuvenis, quidquid mea Musa iubebat,

610   inque suae portu paene salutis erat.

Reccidit, ut cupidos inter devenit amantes,

et, quae condiderat, tela resumpsit Amor.

Si quis amas nec vis, facito contagia vites:

haec etiam pecori saepe nocere solent.

615   Dum spectant laesos oculi, laeduntur et ipsi,

multaque corporibus transitione nocent.

In loca nonnumquam siccis arentia glaebis

de prope currenti flumine manat aqua:

manat amor tectus, si non ab amante recedas,

620   turbaque in hoc omnes ingeniosa sumus.

Alter item iam sanus erat; vicinia laesit:

occursum dominae non tulit ille suae.

Vulnus in antiquum rediit male firma cicatrix,

successumque artes non habuere meae.

625   Proximus a tectis ignis defenditur aegre:

utile finitimis abstinuisse locis.

Nec, quae ferre solet spatiantem porticus illam,

te ferat, officium neve colatur idem.

Quid iuvat admonitu tepidam recalescere mentem?

630   Alter, si possis, orbis habendus erit.

Non facile esuriens posita retinebere mensa

et multam[1] saliens incitat unda sitim;

non facile est taurum visa retinere iuvenca;

fortis equus visae semper adhinnit equae.

635 Haec ubi praestiteris, ut tandem litora tangas,

non ipsam satis est deseruisse tibi:

et soror et mater valeant et conscia nutrix

et quisquis dominae pars erit ulla tuae;

nec veniat servus nec flens ancillula fictum

640 suppliciter dominae nomine dicat 'ave'.

Nec si scire voles, quid agat, tamen, illa, rogabis;

perfer: erit lucro lingua retenta tuo.

Tu quoque, qui causam finiti reddis amoris

deque tua domina multa querenda refers,

645 parce queri: melius sic ulciscere tacendo,

ut desideriis effluat illa tuis.

Et malim taceas quam te desisse loquaris:

qui nimium multis 'Non amo' dicit, amat.

Sed meliore fide paulatim exstinguitur ignis

650 quam subito: lente desine, tutus eris.

Flumine perpetuo torrens solet altior[2] ire,

sed tamen haec brevis est, illa perennis aqua.

Fallat et in tenues evanidus exeat auras

---

1   multam=multum

2   altior=altius=acrior=acrius

633

REMEDIA AMORIS

perque gradus molles emoriatur amor.

655   Sed modo dilectam scelus est odisse puellam;

  exitus ingeniis convenit iste feris.

Non curare sat est: odio qui finit amorem,

  aut amat aut aegre desinet esse miser.

Turpe vir et mulier, iuncti modo, protinus hostes;

660   non illas lites Appias ipsa probat.

Saepe reas faciunt et amant: ubi nulla simultas

  incidit, admonitu liber aberrat Amor.

Forte aderam iuveni; dominam lectica tenebat;

  horrebant saevis omnia verba minis.

665   Iamque vadaturus 'Lectica prodeat' inquit;

  prodierat; visa coniuge mutus erat;

et manus et manibus duplices cecidere tabellae;

  venit in amplexus atque ita 'Vincis' ait.

Tutius est aptumque magis discedere pace

670   nec petere a thalamis litigiosa fora.

Munera quae dederas, habeat sine lite iubeto:

  esse solent magno damna minora bono.

Quod si vos aliquis casus conducet in unum,

  mente memor tota, quae damus, arma tene.

675   Nunc opus est armis; hic o fortissime pugna:

  vincenda est telo Penthesilea tuo.

Nunc tibi rivalis, nunc durum limen, amanti,

  nunc subeant mediis irrita verba deis.

Nec compone comas, quia sis venturus ad illam,

680   nec toga sit laxo conspicienda sinu:

nulla sit ut placeas alienae cura puellae;

        iam facito e multis una sit illa tibi.

Sed quid praecipue nostris conatibus obstet,

        eloquar, exemplo quemque docente suo:

685 desinimus tarde, quia nos speramus amari;

        dum sibi quisque placet, credula turba sumus.

At tu nec voces (quid enim fallacius illis?)

        crede nec aeternos pondus habere deos.

Neve puellarum lacrimis moveare, caveto:

690   ut flerent, oculos erudiere suos.

Artibus innumeris mens oppugnatur amantum,

        ut lapis aequoreis undique pulsus aquis.

Nec causas aperi quare divortia malis

        nec dic quid doleas, clam tamen usque dole;

695 nec peccata refer, ne diluat: ipse favebis,

        ut melior causa causa sit illa tua.

Qui silet, est firmus; qui dicit multa puellae

        probra, satisfieri postulat ille sibi.

Non ego Dulichio furari more sagittas

700   nec raptas ausim tinguere in amne faces,

nec nos purpureas pueri resecabimus alas,

        nec sacer arte mea laxior arcus erit.

Consilium est, quodcumque cano: parete canenti,

utque facis[1], coeptis, Phoebe saluber, ades.

705　Phoebus adest: sonuere lyrae, sonuere pharetrae;

signa deum nosco per sua: Phoebus adest.

Confer Amyclaeis medicatum vellus aenis

murice cum Tyrio: turpius illud erit.

Vos quoque formosis vestras conferte puellas:

710　incipiet dominae quemque pudere suae.

Utraque formosae Paridi potuere videri,

sed sibi collatam vicit utramque Venus.

Nec solam faciem, mores quoque confer et artem;

tantum iudicio ne tuus obsit amor.

715　Exiguum est, quod deinde canam, sed profuit illud

exiguum multis, in quibus ipse fui.

Scripta cave relegas blandae servata puellae:

constantis animos scripta relecta movent.

Omnia pone feros (pones invitus) in ignes

720　et dic 'Ardoris sit rogus iste mei.'

Thestias absentem succendit stipite natum:

tu timide flammae perfida verba dabis?

Si potes, et ceras remove: quid imagine muta

carperis? Hoc periit Laodamia modo.

725　Et loca saepe nocent; fugito loca conscia vestri

concubitus: causas illa doloris habent.

1　utque facis=utque faves=ut faveas=tuque favens=tuque fave

'Hic fuit, hic cubuit, thalamo dormivimus illo;

　　hic mihi lasciva gaudia nocte dedit.'

Admonitu refricatur amor vulnusque novatum

730　　scinditur: infirmis culpa pusilla nocet.

Ut, paene exstinctum cinerem si sulphure tangas,

　　vivet et e minimo maximus ignis erit,

sic, nisi vitaris quidquid renovabit amorem,

　　flamma redardescet, quae modo nulla fuit.

735　Argolides cuperent fugisse Capherea puppes

　　teque, senex luctus ignibus ulte tuos;

praeterita cautus Niseide navita gaudet:

　　tu loca, quae nimium grata fuere, cave.

Haec tibi sint Syrtes, haec Acroceraunia vita;

740　　hic vomit epotas dira Charybdis aquas.

Sunt quae non possunt aliquo cogente iuberi,

　　saepe tamen casu facta levare solent.

Perdat opes Phaedra, parces, Neptune, nepoti,

　　nec faciet pavidos taurus avitus equos.

745　Cnosida fecisses inopem, sapienter amasset:

　　divitiis alitur luxuriosus amor.

Cur nemo est, Hecalen, nulla est, quae ceperit Iron?

　　Nempe quod alter egens, altera pauper erat.

Non habet unde suum paupertas pascat amorem;

750　　non tamen hoc tanti est, pauper ut esse velis.

At tanti tibi sit non indulgere theatris,

dum bene de vacuo pectore cedat amor.

Enervant animos citharae lotosque lyraeque

et vox et numeris bracchia mota suis.

755 Illic assidue ficti saltantur amantes;

quod caveas actor, qua iuvat arte, docet[1].

Eloquar invitus: teneros ne tange poetas;

summoveo dotes ipsius[2] ipse meas.

Callimachum fugito, non est inimicus amori;

760 et cum Callimacho tu quoque, Coe, noces.

Me certe Sappho meliorem fecit amicae,

nec rigidos mores Teia Musa dedit.

Carmina quis potuit tuto legisse Tibulli

vel tua, cuius opus Cynthia sola fuit?

765 Quis poterit lecto durus discedere Gallo?

Et mea nescio quid carmina tale sonant.

Quod nisi dux operis vatem frustratur Apollo,

aemulus est nostri maxima causa mali.

At tu rivalem noli tibi fingere quemquam

770 inque suo solam crede iacere toro.

Acrius Hermionen ideo dilexit Orestes,

esse quod alterius coeperat illa viri.

Quid, Menelae, doles? Ibas sine coniuge Creten

---

1 quod=quid; qua=quam; iuvat=iuvet; docet=nocet

2 ipsius=impius

et poteras nupta lentus abesse tua.

775 Ut Paris hanc rapuit, nunc demum uxore carere

non potes: alterius crevit amore tuus.

Hoc et in abducta Briseide flebat Achilles,

illam Plisthenio gaudia ferre viro[1].

Nec frustra flebat, mihi credite: fecit Atrides,

780 quod si non faceret, turpiter esset iners.

Certe ego fecissem, nec sum sapientior illo:

invidiae fructus maximus ille fuit.

Nam sibi quod numquam tactam Briseida iurat

per sceptrum, sceptrum non putat esse deos.

785 Di faciant, possis dominae transire relictae

limina, proposito sufficiantque pedes.

Et poteris, modo velle tene; nunc fortiter ire,

nunc opus est celeri subdere calcar equo.

Illo Lotophagos, illo Sirenas in antro

790 esse puta; remis adice vela tuis.

Hunc quoque, quo quondam nimium rivale dolebas,

vellem desineres hostis habere loco.

At certe, quamvis odio remanente, saluta;

oscula cum poteris iam dare, sanus eris.

795 Ecce, cibos etiam, medicinae fungar ut omni

munere, quos fugias quosque sequare, dabo.

---

1   viro=toto

Daunius, an Libycis bulbus tibi missus ab oris,

    an veniat Megaris, noxius omnis erit;

nec minus erucas aptum vitare salaces

800   et quicquid Veneri corpora nostra parat.

Utilius sumas acuentis lumina rutas

    et quidquid Veneri corpora nostra negat.

Quid tibi praecipiam de Bacchi munere, quaeris?

    Spe brevius monitis expediere meis.

805 Vina parant animum Veneri, nisi plurima sumas

    ut stupeant multo corda sepulta mero.

Nutritur vento, vento restinguitur ignis;

    lenis alit flammas, grandior aura necat.

Aut nulla ebrietas, aut tanta sit, ut tibi curas

810   eripiat: si qua est inter utrumque, nocet.

Hoc opus exegi: fessae date serta carinae;

    contigimus portus, quo mihi cursus erat.

Postmodo reddetis sacro pia vota poetae,

    carmine sanati femina virque meo.

奥维德版本简史

　　奥维德的作品在他生前的古罗马就已经成为经典，文法学家经常引用他的诗，尤其是《变形记》作为权威材料。他的诗集最初以卷子本的形式流传，后来逐渐被册子本取代。所有的卷子本都已失传，册子本也只有《黑海书简》（Ex Ponto）的 G 版本尚存。在西罗马帝国灭亡之后的几个世纪，奥维德和其他古典作家一样也暂时被淡忘了。到了 8 世纪末期，在查理曼帝国统治下，古典文化出现了短期的兴盛，奥维德的作品也有了新的官方抄本。文法学家对拼写和语法做了系统的校对和整理，清除了许多错误，但也带来了一些新的错误，尤其是在涉及希腊语的词汇方面。总体而言，9、10 世纪流传下来的奥维德抄本仍然不多，表明当时对他的兴趣仍然不大，然而后世对奥维德作品的知识却主要依赖这些抄本。12—13 世纪，奥维德在欧洲文化中的地位迅速上升，这两百年甚至被 Ludwig Traube 称为"奥维德时代"。奥维德所有幸存的作品都被搜集和转抄，出现了叫作 scriptoria 的汇编文集，一些伪作也混入其中，如 Nux、Philomela、De Somnio 和 De Humoribus 等。教育机构的增多扩大了拉丁阅读材料的需求，奥维德开始进入课堂，将其作品编为学生可用的"教材"在相当程度上改变了它们的样貌。文艺复兴时期的意大利人文主义者出于对古典文化的热爱，较为系统地整理了他们所能找到的奥维德抄本。在威尼斯与东罗马帝国的交往中，奥维德的一些作品被 Maximus Planudes 译成希腊文，源于希腊语的词语在中世纪传抄和整理过程中出现的错误也得到纠正。

1471 年，两个奥维德全集（包含部分伪作）的版本分别在罗马和博洛尼亚出版，这就是奥维德作品的初版（editiones principes）。随后出现的比较有影响的早期印本还有 Jacobus Rubeus（1474）和 Stephanus Corallus（1477）。印本的出现使得奥维德作品广为传播，但商业动机和成本压力让出版商无暇顾及文本的准确性与可靠性，一些学者渐渐意识到问题的严重性，开始了严谨的校勘工作，成就最大的早期校勘者是 16 世纪的 A. Naugerius，他在两个初版的基础上，参考如今已佚失的一些手稿，全面校对了奥维德的文本，为后来的校勘者确立了一个高标准。成就更大的是 17 世纪的 Nicholaus Heinsius，他搜集了四百五十八种抄本，仔细比对分析，解决了奥维德文本的很多疑难。

19 世纪德国学者 R. Merkel 推出的学术版（critical edition）奥维德则标志着一个新时代的到来，他遵循了 Karl Lachmann 提出的原则：文本批评的基础不是印本，而是未被窜入的抄本。19 世纪值得一提的奥维德全集版本是 Riese 的 *Ovidii Opera*（1871—1874）。德国古典学所确立的严谨的校勘程序（尤其是 Lachmann 的抄本谱系研究方法）推动了奥维德版本的标准化，但奥维德的古代抄本之多（仅《变形记》就有四百多种版本）仍是对学者们的巨大挑战。方法的进步和资料的丰富（受益于摄影技术和全球合作）并不能保证今日学者的校勘水平一定会超过前人。

国外研究简述

对奥维德作品的评注始于古典时代。现存最早的注释是伪托

Lactantius Placidus 的一个集子，它的主要功能是解释《变形记》涉及的神话故事。9世纪《爱的艺术》的一个包含威尔士语的注本标志着奥维德重新进入人们的视野。中世纪的奥维德研究主要体现在各个抄本的前言里，这些前言叫作 accessus，遵循着固定的模式，会依次谈及作者生平、作品名称、作者意图、作品内容、作品功用和所属哲学派别。将奥维德的异教作品道德化是基督教统治下的中世纪评注者的基本倾向，现存最早的例子是 Arnulf of Orléans 的 *Allegoriae super Ovidii Metamorphosin*（约 1175），最著名的此类著作则是 14 世纪早期的法国匿名长诗 *Ovide Moralisé* 和 Pierre Bersuire 的诗作 *Ovidius Moralizatus*（1362）。

文艺复兴时期的人文主义者热衷于逐行甚至逐词为古代经典作品作注。15 世纪晚期的 Domizio Calderini 为《伊比斯》作了注。和中世纪注者只关注道德教训不同，Calderini 的重心是通过参考不同的文献来解释文本中的难懂之处。比他稍晚的 Angelo Poliziano 则在 *Miscellanea*（1489）等著作中开创了后来语文学阐释的传统，Poliziano 还为奥维德的《岁时记》等诗作了注。这一时期最受欢迎的评注是 Raphael Regius 的《变形记》注本（1493）。16 世纪的《变形记》注者主要以补充 Regius 的注释为主要任务。17 世纪的 Heinsius 在他编辑的奥维德作品中加入了非常丰富的注释，但这些注释旨在讨论文本的各种版本问题，并非为了阐释其意。在阐释奥维德作品的寓意方面，Georgius Sabinus 的 *Fabularum Ovidii Interpretatio*（1554）是突出代表，其基本观点是奥维德与基督教道德教训之间没有根本冲突。

19 世纪是古典学的兴盛期，然而由于和贺拉斯、维吉尔等人相比，奥维德作品的阐释难以纳入当时主流的文化思想和意识形态，所以受到了相对的冷落。1898 年 Arthur Palmer 出版了《女杰书简》的评注，

Moriz Haupt 贡献了《变形记》前七卷的导读（1853），Otto Horn 最终完成了他的工作。到了 20 世纪，欧洲大陆学派的百科全书式研究倾向对奥维德研究也产生了影响，典型的例子是 Bömer 的规模惊人的《变形记》评注，厚达七卷，历时十七年（1969—1986）。和前人的倾向不同，这部评注更关注作品细节如词语的解释，极少对作品的意义发表观点。近几十年来，奥维德的作品重新引起了广泛关注，评注的重心也普遍从词语转到了作品本身的文学阐释，这些阐释也明显受到了 20 世纪后半期各种批评流派的影响。McKeown 的四卷本《女杰书简》评注充分讨论了奥维德的语言、风格和主题。Pléiade 出版社 2000 年推出的《变形记》附加了 Luigi Galasso 长达八百余页的评注。

20 世纪下半叶以来，学者们运用各种方法，对奥维德的作品进行了全方位的研究。下面对各类研究做一番综述和评价。

1. 源头研究：主要研究奥维德作品与古希腊和泛希腊文学的关系，以及它们与古罗马前辈作家的关系。奥维德是古罗马文学黄金时代的最后一位诗人，他已经站在白银时代的门槛上。白银时代的标志就是古罗马文学自身的经典化，罗马作家心目中的典范从希腊人变成了罗马人。奥维德身处这个进程中，他一方面仍然像维吉尔、贺拉斯等人一样以希腊人为师，另一方面已经把维吉尔等罗马本土作家视为自己立志超越的经典作家。超越的方式之一是征服古希腊罗马传统中的各种诗歌体裁和对应的题材、技法。在此过程中，他与古希腊文学、泛希腊文学和罗马本土文学都发生了复杂的互动。这方面，Hinds 的 *Allusion and Intertext: Dynamics of Appropriation in Roman Poetry*（1998）是一部极具理论深度的著作，它虽然并非专论奥维德，却揭示了古罗马诗歌化用前代作家的基本模式。Forbes-Irving（1990）的 *Metamorphosis in Greek Myths* 讨论了《变形记》与希腊神话的联系。Lafaye（1904）

在 *Les Métamorphoses d'Ovide et leurs modèles grecs* 中追溯了《变形记》故事的希腊原型。Boyd（1997）的 *Ovid's Literary Loves: Influence and Innovation in the Amores* 考察了奥维德《情诗集》对泛希腊哀歌的借用与翻新。Cameron（1995）的 *Callimachus and his Critics* 审视了泛希腊诗人卡利马科斯在古罗马诗歌中的影响，奥维德是其中的重要内容。Knox（1986）的 *Ovid's Metamorphoses and the Traditions of Augustan Poetry* 尤其聚焦在《变形记》与卡利马科斯的渊源上。Tarrant（2006）和 Lightfoot（2009）都认为，在奥古斯都时期，卡利马科斯已经不再是卡图卢斯时期大众心目中的晦涩诗人，而早已成为众多诗人效法的对象，在这种情形下，奥维德与他相似的主要不是技法，而是气质和写作的大策略。Gee（2000）的 *Ovid, Aratus, and Augustus* 以《岁时记》和泛希腊时期天文学的关系为主要研究对象。在前辈和稍早的罗马诗人中，奥维德主要学习并试图超越的是以卡图卢斯为代表的新诗派、以提布卢斯与普洛佩提乌斯为代表的哀歌作家和以维吉尔为代表的史诗作家。关于奥维德和卡图卢斯的关系，Lyne（1980）的 *The Latin Love Poets from Catullus to Horace* 是一部力作，Ferguson（1960）的论文 "Catullus and Ovid" 也值得一读。Maltby（1999）的 *Tibullus and the Language of Latin Elegy* 和 Wyke（1987） 的 *Written women: Propertius' scripta puella* 分别讨论了提布卢斯和普洛佩提乌斯对包括奥维德在内的后续罗马哀歌诗人的影响。Lamacchia（1960）的 *Ovidio interprete di Virgilio* 全面考察了奥维德对维吉尔的引用、借用和化用，在 Thomas（2001）的 *Virgil and the Augustan Reception* 以及 Ziolkowski 和 Putnam（2007）的 *The Virgilian Tradition* 中，奥维德与维吉尔的关系也是重要内容。总体来说，西方学术界对奥维德与古希腊、泛希腊和古罗马三大诗歌传统的关系的研究已经较为充分，但奥维德与古希腊戏剧还有哲学的关系仍然关注得不够。

　　2. 影响研究：主要研究奥维德作品对后世的影响以及奥维德元素在后世文学中的演变。这一研究大体上可以分为古罗马、中世纪和近现代三个大的时期。奥维德的作品在古罗马引发了激烈的争议，所有人都承认他的天才，但老塞涅卡、昆体良等人指责他不知节制，过分痴迷于技巧，语言风格过于精致，但相对维吉尔等人，奥维德的风格更易于模仿，他的修辞性、视觉性、游戏性、反讽性也更适合帝制时代的罗马现实，因而对白银时代乃至帝国末期的文学产生了普遍的影响，小塞涅卡、斯塔提乌斯、卢坎、克劳迪安等重要诗人都在不同程度上吸收了他的风格。Williams 的 *Change and Decline: Roman Literature in the Early Empire*（1978）是考察这一变化的经典著作。但他所持的相对传统的观点也受到了一些学者的质疑。Galinsky（1989）在 "Was Ovid a Silver Latin poet?" 中对奥维德做了更正面的评价。中世纪是奥维德作品得以流传至今的关键时期。按照 Traube（1911）的划分，8、9 世纪是维吉尔时期，10、11 世纪是贺拉斯时期，12、13 世纪则是奥维德时期。Hexter（2009）认为，奥维德对中世纪影响最大的是三个角色：流放者、神话编纂者和情人。奥维德被视为古希腊罗马神话和爱情知识的权威，基督教传统一直试图将他的作品道德化，但他却始终无法完全融入官方的体系，这反而增加了他对许多诗人的吸引力。讨论中世纪《变形记》接受情况的重要著作是 Barkan（1986）的 *The Gods Made Flesh: Metamorphosis and the Pursuit of Paganism*，聚焦《情诗集》的是 Stapleton（1996）的 *Harmful Eloquence: Ovid's Amores from Antiquity to Shakespeare*，关注《爱的艺术》和《爱的疗治》的有 Allen（1992）的 *The Art of Love: Amatory Fiction from Ovid to the Romance of the Rose*。但到目前为止，还没有全面考察奥维德与中世纪文学之关系的著作。自文艺复兴以来，奥维德对欧美文学传统的塑造作用更为明显，任何单独的专著都难以描绘其基本形态。Baldwin（1944）的两卷本 *William Shakspere's Small Latine and Lesse Greeke* 细致描绘了文艺复兴时期奥维德在古典教育中的地位，Martindale（1990）的 *Shakespeare and the Uses of Antiquity: An Introductory Essay* 则分析了莎士比亚对奥维德的借用。Martindale（1986）的 *John Milton and the Transformation of Ancient Epic* 讨论了另一位大诗人弥尔顿与奥维德的关系，他主编的 *Ovid Renewed: Ovidian Influences on Literature and Art from the Middle Ages to the Twentieth Century*（1988）也聚焦于奥维德对后世文学（包括艺术）的影响。Clark（1994）的 *Amorous Rites: Elizabethan Erotic Narrative Verse* 追踪了文艺复兴小史诗中的奥维德痕迹。Brown（1999）的 *The Metamorphoses of Ovid: Chaucer to Ted Hughes* 和 Lyne（2001）的 *Ovid's Changing Worlds: English Metamorphoses 1567—1632* 较全面地覆盖了奥维德在英国文学中的翻译与接受。Wilkinson（1955）的 *Ovid Recalled* 和 Giamatti（1984）的 *Exile and Change in Renaissance Literature* 则把视野扩展到了整个欧洲文学。从他们的研究可以看出，文艺复兴时期意大利、法国、英国、西班牙等各国主要作家都受惠于奥维德颇多，这一趋势在随后的几个世纪依然延续。奥维德是曼德尔施塔姆、泰德·休斯、布罗茨基等著名诗人的重要灵感来源，T.S. 艾略特、乔伊斯等人同样在作品中唤醒了奥维德的幽灵。上面提及的 Brown 的专著中，十至十二章提供了很多个案。Ziolkowski（1993）在 *Virgil and the Moderns* 中也多次讨论了奥维德与当代文学的关联。总体而言，奥维德对英国文学的影响研究得最详尽，其他主要欧洲国家也较充分，但奥维德对美国文学与东方的日本文学和其他国别文学的影响仍是值得开掘的话题。

3. 主题研究：主要研究奥维德作品中的皇权、帝国、爱情、性别身份、伦理秩序等主题。奥维德处于罗马社会的复杂变化期，一方面共和国传统已经成为过去，人们必须适应新近建立的帝制。另一方面，帝制也逐渐撕下屋大维早期的开明面具，露出独裁的真相，引出公元 1 世纪近百年的高压统治。奥维德既不享有卡图卢斯那样的精神独立，也不像维吉尔、贺拉斯那样获得皇帝或权臣的赏识，处境艰难。因而他对罗马社会的反应远比前辈诗人复杂，这也使得他的作品成了 20 世纪各种批评流派的宝藏。在性别研究方面，*Helios* 期刊 1990 年曾推出一期以女性主义以及类似方法解读奥维德的专刊。Kennedy（1993）的 *The Arts of Love: Five Studies in the Discourse of Roman Love Elegy* 讨论的是罗马爱情哀歌的整体，但也与奥维德作品的性别主题有很大关系。Keith（1994）的论文 "Corpus eroticum: Elegiac Poetics and Elegiac Puellae in Ovid's Amores" 和 Greene（1997）的 *The Erotics of Domination: Male Desire and the Mistress in Latin Love Poetry* 与奥维德相关的章节也值得一读。Fantham（1983）的 *Sexual Comedy in Ovid's Fasti: Sources and Motivation* 专门分析《岁时记》中的性别问题，Segal（1998）的 *Ovid's Metamorphic Bodies: Art, Gender, and Violence in the Metamorphoses* 则聚焦于《变形记》。神话是奥维德作品的另一个核心主题。Porte（1985）的 *L'Étiologie religieuse dans les Fastes d'Ovide* 主要关注《岁时记》中的神话问题，Fabre-Serris（1995）的 *Mythe et poésie dans les Métamorphoses d'Ovide. Fonctions et significations de la mythologie dans la Rome augustéenne* 分析了《变形记》中的神话对于奥古斯都时期罗马的意义。Schubert（1992）的德语专著 *Die Mythologie in den nichtmythologischen Dichtungen Ovids* 则不限于奥维德的一部作品。Feeney（1991）的 *The Gods in Epic* 有相当篇幅涉及奥维德，而且视角新颖，富于启发性。奥维德早期作品都以爱情和情爱为主题。就

《情诗集》而言，研究最深入的首推 McKeown（1987—1998）的多卷本评注，Barsby（1973）对该诗集第一卷和 Booth（1991）对第二卷的解读也很到位，以《爱的艺术》为分析对象的则有 Hollis（1973）的 *The Ars Amatoria and Remedia Amoris* 和 Gibson（2007）的 *Excess and Restraint: Propertius, Horace, and Ovid's Ars Amatoria*，《爱的疗治》研究者较少，但有 Henderson（1979）的评注。Labate（1984）的意大利语专著 *L'arte di farsi amare: modelli culturali e progetto didascalico nell'elegia ovidiana* 是对奥维德爱情哀歌的整体分析。由于《变形记》是奥维德最重要的作品，变形也成了学者们极为关注的一个主题。这方面的代表作是 Hinds（1987）的 *The Metamorphosis of Persephone: Ovid and the Self-Conscious Muse* 和 Wheeler（1999） 的 *A Discourse of Wonders. Audience and Performance in Ovid's Metamorphoses*， 另外还有 Tissol（1997）的 *The Face of Nature: Wit, Narrative, and Cosmic Origins in Ovid's Metamorphoses*。对奥维德作品政治意蕴的讨论主要集中在他的《岁时记》上，以 Fränkel（1945）为代表的传统观点曾认为这部作品不过是以诗体形式呈现的罗马历法。Johnson（1979）的论文 "The desolation of the Fasti" 开始了学界重估这部长诗的历程。McKeown（1984）在论文 "Fabula proposito nulla tegenda meo. Ovid's Fasti and Augustan Politics" 中提出，《岁时记》没有政治意图，但他的看法遭到了普遍质疑。Feeney（1992）在论文 "Si licet et fas est: Ovid's Fasti and the Problem of Free Speech under the Principate" 中反驳说，作品的标题本身就暗示了奥古斯都时期言论自由的收紧。Hinds（1992）更在 "Arma in Ovid's Fasti: Part 1: Genre and Mannerism" 中揭示了奥维德如何微妙地破坏了屋大维通过神话和偶像符号建立的权威。Newlands（1995）的 *Playing with Time: Ovid and the Fasti* 和 Barchiesi

（1997）的 *The Poet and the Prince: Ovid and Augustan Discourse* 认为，《岁时记》对神话的戏谑处理和奥维德的游戏态度是对屋大维建立统一文化秩序的抵制。Herbert-Brown（1994）的观点与此相反，她在 *Ovid and the Fasti: A Historical Study* 中试图证明，《岁时记》是一部赞美屋大维的作品。奥维德流放时期的作品同样反映了他的政治立场，Nagle（1980）的 *The Poetics of Exile: Program and Polemic in the Tristia and Epistulae ex Ponto of Ovid* 是分析奥维德晚期诗歌政治维度的力作。

4. 审美研究：主要研究奥维德作品的艺术特色和艺术成就。视觉性是奥维德诗歌的重要特征，也是后世欧洲绘画作品大量取材于奥维德的一个原因。Rosati（1983）的 *Narciso e Pigmalione. Illusione e Spettacolo nelle Metamorfosi di Ovidio* 是讨论《变形记》视觉性的力作，Solodow（1988）在 *The World of Ovid's Metamorphoses* 的第六章也分析了这个方面。在一些学者看来，"变形"不只是奥维德热衷的一个主题，它也概括了奥维德在艺术上的一种倾向，Ahl（1985）的 *Metaformations: Soundplay and Wordplay in Ovid and Other Classical Poets* 就讨论了"变形"在奥维德语言和风格中的体现。叙事学的兴起改变了小说研究的样貌，对于《变形记》这样的长篇诗体叙事作品，这一理论也同样适用。学者们在《变形记》中发现了令人眩晕的复杂叙事技巧。Keith（1992）的 *The Play of Fictions: Studies in Ovid's Metamorphoses Book 2* 中有详细的讨论，Rosati（1981）的论文 "Il racconto dentro il racconto: funzioni metanarrative nelle 'Metamorfosi' di Ovidio" 具有开创意义，Nagle（1988）的论文 "Two miniature carmina perpetua in the Metamorphoses: Calliope and Orpheus" 和 Barchiesi（1989）的论文 "Voci e istanze narrative nelle Metamorfosi di Ovidio" 也有代表性。《女杰书简》的虚拟书信体形式在古典时代就吸引了众多读者和模仿者，学

界对其艺术效果分析颇多。Altman（1983）的 *Epistolarity: Approaches to a Form* 和 MacArthur（1992）的 *Extravagant Narratives: Closure and Dynamics in the Epistolary Form* 是这个方向上的两部重要理论著作。体裁问题是奥维德研究的一个重点。许多学者都注意到《岁时记》和《变形记》中史诗元素和哀歌元素的对峙或融合。Heize（1919）泾渭分明的观点（即《岁时记》偏向哀歌，《变形记》偏向史诗）受到了后来学者的广泛质疑。Hinds 在 1987 年关于《变形记》的专著和 1992 年关于《岁时记》的长文中，通过细致的分析令人信服地证明，在两部作品中，奥维德都有意冲破体裁的束缚，让不同元素彼此对抗。关于奥维德其他作品的体裁问题，代表性的作品有 Conte（1994）讨论《爱的疗治》的章节"Love without Elegy"、Jacobson（1974）讨论《女杰书简》的 *Ovid's Heroides*、Williams（1994） 的 *Banished Voices: Readings in Ovid's Exile Poetry*，以及 Luck（1961）的"Notes on the language and text of Ovid's Tristia"等。

　　5. 文化研究：主要研究奥维德及其作品所置身的古罗马乃至整个古典时代的文化语境。近四十年来，女性主义、后殖民主义、心理分析、新历史主义等方法逐渐风行，与传统的文本分析互为补充，研究呈现跨学科和多元化的趋势。除了传统的文本校勘、审美分析、影响研究之外，不少学者开始将黄金时代的古罗马诗歌作品视为罗马共和国晚期和帝国初期政治、经济、文化诸因素发生作用的场所，深入分析文学与文化之间相互渗透、相互借用的关系。讨论古罗马性别伦理和性别身份建构的重要著作有 Williams（1999）的 *Roman Homosexuality: Ideologies of Masculinity in Classical Antiquity*、Gleason（1995） 的 *Making Men: Sophists and Self-Presentation in Ancient Rome* 和 Hallet（1997）主编的 *Roman Sexualities*，它们的共同特点是吸收了女性主义和性别研究理论的观点，认为性别身份是一种文化建构，在这方面不再像某些前代学人那么"天真"。理解罗马神话和宗教是理解《变形记》和《岁时记》的一把钥匙，这方面 Gardner（1993）的 *Roman Myths* 和 Beard 等人（1998）编辑的 *Religions of Rome* 是必读之作。关于文学和文化氛围，Galinsky（1996）的 *Augustan Culture: An Interpretive Introduction* 从宏观角度讨论了奥古斯都时期的文化特征，指出流动性和游戏性是普遍特点，奥维德的作品并未背离文化的主流。Porter（2006）的 *Classical Pasts: The Classical Traditions of Greece and Rome* 分析了古罗马的古典主义倾向，Rawson（1985）的 *Intellectual Life in the Late Roman Republic* 对于我们理解奥维德所处的文化语境也有帮助，Wallace-Hadrill（1997）的论文 "Mutatio morum: The Idea of a Cultural Revolution" 让我们意识到古罗马社会中知识与权力的关系。雄辩术是古罗马教育的核心部分，奥维德的作品中也充分体现了雄辩术的特征，Bonner（1949）的 *Roman Declamation* 是这方面的专著，Higham（1958）的 "Rhetoric in Ovid" 则是一篇精练的研究文章。在历史方面，Syme 的 *History in Ovid*（1978）和 *The Augustan Aristocracy*（1986）覆盖了奥维德作品涉及的历史事件，描绘了当时的历史氛围，Wiseman（1971）的 *New Men in the Roman Senate* 也让我们从一个侧面理解了古罗马政治的运作。奥古斯都时期，职业文人开始形成一个社会阶层，权贵的赞助制和商业化的文学流通形式互为补充，形成了不同的读者群，对文学创作产生了深刻影响。Quinn（1982）讨论这一时期文学读者的长文 "The Poet and His Audience in the Augustan Age" 很有价值，Harris（1989）的专著 *Ancient Literacy* 则考察了整个古典时期的文学读者问题。专门分析贵族的文学赞助制的成果有 Gold（1982）的 *Literary and Artistic Patronage in Ancient Rome* 和 White（1993）的 *Promised Verse:*

Poets in the Society of Augustan Rome 等。文学赞助制与塑造主流意识形态的努力有密切关联，专门考察奥古斯都时期诗歌与意识形态关系的代表作是 Powell（1992）的 *Roman Poetry and Propaganda in the Age of Augustus*，Habinek（1997）编辑的论文集 *The Roman Cultural Revolution* 也有启发性。

从上面的学术史梳理可以看出，国外的奥维德研究已经有两千年历史，系统的研究也有四百年左右，最近半个世纪更是蔚为大观，这里所选取的专著和论文主要还是英美学术界的，古典学研究重镇德国的著作涉及较少，如果再加上法国、意大利等古典研究强国的成果，完全可以用浩如烟海来形容。

国内译介简述

奥维德虽然是古罗马的大诗人，但在中国的译介和研究起步较晚，成果也很不充分。1932 年，戴望舒以 Henri Bornecque 的法译本为基础，将奥维德的《爱经》（*Ars Amatoria*，通常直译为《爱的艺术》）译成散文体的汉语。这是第一部翻作汉语的奥维德诗集，其历史价值是不言而喻的。在译序中，戴望舒称沃维提乌斯（即奥维德）的诗"浓艳瑰丽，开香奁诗之宗派，加都路思（即卡图卢斯）之后，一人而已"，认为奥维德在风格上继承了卡图卢斯，无疑是有见地的，但随意将文化语境极其不同的奥维德作品和中国的香奁诗并提，则有些不伦不类。戴的译文流畅可读，注释不算丰富，但提供了基本的文化信息。这个译本的主要遗憾有二：一是从法语转译，可靠度打了折扣；二是用散文体翻译，诗味不浓，其实以戴望舒的诗才，应当走得更远。

1958 年杨周翰的《变形记》（*Metamorphoses*）依据洛布拉英双

语版翻译了奥维德公认的代表作长诗，是一个重大突破。该书的译序内容丰富，值得一读。杨周翰首先介绍了奥维德的生平和作品，接下来分析了《变形记》的艺术成就。他称赞奥维德串联故事的技巧，认为偶尔虽有牵强生硬之处，总体上在当时是一种创举。奥维德对待传统故事的崭新态度和他的叙事技巧也为古老的题材注入了新的生命。他特别提到，奥维德对待神的态度和前人不同，把他们拉下了神坛，塑造成当时罗马统治阶级的形象。此外，奥维德还突出了许多故事的悲剧性，增强感染力，也善于运用各种修辞技巧。接下来杨周翰介绍了奥维德对后世的影响。这些内容大体都成立，但从今天的眼光看，比较常识化，也带有那个时代的思想烙印，毕竟五十多年来国外的奥维德研究已经取得重大进展。杨周翰的译文古雅典重，可读性强，但有几个缺憾：一是选择了散文体，原诗的语言特色损失较大；二是注释太少，每页只有一两个，而且只涉及专有名词，没有深层分析；三是措辞受到了洛布双语版中英语译文的影响。

1992 年出版的《女杰书简》（Heroides）是国内出版的第三部奥维德诗集。译者南星熟谙西方文学，20 世纪 30 年代就已经是成名诗人，译文采用诗体，极具文采，读起来有元曲的味道。遗憾之处在于，语感与今日读者已有相当距离，另外在格律和措辞方面归化过度，损失了原作的异国风味。2001 年飞白出版的《古罗马诗选》选译了八页《爱的艺术》，选译了十二页《变形记》，选译了两页《爱的医治》（Remedia Amoris）。飞白的译文采用诗体，有一定格律，艺术性较强，但篇幅较受拘束，无法呈现出原作的整体风貌。

在奥维德的研究方面，王焕生先生《古罗马文学史》中的二十多页讨论是 2015 年前最重要的成果。在这一章里，王焕生先生全面介绍了奥维德早期、中期和晚期的作品，特别是对国内读者普遍感觉陌生的《岁时记》和奥维德流放时期的作品有详细的剖析。该书对奥维德作品的背景、传统渊源、主题、艺术技巧的探讨都体现出作者深厚的西方古典文学素养，持论也开明公允，充满启发性。在 2015 年之前，国内的奥维德研究成果极为稀缺，仅有十篇期刊论文，全部集中在《变形记》这一部作品上，而且多数都是比较研究，聚焦于奥维德作品本身的只有四篇，发表在外国文学类重要期刊上的只有三篇。这与奥维德的历史地位极不相称。

幸而从 2015 年开始，在国家社科基金重大项目"古罗马诗人奥维德诗全集译注"、教育部人文社科项目"奥维德晚期诗歌翻译与研究"和国家社科基金重大项目"拉丁语诗歌通史（多卷本）"的推动下，国内的奥维德研究在译著、专著和论文方面都有重要推进，五卷本《奥维德诗全集》和多国学者联合撰写的《全球视野下的古罗马诗人奥维德研究前沿》（上下卷）已经于 2021 年和 2022 年出版，江澜的三卷本《古罗马文学史》用了数万字的篇幅讨论奥维德作品，研究奥维德的中文学术论文在近几年也新增了数十篇。展望未来，我们相信，奥维德必将对中国的文学和学术产生更深的影响。

参考文献

奥维德作品版本与注本

Alton, E. H., D. E. W. Wormell, and E. Courtney, eds. *P. Ovidii Nasonis Fastorum Libri Sex*. Leipzig: Teubner, 1985.

Anderson, W. S., ed. *Ovid's Metamorphoses Books 1-5*. Norman: U of Oklahoma P, 1997.

---, ed. *P. Ovidii Nasonis Metamorphoses*. Leipzig: Teubner, 1982.

Andre, Jacques, ed. *Ovide: Contre Ibis*. Paris: Les Belles Lettres, 1963.

---, ed. *Ovide: Tristes*. Paris: Les Belles Lettres, 1968.

Bailey, Cyril, ed. *P. Ovidi Nasonis Fastorum Liber III*. Oxford: Clarendon, 1921.

Barsby, J. A., ed. *Ovid's Amores Book One*. Oxford: Clarendon, 1973.

Bömer, Franz, ed. *P. Ovidius Naso. Die Fasten*, 2 vols. Heidelberg: Winter, 1957-1958.

---, ed. *P. Ovidius Naso Metamorphosen*, 7 vols. Heidelberg: Winter, 1969-1986.

Booth, Joan, ed. *Ovid: The Second Book of Amores*. Warminster: Aris and Phillips, 1991.

Dorree, Henricus, ed. *Ovid. Epistulae Heroidum*. Berlin: De Gruyter, 1971.

Ellis, Robinson, ed. *Ovid. Ibis*. Oxford: Oxford UP, 1881.

Frazer, J. G., ed. & trans. *Ovid, Fasti*. Cambridge, Mass.: Harvard UP, 1931.

Gaertner J. F., ed. & trans. *Epistulae ex Ponto, Book 1*. Oxford: Oxford UP, 2005.

Hall, J. B., ed. *P. Ovidi Nasonis Tristia*. Leipzig: De Gruyter, 1995.

Haupt, Moritz, R. Ehwald, O. Korn, and H. J. Muller, eds. *P. Ovidius Naso: Metamorphosen*, corrected and with bibliographical supplement by M. von Albrecht, 2 vols, 5th ed. Zurich: Weidmann, 1966.

Helzle, Martin, ed. *Publii Ovidii Nasonis Epistularum ex Ponto Liber IV: A Commentary on Poems 1 to 7 and 16*. Hildesheim: Georg Olms, 1989.

Hill, D. E., ed. *Ovid: Metamorphoses IX-XII*. Warminster: Aris & Phillips, 1999.

---, ed. and trans *Ovid: Metamorphoses XIII-XV*. Warminster: Aris & Phillips, 2000.

Hollis, A. S., ed. *Ovid: Ars Amatoria, Book I*. Oxford: Oxford UP, 1977.

---. ed. *Ovid: Metamorphoses Book VIII*. Oxford: Oxford UP, 1970.

Hopkinson, Neil, ed. *Ovid, Metamorphoses, Book XIII*. Cambridge: Cambridge UP, 2000.

Kenney, E. J., ed. *P. Ovidi Nasonis Amores, Medicamina Faciei Femineae, Ars Amatoria, Remedia Amoris*, 2d ed. Oxford: Oxford UP, 1995.

La Penna, Antonio, ed. *Publi Ovidi Nasonis Ibis*. Florence: La Nuova Italia, 1957.

Le Bonniec, Henri, ed. *P. Ovidius Naso Fastorum Liber Primus*. Paris: P.U.F., 1961.

---, ed. *P. Ovidius Naso Fastorum Liber Secundus*. Paris: P.U.F., 1969.

Lee, A. G., ed. *P. Ovidi Nasonis Metamorphoseon Liber I*. Cambridge: Cambridge UP, 1953.

Lenz, F. W., ed. *P. Ovidi Nasonis Remedia Amoris, Medicamina Faciei*. Turin: Paravia, 1965.

Luck, Georg. *P. Ovidius Naso: Tristia, vol. 1, Text und Übersetzung*. Heidelberg: Winter, 1967.

---. *P. Ovidius Naso: Tristia, vol. 2, Kommentar*. Heidelberg: Winter, 1977.

Magnus, Hugo, ed. *P. Ovidi Nasonis Metamorphoseon libri xv. Lactanti Placidi qui dicitur Narrationes Fabularum Ovidianarum*. Berlin: Weidmann, 1914.

McKeown, J. C., ed. *Ovid: Amores. Text, Prolegomena and Commentary*, 4 vols. Liverpool: UP of Liverpool, 1987.

Merkel, Rudolf, ed. *P. Ovidii Nasonis Fastorum Libri Sex*. Berlin: Sumptibus G. Reimeri, 1841.

Miller, F. J., ed. & trans. *Ovid, Metamorphoses*. Cambridge, Mass.: Harvard UP, 1916.

Moore-Blunt, J. J., ed. *A Commentary on Ovid Metamorphoses*, 2 vols. Uithoorn: Gieben, 1977.

Munari, Franco, ed. *P. Ovidi Nasonis Amores*, 4th ed. Florence: La Nuova Italia, 1964.

Myers, K. S., ed. *Ovid: Metamorphoses Book XIV*. Cambridge: Cambridge UP, 2009.

Owen, S. G., ed. *P. Ovidi Nasonis Tristium Libri Quinque, Ibis, Ex Ponto Libri Quattuor, Halieutica, Fragmenta*. Oxford: Oxford UP, 1922.

Palmer, Arthur, ed. *P. Ovidi Nasonis Heroides*, 2d ed. Oxford: Clarendon, 1898.

Richmond, J. A., ed. *The Halieutica Ascribed to Ovid*. London: Athlone Press, 1962.

---, ed. *P. Ovidi Nasonis Ex Ponto libri quattuor*. Leipzig: Teubner, 1990.

Robinson, Matthew, ed. *A Commentary on Ovid's Fasti, Book 2*. Oxford: Oxford UP, 2011.

Schilling, Robert, ed. *Ovide: Les Fastes*, 2d ed. 2 vols. Paris: Les Belles Lettres, 1992-1993.

Showerman, G., ed. & trans. *Ovid, Heroides and Amores*. Cambridge, Mass.: Harvard UP, 1914.

Simmons, Charles, ed. *The Metamorphoses of Ovid. Books XIII. and XIV*. New York: Macmillan, 1899.

Wheeler, A. L., ed. & trans. *Ovid, Tristia and Ex Ponto*. Cambridge, Mass.: Harvard UP, 1924.

国外重要专著、论文集和译本

Adams, J. N. *The Latin Sexual Vocabulary*. Baltimore: JHU Press, 1982.

Ahl, Frederick. *Metaformations: Soundplay and Wordplay in Ovid and Other Classical Poets*. Ithaca: Cornell UP, 1985.

Allen, P. L. *The Art of Love: Amatory Fiction From Ovid to the* Romance of the Rose. Philadelphia: U of Pennsylvania P, 1992.

Allen, W. S. *Accent and Rhythm. Prosodic Features of Latin and Greek: A Study in Theory and Reconstruction*. Cambridge: Cambridge UP, 1973.

Arnold, T. J., trans. *Ovid's Tristia, Book 1: A Literal Translation*. London: James Cornish & Sons, 1884.

Barchiesi, Alessandro. *The Poet and the Prince: Ovid and Augustan Discourse*. Berkeley: U of California P, 1997.

---, ed. *Ovid*. Oxford: Clarendon, 1978.

Barolsky, Paul. *Ovid and the Metamorphoses of Modern Art from Botticelli to Picasso*. New Haven: Yale UP, 2014.

Bonner, S. F. *Roman Declamation in the Late Republic and Early Empire*. Liverpool: UP of Liverpool, 1949.

Boyd, B. W., ed. *Brill's Companion to Ovid*. Leiden: Brill, 2002.

---. *Ovid's Literary Loves: Influence and Innovation in the* Amores. Ann Arbor: U of Michigan P, 1997.

Boyle, A. J. *Ovid and the Monuments: A Poet's Rome*. Bendigo: Aureal, 2003.

Boyle, A. J. and R. D. Woodard, trans. *Ovid: Fasti*. London: Penguin, 2004.

Brown, S. A. *The Metamorphosis of Ovid: From Chaucer to Ted Hughes*. London: Macmillan, 1999.

Cairns, Francis. *Generic Composition in Greek and Roman Poetry*. Edinburgh: Michigan Classical Press, 1972.

Carter, Sarah. *Ovidian Myth and Sexual Deviance in Early Modern English Literature*. New York: Macmillan, 2011.

Chance, Jane. *Medieval Mythography*, 2 vols. Gainesville: U of Minnesota P, 1994-2000.

Claassen, J. M. *Displaced Persons: The Literature of Exile from Cicero to Boethius*. Madison: Gerald Duckworth & Co, 1999.

---. *Ovid Revisited: The Poet in Exile*. London: A&C Black, 2013.

Conte, G. B. *The Rhetoric of Imitation: Genre and Poetic Memory in Virgil and Other Latin Poets*. Trans. & ed. C. Segal. Ithaca: Cornell UP, 1986.

Coulson, F. T. *The "Vulgate" Commentary on Ovid's* Metamorphoses: *The Creation Myth and the Story of Orpheus*. Toronto: Pontifical Institute of Mediaeval Studies, 1991.

Coulson, F. T. and B. Roy. *Incipitarium Ovidianum: A Finding Guide for Texts in Latin Related to the Study of Ovid in the Middle Ages and Renaissance*. Turnhout: Brepols Pub, 2000.

Dalzell, Alexander. *The Criticism of Didactic Poetry: Essays on Lucretius, Virgil, and Ovid*. Toronto: U of Toronto P, 1996.

Davis, P. J. *Ovid and Augustus: A Political Reading of Ovid's Erotic Poems*. London: Bloomsbury Academic, 2006.

De Armas, F. A., ed. *Ovid in the Age of Cervantes*. Toronto: U of Toronto P, 2010.

BIBLIOGRAPHIAE

Dronke, Peter. *Medieval Latin and the Rise of European Love-Lyric*, 2d ed. Oxford: Oxford UP, 1968.

Due, O. S. *Changing Forms: Studies in the Metamorphoses of Ovid*. Copenhagen: Museum Tusculanum Press, 1974.

Duemmler, E. and L. Traube, eds. *Poetae Latini Aevi Carolini. Monumenta Germaniae Historica: Poetarum Latinorum Medii Aevi 1-3*. Berlin: Wiedmann, 1881-1896.

Enterline, Lynn. *The Rhetoric of the Body from Ovid to Shakespeare*. Cambridge: Cambridge UP, 2004.

Evans, H. B. *Publica Carmina: Ovid's Books from Exile*. Lincoln: U of Nebraska P, 1983.

Feeney, D. C. *The Gods in Epic: Poets and Critics of the Classical Tradition*. Oxford: Clarendon, 1991.

---. *Literature and Religion at Rome: Cultures, Contexts, and Beliefs*. Cambridge: Cambridge UP, 1998.

Feldherr, Andrew. *Playing Gods: Ovid's* Metamorphoses *and the Politics of Fiction*. Princeton: Princeton UP, 2010.

Fox, Cora. *Ovid and the Politics of Emotion in Elizabethan England*. New York: Macmillan, 2009.

Fränkel, Hermann. *Ovid: A Poet Between Two Worlds*. Berkeley: U of California P, 1945.

Fratantuono, Lee. *Madness Transformed: A Reading of Ovid's* Metamorphoses. Lanham, MD: Lexington Books, 2011.

Froesch, H. H. *Ovids Epistulae ex Ponto I-III als Gedichtsammlung*. Diss. Bonn, 1967.

Fulkerson, Laurel. *The Ovidian Heroine as Author: Reading, Writing, and Community in the* Heroides. Cambridge: Cambridge UP, 2005.

Galinsky, G. K. *Ovid's* Metamorphoses: *An Introduction to the Basic Aspects*. Berkeley: U of California P, 1975.

Gee, Emma. *Ovid, Aratus and Augustus: Astronomy in Ovid's* Fasti. Cambridge: Cambridge UP, 2000.

Glenn, Edgar M. *The* Metamorphoses: *Ovid's Roman Games*. Boston: UP of America, 1986.

Godman, Peter. *Poetry of the Carolingian Renaissance*. Norman: Duckworth, 1985.

Green, Peter, trans. *Ovid: The Erotic Poems*. London: Penguin, 2004.

---. trans. *Ovid: The Poems of Exile*. Berkeley: U of California P, 2005.

Greenough, J. B., G. L. Kittredge and Thornton Jenkins. *Virgil's* Aeneid *and Ovid's* Metamorphoses. Boston: Ginn and Company, 1923.

Gregory, Horace, trans. *Ovid: The Metamorphoses*. New York: Viking, 1958.

Habinek, T. N. *The Politics of Latin Literature: Writing, Identity, and Empire in Ancient Rome*. Princeton: Princeton UP, 1998.

Hall, J. B. *The Epic Successors of Virgil: A Study in the Dynamics of a Tradition*. Cambridge: Cambridge UP, 1993.

Hardie, Philip, ed. *The Cambridge Companion to Ovid*. Cambridge: Cambridge UP, 2002.

---. *Ovid's Poetics of Illusion*. Cambridge: Cambridge UP, 2002.

Hardie, Philip, A. Barchiesi and S. Hinds, eds. *Ovidian Transformations: Essays on Ovid's* Metamorphoses *and Its Reception*. Cambridge: Cambridge UP, 1999.

Herbert-Brown, Geraldine. *Ovid and the Fasti: An Historical Study*. Oxford: Oxford UP, 1994.

Hinds, S. E. *The Metamorphosis of Persephone: Ovid and the Self-conscious Muse*. Cambridge: Cambridge UP, 1987.

---. *Allusion and Intertext. Dynamics of Appropriation in Roman Poetry*. Cambridge: Cambridge UP, 1998.

Humphries, Rolfe, trans. *Ovid: Metamorphoses*. Bloomington: Indiana UP, 1955.

Jacobson, Howard. *Ovid's Heroides*. Princeton: Princeton UP, 1974.

Janan, Micaela. *Reflections in a Serpent's Eye. Thebes in Ovid's* Metamorphoses. Oxford: Oxford UP, 2009.

Johnson, Maguerite. *Ovid on Cosmetics:* Medicamina Faciei Femineae *and Related Texts*. London: Bloomsbury, 2016.

Johnson, Patricia. *Ovid Before Exile: Art and Punishment in the* Metamorphoses. Madison: U of Wisconsin P, 2008.

Keith, A. M. *The Play of Fictions: Studies in Ovid's* Metamorphoses *Book 2*. Ann Arbor: U of Michigan P, 1992.

Kilgour, Maggie. *Milton and the Metamorphosis of Ovid*. Oxford: Oxford UP, 2012.

King, R. J. *Desiring Rome: Male Subjectivity and Reading Ovid's* Fasti. Columbus: Ohio State UP, 2006.

Knox, P. E., ed. *A Companion to Ovid*. Oxford: Blackwell, 2009.

---, ed. *Ovid Heroides: Select Epistles*. Cambridge: Cambridge UP, 1995.

---. *Ovid's* Metamorphoses *and the Traditions of Augustan Poetry*. Cambridge: Cambridge UP, 1986.

Lafaye, Georges. *Les metamorphoses d'Ovide et leurs modeles grecs*. Hildesheim: Georg Olms, 1971.

Lenz, Friedrich Walter. *Ovid's* Metamorphoses: *Prolegomena to a Revision of Hugo Magnus' Edition*. Zurich: Weidmann, 1967.

Lombardo, S., trans. *Ovid: Metamorphoses*. Indianapolis: Hackett, 2010.

Lyne, Raphael. *Ovid's Changing Worlds: English Metamorphoses, 1567-1632*. Oxford: Oxford UP, 2001.

Martelli, F. K. A. *Ovid's Revisions: The Editor as Author*. Cambridge: Cambridge UP, 2013.

McGowan, M. M. *Ovid in Exile: Power and Poetic Redress in the* Tristia *and* Epistulae ex Ponto. Leiden: Brill, 2009.

Melville, A. D., trans. *Ovid: Metamorphoses*. Oxford: Oxford UP, 1986.

---, trans. *Ovid: Sorrows of an Exile*. Oxford: Oxford UP, 1992.

Michalopoulos, Andreas. *Ancient Etymologies in Ovid's* Metamorphoses: *A Commented Lexicon*. Leeds: Francis Cairns, 2001.

Miller, J. F. and C. E. Newlands, eds. *A Handbook to the Reception of Ovid*. Oxford: Blackwell, 2014.

Mordine, M. J. "'Sine me, liber, ibis': The Poet, the Book and the Reader in *Tristia* 1.1." *The Classical Quarterly* 60.2 (2010): 524-44.

Murgatroyd, Paul. *Mythical and Legendary Narrative in Ovid's* Fasti. Leiden: Brill, 2005.

Murgatroyd, Paul, Bridget Reeves and Sarah Parker. *Ovid's Heroides: A New Translation and Critical Essays*. London: Routledge, 2017.

Myerowitz, Molly. *Ovid's Games of Love*. Detroit: Wayne State UP, 1985.

Myers, K. S. *Ovid's Causes: Cosmogony and Aetiology in the* Metamorphoses. Ann Arbor: U of Michigan P, 1994.

Nagle, B. R. *The Poetics of Exile: Program and Polemic in the* Tristia *and* Epistulae ex Ponto *of Ovid*. Brussels: Latomus, 1980.

Newlands, C. E. *Playing with Time: Ovid and the* Fasti. Ithaca: Cornell UP, 1995.

Nikolopoulos, A. D. *Ovidius Polytropos: Metanarrative in Ovid's* Metamorphoses. Hildesheim: Georg Olms Verlag, 2004.

O'Hara, J. J. *Inconsistency in Roman Epic*. Cambridge: Cambridge UP, 2006.

Otis, Brooks. *Ovid as an Epic Poet*. Cambridge: Cambridge UP, 1970.

Papaioannou, S. *Epic Succession and Dissension: Ovid,* Metamorphoses *13.623-14.582, and the Reinvention of the* Aeneid. Berlin: Walter de Gruyter, 2012.

Parker, H. C. *Greek Gods in Italy in Ovid's* Fasti. Lewiston: E. Mellen Press, 1997.

Pasco-Pranger, Molly. *Founding the year: Ovid's* Fasti *and the Poetics of the Roman Calendar*. Leiden: Brill, 2006.

Pavlock, Barbara. *The Image of the Poet in Ovid's* Metamorphoses. Madison: The U of Wisconsin P, 2009.

Platnauer, Maurice. *Latin Elegiac Verse: A Study of the Metrical Usages of Tibullus, Propertius & Ovid*. Cambridge: Cambridge UP, 1951.

Porte, Danielle. *L'Etiologie religieuse dans les* Fastes *d'Ovide*. Paris: Les Belles Lettres, 1985.

Quint, David. *Epic and Empire: Politics and Generic Form from Virgil to Milton*. Princeton: Princeton UP, 1993.

Rand, E. K. *Ovid and His Influence*. New York: Cooper Square Publishers, 1963.

Reid, L. A. *Ovidian Bibliofictions and the Tudor Book: Metamorphosing Classical Heroines in Late Medieval and Renaissance England*. Surrey: Ashgate, 2014.

Riley, H. T., trans. *The Fasti, Tristia, Pontic Epistles, Ibis, and Halieuticon of Ovid*. London: George Bell & Sons, 1881.

---, trans. *The Heroides, or Epistles of the Heroines, the Amours, Art of Love, Remedy of Love, and Minor Work*. London: H. G. Bohn, 1852.

Rimell, Victoria. *Ovid's Lovers: Desire, Difference and the Poetic Imagination*. Cambridge: Cambridge UP, 2006.

Salzman-Mitchell, Patricia B. *A Web of Fantasies: Gaze, Image and Gender in Ovid's* Metamorphoses. Columbus, OH: The Ohio State UP, 2005.

Segal, Charles. *Landscape in Ovid's* Metamorphoses: *A Study in the Transformation of a Literary Symbol*. Wiesbaden: F. Steiner Verlag, 1969.

Sharrock, Alison. *Seduction and Repetition in Ovid's* Ars Amatoria 2. Oxford: Clarendon, 1994.

Slater, D. A. *Towards a Text of the Metamorphosis of Ovid*. Oxford: Clarendon Press, 1927.

Slavitt, D. R., trans. *Ovid's Poetry of Exile*. Baltimore: JHU Press, 1990.

Solodow, J. B. *The World of Ovid's* Metamorphoses. Chapel Hill: U of North Carolina P, 1988.

Spentzou, Efrossini. *Readers and Writers in Ovid's* Heroides: *Transgressions of Genre and Gender*. Oxford: Oxford UP, 2003.

Syme, Ronald. *History in Ovid*. Oxford: Oxford UP, 1978.

Taylor, A. B., ed. *Shakespeare's Ovid: The* Metamorphoses *in the Plays and Poems*. Cambridge: Cambridge UP, 2000.

Tissol, Garth. *The Face of Nature: Wit, Narrative, and Cosmic Origins in Ovid's* Metamorphoses. Princeton: Princeton UP, 1997.

---, ed. *Ovid: Epistulae ex Ponto, Book I*. Cambridge: Cambridge UP, 2014.

Van Tress, Heather. *Poetic Memory: Allusion in The Poetry of Callimachus and the* Metamorphoses *of Ovid*. Leiden: Brill, 2004.

Viarre, Simone. *L'image et la pensée dans les 'Metamorphoses' d'Ovide*. Paris: P.U.F., 1964.

Videau-Delibes, Anne. *Les Tristes d'Ovide et l'élégie romaine: une poétique de la rupture*. Paris: Klincksieck, 1991.

Von Glinski, Marie Louise. *Simile and Identity in Ovid's* Metamorphoses. Cambridge: Cambridge UP, 2012.

Washietl, J. A. *De similitudinibus imaginibusque Ovidianis*. Vienna: Gerold, 1883.

Wheeler, A. L., trans. *Ovid: Tristia, Ex Ponto*. Cambridge, Mass.: Harvard UP, 1939.

Wheeler, Stephen. *A Discourse of Wonders: Audience and Performance in Ovid's* Metamorphoses. Philadelphia: U of Pennsylvania P, 1999.

---. *Narrative Dynamics in Ovid's* Metamorphoses. Tubingen: Gunter Narr Verlag, 2000.

Wilkinson, L. P. *Golden Latin Artistry*. Cambridge: Cambridge UP, 1963.

---. *Ovid Recalled*. Cambridge: Cambridge UP, 1955.

Williams, G. D. *Banished Voices: Readings in Ovid's Exile Poetry*. Cambridge: Cambridge UP, 1994.

Williams, G. W. *Change and Decline: Roman Literature in the Early Empire*. Berkeley: U of California P, 1978.

---. *Tradition and Originality in Roman Poetry*. Oxford: Clarendon, 1968.

《情诗集》研究论文

Ahern, Charles F., Jr., "Ovid, *Amores* 2.7.27 f." *The Classical Journal* 82.3 (1987): 208-9.

Appelbaum, Stanley. "A Version of Ovid, *Amores* 3.2." *The Classical Journal* 52.6 (1957): 245-6.

Baker, Robert J. "Duplices Tabellae: *Propertius* 3.23 and Ovid *Amores* 1.12." *Classical Philology* 68.2 (1973): 109-13.

Barsby, J. A. "Desultor Amoris in *Amores* 1.3." *Classical Philology* 70.1 (1975): 44-45.

Berman, Kathleen. "Some Propertian Imitations in Ovid's *Amores*." *Classical Philology* 67.3 (1972): 170-7.

Booth, Joan. "Ovid *Amores* 2.13.17-18: Quae Oedipum Requirant Interpretem." *Classical Philology* 87.3 (1992): 241-6.

---. "Two Notes on the Text of Ovid's *Amores*." *The Classical Quarterly* 32.1 (1982): 156-8.

Booth, Joan and A. C. F. Verity. "Critical Appreciations IV: Ovid, *Amores* 2.10." *Greece & Rome* 25.2 (1978): 125-40.

Boyd, Barbara Weiden. "The Death of Corinna's Parrot Reconsidered: Poetry and Ovid's *Amores*." *The Classical Journal* 82.3 (1987): 199-207.

Cahoon, Leslie. "The Bed as Battlefield: Erotic Conquest and Military Metaphor in Ovid's *Amores*." *Transactions of the American Philological Association (1974-)* 118 (1988): 293-307.

Calabrese, Michael. "Ovid and the Female Voice in the *De Amore* and the *Letters* of Abelard and Heloise." *Modern Philology* 95.1 (1997): 1-26.

Califf, D. J. "*Amores* 2.1.7-8: A Programmatic Allusion by Anagram." *The Classical Quarterly* 47.2 (1997): 604-5.

Cameron, Alan. "The First Edition of Ovid's *Amores*." *The Classical Quarterly, New Series* 18.2 (1968): 320-33.

Curran, Leo C. "Desultores Amoris: Ovid *Amores* 1.3." *Classical Philology* 61.1 (1966): 47-49.

---. "Ovid *Amores* 1.10." *Phoenix* 18.4 (1964): 314-9.

Damon, Cynthia. "Poem Division, Paired Poems, and *Amores* 2.9 and 3.11." *Transactions of the American Philological Association (1974-)* 120 (1990): 269-90.

Davis, John T. "*Amores* 1, 4, 45-48 and the Ovidian Aside." *Hermes* 107.2 (1979): 189-99.

---. "Dramatic and Comic Devices in *Amores* 3, 2." *Hermes* 107.1 (1979): 51-69.

Davis, P. J. "Ovid's *Amores*: A Political Reading." *Classical Philology* 94.4 (1999): 431-49.

De Verger, Antonio Ramirez. "The Text of Ovid, *Amores* 2.13.17-18." *The American Journal of Philology* 109.1 (1988): 86-91.

Dickson, Thomas W. "Borrowed Themes in Ovid's *Amores*." *The Classical Journal* 59.4 (1964): 175-80.

Elliott, Alison G. "*Amores* 1.13: Ovid's Art." *The Classical Journal* 69.2 (1974): 127-32.

García, Luis Rivero. "A Reading of Ovid, *Amores* II 15." *Hermes* 132.2 (2004): 186-210.

Görler, Woldemar. "Ovid's Propemptikon (*Amores* 2, 11)." *Hermes* 93.3 (1965): 338-47.

Greene, Ellen. "Sexual Politics in Ovid's *Amores*: 3.4, 3.8, and 3.12." *Classical Philology* 89.4 (1994): 344-50.

---. "Travesties of Love: Violence and Voyeurism in Ovid *Amores* 1.7." *The Classical World* 92.5 (1999): 409-18.

Gross, Nicolas P. "Ovid, *Amores* 1.8: Whose Amatory Rhetoric?" *The Classical World* 89.3 (1996): 197-206.

---. "Ovid, *Amores* 3.11A and B: A Literary Mélange." *The Classical Journal* 71.2 (1975-1976): 152-60.

Holleman, A. W. J. "Notes on Ovid *Amores* 1.3, Horace *Carm*. 1.14, and *Propertius* 2.26." *Classical Philology* 65.3 (1970): 177-80.

Houghton, L. B. T. "Ovid's Dead Parrot Sketch: *Amores* II.6." *Mnemosyne, Fourth Series* 53.6 (2000): 718-20.

Katz, Phyllis. "Teaching the Elegiac Lover in Ovid's *Amores*." *The Classical World* 102.2 (2009): 163-7.

Keith, A. M. "Corpus Eroticum: Elegiac Poetics and Elegiac Puellae in Ovid's *Amores*." *The Classical World* 88.1 (.1994): 27-40.

Kenney, E. J. "The Manuscript Tradition of Ovid's *Amores*, *Ars Amatoria*, and *Remedia Amoris*." *The Classical Quarterly* 12.1 (1962): 1-31.

---. "The Tradition of Ovid's *Amores*." *The Classical Review* 5.1 (1955):13-14.

Kershaw, Allan. "Ovid, *Amores* 3.1.53." *Mnemosyne, Fourth Series* 45.3 (1992): 372.

---. "*Amores* 3.1.53 ff." *Mnemosyne, Fourth Series* 39.3/4 (1986): 407-8.

Liebermann, W.-L. "Liebe und Dichtung: Was hat Amor/Cupido mit der Poesie zu schaffen? Ovid, *Amores* I, 1." *Mnemosyne, Fourth Series* 53.6 (2000): 672-89.

Little, D. "Ovid *Amores* 1, 13, 29-30 and the *Hecale* of Callimachus." *Hermes* 99.1 (1971): 128.

McKie, D. S. "Ovid's *Amores*: The Prime Sources for the Text." *The Classical Quarterly* 36.1 (1986): 219-38.

Moles, John. "The Dramatic Coherence of Ovid, *Amores* 1.1 and 1.2." *The Classical Quarterly* 41.2 (1991): 551-4.

Morgan, Kathleen. "Ovid, *Amores* 2.13.18: A Solution." *The Classical World* 85.2 (1991): 95-100.

Morwood, James, Iain Ross, S. J. Heyworth and Soo-lin Lui. "Explorations of Ovid, *Amores* 3.2, 3.4, 3.5, and 3.14." *Greece & Rome, Second Series* 58.1 (2011): 14-32.

Murgatroyd, P. "The Argumentation in Ovid *Amores* 1.9." *Mnemosyne, Fourth Series* 52.5 (1999): 569-72.

Murgia, Charles E. "Influence of Ovid's *Remedia amoris* on *Ars amatoria* 3 and *Amores* 3." *Classical Philology* 81.3 (1986): 203-20.

Newiger, Hans-Joachim. "Zum Epigramm der *Amores* Ovids." *Hermes* 92.1 (1964): 119-21.

Nicoll, W. S. M. "Ovid, *Amores* I 5." *Mnemosyne, Fourth Series* 30.1 (1977): 40-48.

Oliver, Revilo P. "The First Edition of the *Amores*." *Transactions and Proceedings of the American Philological Association* 76 (1945): 191-215.

---. "Ovid in His Ring (*Amores* 2. 15. 9-26)." *Classical Philology* 53.2 (1958): 103-6.

Olstein, Katherine. "*Amores* 1.3 and Duplicity as a Way of Love." *Transactions of the American Philological Association (1974-)* 105 (1975): 241-57.

O'Neill, Kerill. "Ovid and Propertius: Reflexive Annotation in *Amores* 1.8." *Mnemosyne, Fourth Series* 52.3 (1999): 286-307.

Papanghelis, T. D. "About the Hour of Noon: Ovid, *Amores* 1, 5." *Mnemosyne, Fourth Series* 42.1/2 (1989): 54-61.

Perkins, Caroline A. "The Figure of Elegy in *Amores* 3.1: Elegy as Puella, Elegy as Poeta, Puella as Poeta." *The Classical World* 104.3 (2011): 313-31.

---. "Love's Arrows Lost: Tibullan Parody in *Amores* 3.9." *The Classical World* 86.6 (1993): 459-66.

---. "Protest and Paradox in Ovid, *Amores* 3.11." *The Classical World* 95.2 (2002): 117-25.

Suter, Ann. "Ovid, from Image to Narrative: *Amores* 1.8 and 3.6." *The Classical World* 83.1 (1989): 15-20.

Thomas, Elizabeth. "Ovid, *Amores* iii. 9. 35-40." *The Classical Review* 15.2 (1965): 149-51.

---. "Variations on a Military Theme in Ovid's *Amores*." *Greece & Rome* 11.2 (1964): 151-65.

Waterhouse, William C. "'Emodulanda' in Ovid's *Amores* 1.1." *The Classical World* 101.4 (2008): 533-4.

Watson, Lindsay C. "Ovid *Amores* I 6: A Parody of a Hymn?" *Mnemosyne, Fourth Series* 35.1/2 (1982): 92-102.

Williams, Frederick. "The Hands of Death: Ovid *Amores* 3.9.20." *The American Journal of Philology* 124.2 (2003): 225-34.

《爱的艺术》《爱的疗治》研究论文

Ahern, Charles F., Jr. "Daedalus and Icarus in the *Ars Amatoria*." *Harvard Studies in Classical Philology* 92 (1989): 273-96.

---. "Ovid as vates in the Proem to the *Ars amatoria*." *Classical Philology* 85.1 (1990): 44-48.

Avery, William T. "Ovid *Ars Amatoria* 1. 114: An Emendation." *Classical Philology* 69.4 (1974): 279-80.

Blodgett, E. D. "The Well Wrought Void: Reflections on the *Ars Amatoria*." *The Classical Journal* 68.4 (1973): 322-3.

Brunelle, Christopher. "Form vs. Function in Ovid's *Remedia Amoris*." *The Classical Journal* 96. (2000-2001): 123-40.

Conte, Gian Biagio and Glenn W. Most. "Love without Elegy: The *Remedia amoris* and the Logic of a Genre." *Poetics Today* 10.3 (1989): 441-69.

Courtney, E. "Two Cruces in the *Ars Amatoria*." *The Classical Review* 20.1 (1970): 10-11.

Davisson, Mary H. T. "The Search for an 'alter orbis' in Ovid's *Remedia Amoris*." *Phoenix* 50.3/4 (1996): 240-61.

De Verger, A. Ramírez and A. García Herrera. "A Note on Ovid, *Ars Amatoria* 1.553." *Mnemosyne, Fourth Series* 47.2 (1994): 229-30.

Dillon, John. "A Platonist Ars Amatoria." *The Classical Quarterly* 44.2 (1994): 387-92.

Downing, Eric. "Ovid's Danish Disciple: Kierkegaard as Reader of the *Ars Amatoria*." *Pacific Coast Philology* 23.1/2 (1988): 22-29.

Dunsch, Boris. "Regere oder Movere?: Textkritische und exegetische Untersuchungen zu Ovid, *Ars amatoria* 1, 1-10." *Hermes* 135.3 (2007): 314-33.

Eidinow, J. S. C. "A Note on Ovid *Ars Amatoria* 1.117-19." *The American Journal of Philology* 114.3 (1993): 413-7.

Gibson, Roy K. "Book Endings in Greek Poetry and *Ars Amatoria* 2 and 3." *Mnemosyne, Fourth Series* 53.5 (2000), pp. 588-91.

Goold, G. P. "Amatoria Critica." *Harvard Studies in Classical Philology* 69 (1965): 1-107.

Green, C. M. C. "Terms of Venery: *Ars Amatoria* I." *Transactions of the American Philological Association (1974-)* 126 (1996): 221-63.

Henderson, A. A. R. "Notes on the Text of Ovid's *Remedia Amoris*." *The Classical Quarterly* 30.1 (1980): 159-73.

Houghton, L. B. T. "Sexual Puns in Ovid's *Ars* and *Remedia*." *The Classical Quarterly, New Series* 59.1 (2009): 280-5.

Kenney, E. J. "The Manuscript Tradition of Ovid's *Amores*, *Ars Amatoria*, and *Remedia Amoris*." *The Classical Quarterly* 2.1 (1962): 1-31.

---. "Ovid, *Ars Amatoria* i. 147." *The Classical Review, New Series* 3.1 (1953): 7-10.

---. "Vain Repetitions? Notes on the Text of Ovid, *Ars Amatoria* 2.593 and *Metamorphoses* 14.240." *The Classical Quarterly* 53.2 (2003): 619-20.

Leach, Eleanor Winsor. "Georgic Imagery in the *Ars amatoria*." *Transactions and Proceedings of the American Philological Association* 95 (1964): 142-54.

Leary, T. J. "Ovid, *Ars Amatoria* 3.653-6." *The Classical Quarterly* 41.1 (1991): 265-7.

Lenz, Friedrich Walter. "Ovid *Ars Amatoria* II 725-6; Nux 110." *Mnemosyne, Fourth Series* 19.4 (1966): 389-94.

Loos, Jaap. "Ovid *Metamorphoses* 8.177-235 and *Ars amatoria* 2.21-96: Pioneer Aviator Turns Cosmonaut." *Mnemosyne, Fourth Series* 59.1 (2006): 134-49.

Miller, John F. "Callimachus and the *Ars amatoria*." *Classical Philology* 78.1 (1983): 26-34.

---. "Meter, Matter, and Manner in Ovid, *Ars Amatoria* 1.89-100." *The Classical World* 90.5 (1997): 333-9.

Murgia, Charles E. "The Date of Ovid's *Ars Amatoria* 3." *The American Journal of Philology* 107.1 (1986): 74-94.

---. "Influence of Ovid's *Remedia amoris* on *Ars amatoria* 3 and *Amores* 3." *Classical Philology* 81.3 (1986): 203-20.

Nickbakht, Mehran A. "Further Evidence of the Original Outline of Ovid's *Ars Amatoria* (1.771-2)." *Mnemosyne, Fourth Series* 58.2 (2005): 284-6.

Nikolaidis, Anastasios G. "On a Supposed Contradiction in Ovid (*Medicamina Faciei* 18-22 vs. *Ars Amatoria* 3.129-32)." *The American Journal of Philology* 115.1 (1994): 97-103.

Schröder, Wilt Aden. "Zu Ovids *Ars Amatoria* 1, 665." *Hermes* 118.2 (1990): 242-7.

Sharrock, A. R. "*Ars Amatoria* 2.123-42: Another Homeric Scene in Ovid." *Mnemosyne, Fourth Series* 40.3/4 (1987), pp. 406-12.

Starr, Raymond J. "Swimming in the Current: Ovid, *Ars Amatoria*, 2.181-182, and *Remedia Amoris* 121-122." *Hermes* 129.4 (2001): 564-5.

Tränkle, Hermann. "Textkritische und Exegetische Bemerkungen zu Ovids *Ars Amatoria*." *Hermes* 100.3 (1972): 387-408.

Vollmer, Fr. "Kritischer Apparat zu Ovids *Remedia*." *Hermes* 52.3 (1917): 453-69.

Watson, Patricia. "Mythological Exempla in Ovid's *Ars Amatoria*." *Classical Philology* 78.2 (1983): 117-26.

---. "Ovid and Cultus: *Ars Amatoria* 3.113-28." *Transactions of the American Philological Association (1974-)* 112 (1982): 237-44.

译者简介

李永毅 1975 年生，重庆大学外国语学院教授，第七届鲁迅文学奖文学翻译奖、第八届高等学校科学研究优秀成果奖（人文社会科学）和第七届、第八届重庆文学奖文学翻译奖得主，百千万人才工程国家级人选，中国作家协会会员。出版有《贺拉斯诗全集：拉中对照详注本》《卡图卢斯歌集：拉中对照译注本》等拉丁语、英语和法语译著二十部，《卡图卢斯研究》《贺拉斯诗艺研究》等专著五部，在《外国文学评论》等刊物发表论文八十篇。本书是 2018 年国家社科基金重大项目"拉丁语诗歌通史（多卷本）"的阶段性成果。

作者简介

奥维德（Publius Ovidius Naso，公元前 43—公元 17）是古罗马与维吉尔、贺拉斯齐名的三大诗人之一。他一生著作等身，在其生前的古罗马就已经确立经典地位。后世的但丁、彼特拉克、薄伽丘、蒙田、莎士比亚、弥尔顿、歌德，到更晚近的普希金、乔伊斯、庞德、艾略特、曼德尔施塔姆等，无不受到他的影响。两千年来，奥维德的作品始终是西方文学正典的核心部分。他的《变形记》既是古希腊罗马神话的宝库，也为后世诗人如何摆脱荷马、维吉尔等人的重负展示了结构、技法、策略的多种可能性；《岁时记》是古罗马历法文化的诗意阐释；《情诗集》《爱的艺术》等作品集古罗马爱情哀歌之大成，是文艺复兴以来众多爱情诗人效法的对象；《女杰书简》对欧美书信体虚构文学影响巨大；《黑海书简》《哀歌集》等作品则成为后世流放文学的原型。古希腊罗马神话通过他的作品，渗透到西方文化的方方面面，在相当程度上塑造了今日西方的语言样态和思维习惯。论对欧美文学实际影响的广度、深度和持久度，奥维德是无与伦比的。

图书在版编目（CIP）数据

情诗集·爱的艺术·爱的疗治：汉文、拉丁文 /
（古罗马）奥维德著；李永毅译注. -- 北京：中国青年
出版社，2025. 1. -- ISBN 978-7-5153-7421-5

Ⅰ. I546.22

中国国家版本馆CIP数据核字第2024C2L911号

责任编辑：杜海燕
书籍设计：瞿中华

出版发行：中国青年出版社
社　　址：北京市东城区东四十二条21号
网　　址：www.cyp.com.cn
编辑中心：010-57350503
营销中心：010-57350370
经　　销：新华书店
印　　刷：北京盛通印刷股份有限公司
规　　格：700mm×1000mm　1/16
印　　张：44
字　　数：540千字
版　　次：2025年1月北京第1版
印　　次：2025年1月北京第1次印刷
定　　价：130.00元

如有印装质量问题，请凭购书发票与质检部联系调换
联系电话：010-57350337